Henrike Engel

Die Hafenärztin

Ein Leben für das Recht auf Liebe

Roman

Hafenärztin-Serie Band 3

Ullstein

Besuchen Sie uns im Internet:
www.ullstein.de

Originalausgabe im Ullstein Paperback
1. Auflage Dezember 2022

Umschlaggestaltung: bürosüd° GmbH, München
Titelabbildung: © bürosüd° (Rahmen, Details),
© akg Images, © Richard Jenkins
Satz: Pinkuin Satz und Datentechnik, Berlin
Gesetzt aus der Stempel Garamond
Druck und Bindearbeiten: CPI books GmbH, Leck
ISBN 978-3-86493-213-7

Chinesisches Meer

In der Nacht vom 30. April auf den 1. Mai 1911,
an Bord eines Frachtschiffes

»Was ist mit ihr?«

Mian zieht die Decke weg.

»Himmel! Wer … das war ein Monster! Was tun wir jetzt?«

Der Körper wird wieder zugedeckt, Han sieht seinen Kollegen an.

»Wir können keinen Ärger brauchen.«

Wenig später prallt ein Körper dumpf auf den Wellen des nachtschwarzen Ozeans auf. Eine Weile schaukelt er auf den weißen Schaumkronen, doch nach und nach beginnt er zu sinken. Bis die dunkle See ihn gnädig in ihre Arme nimmt, hinabzieht in die Tiefe, als Geschenk für ihre hungrigen Tiere.

Ende und Anfang, Abschied und Aufbruch

London, Ende April 1911

1.

Sie sah aus wie eh und je. So schön wie vor sechzehn Monaten, so schön wie damals, als sie sich das letzte Mal gesehen hatten. Milena und Anne. Anne und Milena. Das Liebespaar.

Und nun stand Anne hier, auf der Princess Road, verborgen in einer Hofeinfahrt, und beobachtete, wie Milena, ihre Freundin – oder sollte sie sagen ihre ehemalige Freundin? –, aus ihrem Wohnhaus kam, die steinerne Treppe des schmalen Townhouses hinab auf die Straße lief – und sich nach einer Frau umdrehte, die ihr folgte. Die Frau sagte etwas zu Milena, woraufhin diese den Kopf in den Nacken warf, lachte, ihr breites und freies Lachen, schöne Zähne, schöner Mund, die Hand nach der anderen ausstreckte, und gemeinsam liefen sie Schulter an Schulter die Straße hinunter.

Glücklich.

Anne verzichtete darauf, dem Pärchen zu folgen. Sie wollte sich nicht noch mehr Schmerzen zufügen, hatte genug gesehen. Im Grunde hatte sie es gewusst, seit damals, seit sie London des Nachts verlassen hatte. Vom rauschenden Silvesterfest aus den Armen ihrer Geliebten gerissen, hatte sie ein Schiff bestiegen und war nach Hamburg geflohen. Aus Anne van der Zwaan war Anne Fitzpatrick geworden.

Und aus einer glücklichen Frau, die in London inmitten einer Clique Gleichgesinnter gelebt, gearbeitet und gefeiert hatte, aus einer Frau, die liebte und geliebt wurde, war eine von der Polizei Gejagte geworden, eine, die sich mit dem Vorsatz zu helfen strafbar gemacht hatte.

Sie war eine einsame Seele auf der Suche nach Geborgenheit.

Milena würde ihr diese nicht mehr geben wollen und können, das hatte Anne schon lange begriffen, doch sie musste es erst mit eigenen Augen sehen, um sich ihre schöne Freundin, die Suffragette Milena Suslowa, aus dem Herzen zu reißen.

Aber auch das war ein Grund für ihren Aufenthalt in London. Anne musste die Dinge hier zu Ende bringen, um dort, in Hamburg, einen wirklichen Neubeginn wagen zu können. Sie hatte gedacht, dass sie das geschafft hätte, das bittere Ende, hingegen ein Anschlag, dem ihre Arztpraxis zum Opfer gefallen war, hatte ihr vergegenwärtigt, dass sie sich selbst nicht belügen konnte. Sie musste Wahrhaftigkeit erlangen – und das bedeutete, in London aufzuräumen und abzuschließen.

Es war ein scheußlicher Tag, der April machte seinem Namen alle Ehre, trieb kalten Wind durch die Straßen, peitschte die Bewohner Londons mit Regen und riss schließlich mit einem hämischen Grinsen seine Wolkendecke auf, um zu zeigen, welchen Trumpf er in der Hinterhand hatte – Sonne.

Anne lief in die entgegengesetzte Richtung der beiden Frauen davon, in Richtung Süden. Sie würde eine gute Stunde nach St James's zu laufen haben, bei dem Wetter eine Herausforderung, die Anne dennoch mit Freuden annahm. Von der Princess Road – Milena lebte trotz ihres Engagements für die Frauenbewegung und die Ärmsten der Stadt herrschaftlich in Primrose Hill – führte sie der Weg quer durch den wunderschönen Regent's Park. Sie brauchte Bewegung und frische Luft, und wenn sie nass würde, war es ihr gleich. Anne konnte sich nichts Schöneres vorstellen, als nach einem ordentlichen Spaziergang, der ihr Kopf und Herz öffnen würde, in einem warmen Tea House einzukehren und bei einer Kanne Darjeeling Scones mit Clotted Cream und Gurkensandwiches zu genießen.

Den Park hatte Anne beinahe für sich, und sie staunte erneut, wie es möglich war, inmitten einer Stadt wie London, die so dicht besiedelt war, Inseln der Ruhe zu finden. Hier waren aufgrund des Wetters nur wenige Menschen unterwegs, eine alte Frau, ihrer Kleidung nach zu urteilen mittellos, fütterte Tauben mit Körnern, der Parkwächter patrouillierte auf den Wegen, und eine Nanny zerrte zwei kleine Kinder hinter sich her in Richtung Zoo.

Die Vegetation erschien umso üppiger, je weniger Menschen unterwegs waren, als nähme sie sich den Raum, den die Menschen ihr gelassen hatten. Kaskaden von weiß blühenden Schneespieren, harmonisch gestaltete Tulpen- und Frühblüherbeete, Kastanienbäume, die stolz ihre roten und weißen Blüten in die Höhe reckten, und Grün in allen Schattierungen erfreuten Annes Auge und beruhigten ihre Seele.

London entfaltete seine ganze Pracht und Herrlichkeit, die Parks waren Balsam für ihr Gemüt, aber die Ärztin Anne Fitzpatrick kannte auch die düstersten Seiten der Stadt. Die engen Gassen Whitechapels, in denen sie und Milena unterwegs gewesen waren, um Frauen aus dem Elend herauszuhelfen, und sei es nur, ihnen eine Suppe anzubieten, eine warme Decke oder die Versorgung ihrer Wunden.

In den Docks von London war Anne zum ersten Mal all der Kinder gewahr geworden, die schwer arbeiteten, um zu überleben, Sechsjährige, die Säcke schleppten, noch kleinere Kinder, die auf der Straße bettelten, Mädchen, die noch nicht zur Frau erblüht waren, aber bereits ihre Körper verkaufen mussten. Oder das Labyrinth unterirdischer Wege, Flüsse und Schächte, das die Metropole durchzog wie ein Spinnennetz und in dem Menschen und Tiere hausten, die sich aus verschiedenen Gründen vor aller Augen verbargen.

Nein, Anne machte sich über die Schönheit der Stadt keine Illusionen mehr, ebenso wie in Hamburg, der anderen Metropole, in der sie zu Hause war, lagen auch hier Schrecken und Schönheit nah beieinander.

Anne hatte den südlichen Ausgang des Parks erreicht, war weitgehend vom Regen verschont geblieben und suchte sich ein Tea House, in welches sie einkehrte, bevor sie ihre Einkaufstour in der Bond Street in Angriff nahm. Sie wollte sich gönnen, was sie sich in Hamburg versagte: ein neues Kleid für den Frühling, vielleicht ein paar Handschuhe, einen Duft, Pralinen und natürlich englischen Tee. Im Grunde genommen hätte sie all das auch in Hamburg kaufen können, schließlich war die Metropole durch den Hafen eines der größten Handelszentren Europas, es gab nichts, was es nicht gab, aber Anne nahm sich dort nicht die Zeit, sie hatte keine Muße, sie arbeitete Tag und Nacht.

Bis vor wenigen Wochen. Bis sie vor den rauchenden Trümmern ihrer Praxis gestanden hatte, vor den Trümmern all dessen, was sie sich in Hamburg aufgebaut hatte. Ihr Traum von der eigenen Arztpraxis, in der sie vornehmlich die Armen und Bedürftigen, die Frauen und Kinder behandelte, war Opfer von Brandstiftung geworden – das Attentat verübt hatten ausgerechnet die, für die Anne Fitzpatrick sich aufopferte. Frauen. Junge Frauen aus der Unterschicht, die sich voller Wut gegen die Verhältnisse, in die sie gezwungen worden waren, auflehnten – und ihr Zorn hatte sie getroffen, die Ärztin.

Kurzerhand hatte Anne ihre Koffer gepackt, hatte Hamburg hinter sich gelassen und war zurück ins Vereinigte Königreich gefahren. Eingereist mit gefälschten Papieren, denn in London lag ein Haftbefehl gegen sie vor. Auch das eine Last, die ihr in den vergangenen Monaten im Nacken saß. Sie hatte ihre Existenz in Hamburg auf eine Lüge gegründet, natürlich konnte das nicht gut gehen.

Das Servierfräulein stellte ein silbernes Tablett mit einem Kännchen Tee, Milch, Zucker und einer Etagere mit den Köstlichkeiten für den High Tea vor Anne auf das Tischchen.

»Could you bring me some German newspapers please?«, bat Anne, und kurz darauf kehrte das Mädchen mit drei Ausgaben an ihren Tisch zurück.

Anne griff zur *Hansepost*, der Aufmacher gehörte ihrem Freund, dem Journalisten Max Lauritzen: »Florierender Menschenhandel in Hamburg – lesen Sie die schockierenden Enthüllungen unseres Reporters.«

Seit Tagen schon gehörte Max die erste Seite – weltpolitisch gab es wohl nichts, was die Hamburger von ihrer Skandalgeschichte ablenken konnte. Vielleicht lag es daran, dass die Geschichte, die Max recherchiert und Berthold Rheydt mit Elmar Thönnes aufgeklärt hatte, alle Ingredienzien hatte, die zu einem Aufmacher taugten: ein gut aussehender Arzt aus bestem Haus, der über viele Jahre hinweg gelogen, betrogen und gemordet hatte. Der sich im fernen Kattowitz eine Doppelexistenz als Mädchen- und Menschenhändler aufgebaut hatte, dem es aber gelungen war, seine bürgerliche Fassade zu wahren. Und der auch dann noch weiter mit jungen Mädchen handelte, als er nach Hamburg zurückgekehrt war und die Leitung der Gesundheitsabteilung der Auswandererhallen übernommen hatte. An seiner Seite eine junge Frau, ehemalige Prostituierte, die ihm hörig gewesen war und ihn bei seinen kriminellen Machenschaften unterstützt hatte. Sowie eine Frau, die der Doktor zur Ehe gezwungen hatte, deren Vater er ruiniert und sich dessen Unternehmen einverleibt hatte.

Dass dieser Mann, Doktor Tergit, letztendlich überführt wurde, daran hatte Anne ihren Anteil gehabt. So wie auch Helene, ihre Freundin in Hamburg. Und natürlich Berthold Rheydt, der melancholische Kommissar mit den schönen Augen, der Tergit schließlich erschossen hatte.

Max Lauritzen hatte in dem Fall in Kattowitz recherchiert, und endlich, endlich hatte er die große Geschichte in der Zeitung, nach der er sich so lange gesehnt hatte. Anne gönnte es ihm von Herzen. Max war neben Helene einer der wenigen Menschen, denen sie vertraute, sie waren Freunde geworden. Und Freunde verdienten Aufrichtigkeit, dachte Anne. Sie verdienen, die Anne zu kennen, die ich wirklich bin.

Sie bat um die Rechnung und verließ das Teehaus.

Zwei Stunden später betrat sie die Eingangshalle ihres Elternhauses, im Schlepptau einen Bediensteten, beladen mit Taschen und Hutschachteln. Sie hatte sich regelrecht verausgabt und sich eine komplette Frühjahrsgarderobe zugelegt. Annes Gesicht glühte vor Aufregung und Überforderung, noch nie zuvor war sie in einen solchen Kaufrausch geraten, zumal sie allein und nicht mit Milena unterwegs gewesen war, die ihr geschmackssicher stets die schönsten Stücke ausgesucht hatte.

Es war eine neue, aber auch einmalige Erfahrung, dessen war sich Anne gewiss. Sie hatte sich ablenken wollen, von dem, was vor ihr lag – und das war ihr gelungen. Nun musste sie nur noch den Abend in der Gegenwart ihrer Eltern überstehen und ein paar Stunden in den Schlaf finden, bevor sie den schwersten Gang ihres bisherigen Lebens antreten würde.

»Oh, Darling, du warst einkaufen?« Annes Mutter blickte von der Balustrade im ersten Stock in die Eingangshalle hinunter, wo ein Bediensteter all die Taschen und Kisten stapelte, die Annes modische Errungenschaften enthielten.

Ein junger Mann lief die Treppe hinab, nachdem er sich von Dorothy, Annes Mutter, verschämt verabschiedet hatte. Sie gab ihre Gewohnheiten also nicht auf, konstatierte Anne und warf dem Mann einen müden Blick hinterher. Er mochte in ihrem Alter sein, vielleicht sogar jünger, und entsprach ganz dem Geschmack ihrer Mutter. Je älter sie wurde, desto jünger die Liebhaber.

Annes Eltern, Roger und Dorothy van der Zwaan, er Niederländer, sie Britin, gingen seit Langem getrennte Wege – nicht offiziell natürlich. Öffentlich zeigten sie sich als harmonische Ehepartner, eine Fassade, die sich der vermögende Reeder einiges kosten ließ. Damals, vor dreizehn Jahren, als die Familie ihren Hamburger Wohnsitz verlassen hatte und nach London gezogen war, hatten ihre Eltern aufgehört, miteinander zu sprechen. Was Anne früher, als junges Mädchen, angestrengt und befremdet hatte, woran sie sich aber im Lauf der Jahre gewöhnte und glaubte, dies sei die übliche Zerrüttung einer langen Ehe, konnte sie sich heute besser erklären. Erst vor Kurzem hatte sie erfahren, dass ihr Vater für ein entsetzliches Schiffsunglück verantwortlich gewesen war – der Untergang der *Lotus*, über hundert Kinder und Frauen waren dabei zu Tode gekommen. Die Schuld daran hatte er stets bestritten, und Anne begriff nun, dass ihre Mutter die Haltung des Vaters nicht teilen konnte, ja, ihn dafür verachtete. Mit dieser neuen Erkenntnis sah sie ihre Mutter plötzlich mit anderen Augen. Sie verstand, dass eine Frau ihres Standes keine Optionen hatte, dem Gefängnis ihrer Ehe mit einem Gatten, der sie versorgte und ihr ein Leben in Sicherheit und Wohlstand ermöglichte, zu entkommen. Was hätte sie tun sollen? Sich von dem Mann lossagen? Sich gar scheiden lassen? Es hätte gesellschaftlich und wirtschaftlich einen Fall ins Bodenlose bedeutet.

Nein, Dorothy van der Zwaan hatte sich entschieden, nach außen hin gute Miene zu machen und innerhalb der Mauern ihres Hauses ihr Leben so befriedigend und frei wie möglich zu leben. Unter anderem, indem sie sich junge Liebhaber holte. Sich begehren ließ, auch wenn es gegen Bezahlung geschah. Aber sie schien Genuss daran zu empfinden, jedenfalls strahlte sie noch immer Grandezza und Lebensfreude aus.

Jetzt schritt sie die Treppe ihres Teils der Villa hinunter – mit jedem Schritt war sie sich ihrer eleganten Erscheinung bewusst. Anne sah ihrer Mutter ähnlich, von ihr hatte sie die schneeweiße Haut und das schwarze Haar geerbt, das nun bei Dorothy mit silbernen Strähnen durchzogen war.

»Zeigst du mir, was du erstanden hast? Oh! Du warst bei *Gormley*?« Sie zeigte auf einen länglichen Karton, den Anne daraufhin hochhob, öffnete und ihrer Mutter die in Seidenpapier eingeschlagenen Lederhandschuhe zeigte. So hauchdünn, als wären sie aus Seide geschneidert, umschmeichelten sie die Hand wie eine zweite Haut. Angetan strich ihre Mutter darüber und ließ sodann Annes Einkäufe nach oben bringen, in das Gästezimmer, in das sich Mutter und Tochter wenig später zurückzogen, um sich über das einzige Thema auszutauschen, über das sie miteinander sprechen konnten, ohne aneinanderzugeraten: Mode. Etwas, das Anne im Grunde wenig interessierte, aber alles andere war gefährliches Terrain. Der Vater und seine Geschäfte – darüber verlor Dorothy kein Wort. Annes Engagement für die Frauenbewegung – absurd! Die Tatsache, dass Anne unverheiratet war – ein Skandal. Aber über Kleider, Stoffe, Parfüm und Dekoration fanden die beiden so unterschiedlichen Frauen zueinander. Dorothy hatte Sherry in das Zimmer bringen lassen, und so ließen sie gemeinsam den Tag ausklingen, in fragiler Harmonie.

Schließlich faltete Dorothy ein Schultertuch aus feinstem Kaschmir zusammen, legte die Hände in den Schoß und blickte ihre Tochter besorgt an.

»Und du bist sicher, dass du den Schritt gehen willst?«

»Müssen wir das wirklich noch einmal diskutieren?« Anne seufzte.

Ihre Mutter schüttelte leicht den Kopf. »Nein, natürlich nicht. Wenn du fest entschlossen bist. Deinen Vater scheinst du auch auf deiner Seite zu haben.«

Anne lachte auf. »Glaubst du? Ich bin nicht sicher. Er zahlt den Anwalt, das schon. Aber ob er mich unterstützt? Wenn es schiefgeht, wird er mich fallen lassen, dessen bin ich gewiss.«

»Hast du so eine schlechte Meinung von ihm?«

»Das fragst du mich? Du? Die du seit vielen Jahren kein Wort mit ihm sprichst?«

»Das geht nur uns etwas an.«

Anne fasste sich ein Herz. Wenn sie selbst mit den Lügen abschließen und der Wahrheit Tür und Tor öffnen wollte – warum also nicht das ansprechen, was ihre Familie belastete? »Es ist die *Lotus*, nicht wahr? Seit das passiert ist …«

Abrupt stand ihre Mutter auf. »Wir sehen uns um acht Uhr zum Abendessen.« Damit rauschte sie aus dem Raum und ließ Anne ohne eine Antwort zurück.

Es wird Zeit, dass ich hinter mich bringe, weswegen ich hier bin, dachte diese. Ich halte es keine Minute länger als nötig bei meinen Eltern aus.

Das Abendessen war wie alle Mahlzeiten eine verkrampfte Angelegenheit. Anne saß in der Mitte eines absurd langen Tisches, Vater und Mutter je an einem Ende. Sie sprach entweder mit ihrer Mutter über Belanglosigkeiten oder mit ihrem Vater über Hamburg und seine Geschäfte.

Ein Thema allerdings klammerten sie aus: Doktor Tergit. Der Mörder, der versucht hatte, mittels Arsen die Geschäfte der *Hapag* und deren Finanzier Wilhelm von Stetten zu sabotieren.

Der Hamburger Kommissar Berthold Rheydt hatte Anne darüber informiert, dass der Mörder mutmaßlich nicht auf eigene Rechnung gehandelt hatte, er vermutete ihren Vater als Drahtzieher hinter allem – deshalb war sie fest entschlossen, im Zuge ihrer Wahrheitsfindung auch diesem Geheimnis auf die Spur zu kommen.

»Chaimbers wird dich morgen abholen«, ließ Roger van der Zwaan nun seine Tochter wissen, während er gekonnt eine Scheibe Roastbeef mit Remoulade bestrich und mit Messer und Gabel zu einem kleinen Röllchen formte, das er sich genüsslich in den Mund steckte, kaute und mit einem ordentlichen Schluck Rotwein hinunterspülte.

Anne sah ihm dabei zu. Eine gewöhnliche Geste ihres Vaters. Er aß, wie er immer aß, und trank, wie er immer trank. Sie hatte geglaubt, ihn gut zu kennen. Warum nur hatte sie nie geahnt, was sich hinter seiner Fassade verbarg? Wenn der Kommissar mit seiner Vermutung recht hatte, war ihr Vater ein skrupelloser Verbrecher. Einer, der sein Werk noch nicht vollendet hatte – seine ehemalige Macht in Hamburg zurückzuerlangen und seinen Erzfeind Wilhelm von Stetten zu vernichten.

»Ich weiß«, gab Anne zurück. »Ich bin sehr dankbar, dass du das für mich in die Wege geleitet hast, Vater.«

»Glaube mir, ich habe kein gesteigertes Interesse daran, dass meine Tochter inhaftiert wird. Chaimbers wird die Dinge regeln – die Mittel dazu habe ich ihm zur Verfügung gestellt.«

Daran zweifelte Anne nicht. Für ihren Vater gab es nichts, was sich nicht mit Geld regeln ließ, und bislang hatte ihm das Leben immer recht gegeben.

Später auf ihrem Zimmer sah Anne lange zum Fenster hinaus auf das nächtliche London. Sie konnte von hier aus die weißen Rundbögen von Marble Arch sehen. In unmittelbarer Nähe davon hatte in früherer Zeit der Galgen von Tyburn gestanden, ein schlechtes Omen, durchfuhr Anne der Gedanke. Fröstelnd zog sie die Vorhänge zu und legte sich ins Bett. Sie dachte an den Blick aus ihrer kleinen Wohnung in der Gurlittstraße in Hamburg, ein ganz und gar unspektakulärer Blick auf die Dächer der gegenüberliegenden Häuser. Aber wie sehr sehnte sie sich jetzt danach zurück.

»Habe ich das richtig verstanden? Sie wollen ...«

Der Chief Inspector schaute verwirrt von Anne zu ihrem Anwalt Chaimbers.

»Ich möchte mich stellen«, wiederholte Anne mit fester Stimme. »Es liegt ein Haftbefehl gegen mich vor. Anne van der Zwaan.«

Der Chief Inspector erhob sich und nickte ihr zu. »Bitte nehmen Sie Platz. Ich informiere meinen Vorgesetzten.«

Anne und ihr Begleiter Rufus Chaimbers folgten der Aufforderung. Der Anwalt, der alle Angelegenheiten Roger van der Zwaans zu dessen größter Zufriedenheit diskret regelte, nickte Anne zu.

»Halten Sie sich an das, was ich Ihnen gesagt habe«, gab er ihr mit gedämpfter Stimme zu verstehen. »Und lassen Sie mich reden.«

Nur zu gerne, dachte sie. Ich bin zu allem bereit, wenn ich nur wieder die werden kann, die ich mein Leben lang gewesen bin. Die falschen Papiere, die auf Anne Fitzpatrick ausgestellt waren, hatte sie noch am Vorabend im Kamin dem Feuer übergeben. Diese Identität war wie Asche zu Staub zerfallen, und Anne van der Zwaan hoffte nun, wie Phönix daraus geläutert und gereinigt emporzusteigen.

Frühling lässt sein blaues Band …

Hamburg, Anfang Mai 1911

2.

Helene nahm sich die Zeitung, die ihr Vater nach dem Frühstück hatte liegen lassen. Max Lauritzen und seine groß aufgemachte Serie über die Machenschaften des Doktor Tergit, aber auch über Hamburg als Drehkreuz für den Mädchenhandel, fesselte dieser Tage die Hansestadt. Eigentlich war diese Lektüre nichts, mit dem sie sich heute beschäftigen wollte, zu frisch war Helenes Erinnerung an den Mann, der sie niedergeschlagen, gefesselt und geknebelt hatte und dessen Plan es gewesen war, ihren Körper in der Nordsee zu beseitigen. In letzter Minute hatte Berthold Rheydt sie gerettet – ihr persönlicher Held. Nichtsdestotrotz überflog Helene nun die ersten Zeilen, angewidert, wie Mädchenhändler ihr Geld mit der Verzweiflung junger Frauen und mittelloser Familien machten. Aber auch erleichtert – immerhin hatte die Hamburger Polizei ganze Arbeit geleistet und nicht nur den Mörder gefasst, sondern auch einen international operierenden Mädchenhändlerring in Kattowitz ausgehoben. Es war also möglich, diesen Machenschaften einen Riegel vorzuschieben, Helene war überzeugt davon! Die Politik musste nur die Bedingungen dafür schaffen, dass die Ärmsten gar nicht erst in die Zwangslage kamen, ihre Töchter oder den eigenen Körper zu verkaufen.

Aus dem Garten hörte sie Kinderlachen und die Stimme ihrer Mutter. Helene stand auf und warf einen Blick aus dem

Fenster. Auf dem abschüssigen Grundstück, das von ihrer wunderbaren Villa zum Wasser führte, stand Fanny, an ihrer Hand ein kleines Mädchen, Lydia. Auch sie konnte aus den Fängen Tergits gerettet werden. Helenes Mutter hatte sich der Kleinen angenommen und suchte eine Familie, die Lydia, ein Waisenkind aus Galizien, adoptieren würde. War dies der Weg in eine bessere Zukunft des Mädchens?

Zwei Schwäne waren vom Langen Zug auf das Grundstück gewatschelt, frech forderten sie nun die Fütterung ein, mit der Fanny und Lydia sie gelockt hatten. Sie hatten Körner auf die Wiese gestreut, eine Spur gelegt, der die Schwäne verfressen gefolgt waren, nun schien einer der beiden es auf die kleinen Füße des Mädchens abgesehen zu haben, aber Fanny zog die Kleine rasch fort und rettete sie vor dem kräftigen Schnabel des Wasservogels. Hob sie hoch und drehte sich wirbelnd mit ihr um die eigene Achse.

Mit Freuden sah Helene ihre Mutter lachen. Schwere Tage lagen hinter ihnen, aber die Anwesenheit des Waisenmädchens munterte Fanny auf. Seit einiger Zeit hatte sie, nicht zuletzt dank der kleinen Geschwister ihres Dienstmädchens Sophie Lautenschläger, die Beschäftigung mit kleinen Kindern für sich entdeckt und blühte darin auf. Sie wurde nimmermüde, sich Spiele auszudenken, sie besuchte Hagenbeck's mit den Kindern und unternahm alle Anstrengungen, Lydia die deutsche Sprache beizubringen.

Fanny Curtius leistete auf diese Weise Abbitte, Abbitte an ihren eigenen Kindern Klaus und Helene, zu denen sich die Beziehung in den vergangenen Jahren merklich abgekühlt hatte. Helene hatte nun die Chance, sich ihrer Mutter wieder anzunähern, und sie genoss es. Dagegen trauerte sie darum, dass Klaus dies verwehrt war. Klaus, ihr Bruder, der vor ziemlich genau einem Jahr spurlos verschwunden war. Das heißt, spurlos nur für die Eltern, Helene hielt heimlich mit ihm Kontakt. Erst zwei Tage zuvor war wieder ein Brief von ihm aus Havanna gekommen, ein Brief, der Helene besorgt und traurig zurückgelassen hatte.

In den ersten Monaten war ihr Bruder stolz und frohgemut gewesen, hatte ihr sein Leben in Havanna, der pulsierenden Stadt, in allen Farben der Freude ausgemalt. Doch dann hatte sich nach und nach ein anderer Ton in seine seltener werdenden Briefe geschlichen. Sie hatte es nicht gleich wahrhaben wollen, zu sehr wünschte sich Helene, dass ihr über alles geliebter Bruder ein Leben im Paradies führte. Doch an dem Brief, der sie jüngst erreicht hatte, gab es nichts zu deuten. Es ging ihm nicht gut. Warum, das sprach er nicht aus. Aber er schrieb Helene, dass er Sehnsucht hatte, nach Hamburg, nach Freunden und ihr, seiner Schwester. Dass er an Schmerzen litt – aber wovon, wodurch? War er krank? Er führte es nicht näher aus. Und das Schlimmste: Er bat sie um Geld. Helene hätte ihm alles gegeben, was sie hatte, ihr lag nichts an Geld, sie würde ihre Lehrerinnenausbildung in wenigen Tagen abschließen und dann in ihrem erlernten Beruf arbeiten, gerade so viel verdienen, wie sie zum Leben brauchte, und Klaus konnte alles, alles von ihr haben! Nein, was Helene Angst machte, war die Tatsache, dass Klaus nicht wie erwartet in Kuba Fuß gefasst hatte und arbeiten konnte. Er schien, seinen kargen Schilderungen zufolge, Hunger zu leiden, Helene hoffte inständig, dass er wenigstens ein Dach über dem Kopf hatte.

Während sie Fanny nun dabei zusah, wie gelöst diese mit Lydia über die Wiese lief, entschied sich Helene dafür, ihrer Mutter reinen Wein einzuschenken. Sie wusste, wie sehr Fanny – aber auch der Vater, wie er unlängst gestanden hatte – darum trauerte, dass Klaus sie verlassen hatte. Sie liebten ihn, das war Helene erst jetzt klar geworden. Und sie fand es nicht mehr richtig, dass sie die Einzige sein sollte, die um seinen Verbleib wusste.

Außerdem konnte sie die Last des Wissens um ihn nicht mehr allein tragen. Sie musste sich mit den Eltern oder wenigstens mit Fanny beraten, wie ihm zu helfen sei! Denn Hilfe benötigte Klaus im fernen Kuba, dessen war sie gewiss.

Aber wann war der richtige Zeitpunkt? Helene sah auf die Uhr – noch zwei Stunden, dann würde sie zu ihrem ersten Rendezvous aufbrechen. Zu einer Verabredung mit dem Mann, der sie in ihren Gedanken und ihrem Herzen jede Minute des Tages begleitete. Zu dem Mann, den sie liebte und dem jede Faser ihres Körpers zustrebte. Dem Mann, der sie des Abends daran hinderte, einzuschlafen, weil sie versuchte, sich jedes Detail seiner Existenz in Erinnerung zu rufen, damit sie nichts vergessen würde – den schwarzen Kranz langer Wimpern über den dunkelblauen Augen, die winzigen feinen Narben auf seinen Wangen, die Kraft seiner Arme, als er sie gehalten hatte, nachdem er sie an Deck der *Pennsylvania* aus den Fängen Dr. Tergits gerettet hatte, den Duft seines Körpers und den Klang seiner Stimme.

Berthold Rheydt war ihr steter Begleiter in Gedanken geworden, und Helene fand, es war an der Zeit, dass er aus ihren Träumen hervortreten und an ihre Seite kommen würde. In Fleisch und Blut.

Heute am späten Nachmittag sah sie ihn endlich wieder, sie trafen sich am Uhlenhorster Fährhaus, direkt gegenüber an der Mündung des Langen Zugs in die Außenalster.

Eine Frau traf sich mit einem Mann – was das Normalste auf Erden sein sollte, geriet für Helene zu einem beinahe weltbewegenden Ereignis. Sie ahnte, dass dieses Treffen – rein privater Natur und unter vier Augen – über ihren Lebensentwurf entscheiden würde. Sie hatte vor einigen Monaten den Beruf der Lehrerin nicht allein deshalb gewählt, weil er einen Kompromiss zwischen ihrem Wunsch, einen Beruf zu ergreifen, und den Vorstellungen ihrer Eltern für sie, eine bürgerliche

Ehe, darstellte, sondern auch, weil ihr die Vorstellung gefallen hatte, dass es sie der Notwendigkeit einer Ehe enthob. Lehrerinnen verpflichteten sich zum Zölibat – das hatte ihr gefallen.

Nun gefiel es ihr nicht mehr. Wie ihr auch der Berufswunsch nicht mehr zusagte, schon bevor sie diesen überhaupt ausübte. Pädagogik faszinierte die junge Frau aus dem Pastorenhaushalt, aber es genügte ihr nicht. Helene wollte mehr. Mehr von allem – studieren, sich mit Psychotherapie und Analyse beschäftigen. Reisen, feiern.

Und lieben.

Am besten Berthold Rheydt.

Sie drehte sich vom Fenster weg, holte Klaus' letzten Brief aus der Schublade mit den Strümpfen, wo sie seine Schreiben verbarg, und wollte soeben hinuntergehen, als es klopfte und ihre Mutter sogleich den Kopf durch die Tür steckte.

»Helene? Magst du uns Gesellschaft leisten? Wir essen Kuchen.«

»Sehr gerne! Aber, Mama, hast du vorher noch ein wenig Zeit für mich? Ich möchte etwas mit dir besprechen.«

Fanny zog die Stirn kraus, bat dann aber das Dienstmädchen, ein Auge auf die kleine Lydia zu haben, und betrat Helenes Zimmer.

»Setz dich.« Helene zeigte auf ihr Bett und nahm neben ihrer Mutter Platz. Es würde Tränen geben, das wusste sie. Zu Recht. Es war ein Verrat der Kinder an der Mutter, dass sie ihr verschwiegen hatten, wie es Klaus ging und wo er war. Aber jetzt wollte sie nicht länger zögern, ihrer Mutter die Wahrheit zu offenbaren.

Helene zog den Brief hervor.

Keine zwei Stunden später schloss sie das Gartentor hinter sich, erleichtert und froh, zu ihrem Rendezvous aufbrechen zu können und sich auf andere Gedanken zu bringen. Auf hoffentlich vollkommen andere Gedanken!

Fanny hatte gefasster reagiert als erwartet. Natürlich waren Tränen geflossen, aber es waren Tränen der Erleichterung, dass sie nun erfuhr, wo Klaus war, und dass er zumindest mit Helene Kontakt gehalten hatte.

Dass ihre Kinder darüber geschwiegen hatten, traf Fanny, aber sie überraschte Helene mit der Selbsterkenntnis, dass sie wusste, wie wenig ansprechbar sie gewesen war. Melancholie und eine düstere Gemütslage hatten Fanny Curtius in die Isolation ihres Zimmers getrieben, mit den Jahren war es immer schlimmer geworden, es war, als hätte ihre Mutter sich Stück für Stück von der Familie abgekapselt, so erschien es Helene. Aber je mehr sie selbst sich emanzipierte, desto mehr kehrte auch Fanny wieder ins Leben zurück. Wäre da nicht die bittere Erkenntnis gewesen, dass ihr Mann, der Pastor Engelbert Curtius, mit dem letzten Dienstmädchen der Familie ein Kind gezeugt hatte – wäre vielleicht auch das Eheglück zurückgekehrt.

Helene hatte Fanny alle Briefe, die sie von Klaus erhalten hatte, ausgehändigt, und nachdem ihre Mama diese gelesen hatte und ihre Tränen versiegt waren, hatte sie Helenes Hände genommen, ihr fest in die Augen geblickt und gesagt: »Wir müssen ihm helfen, Helene. Ich werde mir etwas überlegen.«

Eine Zentnerlast war von Helene abgefallen! Sie trug nicht länger allein schwer an dem Wissen, dass es Klaus im fernen Havanna schlecht ging, ihre Mutter stand an ihrer Seite, und gemeinsam würden sie eine Lösung finden, ihm zu helfen. Fürs Erste wollte Fanny Geld senden und ihm von nun an auch schreiben, um den Kontakt mit ihm zu halten.

Ihr Hammonia-Rad ließ Helene heute im Schuppen und lief leichtfüßig über die Mühlenkampbrücke und von dort in Richtung Fährhaus. Dass der viel beschäftigte Kommissar sich für sie Zeit genommen hatte, ja, dass er mit einem Brief um ein

Treffen gebeten hatte, erfüllte Helene mit Stolz und Freude. Kaum hatte sie das Schreiben in den Händen gehalten, gestern, war sie zu Paulina hinübergelaufen, ihrer besten Freundin.

»Rheydt?«, hatte diese verwundert gefragt und die Augenbrauen hochgezogen. »Ist das dein Ernst? Der Kommissar? Ist er nicht ein bisschen … zu verbraucht?«

Verbraucht! Helene reagierte empört. Reif, das war der richtige Begriff. Reif, erfahren, männlich, er stand mitten im Leben, war ein angesehener Beamter, Kommissar in der Hamburger Mordkommission, sein Bild war in allen Zeitungen gewesen, nachdem er Doktor Tergit gestellt hatte. Aber Helene konnte Paulina nicht gram sein. Sie wusste ohnehin, dass sie in puncto Männer und allem, was damit zusammenhing – Ehe, Kinder bekommen, einen Haushalt führen –, vollkommen konträrer Ansicht waren.

Während Paulina einer Ehe mit Franz Hopp entgegensah – einem Menschen, den Helene für einen falschen und niedrigen Charakter hielt – und sich nichts Schöneres vorstellen konnte, als Ehefrau und Mutter zu sein, die das bürgerliche Heim mit der nötigen Nestwärme ausstattete, strebte Helene nach einer Liebesbeziehung auf Augenhöhe. Dass Kommissar Berthold Rheydt ihr an Jahren, Reife und Erfahrung weit voraus war, störte Helene in ihrer Argumentation kein bisschen. Sie war wissbegierig. Und lernfähig. Sie würde seinen Vorsprung aufholen, so betrachtete sie das. Und ein aufregender Mann in einem ganz und gar nicht langweiligen Beruf hatte eine mächtige Anziehungskraft auf sie.

Außerdem spielte Berthold Fußball! Sie hatte ihn auf dem Spielfeld gesehen, er war stark, er war voller Energie, und er besaß gerade die richtige Portion Scham- und Rücksichtslosigkeit, die Helene so anziehend fand. Dass er dabei ein sensibler Mensch mit Tiefgang war, hatte sie bereits in diversen Situationen erlebt.

Für Helene Curtius stand fest: Berthold Rheydt war der Richtige.

Der Richtige wartete bereits auf sie auf den Stufen des Fährhauses. Als Helene ihn erblickte, gaben ihre Beine unter ihr nach. Du meine Güte, was sah dieser Mensch gut aus! Und er hatte sich herausgeputzt, das hatte sie noch nie zuvor an ihm gesehen. Die Haare waren frisch frisiert, das Kinn glatt rasiert, er trug ein sauberes Hemd mit Binder und nicht, wie sonst, einen knittrigen und geöffneten Hemdkragen.

Außerdem knetete er einen kleinen Strauß Veilchen in seinen Händen. Veilchen! Für sie!

Helene spürte, wie ihr die Hitze in den Kopf schoss, und als sie endlich mit Puddingknien vor ihm stand, ihm in die Augen sah und er ihr, erkannte sie, dass Berthold Rheydt, dieses Bild von einem Mann, mindestens ebenso unsicher war wie sie.

»Wie schön, dass Sie gekommen sind«, begrüßte er sie und hielt ihr ungelenk die Blumen hin.

»Veilchen!«, rief Helene aus und steckte ihre Nase in den Strauß, um ihre Verlegenheit zu überspielen.

Der Kommissar nahm ihren Arm und führte sie die Treppe hinauf. »Ich habe uns einen Tisch reserviert«, sagte er, »auch wenn Sie mir deutlich zu verstehen gegeben haben, dass Ihnen ein Treffen bei Kaffee und Kuchen zu langweilig ist, dachte ich, das ist erst einmal ein Anfang.«

Helene musste lachen. Ja, in der Tat, als er sie um ein Treffen gebeten hatte, letztens, beim Fußballspiel, hatte sie ihm einen Korb gegeben und ihm klipp und klar gesagt, was sie von ihm erwartete: etwas Spannendes! Dass er sie ins Lichtspielhaus einlud oder ins Varieté. Offenbar hatte er ihrem Wunsch nicht nachkommen wollen.

»Ich finde es schöner, wenn wir uns bei unserem ersten Treffen in die Augen sehen können«, gab er zu seiner Verteidigung an, und als hätte er sich mit seiner Bemerkung zu weit vorgewagt, schob er hinterher: »Damit Sie genau abwägen können, ob Sie sich trauen, beim nächsten Rendezvous mit mir im Dunkeln zu sitzen.«

»Sie haben mein Leben gerettet, Herr Rheydt, mit Ihnen würde ich mich auch im tiefsten Dschungel, am Südpol oder am Meeresboden treffen«, gab sie amüsiert zurück. Und hatte genau registriert, dass er ihr Treffen als Rendezvous bezeichnet und ein nächstes in Aussicht gestellt hatte. Helene war ebenso beeindruckt wie geschmeichelt. Rheydt hielt nicht hinterm Berg damit, dass er Gefallen an ihr gefunden hatte.

Ein Ober führte sie an den reservierten Tisch, ein Plätzchen direkt am Fenster, am Rand, sie hatten einen guten Blick über das Geschehen draußen wie drinnen, saßen selbst aber nicht auf dem Präsentierteller, perfekt.

»Verzeihen Sie, Helene. Ich bin nicht besonders gewandt auf dem Parkett der Konversation.«

»Ich möchte keine Konversation mit Ihnen machen.« Helene hätte am liebsten seine Hand genommen, konnte sich aber im letzten Moment noch zurückhalten. »Es genügt mir vollauf, wenn wir uns unterhalten.«

Er öffnete den Mund, um etwas zu entgegnen, aber sie gebot ihm Einhalt, indem sie eine Hand hob.

»Nein, warten Sie! Im Gegenteil, ich möchte um keinen Preis Konversation mit Ihnen machen. Ich möchte, dass wir uns austauschen. Wir haben so vieles miteinander erlebt, und doch weiß ich nicht, wer Sie sind.«

Er lächelte. Er lächelte! Berthold Rheydt, der ernste Mann mit den sorgenvollen Augen lächelte sie an, und ihr Herz schlug Purzelbäume.

»Sie wissen alles, was man über mich wissen muss. Ich bin zweiunddreißig Jahre alt, Kriminalkommissar, einen Meter zweiundneunzig groß und spiele Fußball.«

»Sie rauchen Pfeife und geben nicht auf sich acht«, ergänzte Helene. »Sie waren beim Militär, sind auf Föhr geboren und wohnen zur Untermiete.«

»Und Sie haben eine Vorliebe für Sherlock Holmes, wie mir scheint?«

Helene nickte. »Für Sherlock Holmes, aber auch für Arsène Lupin. Ich liebe Detektive und Schauergeschichten.«

Der Kuchen wurde serviert und verschaffte ihnen eine kleine Verschnaufpause.

»Schauergeschichten«, wiederholte Rheydt und nahm ein Stück von seinem gedeckten Apfelkuchen. Die Kuchengabel sah in seinen großen Händen aus, als wäre sie aus dem Puppengeschirr entliehen. »Daran habe ich keinen Bedarf. Und ich werde Ihnen auch keine erzählen, falls Sie sich aus diesem Grund mit mir treffen wollten.« Er sah ihr in die Augen. »Sie haben gerade die schlimmste Schauergeschichte am eigenen Leib erlebt.«

Helene zog es vor, nicht weiter darauf einzugehen. Es genügte vollauf, dass Dr. Tergit sie in ihren Träumen heimsuchte.

»Womit vergnügen Sie sich, wenn Sie nicht gerade arbeiten? Oder Fußball spielen?«, lenkte sie vom Thema ab.

Rheydt dachte nach und sah nach draußen, wo die Außenalster verführerisch glitzerte.

Dann zuckte er ratlos mit den Schultern, zauberte ein kleines Lächeln in seine Mundwinkel und konzentrierte sich auf den Kuchen.

»Sagen Sie bloß …« Helene legte ihre Kuchengabel beiseite. »… Sie vergnügen sich nicht. Sie lesen nicht, Sie gehen niemals ins Theater und gönnen sich auch sonst keine Zerstreuung. Oder wie soll ich es verstehen, dass Sie auf so eine simple Frage keine Antwort finden?«

Jetzt lachte er. »Liebe Helene, die Lektüre von Detektivgeschichten scheint lehrreich zu sein. Sie ziehen die richtigen Schlüsse und setzen mir zu, als würden Sie mich vernehmen.«

»Das tut mir leid. Meine Eltern haben immer schon gesagt, meine Neugier wird mich eines Tages umbringen.«

»So weit wollen wir es um Himmels willen nicht kommen lassen!«

Daraufhin schwiegen sie für eine kleine Weile, es schien Helene, als wären sie zu schnell zu weit vorgeprescht in ihrer Unterhaltung, es war kaum mehr möglich, auf Belanglosigkeiten zu sprechen zu kommen. Doch dann ergriff der Kommissar wieder das Wort.

»Aber es stimmt. Ich arbeite zu viel. Zeit für Vergnügungen nehme ich mir kaum. Der Sport ist mir darum auch wichtig, wichtiger als kulturelle Vergnügungen. Wenn ich auf dem Platz bin, vergesse ich alles um mich herum, auch meine Arbeit. Das tut mir gut.«

»Ich sehe schon ...« Helene schob ihren leeren Teller von sich. »... es gibt da noch einiges, das ich Ihnen beibringen kann.«

Er zog die Augenbrauen hoch. »Ich bin gespannt, Fräulein Curtius. Und was erwarten Sie von mir? Soll ich Ihnen auch etwas beibringen, oder möchten Sie Schauergeschichten von mir hören?«

»Weder noch«, gab sie zurück. »Ich möchte Zeit mit Ihnen verbringen. Und Sie kennenlernen.«

Woher nahm sie nur die Chuzpe, auf diese Weise mit ihm zu reden? Einem Mann, der ihr an Jahren und Lebenserfahrung so viel voraus war?, fragte sich Helene, während die Worte aus ihr herauspurzelten. Sie dachte nicht darüber nach, was schicklich war, was sich gehörte, vergaß die Regeln der Konversation, die man ihr von Kindesbeinen an eingebläut hatte. Hätte sie nicht einfach über das Wetter und die Schwäne oder die Südpolexpedition reden können? Dem Mann zuhören und ihn nicht unterbrechen, so gehörte es sich. Aber sie war vorschnell und trug ihr Herz auf der Zunge, sie konnte sich nicht bremsen. Ob sie Berthold Rheydt überforderte? Sie musterte ihn.

»Dann lernen wir uns kennen«, antwortete er ihr und deutete auf den Bootsverleih draußen, neben dem Steg des Fährhauses.

»Wagen Sie sich mit mir aufs Wasser?«

Rheydt legte sich in die Riemen, er ruderte mit Kraft – aber nicht mit Technik. Helene konnte kaum hinsehen, ihr lagen die Worte ihrer Rudertrainerin auf der Zunge, mit der diese die Mädchen piesackte. Aber sie schaffte es, sich jeglichen Kommentar zu verbeißen, zumal der Kommissar einen ausgesprochen reizvollen Anblick bot, wie er vor ihr im Bug des hölzernen Bootes saß, hemdsärmelig, Jackett und Hut hatte er abgelegt. Seine vorhin noch ordentlich frisierten Haare hingen ihm wieder in die Augen, auf der Stirn stand Schweiß. Obwohl es fast schon früher Abend war und der Wonnemonat Mai gerade erst begonnen hatte, wärmte die Sonne bereits mit Kraft. Helene, die alle Kanäle Hamburgs, dem Venedig des Nordens, in- und auswendig kannte, dirigierte den Kommissar in Richtung Winterhude. Sie wusste, dass es dort eine schöne Uferstelle gab, kaum frequentiert von Spaziergängern oder anderen Wassersportlern, wo sie eine kleine Pause einlegen konnten. Durch den Schilfgürtel führte eine schmale Schneise zu einem flachen Rasenstück am Ufer, umgeben von Rosenhecken und Trauerweiden, wo sie geschützt vor den Blicken anderer rasten konnten.

Als sie die richtige Stelle des Kanals erreicht hatten, bat Helene Berthold darum, ihr eines der Ruder zu reichen.

»Hier müssen wir durch«, erklärte sie und zeigte auf die Stelle, wo das Schilf sich öffnete. »Wir müssen staken, mit rudern kommt man da nicht weit.«

»Sagen Sie bloß, Sie kennen sich hier aus?«

»Ich rudere, seit ich acht bin«, erklärte Helene stolz. »Bei der *Germania.* Ich kenne jeden Kanal in Hamburg.«

Gemeinsam stakten sie vorsichtig durch das Schilf, Stockenten flatterten empört empor, dann stieß das Boot an den flachen Uferbereich. Der Kommissar sprang heraus, zog es weiter auf den Kies und half Helene auszusteigen.

»Wo sind wir hier?«, erkundigte er sich, während er sein Jackett auf der feuchten Wiese für sie ausbreitete.

»Osterbeckkanal«, antworte Helene und setzte sich.

Berthold Rheydt nahm neben ihr Platz, rutschte allerdings auf den äußersten Rand des Stoffes, auf dem sie saßen, um zwischen ihnen schicklichen Abstand zu wahren.

Helene ließ sich nach hintenüberfallen und blickte in den blauen Himmel.

»Gestern bin ich großjährig geworden«, sagte sie.

Er fuhr überrascht herum. »Tatsächlich? Herzlichen Glückwunsch! Warum haben Sie nicht früher etwas gesagt? Dann hätten wir darauf anstoßen können.«

»Das können wir immer noch.« Helene sah ihn an. Er saß neben ihr, sie sah seinen leicht gebeugten Rücken, die Weste, seine breiten Schultern unter dem weißen Hemd. Sah die dunklen Haare auf den Unterarmen, den leichten Schweißfilm im Nacken. Roch seinen charakteristischen Duft, den er ausströmte, von Tabak, Seife, Schweiß. Wie sehr wünschte sie sich, diesen Geruch in ein kleines Fläschchen zu bannen, das sie am Abend, wenn sie allein in ihrem Bett lag, öffnen und ihn einsaugen konnte, um sich Berthold Rheydt nahe zu fühlen.

Der Kommissar sah über seine Schulter zu ihr. Er nahm den Blick nicht von ihrem Gesicht, und plötzlich floss die Zeit zäh wie flüssiges Blei, die Geräusche um Helene herum verstummten, das Blau des Himmels verschwand, weil sie in das Blau seiner Augen eintauchte. Noch nie zuvor war sie ihm so nah gewesen, war verbunden mit ihm und eins.

»Sie haben einen Wunsch frei«, sagte er, seine Stimme brüchig.

Helene musste nicht lange überlegen. »Einen Kuss«, gab sie zurück und schloss die Augen.

3.

Einen Kuss also. Nichts lieber wollte Berthold in dem Moment, als das junge Mädchen küssen, das neben ihm lag, hingestreckt, die Augen geschlossen, voller Erwartung.

Aber er kam ihrer Bitte nicht nach. Stattdessen fasste er ihre Hand, führte sie an seine Lippen und küsste sie sanft. Helene öffnete daraufhin die Augen, und ihr Blick war überrascht, enttäuscht und doch voller Zärtlichkeit.

Wann war er zuletzt von einer Frau mit einem solchen Blick bedacht worden? Elisabeth hatte ihn schon lange vor ihrem Tod nicht mehr auf diese Weise angesehen.

Verliebt.

Die Erkenntnis versetzte Berthold einen Stich, aber gleichzeitig spürte er, wie ihn der Blick Helenes im Innersten traf, ihn erwärmte, sein Herz zum Leuchten brachte. Wie sehr sehnte er sich danach, wieder und wieder auf diese Weise angesehen zu werden.

Jetzt legte er sich neben sie, stützte sich auf einen Arm und führte ihre Hand, die er noch immer hielt, an seine Wange. Warm, zärtlich, sanft – Haut an Haut. Wie gut das tat. Wie hatte er je vergessen können, wie sich das anfühlte? Wie viel Stärke und Zuversicht es ihm gab und wie verletzlich es ihn gleichzeitig machte?

Berthold hätte ewig so bleiben mögen, er sehnte sich in diesem Moment nicht nach mehr, aber er wollte nie wieder weniger als das. Zweisamkeit.

Das war keineswegs geplant, als er Helene Curtius geschrieben und um ein Treffen gebeten hatte. Vor ein paar Tagen, als sie überraschend bei einem Fußballspiel aufgetaucht war, hatte er einer spontanen Gefühlsaufwallung nachgegeben. Die Frage, ob sie sich mit ihm zum Spazierengehen treffen wolle, war aus ihm herausgebrochen, und dann stand er in der Pflicht, konnte seine Worte nicht ungesagt machen. Also hatte er ihr geschrieben. Nichts hatte er sich davon versprochen – denn was hatte er einer jungen Frau aus gutem Haus zu bieten? Außer einem gebrochenen Herzen und einem Beruf, der ihm Albträume bereitete?

Bevor er zu seiner Verabredung am Uhlenhorster Fährhaus aufgebrochen war, hatte er sich fest vorgenommen, Helene keine Aussicht auf romantische Gefühle zu machen. Es sollte bei diesem einen Treffen bleiben, schwor er bei sich.

Als er, nach Seife duftend, mit frisch gestutzten Haaren, das Haus seiner Vermieterin verließ, der Admiralswitwe Petersen, hatte diese sofort gewittert, dass er zu einem Rendezvous ging. Obwohl er alles dafür tat, seinen Aufzug herunterzuspielen, und betonte, dass er sich lediglich mit der Frau traf, deren Leben er auf der *Pennsylvania* gerettet hatte, machte Frau Petersen aus ihrem Herzen keine Mördergrube.

»Ach was, Herr Rheydt! Einer alten Frau wie mir können Sie doch nichts vormachen. Ihre Ohren werden ganz rot!«

Beschämt und verärgert zugleich hatte er festgestellt, dass sie recht hatte. Herrgott noch mal! Er war ein gestandener Mann, der bei der Marine gedient hatte und nun in Diensten der Polizei des Kaisers stand, er fing Verbrecher und hatte alle möglichen Abscheulichkeiten gesehen – da würde er doch nicht vor einem Treffen mit Helene Curtius heiße Ohren bekommen wie ein Schuljunge!

Aber nun saß er hier und musste sich eingestehen, dass er sich wohl etwas vorgemacht hatte. Er war nicht nur ein harter

Hund, sondern hatte sich selbst nach der Tragödie mit Frau und Sohn einen weichen Kern bewahrt. Und diese Frau, deren Pulsschlag er nun ertasten konnte, die ihn einhüllte mit ihrem Geruch von Mandeln, frischer Wäsche und Maiglöckchen, die ihre Augen auf ihn richtete und mit deren leuchtend grünem Strahl sein Herz durchbohrte, diese Frau schlug genau diese Saite in ihm an.

Lange blieben sie so, Berthold hielt Helenes Hand, sie lauschten den Vögeln in der Rosenhecke, atmeten im Gleichklang und schwiegen. Erst als Berthold die Kälte des Bodens spürte, mahnte er zum Aufbruch. Gemeinsam stakten sie das Boot aus der Uferzone, und dann setzte sich Helene neben ihn auf die Bank. Jeder nahm ein Ruder, sie wies ihn an, sich nach ihrem Rhythmus zu richten, und zeigte ihm, mit welcher Technik er kräfteschonend und effektiv zugleich ruderte.

Als sie den Bootsverleih erreichten, war die Sonne beinahe zur Gänze hinter Harvestehude versunken. Berthold bot Helene seinen Arm an, sie hakte sich ein, und Seite an Seite schlenderten sie in die Körnerstraße, zum Haus der Familie Curtius. Die junge Frau erzählte von ihren Plänen – in wenigen Tagen würde sie ihr Lehrerinnenseminar abgeschlossen haben und nach den Sommerferien eine Vertretungsstelle an einer Grundschule übernehmen. Danach wollte sie sehen, was das Leben an Überraschungen und Abenteuern für sie bereithielt.

Sie erzählte lebhaft und mit Begeisterung, besaß Charme und Humor, und während er neben ihr lief und ihr lauschte, fragte Berthold sich, ob er sich vorstellen konnte, ein Leben zu führen, das ihm erlaubte, mit ihr einen Haushalt zu bilden, eine Familie zu gründen.

Die ehrliche Antwort war: nein. Sosehr er ihre Gegenwart genoss, aber ein Blick in eine gemeinsame Zukunft war ihm nicht vergönnt. Es gelang ihm nicht, sich ein Leben vorzustellen, das er schon einmal geführt hatte und das auf so tragische Weise zu Ende gegangen war.

Schaute Berthold Rheydt in seine Zukunft, blickte er in einen Abgrund, in dem er niemanden mit hinabreißen wollte. Das hatte Helene nicht verdient.

Sie erreichten die prunkvolle Bürgervilla und blieben vor dem Gartentor stehen.

»Ich danke Ihnen für die wundervollen Stunden, die Sie mir beschert haben«, sagte Berthold und meinte es genauso.

»Ich danke *Ihnen*«, gab Helene zurück, sah ihn an und wurde rot – das war sogar beim gelblichen Schein der Gaslampe zu sehen.

»Oh, wie furchtbar, ich werde rot!«, rief sie aus und lachte. »Sie sind ein schrecklicher Mann, Berthold, Sie bringen mich in Verlegenheit.«

»Das liegt nicht in meiner Absicht, verzeihen Sie.« Er hatte einen Kloß im Hals. »Auf Wiedersehen! Und gute Nacht!«

»So wollen Sie gehen? Sie schicken mich ins Bett ohne Hoffnung auf ein nächstes Treffen?«

Berthold sah Helene an und musste lächeln. Sie war so anders als die meisten Frauen, sie war nicht auf den Mund gefallen und auch nicht auf den Kopf, sie dachte ebenso schnell, wie sie sprach, und sie nahm wahrlich kein Blatt vor den Mund. Frech ein Wiederholungstreffen einzufordern, anstatt sittsam zu warten, bis er sie darum fragte, war typisch für sie, und es gefiel ihm.

»Ich glaube, das wäre nicht ratsam«, antwortete er, und als er die Enttäuschung in ihren Augen sah, fügte er hinzu: »Es liegt nicht an Ihnen, Helene! Auch nicht daran, dass ich unseren Nachmittag nicht genossen hätte. Ganz im Gegenteil. Es war wunderschön.« Er fasste erneut nach ihrer Hand. »Sie sind eine wundervolle Frau, Helene. Sie haben Besseres verdient als mich.«

Die junge Frau entzog ihm ihre Hand. »Wollen Sie mich ernsthaft beleidigen, Herr Kommissar?«

Sie trat sogar einen Schritt von ihm zurück, offenbar hatte er sie verärgert, aber Berthold verstand nicht, wodurch.

»Es tut mir leid, wenn ich Sie vor den Kopf gestoßen habe, Helene. Das war nicht meine Absicht, bitte verstehen Sie …«

»Nein«, unterbrach sie ihn brüsk. »Sie müssen verstehen. Ich habe einen Kopf, und ich habe ein Herz. Und ich entscheide eigenständig, was ich denke und fühle.«

Damit wollte sie ihn stehen lassen, drehte sich um und öffnete das Gartentor. Im letzten Moment fasste er sie am Arm – vorsichtig, sie sollte nicht den Eindruck haben, er wolle sie daran hindern, ins Haus zu gelangen.

»Ich war schon einmal verheiratet«, sagte er, und kaum waren die Worte seinem Mund entwichen, wollte er sie ungeschehen machen. Aber jetzt gab es kein Zurück.

»Gehen wir noch ein wenig«, schlug Helene vor, nachdem sie einige Sekunden gebraucht hatte, um sich zu sammeln.

Erneut bot Berthold ihr seinen Arm, und zu seiner Erleichterung hakte sie sich unter. Er hatte es also noch nicht gänzlich vermasselt.

Er erzählte. Von Föhr und von seiner Frau Elisabeth. Wie es war, als sein Sohn Willem geboren wurde. Von ihrer Ehe, seiner Familie – und dem furchtbaren Ende. Er hatte beide im Watt verloren. Es überraschte ihn, wie leicht er die Worte über die Lippen brachte, noch niemals zuvor hatte er einem anderen Menschen von der Tragödie seines Lebens erzählt. Helene fragte nicht. Sie hörte zu, gefasst, aber als das Ende kam, drückte sie sich enger an ihn. Unversehens hatten sie ihre Schritte wieder zur Alster gelenkt, sie standen nun an der Fernsicht, blickten zu Bellevue und den gegenüberliegenden Sophienterrassen. Dort, wo Anne Fitzpatrick gelegen hatte, erinnerte sich Berthold, in ihrem goldenen Abendkleid, zum Sterben dort abgelegt. In dieser Nacht im November hatte er zum ersten Mal gespürt, dass er Gefühle für Helene Curtius hatte, Gefühle, die er seitdem unterdrückt hatte.

Sie schwiegen, nun, da er seine Geschichte beendet hatte. Berthold war dankbar dafür. Die Frau neben ihm war klug und einfühlsam, sie fragte nicht, drang nicht in ihn, wollte keine peinigenden Details. Und sie verschonte ihn mit Mitleid.

»Wie lange ist das her?«, brach Helene schließlich das Schweigen.

»Fünf Jahre«, gab er zurück.

Sie nickte, dann fuhr sie herum und sah ihn an. »Und Sie denken, dass Ihnen kein Leben mehr vergönnt ist? Sie sind zweiunddreißig, Berthold. So viele Jahre liegen vor Ihnen. Wollen Sie diese in Trauer und Einsamkeit verbringen?«

Berthold zog es vor, darauf nicht zu antworten. Stattdessen lenkte er seine Schritte, mit Helene an seiner Seite, wieder zurück in Richtung ihres Elternhauses.

»Ich treffe selbst eine Wahl, Berthold Rheydt«, sagte Helene Curtius, als sie vor der Villa der Familie angekommen waren. »Und die ist nun mal auf Sie gefallen.«

Mit diesen Worten ließ sie ihn stehen und lief die wenigen Stufen zur Eingangstür hinauf. Dort drehte sie sich um, warf ihm einen langen Blick zu und lächelte. Und verschwand sodann hinter der Tür.

Geschickt hatte sie ihm das Ruder aus der Hand genommen. Nun musste er sehen, wie er damit umging.

Nachdenklich, aber nicht nur das, auch tief bewegt und ja, mit leichtem Herzen lief Berthold zurück in die Stadt.

»Sind Sie gar nicht im Hafen?«, wurde Berthold Rheydt auf der Wache im Präsidium begrüßt.

Eigentlich hatte er vorgehabt, sich direkt zu einer Trambahn zu begeben und damit nach Hause zu fahren, in die schöne

Villa an der Flottbeker Chaussee, in welcher er das obere Geschoss gemietet hatte. Aber nicht immer gehorchten seine Füße seinem Kopf, und so kam es, dass er am Stadthaus vorbeilief. Ein Blick hinüber, dorthin, wo seine Kollegen nächtliche Wache schoben, und der Kommissar kam nicht umhin, einen kleinen Schlenker ins Präsidium zu machen. Nur mal nach dem Rechten sehen, sagte er sich.

Der Wachhabende blickte ihn jetzt überrascht an. »Alle sind jetzt unten. Brenner hat Inspektor Paulmann verständigt, als die Meldung reinkam.«

»Welche Meldung?« Als hätte er eine Ahnung gehabt, sagte sich Berthold. Vielleicht war es doch kein Zufall gewesen, dass er hier aufgeschlagen war.

»Leichenfund.«

»Wo genau?«

»Kaispeicher A.«

Kommissar Berthold Rheydt drehte auf dem Absatz um und verließ das Präsidium. Was scherte ihn ein freier Abend, wenn es Arbeit gab? Die überaus willkommene Ablenkung von seinen Gedanken um Helene und wie er sich ihr gegenüber weiterhin verhalten solle. Im Laufschritt passierte er die Altstadt und hatte keine zehn Minuten später die Niederbaumbrücke erreicht.

Er war am Hafen.

An keinem anderen Ort fühlte Berthold Rheydt die Sehnsucht, wieder zur See zu fahren, so stark wie hier. Der Hamburger Hafen war der viertgrößte der Welt, und konnte man in den engen Gassen des Verbrecherviertels oder in den Alleen Harvestehudes noch glauben, man befinde sich in der Enge einer Kleinstadt, so musste man diese Vorstellung angesichts des stetig wachsenden Hafenmolochs über Bord werfen. Der Hafen glich einem pulsierenden und alles verschlingenden Organismus. Seine unzähligen Kais und Kanäle, das Labyrinth der Brücken und Schuppen, der Werften und Speicher, die Verschiedenheit der Schiffe, die hier vertäut lagen – vom imposanten Viermaster über die Transatlantikdampfer bis zum Fischkutter und der nussschalengleichen Barkasse, gab es jede Form von Schiffen zu bewundern. Jachten, Segler, alte Teeklipper, flache Lastkähne – alle fanden sie hier ein Zuhause.

Der Hafen schlief nie, auch jetzt um diese späte Stunde konnte der Kommissar die Schläge von Eisen auf Eisen von den fernen Werften vernehmen. Das Ächzen der hölzernen Kräne, deren Arme von Schiff zu Kai schwenkten. Die Lieder der Seemänner und Arbeiter aus aller Welt, die Ladungen löschten oder Schiffe zum Auslaufen klarmachten, die betrunken an den Prostituierten am Sandtorkai vorbeitorkelten, um sich die zu suchen, die dem Bild ihrer geliebten Frau zu Hause am meisten entsprach.

Und erst die Gerüche! Taue und Seile, die rochen wie feuchtes, muffiges Gras. Pech und Werg, mit dem die Nähte in den Planken der Decks geflickt wurden, stachen ebenso in der Nase wie der brenzlige Geruch, der vom Köhlbrand herüberwehte. Nordwestwind brachte frische Seeluft; kam die Brise von Land, stank sie nach fauligem Wasser und den vermieften Gassen der Altstadt.

Aber auch die Düfte der Waren, die hier umgeschlagen wurden, mischten sich in das Parfüm des Hafens. Der Duft süßer und halb vergorener Früchte. Tee, Kakao, Kaffee und Leder. Kühe, Ziegen und Schweine hinterließen ihre olfaktorische Spur ebenso wie das Bouquet der Blumen, deren Kelche sich am Morgen auf dem Markt öffnen würden.

All das hörte, sah und roch Berthold Rheydt jetzt, am späten Abend, während er sich auf die Suche nach einem Boot der Hafenpolizei machte, das ihn von der Kehrwiederspitze zum Kaiserhöft übersetzen würde.

Der Kaispeicher A – auch Kaiserspeicher genannt – war

das mächtigste Gebäude des Hafens, sein Wahrzeichen und nautischer sowie mit seinem Zeitball auf der Turmspitze auch chronometrischer Orientierungspunkt aller Schiffe, die hier einliefen. Gleichzeitig beherbergte der Kaispeicher auf seinen Etagen Kostbarkeiten aus aller Welt. Ob es Teppiche oder Gewürze, Wein oder Stoffe waren – hier lagerte der Reichtum der Hamburger Geschäftsleute. Wenn im Kaispeicher eine Leiche gefunden wurde, war der Polizei die Aufmerksamkeit der Stadt gewiss. Sicher war auch dies ein Grund für Willy Brenner gewesen, den Vorgesetzten von Berthold Rheydt zu alarmieren. Christian Paulmann, der Inspektor, hatte es eigentlich nicht mehr nötig, sich am Abend oder am Wochenende zu einem Tatort zu begeben, dafür hatte er seine Kommissare wie Berthold.

Der flache Kahn der Hafenpolizei kam in Sicht, Berthold machte sich bemerkbar.

»Ihre Leute sind alle schon vor Ort«, informierte ihn einer der beiden Hafenpolizisten. »Ein toter Chinese. Mal wieder.«

Berthold verkniff sich einen Kommentar über den Tonfall des Kollegen. Ein toter Chinese war für ihn ebenso viel wert wie jeder andere tote Mensch. Die landläufige Auffassung schien dies aber nicht zu sein, besonders hier, im Hafen. Die Chinesen, von denen in den letzten Jahren mehr und mehr nach Hamburg kamen, waren für die meisten Hamburger Menschen zweiter Klasse. Arbeitsvieh. Einer wie der andere. Ihre Bordelle und Spielhöhlen allerdings besuchten sie trotzdem gerne.

Tatsächlich waren unter den Verletzten und Toten der vergangenen Monate immer wieder Chinesen, das lag nach Meinung der Kriminalpolizei jedoch daran, dass es immer mehr von ihnen in die Hansestadt zog, und so, wie sie im Straßenbild häufiger auftauchten, kamen sie nun auch in den Opferzahlen vor.

Die Hamburger Reeder trugen die Verantwortung für die

»Schlitzaugen«, wie sie häufig respektlos genannt wurden, die es von den chinesischen Provinzen in die Hansestadt zog, denn diese hatten geschäftstüchtig festgestellt, dass die Männer noch weit leidensfähiger und anspruchsloser als deutsche Arbeiter waren. Auf ihren Schiffen setzten sie sie vor allem für die körperlich besonders belastenden Arbeiten ein, als Heizer oder Kohlenzieher.

Sie hatten Kaiserhöft erreicht, und Berthold sprang mit einem Satz an den Kai. Ein Eingang des riesigen Speichers war hell erleuchtet, er erkannte an der Silhouette mit der Pickelhaube, dass ein Kollege dort Wache schob.

»Vierte Etage«, gab ihm dieser knapp zu verstehen, als der Kommissar vor ihm stand.

Das Innere des Speichers war nur spärlich beleuchtet, wenige Petroleumlampen wiesen Berthold den Weg. Im Schatten der hohen Halle im Erdgeschoss erkannte er die Umrisse langer Regalreihen, Regale, die mehrere Meter hoch an die Decke ragten. Darauf lagerten Säcke und Kisten, inmitten der Gänge erkannte er Tische und Waagen für den Warenumschlag. Es roch nach Kaffee, Kakao und Papier. Am Ende der großen Halle führten Treppen in die vier weiteren Etagen, und Berthold hätte sich niemals in dem Gewirr der Gänge und Waren zurechtgefunden, wenn ihm der Schupo nicht den Weg genau beschrieben hätte.

Als er die dritte Etage erreicht hatte, hörte er bereits das Gewirr von Stimmen, auch leuchtete von oben helleres Licht.

Die Szenerie, die ihn erwartete, erinnerte Berthold an Bilder, wie Rembrandt sie gemalt hatte. Die Decke des vierten und obersten Geschosses war weniger hoch als die der Halle unten, doch auch hier bestimmten hohe Regale, vollgepackt mit Waren aller Art, den düsteren Anblick. Inmitten eines der Gänge jedoch, umgeben von dunklen Holzfässern, war es beinahe taghell. Schon von Weitem erkannte der Kommissar das Leiterstativ des Polizeifotografen Schultheiß, dessen Magnesiumblitz in der Sekunde die Umgebung taghell erleuchtete. Bäuerlein, der Physicus, war ebenso anwesend wie Willy Brenner, der junge Schupo, der zum Team Bertholds gehörte. Ein paar weitere Männer, die Berthold nicht kannte, aber mittendrin schob sich unverkennbar die kugelrunde Gestalt des Inspektors Christian Paulmann, der Schneemann genannt, ins Bild. Er stand neben einem Fass – und daneben auf dem Boden lag ein Bündel, über das sich Bäuerlein beugte.

Der Inspektor blickte kurz auf, als Berthold in den Lichtschein der Karbidlampen trat, die man aufgestellt hatte, um den Fundort auszuleuchten.

»Rheydt, wie gut, dass man Sie erwischt hat.« Paulmann zeigte auf das Bündel am Boden. Berthold unterließ es, darauf hinzuweisen, dass er nur durch Zufall an seinem freien Abend den Weg hierher gefunden hatte, sondern richtete seinen Blick stattdessen auf den leblosen Menschen am Boden.

Ein Chinese, der Hafenpolizist sollte recht behalten. Der Tote bot einen grauenhaften Anblick. Er war dürr wie ein Skelett, seine Figur unnatürlich zusammengekrümmt, und es wirkte, als wäre er schon so lange tot, dass er aussah wie mumifiziert.

»Er war dort drin«, erklärte Paulmann und klopfte gegen das Holzfass. »Die beiden hier haben ihn gefunden.«

Berthold blickte auf. Zwei Arbeiter standen wenige Meter abseits und blickten verstört auf das, was um sie herum geschah.

»Wollen Sie bitte dem Kommissar noch einmal erzählen, was Sie mir erzählt haben?«, forderte der Schneemann sie auf.

Die Männer wiederholten ihre Geschichte, wie sie den Toten im Fass gefunden hatten, waren damit aber auch sogleich an ihr Ende gelangt. Die Sache verhielt sich so rätselhaft wie simpel. Die Männer hatten den Auftrag, eine Marge von Weinfässern umzuschichten. Eines der Fässer erschien ihnen auffällig leicht, als sie prüfend daran klopften, hörte es sich verdächtig hohl an. Nach einigem Hin und Her entschlossen sich die beiden, das Fass in Eigenregie zu öffnen, sie scheuten sich, den Vorarbeiter deswegen mitten in der Nacht herbeizuzitieren.

Und so hatten sie den toten Chinesen gefunden.

»Er ist schon länger tot«, meldete sich Bäuerlein und packte seine Utensilien in die Arzttasche zurück. »Wie lange genau kann ich nicht sagen, aber mehrere Wochen mit Sicherheit. Die Alkoholdämpfe haben ihn vielleicht konserviert, er ist erstaunlich gut erhalten.«

»Todesursache?«, erkundigte sich Berthold.

»Ertrunken ist er nicht«, antwortete der Physicus, und Berthold war unsicher, ob der Mann das ernst meinte oder sich einen misslungenen Witz leistete.

»Ich kann auf den ersten Blick kein Zeichen äußerer Gewalteinwirkung erkennen«, fuhr Bäuerlein nüchtern fort. »Aber dazu müsste ich ihn genauer untersuchen. Mein Eindruck ist, der Mann ist verdurstet.«

»Verdurstet!« Unwillkürlich fasste sich Inspektor Paulmann an seinen Bauch. »Also wurde er lebendig im Fass eingeschlossen?«

»Das müssen Sie selbst herausfinden.« Professor Bäuerlein war bereits auf dem Rückzug. Er hatte seiner Meinung nach gesagt, was gesagt werden musste, und das war bei ihm nie viel. »Aber so, wie der Mann aussieht, ist er an Auszehrung verendet.«

Berthold hatte inzwischen eine der Karbidlampen genommen und leuchtete in das leere Fass. Er besah sich die hölzernen Wände genau. »Keine Spuren von Fingernägeln oder dem Versuch, sich daraus zu befreien«, schlussfolgerte er. »Es sieht eher so aus, als wurde der Körper des Mannes in dem Fass versteckt, als er schon tot war.«

»Ich bin gewiss, dass Sie ermitteln werden, wann, wo und wie er da reingekommen ist«, sagte sein Vorgesetzter und klopfte ihm auf die Schulter. »Das ist Ihr Fall, Kommissar Rheydt.«

In der Hitze des Sommers

Drei Monate später, Mitte August 1911,
Hamburg

4.

Die Hitze war unerträglich. Selbst in der Nacht kühlte die Luft nicht ab. Seit Wochen ging das so, Europa ächzte unter extrem hohen Temperaturen und Dürre. Den Obstbauern im Alten Land verdorrten die Früchte am Baum. Kühe und Schweine verdursteten in den Ställen, Flüsse und Bäche trockneten aus, an den Bäumen wurde das Laub herbstgelb. Anfang des Monats waren schwere Gewitter über Hamburg niedergegangen, doch brachten sie kaum die ersehnte Abkühlung, der Niederschlag verdampfte zischend auf dem heißen Land.

Anne hatte aufgehört, Mieder und Unterröcke zu tragen. Sie hatte sich von einer Frau, die im Frauenhaus an der Paulstraße Näharbeiten anbot, mehrere Reformkleider aus leichter Baumwolle anfertigen lassen und konnte sich nicht vorstellen, jemals wieder etwas anderes zu tragen. Ihr Körper bewegte sich darunter frei und ungehemmt, sie litt nicht länger unter Einschnürungen und schweren Stoffbahnen, aber trotzdem setzte die Hitze auch ihrem Körper zu. Sehnsüchtig dachte sie an das Sanatorium im Engadin zurück, wo sie die Monate Mai und Juni verbracht hatte. Den Aufenthalt hatte ihr Vater spendiert – nicht ganz uneigennützig, wie sich herausstellte. Nachdem sie mithilfe des Familienanwalts Chaimbers das Gerichtsverfahren um die von ihr vorgenommenen illegalen Abtreibungen hinter sich gebracht hatte und gegen Zahlung einer satten Geldstrafe auf freiem Fuß bleiben durfte – sogar ihre Approbation durfte sie behalten, es musste ein Vermögen an Schmiergeld gekostet haben –, hatte ihr Vater darauf bestanden, dass sie nicht sofort nach Hamburg zurückkehrte. Sie hatte in der Hansestadt zu viel Staub aufgewirbelt. Er plädierte dafür, die Wogen sich glätten zu lassen und erst dann einen Neustart unter ihrem alten neuen Namen Anne van der Zwaan zu wagen.

Und sie hatte sich gefügt. Zwar nicht allein deshalb, weil sie ihrem Vater gehorchen wollte, sondern mehr, weil sie eigene Pläne verfolgte.

Anne traute ihrem Vater Roger van der Zwaan nicht mehr. Sein Wort war ihr keinen Pfifferling wert, sie hatte traurigen Anlass, ihn für einen Menschen zu halten, der über Leichen ging. Und sie hatte es sich zum Ziel gesetzt, ihn zu beobachten, seine Geschäfte, die er in Hamburg wieder aufnahm, zu verfolgen und ihn, wenn nötig, der Polizei auszuliefern. Aber dafür musste sie ihre schwierige Beziehung wieder in ein ruhiges Fahrwasser lenken, musste ihn in Sicherheit wiegen. Also akzeptierte sie nicht nur seine finanziellen Zuwendungen, sondern sagte Ja und Amen zu allem, was er ihr anriet. Das Geld allerdings, das sie von ihm bekam, leitete sie direkt zum Verein *Frauenwohl* – ohne es zu wissen, finanzierte Roger van der Zwaan damit das Grüne Haus.

Nun hatte er ihr zu einer achtwöchigen Kur im Engadin geraten. Von der sie mit ein paar Pfunden mehr auf der Waage und einer sonnenverbrannten Haut zurückgekehrt war. Anfangs hatte sie mit dem ereignislosen Landleben gefremdelt, doch dann hatte Anne angefangen, Ruhe, saubere Luft und vor allem die Bewegung in der freien Natur außerordentlich zu genießen. Und erst dort, im Sanatorium, spürte sie, wie erschöpft sie tatsächlich war. Außerdem hatte sie ein gebrochenes Herz. Die Erkenntnis, dass Milena sich über sie hinweggetröstet und sie vermutlich vergessen hatte, setzte ihr mehr zu, als ihr lieb war.

Eines Tages hatte Anne den Knotenstock gepackt, die schweren Wanderstiefel übergestreift, die das Sanatorium seinen Gästen zur Verfügung stellte, und war in die Berge gelaufen.

Und sie war süchtig danach geworden! Hatte sie in den ersten Tagen noch Muskelkater in den Beinen und im Gesäß geplagt, verlor sich dieser rasch, sie war mit jedem Tag, den sie über grüne Almen wanderte, Kühen beim Grasen zusah, durch Gebirgsschluchten lief, wilde Schmelzwasserbäche überquerte, sich von Sennerinnen mit frischer Milch und Käsebroten bewirten ließ, gesünder, kräftiger und seelisch stabiler geworden. Als sie schließlich nach zwei Monaten Abschied von der Schweiz nahm, war sie fröhlich und guter Dinge gewesen – aber sie freute sich auch auf ihre Rückkehr in die Hansestadt.

Es war bereits nach zehn Uhr abends, Anne bog in die Schmuckstraße ein. Seit einiger Zeit lief sie diese Runde regelmäßig durch das chinesische Viertel. An einem Abend war sie in die winzige Straße unweit der Reeperbahn geraten und war augenblicklich fasziniert von der fremdländischen Welt innerhalb Hamburgs. Sie kannte auch das Chinatown im Londoner East End, doch dort hatte Milena sie stets weitergeschoben und ihr geraten, die chinesische Enklave nicht zu betreten, Weiße würden dort nicht gerne gesehen. Seit Anne das kleine chinesische Viertel Hamburgs kannte, war sie sich nicht mehr so sicher, ob Milena nicht übertrieben und sie etwas verpasst hatte. Hier in der Schmuckstraße hatten sich auch vornehmlich Chinesen angesiedelt, sie bewohnten die ebenso preiswerten wie ungeliebten feuchten Souterrains und Ladenwohnungen. Alle Schilder, alle Aushänge, Werbetafeln und Hinweise waren in chinesischen Schriftzeichen geschrieben. Vor beinahe jedem zweiten Haus hingen hübsche Papierlampions in leuchtenden

Farben mit goldenen Quasten. Einige Männer wie Frauen trugen flache trapezförmige Hüte, kastenartige Oberteile, dazu lange enge Röcke oder weite Hosen und die ulkigsten Schuhe aus Bast. Natürlich gab es auch Chinesen, die ebenso westlich gekleidet waren wie die Hamburger, aber hier, in der Schmuckstraße, wo sie weitgehend unter sich blieben, kleideten sie sich nach den Traditionen ihrer Heimat. Die Chinesen begegneten Anne ohne Ausnahme mit großer Höflichkeit, blieben aber auf Distanz und unter sich.

Anne war auf Bitten von Charlotte Lehmann, die den Verein *Frauenwohl* leitete und sowohl das Haus in der Paulstraße als auch das Grüne Haus am Hafen und diverse Anlaufstellen für Frauen in Not koordinierte, in ein Bordell an der Reeperbahn geschickt worden, damit sie sich dort um eine Gruppe von fremdländischen Prostituierten kümmerte. Die Frauen oder besser jungen Mädchen waren mit einem Frachter aus der deutschen Kolonie Kiautschou gekommen – unbegleitet, sie sprachen weder Deutsch noch Englisch, sie waren wie Handelsware verschifft worden, und weil die Besatzung des Frachters in Hamburg nicht wusste, wohin mit den Frauen, hatten sie sie dem erstbesten Zuhälter überantwortet. Charlotte Lehmann hatte davon Wind bekommen, sich auf die Suche nach den Frauen gemacht und sie schließlich in der *Hafenritze*, einem stadtbekannten Bordell gefunden. Für einen erklecklichen Betrag hatten sie die Chinesinnen dem Zuhälter abgekauft und sie in die Obhut von Landsmännern und -Frauen übergeben – eben in jener Schmuckstraße. Seitdem sah Anne regelmäßig nach den Mädchen, einerseits aus Besorgnis, andererseits aus Faszination. Diese chinesische Welt fesselte sie, zog sie magisch an.

Die jungen Frauen hatten sich schnell eingefunden, jede war irgendwo untergekommen und ging einer Arbeit nach. Zwei Frauen halfen in einer Suppenküche, zwei waren in der Wäscherei untergeschlüpft, und zwei hatten es vorgezogen, angeblich aus freien Stücken, der Arbeit als Prostituierte treu zu bleiben. Um diese beiden kümmerte Anne sich besonders, die Frauen waren leichte Beute für die hiesigen Zuhälter, die untereinander in handfeste Revierkämpfe verstrickt waren. Das Bordell jedoch, in dem die Neuen arbeiteten, wurde von einer Chinesin geleitet – einer zahnlosen Frau, die aussah wie eine Greisin und Anne stets freundlich bis zur Unterwürfigkeit begegnete. Hätte Anne nicht miterlebt, wie rigoros die Alte mit den Mädchen in ihrem Betrieb umsprang – im Ärmel ihres Kimonos verbarg sie einen Rohrstock, und wer ihren gezischten Aufforderungen nicht Folge leistete, bekam diesen schmerzhaft zu spüren –, sie hätte die Alte für ein harmloses Weiblein gehalten. Gegen die Behandlung, die die Luden in den deutschen Bordellen ihren Mädchen angedeihen ließen, nahmen sich diese Misshandlungen hingegen beinahe noch harmlos aus.

Madame Ju winkte Anne von der offenen Tür ihrer Garküche zu. Die Chinesin war die Einzige in der Straße, die die Ärztin direkt angesprochen und in ihre Küche gebeten hatte, als diese sich zum ersten Mal in der Schmuckstraße gezeigt hatte. Madame Ju sprach einen chinesischen Dialekt, von dem Anne kein Wort verstand, aber die freundliche junge Köchin wusste durchaus, sich verständlich zu machen. Sie hatte Anne in die Pfannen und Töpfe schauen lassen, in denen sie aromatisch riechende Gerichte zubereitete. Frische Krabben, knusprig gebraten, scharf gewürzt, mit dunkler Soße und duftendem Reis hatte sie ihr angeboten – und nur wenige Pfennige dafür verlangt. Die Garküche befand sich im Souterrain eines schmalen Hauses und war gerade mal so breit, dass Anne, wenn sie die Arme ausbreitete, beinahe die Wände links und rechts hätte berühren können. Madame Ju zwängte sich hinter ihre mit Gas betriebenen Feuerstellen und wirbelte geschickt mit schweren gusseisernen Pfannen, die sie »Wok« nannte, wie sie Anne erklärte. Direkt davor fanden zwei winzige Holztischchen mit Stühlen Platz, an die die geschäftstüchtige Köchin Anne platzierte. Eigentlich hatte die Ärztin an diesem ersten Abend nicht vorgehabt, etwas zu essen, doch Ju, die sie freundlich, aber bestimmt in ihr Etablissement gezerrt und auf eines der Stühlchen gedrückt hatte, duldete keine Widerrede. Wie von Zauberhand waren vor Anne die verschiedensten Köstlichkeiten aufgetischt worden – gefüllte Beutelchen aus Teig, Krabben mit Reis und aromatischer Tee in einer winzigen Tasse ohne Henkel.

Amüsiert und für jede neue Erfahrung aufgeschlossen, hatte Anne alles geschehen lassen – und war mit dem ersten Bissen von Jus Köstlichkeiten verzaubert. Außerdem faszinierte sie die Kundschaft in der Garküche. Es war ein stetes Kommen und Gehen bei Ju. Beinahe ausschließlich Chinesen und Chinesinnen kamen in die kleine Garküche, unterhielten sich in rasendem Tempo und hoher Lautstärke mit der Köchin, nahmen Gerichte in kleinen Bambuskörben mit hinaus, aßen im Stehen oder setzten sich an den freien Tisch, um ihre Nudelsuppe hörbar zu schlürfen.

Als Annes Magen nach diesem ersten Besuch mehr als gefüllt war, sie bezahlt und sich von Ju verabschiedet hatte, glaubte sie, um einige Geschmacksknospen reicher zu sein. Die chinesischen Gerichte, die sie gekostet hatte, waren um so viele Aromen vielfältiger als die deutschen – von den englischen, die durchgängig eine Beleidigung für die Zunge waren, mal abgesehen. Sie hatte sich vorgenommen, wieder hierher zurückzukehren – aber Madame Ju ließ ihr ohnehin keine Wahl. Als hätte sie schon auf die Ärztin gewartet, kam sie bei jedem Besuch Annes im chinesischen Viertel aus ihrer Garküche hervorgeschossen, begrüßte Anne wie eine alte Bekannte und zerrte sie erneut in ihr Kellerlokal.

Irgendwann hatte Anne jegliche Gegenwehr fallen lassen. Ihr war klar geworden: Sobald sie die Schmuckstraße betrat, musste sie hier einkehren. Nun denn, es gab durchaus Schlimmeres, als köstlich bewirtet zu werden.

Als Anne an diesem heißen Sommerabend nass geschwitzt aus der Garküche auf die Straße trat, fiel ihr eine bekannte Gestalt auf, die wenige Meter von ihr entfernt ebenfalls in ein im Souterrain gelegenes Etablissement ging. Nur dass es sich nicht um eine Garküche handelte, sondern um ein Lokal, in dem gespielt wurde, wie Anne wusste. Sie selbst war noch nie dort gewesen und hätte es wohl auch nicht betreten können, Frauen war der Zutritt nicht erlaubt.

Sie sah, wie die Silhouette des großen Mannes, den sie kannte und der inmitten der Chinesen noch mehr auffiel als sie, sein Haupt beugte und den Vorhang aus roten Perlen durchschritt. Der Chinese mit der grimmigen Miene, der das Etablissement bewachte, hatte ihn mit einem kurzen Nicken begrüßt, es wirkte, als wäre der deutsche Gast nicht zum ersten Mal dort.

Elmar Thönnes spielt also, dachte Anne bei sich. Und wunderte sich nicht, dass er es hier tat, im Chinesenviertel. Überall sonst in Sankt Pauli, aber auch in Altona, der Neustadt, der Altstadt oder Sankt Georg, würde der Kommissar für Bandenkriminalität nicht unerkannt so einer Leidenschaft frönen können. Zumal die chinesischen Etablissements, so wurde gemunkelt, neben Spielsteinen und Würfeln etwas anboten, das man in den übrigen Spelunken nicht so einfach bekam: Opium.

Aber wer war sie, über die dunklen Leidenschaften ihrer Mitbürger zu richten? Sollte Thönnes sein Geld an den Mah-Jongg-Tischen lassen oder in einer Opiumpfeife verbrennen – sie alle hatten Laster, und was der Kommissar in seinem Privatleben tat, war nicht ihre Sache.

Anne überquerte die schmale Straße und steuerte das Bordell an, dessen Namen sie noch immer nicht kannte, weil er in den ihr fremden Zeichen neben der Tür stand, von oben nach unten zu lesen, so viel hatte sie immerhin gelernt. Am Vordereingang des Etablissements lief die Ärztin vorbei, die Alte hatte ihr unmissverständlich klargemacht, dass ihre Visiten bei den Mädchen zwar geduldet, aber nicht willkommen waren. Möglichst kein Kunde sollte etwas davon mitbekommen, das sei geschäftsschädigend. Anne konnte die Argumentation, die auch in den anderen Bordellen der Stadt galt, nicht nachvollziehen. Sollten nicht auch die Freier Wert darauf legen, dass die Mädchen gesund waren und keine Geschlechtskrankheiten auf sie übertrugen? Stattdessen wurde die Ärztin überall schräg angesehen, durch Hintereingänge gelotst und möglichst rasch wieder abgewimmelt.

Seit ihrer Rückkehr Anfang Juli in die Hansestadt hatte Anne damit begonnen, die Bordelle zu besuchen und dort Gesundheitsfürsorge zu betreiben. Die Stadt fühlte sich nicht zuständig, und die Frauen, die auf der Straße arbeiteten, hatten im Grünen Haus eine Anlaufstelle. Aber der Verein *Frauenwohl*, der sich um Frauen in Not kümmerte, hatte seine Arbeit erweitert und bot nun nicht nur Anlaufstellen an, sondern schickte auch Helferinnen dorthin, wo die Not am größten war. In die Bordelle, aber auch in die Fabriken zu den Arbeiterinnen. Aufklärung und Vorsorge, das war die Aufgabe der Ehrenamtlichen, und Anne war eine der ersten Freiwilligen gewesen. Schließlich hatte sie Zeit – ohne ihre kleine Praxis in der Lembkentwiete –, und sie suchte nach neuen Aufgaben.

Anne öffnete eine Tür, die im Souterrain des Nachbarhauses des Bordells lag, schlüpfte durch einen nur mit einer flackernden Petroleumlampe beleuchteten Gang, der als Lager für die Teehandlung im Obergeschoss diente, gelangte so durch den

Hinterausgang in den Hof der Häuser und betrat von dort durch die Hintertür das Bordell.

Und fand sich in einer fremden Welt wieder, wie sie jedes Mal aufs Neue feststellte. Es war, als träte sie durch einen Märchenvorhang, der sie vom tristen Hinterhof St. Paulis ins Reich der Mitte zauberte.

Sie blickte in einen schmalen Flur – den gleichen, durch den sie soeben im Nachbarhaus geschlüpft war, aber dieser hier war in nichts mit dem tristen, düsteren Schlauch von nebenan vergleichbar. Die dominierenden Farben waren Rot und Gold. Die Wände waren mit Stoff bespannt, glühend rotem Stoff, auf dem sich tapfere Krieger Feuer speienden Drachen entgegenstellten. Anmutige Frauen servierten Tee unter Magnolien. Goldene Fische zogen in Zierteichen ihre Bahnen. Kraniche, Tiger, Bonsais und immer wieder Krieger. Männer mit schwarz gelackten Haaren, zu einem kleinen Knoten auf dem Kopf gebunden, und seltsam dünnen langen Bärten, gekleidet in edle Gewänder. Die Geschichten, die die Wanddekorationen erzählten, ließen Anne träumen, ob es in China tatsächlich so aussah? Wie gerne hätte sie Pagoden und Pandabären, den chinesischen Kaiser und seinen Hofstaat einmal wirklich vor Augen gehabt. Und erst die chinesische Mauer! Aber zu einer ausgiebigen Betrachtung fehlte ihr die Zeit, die Bordellwirtin beäugte jeden ihrer Schritte skeptisch. Neben jedem Zimmer, das von dem prächtig ausgestatteten Flur führte, hingen Lampions – brannte eine Kerze darin, war das Mädchen frei. War das Licht jedoch erloschen, hatte sie Besuch oder war aus anderen Gründen nicht anwesend.

Anne klopfte für gewöhnlich bei ihren Besuchen an die erste freie Tür, die wie alle anderen mit Seidenstoff bespannt war, und eines der Mädchen öffnete. Die Frauen sahen ihr niemals ins Gesicht, sie schlugen die Augen nieder und verbeugten sich respektvoll vor Anne, die sich jedes Mal, wenn sie so begrüßt wurde, zusammennehmen musste, dass sie keinen Knicks machte. Die Höflichkeit der jungen Chinesinnen verlangte schließlich nach einer adäquaten Antwort. Aber der Knicks war für Anne ein Überbleibsel aus dem Hofzeremoniell, sie fand ihn überall unangebracht, es sei denn, sie würde dem Kaiserpaar persönlich begegnen. Also neigte sie lediglich den Kopf und trat ein. Das entsprechende Mädchen löschte dann rasch die Kerze in dem Lampion, schloss die Tür hinter sich und legte sich auf die Chaiselongue oder das Bett im Zimmer. Wandte das Gesicht ab und zog ergeben das dünne Seidenkleid, das sie trug, bis zur Hüfte hoch.

Annes Herz zog sich jedes Mal zusammen. An die stumme Prozedur, die sie in dem chinesischen Bordell durchlief, konnte und wollte sie sich nicht gewöhnen. Natürlich machten sich alle Frauen frei, wenn die Ärztin zur Untersuchung schritt. Aber in der Regel hatten sie vorher ein paar Worte gewechselt, Anne fragte nach dem Befinden, meistens plauderte sie noch ein wenig über Allgemeines, wie das Wetter, um den Frauen die Scham zu nehmen. Hier hingegen, wo sie die Sprache der Mädchen nicht sprach und diese auch nicht ihre, reduzierte sich der Akt der Untersuchung auf eine rohe Fleischbeschau. Ergeben warteten die jungen Prostituierten, bis Anne sie inspiziert hatte, ohne ein weiteres Wort war der Besuch wieder beendet. Manchmal ließ Anne Medizin da, gab den Mädchen Seife für den Intimbereich oder schrieb ein Rezept auf. Aber es fiel kein persönliches Wort. Die Ärztin versuchte, diese mangelnde Verbindlichkeit mit einer besonders zartfühlenden Behandlung und überaus freundlichem Gesichtsausdruck wettzumachen, doch die Mädchen, die sie behandelte, ließen alles reglos mit sich geschehen. Die dunklen Augen suchten nicht ihren Blick und wenn sich ihre Blicke doch einmal trafen, schlugen sie rasch die Augen nieder oder sahen weg.

Anne litt mit ihnen. Sie schienen sich noch mehr als die westlichen Prostituierten in ihr Schicksal zu fügen, das weiß

Gott kein einfaches war. Was für ein Leben führten diese armen Frauen? Wie Vieh wurden sie über die Meere geschifft, in einer fremden Stadt, auf einem fremden Kontinent ausgekippt und in eine grauenvolle Knechtschaft gezwungen, wo sie Männern auf unerhörte Weise zu Diensten sein mussten, deren Sprache sie nicht sprachen und deren Welt sie nicht verstanden. Nur hier, in der Schmuckstraße, umgeben von ihresgleichen, konnten sie sich ein wenig zu Hause fühlen – viele von ihnen würden diese wenigen Meter von Hamburg nicht verlassen.

Auch heute klopfte Anne an die erste Tür, deren Lampion brannte.

Auch heute öffnete ihr eines der Mädchen – doch dieses Mal verlief der Besuch anders als gewohnt.

Kaum hatte Anne das kleine Boudoir betreten, begann eine Frau in einem anderen Raum zu schreien. Spitz, hoch, in äußerster Panik. Die junge Chinesin, deren Gemach Anne betreten hatte, riss die Augen schreckgeweitet auf und starrte Anne an, fürchterliche Angst stand ihr ins Gesicht geschrieben. Anne wollte auf dem Absatz kehrtmachen, zurück in den Flur, um nach der Frau, deren Angst- oder Schmerzensschreie ihr in die Glieder fuhren, zu sehen, doch das Mädchen schloss die Tür, stellte sich davor und schüttelte den Kopf. Anne griff nach der Türklinke, aber die Chinesin wehrte sie ab. Sie sprach Anne mit den Worten ihrer Heimat an, die diese nicht verstand, doch der Tonfall ließ keinen Zweifel zu. Die Frau flehte Anne an, das Zimmer nicht zu verlassen. Offenbar ging dort draußen Furchtbares vor sich, jetzt vernahm die Ärztin ein Poltern, wie von einem Körper, der fiel, Türenschlagen – und schnelle Schritte, die davonrannten. An ihrer Tür vorbei.

Anne sprang zu der winzigen vergitterten Luke, die statt eines ordentlichen Fensters in die Mauer eingelassen war, doch das Einzige, was sie sehen konnte, waren die Beine eines Mannes, der das Weite suchte.

Die Schreie der Frau waren verstummt, stattdessen hub Wehklagen an – aus mehreren Kehlen, so hörte es sich an, und nun ließ auch die Chinesin zu, dass Anne die Tür aufriss und in Richtung der Frauenstimmen stürmte.

In einem der kleinen Bordellräume lag eine Frau am Boden, andere, ihre Kolleginnen ebenso wie die Chefin, beugten sich über sie, jammerten und klagten. Die Frau am Boden lag inmitten einer Blutlache, Anne war sofort bei ihr, schob alle Mädchen beiseite und versuchte, sich ein Bild zu machen. Die junge Frau am Boden war Shenmi, erinnerte sich Anne, und sie war wie Hao, mit der sie eben noch im Zimmer ausgeharrt hatte, eines der zwei Mädchen, die Charlotte Lehmann freigekauft hatte. Der Puls des Mädchens war kaum fühlbar, ihre Augenlider flatterten, sie verlor Blut aus einer tiefen Wunde am Bauch. Sie hatte auch noch andere Schnittverletzungen am Körper, aber keine war so tief wie diese, an der sie sterben würde. Sehr schnell wusste Anne, dass sie das Leben des Mädchens nicht mehr retten konnte. Sie versuchte noch, den Blutverlust zu stoppen, indem sie eine Decke vom Bett riss, und auf den Bauch presste, aber die Atemzüge der Frau wurden flacher und flacher. Anne war wie im Tunnel, agierte wie in Trance, obgleich sie um die Nutzlosigkeit ihrer Handlungen wusste.

Kaum eine Minute war vergangen, als der Kopf der Verletzten zur Seite kippte – hier half weder eine Herzdruckmassage noch ein Transport ins Krankenhaus, die junge Chinesin am Boden hatte ihr kurzes Leben ausgehaucht.

Anne sah die Bordellbetreiberin an und schüttelte leicht den Kopf. Inzwischen hatte sich das kleine Zimmerchen gefüllt, die anderen Mädchen standen um sie herum, weinten, jammerten lauthals und hielten einander im Arm.

Elmar Thönnes!, fiel Anne ein. Der Täter, der das Blutbad angerichtet hatte, war inzwischen geflüchtet, dennoch war die Spur noch warm. Sicher gab es genügend Zeugen, die den

Flüchtigen beobachtet hatten. Die Polizei musste alle hier in dem Bordell verhören, bestimmt konnten sie wertvolle Hinweise bekommen, der Mann war ja gesehen worden, mindestens von der Chefin.

Anne versuchte, sich der Alten verständlich zu machen. »Polizei!«, flehte sie. »Holen Sie die Polizei!« Sie versuchte, den Kommissar zu beschreiben, deutete in Richtung der Spielhalle, in der dieser sich befand, aber die Chinesin sah mit sturem Blick durch sie hindurch, als verstünde sie nicht.

Wütend sprang die Ärztin auf, hier konnte sie nichts mehr ausrichten, ihr blieb nur übrig, selbst Elmar Thönnes zu alarmieren.

Sie scherte sich nicht darum, dass ihr untersagt worden war, den Vordereingang zu benutzen, sie lief dort hinaus, auf die nächtliche Schmuckstraße, in der, je tiefer die Nacht war, mehr und mehr Leben pulsierte. Anne überquerte die Straße, drängelte sich durch Flaneure hindurch, die die Welt der Chinesen bestaunten. Die Hitze trieb alle in der Stadt tagsüber in die Häuser, das Leben verlegte sich in die Nacht, wenn die Temperaturen wenigstens um ein paar wenige Grade gesunken waren.

Endlich fand Anne sich vor dem grimmigen Einlasser wieder. Dieser wollte sie zunächst aufhalten, aber sie rief so laut sie eben konnte den Namen des Polizisten Thönnes, sodass der Mann befand, es sei besser, die Frau ins Innere zu befördern, mit ihrem Schreien verursachte sie zu viel Aufmerksamkeit. Er packte sie fest am Arm und zog sie hinein.

Für das Innere des Ladens hatte Anne keine Aufmerksamkeit, aber sie registrierte sehr wohl, dass sie etwas vollkommen anderes erwartet hatte. In ihrer Vorstellung musste ein Etablissement, das über einen Einlasser verfügte und in dem gespielt wurde, eine rauchgeschwängerte Höhle sein, doch das, was sie erblickte, waren kleine Männergrüppchen, die ruhig und geordnet an verschiedenen Spieltischen konzentriert über Mah-Jongg-Brettern saßen. Kein Opium, keine Sünde, nichts. Dafür Elmar Thönnes!

Anne zeigte dem Mann, dem Grimmigen, der sie noch immer festhielt, wen sie gesucht hatte, aber in dem Moment blickte der Kommissar überrascht auf. Ihm schien sofort bewusst zu sein, dass etwas vorgefallen war, er stand auf und kam zu Anne hinüber.

»Nicht hier«, sagte er, schob den Einlasser freundlich beiseite und verließ mit der Ärztin den Laden.

Kaum waren sie durch die Tür ins Freie getreten, schlug ihnen die abgestandene Luft entgegen, die sich in der schmalen Straße über den Tag gestaut hatte. Jetzt erst merkte Anne, wie durchgeschwitzt sie war, doch die Nässe auf ihrem Kleid stammte nicht vom Schweiß allein, sondern auch vom Blut der jungen Frau, die in ihren Armen gestorben war. Anne fasste Kommissar Thönnes an der Hand und zog ihn hinüber ins Bordell, während sie auf ihn einredete und ihm die Situation schilderte, deren Zeugin sie geworden war. Kaum waren sie gemeinsam durch die Tür getreten, stellte sich ihnen die Bordellchefin in den Weg.

»Was ist hier passiert, Kaiwen?«, sprach Thönnes die Frau an, die er zu kennen schien.

Die so Angesprochene zuckte die Achseln. »Weiß nicht, Kommissar.«

Elmar Thönnes schien verwirrt. »Frau Doktor Fitzpatrick, pardon, van der Zwaan hat mich geholt. Eines deiner Mädchen ist erstochen worden?«

Wenn es nicht so absurd gewesen wäre, hätte Anne die Schauspielkunst der Frau nur bewundern können. Diese setzte eine überraschte Miene auf, tat, als verstünde sie nicht, und musterte Anne mit einem Blick, der Bände sprach. Als wäre sie eine Verrückte!

»Das ist doch lächerlich!«, rief Anne aus, drängte sich an der Alten vorbei und versuchte, den Raum, in dem sie sich noch vor wenigen Minuten mit dem sterbenden Mädchen und allen anderen Prostituierten aufgehalten hatte, zu suchen. Sie lief auf eine Tür zu und wollte diese öffnen, aber behände sprang die Chefin an ihre Seite und verwehrte ihr den Zutritt.

»Kunde!« Sie wies auf den Lampion, in dem keine Lampe brannte.

»Kommissar Thönnes, ich bitte Sie!«, rief Anne. »Lassen Sie sich nicht für dumm verkaufen! Hinter dieser Tür liegt eine Leiche, ich habe es doch gesehen.«

Elmar Thönnes klopfte an der fraglichen Tür, öffnete sie einen Spalt – und zog sie rasch wieder zu.

»Es tut mir leid, Frau Doktor, aber die Personen hier drinnen sind lebendig ...«

Anne starrte erst zu ihm, dann zu der Alten, deren Miene reglos wie Stein war.

»Ich bin doch nicht verrückt! Ich habe das doch gerade erlebt!« Sie fasste ihr Kleid und zeigte das Blut. »Hier! Das ist von der Frau, sie wurde erstochen, es ist noch ganz frisch!«

Elmar Thönnes bekam einen roten Kopf. Wütend drehte er sich zu Kaiwen um. »Was wird hier gespielt? Kaiwen! Frau Doktor hat mir erzählt, was geschehen ist, ich kann mich darauf verlassen, dass es der Wahrheit entspricht.«

Die Frau verzog immer noch keine Miene. »Jetzt gehen, bitte.« Sie zeigte auf Annes Arzttasche, die jemand in den Flur gestellt hatte. Erst da fiel Anne auf, dass sich keines der Mädchen blicken ließ. Alle Türen waren geschlossen. Es herrschte Totenstille im Bordell. Geradezu unheimliche Stille. Anne schauderte. In dem Moment verstand sie, was geschehen war. Sie hatte sich nichts von dem, was sie gerade erlebt hatte, eingebildet. Aber sie war Zeugin einer Szene geworden, die es nicht geben durfte. Die Frau, die das Bordell leitete, und vielleicht auch irgendwelche Hintermänner wollten nicht, dass sich die Polizei hier herumtrieb und Aufmerksamkeit erregte. Wollten keine Ermittlungen und keinen Wirbel. Keine Probleme, keine Presse, keine Eindringlinge in ihrer hermetisch abgeschlossenen Welt.

Irgendwo hinter einer dieser Türen lag die Leiche einer jungen Frau. Man würde sie beseitigen und verscharren und vergessen. Ihre Familie, wo auch immer sie sich aufhielt, würde niemals erfahren, unter welchen Umständen sie ums Leben gekommen war. Das konnte Anne nicht hinnehmen. Aber so, wie sich die Situation im Moment darstellte, waren ihr die Hände gebunden. Und eines wusste Anne genau: Je mehr Aufstand sie jetzt machte, desto weniger kooperationsbereit würde Kaiwen sein. Also nickte Anne, ging zu ihrer Arzttasche und verließ ohne ein Wort das Etablissement. Elmar Thönnes folgte ihr.

Als sie auf der Schmuckstraße standen, Anne über die Schulter einen Blick zurückwarf und etwas sagen wollte, schob der Kommissar sie weiter.

»Weitergehen«, zischte er zwischen den Zähnen hervor. »Die Straße hat tausend Augen und Ohren.«

Sie bogen um drei Straßenecken, dann blieb Thönnes stehen.

»Sie wissen, was ich denke?«, fragte Anne ihn.

»Ich glaube Ihnen«, gab er zurück. »Und ich kenne Kaiwen. Wenn sie nicht will, dass etwas existiert, dann richtet sie es ein. Wenn sie nicht will, dass die Polizei eine Leiche findet, dann lässt sie sie verschwinden.«

»Aber so schnell? Es sind doch nur wenige Minuten vergangen! Wenn Sie jetzt einen Durchsuchungsbeschluss …«

»Auf welcher Basis?«, fiel der Kommissar ihr ins Wort. »Weil Sie Blut an Ihrem Kleid haben? Sie sind Ärztin, es könnte eine Menge anderer Ursachen haben. Sie haben Abtreibungen vorgenommen, soviel ich weiß?«

Anne schwieg. So war das also. Man konnte viel Geld bezahlen, um ein Verbrechen vergessen zu machen, aber das Blut, das daran klebte, ließ sich nicht abwaschen. Thönnes hatte recht. Es konnte alles gegen sie verwendet werden.

»Und nun?«, erkundigte sie sich. »Nehmen Sie das einfach so hin? Lassen einen Tod ungesühnt, einen Mörder laufen?«

»Ganz sicher nicht«, versuchte der große Blonde sie zu beruhigen. »Kommen Sie mit ins Präsidium. Mord ist die Baustelle von Kommissar Rheydt, er wird sich sehr für das interessieren, was vorgefallen ist.«

Kommissar Berthold Rheydt!, dachte Anne. Sie schienen untrennbar miteinander verbunden, dies war nun schon der dritte Mordfall, in den sie verwickelt war, und der dritte Mordfall, in dem er ermitteln würde. Wenn er es tat. Allerdings hatte der Gedanke, dass der große traurige Mann sich der Sache annehmen würde, auch etwas sehr Tröstliches – Rheydt war ein Bullterrier, er biss sich fest. Wenn jemand den Mörder aus der Schmuckstraße finden würde, dann war er es!

Und Anne schwor sich, dass sie mit Kräften das Ihrige dazu beitragen wollte, den Mörder der jungen Chinesin zu finden.

5.

»Masel tov!« Immer und immer wieder: »Masel tov!« Obgleich es schon auf Mitternacht zuging und Helene glaubte, seit Stunden nichts anderes zu hören als die Glückwünsche für das Brautpaar, erklang es immer noch hie und da: »Masel tov!«

Sie saß auf dem Steg, der sich in die Dove-Elbe hinein erstreckte und beobachtete aus der Entfernung das Treiben der Hochzeitsgesellschaft an Land. Die Holzbohlen waren noch immer warm von der sengenden Tagessonne. Ihre Schuhe hatte sie ausgezogen, sich auch der Strümpfe entledigt und ließ die

Beine vom Steg baumeln, bis zum Knöchel umspielt vom kühlen Nass.

So beobachtete sie das Treiben der Festgesellschaft, hörte die wilde Musik der jüdischen Kapelle und versuchte, sich an der Fröhlichkeit und ausgelassenen Stimmung zu erfreuen.

Allein, es wollte ihr einfach nicht gelingen. Paulina Reimers, ihre liebste Herzensfreundin Paulina, heiratete Franz Hopp. Einen Menschen von falschem und niederem Charakter. Und wäre es nur das, wäre es nur, dass ihre Freundin sich in einen Menschen verliebte, den Helene nicht mochte, dann könnte sie sich vielleicht noch irgendwie damit arrangieren. Hoffte Helene. Aber für sie war es schlimmer als das. Diese Hochzeit riss die Freundinnen auseinander, Helene hatte das Gefühl, als trennte man ihr bei lebendigem Leib ein Stück vom Körper.

Als sie Paulina letztens unter Tränen von ihrer Angst, die Freundin zu verlieren, erzählt hatte, hatte diese nur gelacht. Helene würde in ihrem Haus immer willkommen sein! Es würde sich nichts ändern an ihrer Seelenverwandtschaft, ganz im Gegenteil – wenn Paulina erst glücklich in den Hafen der Ehe eingelaufen wäre und einen eigenen Hausstand befehligte, könnten sie sich noch freier bewegen als unter den Augen ihrer Eltern.

Aber Helene wusste es besser. Paulina zog aus, aus dem Haus der Reimers', aus der Körnerstraße, aus Uhlenhorst fort. Die Familie Hopp hatte das junge Ehepaar unterstützt und den beiden eine hübsche Wohnung am Rotherbaum gekauft – Ferdinand Reimers hatte dafür ebenfalls tief in die Tasche gegriffen. Dorthin würde Paulina ziehen. Ein Traum ging für ihre Freundin in Erfüllung, die sich eine große Schar Kinder wünschte und nichts lieber tat, denn als liebende Hausfrau und Mutter ihrem Manne ein gemütliches Nest zu bereiten.

In diesem Nest war Helene alles andere als willkommen. Nicht wegen Paulina, natürlich nicht, an der Liebe des Alsterschwans zu ihrer ältesten Freundin gab es nichts zu rütteln – aber dem Gatten, Franz Hopp, war Helene mit ihrer Lebensweise, ihrer politischen Auffassung, ihrer Ehelosigkeit und ihrem beruflichen Ehrgeiz ein Dorn im Auge. Als ginge von ihr eine schädliche und ansteckende Krankheit aus, die seine Auserwählte anstecken könnte. Mit dem Virus der Selbstständigkeit und Emanzipation. Franz Hopp ließ Helene seine Abneigung spüren, wann immer sie sich begegneten. Stets richtete er es so geschickt ein, dass seine Sticheleien und seine bösen Blicke für Paulina weder zu hören noch zu sehen waren.

Helene blickte an sich herab. Ihr festliches Gewand, das sie sich eigens für die Hochzeit hatte schneidern lassen, hatte Eindruck gemacht – ganz wie geplant. Sie hatte provozieren wollen, den Bräutigam verärgern, und es war ihr gelungen. Sie trug ein Hosenkleid. Ein aufsehenerregendes Kleidungsstück, das dieses Jahr international in Mode gekommen war, als Gegenstück zum unseligen Humpelrock, der so eng geschnitten war, dass er die Frauen zu unwürdigen Trippelschritten zwang. In London und Paris trugen moderne Frauen die Hosenkleider mit Selbstverständlichkeit, in Berlin jedoch, so vermeldeten es die Blätter der konservativen Hansestadt Hamburg, war es angesichts einer Hosenkleid-Trägerin zu einem Massenauflauf Schaulustiger gekommen!

Das hatte Helene herausgefordert. Instinktiv hatte sie, kaum dass sie in den Illustrierten erste Abbildungen des neuen Kleidungsstückes entdeckt hatte, gewusst, dass sie damit nicht nur äußerst modern gekleidet war, dass ihr das Hosenkleid Beinfreiheit beim Fahrradfahren verschaffte, sondern obendrein Franz Hopp zur Weißglut bringen würde! Also hatte sie für seine Hochzeit mit Paulina ein Hosenkleid aus hellgrüner Seide in Auftrag gegeben, eine weite, hauchdünne Pluderhose mit darüberhängendem schmalem Rock aus dem gleichen Stoff, der jedoch am Rand wie indische Saris bestickt war. Dazu eine passende Bluse mit Schluppe. Helene fand, es stand ihr ausgezeichnet – ihren roten Haarschopf trug sie noch immer kurz, und als sie sich vor der Hochzeit im Spiegel drehte, war sie mit ihrer Erscheinung mehr als zufrieden. Modern, aufsehenerregend und ein wenig maskulin – sie würde eine Ausnahmeerscheinung auf der Feier sein! Und so kam es. Ihrem Vater stockte erst einmal der Atem, als er sie die Treppe herunterkommen sah, ihre Mutter bekam einen Lachanfall, zollte ihrer Tochter dann aber doch Bewunderung – für ihren Mut, aber auch das glamouröse Aussehen. Ida Reimers, Paulinas in allen Belangen sehr fortschrittliche Mutter, klatschte begeistert in die Hände, als sie Helene so sah, während die Eltern des Bräutigams einer Ohnmacht nahe waren.

Wie hatte Helene die Aufmerksamkeit, die neugierigen Blicke der anderen Gäste, aber auch den funkelnden Hass in den Augen des Bräutigams genossen. Meinhard Tannenberg, der Dichter, der ihr in den vergangenen Monaten zum steten Begleiter und Freund geworden war, zollte ihr seine Bewunderung.

»*T'es très parisienne*, meine Liebe«, hatte er ihr zugeraunt und geschickt die Platzkarten bei der Festtafel ausgetauscht, sodass er neben seiner Freundin Platz fand.

»Für Moorfleet reicht's«, hatte Helene zurückgegeben, und sie hatten gelacht. Moorfleet! Wer um Himmels willen war bloß auf die Idee gekommen, eine große Hochzeitsfeier in diesem nach Kuhfladen stinkenden Kaff auszurichten? Die Antwort kannten sie beide. Helene wusste von Paulina, dass Ferdinand und Ida Reimers, geübt in Soireen und mondänen wie außergewöhnlichen Abendgesellschaften, die Hochzeitsfeier nur allzu gerne in ihrem Haus ausgerichtet hätten, selbstverständlich auf ihre Kosten. Doch die Familie Hopp, erzkonservativ bis ins Mark, Anhänger des ehemaligen Reichskanzlers Bismarck, hatten abgelehnt. Und stattdessen die Hochzeit auf dem Lande propagiert – gezahlt hatten die Reimers' wohl dennoch den Löwenanteil.

Die Gäste der Familie Hopp unterschieden sich deutlich von denen, die Paulinas Familie eingeladen hatte. Letztere hatten ihre Freunde und Familie vor allem unter den fortschrittlich denkenden Kreisen der Hansestadt, unter Sozialdemokraten, Künstlern und Wissenschaftlern. Außerdem waren sie sehr säkulare Juden, Helene hatte lange gar nichts davon geahnt, dass die Familie ihrer besten Freundin jüdisch war, hätte ihr Vater nicht einmal eine Bemerkung darüber fallen gelassen.

Die Gäste der Familie Hopp rekrutierten sich dagegen aus den konservativen Kreisen. Bankiers und Juristen, Männer aus der Bürgerschaft. Der Vater von Franz Hopp hatte einflussreiche Freunde, sogar der Geschäftsführer der *Hapag*, Albert Ballin, stattete dem Fest einen kurzen Besuch ab.

Allerdings musste Helene im Lauf des Nachmittags zugeben, dass die gewählte Lokalität, ein Gasthaus mit eigenem Steg und Bootsverleih, durchaus Charme hatte. Die große Wiese hinter dem Gastgarten fiel leicht abschüssig zum Wasser hinunter, die anwesenden Kinder hatten ausreichend Platz zum Toben, und der nahe Fluss lud dazu ein, sich abzukühlen, und machte so die Bullenhitze des Nachmittags halbwegs erträglich. Das Essensangebot war üppig, von Kaffee und Kuchen futterte sich Helene nahtlos zum Festmahl und hörte auch nicht auf, als es nächtlichen Nachschub in Form von Flusskrebssuppe und belegten Broten gab.

Sogar ihre Eltern, die mit Familie Reimers nicht direkt befreundet, aber als langjährige Nachbarn doch eng verbunden waren, schienen das Fest zu genießen – beide auf ihre Art. Ihr Vater, der Pastor Engelbert Curtius, unterhielt sich blendend mit dem Rabbiner, der auch die Trauung vollzogen hatte, ihre Mutter Fanny sprach dem Wein zu.

Und als schließlich die Zeremonie vollzogen wurde und die

wunderschöne Paulina, gekleidet in einen Traum aus weißer Seide, einen Kranz weißer Blumen auf dem goldenen Haar, unter die Chuppa, den Baldachin, trat und dem ebenfalls ganz in Weiß gekleideten Bräutigam das Eheversprechen gab, begann nicht nur Fanny, hemmungslos zu weinen, auch Helene schossen Tränen der Ergriffenheit in die Augen.

Später, als alle Reden gehalten waren, die Frischvermählten ausgiebig mit Reis beworfen und mit Glückwünschen bedacht worden waren, begann die kleine Hochzeitskapelle zu musizieren. Zunächst spielten sie einen Walzer nach dem anderen, gingen schließlich zur schnelleren Polka über, bis spät in der Nacht, als die eine Hälfte der Gesellschaft betrunken und die andere nach Hause gefahren war, wilde Klezmer-Musik auf die Tanzfläche lockte.

Helene ließ sich von Meinhard, dem Tanzpartner des Abends, nicht lange bitten. Sie liebte es, mit ihm zu tanzen! Und sie wusste, dass kein anderer junger Mann sich getraut hätte, sie aufzufordern, diese wilde Frau, hochgewachsen, sportlich, mit dem feuerroten Amazonenhaar und den ungewohnten Beinkleidern. Meinhard jedoch, ein Dichter, der Männer liebte und dem sein Ruf herzlich egal sein konnte, war ein guter und ausdauernder Tanzpartner – er schaffte es sogar, Fanny Curtius zu einem Walzer zu bewegen.

Irgendwann hatte Helene sich zurückgezogen, ermüdet vom Tanz und der Hitze, dem Essen, das ihr im Magen lag, dem einen Glas Champagner, das sie über den Durst getrunken hatte, aber auch erschöpft von den vielen verschiedenen Gefühlen, die sie an diesem Tag durchgeschüttelt hatten.

Die Trauer um den Verlust von Paulina. Die Wut auf die Feigheit Franz Hopps, der sich hinter einer freundlichen Fassade versteckte und sich nicht getraute, seine Abneigung gegenüber Helene offen zu zeigen. Die Freude über ihre ausgelassene und fröhliche Mutter, der Stolz Helenes auf sich selbst, dass sie keine Scham hatte, sich so zu zeigen, wie sie war: stark und unabhängig. Und immer wieder: Sehnsucht. Sehnsucht nach ihm, nach Berthold. Und sosehr Helene die Ehe, die ihre beste Freundin heute einging, auch verachtete, sosehr sie selbst unabhängig und frei sein wollte, so sehr wünschte sie sich an die Seite des Mannes, den sie liebte.

Und von dem sie noch immer nicht wusste, ob er ihre Gefühle erwiderte.

Seit ihrem ersten Treffen, ebenfalls am Wasser, damals, Anfang Mai am Osterbeckkanal, als er ihre Hand gehalten und geküsst hatte, als sie einander so nah waren, dass Helene sicher gespürt hatte, wie ihre Herzen, ihre Seelen sich untrennbar miteinander verbanden, wartete sie darauf, dass er sich offenbarte.

Aber nichts geschah.

Sie trafen sich regelmäßig einmal in der Woche, manchmal sogar zweimal. Fast bei jedem Treffen war Wasser mit im Spiel – ob sie eine Bootstour machten oder am Wasser flanierten, mit den Rädern an den Elbstrand fuhren – ja, Berthold Rheydt hatte sich ebenfalls ein Fahrrad zugelegt! Und sich von ihr die Kunst zu radeln zeigen lassen – oder einfach nur am Ufer der Außenalster saßen und Schwäne fütterten, Wasser schien ihr verbindendes Element. Sie konnten sich miteinander ebenso gut unterhalten, wie sie schweigen konnten – Berthold besser als Helene –, sie wussten so viel übereinander, fassten einander bei den Händen, und letztens, oh Wunder, hätte er sie fast geküsst! Aber eben nur fast. Beim Abschied hatte Berthold ihr tief in die Augen gesehen, sein Blick war voller Liebe und Zutrauen gewesen, in Erwartung seiner Lippen, endlich, endlich!, hatte Helene ihre Augen geschlossen – und dann doch nur seinen Mund auf ihrer Wange gespürt.

Was war nur mit ihm? Seine Zweifel daran, ob er der Richtige für sie sei, konnte sie ihm nicht nehmen, das quälte Helene. Warum traf er sich mit ihr? Warum nahm er ihre Hand, streichelte sie, fasste sie um die Hüfte und machte ihr schöne Augen? Wenn er sie nicht liebte, dann durfte er nicht auf diese Weise mit ihr spielen, das sagte sich Helene nach jedem dieser Treffen und nahm sich fest vor, ihm beim nächsten Mal abzusagen. Doch dann brachte sie es wieder nicht übers Herz. Ihre Sehnsucht war zu groß, ihre Gefühle für ihn zu stark.

Aber würde es eine Zukunft für sie geben? Würde es ein Paar geben, Berthold und Helene? Und wenn ja, was für eines? Traute er sich eine zweite Heirat zu? War es das, was Helene wollte? Sie hatte den zölibatären Lehrerinnenberuf aus Gründen gewählt, sie wollte berufstätig und unabhängig sein. Warum also wünschte sie sich so sehnlich, dass Berthold sich ihr näherte, körperlich näherte? Freie Liebe – dazu hatte sie nicht den Mut. Eine unverheiratete Frau mit Liebesleben zu sein, dazu musste man stärker sein als sie. Helene wusste, dass sie Sturheit und Willenskraft besaß, ausreichend, um sich einen Beruf zu erkämpfen oder sich nicht um gewisse Konventionen zu scheren. Aber die Geliebte eines Mannes zu sein, frei und ungebunden, das wagte sie nicht. Dazu war sie zu sehr das Kind ihrer Eltern, die Tochter aus gutem bürgerlichem Haus.

Vielleicht hatte Berthold deshalb noch keinen ernsthaften Versuch gemacht, sich ihr zu nähern? Weil er um ihre Zerrissenheit wusste?

Berthold Rheydt, der Kommissar, war ein ernsthafter Mann mit hohen moralischen Grundsätzen, das wusste Helene mittlerweile über ihn. Niemals würde er sie verführen, um seiner Lust zu frönen, aber keinerlei Verantwortung übernehmen. Das ehrte ihn, führte jedoch dazu, dass Helene sich die Quadratur des Kreises wünschte. Sie wollte seine Geliebte sein! Wollte ihn spüren, seine Haut, seine Lippen, wollte seinen Geruch einatmen, sich mit ihm verbinden, eins sein. Aber dazu müsste er seine Absicht erklären, sie zur Frau zu nehmen. Damit würde sie alle Rechte auf ihn übertragen. Er würde über ihre Finanzen entscheiden können und über ihre berufliche Tätigkeit – die er ihr einfach verbieten könnte. Sie würde fortan sein Eigentum sein, das wollte sie auf gar keinen Fall!

War Berthold Rheydt ein Mann, der es aushielt, eine Ehe auf Augenhöhe zu führen?

»Liebling, dein Vater möchte nach Hause.« Fanny trat auf den Steg zu ihr. »Es ist spät, ich bin auch müde. Außerdem haben wir noch einen längeren Weg vor uns.« Sie kicherte. »Um Himmels willen, wer will schon in Moorfleet heiraten!«

Helene musste lächeln. Der Anblick ihrer Mutter, deren Frisur ein wenig derangiert und die Wangen vom Alkohol und der Hitze gerötet waren, die zart wie ein Grashalm im Wind war und doch über eine Zähigkeit und Standfestigkeit verfügte, die Helene ihr niemals zugetraut hatte, gefiel ihr.

»Mama, setz dich kurz zu mir.« Helene klopfte mit der flachen Hand auf die Bohlen neben sich.

»Direkt auf das Holz? Mein Kleid …« Fanny zögerte.

»Mama, das Fest ist vorbei. Es schert niemanden, wenn du einen Fleck auf dem Kleid hast.«

Fanny seufzte und ließ sich vorsichtig neben ihrer Tochter nieder. »Ein schönes Fest«, sagte sie, nachdem die beiden Frauen dem Treiben auf dem Tanzboden aus der Ferne zugesehen und den Klängen der ungewohnten Klezmer-Musik gelauscht hatten. Je tiefer die Nacht, desto sentimentaler die Musik.

»Ja«, gab Helene zurück. »Sehr schön. Paulina ist glücklich.«

Ihre Mutter musterte sie von der Seite. »Freust du dich nicht für sie?«

Helene zuckte mit den Schultern. »Seid fruchtbar und mehret euch – du weißt, dass das nicht mein Ziel im Leben ist. Ach, was soll's, wenn Paulina sich das erträumt, soll sie glücklich werden!«

»Es ist ihr Leben, nicht deines. Und Glück, mein Liebes, Glück ist flüchtig.«

»Das klingt bitter.« Und es war bitter. Ihre Mutter hatte vor Jahren ihre Leichtigkeit verloren, ihren Frohsinn. Warum, davon wusste Helene nichts. Miterlebt hatte sie jedoch, dass der Weggang von Klaus ihre Mutter tiefer in die Melancholie gezwungen hatte. Als dann noch herauskam, dass der Vater ein Verhältnis mit dem Dienstmädchen gehabt hatte, schien es zunächst, als zöge sich Fanny noch weiter in das Schneckenhaus ihres mit schweren Vorhängen verdunkelten Zimmers zurück. Doch dann war das Gegenteil eingetreten. Fanny blühte auf. Sie erwachte zu neuer Lebendigkeit. Seit sie wieder Kontakt mit Klaus hatte – sie schrieb ihm regelmäßig nach Havanna –, schien sie neuen Lebensmut zu fassen.

»Ich habe schmerzhaft gelernt, dass Glück flüchtig ist.« Fanny Curtius drehte sich zu Helene und strich dieser eine widerspenstige Haarsträhne aus der Stirn. »Aber das Wunderbare daran ist: Das Glück kann nicht nur verschwinden, es kann auch zurückkehren.«

»Ach, Mama.« Helene legte ihren Kopf auf deren Schulter.

Fanny fuhr ihr liebevoll übers Haar und fragte: »Hast du Liebeskummer?« Niemals hatten sie über Helenes Verhältnis zu Berthold Rheydt gesprochen, aber natürlich war es den Eltern nicht entgangen, dass sich ihre Tochter regelmäßig mit dem Kommissar traf. »Er ist ein stattlicher Mann, Kommissar Rheydt. Und anständig scheint er auch zu sein.«

»Etwas zu anständig«, entfuhr es Helene, und sie erschrak augenblicklich über ihre Offenherzigkeit.

»Lass dir Zeit.« Fanny stand auf. »Du triffst deine Wahl, Helene. Ich durfte das nicht. Für mich hat der Vater entschieden.«

Helene erhob sich nun ebenfalls. Sie nahm ihre Schuhe und Strümpfe in die eine Hand, fasste mit der anderen die ihrer Mutter, und gemeinsam gingen sie über die Wiese zurück zum Fest. Der Vater wartete bereits neben der Droschke auf sie, half den Frauen hinein und nahm selbst darin Platz. Der Kutscher trieb die Pferde an, deren beruhigend gleichförmiger Trab Helene einschläferte. Bevor ihr die Augen ganz zufielen, sah sie jedoch, wie der Vater vorsichtig nach der Hand seiner Frau tastete und Fanny zuließ, dass er sie sanft fasste und für die Dauer der Heimfahrt nicht mehr losließ. Das Bild der ineinander verschränkten Hände ihrer Eltern begleitete Helene in ihrem Dämmerzustand. Es war nicht so einfach, dachte sie. Nicht alles ist so, wie es auf den ersten Blick scheint. Sie hatte gesehen, wie glücklich und ausgelassen Paulina heute ihre Heirat gefeiert hatte, aber Helene wusste, dass diese mit einem Mann, der einen schlechten Charakter hatte, unter keinem guten Stern stand.

Und die Ehe ihrer Eltern? Je älter sie wurde, desto stärker hatte sie unter der Lieblosigkeit von Mutter und Vater gelitten. War der Überzeugung angehangen, dass ihr strenger und konservativer Vater seine zarte Frau unter sein Joch gezwungen hatte, sich selbst aber sexuelle Freiheiten herausnahm. Doch dieses Bild war in den vergangenen Monaten ins Wanken geraten, und heute hielt Helene es für möglich, dass es unter der Oberfläche, die ihre Eltern nach außen hin zeigten, ganz anders aussah.

Die Ehe, war der letzte Gedanke, der durch ihr müdes Hirn zuckte, die Ehe überfordert mich. Ich werde das auf die lange Bank schieben …

Als das Dienstmädchen Sophie am nächsten Tag die Post auf einem kleinen Silbertablett in den Salon brachte, in dem Helene und Fanny ein spätes Frühstück einnahmen, sollte Helene ihren Vorsatz überraschend schnell umsetzen können. Unter den diversen Schreiben fand sich eines, das direkt an sie adressiert war. Als Helene den Poststempel sah, begannen ihre Hände vor Aufregung zu zittern. Sie konnte es kaum erwarten, bis der scharfe Brieföffner den Umschlag durchtrennt hatte und sie das Schreiben herausziehen konnte. Fast hätte sie vergessen, dass sie vor Wochen ein Schreiben an den Adressaten gerichtet hatte, da sie partout keine Antwort bekam. Dass man ihr nun doch schrieb, traf Helene unvorbereitet, mit dieser Antwort hatte sie schon nicht mehr gerechnet.

Kaum hatte sie hastig die wenigen Zeilen überflogen, sprang sie auf und brach in spontanen Jubel aus.

»Kind? Ist alles in Ordnung?« Fanny setzte die Tasse, die sie bereits zum Mund geführt hatte, wieder ab.

»Berlin! Mama, ich fahre nach Berlin!«, rief Helene mit überbordender Freude, und weil ihre Mutter gar nicht begreifen konnte, weshalb Helene so außer sich war, las sie ihr die Zeilen, die sie erhalten hatte, vor.

»Sehr geehrtes Fräulein Curtius, gerne entsprechen wir Ihrer Bitte und laden Sie ein, als Gast unserer Berliner Psychoanalytischen Vereinigung bei unserem nächsten Treffen zu hospitieren.«

Helene ließ das Schreiben sinken. Ihre kühnsten Träume würden wahr! Psychoanalyse! Es gab zurzeit wenig – außer Berthold Rheydt –, das sie mehr interessierte. Sie würde nach Berlin fahren, und wenn schon nicht Sigmund Freund persönlich, so doch den führenden Psychoanalytikern und Analytikerinnen lauschen! Von ihnen lernen. Und vielleicht, vielleicht, selbst einmal ein Studium beginnen.

Außerdem würde ihr die Reise nach Berlin eine kleine Pause von den zermürbenden Gedanken über Berthold Rheydt und die Ehe erlauben.

6.

»Und?«, erkundigte sich Berthold und packte die Tüte mit den warmen Rundstücken auf den Fenstersims. »Irgendetwas Auffälliges?«

Jens Raabe schüttelte den Kopf und setzte den Feldstecher ab. »Tut mir leid, Chef. Die ganze Nacht nichts.« Er sah zu seinem Vorgesetzten auf und zuckte enttäuscht mit den Schultern. »Und jetzt am helllichten Tag wird wohl kaum noch etwas passieren.«

Berthold nickte, griff zum Feldstecher und sah hinunter in den Hinterhof. Sein junger Mitarbeiter hatte recht. Wenn man eine Leiche loswerden und dabei möglichst nicht beobachtet werden wollte, würde man dies im Schutz der Nacht tun. Dennoch wollte er die Hoffnung nicht aufgeben – er selbst würde den Schupo ablösen und übernehmen. Es war ein Glück, dass sie den frei zugänglichen Dachboden gefunden hatten, von hier hatten sie einen exzellenten Blick auf die Hinterhöfe der Häuser in der Schmuckstraße – insbesondere auf den Hof des Bordells *Leuchtende Sonne.*

»Hauen Sie rein, Raabe, und dann machen Sie, dass Sie ins Bett kommen«, forderte er seinen Mitarbeiter auf und schob ihm die Tüte mit den Rundstücken hin, während er den Feldstecher absetzte, die Thermoskanne aufschraubte und den Deckel derselben mit dampfend heißem Gebräu füllte. Die Kanne war ein Überbleibsel seiner wilden Fahrt mit Inspektor Paulmann, als sie Jagd auf den mörderischen Doktor Tergit gemacht hatten. Sie waren im Mercedes des Kripochefs unterwegs gewesen und hatten an einer Werkstatt in Glückstadt haltgemacht. Die Frau des Meisters hatte ihnen ebendiese Thermoskanne gefüllt, der kochend heiße Tee mit Rum brachte sie gut durch die Nacht. Als Berthold die Kanne zurückbringen wollte, nahm die Frau sie nicht an und machte sie ihm zum Geschenk. Seitdem leistete ihm diese Errungenschaft gute Dienste – ob beim nächtlichen Pfeiferauchen im Obstgarten seiner Vermieterin oder bei einer Observation.

Jens Raabe biss in sein Rundstück und griff gleichzeitig nach einem Zettel, auf dem er sich im Lauf der Observation Aufzeichnungen gemacht hatte.

Dass sie das Bordell observieren durften, hatte nicht lange zur Debatte gestanden. Kaum war Elmar im Schlepptau mit Anne van der Zwaan – die sich nicht nur ihres Haftbefehls, sondern auch ihres falschen Namens entledigt hatte, ohne dass es für sie Konsequenzen nach sich zog – im Polizeipräsidium aufgeschlagen und hatte berichtet, was in der *Leuchtenden Sonne* vor sich ging, ordnete Inspektor Paulmann an, dass alles getan werden sollte, um die Leiche der getöteten Chinesin zu finden. Sie hatten keine Handhabe, das Bordell zu stürmen und zu durchsuchen – es lag schließlich keine erwiesene Straftat vor. Lediglich ein Augenzeugenbericht, dessen Glaubwürdigkeit jeder gewiefte Anwalt vor Gericht in null Komma nichts aushebeln würde. Sie aber glaubten der Ärztin. Nicht allein, weil Anne van der Zwaan wenig Veranlassung gehabt hätte, sich diese Geschichte auszudenken, sondern vielmehr, weil die Hamburger Polizei das Chinesenviertel rund um die Schmuckstraße seit einigen Wochen unter massive Beobachtung gestellt hatte. Das war auch der Grund für Elmar Thönnes' Anwesenheit an den Spieltischen. Zwar wussten die chinesischen Betreiber des Lokals, wer er war, aber kein anderer Beamter hätte so glaubhaft vorspielen können, der Spielsucht verfallen zu sein wie Elmar – der nicht nur privat gerne spielte, sondern auch in seiner Tätigkeit als Kommissar für Bandenkriminalität mit Zockern und Spielmachern zu tun hatte.

Seit sie die Leiche des Chinesen im Fass gefunden hatten, waren sie etwas Großem auf der Spur. Der Verdacht lag nahe, dass der Tote Opfer der um sich greifenden Rauschgift-Kriminalität geworden war. Seit einiger Zeit hatten Elmars Leute immer wieder mal eine größere Ladung Opium im Hamburger Hafen gefunden. Der Handel mit der Droge von und nach China blühte, Gewährsmänner in der deutschen Kolonie Tsingtau berichteten seit Jahren von der massiven Zunahme chinesischer Opiumsüchtiger. Das war nichts Neues, die Opiumkriege des großen Kaiserreiches waren bereits viele Dekaden zuvor ausgefochten worden, doch der Handel, insbesondere der Briten, mit Opium war nie abgerissen. Zwar war der Import von Opium nicht strafbar, doch der private Verkauf der Droge außerhalb medizinischer Verwendung war es durchaus. Hamburg als einer der größten Handelshäfen der Welt war bislang immer nur mittelbar betroffen, aber keiner der Umschlagshäfen gewesen. Das schien sich nun geändert zu haben. Immer öfter stießen Zollbeamte nicht nur auf Opium, das seinen Weg als Rohstoff von Indien in die Hansestadt gefunden hatte und dann dort in Umlauf kam. Auch Morphin wurde in großen Mengen exportiert, ganz legal, um die massive Opiumabhängigkeit in China zu bekämpfen. Doch gelangte das Rauschmittel immer häufiger in die Hände von Süchtigen und von Kriminellen, die damit auf dem Schwarzmarkt handelten.

Bislang waren der Hafenpolizei in Zusammenarbeit mit dem Zoll und den Beamten der Hamburger Kripo nur Zufallsfunde in die Hände gefallen. Doch Kripochef Roscher hatte den Ermittlungen im Bereich der Drogenkriminalität Priorität eingeräumt. Er befürchtete, dass eine Verlagerung der Banden auf diesen Bereich der Stadt nicht nur durch einen Anstieg der Zahl der Süchtigen Probleme machen würde, sondern auch Verteilungskämpfe der Banden untereinander zunehmen könnten, unter denen die Anwohner, insbesondere die der Viertel im Bereich des Hafens und der angrenzenden ärmeren Stadtviertel, erheblich leiden würden.

Bislang hatten die Hamburger Kriminellen die Märkte unter sich gut aufgeteilt. Es gab Banden verschiedener Herkunft, die wahlweise mit Diebesgut, Prostituierten oder Waffen handelten. Gelegentlich gab es Verteilungskämpfe, es gab Opfer, und es gab Gewalt. Aber nun schien eine neue Macht die alte Ordnung ins Wanken zu bringen: die Triaden. Diese jahrhundertealte Form der Organisierten Kriminalität war bislang ein Problem, mit dem sich in Europa höchstens die Briten beschäftigen mussten; dass chinesische Gangsterbosse auch in der Hansestadt Wurzeln schlagen würden, hatte lange niemand für möglich gehalten. Doch Roscher war überzeugt, dass die Beamten der Hamburger Polizei vermehrtes Augenmerk auf die chinesische Gemeinschaft legen sollten, um mögliche Ansätze im Keim zu ersticken.

Das allerdings brachte für Berthold, Elmar und ihre Männer große Schwierigkeiten mit sich. Denn weder sprachen sie die Sprache der Chinesen, noch konnten sie deren Schriftzeichen entziffern, noch waren sie mit der Kultur auch nur annähernd vertraut. Bislang war es ihnen auch nicht gelungen, einen Chinesen als Mittelsmann anheuern zu können, die chinesische Gemeinschaft war streng abgeschlossen. Die Chinesen machten ihre Geschäfte untereinander, sie regelten Streitigkeiten miteinander, sie richteten übereinander – es fand sich niemand von ihnen bereit, mit der deutschen Polizei zu kooperieren. Es blieb den Hamburger Beamten nur eines: aufmerksam hinzusehen.

Und deshalb hatte Elmar beschlossen, regelmäßig Mah-Jongg zu spielen. Er stellte keine Nachforschungen an, um die Menschen in dem Spielsalon nicht misstrauisch zu machen, sondern er tat lediglich das, was sie auch taten: spielen. Er setzte Geld ein, er verlor, er gewann, achtete aber darauf, kein allzu hohes Risiko einzugehen. Gebracht hatte sein Einsatz bislang wenig. Die Männer an den Spieltischen waren zumeist ältere

Männer, die ihrer Leidenschaft frönten, die meisten von ihnen Geschäftsleute aus der unmittelbaren Umgebung. Händler, die ihre Unternehmen rund um die Schmuckstraße hatten, Porzellangeschäfte, Wäschereien, Lebensmittelmärkte, Schneidereien. Elmar verstand ihre Unterhaltungen nicht, was er aber beobachtete: Ab und an kam ein Mann in den Spielsalon, ein Chinese, stets in Begleitung jüngerer Männer, die ihn zu bewachen schienen. Vor ihm hatten alle große Ehrfurcht, ja, Elmar war sicher, dass sie Angst vor ihm hatten. Und er hatte mittlerweile herausbekommen, wie der Mann hieß: Sun Bo. Mehr war über ihn nicht zu erfahren. Die Polizei wusste nicht genau, welchen Geschäften er in Hamburg nachging. Auf Nachfrage hatte man Elmar nur Vages mitgeteilt: Sun sei ein Geschäftsmann aus China. Er handle mit Waren. Ein weites Feld!

Und so war den Polizeibeamten nichts anderes übrig geblieben, als zu beobachten und zu warten.

Mit dem Erlebnis von Anne van der Zwaan hatte das Warten ein jähes Ende. Nun war etwas vorgefallen, ein Mord, ein vertuschter Mord sogar, und sie konnten aktiv werden. Keine zwei Stunden nachdem die Ärztin im Präsidium ihr Erlebnis zu Protokoll gegeben hatte, hatten sie einen Beobachtungsposten im Dachboden eines Nachbarhauses bezogen, Jens Raabe hatte die erste Schicht übernommen. Natürlich war es in der Nacht dunkel, die Hinterhöfe kaum beleuchtet, dennoch konnte man von hier aus sehen, was sich tat. Wenn sich die Hintertür des Bordells öffnete, weil die Mädchen in einer Pause ein wenig Luft schnappen oder sich die Beine vertreten wollten beispielsweise, drang das Licht aus dem Flur des Etablissements in den Hof. Ebenso wie aus den Nachbarhäusern. Außerdem waren ein paar Fenster der darüberliegenden Wohnung erhellt, in einem Haus daneben befand sich eine Wäscherei, in der auch nachts gearbeitet wurde.

Raabe hatte ein paar Auflistungen auf seinem Zettelchen notiert, wer das Bordell durch den Hof betreten und wer es verlassen hatte. Immer jedoch waren es Einzelpersonen gewesen, es wurde weder etwas hinein- noch hinausgeschafft. Zumeist waren es ohnehin nur die Prostituierten aus der *Leuchtenden Sonne.*

Die Morgendämmerung hing unentschieden über der Silhouette der Stadt, die Vögel, die in der blühenden Kastanie im Hinterhof residierten, huben mit ihrem vielstimmigen Konzert an, Berthold zog sein Jackett aus, sobald Jens Raabe gegangen war, krempelte die Ärmel seines leichten Hemds auf, nahm sich ebenfalls ein Rundstück und trank seinen Kaffee in kleinen Schlucken. Langsam ging über der Großen Freiheit die Sonne auf, und ihre rot glühende Kugel verhieß einen weiteren Tag mit sengender Hitze. In der Stadt war es nicht auszuhalten. Seit Tagen, ach was, Wochen, stand die Luft in den Straßen, Gassen und Hinterhöfen, aus den ausgetrockneten Fleeten drang ätzender Gestank; kein milder Wind, der vom Wasser in die Stadt drückte, erlöste die Hamburger aus ihrem überhitzten und stinkenden Gefängnis. Berthold schlief seit Wochen im Garten, er hielt es in seiner Dachgaube nicht aus, und so hatte die Witwe Petersen ihm erlaubt, Abend für Abend eine dünne Matratze auf ihrer Veranda auszurollen, wo er mit einem leichten Baumwollüberwurf bedeckt lag und sich in die Sternenkuppel träumte. Jede Nacht erschien ihm Helenes Gesicht am Firmament; schloss er die Augen, sah er ihren lachenden Mund mit den sinnlichen Lippen, ihre blitzenden grünen Augen. Dann schob er eine Hand unter die Decke und berührte sich, schamhaft zunächst, er war nicht im Schutz seiner eigenen vier Wände, was, wenn nun die Witwe Petersen aufstand und auf die Veranda heraustrat und ihn bei seinem unchristlichen Tun ertappte?!

Doch das geschah weder am ersten noch an den darauffolgenden Tagen, und Berthold begann, sich seinen leidenschaftlichen Träumen unter freiem Himmel hinzugeben und es zu genießen.

Niemals würden seine Träume von den Berührungen mit Helene Curtius Realität werden. Niemals würde er ihre weißen Brüste berühren, mit seiner Zunge ihren Körper erkunden, mit den Händen über die Wölbung ihres Pos fahren. Niemals.

Es durfte nicht sein, weil er das Leben der jungen Frau nicht an seines binden durfte. Wie sollte eine Frau mit ihm glücklich werden? Er hatte es nicht vermocht, Elisabeth glücklich zu machen, obwohl er damals zur Zeit ihrer Ehe noch ein unbelasteter Mann war, der in der Marine diente und eine Zukunft entweder als kaiserlicher Seeoffizier vor sich hatte oder als Großbauer, wenn er sich entschließen würde, doch noch den Hof seiner Eltern zu übernehmen.

Jetzt aber war er nicht nur ein innerlich zerstörter Mann, der die Leichen seiner Frau und seines Sohnes mit sich herumschleppte, nein, er war obendrein ein Kommissar für Mord und Totschlag. Einer, dem sein Beruf Wunden in die Seele ritzte, eine für jeden Toten und jede Tote, die er sah. Er wäre ein Ehemann, der nachts nicht nach Hause käme, weil er sich die Nächte bei Observationen und Razzien um die Ohren schlagen würde. Ein Ehemann, der die Eindrücke seines Arbeitstages nicht mit einem, sondern mit vier, fünf oder acht Bieren herunterspülen musste und vielleicht noch einem Glas Genever.

An der Seite eines solchen Mannes wollte er Helene Curtius nicht sehen, eine junge Frau, die frisch war wie der neue Tag. Klug wie eine Füchsin, voller hochfliegender Ideen, die ein Herz hatte, groß und weit wie die Welt und einen Körper, der begehrt werden musste, täglich aufs Neue.

Die Kraft hatte er nicht.

Das war der Grund, warum er ihr keinen Antrag machte, obwohl er wusste, es spürte, es in ihren Blicken las, dass sie sich danach sehnte. Und der dennoch nicht den Mumm hatte, ihr reinen Wein einzuschenken. Er war ein Feigling, weil er ihr immer wieder schrieb, weil er sich mit ihr traf und seine Hände die ihrigen suchten, weil er gierig darauf brannte, seinen Blick in ihren versenken zu können.

Er machte ihr Hoffnung, und das war, so sah er es, ein Verbrechen.

Auch jetzt, während er den Hinterhof der *Leuchtenden Sonne* beobachtete, waren seine Gedanken bei Helene und dem Zwiespalt seines Herzens. Morgen würden sie sich treffen, er nahm sich fest vor, ihr zu sagen, dass es ihr letztes Rendezvous sein würde.

Die erste Stunde der Observation verrann ereignislos. Berthold überlegte, wie lange sie ihre Beobachtung von diesem Dachboden aus fortsetzen sollten, denn er war wie Raabe auch fest davon überzeugt, dass Kaiwen die Leiche der Prostituierten sofort hatte beiseiteschaffen lassen. Zwischen dem Zeitpunkt, als Anne van der Zwaan Elmar Thönnes alarmiert und das Bordell verlassen hatte, und dem Moment, als Jens Raabe den Posten auf dem Dachboden bezog, waren zwei Stunden vergangen. Zwei kostbare Stunden Vorsprung, die die Bordellwirtin sicher genutzt hatte.

Der Hamburger Himmel erstrahlte jetzt in hellem Blau, die nächste Hitzewelle drückte schon in dieser frühen Morgenstunde in die Stadt, und die Stunde der Lieferanten hatte begonnen. Die Hintertür der *Leuchtenden Sonne* stand nun immer offen, als wisse Kaiwen darum, dass Berthold sie ins Visier genommen hatte, und zeige ihm, dass sie nichts zu verbergen hatte.

Zwei Mädchen in unscheinbaren Kitteln schleppten Säcke mit Schmutzwäsche in den Hof, zwei andere kamen aus der benachbarten Wäscherei und belieferten das Bordell mit frisch gewaschenen und gestärkten Laken und anderer Weißware. Berthold sah zu, wie der Austausch vonstattenging und wie die

Mädchen sich mit den schweren Säcken abplagten, die sie ohne männliche Hilfe in die Wäscherei zogen und schleppten. Er hatte sie vielleicht zehn Minuten beobachtet, wie sie ihre Arbeit taten, dabei schwatzten und lachten, als das Wissen darum, was er dort beobachtete, wie ein Beilhieb in sein Gehirn drang. Abrupt schoss er von seinem Stuhl hoch, der heiße Kaffee schwappte aus dem Becher über seine Hand, aber der Kommissar beachtete den Schmerz nicht, er riss die Dachbodentür auf, rannte, mehrere Stufen auf einmal nehmend, hinunter ins Erdgeschoss, polterte durch eine weitere Tür, setzte zu einem Sprint durch den Hof an, sprang über ein kleines Backsteinmäuerchen und landete vor den erschrockenen Wäschereihelferinnen.

»Stopp!«, rief er. »Polizei!«

Die jungen Frauen starrten ihn an und wichen zurück, während Berthold sich daranmachte, alle Säcke mit Schmutzwäsche zu öffnen. Er musste nicht lange suchen. Sie war im dritten Wäschesack versteckt, eingewickelt in mehrere dreckige Laken, gekrümmt zusammengefaltet, der Kopf ruhte auf ihren Knien.

Berthold trat sofort einen Schritt zurück. Er wollte nichts mehr an der Szene verändert wissen, es waren ohnehin viele Spuren verwischt worden, zu viele, aber das, was jetzt noch vorhanden war, sollte möglichst nicht verändert werden.

Kaiwen war in die Hintertür ihres Bordells getreten. Sie hatte ihre Hände und Arme im Kimono verborgen und beobachtete stumm die Szene, das blutverkrustete Mädchen inmitten der Wäsche, die entsetzten jungen Frauen aus der Wäscherei, die ungläubig auf die Leiche starrten, den Kommissar, der sich breitbeinig im Hof aufgebaut hatte.

»Holen Sie die Polizei, Kaiwen«, wies Berthold sie an.

Die Alte nickte und verschwand im Inneren ihres Hauses. Sie würde seiner Aufforderung Folge leisten, dessen war Berthold gewiss. Kaiwen war gerissen und klug, sie wusste, wann das Spiel zu Ende war. Hätte sie jetzt noch versucht, etwas zu ihrer Rettung zu unternehmen, hätte sie ihre Situation nur verschlimmert.

Wenig später wimmelte es in der *Leuchtenden Sonne* von Uniformen. Der Alarm Bertholds hatte einen Großeinsatz ausgelöst. Inspektor Paulmann, der seinen enormen Bauch nun durch die schmalen Gänge des Bordells schob, ging es darum, ein Zeichen zu setzen. Ob Kaiwen auf eigenes Betreiben hin gehandelt hatte oder ein Drahtzieher der organisierten Banden der Triaden dahintersteckte – niemand sollte glauben, er könne die Hamburger Polizei an der Nase herumführen und einen Mord vertuschen.

Die Schupos kehrten das Unterste zuoberst. Alle Mädchen, die sie in dem Bordell angetroffen hatten, waren ebenso wie Kaiwen aufs Präsidium zur Vernehmung verbracht worden. Eduard Kalweit, der Kommissaranwärter, hatte sich auf die Suche nach einem Übersetzer begeben und sollte mit dessen Hilfe erste Gespräche durchführen. Die vier Mädchen aus der Wäscherei hatte Berthold an ihren Arbeitsplatz zurückgeschickt – den Besitzer hatte er dort aber nicht angetroffen, und Berthold vermutete zu seinem Leidwesen, dass dieser, kaum hatte Berthold die Tote entdeckt, geflüchtet war. Der Kommissar ging fest davon aus, dass der Besitzer der Wäscherei die Aufgabe hatte, die Leiche verschwinden zu lassen, vielleicht war es nicht das erste Mal, dass er die schmutzige Wäsche von Verbrechern wusch, die Mädchen waren jedoch in die Transaktion bestimmt nicht eingeweiht – sie waren zusammengeklappt, als Berthold die Säcke geöffnet hatte.

Nun stand der Kommissar mit seinen Kollegen vor dem Raum, in dem Anne van der Zwaan mutmaßlich die Verletzte gefunden hatte. Eigenhändig rollten Berthold und Elmar den am Boden liegenden Teppich auf – und darunter kamen mehrere große Blutflecke zum Vorschein. Blut, das in den Dielenboden gesickert war. An manchen Stellen war es noch nicht getrocknet, das arme Mädchen musste Unmengen davon verloren haben. Keine Frage: In diesem Zimmer war die junge Frau erstochen worden.

»Das Bordell wird versiegelt«, ordnete Inspektor Paulmann an. »Spuren akribisch sichern, in diesem Raum zumindest. Rheydt, das ist die Aufgabe Ihrer Leute. Thönnes, Sie sorgen dafür, dass die Nachbarn befragt werden. Wir müssen rekonstruieren, auf welchem Weg der Täter geflohen ist. Wer hat ihn gesehen, wer kennt ihn.«

Elmar Thönnes nickte, aber sein Gesicht sprach Bände: Niemand würde etwas gesehen haben. In der Schmuckstraße würde sich kein einziger Augenzeuge finden, jedenfalls nicht innerhalb der chinesischen Gemeinschaft.

»Ich weiß, ich weiß«, beschwichtigte ihn der Schneemann, der seinem Kommissar die Zweifel von den Augen ablesen konnte. »Aber konzentrieren Sie sich auf die direkten Nachbarn. In den Häusern wohnen ja nicht nur Chinesen. Ich könnte mir vorstellen, dass Sie jemanden finden, der etwas gehört hat. Oder gesehen.« Er trat an das vergitterte Fensterchen des Zimmers. »Eine Schande ist das. Die Mädchen werden gehalten wie Hühner im Käfig.« Dann zeigte er auf die Häuser, deren Rückfront zum gleichen Hof zeigten. »Schauen Sie mal da, Thönnes«, er zeigte mit seinem dicken Finger hinaus. »So viele Schaulustige an den Fenstern, die uns bei der Arbeit zusehen. Ich fress einen Besen, wenn da nicht jemand dabei ist, der mehr gesehen hat.«

»Das Mädchen hat laut der Aussage von Doktor van der Zwaan laut geschrien«, ergänzte Berthold. »Es hat einen Tumult gegeben. Das muss der ganze Hof gehört haben. Bei der Affenhitze schläft doch sowieso keiner.«

Der Schneemann, dem die Schweißperlen auf der Stirn standen, zauberte ein großes Taschentuch aus der Hosentasche und wischte sich damit wie aufs Stichwort über Stirn und Nacken. »Wenn das so weitergeht, schließe ich mich diesem Asmussen an«, bemerkte er und strebte dem Ausgang zu. »Um siebzehn Uhr Treffen bei Roscher.«

Berthold warf einen Blick auf die Uhr. Sie hatten zehn Stunden. Das war nicht viel, nichts im Verhältnis zu ihren Aufgaben. Als Willy Brenner mit dem Tatort-Koffer im Bordell aufschlug, wies Berthold ihn ein, und dann begannen sie konzentriert mit der Spurenaufnahme. Eine Sisyphusarbeit! Allerdings hatte Gustav Roscher vor Kurzem auch bei ihnen die Wiener Folie zum Festhalten von Fingerabdrücken eingeführt, eine Neuerung, die ein österreichischer Kollege erfunden hatte und die ihre Arbeit um ein Vielfaches erleichterte. Dennoch erlaubte er sich und Brenner nach einer Stunde eine Pause, weil er nicht in der Lage war, sich zu konzentrieren. Die Luft stand in dem winzigen Kabuff, obwohl sie das schmale Fensterchen geöffnet hatten. Aber draußen war es mittlerweile ebenso heiß wie drinnen. Bertholds Hemd war klamm, ihm war schwindelig, nicht nur von der Hitze, auch von den verschiedenen Gerüchen in dem Bordellzimmer. Menschliche Ausdünstungen hingen ebenso in der Luft wie süßes Parfüm und der eigentümliche Geruch der Bambusstäbchen, die in einer winzigen Nische lagen, die wie ein Altar anmutete.

»Raus hier«, forderte er Willy Brenner zu einer kurzen Pause auf. »Kopf auslüften. Die Fingerabdrücke laufen uns nicht weg.«

Die beiden Polizisten stellten sich vor das Haus, in dem die *Leuchtende Sonne* untergebracht war, auf die Schmuckstraße, unter einen Vorsprung, der ihnen etwas Schatten spendete, und beobachteten die Schupos und Elmar Thönnes, wie sie von Haus zu Haus zogen, um die Leute zu befragen. Als Elmar die beiden entdeckte, kam er über die Schmuckstraße zu ihnen gelaufen, zog eine selbst gedrehte Zigarette hinter dem Ohr hervor, zündete sie an und blies den Rauch durch die Nase wieder aus. Es war Berthold, der ihn dabei beobachtete, schleierhaft, wie man in der sengenden Hitze rauchen konnte. Ihm war der Appetit auf Pfeife am Tag vollständig vergangen, erst wenn die Nacht ein wenig Kühlung brachte und von der direkt an seinem Domizil vorbeifließenden Elbe die Nachtluft um wenige Grade abkühlte, frönte er seiner Rauchleidenschaft.

»Der Chef hatte einen guten Riecher. Wir haben tatsächlich Zeugen«, sagte Elmar.

»Sag bloß«, kommentierte Berthold. Elmar ließ sich wieder seine Trümpfe aus der Nase ziehen.

Der nickte jetzt und grinste. »In den oberen Stockwerken wohnen Deutsche. Weil sie es sich leisten können. Sind trotzdem arme Würstchen. Ist ja nicht gerade eine Nobelgegend hier.«

Wieder eine Kunstpause. Berthold tat ihm den Gefallen nachzuhaken. »Und?«

»Zweiter und dritter Stock im Nebenhaus, die haben einen weglaufen sehen.«

»Glaubhaft?«

»Denke schon.« Elmar nahm einen tiefen Zug von seiner Zigarette, die Glut verbrannte die Hälfte des Glimmstängels, dann schnipste er sie auf den Asphalt. »Die Anwohner sind nicht besonders gut auf die Chinesen zu sprechen. Vor allem nicht auf die *Leuchtende Sonne.* Da gibt es öfter mal Ärger.«

»Vielleicht wollen sie auch gerne was gesehen haben, um den Chinesen etwas anzuhängen?«, mutmaßte Willy Brenner.

Kluger Gedanke, dachte Berthold, doch Elmar erstickte den Verdacht im Keim. »Sie haben einen Weißen gesehen. Keinen Gelben.« Er grinste jetzt triumphierend. »Junger Mann, schwarze Haare, blass, sehr dünn. Haben beide Zeuginnen so beschrieben – unabhängig voneinander.«

»Könnte jeder sein, aber immerhin, ein Anhaltspunkt.« Rheydt reckte seinen Daumen hoch. »Gute Arbeit, Kollege.«

Mit einer schier unüberschaubaren Menge an aufgenommenen Spuren kehrten Berthold und Willy Brenner vier Stunden später ins Präsidium zurück. Das Bordell hatten sie versiegelt, Kaiwen war in Gewahrsam genommen worden, der Wäschereibesitzer flüchtig. Was nun mit den Prostituierten, die sich zur Vernehmung im Präsidium befanden, geschehen sollte, war nicht ihre Sache.

Aber die Sache von Eduard Kalweit. Als Berthold in den Gang mit den Vernehmungszimmern einbog und die jungen Chinesinnen auf den Wartebänken sitzen sah, kam ihm sein Assistent aufgelöst entgegen.

»Nichts!«, rief er und warf die Arme nach oben. »Nichts! Seit Stunden rede ich mir den Mund fusselig und mache Papier schwarz, aber nichts. Sie wissen nichts, sie haben nichts gesehen, sie schweigen.«

Hinter ihm erschien ein Herr mittleren Alters, sehr akkurat in einen eleganten Anzug gekleidet. Ein Chinese, den Kalweit mit »Herr Weng, Übersetzer« vorstellte.

Berthold bat die beiden in sein Büro.

»Sie entschuldigen«, setzte Herr Weng mit ausgesuchter Höflichkeit an. »Ich muss erklären, warum die Sache so schwer.« Er setzte sich noch aufrechter in den Stuhl, während Kalweit mit einem weiteren Anflug von Verzweiflung tiefer in den seinen sank.

»Wir in China haben verschiedene Sprachen. Meist, wir sprechen Mandarin. Aber nicht alle sprechen Mandarin. Mädchen sind von überall, kleine Dörfer. Sagen, sie verstehen nicht.«

Er warf Kalweit einen Blick zu, dieser nickte, offenbar bestand bei ihnen bereits Einvernehmen darüber.

»Und Sie, Herr Weng, sprechen nur Mandarin?«, erkundigte sich Berthold, der die Problematik gerne verstehen wollte.

»Mit Verlaub …« Herr Weng lächelte stolz und machte eine

kleine Verbeugung. »... spreche Quanzhang, Yue, Min Nan. Deutsch, Englisch, Französisch.«

»Meine Hochachtung!« Berthold war beeindruckt. »Und trotzdem hilft uns das bei den Damen nicht weiter?«

Herr Weng seufzte und machte ein betrübtes Gesicht. »Ich fürchte nein. Aber nicht, weil nicht verstehen können.«

»Sondern weil sie nicht verstehen wollen«, ergänzte nun Bertholds Assistent.

»Richtig.« Herr Weng deutete auf ein leeres Blatt Papier auf Bertholds Schreibtisch. »Sie erlauben?«

Der Kommissar schob ihm das Blatt hin.

»Sprachen in China sehr unterschiedlich, aber Schrift fast gleich!« Mit schnellen Bewegungen zeichnete der Übersetzer Schriftzeichen auf das Blatt. »Hier ist Zeichen für Sonne. Viele Zeichen für Sonne! Rote Sonne, aufgehende Sonne, untergehende Sonne ...«

»Leuchtende Sonne«, warf Berthold ein.

Herr Weng guckte kurz irritiert, nickte aber. »Trotzdem, Zeichen für Sonne alle kennen. Alle können lesen, weil Zeichen älter als Sprachen. Aber wird anders gesprochen in verschiedenen Teilen von Kaiserreich!«

Er deutete auf das Zeichen und machte eine Reihe Berthold unverständlicher Laute, womit er die unterschiedlich ausgesprochenen Bezeichnungen für das einheitliche Zeichen demonstrierte.

Berthold war beeindruckt. »Das heißt also, mein lieber Herr Weng, Sie könnten die Mädchen schriftlich befragen, das müssten sie dann alle verstehen?«

Wieder warfen Weng und Kalweit sich einen Blick zu.

»Leider«, erklärte Kalweit, »haben wir das schon versucht. Es war sehr umständlich, weil Herr Weng alle meine Fragen erst in die chinesischen Zeichen übersetzen musste – gebracht hat es gar nichts.«

»Sie wissen nicht, sie haben nicht gesehen«, wiederholte Herr Weng betrübt.

Berthold verstand. Er wusste, was Elmar Thönnes jetzt sagen würde – dann müsse man eben härtere Bandagen auspacken. Aber er lehnte grobe Vernehmungsmethoden ab. Vor allem, weil es sich um sehr junge, sehr verängstigte Mädchen handelte.

»Sie haben Angst«, mutmaßte er. »Die Frauen werden unter Druck gesetzt. Wenn sie uns etwas liefern, dann müssen sie mit Strafe rechnen, nicht wahr?«

»Mädchen haben schreckliches Leben.« Wieder setzte Herr Weng seine betrübte Miene auf. »Sehr arm, alle. Kommen von Land, von arme Dörfer. Fallen Eltern zur Last, ein Maul mehr zu stopfen. Wenn sind hier, haben Arbeit.«

»Ja, aber was für eine Arbeit! Als Dirnen.« Eduard Kalweit war seit einem verdeckten Ermittlungseinsatz in einem Bordell für das Thema sensibilisiert. Etwas zu sehr für einen Polizeibeamten, wie Berthold fand, verkniff sich aber einen Kommentar.

»Aber Dach über dem Kopf, Essen im Bauch«, wandte Herr Weng ein.

»Glauben Sie, dass wir noch eine Möglichkeit haben, eines der Mädchen zum Sprechen zu bringen?«

»Bedaure!« Herr Weng schüttelte leicht den Kopf. »Nicht, solange Mädchen arbeiten dort.«

Berthold Rheydt erhob sich. »Vielen Dank, Herr Weng, für Ihre Bemühungen. Dürfen wir wieder auf Sie zurückkommen? Ich glaube sicher, dass wir Ihre Dienste sehr schnell wieder benötigen dürften.«

Herr Weng verbeugte sich mit einem Lächeln. »Es ist mir eine Ehre, Herr Kommissar.«

Berthold schloss die Tür hinter ihm, wartete ein paar Sekunden und wandte sich an Kalweit. »Vertrauen Sie ihm?«

»Unbedingt. Er wurde mir direkt von Gustav Roscher empfohlen. Herr Weng arbeitet für das Handelskontor Bendixen. Er übersetzt immer wieder mal für die Hafenpolizei, wenn es Ärger mit chinesischen Matrosen gibt. Er kennt seine Landsleute und macht das gut, soweit ich beobachten konnte.«

Willy Brenner trat ins Büro. »Inspektor Paulmann hat Kaiwen vernommen – genau wie bei den Mädchen, ohne Ergebnis«, berichtete er Berthold. »Aber sie bleibt natürlich in Gewahrsam.«

»Gut.« Berthold überlegte einen Moment. »Sie beide beginnen mit der Auswertung der Spuren. Ich laufe rüber in die Leichenhalle, vielleicht hat Bäuerlein schon etwas für uns.«

»Die Todeszeit entspricht dem, was Frau Doktor berichtet hat«, referierte der Physicus. »Todeszeitpunkt zwischen zehn Uhr am Abend und Mitternacht.«

Berthold stand mit Bäuerlein in der sogenannten Leichenhalle. Eigentlich war es ein schmuckloser Kellerraum, mit nur zwei schmalen Fenstern, durch die die schlechte, nach Formalin riechende Luft abziehen konnte. Drei Tische aus poliertem Stein, an der Seite mit Rinnen zum Abfluss der Körperflüssigkeiten, am unteren Ende ein Eimer, in die der Helfer des Leichenbeschauers alles Überflüssige an Gewebe und Organen, Knochen und Haut entsorgte. Ein barbarischer Gestank stieg daraus auf, deshalb wurde immer wieder eine Schicht Kalk über die Abfälle gestreut. Die Luft machte das nicht besser. Auch Berthold, der schon viel gesehen hatte, verursachte der Aufenthalt in dem Raum Übelkeit. Man musste schon über eine besondere körperliche und seelische Konstitution verfügen, um die Arbeit dort auszuhalten.

Drei dicke schwarze Fliegen umschwirrten den Leichnam der Chinesin und sorgten mit ihrem ungeduldigen Brummen für die dem schaurigen Anlass angemessene Geräuschkulisse.

Normalerweise war es hier unten in der Gruft des Polizeipräsidiums auch in den Sommermonaten angenehm kühl, doch in diesem Sommer machte die Hitze nicht einmal vor den Kellergewölben halt. Der Gestank war noch unerträglicher als üblich, Berthold presste sich ein Taschentuch vor Mund und Nase und atmete flach.

Bäuerlein dagegen berichtete im gleichbleibend sonoren Tonfall von seiner Leichenuntersuchung, sagte Berthold aber nichts bahnbrechend Neues. Die Stichwunde im Bauch des jungen Mädchens war letal, so wie auch Anne van der Zwaan vermutet hatte. Alle anderen Schnittverletzungen, hervorgerufen durch die gleiche lange Klinge, hatten für weiteren Blutverlust und Schwäche des Opfers gesorgt, waren aber nicht für dessen Ableben ursächlich.

»Seltsam ist«, setzte der Physicus neu an und hob eine Hand der jungen Frau empor, »dass sie sich nicht stark zur Wehr gesetzt hat. Nicht so stark, wie man annehmen dürfte, jedenfalls. Keine Spuren von Fasern oder Hautschüppchen unter den Fingernägeln. Die meisten Frauen kratzen ihre Angreifer, sie nicht. Sie hat die Hände schützend vor sich gehalten …« Er zeigte Berthold die Handinnenflächen, auch sie durch Schnitte verwundet. »… aber das scheint alles zu sein.«

»Wie erklären Sie sich das?«

Der Mediziner nahm einen Schluck aus seiner Blechtasse. Bertholds Magen krampfte sich zusammen, bei dem Gedanken, hier und jetzt, inmitten des Gestanks, der Hitze, der toten Leiber und der widerlichen Fliegen irgendetwas zu sich zu nehmen. Aber vielleicht, dachte er, ist es Hochprozentiges. Das könnte ich verstehen.

»Nun, dafür gibt es nur zwei mögliche Erklärungen. Entweder war sie einverstanden mit dem, was der Angreifer mit ihr gemacht hat – es gibt viele Spielarten von Sexualität, die wir nicht verstehen, mein lieber Herr Kommissar.« Bäuerlein lächelte – er lächelte! Noch nie hatte Berthold den chronisch missmutigen Mann lächeln sehen! »Oder sie war zu schwach, um sich zu wehren.«

Berthold nahm das Taschentuch vom Mund. Zu schwach! Sein Rückgrat kribbelte, als setzte es jemand unter Strom, das Gefühl breitete sich bis auf die Kopfhaut aus.

»Zu schwach, weil sie betäubt war?«

»Möglich.«

»Können Sie das für mich feststellen?«

Der Physicus seufzte tief. »Wissen Sie, Rheydt, wie viele Hitzetode wir in der Stadt haben? Täglich? Ich würde Ihnen den Gefallen tun, aber dazu müsste ich die Dame obduzieren. Nur auf eine bloße Vermutung hin …«

»Es ist mehr als das.« Berthold Rheydt war elektrisiert. »Ich erspare Ihnen die Arbeit, wenn Sie die Lunge der Toten an die Melwerks schicken.«

Bäuerlein sah ihn verwundert an, nickte aber. »Wenn es Ihnen nur um die Lunge geht – die kann mein Gehilfe entnehmen.«

»Danke, Bäuerlein, Sie haben etwas gut bei mir!«

Berthold drehte auf dem Absatz um, verließ den Leichenkeller und eilte durch die Gänge des Präsidiums nach oben in lichtere Gefilde. Öffnete die Tür seines Büros und zog eine Schublade nach der anderen aus seinem Kontorschrank. Wo hatte er sie bloß aufbewahrt?!

Endlich wurde er fündig und hielt einen Packen gelber Umschläge in der Hand. Es waren die Drohbriefe, die Joachim von Stetten, der flüchtige Frauenmörder, den sie in Hamburg nur den »Hafenschlächter« nannten, an Anne van der Zwaan, damals noch Fitzpatrick, geschrieben hatte. Sie kamen aus unterschiedlichsten Gegenden der Welt, aus Südamerika, aus der Türkei, und die letzten drei Briefe waren in Tsingtau abgestempelt.

In China.

Der letzte stammte vom März dieses Jahres. Danach hatte er nicht mehr geschrieben.

Bertholds Hand mit den Briefen zitterte.

Ein junger Mann, weiß, dünn. Einer, der mit dem Messer attackierte. Der seine Opfer vor der Tat betäubte?

Konnte das sein? Wagte er sich zurück an den Ort seiner Taten, dahin, wo er vom gesamten Polizeiapparat gesucht wurde?

Berthold Rheydt konnte sich auf seinen Instinkt verlassen. In diesem Fall hoffte er, würde es bedeuten, dass der Mann, dem er so lange nachjagte, wieder in der Stadt war.

Und dieses Mal, so schwor sich der Kommissar, dieses Mal würde er ihn fassen.

7.

»Ich dachte, ich überrasche dich.«

Helene Curtius stand vor Anne und lächelte sie an. Wie gut die junge Frau aussah! Erst jetzt fiel Anne auf, wie lange sie sich nicht gesehen hatten. Seit sie aus dem Engadin zurückgekehrt war, hatte sie sich in die Arbeit gestürzt, und nun spürte sie, wie sehr sie Helene vermisst hatte. Obgleich die Freundin ein paar Jahre jünger war, hatte sich ihre Bekanntschaft zu einer Freundschaft auf Augenhöhe entwickelt. Sie hatten so vieles miteinander erlebt und erlitten, das schweißte sie zusammen, aber es war mehr als das. Die Pastorentochter hatte sich als verlässliche Freundin herausgestellt und war Anne fest ans Herz gewachsen.

Sie standen vor dem Frauenhaus in der Paulstraße, Anne musste in einer Viertelstunde ihre Sprechstunde dort abhalten.

Helene kniff die Augen zusammen und nahm Anne genauer ins Visier.

»Entschuldige bitte, wenn ich das sage, aber du siehst etwas mitgenommen aus.«

Anne nickte nur. Zu gern hätte sie sich Helene anvertraut, hätte ihr erzählt, was in der Nacht zuvor in der Schmuckstraße geschehen war, doch sie wusste, dass sie keinesfalls darüber reden durfte.

»Ich habe etwas Schreckliches erlebt«, begann sie zögernd, »aber verzeih mir, Helene, es ist gerade nicht der richtige Zeitpunkt, um darüber zu sprechen.«

Helene sah sie verständnisvoll an. »Ich wollte dir auch etwas erzählen, aber das läuft uns nicht weg.« Sie lächelte. »Versprich mir, dass du dich mit mir triffst? Und mir mehr erzählst von den Schweizer Bergen und den Kühen?« Sie lachte Anne offenherzig an, sodass Anne nicht anders konnte, als die Freundin zu umarmen.

»Ich verspreche es«, sagte sie, als sie sich voneinander lösten.

»Gut. Dann offenbare ich dir auch spannende Neuigkeiten aus meinem Leben!«

Mit diesen Worten entfernte sich Helene von ihr, holte ihr Fahrrad, schob es an, schwang sich darauf und trat kraftvoll in die Pedale. Anne blickte ihr nach, und als sich der rote Schopf noch einmal nach ihr umdrehte, hob sie die Hand und winkte. Ach, Helene, dachte sie. Welch ein Glück, dass ich dich gefunden habe.

»Ich mache mir Vorwürfe.« Charlotte Lehmann half Anne, das kleine Praxiszimmer aufzuräumen. »Ich hätte nicht zulassen sollen, dass die Mädchen im Bordell arbeiten.«

Anne hatte ihre nachmittägliche Sprechstunde im Frauenhaus in der Paulstraße abgehalten, die sich wie immer bis in den Abend erstreckt hatte. Die Stunden im Frauenhaus waren Balsam für Annes Seele. Obgleich sie viel Leid sah, die Frauen und Kinder, die sie hier behandelte, kamen aus den untersten

Gesellschaftsschichten der Stadt, sie litten an Mangelernährung und der Brutalität ihrer Lebensumstände, aber die, die es geschafft hatten, sich an den Verein *Frauenwohl* zu wenden und Hilfe anzunehmen, waren meist die Fälle, mit denen Anne Hoffnung verband. Es waren Frauen, die, wenn sie Unterstützung erfahren hatten – ganz gleich, ob diese in Betreuung und medizinischer Behandlung bestand oder in einer warmen Mahlzeit, darin, dass sie hier Waschräume mit Duschen benutzen konnten und die Kleiderkammer –, wiederkamen. Und wieder. Und in gar nicht so wenigen Fällen schafften genau diese Frauen es auch, sich weiter aus ihrer misslichen Situation herauszuarbeiten. Theresa war so ein Fall, die junge Frau war als Jugendliche im Frauenhaus aufgeschlagen, hatte dort Hilfe bekommen, sich zunächst als Putzhilfe, dann in der Ausgabe der Kleiderkammer und der Küche nützlich gemacht. Heute leitete sie selbstständig das Grüne Haus am Hafen, die Anlaufstelle für gefallene Frauen, und stand kurz vor der Verlobung mit dem Schupo Willy Brenner. Oder Lotte, Annes Praxishilfe. Eine alleinstehende Mutter aus dem Gängeviertel, die Anne, nachdem ihre Praxis abgebrannt war, bei Kollegen untergebracht hatte, wo Lotte auch jetzt noch arbeitete – zur großen Zufriedenheit aller. Diese beispielhaften Frauen waren es, die Anne und auch Charlotte Lehmann, die Vorsitzende des Vereins, das Vertrauen gaben, dass ihre Arbeit viel bewirken konnte.

Fälle wie die der ermordeten Chinesin aus der Schmuckstraße jedoch ließen sie manchmal daran zweifeln, ob ihre Arbeit ausreichte, um dem Elend der Frauen Einhalt zu gebieten. Leider nicht, wussten Anne und alle anderen, die sich engagierten, nein, es war ein Tropfen Wasser auf den heißen Stein.

Natürlich hatte Anne sich Charlotte anvertraut und ihr erzählt, was in der *Leuchtenden Sonne* vorgefallen war.

»Was hätten wir tun können?«, hielt Anne dagegen. »Natürlich mache ich mir auch Vorwürfe, Charlotte. Aber diese beiden Mädchen haben sich so entschieden. Sie hätten auch woanders arbeiten können, aber sie wollten nicht.«

Charlotte Lehmann machte ein unglückliches Gesicht. »Vielleicht hätte ich mich durchsetzen können?«

Anne nahm ihr medizinisches Besteck aus dem Desinfektionsbad. »Durchsetzen? Die Frauen wussten, worauf sie sich einlassen. So furchtbar es ist – sie wollten nicht auf dich hören. Auch deine Zeit und Kraft ist begrenzt.«

»Und jetzt? Was geschieht mit den Mädchen? Sie arbeiten einfach weiter?«

Anne setzte sich auf ihren Behandlungsstuhl. Das war die Frage, die sie in der Nacht schlaflos gemacht hatte. Die Chefin des Bordells, Kaiwen, vertuschte, was geschehen war. Und die Mädchen? Alle hatten die Tote gesehen! Sie mussten unter Schock stehen, sie trauerten gewiss um ihre Schicksalsgenossin. Stattdessen waren sie gezwungen, ihre Arbeit wieder aufzunehmen, als wäre nichts vorgefallen. Anne wollte sich gar nicht ausmalen, welche Drohungen Kaiwen ausgestoßen hatte, um die Mädchen zur Fortsetzung ihrer Arbeit zu zwingen. Der Rohrstock war ihr gewiss eine Hilfe gewesen.

»Und du bist sicher, dass die Frau tot war?«, erkundigte sich Charlotte.

»Ganz sicher. Sie ist in meinen Armen gestorben. Ich hatte keine Chance, ihr zu helfen.« Das Bild des Mädchens, die flackernden Lider, der Moment, als die Seele den Körper verlassen hatte – all das würde Anne niemals vergessen können. Und doch war etwas an dem Bild, an der gesamten Situation, das eine Erinnerung in ihr wachrief, ein unbestimmtes Gefühl, so wie ein Déjà-vu, aber sie war nicht in der Lage, es einzuordnen.

»Und die Polizei?«

»Berthold Rheydt übernimmt den Fall. Er sagt, sie haben keine Handhabe, das Bordell zu durchsuchen, aber er wird ein Auge auf die Situation haben.«

Anne war dankbar gewesen, dass sich der Kommissar der Sache angenommen hatte, sie kannte und schätzte Berthold, sie wusste, dass er ihr glaubte. Ihrer beider Leben hatten sich so oft schon miteinander verwoben, es war der dritte Mordfall, in dem sie miteinander zu tun hatten. Die Ärztin und der Kommissar. Und Helene, nicht zu vergessen!

»Ich werde auf alle Fälle weiterhin in die Schmuckstraße gehen und mich um die Mädchen kümmern«, sagte Anne.

Gemeinsam verließen sie den Raum, Anne löschte das Licht und schloss die Tür. »Kaiwen wird mir gewiss Hausverbot erteilen. Aber ich bleibe hartnäckig.«

Am Ende des Flurs erschien eine Frau. Anne erkannte im Gegenlicht nur ihre Silhouette, aber sie wusste augenblicklich, wer ihr dort entgegenkam. Die Frau, die sie zu erkennen glaubte, hatte sie bei ihrer letzten Begegnung verflucht und vor ihr ausgespuckt – nicht ganz zu Unrecht. Anne fühlte sich unbehaglich. Was wollte Alina Leistikow hier?

»Alina!« Charlotte eilte auf die kleine Person zu und nahm sie herzlich in den Arm. Die Frauen kannten sich von ihrer Arbeit, Alina leitete die Hamburger Dependance des Jüdischen Frauenbundes, sie hielt viel beachtete Vorträge auf Tagungen der Frauenbewegung und in Frauenklubs.

»Ich wollte zu Frau Dr. Fitzpatrick«, gab Alina zurück und sah Anne direkt an.

»Van der Zwaan«, verbesserte Anne. »Wollen wir ein paar Schritte gehen?«

Alina nickte, und es war der kleinen Frau anzumerken, wie schwer ihr dieser Gang gefallen war. Es brach Anne das Herz, zu sehen, was die Ereignisse der letzten Zeit mit ihr gemacht hatten. Vor wenigen Monaten hatten sie sich kennengelernt, Anne hatte Alina in den Räumlichkeiten des Frauenbundes aufgesucht, weil sie sich ihre Hilfe erhofft hatte. Wie lebenslustig, vital und fröhlich die Jüdin gewesen war! Doch dann hatten sich die Ereignisse überschlagen – ihre Tochter Jella, gerade einmal siebzehn Jahre alt, war führendes Mitglied einer Gruppe kämpferischer junger Frauen, die sich gegen Männergewalt zur Wehr setzten. Gleiches mit Gleichem vergalten. Und in der Hitze des Kampfes auch Annes kleine Praxis niedergebrannt hatten.

Auch draußen auf der Paulstraße stand die Hitze wie eine Wand, die Frauen liefen schweigend ohne Absprache in Richtung Alsterdamm, vom Wasser kam wenigstens ein Hauch frischer Luft. Anne spürte, wie die kleine Frau, die neben ihr herging, mit sich rang, das Gespräch zu beginnen. Wie schwer musste es ihr gefallen sein, zu Anne zu kommen!

Als sie schließlich die Brüstung erreicht hatten, die den Alsterdamm vom Ufer trennte, sahen sie auf das Wasser. Sahen vereinzelten Ruderbooten zu, die gemächlich über die spiegelglatte Oberfläche der Alster glitten, beobachteten die Eiderenten, die sich im Schilf des Ufergürtels mit den Bäuchen auf den feuchten Schlamm pressten, das von der gnadenlosen Sonne verdorrte Gras mieden und wie jeder Mensch auch den Schatten suchten. Bald würde die Sonne untergehen und die ersehnte Nacht über Hamburg hereinbrechen, die Nacht, die ein kleines bisschen Erholung, wenn schon nicht von der Hitze, so doch vom grellen Licht der Sonne, bringen würde. Die heiße Luft flirrte auf der Wasserfläche und ließ das Bild des gegenüberliegenden Ufers weich und unscharf werden. Schweißtropfen rannen Anne vom Haaransatz hinter den Ohren den Nacken hinab und sammelten sich feucht im Kragen ihrer leichten Bluse. Sie hätte sich am liebsten all ihrer Kleider entledigt und sich ins Wasser gestürzt, so wie die Badenden am Uhlenhorster Fährhaus.

»Es tut mir leid«, hub Alina an, »dass ich Sie beleidigt habe. Ich habe mich schrecklich benommen.«

Anne legte ihre Hand auf die Hand Alinas, die fest die gusseiserne Brüstung umklammerte. »Sie hatten Angst um Ihre Tochter. Ich verstehe das vollkommen. Und ich muss mich entschuldigen …« Sie drehte sich zu der anderen Frau. »… dass ich die Frauen verraten habe – nichts lag mir ferner.«

Alina holte tief Luft. »Aber warum? Was haben sie Ihnen getan?«

Anne fiel ein Stein vom Herzen. Endlich konnte sie ihre Seite der Geschichte erzählen. Wie sie sich auf die Suche nach Rahel Mosse begeben hatte, die damals schwanger aus den Auswandererhallen geflohen war. Wie deren Familie in höchster Sorge war und Anne Rahel schließlich bei den *Lilith* gefunden hatte. Und wie sie später, nicht ahnend, dass die *Lilith* von der Polizei gesucht wurden, Berthold Rheydt davon erzählt hatte, dass Rahel lebte und dass sie in Sicherheit war. Anne hatte sich damals erhofft, der Kommissar würde diese Nachricht Rahels Familie überbringen können, damit diese sich nicht länger sorgen musste, stattdessen hatte er pflichtbewusst ihre Informationen an Elmar Thönnes weitergegeben. Und so hatte die Tragödie ihren Lauf genommen. Nicht dass sie sich rechtfertigen wollte. Was sie getan hatte, die Gruppe der Frauen, die sich *Lilith* nannten, an die Polizei zu verraten, war unverzeihlich, ein Versehen; wenn sie könnte, würde sie alles zurücknehmen. Aber dafür war es zu spät. Die Frauen wurden von Elmar Thönnes verfolgt, und dieser war unerbittlich. Sie hatten sich strafbar gemacht, mehrfach. Und Alinas Tochter Jella war eine von ihnen.

»Wann haben Sie zuletzt von Jella gehört?«, schloss Anne ihre Erzählung.

»Kurz vor dem Brand. Sie hat sich nicht verabschiedet.« Für einen Moment schluchzte Alina auf und barg ihr Gesicht in den Händen, doch schnell hatte sie sich wieder im Griff. Sie war eine starke Frau, das wusste Anne. Und Jella hatte die Stärke ihrer Mutter geerbt.

»Es ist schrecklich, dass sie Ihre Praxis angezündet haben, Anne. Niemals hätte ich gedacht, dass Jella zu so etwas fähig ist.«

Dem konnte Anne sich nur anschließen. Die Mädchen, die sich zu der *Lilith* zusammengeschlossen hatten, waren sechzehn bis höchstens Anfang zwanzig. Sie verprügelten Zuhälter, verwüsteten Bordelle und verübten Anschläge. Und immer nahmen sie dabei in Kauf, dass Menschen schwer verletzt oder sogar getötet wurden. Nein, auch Anne erschreckte das Ausmaß der Gewaltbereitschaft.

Jetzt griff Alina auch die andere Hand Annes. »Die Mädchen sind auf einem grauenvollen Irrweg, Anne. Wir müssen sie aufhalten!«

»Das sagen Sie mir?«

»Helfen Sie mir«, bat Alina sie. »Sie sind in der Stadt unterwegs. Sie kommen überallhin, in die verrufensten Ecken. Halten Sie Ausschau, hören Sie sich um.«

»Und dann?«, fragte Anne, die sehr daran zweifelte, dass sie, ausgerechnet sie, die die Mädchen als Verräterin an ihrer Sache betrachteten, eine Spur finden würde. »Dann müsste ich es der Polizei melden. Schon im eigenen Interesse.«

»Ist es zu viel verlangt, wenn ich Sie bitte, sich zuerst an unseren Anwalt zu wenden? Ferdinand Reimers. Sie kennen ihn. Sie sind befreundet. Bitte!«

In den Augen der deutlich kleineren Frau erkannte Anne die pure Verzweiflung einer Mutter, die ihr Kind retten wollte. Anne hatte keine Kinder, aber sie ahnte, dass sie den gleichen Schmerz fühlen würde, den Alina jetzt verspürte.

Sie nickte.

Unversehens schlang Alina Leistikow die Arme um Annes Körper und drückte ihn fest. Dann drehte sie sich um und eilte in Richtung Jungfernstieg davon.

Anne blickte ihr so lange hinterher, bis sie die kleine, runde Person aus den Augen verlor.

Unschlüssig blieb sie an der Brüstung stehen. Es waren nur wenige Schritte nach Hause in die Gurlittstraße. Aber was sollte sie dort? Es erwarteten sie Einsamkeit und Stille in der stickigen Dachgeschosswohnung.

Anne entschied sich für einen längeren Spaziergang. Sie brach auf in die Schmuckstraße.

Wie immer empfing sie in der Schmuckstraße das bunte Leben der Hamburger Hafengegend. Heute war es nicht so spät wie sonst, wenn sie hierherkam, die Dämmerung hatte noch nicht eingesetzt. Geschäfte waren geöffnet, die Bewohner der Straße drängten sich vor den Auslagen mit frischen Früchten, Blumen und Fischen und Meerestieren auf Eis. Grüppchen von Anwohnern standen auf der Straße zusammen und schwatzten, aber etwas hatte sich verändert, das nahm Anne an den Blicken, die ihr zugeworfen wurden, wahr. Selbst Madame Ju, die ihr immer aus der Garküche zuwinkte, sobald sie sie sah, machte sich nicht bemerkbar.

Spannung hing in der Luft, Anne bezog die veränderte Stimmung natürlich auf das, was in der Nacht geschehen war. Kaiwen hatte versucht, den Mord an ihrem Mädchen zu vertuschen, aber die Gerüchteküche der Schmuckstraße konnte sie nicht aufhalten. So, wie die Leute Anne jetzt ansahen, schienen nicht wenige zu wissen, was in der *Leuchtenden Sonne* vor sich gegangen war. Dann erst erinnerte sich Anne, dass sie laut nach Elmar Thönnes rufend über die Straße gelaufen war – mit einem von Blut besudelten Kleid. Jeder, der hier lebte, hatte sie sehen können, und wer es nicht selbst erlebt hatte, dem war es zu Ohren gekommen.

Vor dem Bordell angekommen, erwartete Anne eine Überraschung: Ein Schupo stand vor der geschlossenen Tür. Als er die Ärztin auf sich zukommen sah, schüttelte er nur leicht den Kopf.

»Hier können Sie nicht rein, gnädige Frau.«

»Was ist passiert?«

»Ich bin nicht befugt, darüber zu sprechen.«

»Ist Kommissar Rheydt hier?«, erkundigte sich Anne aufs Geratewohl. »Kann ich ihn sprechen?«

Der Schupo schüttelte den Kopf. »Der Kommissar ist im Präsidium. Das Haus ist versiegelt, Tatort.«

Anne taumelte ein paar Schritte zurück. Die Nachricht, dass die Polizei doch ihre Arbeit aufgenommen hatte, verwirrte sie. Was war geschehen? Als sie bei Elmar Thönnes eine Aussage gemacht hatte, gestern in der Nacht, hieß es noch, die Polizei könne nicht tätig werden. Was hatte sich verändert?

Anne drehte auf dem Absatz um und lief schnurstracks in die Garküche von Madame Ju. Als sie die winzige Gaststube betrat, nickt Ju ihr nur knapp zu.

Sie wusste es also auch, registrierte Anne, aber warum auch nicht. Jus Küche wurde von allen im Viertel gerne frequentiert, oft schon hatte Anne den Eindruck gewonnen, dass hier nicht nur Gerichte brodelten, sondern auch verschiedenste Informationen über den Tresen gingen.

Um Ju, die offensichtlich nicht reden wollte, nicht in Bedrängnis zu bringen, ließ sich Anne eine Schale von der köstlichen Nudelsuppe geben, die Spezialität aus Jus Heimat, dazu ein eiskaltes Bier aus der Kolonie Tsingtau.

Ju bediente sie mit zurückgenommener Höflichkeit, aber als Anne den Mund öffnete, um sie anzusprechen, schüttelte die Köchin kaum merklich den Kopf.

Anne verstand. Wollte Ju generell nicht über das, was in der *Leuchtenden Sonne* vorgefallen war, sprechen oder nur mit ihr nicht? Was hatte Elmar Thönnes gesagt: Diese Straße hat überall Augen und Ohren!

Das kalte Bier lief erfrischend ihre Kehle hinunter, Anne hielt die Flasche, die direkt aus dem Eiskeller kam, mit beiden

Händen, danach fuhr sie mit den kalten Fingern über Stirn, Hals und Nacken. Wie gut diese Erfrischung tat! Anne dachte nach. Was auch immer gestern Nacht im Anschluss an ihre Aussage passiert sein mochte – es hatte auf alle Fälle mit der Toten zu tun. Und demzufolge auch mit ihr, denn erst durch sie war der Stein ins Rollen gekommen. Anne fragte sich, was geschehen wäre, wenn sie nicht durch Zufall in dem Bordell ihre Visite gemacht hätte. Wäre das Mädchen sang- und klanglos verschwunden? Was sie unweigerlich zu der Frage führte, ob dergleichen in der *Leuchtenden Sonne* schon einmal passiert war? Niemand hätte es gemerkt! Kein Außenstehender jedenfalls, keine Langnase. Sollte sie zur Polizei gehen, sich direkt bei Berthold erkundigen? Einerseits fand Anne, dass es ihr zustand, nähere Informationen darüber zu bekommen, was der Kommissar unternommen hatte, andererseits würde Berthold Rheydt sie informieren, zu einem Zeitpunkt, den er für richtig hielt. Es würde ihr wohl nichts anderes übrig bleiben, als sich in Geduld zu üben.

Noch während sie ihre Suppe löffelte – die ihren Körper angenehm temperierte, obwohl sie heiß war –, betrat ein junges Mädchen die Garküche. Anne erkannte sie, es war eine der Angestellten der Wäscherei. Eines der Mädchen, die Charlotte Lehmann und sie aus den Händen der Zuhälter freigekauft hatten. Kaum hatte das Mädchen Anne bemerkt, tuschelte sie aufgeregt mit Ju, die sich hinter ihren Töpfen verstecken wollte, Anne aber immer wieder verstohlene Blicke zuwarf.

Anne gab sich desinteressiert. Aß ihre Suppe. Überlegte. Rief sich die Geschehnisse der Nacht vor Augen. Sie musste sich so genau wie möglich erinnern, durfte nichts vergessen; falls Berthold Rheydt den Fall nun doch offiziell bearbeitete, würde sie noch einmal befragt werden. Vielleicht hatte die Polizei die Leiche gefunden? Oder den Täter ergriffen? Zu gerne wollte sie wissen, was in der *Leuchtenden Sonne* geschehen war, dass diese nun geschlossen und von der Polizei bewacht wurde.

Ju kam zu ihr an den kleinen Tisch, wischte ihn ab und stellte Anne ungefragt ein Schälchen mit Nachtisch hin. Es waren kleine Sesambällchen. Anne wollte die Köstlichkeit ablehnen, aber Ju fixierte sie mit ihrem Blick. Nun gut, wenn Ju darauf bestand, dann würde sie die Süßigkeit probieren. Gleich beim ersten Biss in das Bällchen verstand Anne, was ihr präsentiert worden war. Kein Dessert, sondern eine Botschaft. Im obersten Sesambällchen verbarg sich ein Papier. Sie hatte eine geheime Botschaft von Ju erhalten, wie mysteriös! Anne mühte sich, das kleine Stück Papier in eine Backentasche zu schieben und den Rest hinunterzuschlucken, was gar nicht so einfach war. Dann verabschiedete sie sich von Ju, verließ die Garküche, lief aus der Schmuckstraße hinaus, und erst als sie einige Straßenecken hinter sich gelassen hatte, fischte sie das Papier hervor und faltete es auf.

Am Circus, zwei Stunde stand dort in ungelenker Schrift.

Die zwei Stunden, die sie bis zum geheimnisvollen Treffen mit Ju herumschlagen musste, kamen Anne vor, als wären sie doppelt so lang. Sie war zum Frauenklub am Jungfernstieg gefahren, der schönste und angenehmste Ort, um Zeit zu überbrücken, und hatte sich dort mit Zeitungen eingedeckt. Sie hoffte, dass die Abendzeitungen vielleicht schon etwas über die Tote in der *Leuchtenden Sonne* bringen würden, entdeckte aber nicht die kleinste Notiz. Dann versuchte sie, sich auf andere Artikel zu konzentrieren, doch nur ein Artikel über Heroin in Amerika vermochte es, ihre Aufmerksamkeit einige Minuten zu fesseln. Man schien in den Vereinigten Staaten entdeckt zu haben, dass Heroin, wenn es nicht in der üblichen Tablettenform, sondern als reines Pulver verabreicht wurde, stärker abhängig machte als vermutet. Das wäre fatal, fand Anne, denn auch sie verschrieb diese Heroin-Tabletten der Firma *Bayer* süchtigen Patienten, da sich diese mit deren Hilfe leichter aus der Abhängigkeit von Morphin oder Opium befreien konnten. Das Suchtproblem nahm auch in Hamburg immer stärker zu. Besonders unter Seeleuten und Prostituierten verbreiteten Drogen sich rasant. Wenn nun aber auch Heroin in Verruf geriet – wie sollte es gelingen, die Menschen von ihrer Abhängigkeit zu heilen?

Anne blickte ständig auf die große Standuhr, auf die sie von ihrem Platz aus einen guten Blick hatte. Eine halbe Stunde vor Ablauf der verabredeten zwei Stunden brach sie auf, nahm eine Trambahn zum Millerntor und lief von dort den Circusweg hinunter Richtung Hafen. Langsam leerten sich die Straßen zu der nächtlichen Stunde, aber noch immer waren mehr Menschen als üblich in der Nacht unterwegs. Die permanente Hitze, über die sich niemand mehr freute, dieser beschwerliche Sommer, machte die Bewohner der Hansestadt zu Nachteulen.

Der Circus Busch aber lag still und dunkel da. Die letzte Vorstellung war vorbei, der mächtige Rundbau, der zu Vorstellungszeiten von tausend bunten Glühlampen erhellt wurde und zu dem die Menschen in Scharen pilgerten, schien zu schlafen, lediglich in den Stallungen dahinter regte sich noch etwas Leben. Auch die Tiere vermochten bei den hohen Temperaturen nicht zur Ruhe zu kommen.

Die Angabe »Am Circus« auf Jus Zettel war vage – der Rundbau war riesenhaft, es gab mehrere Eingänge, die zu der späten Stunde verschlossen waren. Anne lief unruhig vor dem Gitter des Haupteingangs hin und her, bis sie eine Person wahrnahm, die sich unter einer Kastanie am Rand des Circuswegs verbarg. Vorsichtig ging Anne auf den Schatten zu. Es war Madame Ju, die eine Stola über den Kopf gelegt hatte und damit ihr Gesicht weitgehend verdeckte.

»Kommen!«, flüsterte Ju und lief mit schnellen Schritten

am Zaun des Circus entlang. An einem Hintereingang stand bereits jemand anders, in der Dunkelheit konnte Anne nur wenig erkennen. Der Mensch, der auf sie gewartet hatte, öffnete das kleine Tor, ließ die beiden Frauen eintreten, schloss sorgsam hinter ihnen ab und hieß die beiden, ihm zu folgen. Jetzt erkannte Anne, dass es sich ebenfalls um eine Frau handelte, klein und schmächtig, sie trug einen Überwurf, unter dem eine Art besticktes Trikot hervorblitzte. Es musste sich um eine Akrobatin des Circus handeln, vermutete Anne, die sich erinnerte, bei einem Besuch als Kind eine waghalsige Trapeznummer von asiatischen Künstlern bestaunt zu haben. Wie schwerelos waren sie durch die Kuppel geglitten, hatten sich emporgeschwungen und ins Bodenlose fallen lassen, in letzter Sekunde schwang ein anderer Akrobat am Trapez und fing den fallenden Artisten auf. So war es eine Zeit lang unter dem ängstlichen Raunen der Zuschauer hin- und hergegangen, bis die Akrobaten schließlich in einer Menschenpyramide den Applaus des Publikums entgegengenommen hatten.

Sie standen vor einem Zirkuswagen, die Akrobatin versicherte sich erst mehrmals, dass ihnen niemand beim Betreten zusah, dann öffnete sie die Tür.

Im Inneren empfing sie lediglich Kerzenlicht – und das ängstliche Gesicht eines Mädchens, das Anne sofort erkannte.

Es war eine der Prostituierten aus der *Leuchtenden Sonne.* Diejenige, die Anne gerade untersucht hatte, als sie die Schreie aus dem Nebenzimmer vernommen hatten. Hao hieß sie.

Madame Ju schob das Tuch aus ihrem Gesicht und nahm Anne ins Visier.

»Helfen«, bat sie. »Gefahr.«

8.

»Herzlich willkommen an unserer Schule, Fräulein Curtius!« Der Direktor stand auf und reichte ihr seine Hand.

Glücklich schlug Helene ein. Ihr erster Arbeitsvertrag! Das erste Gehalt! Selbst verdientes Geld! Sie strahlte den Leiter der Schule an, als hätte er ihr soeben eine Million Mark versprochen – und genauso fühlte sie sich auch.

»Wir sehen uns am letzten Tag der Sommerferien, das Kollegium setzt sich zur Lehrerkonferenz zusammen.«

Helene bedankte sich und musste sich beim Verlassen des Büros sehr zusammennehmen, um den Weg durch die Gänge der Mädchenschule nicht hüpfend zurückzulegen. Das breite Grinsen auf ihrem Gesicht jedoch vermochte sie nicht zu unterdrücken. Am Abend war sie mit Berthold verabredet, und sie freute sich darauf, mit ihm dieses sensationelle Ereignis zu feiern! Sie hatte sogar doppelten Grund dazu, schließlich hatte sie ihm von der Einladung in die Psychologische Gesellschaft Berlin noch nicht erzählt.

Helene nahm sich fest vor, Berthold endlich zu einem Varieté-Besuch zu überreden. Es gab so hübsche, kleine Theater, sie war an einigen in der Spielbudenstraße vorbeigelaufen, hatte die Bilder in den Schaukästen bewundert, die roten Samtvorhänge, die Glühlampen, die allzu einladend blinkten. Drinnen saß man an kleinen Tischen oder in Separees, konnte während der Vorstellung Sekt trinken und sich tief in die Augen blicken. Der beste Ort, um anzustoßen!

Sie überquerte den Mittelweg und lief in die Alsterchaussee. Die Alleebäume verloren bereits nach und nach ihre Blätter, durch die andauernde Trockenheit hatten sich die Blätter gelb gefärbt, als wäre es Herbst. Heute war Helene zu Fuß unterwegs, unüblich für sie. Aber sie hatte das Fahrrad bewusst im Schuppen gelassen, beim Radeln würde sie noch mehr in Schweiß ausbrechen, und sie wollte nicht völlig derangiert zum Gespräch mit dem Schuldirektor auftauchen. So war sie gemächlich am Alsterufer entlangspaziert, mit einem weißen Schirm, der sie vor der Sonne schützte. Auf ein Mieder hatte sie verzichtet, allerdings auch darauf, ein Hosenkleid anzuziehen, stattdessen trug sie einen schlichten hellgrauen Leinenrock und eine leichte Bluse über einem Seidenhemdchen. Es war weniger als nichts, und doch fühlte sich bei der unerträglichen Hitze jede Lage Stoff auf dem Körper als eine zu viel an.

Die Stelle an der Mädchenschule hatte ihr Vater ihr vermittelt. Um des fragilen häuslichen Friedens willen hatte Helene angenommen. Der Direktor der Mädchenschule war ein Mann aus der Gemeinde des Pastors – und so hatte es keiner besonderen Zeugnisse oder Referenzen bedurft, Helene hatte lediglich ihr Abschlusszeugnis präsentiert, schon war man sich handelseinig geworden. Sie hatte ihrem Vater damit eine Freude gemacht und seine Sorgen um die Zukunft seiner Tochter gedämpft. Helene fand, dass sie sich damit keinen Zacken aus der Krone brach, sie wusste schließlich, dass sie in naher Zukunft den Eltern noch einiges zumuten würde. Den Aufenthalt in Berlin hatte sie ihrem Vater noch nicht gebeichtet, Fanny hatte versprochen, darüber zu schweigen. Und dass sie studieren wollte – was in Hamburg nicht möglich war, da die Hansestadt noch immer nicht über eine Universität verfügte –, davon hatte sie ihren Eltern ebenfalls noch nichts verraten.

Dass sie sich mit Berthold Rheydt traf, das wussten Fanny und Engelbert Curtius, und obwohl der Kommissar ihnen offiziell noch keine Aufwartung gemacht hatte, schienen sie sehr angetan von dem Gedanken, dass Helene einen Verehrer hatte. Einen gestandenen Mann, der über Lebenserfahrung und Ansehen verfügte und der es, wenn man all die Wochen betrachtete, die er sich mit Helene traf, ernst zu meinen schien.

Helene wusste, dass ihre Eltern – der Vater mehr noch als ihre Mutter – hofften, dass sich Berthold Rheydt erklären würde. Dann wären ihrer Tochter die Flausen mit der Berufstätigkeit ausgetrieben, sie würde in den Hafen der Ehe einlaufen und der natürlichen Berufung einer Frau folgen.

Dass Helene es ihnen wirklich so leicht machen würde, glaubten sie wohl nicht in Gänze, aber noch lebte die Tochter unter ihrem Dach. Helene ihrerseits betrachtete es als Sicherung des Waffenstillstands, dass sie das Angebot ihres Vaters, ihr über seine Kontakte eine Stelle zu vermitteln, angenommen hatte.

Und tatsächlich fühlte es sich gar nicht so schlecht an, fand sie, während sie an der Alster entlang nach Hause spazierte. Die Schule hatte einen freundlichen Eindruck gemacht, der Direktor schien ein netter Mann zu sein, er war sanft, das Gegenteil eines strengen Preußen. Auch hatte er nicht von »Zucht und Ordnung« gesprochen, dafür aber liebevoll von »seinen Mädchen« an der Schule erzählt. Hatte Helene in seinem Büro Kaffee und Biscuits angeboten und sich sehr für Helenes Tätigkeit in den Auswandererhallen interessiert. Helene hoffte, dass sie ihre Auffassung von Pädagogik dort in die Praxis umsetzen konnte, eine Pädagogik ohne harte Strafen. Kein Eckestehen, kein Rohrstock. Sie wollte, dass die Kinder gerne ihren Unterricht besuchten, denn nur glückliche Kinder lernten gut.

Sie bog in die Körnerstraße ein, warf einen Blick hinüber zu Paulina Reimers' Elternhaus und überlegte, ob sie ihrer besten Freundin einen Besuch abstatten sollte, aber dann fiel ihr ein, dass Paulina bereits die Hochzeitsnacht mit ihrem frischgebackenen Ehemann in der neuen Wohnung verbracht hatte und vielleicht gar nicht in der Körnerstraße anzutreffen war. Die Erkenntnis, dass sie künftig nicht mehr einfach so über die Straße flitzen und sich über alles, wirklich alles, mit ihrer Herzensfreundin austauschen konnte, traf Helene jäh. Paulina war verheiratet, sie selbst hatte einen Arbeitsvertrag in der Tasche – eine neue Zeit begann, und Helene begriff, dass sie nicht nur großjährig war, sondern die Welt der Erwachsenen betreten hatte, mit allen Konsequenzen. Sie würde künftig allein zurechtkommen müssen – ohne Paulina. Ohne die Abende in deren Zimmer, die sie kichernd im Bett liegend verbracht hatten.

Wer ersetzte ihr Paulina? Ein Ehemann? Vielleicht gar Berthold Rheydt?

Wie war das in einer Ehe? Vertraute man seinem Mann alles an? Und umgekehrt? Konnte man miteinander kichernd im Bett liegen? Helene stellte sich unentwegt diese Fragen, denn sie fand, dass die Ehe ihrer Eltern sie nicht auf das vorbereitete, was sie sich unter dem Zusammenleben mit einem Mann vorstellte. Wer bereitete einen denn überhaupt darauf vor? In ihrer Gesellschaft wurde darauf vertraut, dass der Mann seiner künftigen Frau schon zeigen würde, wie er sich das eheliche Beisammensein wünschte. Aber natürlich konnte man den Mann auch nicht vorab fragen, wie er sich die Ehe vorstellte. Oder doch?

Bei dem Gedanken daran, dass sie mit Berthold Rheydt im Varieté sitzen und über den Rand ihres Glases hinweg fragen würde, ob man mit ihm im Bett liegen, Süßigkeiten essen und über Belangloses reden könne, musste sie auflachen. Nein, das konnte sie sich mit Berthold, dem Mann, der nicht nur mit beiden Beinen fest auf der Erde stand, sondern Ernsthaftigkeit erfunden zu haben schien, nicht vorstellen.

Heute Abend also Varieté. Die Amüsierfähigkeit des Kommissars musste dringend auf den Prüfstand.

»Sie haben eine Nachricht von Frau Doktor van der Zwaan.« Sophie deutete auf ein kleines Briefchen, das auf der Anrichte im Eingangsbereich stand. Verwundert nahm Helene den

Umschlag und lief damit treppauf in ihr Zimmer. Sie wollte sich umziehen, um eine Runde zu rudern – trotz der unmenschlichen Temperaturen. Aber sie wäre auf dem Wasser, könnte jederzeit vom Boot in den Fluss springen und sich vor ihrer abendlichen Verabredung ordentlich abkühlen.

Doch daraus würde nichts werden, das war Helene sofort bewusst, als sie die eine Zeile las, die Anne ihr gesandt hatte. *Ich brauche Deine Hilfe, bitte umgehend Treffen bei mir.*

Sie machte auf dem Absatz kehrt, lief die Treppe hinunter, an dem überraschten Dienstmädchen vorbei, aus dem Haus hinaus und in den Schuppen. Schnappte sich ihr Hammonia-Rad und trat in die Pedale.

Was für eine Geschichte! Helene starrte abwechselnd von Anne zu Hao und wieder zu Anne. Sie konnte kaum glauben, was die beiden ihr erzählt hatten, oder besser: was Anne ihr erzählt hatte. Hao sprach kaum ein Wort Deutsch, schien aber einige Brocken zu verstehen, sie hatte Annes Erzählung mit Gesten und ihrer Mimik untermalt.

Und sie war halb tot vor Angst, schon allein der Anblick der armen Frau verbat jeden Zweifel an der Wahrheit der Geschichte. Kein Wunder, das alles war mehr als beängstigend. Das hatte Anne also gemeint, als sie ihr gesagt hatte, sie habe Schreckliches erlebt, könne aber nicht darüber reden! Eine Frau wurde erstochen, und alles sollte vertuscht werden? Weil der Mörder, den alle Mädchen in dem Bordell kannten, von einem mächtigen Gangsterboss gedeckt wurde? Das war eine Gruselgeschichte wie aus den furchtbaren Heftromanen, die ihr Dienstmädchen so gerne verschlang. Manchmal riskierte Helene einen Blick in *Agathe in den Fängen des Satans* oder *Vom Eulenmann entführt.* Nicht anders hörte sich das an, was die beiden Frauen ihr soeben berichtet hatten. Wäre eine von ihnen nicht Anne, kein Wort hätte Helene ihnen geglaubt.

»Warum geht ihr damit nicht zur Polizei?«, fragte Helene. »Wenn die *Leuchtende Sonne* geschlossen wurde, ermitteln Inspektor Paulmann oder Berthold zweifellos. Die müssen dringend erfahren, was du mir erzählt hast, Anne. Ich verstehe nicht …«

»Deshalb bist du hier«, warf Anne ein und machte eine Bewegung zu Hao, die zusammengekrümmt auf dem Sofa der Ärztin saß, die Beine an den Bauch gezogen, die Arme darum geschlungen. »Ich möchte, dass du Hao in Sicherheit bringst, ich gehe aufs Präsidium.«

»Aber wieso seid ihr nicht gleich dorthin gegangen?«

Anne seufzte. »Ich habe alles versucht, aber weder Madame Ju noch die Akrobatin noch Hao wollen dorthin, sie haben entsetzliche Angst. Ich konnte sie aber überreden, zu einem sicheren Ort zu gehen, wo Hao sich mit Berthold unterhalten kann.«

Helene überlegte. Ein sicherer Ort? Sollte das ihr Elternhaus sein? Ihr Vater würde das niemals tolerieren. Er dürfte Hao nicht entdecken, und Helene konnte sich beim besten Willen nicht vorstellen, einen Menschen in ihrem Elternhaus zu verstecken, den niemand sehen dürfe. Eine andere Lösung musste her.

»Bei mir zu Hause wird das nicht gehen.«

Anne nickte. »Daran habe ich auch nicht gedacht. Ich dachte an Ferdinand Reimers. Er ist Anwalt. Er weiß, was zu tun ist, er ist neutral, er ist für die Polizei eine Vertrauensperson – er und Ida sind die Richtigen.«

Helene atmete auf. Natürlich! Anne hatte so recht, das konnte funktionieren.

»Ich verstehe allerdings nicht, warum Ju und Hao sich an dich gewandt haben. Sie kennen dich nicht, du bist eine Außenstehende.«

»Genau das war der Grund. Anscheinend wissen sie nicht,

wem sie von ihren Landsleuten vertrauen können. Es gibt da einen gewissen Sun Bo« – bei der Erwähnung des Namens zuckte Hao zusammen –, »dieser Sun scheint seine Augen und Ohren überall zu haben. Offenbar steht die halbe Schmuckstraße auf seiner Lohnliste, und alle anderen, so wie Ju, fürchten seinen Zorn. Ju behauptet, sie sei eine tote Frau, wenn Sun erfährt, was sie weiß. Und dass sie geholfen hat, Hao herauszuschleusen.«

Im Kopf ging Helene die Geschichte noch einmal durch. Hao arbeitete ebenso wie ihre tote Freundin im Bordell von Kaiwen. Sie waren irgendwo in China aufgegabelt worden, man hatte ihnen Arbeit im Deutschen Reich versprochen, doch dann wurden sie bereits auf der Überfahrt zu unaussprechlichen Dingen gezwungen. In Hamburg angekommen, hatte man sie erst einem Zuhälter übergeben, dann waren sie von Charlotte Lehmann freigekauft worden. Ein nur auf den ersten Blick gelungener Befreiungsschlag, denn den Mädchen war schon vorher unmissverständlich klargemacht worden, dass ein Teil von ihnen sich in der *Leuchtenden Sonne* verpflichten sollte. Die Arbeit dort war nicht bezahlt, alles, was sie verdienten, steckte Kaiwen ein und garantierte ihren Mädchen dafür freie Kost und Logis sowie ein Taschengeld. Vor allem aber: Sie standen unter dem Schutz von Sun. Einem Verbrecher, der von jedem Geschäft, das auf der Schmuckstraße von Chinesen getätigt wurde, Beteiligung verlangte. Schutzgeld. Welche Geschäfte er außerdem tätigte, darüber gab es nur Gemunkel: Drogen, Menschenhandel, Geldwäsche. Hao hatte Sun niemals gesehen, sie hatte aber seine Macht gespürt. Suns Handlanger waren überall, und jeder und jede, die sich nicht nach Suns Gesetzen richteten, bekamen das schmerzlich zu spüren.

Nun war das, was Sun im Chinesenviertel an Macht aufgebaut hatte, nicht viel anders als die Geschäfte einiger Hamburger Unterweltkönige. Ganz gleich, ob Christ, Jude oder

Nichtgläubiger, an Gangsterbossen wie Sun war eine Weltstadt wie Hamburg nicht gerade arm. Der Hafen spülte viel Geld in die Hansestadt, doch nicht alle Geschäfte waren redlich.

Das, was die Geschichte, die Hao erzählte, aber einzigartig und besonders grausam machte, war etwas anderes.

Sun deckte den Mörder. Den Mörder, der ein deutscher junger Mann war, den alle im Bordell kannten. Weil er seltsam grausame Vorlieben hatte.

Deshalb hatte Kaiwen die Leiche verschwinden lassen. Die Mädchen in der *Leuchtenden Sonne* waren zum Stillschweigen verdammt worden. Aber Hao hatte es nicht ausgehalten vor Angst. Angst, nicht nur vor Sun, sondern davor, dass der Mann, der ihre Freundin ermordet hatte, in das Bordell zurückkehren würde. Er war nicht zum ersten Mal dort zu Gast gewesen, und keines der Mädchen ging freiwillig mit ihm auf ein Zimmer.

Sie war mit der Hilfe von Madame Ju und einer Freundin in der Wäscherei zu der Akrobatin im Circus Busch geflüchtet. Dort war sie aber nicht sicher, früher oder später wäre sie von Suns Leuten gefunden worden, oder jemand hätte sie verraten. Als schließlich Anne in der Garküche aufgetaucht war, hatte sich das Mädchen aus der Wäscherei ihrer erinnert. Anne war ihre Hoffnung.

Doch Anne glaubte, dass auch bei ihr kein sicherer Unterschlupf gewährleistet war – man hatte sie in der Schmuckstraße gesehen, sie war keine Unbekannte dort.

»Ich hole eine Droschke für euch. Niemand soll dich mit Hao sehen. Ihr fahrt direkt zu Ferdinand. Ich habe ihm bereits eine Nachricht geschickt, er ist vorgewarnt.«

Helene nickte. Die Vorkehrungen, die Anne zum Schutz der Chinesin getroffen hatte, kamen einer Staatsaktion gleich! Wie groß war die Gefahr durch Sun Bo und seine Leute tatsächlich? Besaß er Macht über die chinesische Gemeinde hinaus? Sie konnte es kaum glauben. Helene wusste, dass sie erst erleichtert sein würde, wenn Berthold eingeweiht war. Er würde sich der Sache annehmen.

Hao bekam ein Cape mit Kapuze von Anne übergestülpt, in dem sie fast verschwand. Bei dieser Sommerhitze war allein diese Verkleidung auffällig, aber das Mädchen hatte unfassbare Angst, auf die Straße zu treten.

»Danke, dass du hilfst«, sagte Anne, als Helene in die Droschke stieg.

»Langsam gewöhne ich mich daran, dass du mich in zwielichtige Geschichten verwickelst«, gab Helene zurück und musste trotz der beklemmenden Situation lächeln.

Ferdinand Reimers sah ernst aus. Sehr ernst. Er und Ida hatten Helene gleich in Empfang genommen, sobald die Droschke vor dem Haus hielt. Ida hatte Hao unter ihre Fittiche genommen, sie in eines der Gästezimmer der großen Villa geführt und sich mütterlich um das verängstigte Bündel gekümmert.

Ferdinand jedoch hatte Helene in sein Büro gebeten und sich von ihr alles erzählen lassen, was sie von Anne erfahren hatte.

»Mich beruhigt allein, dass der Kommissar sich um das Mädchen kümmern wird«, sagte er, als Helene geendet hatte. »Diesen Unterweltkönig gibt es. Sun. Kennengelernt habe ich ihn nicht, zum Glück. Aber man erzählt sich viel über ihn.«

»Trotzdem – reicht seine Macht über das chinesische Viertel hinaus?«, warf Helene zweifelnd ein. »Er wird ja wohl nicht ganz Hamburg in seiner Gewalt haben.«

»Das sicher nicht.« Ferdinand sah Helene über die Brille hinweg an. »Wie lange ich dich schon kenne, Helene. Seit du deine ersten Schritte mit dem Kindermädchen gemacht hast. Und sieh dich an, was aus dir geworden ist. Eine starke und schöne junge Frau.«

Helene wurde sofort warm ums Herz. Das Ehepaar Reimers war so etwas wie ihre Zieheltern. Sie hatte mindestens so viel

Zeit in deren Haus und Garten verbracht wie bei sich. Paulina war nur wenige Monate älter, sie hatten schon als Kleinkinder miteinander gespielt, der Haushalt dieser warmherzigen und modernen, offenen Familie war Helene immer schon näher gewesen als die strenge Kälte, die in ihrem Pastorenhaushalt herrschte. Sie bewunderte Ida für ihre Weltläufigkeit, sie war mit allen Geistesgrößen Hamburgs bekannt, scharte Künstler um sich und war eine begehrte Gastgeberin. Ferdinand schien an ihrer Seite manchmal zu verblassen, er liebte den großen Auftritt weniger als seine Frau, aber Helene wusste nur zu gut, dass er das ruhige Kraftzentrum der Familie war. Er lenkte die Geschicke der fünf Frauen. Ferdinand Reimers war Sozialdemokrat und hatte es als solcher immer wieder schwer, sich im konservativen Hamburg zu etablieren. Aber er hatte einen exzellenten Ruf als Strafverteidiger, hatte viele spektakuläre Fälle gewonnen und vertrat auch Mandanten, die nicht aus den obersten Gesellschaftsschichten stammten. Ihm ging es immer um Gerechtigkeit, er übernahm gern schwierige Fälle, von denen Kollegen die Finger ließen – beispielsweise verteidigte er die Mädchen der *Lilith*, wenn Elmar Thönnes einer von ihnen habhaft wurde, was bereits zweimal der Fall gewesen war.

Dass Ferdinand nun so beunruhigt war, verunsicherte Helene.

»Sun oder Sun Bo, wie er mit vollem Namen heißt, hat nicht mehr Macht als andere große Unterweltnummern in unserer Stadt«, erklärte er ihr nun. »Aber er gehört zu einer größeren Organisation, das gibt es bei uns so nicht. Sie nennen sich die Triaden, ein Zusammenschluss meist Krimineller. Das heißt, Sun ist ein Vertreter einer großen Organisation, die in China ansässig ist. Und er scheint im Verbund mit westlichen Handelspartnern zu sein. Seine Macht allein ist beschränkt. Aber seine Vernetzung ist beängstigend.«

»Bringt Hao euch in Gefahr?«

Zu Helenes Erleichterung verschwand das Sorgenvolle aus dem Gesicht von Paulinas Vater, er lächelte Helene an. »Nein. So weit reichen die Arme der Triaden nicht. Außerdem ist es nur vorübergehend. Ich werde mich darum kümmern, dass Hao woanders untergebracht werden kann. Nicht in Hamburg. Weit weg. Wo sie nicht als Prostituierte arbeiten muss, sondern ein neues Leben beginnen kann.«

»Ich danke dir so sehr.« Helene stand auf. Ferdinand kam hinter seinem Schreibtisch hervor, drückte sie einmal fest und sagte: »Mach dir keine Sorgen. Sobald die Polizei eingeschaltet ist, geht alles seinen Gang.«

Sie verließen gemeinsam das Büro und liefen in Richtung Haustür. Auf halbem Weg kam ihnen Paulina entgegen. Helenes Herz tat einen Sprung vor Freude, aber Paulinas Miene war alles andere als erfreut.

»Wie kannst du uns da mit hineinziehen?«, fuhr sie Helene ohne Begrüßung an.

»Paulina!«, ging ihr Vater dazwischen. »Mäßige dich!«

Aber seine Tochter beachtete ihn nicht. »Ich habe gerade von Mama gehört, was du uns zumutest. Wie kannst du nur? Uns in so eine Lage zu bringen!«

»Aber du hast doch gar nichts damit zu tun«, rechtfertigte sich Helene, und Ferdinand Reimers sprang ihr bei.

»Es ist nichts, was dich in irgendeiner Weise betrifft, Paulina. Helene hat einem Menschen in Not geholfen. Ich wünschte, du würdest ihr Respekt dafür entgegenbringen.«

Helene verstand nicht, warum ihre Freundin so aufgebracht war, aber Paulinas nächster Satz lieferte die Erklärung.

»Wenn Franz das erfährt!« Paulina bekam einen ängstlichen Ausdruck. »Dass du uns in so eine Geschichte hineinziehst, Helene. Das wird er nie und nimmer hinnehmen.«

Das war es also. Wie hatte Franz Hopp Helene bei ihrer ersten Begegnung zugeraunt? »Wenn Sie mit Ihrem abnormalen

Suffragettengetue Paulina vergiften, drehe ich Ihnen den Hals um.« Damit hatte sich dieser Mensch ein für alle Mal für Helene disqualifiziert.

»Weißt du was?«, fuhr Helene Paulina an. »Was dein Franz für eine Meinung von mir hat, ist mir herzlich egal.«

Damit ließ sie ihre beste Freundin stehen. Franz Hopp, dieser unausstehliche Mensch hatte es geschafft. Er hatte einen Keil zwischen die beiden Kindheitsfreundinnen getrieben.

9.

»In dieser Lunge konnten wir eindeutig Chloroform nachweisen.«

Agathe Melwerk hatte Berthold in ihr Labor geführt, wo Ehemann Heinrich sie erwartete.

Er hatte bereits eine Versuchsanordnung aufgebaut, Phiolen und Kolben, Bunsenbrenner und Schälchen, um dem Kommissar bis ins Detail zu erklären, was sie mit dem Organ der Toten gemacht, welche chemischen Experimente sie veranstaltet hatten und wodurch sich nun das Betäubungsmittel gezeigt hatte. Berthold war jedes Mal aufs Neue fasziniert von den chemischen Zusammenhängen, die die beiden ihm aufzeigten. Eigentlich waren die Apotheker nur in Nebenbeschäftigung für die Polizei tätig, aber Berthold spürte sehr deutlich, dass sich das Ehepaar mit allergrößter Freude seinen kleinen kriminalistischen Rätseln widmete. Sie gaben sich hingebungsvoll Mühe, auch die kniffligste Nuss zu knacken, hatten damit bereits mehrmals erheblich zur Aufklärung von Todesfällen beigetragen, und vor allem waren sie immer bemüht, den Polizisten zu erklären, wie sie ihre Schlüsse gezogen hatten.

Berthold interessierte sich mehr und mehr für die chemischen Vorgänge, er lernte die Fachbegriffe, die die Melwerks verwendeten, und freute sich, wenn er ins Allerheiligste vorgelassen wurde: das Labor.

Auch in diesem Fall war ihre Arbeit ihm eine große Hilfe, wenngleich er sich im Stillen ein anderes Ergebnis gewünscht hatte. Denn die Tatsache, dass Chloroform in der Lunge der Toten nachweisbar war, bedeutete, dass der Mörder die junge Frau zunächst betäubt hatte. Deshalb hatte sie sich nicht mehr so sehr zur Wehr setzen können, als wenn sie noch ganz bei Sinnen gewesen wäre. Immerhin hatte ihre Kraft gereicht, um nach Hilfe zu rufen.

Die Kombination von Chloroform und einem Messer als Waffe war Berthold nur allzu bekannt und bestätigte seinen Verdacht: Der Hafenmörder ging um. Joachim von Stetten war wieder in der Stadt.

Auch die Melwerks schienen diesen Schluss zu ziehen.

»Chloroform«, räsonierte Agathe, »das hatten wir schon einmal.« Sie sah Berthold an und runzelte die Stirn. »Der Hafenmörder, nicht wahr? Ist er zurück?«

»Ich kann es nicht mit Sicherheit sagen«, antwortete Berthold aufrichtig. »Aber leider deutet alles darauf hin.«

»Sie können auf unsere Verschwiegenheit zählen«, versicherte sie ihm. Dessen hätte es nicht bedurft, die Melwerks hatten sich zum Stillschweigen über ihre polizeiliche Mitarbeit verpflichtet, dennoch schätzte Berthold die Geste.

»Schreiben Sie mir darüber einen Bericht?«, bat er die beiden Chemiker, »dann kann ich es Roscher und Paulmann vorlegen.«

Bei der Sitzung am Vortag hatte er seinen Verdacht, bei dem Mörder könne es sich um Joachim von Stetten handeln, noch für sich behalten. Diese Vermutung war so ungeheuerlich, dass er zunächst den Chloroform-Nachweis hatte abwarten wollen.

Zumal sich nun der Tod des chinesischen Freudenmädchens und der des Chinesen im Weinfass als zwei separate Fälle zeigten. Nur zufällig waren die beiden Opfer von derselben Nationalität, aber nicht nur die Todesart unterschied sich – der Mann war an Auszehrung gestorben, Berthold vermutete, eine Folge von den furchtbaren Arbeitsbedingungen chinesischer Seeleute. Man hatte ihn loswerden wollen und in dem leeren Weinfass versteckt. Als die Leiche entdeckt wurde, war vermutlich das Schiff, auf dem der Mann angeheuert hatte, längst wieder ausgelaufen. Wäre er auf See gestorben, hätte man seinen Körper dort entsorgt. Niemand hätte es bemerkt, die Seeleute aus China waren beliebiges Menschenmaterial für die Reeder, sie waren selten registriert oder besaßen Heuerverträge. Auf den Schiffen bediente man sich ihrer Arbeitskraft unter schlimmsten Bedingungen, und wer diese Tortur nicht durchstand, den wurde man auf See oder im nächsten Hafen eben los. Tot oder lebendig.

Damit hatte Joachim von Stetten wohl kaum etwas zu tun. Der Sohn des mächtigen Bankiers und Senatsmitglieds Wilhelm von Stetten war geisteskrank. Er hatte als junger Mann am Afrikafeldzug des Generals von Trotha teilgenommen und war maßgeblich an der Tötung der Nama beteiligt gewesen, eines afrikanischen Volks, das sich gegen die Landnahme und Versklavung durch die deutschen Kolonialherren zur Wehr setzte. Seine junge Seele hatte irreparablen Schaden genommen. Er hatte, so erklärte es sich Berthold, nicht mehr in ein normales Leben zurückgefunden und angefangen, Frauen zu töten. Erst in großen, dann, als die Polizei ihm bereits auf den Fersen war, in immer kürzeren Abständen. Er hatte die Frauen mit Chloroform betäubt, sie aufgeschlitzt und ausgeweidet, ähnlich dem Ripper in London. Der Verhaftung durch Berthold hatte er sich durch seine Flucht ins Ausland in letzter Minute entzogen, und der Kommissar hatte geschworen, dass er niemals die Suche nach ihm aufgeben würde. In jedem Ort, von welchem aus Joachim von Stetten seine Drohbriefe an Anne geschickt hatte, hatte Berthold Kontakt mit den örtlichen Behörden aufgenommen. Oftmals hatten sie Spuren von ihm gefunden – Zeugen, die ihn gesehen hatten, Hotelzimmer, in denen er logiert, und Frauen, die er attackiert hatte.

Bis von Stetten in Tsingtao von der Bildfläche verschwunden war. Dort verlor sich seine Fährte, und Berthold wusste genau, wieso das so war. Die Kolonie Kiautschou war deutsch. Deutsche Soldaten, deutsche Geschäftsmänner. So weit reichte der lange Arm von Joachims Vater. Wahrscheinlich hatte dieser Unsummen dafür bezahlt, dass sich keine Spuren seines Sohnes finden würden.

Dass dieser aber nach Hamburg zurückkehrte, so schnell, die Erinnerung aller an die Hafenmorde war noch frisch, verwunderte den Kommissar. Joachim von Stetten musste sich sehr sicher fühlen – ein Grund, dem Vater Wilhelm von Stetten auf den Zahn zu fühlen. Anschließend musste er dringend mit Doktor van der Zwaan sprechen und ihr beibringen, dass sich der Mann wieder hier befand.

Die Sitzung bei Roscher am Vortag hatte für Berthold eine Überraschung parat gehalten: Er bekam den Fall der Toten in der *Leuchtenden Sonne* überantwortet, dafür übernahm Elmar die Sache des Toten im Weinfass. Laut Bäuerlein war dieser nicht durch Fremdeinwirkung gestorben, auch sonst gab es keinerlei Hinweise auf ein Verbrechen, aber alle Polizisten waren sich einig, dass möglicherweise eine Verbindung zum Drogenkrieg, der in Hamburg gerade Fahrt aufnahm, bestehen könnte. Elmar sollte mit Berthold Hand in Hand arbeiten – er ermittelte im Bereich Sun Bo und Organisierte Kriminalität.

Inspektor Paulmann jedoch, dem der spektakuläre Bordell-Mordfall eigentlich übertragen werden sollte, warf das Handtuch. Er gab gesundheitliche Gründe vor, und wenn Berthold den von ihm über alles geschätzten Schneemann so ansah, wunderte es ihn nicht. Paulmann ging auf die sechzig zu, er hatte erst kürzlich vierzigjähriges Dienstjubiläum gefeiert, wurde nicht nur älter, sondern auch dicker. Und er war müde, das hatte Berthold schon länger bemerkt. Berthold, dem interessante Fälle wichtiger waren als eine steile Karriere, wünschte sich nicht, dass Paulmann in absehbarer Zeit seinen Abschied nahm. Der Inspektor war sein großes Vorbild, einer, von dem er alles gelernt hatte und noch immer lernen konnte. Deshalb hatte er die Nachricht, dass nicht der Inspektor, sondern er die Ermittlung *Leuchtende Sonne* leiten sollte, mit einem lachenden und einem weinenden Auge aufgenommen.

»Wir begleiten Sie ein Stück des Wegs«, sagte Agathe Melwerk. »Die Apotheke macht Mittagspause, und wir gehen essen.« Resolut schob sie den Rollstuhl ihres Mannes aus dem Labor durch die Apotheke und von dort die hölzerne Rampe hinab, die sie hatte anfertigen lassen, nachdem Heinrich Melwerk einen Schlaganfall erlitten hatte.

»Haben Sie den Fall des toten Seemannes abgeschlossen?«, erkundigte sich Agathe, während sie, ihren Mann schiebend, neben Berthold über den Groß Neumarkt lief.

»Halb halb«, musste Berthold gestehen. »Keine Fremdeinwirkung. Er wurde in dem Fass versteckt, nachdem er eines natürlichen Todes gestorben ist. Mehr oder weniger natürlich.«

»Opium?«

»Das kann ich Ihnen nicht verraten, gnädige Frau. Wir arbeiten daran.«

Heinrich Melwerk drehte sich in seinem Rollstuhl um und blickte zu seiner Frau. »Sag es ihm«, forderte er sie auf.

Berthold war neugierig. »Was? Verheimlichen Sie mir etwas?«

»Nicht so ganz. Ein bisschen. Wir mussten es erst untereinander diskutieren, Heinrich und ich.«

»Spannen Sie mich nicht auf die Folter!«

»Wir hatten vor einigen Wochen Besuch«, begann Agathe

zögerlich. »Ein Vertreter, so bezeichnete er sich jedenfalls. Er bot uns an, uns Heroin zu einem guten Preis verkaufen zu können. Einem Preis, der deutlich unter dem liegt, was wir der Firma *Bayer* bezahlen.«

Damit hatte sie Bertholds Aufmerksamkeit.

»Wir dachten, warum nicht, und baten um eine Probe. Der Stoff war hervorragend. Sehr rein, sehr gute Qualität.«

»Haben Sie gekauft?«

Agathe blieb stehen. »Heinrich?«

Ihr Mann winkte Berthold zu sich, der neben ihm in die Hocke ging, damit er Heinrich Melwerk, der die Stimme senkte, besser verstand und nicht die ganze Straße in den Genuss ihrer Unterhaltung kam.

»Wir waren in Versuchung. Aber dann war uns klar, dass etwas nicht stimmen kann. Das Heroin war zu gut, zu rein – und das für den Preis. Das konnte nur illegal sein.«

»Was hat der Mann denn gesagt, woher der Stoff stammt?«

»Er hat uns Papiere gezeigt, angeblich ebenfalls von der Firma *Bayer.* Niemand anders hat das Recht, Heroin herzustellen und es auch so zu nennen, der Name ist geschützt. Natürlich gibt es mittlerweile überall Labore, die aus Rohopium nicht nur Morphin herstellen, sondern dieses zu Heroin weiterentwickeln. Jeder kann das, kein Problem, Sie dürfen das Kind nur nicht so benennen.«

»Was haben Sie also gemacht?«

»Ich habe dem Mann gesagt, dass wir der Sache nicht trauen und lieber weiter das Heroin direkt von *Bayer* beziehen. Aber er ließ sich nicht so leicht abwimmeln.«

Heinrich Melwerk wechselte einen Blick mit seiner Frau, die ihm daraufhin fürsorglich mit einem großen Stofftaschentuch den Schweiß von der Stirn tupfte.

»Er sagte, wunderbar, kein Problem, aber er könne uns auch Morphin anbieten und sehr gutes Rohopium.«

»Der Herr hatte ja offenbar ein ordentliches Sortiment«, wunderte sich Berthold. »Ist das üblich?«

»Wie man es nimmt«, antwortete der Apotheker. »Natürlich kommen die Vertreter der Pharmafabriken zu uns und machen Werbung für ihre Produkte. Aber das, was der Chinese uns anbot ...«

»Der Chinese?«

Heinrich Melwerk nickte ernst. »Darum erzähle ich Ihnen das, Kommissar. Damals haben wir nur gedacht, die Sache ist irgendwie nicht astrein, aber jetzt ...«

»Sie hätten mich gleich verständigen können.« Berthold konnte seinen Ärger nur schwer unterdrücken.

»Es ist ja nichts passiert«, rechtfertigte Melwerk sich. »Wir haben dankend abgelehnt, und der Mann tauchte nie wieder auf.«

»Hat er nichts hinterlassen? Kein Kärtchen, Name, Adresse, falls Sie es sich anders überlegen?«

»Nichts, bedaure.«

»Das ist natürlich auch unüblich«, nahm Agathe den Faden noch einmal auf, nachdem sie wieder einige Schritte gegangen waren. »Wir kennen unsere Vertreter, wir kennen die Firmen. Dass da jemand aus dem Nichts auftaucht, und keinen Kontakt hinterlässt, macht erst recht einen unsauberen Eindruck.«

»Ich werde mit Kommissar Thönnes darüber sprechen. Er ermittelt in Sachen Drogenkriminalität. Ich bin sicher, er wird noch einige Fragen an Sie haben.«

Agathe lächelte. »Elmar Thönnes ist häufiger mal bei uns«, sagte sie. »Er hat einen ziemlichen Kokainbedarf.«

Das erklärte Elmars ständige gute Laune und Energie, dachte Berthold, der selbst ab und an von der aufputschenden Substanz bei den Melwerks gekostet hatte. Er allerdings zog Kaffee vor – schwarze Bohnen waren ihm sympathischer als chemisches weißes Pulver.

Als sie die Ellerntorsbrücke erreicht hatten, verabschiedeten sich die Melwerks zum Mittagstisch, Berthold lief weiter in Richtung Stadt. Dem Butterkuchen bei Leinemann widerstand er heute – es war zu heiß für Kuchen. Er dachte daran, wie voll sein Tag heute war, und fragte sich, ob er es überhaupt zum Treffen mit Helene schaffen würde. Der Mord an der Chinesin hatte nicht in seinem Kalender gestanden. So gerne er Helene sehen wollte, spürte Berthold doch, dass er heute nicht in der Lage wäre abzuschalten. In den vergangenen Wochen hatte er keinen Mordfall gehabt, der ihn und seinen Kopf herausgefordert hätte. Das hatte sich nun schlagartig geändert. Denn nicht allein die Begleitumstände – das versuchte Vertuschen, eine mögliche Beteiligung von Sun – waren bei diesem Fall besonders, sondern vor allem sein Hauptverdächtiger.

Joachim von Stetten hatte Berthold die schlimmste Niederlage seines Lebens bereitet. Aber nicht das war ausschlaggebend dafür, dass Berthold vom Ermittlungsfieber geschüttelt wurde. Dieser Mann hatte Morde begangen, die an Grausamkeit nicht zu überbieten waren. Und er war in einen Blutrausch geraten, hatte nicht aufgehört, suchte sich immer wieder neue Opfer. Das durfte nicht noch einmal passieren. Er, Berthold Rheydt, musste dafür sorgen, dass Joachim von Stetten nie wieder die Gelegenheit bekam, seine Messer zu wetzen.

Auf dem Präsidium wartete Anne van der Zwaan auf ihn. Berthold war nicht überrascht, sie in seinem Büro zu sehen. Obwohl dort niemand Einlass ohne seine ausdrückliche Erlaubnis hatte, schaffte sie es jedes Mal aufs Neue, sich an allen Beamten vorbei Zugang zu verschaffen.

»Frau Doktor.« Er musste es ihr sagen. Sie hatte ein Recht darauf, es zu erfahren. Joachim von Stetten hatte schon einmal versucht, sie zu töten, er schrieb ihr Drohbriefe – kein anderer Mensch in dieser Stadt war in so großer Gefahr wie die Frau, die hier in seinem Büro saß.

Aber noch bevor er etwas sagen konnte, ergriff sie das Wort.

»Herr Kommissar, gehe ich recht in der Annahme, dass Sie nun doch offen in der *Leuchtenden Sonne* ermitteln? Ich war gestern dort und ...«

»Warum? Frau Doktor, warum um Himmels willen gehen Sie an diesen Ort zurück? Um selbst auf Mördersuche zu gehen?«

Berthold fuhr aus der Haut. Diese Frau brachte ihn regelmäßig auf die Palme!

»Ich wollte nach dem Rechten sehen.«

»Ich sehe nach dem Rechten, wenn ein Mord passiert! Ich! Und meine Männer. Und nicht eine Frau allein, die in die Sache verwickelt ist!«

Seine heiße Wut verrauchte angesichts ihrer kühlen Gelassenheit. Sie wischte seine Bedenken einfach beiseite und sagte: »Wie dem auch sei ...«

»Nein«, fuhr Berthold ihr in die Parade. »Ich sage Ihnen etwas, Frau Doktor Fitzpatrick ...«

»Van der Zwaan.«

»Bringen Sie mich nicht aus dem Konzept. Sie sind in Gefahr. Ich wollte es Ihnen schonender beibringen, aber Sie lassen mich ja gar nicht zu Wort kommen.«

»Sie meinen wegen Sun?«

Berthold glaubte, sich verhört zu haben. »Was wissen Sie von Sun? Woher?«

»Deshalb sitze ich hier in Ihrem Büro. Ich habe dringliche Informationen für Sie.«

Berthold hielt es nicht länger auf seinem Stuhl. Er sprang auf und lief mit langen Schritten um seinen Schreibtisch, baute sich vor Anne auf und zwang sie so, ihn anzusehen.

»Joachim von Stetten ist wieder da. Er ist vielleicht der Mörder. Sehr wahrscheinlich sogar.«

Von einer Sekunde auf die andere bröckelte die demonstrativ zur Schau gestellte Beherrschtheit der Frau. Anne van der Zwaan wurde kalkweiß, ihr Brustkorb hob und senkte sich schnell und immer schneller. Ihre Augen waren schreckgeweitet, die Hände fuhren zum Brustkorb, wo sie sich verkrampft ineinander verhakten. Erschrocken kniete Berthold sich zu ihr, sie atmete so heftig, dass er Angst um sie bekam.

Von jetzt auf gleich schien die arme Frau entsetzliche Panik zu bekommen, und ihm fiel nichts anderes ein, als ihr beruhigend die Schultern zu streicheln und leise auf sie einzureden.

»Keine Angst, alles gut, alles wird gut, wir beschützen Sie, schhhh, alles gut, Frau Doktor, haben Sie keine Angst …«

Brenner streckte seinen Kopf ins Büro und machte große Augen, als er die Szene sah.

»Ein Glas Wasser, schnell«, ordnete Berthold an. »Frau Doktor ist unwohl.«

Nur wenig später kam Willy Brenner wieder herein, in der Hand das Glas Wasser. »Angstzustände«, sagte er, »kenn ich von meiner Mutter. Geht vorbei.«

Anne van der Zwaan, deren Atem sich langsam, sehr langsam wieder zu beruhigen schien, die aber noch immer nicht reden konnte, nickte ihm dankbar zu, offenbar hatte der junge Beamte den Nagel auf den Kopf getroffen.

Schließlich nahm sie ein paar Schlucke von dem Wasser.

Berthold entschuldigte sich. »Es tut mir leid, dass ich Ihnen diese schreckliche Nachricht so unverblümt mitgeteilt habe. Ich konnte nicht ahnen …«

»Machen Sie sich keine Gedanken«, versuchte Anne, ihn zu beruhigen. Ihre Stimme war wacklig, die Hand, die sie nun auf sein Knie legte, zitterte. »Ganz gleich, wie Sie es mir mitgeteilt hätten, diese Nachricht kommt unverhofft und ist so schrecklich, dass sie auch mit Rosen und Schokolade nicht besser wird.« Sie sah ihm fest in die Augen. »Wie kommen Sie darauf? Dass er wieder hier ist? Dass er es gewesen sein könnte?«

»Ich kann nicht über Details der Ermittlung mit Ihnen sprechen. Aber es gibt deutliche Hinweise.«

»Hinweise? Oder handfeste Beweise?«

Berthold überlegte. Er hatte noch nicht die Fingerabdrücke am Tatort mit denen von Stettens verglichen. Sie hatten keine Gegenüberstellung mit den Augenzeugen machen können. Und noch existierte kein Beweis dafür, dass er wieder in der Stadt war.

»Verdachtsmomente. Handfeste.«

Doktor van der Zwaan nickte. »Dann kann ich vielleicht helfen. Ich bin eigentlich hier, um Ihnen zu sagen, dass es eine Zeugin gibt. Eine junge Frau, die aus der *Leuchtenden Sonne* geflohen ist. Sie ist jetzt bei Ferdinand Reimers zu Hause. Sie müssen hinfahren und mit ihr sprechen.«

Berthold richtete sich wieder auf. »Sie hat ihn gesehen?«

»Sie kennt ihn.« Anne stand ebenfalls auf. »Sie kann ihn auf jeden Fall identifizieren.«

Bertholds Rückgrat kribbelte, es fühlte sich an, als wäre es unter Strom gesetzt. Eine Augenzeugin konnte den letzten sicheren Beweis liefern. Dieses Mal würde Joachim von Stetten ihm nicht entkommen.

10.

Das grelle Sonnenlicht blendete sie, sobald sie das Präsidium verließ, und verursachte Anne auf der Stelle Kopfschmerzen. Sie fühlte sich vollkommen entkräftet, hatte Mühe, die Stufen hinunterzugehen, ihre Beine sackten unter ihr weg, sie klammerte sich an das Geländer.

»Ist Ihnen nicht gut?«, erkundigte sich ein fürsorglicher Schupo, der ihr entgegenkam.

»Danke, es geht schon. Die Hitze …«, stammelte Anne. Einen Moment blieb sie stehen, um sich zu sammeln. Reiß dich zusammen, befahl sie sich. Verdammt noch mal, Anne, lass dich nicht ins Bockshorn jagen!

Ein paar Sekunden brauchte sie, um wieder zu sich zu kommen, um ihren Kopf und ihren Körper zu einer funktionierenden Einheit zusammenzufügen, und überlegte, wohin sie gehen, wie sie den Nachmittag verbringen sollte. Ihre Arzttasche stand im Praxiszimmer in der Paulstraße, wo sie am Vormittag Sprechstunde gehabt hätte. Aber sie hatte auch Charlotte Lehmann am Morgen eine Nachricht zukommen lassen – so wie auch Helene und Ferdinand Reimers –, dass diese bitte die Sprechstunde für sie absagen solle, es sei ein Notfall. Später am Nachmittag hatte sie ein paar Hausbesuche vereinbart, die sie auch wahrnehmen wollte, aber bis dahin hatte sie gute zwei Stunden zur freien Verfügung. Es zog sie zum Grünen Haus, sie wollte Theresa davor warnen, dass Joachim von Stetten sich in der Stadt herumtrieb. Aber das musste sie etwas aufschieben – zuvor musste sie ein dringendes Gespräch führen. Eines, das nicht warten konnte.

»Unmöglich.«

Der gezwirbelte Schnurrbart Wilhelm von Stettens bebte.

Anne hatte ihn in seinem Bankhaus aufgesucht, sie war überrascht, dass man sie sofort ins Allerheiligste des Direktors vorgelassen hatte, doch kaum hatte sie sich vorgestellt und darum gebeten, ihn in einer wichtigen Sache sprechen zu dürfen, kam der mächtige Mann selbst in das Foyer, um sie abzuholen.

Seit sie einen Pakt miteinander geschlossen hatten, vor zwei Monaten, bevor Anne nach London und später ins Engadin gereist war, hatten sie sich nicht gesehen. Mit Sicherheit ging Wilhelm von Stetten davon aus, dass Anne ihm nun in dieser Angelegenheit etwas Wichtiges mitzuteilen hatte.

Kaum waren sie in seinem großen Büro angelangt, die Türen

hinter sich geschlossen, konfrontierte Anne ihn jäh damit, dass sein Sohn in der Stadt sei – und erneut gemordet hatte.

»Unmöglich«, wiederholte von Stetten fassungslos. »Das kann nicht sein.«

»Es ist nicht unmöglich!«, konterte sie. »Ich habe die Information von Kommissar Rheydt. Die Mordmethode ist die gleiche.« Anne bemühte sich um einen sachlichen Tonfall, aber innerlich bebte sie vor Wut. »Sie haben etwas versprochen! Sie haben mir Ihr Wort gegeben, dass Sie mich vor ihm beschützen.«

Ohne jede Regung erkennen zu lassen, blickte der Bankier sie an. »Und Sie haben mir im Gegenzug garantiert, dass Sie mich in die Pläne Ihres Vaters einweihen. Haben Sie Ihren Part unserer Vereinbarung erfüllt?«

Anne nahm in einem der tiefen Besuchersessel Platz. Ihr Herz klopfte schon wieder wie verrückt, was war das nur? Sie hatte ihren Körper nicht unter Kontrolle, sobald es um die von Stettens ging. Zu nah war die Erinnerung daran, dass der Sohn ihr nach dem Leben getrachtet hatte, dass er sie mit Chloroform betäubt hatte, mit dem Ziel, sie zu töten. Der Mann, der sie aus seinen Klauen gerettet hatte, stand ihr gegenüber. Aber anstatt Anne freizulassen und seinen Sohn der Polizei zu übergeben, hatte er sie bei klirrender Kälte auf einem Steg abgelegt, damit sie erfrieren sollte, und seinem irren Sohn zur Flucht verholfen. Wie hatte sie nur so naiv sein können und mit ihm einen Pakt eingehen? Es lag auf der Hand, dass von Stetten sie benutzen und seinen Teil der Abmachung nicht erfüllen würde.

»Ich habe keine brisanten Informationen über die Geschäfte meines Vaters«, antwortete sie ihm. »Er baut noch immer am Magdeburgquai seine Lager aus, erneuert die Fruchtschuppen. Ich weiß, dass seine Schiffe in Bälde wieder hier anlegen sollen. Und dass er ein Büro eröffnen möchte, aber noch ist es wohl nicht so weit.« Ihr Herzschlag beruhigte sich langsam wieder. »Im Übrigen mag mein Vater ein Verbrecher sein – aber Ihr Sohn ist ein vielfacher Mörder, und er hat sein übles Treiben wieder aufgenommen, das lässt sich wohl kaum miteinander vergleichen!«

Wilhelm von Stetten nahm ihr gegenüber Platz. Er nickte. »Entschuldigen Sie bitte meinen Ton«, lenkte er ein. »Aber was Sie da behaupten, ist ungeheuerlich. Ich kann es nicht glauben. Er ist wieder da? Aber warum weiß ich nichts davon?«

»Haben Sie keinen Kontakt zu Ihrem Sohn?«

Der Bankier schüttelte nachdenklich den Kopf. »Nicht mit ihm direkt, nein. Aber ich habe meine Gewährsmänner. Ich habe ihn beobachten lassen. Und ich gebe zu: Ich habe länger keine Berichte mehr über ihn erhalten. Ich dachte, er hat sich gefangen. Aber stattdessen …«

»Er ist unzweifelhaft in Hamburg.« Anne überlegte einen Moment, was sie ihrem Gegenüber an Informationen liefern konnte, damit dieser ihr Glauben schenkte, sie aber nicht zu viel ausplauderte, um Rheydts Arbeit nicht zu gefährden. »Er frequentiert offenbar ein bestimmtes Bordell. Die Mädchen dort kennen und fürchten ihn. Vorletzte Nacht hat er eine von ihnen getötet – mit der bekannten Methode.«

»Jeder weiß, wie mein Sohn seine Opfer zugerichtet hat«, gab der Bankier zurück. »Es wurde in allen Zeitungen breitgetreten, wochenlang. Es kann genauso gut jemand anders gewesen sein. Jemand, der will, dass es so aussieht, als ob Joachim …«

Er vollendete den Satz nicht. Anne schwieg. Von Stetten glaubte selbst nicht an seine Worte. Sie wusste, wie sehr den Mann die Erinnerung an die Gräueltaten seines Sohnes schmerzen musste. Obgleich Wilhelm von Stetten ein harter Mann war, einer, der niemandem in seinem Umfeld und erst recht nicht seinen Söhnen mit Milde und Nachsicht begegnete, hatte sie Mitleid mit ihm. Er hatte nicht nur seine Frau bei dem furchtbaren Schiffsunglück der *Lotus* verloren, ein Unglück, an dem maßgeblich ihr Vater Schuld trug und das die Söhne von Stettens zu mutterlosen Kindern gemacht hatte, auch seine Söhne hatte er verloren. Der eine, Joachim, ein gesuchter Mörder. Der andere, Johannes, abgeschoben in ein Sanatorium in der Schweiz. Anne glaubte auch zu wissen, dass Wilhelm von Stetten genau wusste, dass Berthold Rheydts Verdacht seine Berechtigung hatte – allein, er schob die Wahrheit weit von sich.

So wie sie die Erkenntnis verdrängte, dass ihr Vater über Leichen ging, um seine Geschäfte zu machen. Es schmerzte sie unendlich, ihren Vater zu verlieren. Die Liebe zu ihm, die schwächer wurde, so schwach, dass sie tief in sich hineinhorchen und sich an ihre Kindheit erinnern musste, um noch zu spüren, was sie einst für ihn empfunden hatte.

»Welche Beweise gibt es?«, fragte von Stetten sie nach langem Schweigen.

»Die Polizei hat Spuren gesichert. Es wird eine Zeit lang dauern, bis diese abgeglichen sind, aber …«

Er nickte. Schließlich stemmte er sich hoch und ging zur Fensterfront, deren große Glasscheiben einen atemberaubenden Ausblick auf die Binnenalster boten. Das Bankhaus von Stettens lag am Jungfernstieg, gegenüber des *Alsterpavillons*, von hier aus blickte man auf die Lombardsbrücke und die sich dahinter öffnende Außenalster. Es war ein Blick, der dem, der ihn täglich genoss, suggerierte, die Stadt sei sein. Was nicht weit hergeholt war, denn Wilhelm von Stetten war nicht nur unermesslich vermögend, er war auch einer der einflussreichsten Männer der Hansestadt. Er saß im Senat, seine Familie stellte nicht nur in diesem Jahrhundert Politiker der Stadt, er hatte enge Beziehungen zu den Gewerbetreibenden der Hansestadt und entschied mit seinen Finanzierungen über Wohl und Wehe manch eines Geschäftsmannes.

Schließlich drehte sich von Stetten zu ihr um. »Ich werde der Polizei jede Unterstützung geben, die sie benötigt. Ich möchte, dass Joachim, wenn er es denn tatsächlich ist, keine Gelegenheit mehr hat, jemandem ein Leid anzutun.«

Er war schlagartig grau geworden, seine Augen blickten nicht länger streng, sondern müde und traurig. »Er ist krank. Er gehört weggesperrt. Ich weiß das.« Der Bankier biss die Zähne zusammen. Anne sah, wie seine Kiefer mahlten. »Es war ein Fehler, ihn flüchten zu lassen. Ich wünschte …« Er fuhr sich mit der Hand über die Augen, hatte sich aber rasch wieder im Griff. Löste sich vom Fenster und ging auf Anne zu. »Ich erneuere mein Versprechen. Wenn es irgendwie in meiner Macht steht, werde ich alles dafür tun, dass mein Sohn Ihnen nicht nahe kommt, Frau Doktor.« Er reichte ihr die Hand.

Anne stand auf und gab ihm ihre. »Lassen Sie uns an einem Strang ziehen, Baron von Stetten. Nehmen Sie Kontakt mit der Polizei auf. Berthold Rheydt ist ein guter Mann. Aber um Ihren Sohn so schnell wie möglich zu fassen und weiteres Leid zu verhindern, so fürchte ich, ist er auf jede Hilfe angewiesen.«

Von Stetten begleitete Anne hinaus. »Und was Ihren Vater betrifft …«

»Ich denke daran«, versicherte ihm Anne. »Ich habe selbst kein Interesse daran, dass er in dieser Stadt wieder Fuß fasst.« Sie straffte sich. »Das ist meine Stadt. Ich will hier leben und meine Arbeit tun. Und nicht in mögliche Auseinandersetzungen, die mein Vater führt, hineingezogen werden.«

Damit verließ sie das Bankhaus und eilte vom Jungfernstieg zur nächstgelegenen Trambahnstation.

An der Wandrahmbrücke stieg sie aus und lief schnellen Schrittes über die Hafenanlagen zum Magdeburgquai. Auch die Schiffe im Hafen schienen unter dem viel zu heißen Wetter und der andauernden Flaute zu leiden, sie dümpelten traurig im Hafenbecken.

Am Magdeburgquai jedoch wurde gearbeitet, bei über dreißig Grad Hitze in sengender Sonne. Die Haut der Männer, die dort zugange waren, war dunkel verbrannt, sie hatten ihre Hemden um den Kopf gewickelt und arbeiteten mit nackten Oberkörpern. Zimmerer und Maurer, Maler und Dachdecker waren an den umfangreichen Wiederherstellungsmaßnahmen, die Roger van der Zwaan finanzierte, beteiligt. Die Fruchtschuppen und Lagerhäuser, aber auch Quais und Anlegestellen wurden renoviert. Annes Vater arbeitete an seinem neuen alten Imperium, daran, auch in Hamburg als Reeder zu seiner ehemaligen Bedeutung zurückzufinden.

Das Grüne Haus, ein Zufluchtsort für gefallene Frauen, das Anne im vergangenen Jahr für sich reklamiert und sorgsam wieder aufgebaut hatte, nahm sich zwischen all den blitzblanken Fassaden aus wie eine alte Hundehütte. Aber eine sympathische und anheimelnde Hundehütte, fand Anne, als sie die kleine Bank an der Front sah, die hübschen Blumenkästen vor den Fenstern, die Theresa dort aufgehängt hatte. In der Sonne saß ein Kater und putzte sich sorgsam. Er war fett, die Beute an Hafenratten war auskömmlich, und Anne wusste, dass Theresa ihm trotzdem immer noch ein Schälchen mit Fleischresten hinstellte.

Neben dem Kater saß ein Mann auf der Bank. Blond, schmal, jung, mit Schnauzer und in Uniform – unverkennbar Willy Brenner, ein Mitarbeiter von Berthold Rheydt, seines Zeichens Verlobter von Theresa.

»Mittagspause?«, erkundigte sich Anne bei ihm, als sie vor ihm stand. »Schwitzen Sie nicht schrecklich in der Uniform in der prallen Sonne?«

»Entsetzlich!«, stöhnte der junge Mann. »Aber Sie wissen, was ein Beamter des Deutschen Reiches ist, der öffnet im Dienst nicht einmal den obersten Uniformknopf.«

»Sie dauern mich.« Anne lächelte ihn an. Sie mochte den

Jungen, und sie wusste, dass er eine große Zukunft bei der Kripo vor sich hatte. Rheydt hielt große Stücke auf ihn.

»Sie weiß es schon«, sagte Brenner und wies mit dem Kopf ins Innere des Hauses. Wie aufs Stichwort kam Theresa aus der Tür zu ihnen nach draußen, ihr Gesicht drückte große Besorgnis aus.

»Ist das nicht furchtbar, Anne?« Sie zog die Ärztin an sich und umarmte sie. Anne erwiderte die Geste, die Halt und Versicherung war. »Wie geht es dir?«

»Du musst die Frauen warnen«, bat Anne, »aber du musst unbedingt darüber schweigen, dass es der Hafenmörder ist. Das würde die Ermittlungen gefährden.«

»Ich weiß.« Theresa setzte sich neben ihren Verlobten auf die Bank, der sofort ihre Hand ergriff. »Das hat mir Willy schon gesagt. Berthold hat ihn geschickt. Ich hätte niemals damit gerechnet, dass er es wagt zurückzukommen.«

»Niemand hat das. Einschließlich seines Vaters.« Anne erzählte den beiden jungen Leuten von ihrem Gespräch mit dem Baron – verschwieg dabei jedoch, dass sie eine Vereinbarung mit ihm hatte, die auch ihren Vater einschloss.

»Willy, bevor ich es vergesse …« Theresa lächelte ihren Verlobten an. »… kannst du mir einen Eimer Kohlen aus dem Keller holen? Und den Herd anheizen?«

Der junge Mann nickte, gab seiner Zukünftigen einen Kuss und ging gehorsam ins Haus. Theresa wartete einen Moment, dann bat sie Anne, neben ihr auf der Bank Platz zu nehmen. »Da ist noch etwas anderes.« Sie biss sich auf die Lippen. »Eigentlich habe ich keine Geheimnisse vor Willy, aber in dem Fall würde es ihn schwer in die Bredouille bringen.«

Sie horchte noch einmal ins Haus, bevor sie Anne aufklärte.

»Eines der Mädchen war hier. Von den *Lilith.*«

Anne horchte auf. »Hier? Das wundert mich, die Gefahr,

gesehen zu werden, ist erheblich. Ich hätte nicht gedacht, dass sie das in Kauf nehmen.«

»Es ging ihr sehr schlecht«, flüsterte Theresa. »Ich glaube, sie hat keinen anderen Ausweg gesehen. Sie muss tagelang nichts gegessen und sich nicht gewaschen haben.«

»Hast du Elmar Thönnes verständigt?«

Theresa blickte auf ihre Hände. Dann schüttelte sie den Kopf. »Wenn du sie gesehen hättest. Sie war so elend. Ich habe es nicht übers Herz gebracht. Ich habe sie versorgt, sie duschen lassen und ihr neue Sachen gegeben.«

Anne dachte nach. Die Mädchen lebten seit Monaten im Untergrund und schlugen sich durch. Die Hitze in der Stadt machte es nicht besser. Sie hatte Verständnis dafür, dass Theresa das Mädchen nicht an die Polizei verraten hatte. Wie hätte sie selbst gehandelt? Sie hatte nicht das geringste Bedürfnis, sich an den Mädchen zu rächen. Andererseits konnte auch sie nicht tolerieren, dass die Frauen, auch wenn sie sich gegen die Gewalt der Männer wehrten, marodierend durch Hamburg zogen. Die Brandstiftung an ihrer Praxis hatte viele unschuldige Menschen in Gefahr gebracht, es glich einem Wunder, dass dabei niemand verletzt worden war.

Sollten die Mädchen aber verhaftet werden, zwei von ihnen hatte es bereits getroffen, warteten lange Gefängnisstrafen auf sie. Die beiden jungen Frauen, die Elmar verhaftet hatte, waren vom Gericht verurteilt worden, und selbst Ferdinand Reimers, einer der besten Anwälte, hatte dies nicht verhindern können. Die Frauen würden als Zuchthäuslerinnen ihres Lebens nicht mehr froh werden. Ein Leben auf der Straße war ihnen nach der Haft gewiss – war es das, was Anne für die jungen Frauen wünschte? Sie dachte an Alina Leistikow, die besorgte Mutter, die sie um Hilfe gebeten hatte. Nun, entschied Anne, das war ihre Hilfe: Sie würde Alina benachrichtigen, dass sich eines der Mädchen zum Grünen Haus getraut hatte. Sie hatte hier die dringend benötigte Hilfe erhalten – die Chance, dass sich wieder eine der Frauen der *Lilith* Hilfe suchend hierher wenden würde, war groß.

»Du hast alles richtig gemacht, Theresa«, beruhigte sie die junge Frau. »Ich hätte an deiner Stelle auch so gehandelt.«

Theresa atmete auf. »Und wenn sie wiederkommt?«

»Machst du es genauso. Wir sind dafür da, Frauen in Not zu helfen, und nicht, darüber zu richten, ob sie unsere Hilfe verdient haben oder nicht.«

Aus dem Inneren des Hauses hörten sie die Schritte Willy Brenners, deshalb schwieg Anne. Sie nahm sich vor, Alina bei nächster Gelegenheit von der Sache zu erzählen, Elmar Thönnes gegenüber aber würde sie das Geheimnis wahren.

Von Weitem erblickte Anne am Quai vor den Fruchtschuppen die Silhouette eines Mannes, der ihr vertraut war. Konnte das sein? Ihr Vater? Er hatte ihr gegenüber nicht erwähnt, dass er in Hamburg sein würde.

Theresa und Willy Brenner folgten ihrem Blick.

»Mein Vater«, erklärte Anne und entschuldigte sich.

Roger van der Zwaan war in ein Gespräch verwickelt, mutmaßlich mit einem Architekten oder Ingenieur, denn die beiden Männer waren in einen Plan vertieft, den der Mann auf einem Holzstapel ausgebreitet hatte.

»Vater?«

Überrascht blickte der Reeder auf. »Anne! Was für eine Überraschung!«

»Die Überraschung liegt bei mir. Ich wusste nicht, dass du in die Stadt kommst?«

»Ich habe mich kurzfristig entschieden. Ich habe hier ein Büro etabliert, wie sähe es aus, wenn ich mich dort nicht blicken ließe?« Van der Zwaan gab dem Mann zu verstehen, dass er sich ihm später wieder widmen würde, und ging ein paar Schritte mit seiner Tochter zur Seite.

»Was sagst du dazu?« Er machte eine raumgreifende Bewegung mit einem Arm und warf einen stolzen Blick auf die wiederhergestellten oder neu gebauten Gebäude.

»Imposant«, antwortete Anne ehrlich. »Du hast noch Großes vor, wie mir scheint? Du musst Unsummen investiert haben.«

»Gehen wir heute Abend essen? Gibst du mir die Ehre?«

Anne lächelte ihn an. Ihr Vater lenkte vom Wesentlichen ab. Sie fragte sich, was der wahre Grund hinter der Instandsetzung des Magdeburgquais war. Ihr Vater konnte nicht ernsthaft hoffen, dass er in dieser Stadt, in der die Pfründe längst verteilt waren, wieder groß ins Geschäft einsteigen konnte. Sein Leumund war zu schlecht, er hatte in der Stadt vor vielen Jahren verbrannte Erde hinterlassen. Dieses ganze Geld aber, das er hier in die Hand nahm, konnte er nur mit Geschäften im großen Stil wieder einnehmen. Was also hatte er vor?

»Gerne«, antwortete Anne und setzte ihr zuckersüßestes Tochterlächeln auf. Sie hatte beinahe verlernt, wie das ging.

»Wunderbar. Meine Droschke holt dich ab. Halb acht.« Er blickte an ihr herab, musterte ihr leichtes Reformkleid, ihre locker hochgesteckten Haare. »Und bitte, zieh dich um.«

Anne musste sich sehr zusammennehmen, um ihm ihre Verachtung nicht zu zeigen. Sie nickte, drehte sich um und wollte sich schnell aus der Gegenwart ihres Vaters entfernen, da hielt er sie noch einmal auf.

»Dieses Haus!« Er zeigte mit dem Spazierstock auf das Grüne Haus, vor dem Willy und Theresa jetzt wieder Hand in Hand auf der Bank saßen. »Du arbeitest dort doch nicht mehr?«

»Nein«, gab Anne wahrheitsgemäß zurück. »Das leitet jetzt …«

»Ich reiße es ab. Ein Schandfleck.«

Ohne ihre Reaktion abzuwarten, wandte sich Roger van der Zwaan ab und ging zurück zu dem Ingenieur mit den Plänen.

Anne schoss giftige Blicke in seinen Rücken. So, dachte sie, damit hast du den Krieg zwischen uns eröffnet.

11.

Vom Flurfenster im ersten Stock hatte sie einen guten Blick auf die Körnerstraße, aber auch auf den Eingang zur Villa der Familie Reimers. Helene tigerte im Haus herum, fand keine Ruhe, stellte sich immer wieder vor das Flurfenster und sah hinaus. Ja, sie wartete auf Berthold, der bald kommen müsste, um mit Hao zu sprechen. Aber noch etwas anderes zog Helene auf diesen Fleck. Sie starrte zur anderen Straßenseite hinüber, konnte den Blick nicht lösen, weil sie auf diese Weise versuchte zu verstehen. Paulina hatte nicht mit ihr sprechen wollen, nachdem sie ihr diese ungeheuerlichen Vorwürfe gemacht hatte. War in ihr Zimmer gerauscht und hatte die Tür hinter sich ins Schloss geschmissen.

»Sie meint es nicht so«, hatte Ferdinand versucht, Helene aufzumuntern. »Komm doch nachher noch einmal zu uns, dann vertragt ihr euch.«

Aber Helene hatte das starke Gefühl, dass es nicht darum ging, sich zu vertragen oder nicht. An dieser Szene mit Paulina war so viel Erschreckendes, so vieles, was einfach nicht stimmte, nicht zu Paulina passte und was – dessen war Helene gewiss – nichts mit ihrer beider Freundschaft zu tun hatte.

Paulina hatte wochenlang vorgegeben, in Franz Hopp verliebt zu sein. Sie hatte in den höchsten Tönen von ihrem Zukünftigen geschwärmt, so sehr, dass Helene die Tiraden bald als hohl empfand. Ihr war der Gedanke durch den Kopf gegangen, dass es weniger um den Verlobten ging, als vielmehr um den unbedingten Wunsch Paulinas zu heiraten. Und zwar nicht irgendwen, sondern einen gut aussehenden Mann aus bester Familie. Denn eines hatte sie ihrer Freundin angemerkt: Paulina war nicht glücklicher geworden, je näher die Hochzeit rückte.

Und nun war sie frischgebackene Braut, war am Ziel ihrer Träume, hatte den Mann geheiratet, der dem Bild entsprach, das sie sich gewünscht hatte – hätte sie nicht im siebten Himmel sein müssen? Was kümmerte sie die Arbeit ihres Vaters – denn nichts anderes war es, warum Ferdinand Reimers sein Haus als sicheres Versteck für die Chinesin angeboten hatte. Warum nur fiel Paulina ungerechtfertigt über Helene her?

Das war der Grund, warum Helene wie angewurzelt im Flur stand und aus dem Fenster starrte. Weil sie eine Antwort suchte. Warum, fragte sie sich, warum bist du nicht glücklich, meine geliebte Paulina?

In dem Moment, als sie im Geiste diese Frage stellte, sah sie ihn. Er kam von der Mühlenkampbrücke her mit seinem Fahrrad gefahren. Unwillkürlich musste Helene grinsen. Wie herrlich ungelenk dieser große Mann auf seinem Fahrrad aussah! Zwar war Berthold Rheydt ein Sportler und entsprechend muskulös, aber er war auch fast zwei Meter groß und schwer – das Fahrrad, das er sich gekauft hatte, schien für seine Körpergröße zu klein, es verschwand fast unter ihm. Entsprechend vorsichtig fuhr er damit, als hätte er Angst, dass es unter ihm zusammenbrach.

Während sie ihm dabei zusah, wie er vor dem Gartentor der Familie Reimers bremste und abstieg, fühlte Helene zarten Schmerz, eine Hand drückte ihr Herz fest zusammen, ihre übergroße Liebe für diesen melancholischen Mensch dort unten auf der Straße zog durch ihren ganzen Körper. Wenn sie ihn sah, drängte alles in ihr, ihre Hände und Augen, ihre Lippen, aber auch ihr Herz und ihr Kopf zu ihm. Als wären sie zwei Hälften einer Person, die nur heil war, wenn ihre Hälften sich wiedervereinigten.

Ob es das war, was auch Paulina bei ihrem Franz fühlte?

»Helene?«

Fanny stand im Flur und lächelte ihre Tochter an. »Ich habe etwas für uns vorbereitet, im Garten. Eine kleine Überraschung.«

Unter dem schattigen Zelt der Trauerbuche, die ihre langen Astarme anmutig auf den Rasen und in das Wasser des Langen Zugs hängen ließ, hatte ihre Mutter einen kleinen Tisch und zwei Stühle aufbauen lassen. Einen Champagnerkübel, zwei Kelche und eine Schale frischer Himbeeren sowie feine Mandelbiscuits.

»Mama, wie schön!« Helene lief über die lange abfallende Wiese, die vom Haus der Familie Curtius zum Langen Zug und dem eigenen kleinen Steg hinunterführte. »Das ist zauberhaft! Hast du etwas zu feiern?«

Fanny lachte. »Aber ja! Deinen Arbeitsvertrag! Oder ist das etwa kein Grund?«

Der Vertrag! In der Tat hatte Helene diesen großen Schritt, mit dem sie den heutigen Tag begonnen hatte, fast vergessen. Das Ereignis, das ihr so viel bedeutete, war von der Sache mit Hao und dem Mörder in der Schmuckstraße, aber auch von dem Erlebnis mit Paulina völlig verdrängt worden. Wie schön, dass ihre Mutter so liebevoll daran gedacht hatte.

»Doch, liebe Mama, das ist ein Grund zu feiern. Wie aufmerksam von dir!«

Helene nahm Platz und beschloss, die düsteren Gedanken für die nächste Stunde einfach hinter sich zu lassen, denn Fanny hatte recht: Sie hatte einen Meilenstein erreicht, und das musste gefeiert werden! Sophie kam, öffnete den beiden Frauen die Flasche Champagner, ließ diesen in die gekühlten Kelche perlen und nahm sich die Freiheit, Helene ebenfalls zu ihrem ersten Angestelltenverhältnis als Lehrerin zu beglückwünschen.

»Ich danke dir, Sophie«, gab Helene zurück. »Und du weißt: Du darfst deine Geschwister jederzeit zu mir schicken, ich gebe ihnen gerne Unterricht, wenn aus dem Schulbesuch nichts werden sollte.«

Sophie Lautenschläger hatte vier kleine Geschwister, mit ihrer Arbeit als Dienstmädchen bei Familie Curtius brachte sie alle durch – der Vater war schwer erkrankt, die Mutter dem Hafenmörder von Stetten zum Opfer gefallen. Sophie, die selbst keine Schule besuchen konnte, weil sie so rasch wie möglich zum Unterhalt der Familie beitragen musste, konnte mangels Erfahrung den Wert der Schulbildung nicht ermessen, in dessen Genuss sie selbst nicht gekommen war. Sie musste genauso entlastet werden, aber Fanny bestand darauf, für einen Schulbesuch der Kinder finanziell aufzukommen. Sie überredete Sophie damit, dass die Geschwister im Anschluss an den Schulbesuch einen höher qualifizierten und deshalb auch besser bezahlten Beruf ausüben könnten. Sophie hatte sich zähneknirschend damit einverstanden erklärt und auch nur deshalb zugestimmt, weil sie ihre Dienstherrschaft nicht verärgern wollte.

»Sie sind bestimmt eine großartige Lehrerin, Fräulein Curtius«, sagte sie. »Bei einer wie Ihnen hätt' ich was lernen wollen.«

»Das kannst du immer noch.«

Sophie schüttelte den Kopf und sah zu, dass sie schnell zurück ins Haus kam, bevor dieses Gespräch für sie eine anstrengende Wendung nahm.

Helene und ihre Mutter ließen die Kelche sacht aneinanderklirren. Der erste Schluck des Getränks belebte Helene augenblicklich, obwohl sie leicht bitterem Bier den Vorzug vor Schaumwein aller Art gab, dieses passte zu den Zigaretten, die sie dann und wann rauchte. Aber von beiden Leidenschaften wussten ihre Eltern nichts, Helene sorgte gerne dafür, dass dies so blieb.

»Mama, kennst du die Familie Hopp näher?«, erkundigte sie sich, nachdem sie ein paar Biscuits und Himbeeren gegessen hatte, beides mit einem Klecks geschlagener geeister Sahne.

»Nein, nicht näher«, gab Fanny zur Antwort und dachte nach. »Ich habe sie, glaube ich, in der Oper kennengelernt, *Turandot* dürfte es gewesen sein. Oder doch die *Zauberflöte*? Wann mag das gewesen sein, vor vier Jahren oder …?«

Helene hörte nicht mehr zu. Ihre Mutter plauderte vor sich hin, erinnerte sich an hellere Jahre und goss sich in rascher Folge immer wieder nach – in ihr eigenes Glas. Helenes Gedanken dagegen flogen zu Berthold Rheydt, der nur ein paar Hundert Meter von ihr entfernt war. Sie zählte die Stunden bis zu ihrer Verabredung und konnte es kaum aushalten, endlich in seiner Gegenwart glücklich zu sein. Sie ließ den Blick über das Wasser schweifen, hinüber zum Ruderklub *Germania*, wo sie trainierte, in letzter Zeit viel zu selten. Die Außenalster lag reglos da wie ein fest gespanntes Tuch, eine glasklare Oberfläche, kein Lüftchen kräuselte das Wasser. Vereinzelte Boote schwammen auf dem Wasser, still und ruhig, ihre weißen Segel wie aus Zuckerguss in die blaue Weite getupft. Es ging auf fünf Uhr am Nachmittag zu, aber die Sonne strahlte unerbittlich wie zur Mittagsstunde und strafte jeden, der sich ihr zeigte, mit sengendem Blick.

Fanny redete, und Helene träumte. Sie unterbrach ihre Mutter nicht in deren Redefluss, sie freute sich, dass das Leben Fanny Curtius wiederhatte.

Erst als das Dienstmädchen vor ihnen stand und Besuch ankündigte, wurde Fanny unterbrochen und Helene aus ihren Träumen gerissen.

»Ein Kommissar Rheydt für Sie, Fräulein Helene.«

»Wir lassen bitten«, antwortete Fanny an Helenes Stelle, die sich erst sammeln musste. Ihr musste die Überraschung, aber auch die Freude ins Gesicht geschrieben stehen, denn Fanny legte den Kopf schief, musterte ihre Tochter und nahm deren Hand. Drückte sie einmal herzlich und flüsterte. »Endlich darf ich ihn einmal näher in Augenschein nehmen, deinen Polizisten.«

»Er ist nicht …«, entgegnete Helene, da kam Berthold schon quer über den grünen Rasen gelaufen. Trotz der Hitze trug er ein Jackett über dem weißen Hemd mit Binder, auf eine Weste aber hatte er verzichtet. Er sah wunderbar aus, fand Helene, da stand er bereits vor den Damen und verbeugte sich leicht.

»Bitte entschuldigen Sie die Störung, gnädige Frau.«

Fanny nickte huldvoll, konnte aber nicht verbergen, dass sie vom Auftreten Rheydts mehr als entzückt war.

»Kommissar Berthold Rheydt. Ich bedaure, dass ich bis jetzt nicht die Gelegenheit hatte, mich Ihnen vorzustellen.«

»Besser spät als nie, Herr Kommissar. Leisten Sie uns Gesellschaft? Das Mädchen bringt noch einen Stuhl.«

»Bedaure, ich bin im Dienst.«

Seine Augen wanderten zu Helene. »Ich würde gerne kurz Ihre Tochter sprechen.«

»Aber selbstverständlich!« Fanny sprang auf. »Ich habe ohnehin im Haus zu tun.«

Sie verabschiedete sich und entfernte sich in Richtung des Hauses.

Berthold stand ein wenig unschlüssig herum. »Es tut mir leid, Helene«, begann er schließlich, »aber ich kann unsere heutige Verabredung leider nicht einhalten.«

Helene versuchte, ihre Enttäuschung zu verbergen, aber diese Mitteilung kam nicht unerwartet. Nachdem Anne ihr heute Morgen geschildert hatte, was geschehen war, wusste Helene, dass Berthold erneut eine große und wichtige Ermittlung hatte, die ihn ganz und gar vereinnahmen würde, dazu kannte sie ihn schon zu gut. Sie wusste, dass er weder rasten noch ruhen konnte, wenn seine Arbeit ihn ganz und gar gefangen nahm. Sie hatte erlebt, wie er mit nur wenigen Stunden Schlaf durch die Stadt streifte, dass er abwesend war, wenn man mit ihm sprach. In der Zeit, als sie angefangen hatten, sich zu treffen, arbeitete er an dem Fall eines Chinesen, der in einem Fass gefunden worden war. Sie hatte Züge von Arbeitswut an ihm erlebt, und das war nichts gewesen im Vergleich zu seiner Suche nach dem Hafenmörder oder die spektakuläre Gefangennahme Doktor Tergits. Berthold Rheydt, ihr Auserwählter, war ein Besessener. Aber seltsamerweise machte ihn das in Helenes Augen nicht unattraktiver oder schreckte sie ab. Für sie war es ein Zeichen seiner Leidenschaft und seines Verantwortungsgefühls. Mit der gleichen Besessenheit würde er lieben und Verantwortung für seine Frau tragen. Hoffte sie.

»Ich verstehe«, gab sie zurück. »Ich habe, um ehrlich zu sein, fast damit gerechnet.«

Er atmete erleichtert aus. »Es tut mir trotzdem leid. Ich hatte mich sehr auf unser Zusammensein gefreut.«

»Wissen Sie was?« Helene stand auf. »Ich begleite Sie ein Stück des Wegs. Sie fahren doch zurück ins Stadthaus, oder nicht?«

»Ja. Ich muss Inspektor Paulmann von dem Gespräch mit der Zeugin berichten. Unter anderem.«

Helene ging zum Schuppen, Berthold folgte ihr. Seine physische Nähe ließ Helene schaudern, sie musste jedes Mal, wenn sie sich trafen, dem Drang, sich ihm einfach in die Arme zu werfen, heftig widerstehen. Sie öffnete die Schuppentür, Berthold ging an ihr vorbei und holte ihr Hammonia heraus. Schob es auf die Körnerstraße und wartete, bis sie aufgesessen war, bevor er das Fahrrad losließ und sich auf sein eigenes setzte.

»Ist es nicht ein wenig zu klein?« Helene lachte.

»Es war das größte, das sie hatten!« Berthold setzte einen Fuß auf die Pedale, sammelte sich und fuhr hinter Helene her. »Hat der Verkäufer behauptet, aber ich glaube langsam, er fand die Vorstellung amüsant, dass ich aussehe wie ein Tanzbär im Zirkus.«

Ein überaus treffendes Bild, dachte Helene, verkniff sich aber die Bemerkung. Sie bog zweimal rechts ab, damit sie auf der Adolphstraße stadteinwärts nebeneinanderfahren konnten.

»Eigentlich hätte ich heute Grund gehabt zu feiern«, begann Helene das Gespräch, »aber das muss wohl warten, bis Sie Ihren Mörder geschnappt haben.«

Berthold warf ihr von der Seite einen raschen Blick zu. »Ich täte nichts lieber, als mit Ihnen zu feiern, Helene, glauben Sie mir. Aber leider ...« Plötzlich löste er den rechten Arm vom Lenker, kam ein wenig ins Schlingern, ließ sich aber nicht davon beeindrucken und rief: »Ah! Da vorne!«

Er bog scharf rechts ab, Helene schaffte es gerade noch, auch ihr Rad umzulenken. Berthold holperte am Uhlenhorstkanal in einen kleinen Feldweg und steuerte den Feenteich an. Ein idyllisch gelegenes Gewässer, dessen Ufer große Villen aus dem letzten Jahrhundert säumten, hinter mächtigen Bäumen verborgen. Ruderboote dümpelten an der schattigen Wasserkante, inmitten des kleinen Sees schwammen künstliche Inseln für Schwanennester.

Sie ließen ihre Räder in die Wiese fallen, Berthold legte für Helene sein großes Taschentuch ins Gras und half ihr, darauf Platz zu nehmen. Die tief hängenden Äste einer Linde boten ihnen lichten Schatten, die Wasseroberfläche begann im Licht der Sonne, die sich langsam, sehr langsam auf den Weg gen Westen machte, funkelnd zu glitzern.

»Das ist weder ein Varieté, noch habe ich eine Flasche Champagner in meiner Hosentasche versteckt, aber wenn Sie einen Grund zum Feiern haben, Helene, dann möchte ich mir doch wenigstens ein bisschen Zeit nehmen, um den Grund zu erfahren.«

Helene schüttelte den Kopf. »Ach was, so wichtig ist es

nicht. Wir holen das nach.« Sie sah ihn an. »Trotzdem sitze ich gerne kurz mit Ihnen hier. Ich weiß, dass jede Ihrer Minuten jetzt kostbar ist.«

Berthold holte tief Luft. Er sah einen Moment zum See, schien nachzudenken, dann wandte er sich wieder zu ihr. »Ich werde Ihnen jetzt etwas anvertrauen. Es sind Ermittlungsgeheimnisse. Außer uns und meinen Kollegen wissen nur sehr wenige Menschen davon. Versprechen Sie mir, dass Sie mit niemandem über das reden werden, was ich Ihnen gleich sage?«

Sie nickte beklommen. Er war plötzlich ernst geworden, sehr ernst. Das, was in der *Leuchtenden Sonne* geschehen war, war furchtbar, aber es war auch furchtbar weit weg von ihrer Welt. Darüber war Helene erleichtert, sie blickte so hoffnungsfroh in die Zukunft, in ihre Zukunft, sie wollte weit, weit weg von allem, was sie mit Mord und Totschlag verband. Das Erlebnis mit Doktor Tergit steckte ihr noch immer in den Knochen. Sie wachte manchmal schweißgebadet auf, hatte Albträume, die Szene, wie der Mann sie bedroht und Berthold ihn erschossen hatte, kehrte von Mal zu Mal in ihren Träumen wieder. Sie konnte nicht vergessen, dass das Blut Tergits auf sie gespritzt war, sie hatte seinen letzten Atemzug an ihrem Ohr gespürt, bevor er tot neben ihr zusammengesackt war. Diese Bilder ließen sich nicht so schnell ausradieren, vielleicht nie. Helene fragte sich, ob sie unter diesen Umständen wirklich wissen wollte, was Berthold ihr nun unter dem Siegel der Verschwiegenheit erzählen wollte.

»Der Hafenmörder ist vermutlich wieder in der Stadt. Von Stetten.«

»Aber wie …?« Helene hielt inne. Sie erinnerte sich an den furchtbaren Fall, an die Attacke auf Anne, an das irre Gesicht des jungen Mannes. »Ich glaube, ich möchte lieber keine Einzelheiten wissen.«

»Gut.« Er nickte, legte sich auf eine Seite, mit der Hand

stützte er seinen Kopf und sah sie an. »Jedes Verbrechen, mit dem ich befasst bin, möchte ich so schnell wie möglich aufklären. Natürlich nicht nur ich – jeder, der bei der Polizei ist, möchte das. Aber dieses Mal ist es besonders. Einmal, weil ich weiß, wie gefährlich er ist …«

Helene wollte etwas sagen, aber er nickte, »Keine Sorge, mehr sage ich nicht dazu. Und zum anderen …« Er sah ihr wieder in die Augen. Mit einer Intensität, die Helene auf der Stelle schwach werden ließ. Sie versenkte ihren Blick in seinen, und für eine Zeit, die sich anfühlte wie Unendlichkeit, saßen sie so, ihre Blicke ineinander verhakt in stummer Zärtlichkeit.

»Zum anderen«, setzte Berthold neu an, »weil ich mich schon jetzt auf den Abend freue, an dem wir beide dann wirklich in einem Varieté sitzen werden, irgendwo an der Spielbudenstraße. An einem kleinen Tisch im Separee, und wir werden Sekt miteinander trinken und auf all das anstoßen, was es zu feiern gibt.«

Das war haargenau das Bild, das Helene sich vom heutigen Abend erträumt hatte! War das Gedankenübertragung? Oder hatte sie ihm davon erzählt? Sie war für einen Moment sprachlos, denn hatte es auch keinerlei weiterer Zeichen dafür bedurft, dass sie dem Mann ihres Lebens gegenübersaß – dieser Moment war ein weiteres.

»Ich habe heute meinen ersten Arbeitsvertrag unterschrieben«, platzte sie heraus. »Als Lehrerin in der Schwester-Hildegard-Mädchenschule.«

Das war alles andere als romantisch, aber sie ertrug die Spannung zwischen ihnen nicht länger, denn sie wusste, dass sie, hätten sie sich nur wenige Sekunden weiter in die Augen geblickt, entweder ohnmächtig geworden wäre – oder ihn einfach geküsst hätte!

Überrascht setzte Berthold sich auf. »Aber das ist großartig!«, gab er zurück.

»Wirklich? Finden Sie es großartig, dass ich eine berufstätige Frau sein werde?«

»Aber natürlich! Warum denn nicht? Ich freue mich für Sie.«

»Können Sie bei meinem Vater ein gutes Wort für mich einlegen?«, bat sie ihn scherzhaft. »Er hat sich damit arrangiert, aber überzeugt ist er nicht. Zumal ich als Lehrerin nicht heiraten darf.«

In dem Moment, als sie es aussprach, bekam sie einen Schreck. Blickte Berthold an – den Mann, den sie sofort auf der Stelle heiraten würde. Warum hatte sie das gesagt? War es denn ein Grund zu feiern, dass sie ein Bekenntnis zum Zölibat abgeben würde?

Berthold schien ebenfalls seine Fassung zu verlieren, sein Blick war ratlos, er schien nicht zu wissen, wie er darauf reagieren sollte.

»Ich verstehe.« Er wandte den Kopf ab und schaute auf den Feenteich. »Das ist sicher vernünftiger.« Sagte es, griff nach einem flachen Stein und ließ diesen über die glatte Wasseroberfläche springen.

Dreimal, viermal, fünfmal, sechsmal, zählte Helene. »Vernünftiger als was?« Ihre Stimme war kaum zu hören, ein Hauch bloß, sie hielt den Atem an.

»Als mich zu heiraten.«

Sie sah ihn an, sah in seine Augen, tastete forschend nach der Aufrichtigkeit in seinem Gesicht.

Jäh fasste er nach ihrer Hand, drehte sich zu ihr um, kam auf ein Knie.

»Helene, kannst du dir vorstellen …? Herrgott noch mal!« Er warf den Kopf in den Nacken, blinzelte nervös in die Linde, bevor er sich einen Ruck gab und einen zweiten Anlauf machte. »Ich bin sicher nicht die beste Partie, aber Helene Curtius, kannst du dir vorstellen, meine Frau zu werden?«

Helene war wie erstarrt. Alles um sie herum, das Wasser, das grüne Blätterdach, die Wiese, das flirrende Licht, das durch die Bäume brach, der geliebte Mann neben ihr, der ihre Hand hielt – alles rückte von ihr ab, es war, als fiele sie wie Alice im Wunderland in ein tiefes Loch, als entfernte sie sich von allem, was sie umgab, und auch aus ihrem Körper.

Helene schloss die Augen. Als sie sie wieder öffnete, war das Gefühl des Fallens verschwunden, sie war wieder hier, roch und hörte und sah, ihr Geist wurde vollkommen klar.

»Wenn ich deine Frau werde, wirst du mir meine Freiheit lassen?«

Berthold antwortete ernst. *»Lewer duad üs slav.«*

»Lewer duad üs slav«, flüsterte nun auch Helene und küsste ihn.

12.

Helenes Lippen berührten die seinen, und es war, als hauchte sie ihm mit diesem Kuss alles Leben ein, das ihn seit dem Tod von Frau und Sohn verlassen hatte. Berthold spürte, wie die heiße Welle der Erregung ihn wegtrug, er schloss die Augen und gab sich hin. Ließ sich ins Gras fallen, zog Helene mit sich, schlang seine Arme um sie, spürte das Gewicht ihres Körpers auf seinem, schmeckte ihre Lippen, ihre Zunge, sog den Duft ihrer Haut in sich auf und vergaß. Vergaß, was war, und dachte nicht daran, was sein würde, er spürte nur das Jetzt. Diesen einen Moment, nur sie beide, Helene und er. Eine Frau, so schön und klug, so jung und doch reif, die Frau, die er begehrte wie keine andere. Er küsste sie wie ein Ertrinkender, weil er wusste, sie war es, die ihn an die Oberfläche des Lebens zurückholte, die ihn aus der Tiefe seiner Melancholie auftauchen ließ.

Helene löste ihre Lippen von seinem Mund und begann, sein Gesicht zärtlich mit Küssen zu bedecken; als sie seine Augen liebkoste, merkte er, dass er weinte. Ruhige Tränen hatten sich in seinen Augenwinkeln gesammelt, Tränen der Erlösung.

»Ich liebe dich«, flüsterte er, und sie erwiderte es.

Dann legte sie ihren Kopf auf seine Brust, blieb auf ihm liegen, er hielt sie. Ihr Atem wurde eins, ihre Seelen flogen durch den lichten Schatten des Blätterdaches über ihnen der Sonne zu.

Irgendwann rollte sich Helene von ihm herunter. »Du musst Mörder fangen, Berthold Rheydt«, sagte sie und kitzelte mit einem Grashalm seine Nase.

Berthold öffnete die Augen. Er holte tief Luft. »Ich muss deinem Vater meine Aufwartung machen«, antwortete er.

»Nicht jetzt und nicht heute. Ich weiß, dass du keine Ruhe findest, bis du deinen Fall aufgeklärt hast.«

»Aber du läufst mir nicht davon?«

»Ich heirate dich, versprochen.«

»Und was ist nun mit deiner Arbeit?« Er stand auf, reichte ihr die Hand und zog sie zu sich hoch. »Wenn du wegen mir keinen Beruf ausüben darfst, wirst du wohl unglücklich. So viel habe ich schon über dich gelernt.«

Sie lachte. Die Sommersprossen in ihrem sonnenverbrannten Gesicht tanzten Polka.

»Oje! Was mach ich nur?« Sie verzog das Gesicht und tat, als dächte sie angestrengt nach.

Er küsste sie erneut. »Ich kann nicht von dir lassen«, murmelte er und suchte ihre Lippen, wieder und wieder. Spielerisch stieß sie ihn weg. »Fahr du ins Präsidium. Ich suche mir einen neuen Beruf.«

Die Fahrt mit dem Fahrrad ins Präsidium ging viel zu schnell. Berthold hätte einen tüchtigen Spaziergang benötigt, um den Aufruhr der Gefühle, die in ihm tobten, zu besänftigen. Was war in ihn gefahren, Helene so überstürzt einen Antrag zu machen? Nicht dass er es bereute – im Gegenteil! Er hatte seinem

Herzen nachgegeben, und sie hatte Ja gesagt. Er würde einen Schlussstrich unter seine Vergangenheit ziehen – und seiner Zukunft an der Seite einer wunderbaren Frau hoffnungsvoll entgegensehen. Niemals hatte er geglaubt, dass er all die Gefühle, die jetzt in seinem Herzen tobten, wiederentdecken könnte. Sie hatte dieses Wunder bewirkt, Helene! Noch vor wenigen Wochen hatte Berthold keinen Gedanken an eine andere Frau als Elisabeth verschwendet. Tag für Tag, Nacht für Nacht hatte ihr Abbild auf ihn gewartet. Vorwurfsvoll. War als Geist durch den Garten geschlichen, am Spielfeldrand aufgetaucht, hatte in seiner Wohnung auf ihn gewartet. Vom Meer, in dem sie ihr düsteres Grab gefunden hatte, durchweicht. Hatte ihn mit Blicken bedacht, die ihm sagen sollten, welche Last er trug – die Schuld an ihrem Tod und dem seines Sohnes. Ihre Gestalt war ihm erschienen, wieder und wieder, hatte nicht zugelassen, dass er eine andere ansah als sie.

Aber Elisabeth kam nicht mehr, und Berthold war voller Hoffnung, dass Helene imstande war, die Geister seiner Vergangenheit zu vertreiben.

Sobald er das Gebäude des Präsidiums betreten hatte, war Berthold schlagartig mit seinen Gedanken nicht länger bei Helene und seinem Liebesglück, sondern bei Joachim von Stetten, dem Vielfachmörder. Auf dem Gang hinter der Wache kam ihm Kaiwen entgegen, in Begleitung eines Anwalts, den Berthold schon kannte – es war der Anwalt, der mit Vorliebe die Hautevolee der Hansestadt vertrat, er war ihm in der ersten Ermittlung gegen Joachim von Stetten einmal begegnet. Hinter diesem, am anderen Ende des Ganges, stand Inspektor Paulmann – dessen Gesichtsausdruck Bände sprach.

Kaiwen lief an Berthold vorbei, ohne ihn auch nur eines Blickes zu würdigen. Aber er glaubte, ein triumphierendes Lächeln auf ihrem Gesicht erkennen zu können.

»Sie darf gehen?«

Paulmann schnaubte. »Wenn es nach mir ginge, natürlich nicht. Der Rechtsverdreher hat sie rausgepaukt.«

Er drehte sich um und forderte Berthold auf, ihm zu folgen. Was diesem nur recht war, denn er musste ohnehin dringend wegen der Zeugin Hao mit seinem Vorgesetzten sprechen.

Der Schneemann ließ sich schwer in seinen Bürostuhl fallen, der unter seinem Gewicht ein verzweifeltes Ächzen von sich gab.

»Sie hat behauptet, dass sie den Täter nie zuvor gesehen hat«, berichtete der Inspektor. »Ein dünner junger Mann mit schwarzem Haar. Das wissen wir ja nun schon von den anderen Augenzeugen. Sie hat das Schreien gehört, hat gerade noch gesehen, wie der Täter durch den Hinterausgang geflüchtet ist, dann kam auch schon Frau Doktor und hat sich um das verletzte Mädchen gekümmert. Das ist ihre Version der Geschichte.«

»Und dafür, dass sie die Leiche verschwinden hat lassen und die Arbeit der Polizei behindert hat, kann man sie nicht belangen?« Berthold konnte seinen Unglauben kaum kaschieren.

»Kann man schon, haben wir auch, aber der Haftrichter lässt sie gegen Kaution gehen. Es besteht keine Fluchtgefahr, weil sie ihren Betrieb weiterführen möchte.« Er schüttelte ungläubig den Kopf. »Manchmal frage ich mich, was wir hier eigentlich machen.«

»Wie kommt sie an den Anwalt? Wer bezahlt ihn? Kaiwen? Ich weiß nicht, Inspektor, aber ich fresse einen Besen, wenn da nicht jemand anders dahintersteckt.«

»Sun Bo.« Paulmann beugte sich über den Schreibtisch und nahm eines der kleinen Schokotäfelchen, die in einer Schale für Besucher auf seinem Tisch standen. Nur dass Paulmann mehr von den Täfelchen aß als jemals einer seiner Besucher. »Sie haben recht, Berthold. Verfolgen Sie die Spur des Geldes!«

»Und wer zahlt die Kaution?«

Paulmann nickte nur und kaute, sah Berthold an, und sie dachten beide das Gleiche: Sun Bo. Vermutlich war er derjenige, der sowohl für den Anwalt als auch die Kaution aufkam.

»Aber warum?«, dachte der Inspektor laut. »Was hat dieser Sun davon, den Mörder zu decken?«

»Das kann ich nicht beantworten, noch nicht, aber es wird nicht lange dauern, da haben wir es heraus, denn ...« Rheydt zog seinen Notizblock aus der Jacketttasche. »Wir haben eine Augenzeugin. Den Mord hat sie nicht gesehen, aber sie kennt den Täter. Sie hat ihn eindeutig identifiziert.« Er zog die gefaltete Zeitungsseite aus seinem Block, glättete sie und breitete sie vor Paulmann aus.

Dieser starrte kurz in das abgebildete Gesicht, und für den Bruchteil einer Sekunde entglitten ihm seine Züge.

»Das kann nicht sein.«

»Doch. Joachim von Stetten. Der Hafenmörder. Er ist zurück.« Und dann fasste Berthold alles zusammen, was ihn auf die Fährte von Stettens geführt hatte. Erzählte alles, was Anne van der Zwaan ihm über Hao, Madame Ju und die Zirkusartistin berichten konnte. Bis zu dem Punkt, dass die Zeugin Hao, mit der aufgrund der Verständigungsschwierigkeiten keine ordentliche Vernehmung möglich gewesen war, bei Ferdinand Reimers in vorläufiger Sicherheit untergebracht worden war.

»Wir müssen sofort mit von Stettens Vater sprechen. Der versteckt ihn doch! Wo sonst kann dieser Mörder noch unterschlüpfen?« Paulmann stand auf, legte sein Holster an und zog ein Jackett darüber. »Trommeln Sie Ihre Jungs zusammen, Rheydt. Dazu alle, die vorne in der Wache sitzen und nichts zu tun haben. Roscher muss verständigt werden. Thönnes, wenn er da ist, soll mit seinen Leuten auch dazukommen.«

Innerhalb von fünfzehn Minuten war die Eingreiftruppe von Inspektor Paulmann instruiert worden. Sie sollten das weitläufige Gelände, auf dem die Villa des Barons von Stetten lag, umzingeln, um eine neuerliche Flucht des Hafenmörders zu verhindern. Aber diese Operation sollte lautlos und unsichtbar vonstattengehen. Paulmann und Rheydt würden sich anmelden und um ein Gespräch mit dem Baron bitten, Kalweit sie begleiten und sich im Hintergrund halten. Von Stetten, so waren sie sich einig, würde nicht zugeben, dass Joachim sich in seinem Haus aufhielt. Elmar kam die Aufgabe zu, in der Zwischenzeit mit seinen Leuten auf das Grundstück vorzurücken und die Schlinge enger zu ziehen. Gustav Roscher hatte beim Staatsanwalt innerhalb kürzester Zeit einen Durchsuchungsbeschluss erwirkt, es war Gefahr in Verzug. Wenn der alte Baron das Versteck des Sohnes nicht freiwillig preisgab, würden sie das Unterste zuoberst kehren, so lange, bis sie ihn gefunden hatten.

Rasch waren die Polizisten am Harvestehuder Weg vor dem Grundstück des Barons vorgefahren, die Eingreiftruppe von Elmar verteilte sich einmal rundherum, während Paulmann, Berthold und Kalweit sich ordentlich anmeldeten.

»Ich habe Sie bereits erwartet«, begrüßte Wilhelm von Stetten Paulmann und Rheydt zu deren Überraschung.

»Sie wissen, weshalb wir hier sind?«

»Die Spatzen pfeifen es von den Dächern.« Wilhelm von Stetten atmete schwer.

Inspektor Paulmann wandte sich an Eduard Kalweit, der an der Eingangstüre stehen geblieben war. »Sagen Sie Thönnes, er kann die Beobachtung abbrechen und das Haus gleich durchsuchen. Das Vögelchen ist ausgeflogen.« Dann wandte er sich wieder an den Baron. »Um in Ihrem ornithologischen Bild zu bleiben.«

»Auch die Durchsuchung können Sie sich sparen«, entgegnete dieser.

Berthold fiel sofort auf, dass Wilhelm von Stetten, Senatsmitglied und mächtiger Bankier, müde aussah. Der hanseatische Stolz, den er vor sich hertrug wie ein Familienwappen, war verflogen. Grau wirkte er und alt.

»Aber machen Sie, was Sie wollen.« Von Stetten ging in seine Bibliothek und forderte die beiden Kripoleute auf, ihm zu folgen. »Während Ihre Leute arbeiten, können wir uns vielleicht unterhalten.«

Ungefragt goss er drei Tumbler daumenbreit voll Whisky und bedeutete Paulmann und Berthold, dass sie sich bedienen dürften. Er nahm in einem der ledernen Clubsessel Platz.

»Setzen Sie sich, meine Herren.«

Er trank. Das war sicher nicht der erste Whisky heute, dachte Berthold.

»Ich will offen mit Ihnen sein. Ich habe meinen Sohn seit seiner Flucht damals im November nicht mehr gesehen. Ich habe ihm ermöglicht, dass er als freier Mann sein Leben weiterleben kann – möglichst fern der Heimat. Das war ein Fehler, das sehe ich heute glasklar. Aber ich habe Joachim mit Nachdruck gesagt, dass er es nicht wagen soll, mir noch einmal unter die Augen zu kommen.«

»Und dennoch wissen Sie, dass er hier ist.« Paulmanns Stimme schlug einen scharfen Ton an. »Von uns wissen Sie es nicht, ich habe es selbst erst vor Kurzem erfahren. Woher also haben Sie die Information, wenn nicht von Ihrem Sohn selbst?«

»Ich habe meine Informanten.« Von Stettens Glas war bereits geleert, er hielt es in der Hand und betrachtete es nachdenklich. »Mehr müssen Sie nicht wissen, Inspektor. Ich habe meinen Sohn beobachten lassen.«

»Und wissen dennoch nicht, wo er sich aufhält?«

Der Bankier schüttelte sehr langsam den Kopf. Dann richtete er seinen Blick auf die beiden Polizisten. »Finden Sie ihn. Und finden Sie ihn vor mir. Denn wenn ich ihn in die Finger bekomme, kann ich für nichts garantieren.«

Berthold sah in die glasigen Augen des Mannes, und er war geneigt, von Stetten zu glauben. Vor ihnen saß ein gebrochener Mann. Die Energie und Strenge, die Überheblichkeit, die der Baron sonst immer an den Tag legte – all das war verflogen. Aber die Gefährlichkeit in seiner Stimme, als er die ungeheuerliche Drohung aussprach, die nahm ihm der Kommissar sofort ab.

»Was sagt Ihnen der Name Sun Bo?«

Die Überraschung, mit der Wilhelm von Stetten auf die Frage reagierte, war nicht gespielt.

»Was hat der damit zu tun? Sun Bo ... ein Geschäftsmann aus China. Sein Name taucht dann und wann auf, aber ich habe keine geschäftliche oder sonst wie geartete Beziehung zu ihm. Klären Sie mich auf!«

Berthold übernahm. »Er hat eine Verbindung zu Ihrem Sohn. Es sieht alles danach aus, dass er ihn schützt, ihm möglicherweise auch Unterschlupf gewährt. Wir wissen, dass Joachim sich häufig in der Schmuckstraße aufhält. In dem Bordell, in dem er die junge Frau getötet hat. Dort ist bekannt, dass er von Sun Bo protegiert wird.«

»Dann sprechen Sie mit diesem Sun.« Von Stetten erhob sich. Die Audienz war offenbar beendet. »Ich kann nur vermuten, dass sie sich aus Tsingtau kennen. Der letzte Aufenthalt meines Sohnes.«

»Wir müssen herausfinden, wann und mit welchem Schiff Joachim von Stetten von China nach Hamburg gelangt ist.«

Die Männer saßen bei Roscher zur Beratung. Paulmann, Thönnes und Berthold. Einige Stunden waren vergangen, nachdem sie die Villa des Barons verlassen hatten. Elmar Thönnes hatte mit seinen Leuten alle Gebäude und das Grundstück durchsucht, aber sie hatten nicht den geringsten Hinweis darauf gefunden, dass sich jemand dort verbarg. Der Bankier schien die Wahrheit gesagt zu haben.

»Was sagt Ihre Zeugin?«, erkundigte sich Roscher bei Berthold. »Kann sie sagen, wann Joachim von Stetten zum ersten Mal in der *Leuchtenden Sonne* aufgetaucht ist? Wo ist das Mädchen überhaupt? Können wir sie herbringen?«

»Das müssten wir.« Berthold dachte an die verängstigte Chinesin. Sie fürchtete um ihr Leben, und Ferdinand Reimers hatte sich persönlich dafür verbürgt, dass sie nicht in Gefahr geriet. Aber wie konnte er das? Wäre sie nicht sicherer im Präsidium aufgehoben? Zumal Berthold mit ihr kaum sprechen konnte – weder hatte sie ihn verstanden, noch er sie. Sie würden den Übersetzer bemühen müssen. »Ich lasse sie morgen abholen. Wir müssen sie im Präsidium unterbringen, unter strengsten Sicherheitsvorkehrungen. Wir haben gesehen, wozu Kaiwen oder Sun Bo und ihre Hintermänner fähig sind – sie haben versucht, die Polizei an der Nase herumzuführen. Wer auch immer Joachim von Stetten deckt, was auch immer der Grund dafür sein mag – ich traue ihm oder ihr alles zu. Hao ist nicht in Sicherheit.«

Darin waren sich alle einig. Es war schon spät, Paulmann plädierte dafür, den Arbeitstag damit zu beschließen.

»Der Kollege Thönnes lässt von seinen Leuten das Chinesenviertel auf den Kopf stellen. Außerdem haben wir sowohl die Villa des Barons als auch einige ehemalige Kameraden von Stettens unter Beobachtung. Mehr können wir heute Abend nicht tun. Holen Sie sich eine Mütze voll Schlaf, die nächsten Tage werden anstrengend.«

Aber Berthold wollte dem Rat seines Vorgesetzten nicht folgen. »Ich gehe noch einmal meine Notizen durch. Vielleicht habe ich etwas übersehen.«

»Ihr jungen Leute«, sagte der Schneemann und stand auf. »Schlaft ihr nie? Morgen ist auch noch ein Tag, Rheydt. Früher oder später taucht der Hafenmörder wieder auf.«

»Es wäre nicht die erste Nacht, die ich mir im Stadthaus um

die Ohren schlage«, entgegnete Berthold. Gleichzeitig schoss ihm Helene in den Sinn. Wenn er mit ihr verheiratet war, mussten die schlaflosen Nächte ein Ende haben, nahm er sich vor. So etwas tut man keiner Frau an. Aber war er dazu in der Lage? Er bewunderte seinen Vorgesetzten, der für sich so klare Grenzen ziehen konnte. »Gehen Sie zu Ihrer Frau, Inspektor.«

Paulmann klopfte Rheydt auf die Schulter. »Das würde ich auch gerne zu Ihnen sagen.«

Der Satz hallte in Berthold nach, als er allein in seinem Büro saß. Er warf einen Blick auf die Uhr: neun Uhr abends. Wie würde das sein, als verheirateter Mann? Hätte er, so wie sein Vorgesetzter, die Ruhe, um Ermittlungsarbeit auf den nächsten Tag zu verschieben? Oder würde er seine junge Frau enttäuschen müssen, sie wieder und wieder sich selbst überlassen? Elisabeth war daran zerbrochen. Zwar war er nicht Polizist gewesen, aber er war zur See gefahren. Wie so viele Männer der Insel. Was war denn schon dabei? In Zeiten, als die Menschen vom Walfang gelebt hatten, waren die Männer viele Monate lang unterwegs gewesen, im Nordmeer, auf Grönland, und unzählige waren niemals zurückgekehrt. Aber Elisabeth hatte seine Abwesenheit zugesetzt, er hatte das gespürt – sie hatte es ihn spüren lassen. Sie war nicht gut zurechtgekommen, allein mit Willem. Obwohl sie auf dem Hof seiner Eltern lebte, doch auch das war mehr ein Problem gewesen, als dass es zur Entspannung beigetragen hatte. Das wird schon wieder, hatte er sich gedacht, jedes Mal wieder, wenn er auf Heimatbesuch gewesen war. Das wird schon wieder – um sich zu beruhigen. Nichts war geworden. Er hatte es sich eingeredet, um wieder fahren zu können. Ein Fehler, das wusste Berthold heute, ein Fehler, der seine Frau zu einer Verzweiflungstat getrieben hatte. Aber konnte er es vermeiden, diesen Fehler ein zweites Mal zu begehen?

Berthold blickte auf seine Notizen. Der Block war vollgekritzelt, Gedanken und Fakten über den Mordfall in der *Leuchtenden Sonne* purzelten durcheinander. Seine Gedanken wanderten zwischen Helene, der Frau, der er in einer spontanen Gefühlsaufwallung einen Antrag gemacht hatte, und seiner Ermittlungsarbeit hin und her. Wer würde siegen?

Er wurde aus seinen Gedanken gerissen, als es an der Tür klopfte.

»Herein!«

Im Türrahmen erschienen die Gesichter von Willy Brenner und Eduard Kalweit.

»Ihr seid noch da? Ab nach Hause, Feierabend!«, wies Berthold sie statt einer Begrüßung an.

Willy Brenner sah erleichtert aus, ließ es sich aber nicht nehmen, noch einmal nachzufragen. »Nur wenn Sie uns nicht brauchen, Chef. 's ist immerhin der Hafenschlächter …«

Der Gedanke, dass der Mörder erneut sein Unwesen trieb, würde seine Jungs also genauso wenig schlafen lassen wie ihn, erkannte Berthold mit einem gewissen Stolz.

»Wir können heute nicht mehr viel machen«, gab er zur Antwort. »Thönnes hat hundert Mann abgestellt, die die Schmuckstraße nach ihm absuchen. Aber ich bezweifle, dass von Stetten so dumm ist und dahin zurückkehrt. Er weiß, dass wir ihm auf den Fersen sind. Wir treffen uns morgen hier zur großen Lagebesprechung. Seht zu, dass Ihr 'ne Mütze voll Schlaf bekommt.« Den Rat Paulmanns, den er selbst in den Wind geschlagen hatte, gab er damit weiter.

Brenner nickte und verabschiedete sich. Seine Verlobte wartete, er hatte allen Grund, nach Hause zu gehen. Eduard Kalweit dagegen drückte sich unschlüssig vor der Tür herum.

»Kalweit? Wo drückt der Schuh?«

»Wenn Sie noch im Büro sind, Chef, dann gibt's wohl doch noch Arbeit?«

Berthold sah seinen Assistenten an. Mitte zwanzig, hochgeschossen. Ein langer, dünner Spargel mit Brille auf der Nase und früh zurückweichendem Haar, das eine hohe, runde Stirn freigab und dem jungen Mann das Aussehen eines Denkers verlieh. Wenig nur wusste Berthold über ihn, aber das, was er in den zwei Jahren, die Eduard Kalweit bei ihm arbeitete, erlebt und gesehen hatte, mochte er. Gewissenhaft, aufrichtig, genau mit klarem Blick – das zeichnete Eduard Kalweit für die Arbeit im Kommissariat für Tötungsdelikte aus. Wagemut und körperliche Einsatzbereitschaft gehörten bislang nicht zu den hervorstechendsten Eigenschaften des Beamten, aber im letzten halben Jahr hatte Berthold zu seiner Freude sehr viel Entwicklungspotenzial gesehen. Kalweit kam aus seiner Deckung, aus dem konnte richtig was werden.

»Machen Sie die Tür zu, und setzen Sie sich.«

Er schob seinen kreuz und quer vollgekritzelten Notizblock in die Mitte des Tisches. »Helfen Sie mir, Ordnung da reinzubekommen.«

Zwei Stunden später betrachteten sie ihr Werk. Wie schon bei der ersten Ermittlung im Fall Joachim von Stettens hatten sie alle relevanten Informationen auf ein riesiges Blatt Papier geschrieben, das sie hinter Rheydts Schreibtisch aufhängten. Neu war das Prinzip, Verbindungen mittels Stecknadeln und gespannter Bindfäden zu verdeutlichen – so war Berthold schließlich im Fall der Giftmorde in den Auswandererhallen hinter das mörderische Geflecht von Dr. Tergit und Roger van der Zwaan gekommen.

Auf der einen Seite hatten er und sein Assistent alle Namen und Orte aufgelistet, die in den Ermittlungen im November eine Rolle gespielt hatten: das Anwesen von Stettens, die Praxis in der Lembkentwiete, das Grüne Haus. Der Vater des Mörders, Anne van der Zwaan, aber auch von Stettens Kameraden vom Alldeutschen Verband. Vieles und viele konnten sie von ihren Listen tilgen, die Praxis beispielsweise existierte nicht mehr, und Wilhelm von Stetten hatte ganz offensichtlich seinen Sohn nicht bei sich versteckt. Aber der Name der Ärztin und der des Grünen Hauses blieben stehen.

Auf der anderen Seite hatten sie Namen und Orte aus dem Fall um den Mord in der *Leuchtenden Sonne* aufgeschrieben. Hier gab es mehr Fragezeichen. Wer war Sun Bo? Hielt er Joachim versteckt? Warum? Kannten sie sich aus Tsingtau?

Was wusste Hao? Wie war Joachim von China nach Hamburg gelangt und wann?

»Im April hat er Doktor van der Zwaan den letzten Brief aus Tsingtau geschrieben«, resümierte Berthold. »Wir müssen Hao befragen, seit wann von Stetten in das Bordell kommt, dann können wir den Zeitpunkt seiner Einreise eingrenzen.«

»Aber wir wissen doch gar nicht, ob er mit dem Schiff oder auf dem Landweg eingereist ist«, wandte Kalweit ein. »Er könnte über die Mongolei gekommen und mit der Transsibirischen Eisenbahn gereist sein. Oder unter falschen Papieren mit einem Dampfer. Oder versteckt in einem Frachter als blinder Passagier.«

»Richtig.« Berthold nahm seinen Hut vom Garderobenständer. »Da kommt eine Menge Arbeit auf Sie zu.«

Der Kriminalassistent wurde blass. Er hatte Archivarbeit geliebt – aber seit seine Vorgesetzten ihn aufgrund seiner Akribie nur noch dafür einsetzten, schwand seine Begeisterung rapide.

»Ich lade Sie noch auf ein Bier in den *Schleusenkrug* ein. Ist ’ne Kaschemme, aber das Bier ist frisch, und offen haben sie auch.«

Kalweit zuckte ergeben mit den Schultern. »Auf mich wartet keiner.«

Sie verließen das Präsidium durch einen der hinteren Ausgänge in den Hof. Berthold bat seinen Assistenten, kurz auf ihn zu warten, er wollte noch sein Fahrrad holen, das er am Gebüsch abgestellt hatte.

Er hatte seinen Drahtesel gerade erreicht, als er glaubte, jemanden stöhnen gehört zu haben.

»Hallo?«

Erst blieb es ruhig, sodass Berthold dachte, sich verhört zu haben. Doch dann vernahm er wieder das verzweifelte Geräusch eines Menschen in Not. Berthold ließ das Fahrrad los und blickte sich um. Niemand zu sehen. Er rief Kalweit zu sich. Gemeinsam machten sie sich daran, das dichte Gebüsch, das den Zaun des Präsidiums umwucherte, zu durchsuchen.

Zuerst sah Berthold die Schuhsohlen. Mit einem Satz war er dort, bog die Zweige des Grünzeugs auseinander – und sah ihn. Inspektor Paulmann lag dort, bleich wie ein Gespenst, mit verzerrten Zügen.

Berthold rief Kalweit, hockte sich neben seinen Chef, fühlte dessen Puls, riss dem dicken Mann Weste, Binder und Hemd auf. Der Schneemann schien kaum Luft zu bekommen, aus seinen Augen rannen Tränen. Eine äußere Verletzung war auf die Schnelle nicht festzustellen, Berthold ahnte, dass Christian Paulmann von seinem schwachen Herzen gefällt worden war.

Während Kalweit, der die Situation ebenfalls mit einem Blick erfasste, losrannte, um ärztliche Hilfe zu holen, nahm Berthold die Hand des Hilflosen.

»Was machst du denn für Sachen, Christian«, sprach er behutsam, »kannst uns doch jetzt nicht allein lassen. Aber wirst mal sehen, das wird alles wieder gut. Wird alles gut.«

Paulmann versuchte schwach ein Nicken, was ihm nicht gelingen wollte, und Berthold Rheydt zweifelte selbst an seinen Worten.

13.

Lachen, Platschen und fröhliche Rufe ließen Anne auf ihrem Weg innehalten. Es war bereits nach zehn Uhr am Abend, eine Uhrzeit, zu der man üblicherweise keine Geräusche von Kinderspielen vernahm. Sie war soeben an der Kunsthalle vorbeigelaufen, und nun sah sie, wie eine Handvoll Kinder in dem Teich hinter dem Museum tobte. Sie sprangen im Wasser herum, bespritzten sich gegenseitig, planschten und johlten, hatten allergrößten Spaß. Anne blieb stehen, ging ein paar Schritte in die Grünanlage hinein und setzte sich dort auf eine Bank. Die Kinder, die sie bei ihrem ausgelassenen Spiel beobachtete, waren im Alter von sechs bis höchstens dreizehn, vierzehn Jahren. Weit und breit war kein Erziehungsberechtigter zu sehen und den abgerissenen Lumpen nach zu urteilen, waren es Straßenkinder, die den Schutz der Dunkelheit nutzten, um ihren dem Alter angemessenen Spieltrieb auszuleben. Tagsüber wäre sofort ein Schupo zur Stelle gewesen und hätte sie vertrieben.

Anne schaute ihnen zu und freute sich. Kinder, die auf der Straße lebten, durften nicht mehr Kind sein. Es konnte sie in Gefahr bringen, übermütig zu werden oder unachtsam. Aber Spiel war nur dann richtiges Spiel, wenn man die Welt um sich herum vergaß.

Anne dachte an ihre Kindheit. Sie war auf dem Nachhauseweg vom *Hotel Atlantic*, wo sie ihren Vater zum Abendessen getroffen hatte. Er hatte ihr angeboten, auf seine Kosten eine Droschke zu nehmen, doch Anne hatte abgelehnt. Der Weg vom Jungfernstieg zu ihrer Wohnung war nicht weit, sie hatte das große Bedürfnis verspürt, nach diesem Treffen einen klaren Kopf zu bekommen.

Was für ein verkrampfter Abend! Anne hatte trotz der aufgetischten Köstlichkeiten kaum etwas herunterbekommen. Zu sehr war sie darauf konzentriert, sich einerseits nicht zu verraten – ihr Vater sollte ihr schließlich vertrauen, damit er so offen wie möglich über seine Hamburger Angelegenheiten sprach –, auf der anderen Seite versuchte sie bei allem, worüber er redete, Informationen für sich herauszuziehen. Doch Roger van der Zwaan war auf der Hut gewesen. Er hatte sich von ihr keinerlei Details über seine Geschäfte entlocken lassen. Hatte lediglich über Privates gesprochen, über seine Faszination für Polo, darüber, dass er mit der Anschaffung eines Automobils liebäugele, und über die Schwierigkeiten, in London gutes Dienstpersonal zu bekommen. Nichts, was für Anne auch nur von geringstem Interesse gewesen wäre. Sie war den ganzen Abend über auf der Hut gewesen. Auf der Hut vor ihrem eigenen Vater!

»Ham Sie mal 'n Groschen?«

Eines der Kinder hatte sie auf der Bank entdeckt und stand nun tropfnass vor ihr. Ein Junge, eine richtige Rotznase, Anne schätzte ihn auf zehn Jahre. Die nassen Haare fielen ihm kreuz und quer ins Gesicht, die kurzen Hosen gaben den Blick frei auf aufgeschürfte Knie, er war dünn, er war schmutzig, aber in dem Moment, wo er vor ihr stand und sie frech angrinste, ihr die dreckige kleine Hand hinhielt, kam er ihr glücklich vor. Glücklich, weil er mit seinen Freunden einen Moment der Unbeschwertheit empfand.

Sie kramte ihre Börse hervor und zog die Scheine heraus.

»Da«, sagte sie und reichte ihm das Geld, »das ist alles, was ich habe.«

Mit Triumphgeheul, die Hand mit den Scheinen in die Höhe gereckt, lief der Junge zu seinen Freunden zurück. Sofort scharten sie sich um ihn, Anne hörte sie aufgeregt debattieren, dann rannte die Bande davon, ohne sich auch nur noch einmal umzudrehen. Anne konnte nur hoffen, dass sie sich von ihrem

Geld etwas zu essen kauften. Sie blieb noch auf der Bank sitzen und dachte an sich als kleines Mädchen. Die Erinnerungen an ihre Kindheit in der Villa am Harvestehuder Weg hatte sie lange weggesperrt, aber seit sie nach Hamburg zurückgekehrt war, drangen immer wieder Bilder aus ihrer Vergangenheit an die Oberfläche. Das Versteckspiel mit den Von-Stetten-Söhnen im Garten. Ihre Kaninchen, die sie zurücklassen mussten, als sie nach London zogen. Ihr Vater, der mit ihr auf dem weitläufigen Rasen Federball gespielt hatte.

Wie hatte sie ihn angehimmelt! Roger van der Zwaan, Anfang dreißig, unverschämt gut aussehend, reich und erfolgreich. Damals hatten ihre Eltern sich geliebt, zumindest erinnerte sich Anne daran, dass die beiden voller Zärtlichkeit füreinander, aber auch für ihr einziges Kind gewesen waren.

Heute dagegen saß sie mit ihrem Vater am Tisch und hielt ihn für einen Verbrecher.

Sie hatte nicht geahnt, dass sie den größten ihrer Gegner in der eigenen Familie hatte, als sie sich dafür entschieden hatte, sich als Medizinerin für das Wohl von Frauen und Kindern einzusetzen. Als liefe all ihr Streben, liefen all ihre Bemühungen darauf hinaus, den Vater zu Fall zu bringen. Sie wusste genau, dass nur sie ihn aufhalten konnte. Keine Polizei, kein Gericht und erst recht kein Geschäftspartner hatten ihm bislang das Handwerk gelegt, selbst aus der Sache mit Doktor Tergit und dem Gift in den Auswandererhallen war er mit heiler Haut herausgekommen. Obwohl Berthold Rheydt vermutet hatte, dass Roger van der Zwaan der Drahtzieher hinter allem war, hatte er ihm nichts nachweisen können. Und Doktor Tergit hatte geschwiegen – bis zu seinem Tod unter dem Fallbeil.

Mit diesen gruseligen Gedanken jedoch wollte Anne nicht nach Hause und ins Bett gehen, deshalb ließ sie ihre Gedanken noch einmal zurückwandern, in ihre Kindheit. Wie behütet sie aufgewachsen war und wie fröhlich ihre ersten Jahre gewesen waren. Sie hatte es wahrlich schön gehabt, es hatte ihr an nichts gefehlt, sie war ein glückliches Kind gewesen.

Anne stand auf und lenkte ihre Schritte wieder in Richtung Gurlittstraße. Je intensiver sie an sich als kleines Mädchen dachte, desto mehr Erinnerungen tauchten aus der Tiefe wieder auf – der Name ihrer Puppe, die Teegesellschaften, die sie für ihre Puppen und Teddys veranstaltet hatte, mit winzigem Porzellangeschirr. Ihr Zimmer mit der rosafarbenen Blumentapete, das lebensgroße Pony aus Holz und Filz. Nachbarskinder waren zum Spielen gekommen, ihre Mutter Dorothy hatte großartige Kindergeburtstage für sie veranstaltet.

Als Anne schließlich die Tür zu ihrer Dachgeschosswohnung aufsperrte, hatte sie all die düsteren Gedanken an ihren Vater vertrieben und durch jene an ihre fröhlichen frühen Tage ersetzt.

Ich war ein glückliches Kind, sagte Anne sich, und ich bin eine glückliche Frau.

14.

Das Wasser war warm, beinahe so warm wie in einer Badewanne, dachte Helene, während ihr erhitzter Körper darin eintauchte. Je tiefer sie glitt, desto kühler wurde es, und als sie sich vom Steg abstieß und mit kräftigen Zügen in Richtung der Außenalster schwamm, wurde es kälter und kälter, erfrischte sie, machte sie wach und ihren Geist klarer. Es war nach Mitternacht, kein Mensch auf dem Wasser, Helene schwamm allein durch die Dunkelheit, das schwarze Nass umfing sie und hüllte sie ein, bildete kleine Strudel an ihrem Körper, trug sie wie eine Feder und sorgte für Geborgenheit. Wasser war ihr Element, die Furcht, die andere vor der ungewissen Tiefe oder gefährlicher Strömung empfanden, war ihr fremd. Im Wasser fühlte Helene sich zu Hause.

Seit dem Augenblick am Feenteich, seit ihr Berthold einen Antrag gemacht hatte, war nichts in ihrem Leben wie zuvor. Er hatte ihr den Boden unter den Füßen weggezogen, aber er machte auch, dass sie schwebte, Kapriolen schlug, ihr Kopf sich drehte und sich jede Nervenfaser aus ihrem Körper nach außen stülpte. Helene konnte nicht einmal sagen, ob es ein schönes Gefühl war, sie war vollkommen außer sich, nicht imstande, klar zu urteilen.

Ihre Eltern waren, als sie vom Feenteich nach Hause gekommen war, nicht anwesend, zum Glück, Fanny besuchte die kleine Lydia, das Waisenkind, für das sie Adoptiveltern gefunden hatten, und ihr Vater war bei der Arbeit. Helene hatte sich schrecklich zusammennehmen müssen, ihr Glück und ihre Verwirrung nicht laut herauszuschreien, nicht einmal Sophie durfte sie davon erzählen!

Schon als sie vom Feenteich nach Hause geradelt war, hatte sie beschlossen, den Heiratsantrag vorerst für sich zu behalten. Im Moment war kein guter Zeitpunkt, um damit herauszurücken. Ihr Vater wäre überaus irritiert und würde vielleicht sein Einverständnis verweigern, solange Berthold nicht formvollendet bei ihm um die Hand der Tochter angehalten hatte. Und das, da machte sich Helene keine Illusionen, würde Berthold so lange aufschieben müssen, bis er Joachim von Stetten endlich gefasst hatte. Er würde nicht ruhen, bis er dem Mann, der ihm einmal entwischt war, das Handwerk legen würde.

Außerdem wollte Helene ihren Plan, in Berlin bei der Psychoanalytischen Gesellschaft zu hospitieren, nicht vorschnell aufgeben. Nach Berlin würde sie in jedem Fall fahren, das war so sicher wie das Amen in der Kirche.

Die Stelle als Lehrerin konnte sie nun nicht mehr antreten, das war ihr im Lauf der letzten Stunden immer klarer geworden, und tatsächlich war sie insgeheim froh darum. Schon eine Weile haderte sie mit diesem Beruf, er schien ihr zu klein für ihre Träume, sie wollte höher hinaus, mehr erleben, etwas von der Welt sehen, ihren Geist entwickeln, studieren. Nicht tagein, tagaus am Katheder stehen. Die Arbeit mit den Kindern lag ihr, es bereitete ihr unbändige Freude zu erleben, wie großartig die Schüler sich entwickeln konnten, wenn man ihnen behutsam und engagiert Wissen und Können vermittelte. Aber würde sie das nicht dennoch tun können? In ihren kühnsten Träumen gründete sie selbst eine Schule. Ein Internat. Eine Insel des Wissens, der Träume und der Geborgenheit. Ein Haus für Kinder aus schlechten Verhältnissen. Kinder wie die Geschwister von Sophie Lautenschläger oder wie die kleine Lydia. Denen sie ein Zuhause geben wollte, aber auch die Möglichkeit, die Schönheiten der Welt zu erleben. Das waren Helenes Vorstellungen von einer fernen Zukunft – doch bis dahin müsste sie selbst erst einmal aufbrechen, erleben und lernen.

Was wohl Berthold zu ihren Plänen sagte? Als ihr Ehemann durfte er ihr all dies verweigern. Allein: Er hatte ihr die Freiheit versprochen, *Lewer duad üs slav*, lieber sterben als Sklave sein, das war die Prämisse, unter der sie ihr Jawort gegeben hatte.

Helene hatte das andere Alsterufer, den Park am Harvestehuder Weg, fast erreicht und drehte um.

Warum hatte sie das nicht früher gemacht, nachts im See schwimmen, fragte sie sich, es war herrlich, sie war mutterseelenallein, umgeben vom Schwarz der Nacht, unsichtbar, wie ein Tier auf nächtlichem Beutezug.

Ein nacktes Tier.

Nachdem Helene sich unruhig im Bett gewälzt hatte, hin- und hergedreht, das Laken feucht an ihrem Körper klebte, und ihr klar war, dass sie nicht in den Schlaf finden würde, war sie aufgestanden, um im nächtlichen Garten Abkühlung zu finden. Ihr Nachthemd aus leichter Baumwolle hatte sich auf ihrem erhitzten Körper angefühlt wie dicker Flanell, und so war Helene einem spontanen Impuls gefolgt, hatte das Hemd über den Kopf gezogen und war nackt ins Wasser eingetaucht. Ihr war, als wäre sie eine lichterloh brennende Fackel, die gelöscht wurde; kaum hatte sie das kühlende Element an ihrer Haut gespürt, fühlte sie sich erfrischt, die kalte Haut, die sich über ihren Gliedern zusammenzog, schuf eine Barriere zur Außenwelt, ihr Geist beruhigte und klärte sich augenblicklich.

Jetzt, nach ihrer großen Runde, die sie geschwommen war, kletterte Helene auf den Steg, nahm ihr Nachthemd und lief zum Haus zurück. Gänsehaut überzog ihren Körper, sie wusste kaum noch, wie sich das anfühlte, der heiße Sommer setzte ihnen allen seit Wochen zu, wie köstlich war es, ein wenig zu frösteln. Schauer liefen durch ihren Körper, und als Helene sich selbst kurz und flüchtig an den Brüsten berührte, ahnte sie, dass diese Schauer nicht allein dem erfrischenden Bad zuzuschreiben waren.

Sie hielt sich das Nachthemd vor den nassen Körper, während sie die Treppen zu ihrem Schlafzimmer nach oben lief und warf aus Gewohnheit einen Blick durch das Fenster im Flur auf die Körnerstraße und das Anwesen von Paulinas Familie.

Überrascht blieb sie stehen. Der Wagen von Franz Hopp parkte vor dem Tor, was nicht weiter verwunderlich war, doch daneben standen zwei Menschen, eine große Silhouette und eine sehr kleine. Helene kniff die Augen zusammen, konnte aber in der Dunkelheit nichts Genaueres erkennen. War einer der beiden dort unten Paulinas Ehemann? Und wer war der andere? Paulina konnte es nicht sein, sie war beinahe ebenso groß wie der unsägliche Hopp. Jetzt gab der große Mensch dem kleinen etwas, woraufhin dieser zu zögern schien. Aber der Große machte eine ungeduldige Armbewegung, als scheuchte er den anderen davon. Ja, er machte einen jähen Schritt auf den Kleinen zu, der daraufhin die Flucht ergriff. In die Dorotheenstraße hineinlief, während der große – Helene war mittlerweile überzeugt, dass es sich um Hopp handelte – ihm eine Weile nachlief. Erst dann setzte er sich in den Wagen und fuhr davon.

Helene starrte eine Zeit lang aus dem Fenster in der Hoffnung, dass sich dort draußen noch etwas ereignen würde, das ihr die nächtliche Szene erklären würde, aber nichts geschah. Die Villa von Paulinas Eltern lag stockdunkel da, kein Mensch war mehr auf der Straße, alles blieb still.

Helene konnte sich das, was sie beobachtet hatte, nicht erklären, doch ihre Gedanken flogen, sobald sie die Bettdecke über sich zog, zu Berthold. Sie schlang ihre Arme um den nackten Körper, dachte daran, wie sehr sie ihn liebte, und schlief sofort ein.

Man musste es ihr doch ansehen! War sie nicht über Nacht eine andere geworden? Das Wissen darum, dass sie bald eine verheiratete Frau sein würde, fühlte sich so ungeheuerlich an, dass Helene davon ausgegangen war, jeder, aber auch wirklich jeder, müsse ihr die Veränderung ansehen. Doch sie brauchte sich nicht einmal besondere Mühe zu geben, ihren Gefühlszustand zu verbergen – ihre Eltern waren beim Frühstück vollkommen mit sich beschäftigt und schenkten ihr kaum einen Blick. Schnell merkte Helene, was der Grund dafür war – neben Fannys Platz lag ein Brief, die Handschrift auf dem Umschlag war ihr bekannt. Es war ein Brief von Klaus.

Die schwarze Wolke im Raum konnte man mit den Händen greifen. Fanny schwieg und stocherte appetitlos in ihrem Rührei. Helenes Vater gab vor, die Zeitung zu lesen, aber er starrte lediglich auf den immer gleichen Fleck auf dem Papier.

Helene nahm stumm Platz, niemand sah auf, niemand begrüßte sie. Von sich aus wollte sie auf keinen Fall die Sprache auf Klaus bringen, deshalb schwieg auch sie, bedankte sich lediglich bei Sophie, als diese ihr gebutterten Toast servierte.

Nach fünf quälenden Minuten schmiss Engelbert Curtius die Zeitung auf den Tisch.

»Du hast davon gewusst?«, sprach er Helene mit schneidender Stimme an. »Und sagst kein Wort?«

»Klaus wollte es nicht.«

»Himmel noch mal!« Der Pastor wurde laut. »Wer ist hier der Herr im Haus? Dein Bruder oder ich?«

Helene wagte nicht, aufzusehen. Zu gerne hätte sie dem Vater die Wahrheit ins Gesicht geschleudert, ihm gesagt, dass Klaus genau deswegen verschwunden war, weil der Vater ein herrischer Despot war. Allein – sie traute sich nicht. Kaum erhob ihr Vater die Stimme, war sie wie gelähmt. Die Widerworte flogen durch ihren Kopf, sie formulierte stumm, getraute sich aber nicht, sie laut auszusprechen. Wie sie sich für ihre Feigheit hasste! Dabei hatte sie schon des Öfteren erfolgreich gegen ihren Vater gekämpft, mit Worten, doch wenn es um ihren Bruder ging, wagte sie sich nicht aus der Deckung.

»Ich verstehe einfach nicht, womit ich das verdient habe!«

Engelbert Curtius stand auf, bemühte sich aber darum, seine Wut im Zaum zu halten. Noch vor einem halben Jahr hätte er haltlos gepoltert, das immerhin hatte sich verändert. Trotzdem saßen Helene und ihre Mutter starr vor Unbehagen auf ihren Plätzen, während der Pastor mit großen Schritten und mühsam unterdrückter Wut das Speisezimmer durchmaß. »Ich bin doch kein Tyrann! Ich habe alles für diese Familie getan, alles, aber Undank ist der Welt Lohn!« Sein Zeigefinger stieß empört in die Luft. »So dankt Ihr mir meine Liebe! Mit Lügen und Verachtung!«

»Papa«, setzte Helene an, aber der Mut, ihm etwas entgegenzusetzen, verließ sie angesichts seiner wütenden Miene.

»Was, Papa?!«, herrschte ihr Vater sie an. »Ihr habt mich hintergangen, alle beide!« Er schlug mit der Faust auf den Tisch, sodass die Tassen klirrten. Helene sah, wie ihre Mutter zusammenzuckte. »Von Klaus gar nicht zu reden, stiehlt sich fort in der Nacht wie ein Dieb!«

»Er hat dir geschrieben«, wandte Helene vorsichtig ein. Tatsächlich hatte ihr Bruder damals einen kurzen Brief an die Eltern zurückgelassen – wenig erklärt, aber er hatte sie gebeten, nicht nach ihm suchen zu lassen, er wolle in der Ferne sein Glück suchen.

Der Vater schnaubte. »Geschrieben. Drei Sätze. Drei Sätze! Er war mein Sohn!«

»Er ist immer noch dein Sohn.« Obgleich Fannys Stimme wackelte, war der Blick, den sie jetzt auf ihren Ehemann richtete, klar und ohne Angst. »Er ist unser Sohn, und wenn er uns verlassen hat, müssen wir uns dann nicht fragen, weshalb? Wir denken, dass wir gute Eltern sind, Engelbert, aber ich weiß, und du weißt es auch, dass wir das nicht immer sein konnten. Es gab eine Zeit …«

Ihr Mann hob jäh die Hand, um sie zu unterbrechen. »Schweig. Vergangenes ist vergangen. Lass es ruhen.«

Sein Tonfall hatte sich verändert. Der Zorn schien verraucht, Helenes Vater schien plötzlich müde. Unendlich müde. Diese jähen Stimmungswechsel hatte Helene in den vergangenen Wochen oft an ihm bemerkt, es war, als verlöre ihr Vater langsam all seine Kraft, seine Strenge und seinen Lebensmut. Und sie wusste auch, was der Grund dafür war. Seit Julie aufgetaucht war, das ehemalige Dienstmädchen, mit dem er eine Affäre gehabt hatte, war ihr Vater wie verändert. Das Kräfteverhältnis zwischen ihren Eltern schien sich verschoben zu haben, seit Fanny erfahren hatte, dass ihr Mann, ein Pastor, der von der Kanzel herab die Lüge geißelte und Redlichkeit und Tugendhaftigkeit predigte, mit einer Achtzehnjährigen ein Kind gezeugt hatte.

Trotzdem hatte sie das deutliche Gefühl, dass mit dem Vergangenen, auf das ihre Mutter anspielte, nicht Julie gemeint war. Sie meinte damit etwas anderes, länger Zurückliegendes. Etwas, das vor Helenes Bewusstsein um die schlechte Ehe ihrer Eltern vorgefallen war. Noch ein Geheimnis, dachte sie erschrocken, was werde ich noch alles erfahren, von dem ich wünschte, ich wüsste es nicht?

Plötzlich wurde ihre Mutter streng, ihre Stimme schneidend. »Wir haben lange Jahre gedacht, dass diese Sache« – Engelbert Curtius schenkte ihr einen strafenden Blick –, »von der ich nicht reden werde, keinen Einfluss auf unsere Kinder hat. Aber so langsam glaube ich, dass wir einer Lüge aufgesessen sind. Engelbert.« Fanny streckte einen Arm aus und bekam die Hand ihres Mannes zu fassen, der den beiden Frauen jetzt den Rücken zugekehrt hatte und zum Garten hinausblickte. »Engelbert«, wiederholte sie sanft, »wir waren einmal eine glückliche Familie.«

Helene hielt den Atem an. Sie erlebte gerade etwas, das sie lange vermisst hatte, vielleicht ihr Leben lang: Aufrichtigkeit. Gefühle. Offene Worte.

Fanny umfasste die Hand ihres Mannes liebevoll und richtete ihre Worte nur an ihn, ganz so, als befände sich Helene nicht im Zimmer. »Wir waren glücklich, so glücklich. Erinnerst du dich, als Klaus auf die Welt kam? Sein Gesichtchen so winzig, nicht größer als deine Faust. Er hat deinen kleinen Finger gefasst und daran gesaugt, weißt du das noch? Er ist dein Sohn, er ist immer noch dein Sohn. Er hat einen Fehler gemacht, einen großen Fehler, aber glaub mir, Engelbert, bitte glaub mir, er bereut.«

»Und so dich dein Auge ärgert, reiß es aus und wirf's von dir. Es ist dir besser, dass du einäugig zum Leben eingehest, denn dass du zwei Augen habest und wirst in das höllische Feuer geworfen.« Helenes Vater sprach die Worte des Matthäus tonlos in den Garten hinaus.

»Nein, Lieber.« Fanny hatte Tränen in den Augen. »Sag das

nicht, bitte sag das nicht. Denk an deinen Erstgeborenen, denk daran, dass Vergebung die größte aller christlichen Tugenden ist. Lass uns ihm helfen. Ich flehe dich an.«

Aber der Pastor drehte sich nur vom Fenster weg, entzog seiner Frau seine Hand und verließ das Zimmer.

Helene und ihre Mutter lauschten seinen schweren Schritten, wie er die Treppe nach oben in sein Zimmer ging. Helene wagte es nicht, als Erste das Wort zu ergreifen, aber kaum war von dem Herrn des Hauses nichts mehr zu vernehmen, streckte Fanny den Rücken durch. Sie griff nach dem Brief und reichte ihn Helene. »Er braucht Geld, schon wieder.«

Seit Wochen hatten die Briefe ihres Bruders keinen anderen Inhalt als die Bitte um Geld. Mal schob er vor, ausgeraubt worden zu sein. Mal hatte er seine Stellung verloren, nur kurzfristig, er brauche ein wenig Geld zur Überbrückung, er habe natürlich eine Anstellung in Aussicht. Mal bat er um Deckung der Kosten für ein Instrument – er erteile Unterricht in Cello, was ohne eigenes Instrument unmöglich sei. So ging es in einem fort, Fanny und Helene, die sich darüber ausgetauscht hatten, waren sich einig: Keiner der Gründe war wahr. Klaus litt Not, das ahnten sie beide. Doch wie ihm helfen? Fanny verfügte nicht über ein eigenes Vermögen, ihr Mann verwaltete das Geld, sie hatte keinen Zugriff darauf. Heute Morgen, bevor Helene zum Frühstück kam, hatte ihre Mutter schließlich in ihrer Verzweiflung ihrem Ehemann die Wahrheit gebeichtet und ihn um Geld für Klaus gebeten. Wie es ausgegangen war, hatte Helene gerade selbst erlebt.

»Ich gebe nicht auf«, sagte Fanny jetzt. »Ich gebe Klaus nicht auf.«

Sie stand auf, gab Helene einen Kuss auf die Stirn und verließ ebenfalls das Speisezimmer.

Helene blieb zurück, inmitten Resten von Rührei, Kaffee und Toast, mit einem Bettelbrief ihres Bruders und der zerfledderten Zeitung ihres Vaters. Mit der Ahnung eines neues Familiengeheimnisses und der Gewissheit, dass sie eine bevorstehende Vermählung mit Berthold tunlichst für sich behalten sollte. Und der Frage, wie sie es schaffen sollte, die Erlaubnis ihres Vaters für die Reise nach Berlin zu bekommen. Heute hatte er sich wieder von seiner schlimmsten Seite gezeigt, einer Seite, die alles andere als einverstanden mit ihrem Vorhaben wäre.

Helene seufzte. Warum nur lagen höchstes Glück und schlimmste Verzweiflung allzu oft so nah beieinander?

15.

Von den ausgetrockneten Fleeten der Stadt stieg Gestank nach Tod und Verwesung auf, Leiber vertrockneter Kröten und Fische säumten die wasserlosen Kanäle, als Berthold in großer Hast durch den frühen Morgen zum Präsidium fuhr. Der Drahtesel ächzte unter seinem Gewicht, er malträtierte das Gefährt, trat wie ein Berserker in die Pedale, holperte gnadenlos in irrer Geschwindigkeit über das Kopfsteinpflaster. Der Fernsprechapparat hatte ihn und seine Vermieterin, die Admiralswitwe Petersen, vom Frühstückstisch hochgejagt. Vier Stunden hatte der Kommissar geruht, bis weit nach Mitternacht war er im Hafenkrankenhaus an der Seite von Inspektor Paulmann und dessen Frau geblieben, so lange, bis deren ältester Sohn gekommen und seinen Platz eingenommen hatte. Ein Herzinfarkt, diagnostizierten die Ärzte, gaben weiterhin jedoch keine Prognose ab. Gerade noch rechtzeitig hätten Berthold Rheydt und Kalweit den armen Mann gefunden, nur wenig später, und der Schneemann hätte die Attacke wohl kaum überlebt. Übergewicht und die unmenschliche Hitze hatten Christian Paulmann niedergestreckt und nicht etwa die Gefahren durch Polizeiarbeit, denen er sein Leben lang ausgesetzt war.

Als Berthold vom Krankenhaus endlich zu Hause ankam, war er rastlos, zu ereignisreich war der Tag für ihn gewesen, erst einige Gläser Genever und eine Pfeife später hatte er sich auf der Veranda zur Ruhe gelegt, von Helene geträumt und war in einen unruhigen Schlummer gefallen.

Das Stadthaus hatte angerufen. Der Anwalt Ferdinand Reimers sei dort und müsse dringend mit dem Kommissar sprechen. Augenblicklich war Berthold die Brisanz des Anrufes klar geworden, und als er jetzt von der Stadthausbrücke in den Hof des Präsidiums einbog, wo ihm der Anwalt bereits mit besorgtem Gesichtsausdruck entgegengelaufen kam, wurde seine böse Ahnung bestätigt: Hao war verschwunden!

»Irgendwelche Anzeichen, dass jemand sie mit Gewalt fortgebracht hat?« Berthold lief neben Reimers mit großen Schritten zu dessen Kutsche.

»Nein, nichts.« Der Anwalt musste in größter Eile von zu Hause aufgebrochen sein, er trug unter dem Jackett lediglich ein Unterhemd, die Haare standen ungekämmt von seinem Kopf. »Meine Frau ist in die Küche hinuntergegangen, um sich etwas zu trinken zu holen. Sie bemerkte, dass die Tür des Gästezimmers offen stand. Himmelherrgott! Wie konnte das passieren!«

Der Fahrer auf dem Bock gab den Pferden die Peitsche, die Kutsche jagte durch die morgentrunkenen Straßen der Stadt.

Als das Gespann vom Mühlenkamp in die Körnerstraße einbog, warf Berthold einen Blick auf das Haus der Familie Curtius, beim Gedanken an Helene, vielleicht noch schlafend, ihren feuerroten Schopf auf das Kopfkissen gebettet, spürte er einen scharfen und doch süßen Schmerz in seiner Brust.

Meine Frau, dachte er, dort hinter den Mauern liegt meine Frau und träumt. Dann riss er sich von dem Gedanken an Helene los und konzentrierte sich auf die Aufgabe, die vor ihm lag: zu klären, was mit der Hauptzeugin geschehen war.

Das Gästezimmer, zu dem der Hausherr ihn führte, wirkte so, als wäre die Bewohnerin nur eben kurz aus dem Raum gegangen – das Bett war zerwühlt, offenbar hatte sie sich am Abend noch hineingelegt. Die Sachen, die Ida Reimers ihr gegeben hatte, Kleider der Töchter, lagen sorgsam über einem Stuhl.

»Fehlen irgendwelche Kleidungsstücke?«, erkundigte sich Berthold, während er sich langsam durch den Raum bewegte, all seine Sinne geschärft. Auf den ersten Blick deutete nichts darauf hin, dass die Chinesin entführt oder gegen ihren Willen weggebracht worden war.

»Nein, nichts – außer ihren eigenen Sachen, die sie anhatte, als sie kam«, gab Ida zurück. Auch sie trug den Ausdruck tiefster Verzweiflung im Gesicht, Berthold glaubte dem Ehepaar, dass es mit dem Verschwinden der für die Polizei so wichtigen Zeugin nichts zu tun hatte, die beiden standen regelrecht unter Schock. Dennoch musste auch diese Option genauestens überprüft werden.

»Es ist auch sonst nichts verschwunden. Sie hat keine Sachen mitgenommen – also nichts, was ihr nicht gehört.«

Berthold hob ein schwarzes Cape vom Boden auf und blickte Ida fragend an.

»Das gehört Anne«, beeilte sich Ferdinand Reimers zu erklären. »Hao trug es, als sie hier ankam. Sie wollte nicht ungeschützt auf die Straße gehen.«

Kaum hatte er die Worte ausgesprochen, wurde er stutzig und schien die Tragweite seiner Worte sofort zu bemerken – wie auch Berthold begriff, was das bedeutete.

»Wenn Hao aus Angst vor jemandem aus Ihrem Haus geflüchtet wäre, hätte sie das Cape wieder angezogen«, resümierte der Kommissar. »Oder etwas anderes. Sie hätte es nicht gewagt, sich außerhalb des Hauses ungeschützt zu erkennen zu geben.«

»Was heißt das?« Ida raffte ihren Morgenrock mit beiden Händen vor der Brust zusammen.

»Das heißt, dass sie nicht allein gegangen ist.« Berthold ließ seinen Blick noch genauer durch das Zimmer schweifen. »Irgendjemand hat sie hier herausgeholt.«

»Aber es kommt niemand einfach so in unser Haus«, wandte der Anwalt ein. »Alles ist verriegelt. Man müsste schon ein Fenster einschlagen.«

»Als Sie vorhin aufgebrochen sind, um die Polizei zu alarmieren, mussten Sie die Haustür aufschließen?«

Ferdinand Reimers überlegte. Dann schüttelte er langsam den Kopf. »Tatsächlich glaube ich … ich konnte die Tür einfach öffnen. Es ist mir gar nicht aufgefallen, ich war in Eile und in Gedanken woanders … Nein. Nein, ich habe die Tür nicht aufgeschlossen. Das ist ungewöhnlich, in der Tat. Denn natürlich wird die Haustür in der Nacht abgesperrt.«

»Von Ihnen?«, erkundigte sich Berthold. »Wo befindet sich dann der Schlüssel?«

»Der Letzte, der ins Bett geht, schließt ab. Das bin also fast immer ich. Ich glaube sicher, dass ich auch gestern abgeschlossen habe! Der Schlüssel bleibt im Schloss – falls es brennt oder irgendein anderer Notfall eine Flucht nötig macht.«

Berthold notierte sich die wichtigsten Anhaltspunkte in seinen Notizblock. »Irgendjemand ist von außerhalb gekommen …« Er warf einen Blick aus dem Fenster. Er würde sich im Garten nach Spuren umsehen müssen. »… und hat Hao überredet – oder gezwungen –, mit ihm zu kommen. Er oder sie muss ordentlich Druck gemacht haben. Oder aber Hao hat gesehen, dass jemand kommt und ist in Panik geflüchtet. Hat das Haus durch die Haustür verlassen, während die Bedrohung durch den Garten kam.«

»Das arme Mädchen.« Ida Reimers sah blass aus. Trotzdem riss sie sich zusammen – auch früh am Morgen vergaß sie nicht, eine gute Gastgeberin zu sein. »Kaffee, Herr Kommissar? Ich bitte das Mädchen, uns Frühstück zu richten.«

»Kaffee gerne. Lassen Sie gleich eine große Kanne kochen, ich werde meine Kollegen herbestellen. Wir müssen die Spuren sichern, vielleicht finden wir etwas.«

Große Hoffnungen machte Berthold sich nicht. Es war so trocken draußen, dass kein Morgentau im Gras hing, das Gras gelb verdorrt, geknickt, es würde schwer werden, den möglichen Weg eines Eindringlings zu verfolgen.

Aber es gab Wichtigeres: Sie mussten die verschwundene Frau finden. Sie war die einzige Augenzeugin, die bereit gewesen war zu reden. Berthold brauchte ihre Aussage, um den Staatsanwalt davon zu überzeugen, dass Joachim von Stetten in der Stadt war. Außerdem war Hao in allergrößter Gefahr!

»Wer außer der Polizei und Doktor van der Zwaan wusste, dass sich Hao in Ihrem Haus befand?«, fragte er den Anwalt.

»Niemand! Helene Curtius, aber das wissen Sie ja. Anne van der Zwaan. Und natürlich meine Familie – meine Frau und die Töchter. Das Personal.«

»Wir müssen alle befragen, bitte halten Sie sich bereit, ich wäre Ihnen dankbar, wenn Sie mir für die Befragungen Ihr Büro zur Verfügung stellen.«

»Aber gerne.« Ferdinand Reimers führte den Kommissar im Erdgeschoss zu seinem Arbeitszimmer. Durch die Fenster drang helleres Licht, die Sonne machte sich unerbittlich auf ihren Weg, an dem rosafarbenen Schimmer, der den neuen Tag in die Stadt begleitete, erkannte Berthold, dass es wieder ein allzu heißer Sommertag werden würde. Schon der bloße Gedanke an Hitze und gleißendes Licht bereitete ihm Kopfschmerzen.

»Da ich gestern keine Möglichkeit hatte, mit Hao zu sprechen, wüsste ich gerne von Ihnen, wie ihr die Flucht aus der *Leuchtenden Sonne* gelungen ist.«

Die Tatsache, dass die Sprachbarriere eine Vernehmung verhindert hatte, ärgerte Berthold über alle Maßen. Er begriff es als seinen Fehler, dass er nicht schon gestern mit dem Übersetzer bei Hao aufgekreuzt war, sondern lediglich mit dem Bild von Joachim von Stetten. Was für eine Eselei! Erneut machte er seine Arbeit nicht mit der gebührenden Sorgfalt, was, wenn ihm durch Fehler dieser Art der Hafenmörder schon wieder durch die Finger glitt? Nicht auszudenken, wenn von Stetten auch dieses Mal entkam!

Ferdinand Reimers räumte Papiere von seinem Schreibtisch und schilderte, was er wusste. Leider war es nicht viel – eine Frau aus einer Garküche in der Schmuckstraße hatte Doktor van der Zwaan eine geheime Botschaft übermittelt. So war diese in den Circus Busch gelockt worden, wo sich Hao zunächst bei einer Artistin versteckt hatte, sich dort aber nicht sicher fühlte. Anne war schließlich auf die Idee verfallen, die Chinesin erst zu sich mitzunehmen, um sie später Helene und ihm anzuvertrauen.

»Eine Artistin?«, hakte Berthold nach. Was, wenn Hao sich doch wieder dorthin geflüchtet hatte, zu Landsleuten, die ihr vertraut waren und deren Sprache sie sprach? Er würde nach den Befragungen der Familie Reimers und deren Angestellten umgehend im Zirkus vorsprechen.

Alle Angestellten sollten vernommen werden, ebenso wie die Töchter von Ida und Ferdinand Reimers, Eduard Kalweit war bereits mit dem Tatort-Koffer gekommen und begann, zusammen mit Raabe und Brenner nach Spuren zu suchen. Das erste Ergebnis war mager. Ja, irgendjemand musste vom Gartentor zum Fenster des Gästezimmers gelaufen sein, so viel immerhin konnten sie sehen. Aber das war auch schon alles.

Vom Gartentor zur Haustür führte ein Kiesweg – ob Hao nun auf diesem Weg das Haus verlassen hatte, konnte man nicht feststellen. Im Haus waren keine Spuren einer Auseinandersetzung, überhaupt nichts, was auf einen Besucher hingedeutet hätte. Gesehen oder gehört hatte niemand auch nur das Geringste. Alle Bewohner des Hauses hatten geschlafen – bis Ida Reimers gegen fünf Uhr auf die geöffnete Tür von Haos Zimmer aufmerksam geworden war. Der Schluss, den Berthold daraus ziehen konnte, war der, dass die Zeugin nicht gewaltsam entführt worden war – er hatte also nichts in der Hand.

Er beschloss, mit Jens Raabe zum Circus Busch zu fahren, Willy Brenner sollte die Protokolle im Stadthaus abtippen, Kalweit den Kripochef Roscher von der neuesten Entwicklung unterrichten.

Auf dem Areal des Zirkus herrschte um die Morgenstunde bereits reges Treiben. Beinahe alle Wagen der Artisten waren geöffnet, Wäsche flatterte an kreuz und quer gespannten Leinen, ein Mann jonglierte mit bunten Bällen, mehrere Mitarbeiter schleppten Eimer mit Wasser und Futter zu den Stallungen. Es roch nach Fell, nach Stroh und Seifenlauge, nach Raubtieren und Pferdeäpfeln. Nicht gut oder schlecht, es war ein Geruch, der so speziell war, dass er in Berthold sofort Bilder vom ersten Besuch mit seinem Sohn im Zirkus wachrief. Willem war vier Jahre alt gewesen, als ein kleiner Sommerzirkus in Wyk auf Föhr gastierte, ein Ereignis, alle Insulaner, aber auch Badegäste strömten zu dem weiß-roten Zelt. Sie hatten ihre Festtagskleider angezogen, Willem rot und sauber geschrubbt, Elisabeth hatte dem Jungen einen akkuraten Scheitel durch sein mit Wasser gebändigtes Blondhaar gezogen. Clowns machten wilde Späße, um die in der Schlange vor der Kasse Stehenden zu unterhalten, ein Esel durfte gegen ein paar Pfennige gestreichelt werden, aber die größte Sensation für Willem war die riesige Zuckerwatte, die ein Mann routiniert im Kupferkessel auf einen Holzstab drehte.

Die Tiere des kleinen Zirkus waren bis auf ein paar Seelöwen genau die Tiere, die es auch auf Föhr auf den Bauernhöfen gab: Esel, Ziegen, Hunde und Hasen, aber die Kunststücke, die sie vollführen konnten, machten die Vorstellung zu einem Ereignis. Ein Zauberer, ein Feuerschlucker und zwei hübsche Mädchen, die scheinbar keine Knochen im Leib hatten und ihre Gliedmaßen unnatürlich verbiegen konnten, faszinierten die Erwachsenen und blieben Berthold lange im Gedächtnis. Sein Sohn jedoch fiel nach der Pause in einen erschöpften Schlaf, mit von Zucker verklebtem Mund und glühenden Wangen.

Diese Erinnerung schüttelte Berthold rasch ab, winkte einem Angestellten, erklärte, wer er war und was er wollte.

»Die Chinesen sind weg«, gab der Mann mürrisch zurück. »Haben uns ordentlich im Stich gelassen.«

Alle Alarmglocken schrillten. »Weg? Was heißt das?«

»Na, was soll das schon heißen? Weg ist weg. In den Sack gehauen.«

»Wann? Wissen Sie wohin? Ich muss den Direktor sprechen!«

Der Direktor des Circus Busch war unterwegs, doch der Mann, den er angesprochen hatte, führte Berthold zu einem anderen, der offenbar Dompteur, aber auch verantwortlich für Personalangelegenheiten war. Er empfing den Kommissar in einer weiträumigen Anlage, in der die Eisbären des Zirkus untergebracht waren – größer als das Areal bei Hagenbecks. Zu Bertholds Irritation ließ er sich bei der Fütterung der Raubtiere nicht unterbrechen – während er sich mit dem Kommissar unterhielt, warf er ununterbrochen Fische aus einem großen Eimer in ein Wasserbecken oder auf ein Felsplateau. Geschickt rutschten die pelzigen Riesen darauf herum, um ihre Beute zu fassen oder tauchten danach im Bassin. Dabei gaben sie seltsam knurrende und prustende Geräusche von sich, die daran erinnerten, wie gefährlich die Bären waren, im Gegensatz zu ihrem putzigen Äußeren. Der Gestank, der aus dem Eimer mit den Heringen emporstieg, der strenge Geruch der Bären, die Geräusche, die durch das Wasser entstanden, machten die Befragung des Mannes zu einer Herausforderung. Außerdem schien Bertholds Gesprächspartner sehr schlechte Laune zu haben.

»Ich muss bis heute Abend Ersatz herzaubern, Mann«, erklärte der Dompteur. »Die Trapeznummer, die Tellerjonglage, der menschliche Turm – die Chinesen waren ein wichtiger Teil des Programms! Wo soll ich jetzt auf die Schnelle Artisten herbekommen?«

Wieder landete eine Handvoll Heringe im Wasser.

»Und ich ermittle in einer Mordsache!« Berthold war gereizt. »Ich brauche genaue Angaben von Ihnen! Die Namen der Truppe – Sie werden doch einen Vertrag aufgesetzt haben.«

»Vertrag?« Hering, Wasser, Eisbär. Der Mann lachte auf. »Wo leben Sie denn, Mann? Bei uns Zirkusleuten zählt der Handschlag. Feste Gage gibt's nur für die Angestellten. Mit den anderen, den Fahrenden, wie die Chinesen, ist 'ne Beteiligung an den Einnahmen vereinbart.«

»Sie haben keine Namen? Ausweise, irgendetwas?«

»Namen, klar. Die heißen alle gleich. Ling, Song, Wu – was weiß ich.«

Hering, Wasser, Eisbär – Bertholds Kopfschmerzen verdichteten sich zu einem dröhnenden Pochen, er wäre dem Mann am liebsten an die Gurgel gegangen.

»Die fliegenden Drachen – so nennen die sich. *The Flying Dragons.*«

Berthold atmete aus. Immerhin ein Anhaltspunkt.

Er zog seinen Notizblock hervor. »Wenn Sie mir jetzt bitte noch sagen könnten, ob es einen Grund für den überstürzten Aufbruch der Truppe gab.«

»Tja, schwer zu sagen.« Hering, Wasser, Eisbär. »Eins von ihren Mädchen war wohl verschwunden. Nach der Vorstellung. Sie haben sie gesucht, aber nicht so wirklich, hatte ich den Eindruck. Haben herumgefragt und sind dann Hals über Kopf abgehauen.«

Bertholds Kopf drohte zu explodieren. Ein Mädchen war verschwunden? Schon wieder!

Als der Mann wiederholt in den Fischeimer fasste, riss Berthold ihm den Eimer weg. »Kurze Pause – so kann ich mich nicht mit Ihnen unterhalten.«

Der Dompteur sah Berthold erstaunt an und wollte zur Widerrede ansetzen, doch dann sah er dem Kommissar ins Gesicht und befand, dass es besser war, diesem Folge zu leisten. Sie verließen das Eisbärengehege und stellten sich auf den Vorplatz. Der Dompteur zündete sich eine Zigarette an und bot Berthold ebenfalls eine an, was dieser trotz der Kopfschmerzen annahm.

Alles war jetzt hilfreich, um den Fischgestank zu vertreiben.

»Schwerer Fall, was?«

Berthold zog tief an der Zigarette. Blies den Rauch durch die Nase aus. Nickte. »Fangen wir noch einmal von vorne an.«

»Hannover?« Gustav Roscher sah Berthold über den Tisch hinweg fragend an. »Sind Sie sicher?«

»Gewissheit haben wir erst, wenn wir die Truppe gefunden haben«, gab Berthold zurück, klappte den Notizblock zu und nahm einen Schluck aus der Kaffeetasse.

Sie saßen zu dritt im Konferenzraum des Kripochefs: Roscher, Elmar Thönnes und er. Ein Stuhl blieb leer, eine schmerzliche Lücke, die Paulmanns Infarkt in ihre Mitte gerissen hatte.

Berthold war drauf und dran gewesen, selbst mit ein paar seiner Männer nach Hannover zu fahren, um die *Flying Dragons* zu suchen, doch dann musste er verzichten, sein Vorgesetzter drängte darauf, über die neuste Entwicklung in Kenntnis gesetzt zu werden. Das war der Part, den Inspektor Paulmann normalerweise übernahm, während Berthold Feldarbeit leistete. Aber nun …

»Laut dem Dompteur vom Circus Busch …« Berthold blätterte nach dem Namen. »… Jubitschek, ist es am wahrscheinlichsten, dass sie auf dem Weg dorthin sind, weil sie in der Stadt die besten Chancen haben, sich an einen der anderen großen Zirkusse anzuschließen. Im Norden gastiert im Moment keiner der großen Namen.«

»Aber wenn die Truppe mit unserer Zeugin – Hao? – unterwegs ist, weil sie sie in Sicherheit bringen wollen, dann werden sie doch wohl kaum dorthin gehen, wo man sie finden kann, sondern eine Zeit lang untertauchen?«

»Das stimmt wohl«, bekräftigte Berthold, um seinem Chef im Nachsatz doch zu widersprechen. »Aber meine Vermutung ist eine andere. Jubitschek erzählte, dass die Artisten eine Kollegin vermissten. Die Kollegin, die Hao eventuell beim Entkommen aus der *Leuchtenden Sonne* geholfen hat – das nehme ich jedenfalls an. Als die Artisten sie nicht fanden, sind sie in Panik geflüchtet. Ich glaube also nicht, dass Hao und die andere Chinesin bei den *Flying Dragons* sind – sondern dass die beiden Frauen sich zusammengetan haben.«

Jetzt beugte sich Elmar vor. Er kniff die Augen zusammen, wie immer, wenn er hochkonzentriert war. »Du glaubst, dass die Artistin abgehauen ist, weil sie Gefahr gewittert hat, oder? Sie ist zu Hao, um sie zu warnen – und gemeinsam sind sie jetzt auf der Flucht.«

Berthold seufzte. »Das glaube ich, genau. Allerdings hat die Sache einen Haken: Woher kennt die Artistin die Adresse von Ferdinand Reimers? Beziehungsweise, woher weiß sie, dass Hao dort untergebracht wurde? Anne van der Zwaan hat Hao abgeholt und mit zu sich genommen – mehr dürfte die Chinesin nicht erfahren haben.«

Elmar nickte gedankenverloren, und auch aus Roschers Miene sprach Ratlosigkeit.

Berthold fuhr fort. »Irgendjemand hat geredet. Es ist durchgesickert, wo Hao ist. Außerdem scheint sich die Artistin der *Flying Dragons* in Gefahr zu befinden – also muss jemand erfahren haben, dass sie Hao aus dem Bordell geholfen hat.«

»Und was ist mit der Frau aus der Garküche?«, warf der Kripochef ein, »Madame Ju? Sie ist genauso involviert. Ob man ihr trauen kann?«

An diese Zeugin hatte Berthold ebenfalls gedacht. Sie müsste er rasch ins Visier nehmen – aber auch mit Anne van der Zwaan und Helene sprechen, offiziell.

»Halten Sie mich auf Stand«, bat Roscher und wandte sich an Elmar. »Was hat die Durchsuchung der Schmuckstraße ergeben?«

»Nicht viel. Wie vermutet. Die Chinesen wollen nicht reden, teilweise können sie nicht reden – oder sie trauen sich nicht.«

Elmar berichtete detailliert, was seine Truppe zutage gefördert hatte, im Grunde nichts, was mit dem Fall in der *Leuchtenden Sonne* oder Joachim von Stetten in Verbindung stehen könnte. Ein bisschen Opium, ein wenig illegales Glücksspiel, aber keine Hinweise darauf, dass sich der Mörder im Chinesenviertel verbarg, keine neuen Informationen, woher er kam. Elmars Leute hatten das Bild des Hafenmörders überall gezeigt – angeblich wollte niemand ihn erkennen, auch nicht Madame Ju.

»Kopfschütteln, Kopfschütteln und Kopfschütteln, das war alles, was wir bekommen haben«, schloss Elmar seine Ausführungen. »Aber für mich ist ganz klar: Die haben Angst. Keiner da darf sich dabei erwischen lassen, dass er mit der Polizei geredet hat. Meiner Einschätzung nach hat dieser Sun seine Landsleute unter Druck gesetzt. Sein Name ist mehrmals gefallen, aber immer in dem Zusammenhang, was er alles Großartiges für seine Landsleute tut. Armenspeisung – das macht Herr Sun. Anschluss ans Telefonnetz – das hat Herr Sun bezahlt!«

»Ein wahrer Wohltäter.«

»Offenbar.« Elmar grinste. »Er scheint eine Menge Geld zu investieren. Sein Name fällt immer und überall. Herr Sun ist der Gott des Chinesenviertels, aber gleichzeitig fürchten ihn die Leute. Selbst Kaiwen.«

»Es wird Zeit, sich mit diesem Herrn Sun einmal zu unterhalten.« Roscher faltete einen Zettel auf, den er vor sich auf dem Tisch liegen hatte, und schob ihn zu den beiden Kommissaren hinüber. »Ich habe auch meine Hausaufgaben gemacht. Das ist die Adresse von Sun Bo.«

Berthold warf einen Blick darauf. »Die Dschunke?«

Warum waren sie nicht gleich darauf gekommen? Im Kaiser-Wilhelm-Hafen, genauer am Königin-Viktoria-Quai, lag seit einiger Zeit ein chinesisches Segelschiff vor Anker. Mehrmals hatte Berthold diese schöne und besondere Dschunke bewundert. So etwas sah man nicht alle Tage – nicht einmal im Hamburger Hafen, einem der größten in Europa, der an Vielfältigkeit kaum zu überbieten war. Aber eine Dschunke, die von China in die Hansestadt gesegelt worden war, das war selbst für Hamburger ein ungewöhnlicher Anblick.

»Sun Bo ist ein ehrbarer Kaufmann. Er handelt vor allem mit Tee und Porzellan, unsere Wirtschaftskriminaler sitzen daran, seine Geschäftsbeziehungen nachzuvollziehen. Keine leichte Sache. Er hat sich innerhalb der Hamburger Kaufmannschaft in wenigen Monaten allerdings einen guten Ruf erobert«, erläuterte Roscher. »Nach außen hin hat er eine weiße Weste. Dass er ein Mitglied der Triaden ist, wird gemunkelt, Beweise gibt es dafür keine. Noch nicht. Finden Sie sie, Thönnes.«

Elmar nahm den Zettel an sich. »Dem fühlen wir auf den Zahn.«

»Freundlich, meine Herren! Freundlich. Gegen Herrn Sun liegt nichts vor, nichts außer Ihrem Bauchgefühl, Kommissar Thönnes.«

»Verstanden.« Elmar stand auf, Berthold tat es ihm gleich, er hatte Hummeln im Hintern, konnte keine fünf Minuten still sitzen, solange der Hafenmörder sich in seiner Stadt herumtrieb. Eine Frau war bereits tot, zwei wurden vermisst, es war nicht die richtige Zeit, um zu reden.

»Einen Moment noch, die Herren.« Roscher deutete auf die Stühle, die beiden Kommissare nahmen brav wie Schuljungen ihre Plätze wieder ein.

»Ich habe Bericht aus dem Krankenhaus. Inspektor Paulmann ist auf dem Weg der Besserung. Trotzdem wird er für unabsehbare Zeit ausfallen.«

Berthold atmete auf. Dass es Christian Paulmann besser ging, war eine gute Nachricht. Immer wieder trat das Bild des hilflosen Mannes im Gebüsch vor sein geistiges Auge, ein furchtbarer Anblick, den er so schnell nicht würde vergessen können. Die letzten Monate hatten sie zusammengeschweißt, Berthold hatte es seinem Chef zu verdanken, dass er weitgehende Freiheit bei seinen manchmal unkonventionellen Ermittlungsmethoden hatte. Was immer er tat – Paulmanns breiter Rücken deckte ihn.

»Ich brauche einen Stellvertreter«, fuhr Gustav Roscher fort. »Und da die Ermittlungssache Hafenmörder der Fall von Kommissar Rheydt ist, wird er die Position von Inspektor Paulmann übernehmen. So lange, bis dieser wieder im Dienst sein kann.« Der Kripochef sah seine beiden Kommissare an. »Sind Sie damit einverstanden, Rheydt?«

Eigentlich nicht, hätte Berthold gerne geantwortet. Er wollte keine Karriere machen, er wollte nicht die Arbeit Paulmanns auch noch übernehmen, all die Gespräche, den Papierkram, Führungsaufgaben. Aber er nickte. Was hätte er sagen sollen? Er wollte Roscher nicht düpieren.

Als er mit Elmar schließlich draußen im Gang stand und sie gemeinsam die Chefetage verließen, haute Thönnes ihm lachend auf den Rücken.

»Herzlichen Glückwunsch!«, sagte er. »Ich bin froh, dass es mich nicht getroffen hat.«

Das glaubte Berthold ihm aufs Wort. Elmar war ebenso wie er ein Straßenköter. Sie waren lieber draußen unterwegs auf Verbrecherjagd, als im Präsidium über der Schreibarbeit zu sitzen und Berichte zu verfassen. Jetzt kam er nicht mehr raus. Er würde trotzdem all seine Kraft darauf verwenden, den Hafenmörder zu fassen, besser gestern als morgen. Die Führungsaufgaben, die er nun übernehmen musste, kamen erst an zweiter Stelle. Er schlief ohnehin kaum – in den nächsten Tagen würde er sich einfach eine Matratze ins Büro legen und die kurzen Nächte im Präsidium verbringen. Den Zeitpunkt für einen Heiratsantrag hatte er denkbar schlecht gewählt!

16.

»Ich hatte eher ein vertrauliches Gespräch im Sinn«, sagte Anne und sah sich um. Der Gastgarten des *Alsterpavillon* war bis auf den letzten Platz besetzt. Wilhelm von Stetten war aufgestanden und bot ihr einen Sitz an. Anne setzte sich, und der Baron schob ihr formvollendet den Stuhl zurecht.

Er beugte sich zu ihr hinunter. »Wissen Sie denn nicht, dass man am besten in der Menge untertaucht?«, hörte sie seine Stimme an ihrem Ohr.

Dann nahm er wieder seinen Platz am Tisch ein. Mehrere

Reihen Besteck rechts und links der Teller deuteten auf eine größere Menüabfolge hin.

»Ich pflege üppig zu Mittag zu speisen«, erläuterte von Stetten, nachdem er ihren fragenden Blick aufgefangen hatte. »Um fünf Uhr stehe ich auf, arbeite bis zum Mittag, gönne mir ein ausgiebiges Mahl. Am Abend nehme ich kaum noch etwas zu mir. Ein hart gekochtes Ei, eine Scheibe Toast. Nie mehr.« Er blinzelte sie an. »Whisky. Zigarre.« Die Enden seines imposanten Schnurrbarts hoben sich. Anne vermutete, dass der Mann ihr gegenüber lächelte. Aber das Lächeln erreichte seine Augen nicht.

Sie wusste nicht, was sie von ihm halten sollte. In früher Kindheit, als sie noch Nachbarn der von Stettens am Harvestehuder Weg gewesen waren, hatte sie ihn kaum wahrgenommen. Sie hatte mit den Söhnen gespielt, erinnerte sich an deren warmherzige Mutter Augusta, aber der Baron war selten zu Hause. Als schließlich die Katastrophe über ihre Familie hineinbrach – von der Anne erst kürzlich erfahren hatte, dass nicht etwa von Stetten sie verschuldet hatte, sondern ihr Vater –, war der Baron zum persönlichen Feind erklärt worden, und sie hatte begonnen, ihn zu fürchten. Und als schließlich einer seiner Söhne nach ihrem Leben trachtete und von Stetten senior sie dem Familienfrieden opferte, hatte sie endgültig einen Gegner in ihm gesehen.

Nun aber war sie mit ihm einen Pakt eingegangen. Wilhelm von Stetten hatte seine Familie verloren, und schuld war Roger van der Zwaan. Ihr Vater. Die beiden reichen und mächtigen Männer waren in einen Kampf verstrickt, Feinde bis zum bitteren Ende waren sie geworden. Ihr Vater strebte danach, von Stetten zu vernichten, und dabei ging er über Leichen. Dass er mutmaßlich nicht davor zurückgeschreckt war, Kinder vergiften zu lassen, durch Doktor Tergit, das konnte Anne nicht verwinden. Sie hatte sich für eine Seite entscheiden müssen – und hatte die ihres einstigen Gegners von Stetten gewählt.

Sie hoffte, dass sich dies nicht als tödlicher Fehler herausstellte.

Sie saßen unter einem großen Schirm, der sie vor der Sonne schützte, von der Binnenalster zog ein angenehmer Lufthauch herüber, eine Wohltat in diesen Tagen, ja, Wochen. Die Wasseroberfläche glitzerte wie ein Teppich aus tausend Kristallen, ein Kellner goss Anne moussierenden Weißwein in ihr Glas, als Horsd'œuvre wurden Krabben serviert, und Anne verspürte ein ganz besonderes Gefühl von Zufriedenheit, eine Art Wohlbefinden, das sie nur ungerne zuließ und dem sie sich lediglich in seltenen Momenten hingab. Sie war als Tochter eines überaus vermögenden Reeders groß geworden und von Luxus umgeben aufgewachsen. Später, als sehr junge Frau, hatte sie sich mit aller Macht dagegengestemmt, sie wollte damals wie heute nicht den einfachen Weg eines bequemen Lebens gehen. Mit ganzer Seele hatte sie sich der Wohlfahrt verschrieben. Ihr Geist, ihr Körper und auch ihr Herz gehörten all jenen, die den Luxus einer Geburt in Reichtum nicht erleben durften, die sich aus eigener Kraft aus ihrem Elend nicht zu befreien vermochten. Anne widmete sich mit Haut und Haar den Frauen und Kindern, die Hilfe brauchten. Und doch – manchmal genoss sie das Privileg, sich verwöhnen zu lassen. Mal war es eine Schachtel exquisiter Pralinen. Oder die sündhaft teuren Handschuhe aus Ziegenleder von Gormleys, die sie in London erstanden hatte. Ein Abend im Frauenklub am Jungfernstieg, im Clubsessel vor dem Kamin. Die Zeit im Sanatorium im Engadin. Obwohl sie stets von ihrem schlechten Gewissen verfolgt wurde, verschafften ihr diese Ausflüge in die Welt der Behüteten, aus der sie ursprünglich stammte, Seelenfrieden. So auch dieses Essen mit dem Baron. Sie genoss es. Am Vormittag hatte sie Sprechstunde in der Paulstraße gehabt, sie hatte in ihrem winzigen improvisierten Arztzimmer rachitische Kinder, ungewollt Schwangere, verprügelte, kranke und beinah verhungernde Kinder und Frauen behandelt. Ihnen Trost gespendet, Ratschläge erteilt, ihre Wunden behandelt und Seelen gestreichelt. Nun saß sie hier, aß Krabben, trank Wein, in betuchter Gesellschaft. Durfte sie das? War es sträflich, dass sie sich in diesem Moment gut fühlte, ihn genoss? Das Essen mit ihrem Vater am Vorabend war ungleich angespannter gewesen, ihr Magen hatte sich zusammengeschnürt, sie hatte kaum etwas heruntergebracht.

Anne ließ die Antwort auf die Fragen, die sie sich stellte, unbeantwortet. Der Moment zählte, und sie war nicht zum Vergnügen hier.

Sie pflegten ein wenig belanglose Plauderei, bis Anne schließlich beim Gang nach der Hummersuppe zum Grund kam, weswegen Sie den Baron um ein Treffen gebeten hatte.

»Ich möchte Sie bitten, dass Sie eine großzügige Spende an den Verein *Frauenwohl* tätigen. Genauer: an das Grüne Haus.«

Wilhelm von Stetten, Politiker, Bankier und gewiefter Strippenzieher, zog lediglich eine Augenbraue nach oben. Er stellte keine Fragen, sondern wartete ab, wie Anne ihre ungewöhnliche Bitte rechtfertigte.

»Mein Vater investiert Unsummen darin, den Magdeburgquai wieder herzurichten – das dürfte Ihnen wohl kaum entgangen sein.«

»Tatsächlich.« Der Baron lehnte sich zurück und tupfte seinen Schnurrbart mit der Damastserviette ab. »Ich frage mich seit Wochen, wie er gedenkt, dieses Geld wieder einzuverdienen.«

Anne nickte. Darüber hatte sie sich auch den Kopf zerbrochen. »Eben das muss ich herausfinden«, antwortete sie und ließ sich erneut das Glas füllen. »Noch bin ich ihm nicht nah genug, um zu erfahren, welche Art von Geschäften er im Sinn hat. Aber mein erklärtes Ziel ist es, das herauszufinden.«

»Ich bin gewiss, Sie werden erfolgreich sein.« Der Baron ließ sein Glas gegen ihres klirren. »Sie sind ehrgeizig, hartnäckig, manchmal unverschämt – aber ungeheuer erfolgreich in allem, was Sie tun, Fräulein van der Zwaan. Das muss ich bewundernd anerkennen.«

Anne ging auf die Schmeichelei nicht ein. »Bevor ich also weiß, was mein Vater im Schilde führt, möchte ich ihm das Leben so schwer wie möglich machen.«

Von Stetten sah Anne mit ernstem Blick an. »Darf ich fragen, was Sie dazu bewogen hat, sich so vehement gegen Ihren Vater auszusprechen?«

»Doktor Tergit.« In dem Moment, als sie den Namen des Verbrechers aussprach, spürte Anne, wie die Flamme des Hasses in ihr erneut aufglomm. Sie dachte an den toten Jungen Valentin, das erste Opfer der Giftanschläge in den Auswandererhallen. »Eigentlich ist es mir gleich, welche Kämpfe mein Vater austrägt und welcher Methoden er sich dabei bedient. Er ist mein Vater, und ich habe ihn geliebt und bewundert. Aber es steht nach wie vor der Verdacht im Raum, dass er mit Tergit zusammengearbeitet hat. Ja, dass die Anschläge in den Auswandererhallen letztlich auf sein Konto gehen.«

Von Stetten legte sein Besteck nieder. »Davon stand nichts in der Zeitung.«

»Nein«, erwiderte Anne. »Das ist auch nicht bewiesen. Aber ich habe den starken Verdacht – und die Polizei teilt diese Meinung –, dass mein Vater seine Finger im Spiel hatte. Tergit hat für ihn gearbeitet, er hat schon vor Jahren die Gesundheitsuntersuchungen der Auswanderer für meinen Vater gemacht. Ich habe die beiden außerdem zusammen gesehen, im *Hotel Atlantic*. Der Doktor hatte meinen Vater in London besucht, als die Giftanschläge begannen.« Sie blickte von Stetten direkt ins Gesicht. »Den Tod unschuldiger Kinder nicht nur in Kauf zu nehmen, sondern als Mittel zum Zweck einzusetzen … Nichts könnte je grausamer sein.«

Der Baron nickte nur, nahm sein Besteck wieder auf, und eine Zeit lang aßen sie stumm.

Dann kam Anne erneut auf ihr Anliegen zu sprechen. »Das Grüne Haus also. Er will es abreißen lassen.«

»Verständlich«, gab von Stetten zurück. »Es ist ein Schandfleck.«

»Von außen gesehen vielleicht.« Anne musste den Ärger über die Bemerkung des Barons mühsam unterdrücken. »Aber es ist in den vergangenen Monaten zu einem sehr wichtigen Anlaufpunkt geworden. Gerade die Frauen, die ihrem Geschäft im Hafen und den umgebenden Gassen nachgehen …«

»Ihrem schmutzigen Geschäft.«

»Das sie nur deshalb ausüben, weil es Bedarf danach gibt und die Frauen in größter Not sind! Ohne männliche Freier und mit mehr Unterstützung für die Frauen gäbe es auch keine weibliche Prostitution!« Annes Ton wurde schärfer.

»Touché!« Ihr Gegenüber deutete eine winzige Verneigung an.

»Da ich nicht zulassen will, dass er es mir nichts, dir nichts abreißt, möchte ich ihm Steine in den Weg legen – das dürfte wohl auch in Ihrem Interesse liegen.«

Jetzt lehnte sich der Baron zurück, zufrieden, wie Anne fand.

»Ich verstehe«, sagte er. »Gerissen. Ich spende eine ordentliche Summe, das lenkt die Aufmerksamkeit auf das Haus, außerdem ist es quasi politisch von mir abgesegnet – und ein möglicher Abriss würde Aufmerksamkeit und Kritik in der Bürgerschaft erregen.«

»Ich sehe, wir verstehen uns.« Nun war es an Anne, ihr Glas zu heben. »Mein Name muss dabei natürlich außen vor bleiben.«

»Selbstverständlich.«

Der Baron hob nun ebenfalls sein Glas, sie prosteten einander zu. Anne hatte ein erstes Bündnis im Kampf gegen ihren Vater geschmiedet. Mit einem starken Partner an ihrer Seite. Ein Partner, den sie gleichwohl im Auge behalten musste, er konnte ihr jederzeit gefährlich werden.

»Von Stetten?« Max Lauritzen starrte Anne ungläubig an. »DER von Stetten?«

Sie grinste. Den jungen Journalisten sah man selten fassungslos, aber die Nachricht, dass der konservative Baron, der im Hamburger Senat stets harte Linien gegen Prostitution, Sozialdemokraten, Arbeiter oder Frauenbewegung zog, nun eine enorme Geldspende an das Grüne Haus tätigen wollte, ließ sein Gesicht für einen Moment entgleisen. Ihr Plan war kühn, dessen war sich die Ärztin nur allzu bewusst, die größte Hürde war es gewesen, Wilhelm von Stetten dafür zu gewinnen, aber offenbar war er sogar bereit, seine Überzeugungen über Bord zu werfen, wenn es nur seinem Feind, ihrem Vater, schadete. Max Lauritzen dazu zu bringen, über die Spende und das Haus einen größeren Artikel zu bringen, war dagegen ein Leichtes. Zumal er sich bei der *Hansepost* in die vorderste Journalistenriege vorgearbeitet hatte, dank seines Berichts über die Mädchenhändler und die damit verbundenen Gräueltaten Tergits.

»Von Stetten lässt dich wissen, wenn er die Spende angewiesen hat, er wollte noch heute transferieren. Dann rückst du an und machst ein schönes Foto, am besten mit Charlotte Lehmann vom Verein vor dem Haus. Denkst du, das geht?«

Max Lauritzen nickte. Sie hatten sich konspirativ in der Kafferösterei an der Sternschanze getroffen, das wurde so langsam das heimliche Büro des Journalisten.

»Verrate mir nur eines.« Max blickte Anne forschend ins Gesicht. »Was für eine Rolle spielst du dabei?«

Sie hatte gewusst, dass die Frage kommen würde. Konnte sie es wagen, ihrem Freund – denn ein solcher war er für sie geworden – die Wahrheit zu sagen? Sollte sie ihn einweihen in die Verbrechen ihres Vaters und ihre Rachepläne? Oder war es noch zu früh? Dass sie ihm trauen konnte, dessen war Anne sicher. Max Lauritzen hatte bereits mehrmals bewiesen, dass er stillhalten konnte. Auch Berthold Rheydt vertraute ihm, aber dennoch ... Solange sie selbst noch im Trüben fischte, machte sie die Sache lieber mit sich aus.

»Ich will nicht, dass das Haus abgerissen wird«, gab sie ihm zur Antwort. Keine Lüge, aber auch nur die halbe Wahrheit.

Prompt lachte Max. Es war ein offenes, freundliches Lachen und betonte seine Jungenhaftigkeit, die Anne so an ihm mochte.

»Ich glaube dir nicht.« Max schob sein Gesicht näher an ihres, blieb dabei trotzdem auf einer Distanz, die sie nicht unangenehm fand. »Aber du wirst deine Gründe haben, Anne, da bin ich mir sicher.«

Unwillkürlich grinste auch sie. »Du bekommst die Geschichte als Erster, versprochen. Vielleicht weihe ich dich auch vorher ein, doch noch ist alles zu verwirrend. In Ordnung?«

»In Ordnung.«

Sie sah auf die Uhr. »Ich muss los.«

»Ich übrigens auch«, gab Max zurück und stand auf. »Verlautbarung im Präsidium. Da rumort es gewaltig. Gestern haben sie eine groß angelegte Razzia in der Schmuckstraße gemacht, aber zu den Gründen schweigen sie sich aus. Hast du etwas gehört?«

Anne schüttelte nur den Kopf und sah zu, dass sie schnell das Weite suchte. Noch war die Presse nicht über die Rückkehr des Hafenmörders informiert worden. Aus guten Gründen – wenn die Hamburger erfuhren, dass er wieder in der Stadt war und ein erstes Opfer gefunden hatte, würde die Hölle über Berthold Rheydt hereinbrechen. Ohnehin war sie verwundert, dass die Polizei es geschafft hatte, die Information über die Tote in der *Leuchtenden Sonne* so lange zurückzuhalten.

Anne nahm eine Trambahn zum Hafen. Bei dieser Hitze war die Fahrt in der halb leeren Straßenbahn ein Genuss – alle Fenster waren geöffnet, der Luftzug machte die Affenhitze etwas erträglicher, Annes leichte Bluse trocknete, und sie hielt das Gesicht aus dem Fenster, um den Fahrtwind zu genießen. Deutete ihr Hochgefühl auf einen schlechten Charakter hin, fragte sie sich? Wie konnte es sein, dass sie nach den Gesprächen mit von Stetten und Max ein Hochgefühl verspürte – schließlich spann sie eine Intrige gegen ihren eigenen Vater. Aber wie tief sie auch in sich hineinhorchte, sie konnte keinen Funken schlechtes Gewissen spüren. Schließlich, so rechtfertigte sie sich vor sich selbst, rettete sie damit das Grüne Haus und alle, die dort Schutz suchten. Trotzdem: Ein kleines Gefühl der Scham, dass diese Rettungsaktion nicht selbstlos war, blieb als Stachel in ihrem Herzen.

Anne lief an den Bauarbeiten am Magdeburgquai vorbei, wo wie immer rege Betriebsamkeit herrschte. Sie hatte von Theresa gehört, dass mehrmals täglich Bauarbeiter umkippten, weil sie einen Hitzeschlag erlitten, auch das ein Beweis für Anne, dass ihr Vater kein Herz im Leib hatte. Er gönnte den Männern kaum eine Pause, sie schufteten schwer in der erbarmungslosen Sonne, und fiel einer von ihnen um, kümmerte es ihn nicht – es stand jederzeit Ersatz bereit. Natürlich war Roger van der Zwaan damit als Arbeitgeber keine Ausnahme. Auf den Straßen Hamburgs wurde derzeit überall gebaut – Tunnel und Brücken für die neue Bahnstrecke, die Speicherstadt wurde erweitert, noch mehr Teile des Gängeviertels abgerissen – und erst die umfangreichen Bauarbeiten am aufsehenerregenden neuen Elbtunnel! Die Männer, die dort schufteten, brauchten ihre Arbeit dringend, sie mussten oft viele Mäuler stopfen und waren bereit, auch die schrecklichsten Verhältnisse in Kauf zu nehmen. Ihre Kämpfe für bessere Bedingungen waren blutig niedergeschlagen, die Gewerkschaften aufs Bitterste von den Kaufleuten, dem Senat und der Bürgerschaft bekämpft worden.

An vorderster Front Wilhelm von Stetten – der Mann, mit dem sie gemeinsame Sache machte.

Diese Gedanken nagten an Anne, so lange, bis sie das Grüne Haus erreicht hatte. Wie sehr liebte sie dieses alte und windschiefe Gebäude, das dennoch wie ein Leuchtturm im Hafen Wärme und Geborgenheit ausstrahlte. Heute hatte Theresa draußen auf dem Quai Bänke aufgestellt, die von drei großen Sonnenschirmen beschattet wurden. Eine Spende von Familie Reimers, wie Anne wusste.

Auf einer der Bänke lag die Alte Suse und schlief. Die Alte Suse war Hamburgs bekannteste Obdachlose, seit Jahren schon durchstreifte sie die Hansestadt, die Haare nur mehr Filz, sodass ihr Gesicht darunter kaum auszumachen war. Viele Schichten zerschlissener Kleider verhüllten ihren mageren Körper. Die Frau war eine der Ersten, die sich zu diesem Zufluchtsort gewagt hatte, seitdem kam sie in schöner Regelmäßigkeit. Sprach mit niemandem, aß und trank in Windeseile so viel, wie sie eben konnte, schlief und zog wortlos wieder von dannen. Sie war eine derjenigen, die nicht mehr ins bürgerliche Leben zurückfinden würden, vielleicht war sie verrückt, auf alle Fälle hatte das bittere Leben auf der Straße ihren Geist verwirrt. Umso mehr freute sich Anne, dass die Frau dennoch immer wieder den Weg hierher fand. Noch war sie also nicht verloren.

Ein weiteres bekanntes Gesicht entdeckte Anne unter den Frauen, die im Schatten auf den Bänken saßen und das Mittagsgericht von Theresa genossen – heute war es Milchreis mit Fruchtkaltschale –, plauderten und eine so dringend benötigte Pause vom Elend nahmen.

Alina Leistikow, die Mutter der flüchtigen Jella war mitten unter ihnen. Anne atmete auf. Sie hatte Alina eine Nachricht zukommen lassen, dass eines der Mädchen der *Lilith* sich vor wenigen Tagen am Grünen Haus hatte blicken lassen. Alina hatte reagiert wie erhofft – sie würde das Grüne Haus nicht eher verlassen, bis sie die *Lilith* und ihre Tochter gefunden hatte. Anne setzte sich zu ihr.

»Anne«, sagte Alina und schob ihren leeren Teller von sich. Schlecht sah sie aus, eingefallen und grau. Anne erinnerte sich an ihre erste Begegnung – Alina war damals rund und rotwangig gewesen, unter dem krausen Haarschopf munter blitzende Augen. Nichts von alldem war an ihr heute zu bemerken. Dennoch versuchte sie ein wackliges Lächeln. »Ich danke dir für deine Nachricht. Theresa hat mir erzählt, dass eines der *Lilith*-Mädchen hier war.«

»War es Jella?«

»Nein. Leider nicht. Es muss Franziska gewesen sein, der Beschreibung nach. Aber wo sie ist, ist meine Tochter nicht weit.«

»Ich hoffe so sehr, dass sie einmal hierherkommt.«

Alina nickte, lebhafter jetzt. In ihre Augen kehrte etwas Glanz zurück. »Ich bin fast sicher. Wo sollen die Mädchen sonst hin? Überall würde man die Polizei verständigen. Nur an diesem Ort hier können sie Hilfe bekommen, ohne Gefahr zu laufen, verhaftet zu werden.«

»Man hat lange nichts mehr von ihnen gehört.« In der Tat war es um die gewalttätige Gruppe junger Mädchen stiller geworden. Eine Zeit lang hatten sie beinahe wöchentlich Anschläge verübt. Auf Bordelle und Zuhälter, der Brandanschlag auf Annes Praxis war in der Hinsicht eine Ausnahme, es war persönliche Rache gewesen.

Alina beugte sich zu Anne und sagte mit gedämpfter Stimme: »Weißt du, dass ich mir deshalb noch mehr Sorgen mache? Solange sie die Anschläge verübt haben, so furchtbar diese waren – aber ich konnte mir einbilden, dass es ihnen gut geht. Jetzt, wo sie nicht mehr in Erscheinung treten, dazu die Beobachtung von Theresa – das ist schrecklich besorgniserregend.«

Anne verstand die Frau nur zu gut. Sie hatte bereits ähnliche Gedanken dazu gehabt. Aber bevor sie etwas entgegnen konnte, sah sie, wie Willy Brenner auf sie zusteuerte. Er wirkte nicht, als würde er seine Mittagspause hier verbringen wollen, was er in der Regel tat, sein Gesicht drückte Besorgnis aus, er ging sehr zielstrebig auf Anne zu und nicht zu Theresa, seiner Verlobten.

»Frau Doktor van der Zwaan«, er hatte ihre Bank erreicht, »auf ein Wort bitte.«

Anne stand sofort auf und ging mit dem Beamten ein paar Schritte zur Seite.

»Der Kommissar würde Sie später gerne sprechen, es gibt eine ungute Wendung in unserem Fall.«

»Ungut? Was bedeutet das?«

»Es ist etwas mit der Chinesin. Hao. Mehr kann ich zu diesem Augenblick nicht sagen. Sprechen Sie mit dem Kommissar, er hat Fragen an Sie.«

Anne wurde es augenblicklich kalt. Eis lief durch ihre Adern.

»Was ist mit ihr? Ist ihr etwas zugestoßen?«

»Näheres bespricht der Kommissar mit Ihnen.«

Anne war erschüttert. Was war geschehen? Das Gesicht des Mädchens tauchte vor ihren Augen auf, die schreckgeweiteten Augen, die Panik im zarten Körper. Was hatte die Arme mitmachen müssen! Von ihren armen Eltern verkauft, misshandelt, in eine fremde Stadt, auf einen fremden Kontinent gebracht und in die Prostitution gezwungen, der Gewalt der Freier und insbesondere der Gewalt Joachim von Stettens ausgesetzt – und nun sollte sie doch nicht in Sicherheit sein? Anne hatte geglaubt, die beste Entscheidung für Hao getroffen zu haben – sollte sich das als Irrglaube herausstellen?

17.

Das Haus am Rotherbaum, das Paulina mit ihrem Mann bezogen hatte, war ein moderner Prachtbau im klassizistischen Stil. Weiße Säulen säumten den Eingang, zu dessen wuchtiger Holztür eine breite Steintreppe emporführte. Das junge Ehepaar bewohnte den ersten Stock der cremefarbenen Villa; wer im Erdgeschoss residierte, wusste Helene nicht. Sie stand vor dem Gartenzaun und ließ Haus und Grundstück auf sich wirken. Der Garten war bestimmt von einer Rasenfläche im englischen Stil, kein Unkraut trübte die kurz geschorene, gleichmäßig grüne Fläche. Helene fragte sich, wie die Bewohner des Hauses es bei der anhaltenden Hitze und Dürre schafften, dass der Rasen immer noch üppig grünte. Wahrscheinlich beschäftigten sie eine Horde Gärtner, die das Grundstück jeden Abend und Morgen bewässerten. Ein Rosenrondell vor dem Haus stellte den einzigen Blumenschmuck des weitläufigen Grundstücks dar, unwillkürlich dachte Helene an den Garten von Paulinas Familie in der Körnerstraße. Große alte Bäume, auf denen sie als Kinder herumgeklettert waren, dazu verschiedene wild wuchernde Blumeninseln, wo Ida zusammen mit ihrem Gärtner alles wachsen ließ, was ihr gefiel. An den schattigen Stellen des Gartens wuchs Farn, Funkien und Fingerhut um die Wette, in der Sonne reckten Prachtstauden wie violette Lupinen, blauer und weißer Rittersporn oder purpurner Sonnenhut ihre Blüten ins Licht. Es gab versteckte Bänke im Gebüsch, einen romantisch zugewachsenen Teich sowie den rosenumrankten Teepavillon. Der Garten der Familie Reimers war ein märchenhaftes Idyll, dieser hier ein akkurater Schrecken. Beherzt drückte Helene auf den Klingelknopf.

Die Paulina, die kurz darauf aus der Tür stürmte und ihr um den Hals fiel, war ihre alte Paulina. Erleichtert erwiderte

Helene deren innige Umarmung. Ihr letztes Zusammentreffen hatte mit bösen Worten geendet, aber es hatte ihre Freundschaft immer schon gekennzeichnet, dass sie sich ebenso rasch versöhnen konnten, wie sie sich in die Haare bekamen.

Paulina löste sich von ihr, fasste Helenes Hand und zog sie hinter sich her ins Haus, die Treppe nach oben zu ihrer Wohnung.

»Wie schön, dass du da bist! Weißt du, dass du die erste Besucherin bist – außer der Familie natürlich. Komm, ich zeig dir alles, es ist herrlich, du wirst Augen machen.«

»Was ist dir passiert?« Helene hielt ihre Freundin an der Hand zurück und deutete mit der anderen auf den schillernden blauen Fleck an Paulinas Wangenknochen.

Die lachte und machte eine wegwerfende Geste. »Ach, ich Esel. Du weißt doch, was ich für ein Tollpatsch bin, ich bin beim Einräumen all unserer Sachen gegen eine Tür gedonnert.« Sie wandte ihr Gesicht ab und schob Helene in den Salon.

Nein, dachte Helene bei sich, du bist nie ein Tollpatsch gewesen, das war immer ich. Du bist der Alsterschwan, und dieser blaue Fleck sieht nach etwas ganz anderem als nach einer Tür aus. Sie hatte in den letzten Monaten zu viele Frauen in der Paulstraße und im Grünen Haus gesehen, um zu wissen, dass Türen nicht die größten Gegner von Frauen waren. Aber sie schwieg. Sie wollte Paulina, die sich offenbar entschlossen hatte, größtmögliche Fröhlichkeit an den Tag zu legen, nicht in Bedrängnis bringen. Vielleicht ergab sich später eine bessere Gelegenheit. Vielleicht hatte sie den Verdacht auch nur, weil sie Franz Hopp, diesem schrecklichen Menschen, alles zutraute. Auch, dass er seine Frau schlug.

Die Wohnung war tatsächlich überraschend schön und freundlich. Es war nicht zu übersehen, dass es Paulina gelungen war, sie nach ihrem Geschmack einzurichten. Alles war sehr modern und nach den neuesten Standards, sogar einen

Fernsprechapparat besaßen die jungen Hopps. Überall in den hohen weiß getünchten Räumen dominierten weiche und geschwungene Formen, Kirschholzmöbel im Jugendstil, die Schiebetüren mit Buntglas in ornamentalen Formen, elegante Lampen, Kunst an den Wänden, Palmen hier und da Statuetten aus hellem Marmor. Dieser lichte und hochmoderne Stil deutete darauf hin, dass Ida ihre Tochter bei der Einrichtung beraten hatte. Helene fragte ihre Freundin danach.

»Natürlich!«, bestätigte Paulina und lachte, goss Helene Tee ein und bot ihr Sandkuchen mit Sahne an. »Du kennst doch Mama, sie war völlig in ihrem Element. Sie hat sich sogar gegen Franz durchgesetzt – und das will was heißen.«

»Ach ja?«

Paulina kam ins Plaudern. »Der wollte uns die furchtbaren Möbel seiner Großeltern anschleppen, aber Mama hat sofort gesagt, das kommt nicht infrage, da bekommt eine junge Frau Albträume.« Sie kicherte. »Seitdem ist er nicht mehr gut auf sie zu sprechen.«

»Er ist es wohl nicht gewohnt, dass man ihm widerspricht?«, erkundigte sich Helene vorsichtig.

An dem kurzen irritierten Blick, mit dem Paulina sie bedachte, erkannte Helene, dass sie ins Schwarze getroffen hatte. Wie hatte Franz Hopp damals zu ihr gesagt? Wenn du Paulina mit deinem Suffragettengetue ansteckst, drehe ich dir den Hals um. Damals hatte sie nicht nur seinen verschlagenen Charakter erkannt, sondern auch, dass er ein gewalttätiger Mensch war. Denn auch wenn er seinen Worten keine Taten folgen ließ – so etwas drohte man niemandem ohne Grund an.

Helene dachte an Berthold. Er war groß und wirkte auf den ersten Blick ungeschlacht, aber sie glaubte fest, dass er keiner Fliege je etwas zuleide tun konnte. Dann fiel ihr ein, dass sie aus nächster Nähe miterlebt hatte, wie er Doktor Tergit kaltblütig erschossen hatte. Nicht mit einem Schuss, nein, er hatte immer wieder abgefeuert. Sollte ihr das zu denken geben? Sie hatte sich all die Zeit gesagt, dass es seine Pflicht war, als Polizeibeamter war er dafür ausgebildet, außerdem war ihr Leben akut in Gefahr gewesen. Aber urteilte sie hier mit zweierlei Maß? Konnte man aus Bertholds Handeln auch einen brutalen Wesenszug herauslesen?

»Berthold Rheydt hat mir einen Antrag gemacht«, platzte sie heraus.

Paulina, die sich weiter über die Einrichtung ihrer Wohnung ausgelassen hatte, während Helene mit ihren Gedanken abschweifte, stockte und hielt den Atem an. Ihre Augen weiteten sich. »Das ist nicht wahr?«

»Doch. Ist es. Gestern.«

Von dem Schrei, den Paulina ausstieß, schrak Helene derart zusammen, dass sie die Teetasse umstieß, aber dann zog ihre Freundin sie aus dem Stuhl, fasste sie um die Taille und drehte sich mit ihr im Wohnzimmer.

»Du heiratest! Meine liebste Suffragette heiratet!«

Paulina lachte aus vollem Hals, und im Gegensatz zu dem seltsam aufgedrehten Geplapper, das sie bis eben an den Tag gelegt hatte, war sie nun tatsächlich fröhlich und gelöst. Die Freude kam von Herzen, erleichtert schloss Helene ihren Alsterschwan in die Arme.

»Du musst mir alles erzählen«, bat Paulina, und Helene kam der Bitte nur allzu gerne nach. Sie dürstete danach, sich endlich jemandem zu öffnen, ihr war etwas so Großartiges und gleichzeitig Verwirrendes geschehen, etwas, das ihr Leben und ihre Ziele vollkommen auf den Kopf gestellt hatte – und dann hatte sie schweigen müssen. Umso mehr redete sie jetzt, sie erzählte Paulina jedes Detail des Antrags.

»Aber du darfst mit niemandem darüber sprechen«, schloss sie, »nicht mit Franz, nicht mit Ida und auch nicht mit deinen Schwestern. Versprich es mir, bei deinem Leben!«

Paulina legte feierlich eine Hand auf ihr Herz. »Ich schwöre!«

»Meine Eltern wissen noch nichts von ihrem Glück«, erläuterte Helene.

»Aber warum? Sie werden überglücklich sein! Das ist alles, was sie immer für dich wollten.«

»Das schon. Aber mein Vater würde auch wollen, dass Berthold sich ihnen anständig präsentiert. Und um meine Hand anhält, wie es sich gehört.«

»Und warum tut er das nicht?«

»Weil er gerade einen wichtigen Fall hat.« Darüber wiederum musste sie gegenüber ihrer besten Freundin schweigen. Wenngleich Paulina von Hao wusste, so ahnte sie doch nichts davon, dass die Chinesin Joachim von Stetten identifiziert hatte. Dass der Hafenmörder wieder in der Stadt war, durfte unter keinen Umständen an die Öffentlichkeit geraten. Und ob sie Paulina in dieser Hinsicht vertrauen konnte, dessen war sich Helene nicht sicher. Schließlich schien ihre Freundin ihrem Gatten von Hao erzählt zu haben, sonst hätte sie sich nicht vor dessen Reaktion fürchten müssen.

»Das hat mit dieser Chinesin zu tun?«

Die gute Stimmung, die zwischen ihnen gerade noch geherrscht hatte, kühlte augenblicklich um ein paar Grad ab.

»Lass uns nicht davon anfangen, Pauli. Das soll nicht zwischen uns stehen.« Liebevoll nahm Helene ihre Freundin an beiden Händen. Sie wollte keine schlechte Stimmung zwischen ihnen. Nicht jetzt. Überhaupt niemals. »Ja, damit hat es zu tun, aber mehr weiß ich auch nicht. Vergessen wir es, in Ordnung?«

Zu ihrer großen Erleichterung lächelte Paulina wieder. Ihr wunderschöner, großer Alsterschwan, dachte Helene mit Wehmut. Was war nur mit ihr geschehen? Niemals zuvor hatte sie ihre liebste Freundin so empfindlich, wankelmütig und auch misstrauisch gesehen.

»Komm«, sagte Paulina, »ich mache uns eine Limonade, und wir gehen in den Garten.«

Zwei Stunden verbrachten sie miteinander unter einer großen Linde. Sie hatten eine Decke ausgebreitet, tranken Limonade und aßen Kirschen. Es fühlte sich an wie früher, als sie unter der Bettdecke kicherten und sich Geschichten erzählten. Von Minute zu Minute wurde Paulina fröhlicher und gelöster, und auch Helene entspannte sich. Einmal noch hatte sie das falsche Thema angeschnitten, und Paulina war recht schmallippig geworden. Helene hatte ihre Freundin gefragt, ob sie mit Franz alles teile, so wie sie ihre Geheimnisse, Sorgen und Freuden mit ihrer Freundin teilte. Ob sie mit ihm, ähnlich wie sie beide manchmal zusammensaßen, sich Geschichten erzählte, lachte. Nein, hatte Paulina kurz angebunden gesagt. Nein, das tue sie nicht, ihr Mann habe ganz andere Sorgen als Weiberkram. Ein hässliches Wort, fand Helene, hielt sich aber mit einer Bemerkung zurück. Weiberkram. Suffragettengetue. So redete kein Mann, der Frauen schätzte, sondern einer, der keine hohe Meinung vom weiblichen Geschlecht hatte. Helene musste unbedingt noch mal den blauen Fleck in Paulinas Gesicht ansprechen, aber sie traute sich partout nicht.

Stattdessen brachte sie ihre Beobachtung der letzten Nacht zur Sprache. »Was hat dein Franz eigentlich mitten in der Nacht bei deinen Eltern gemacht?«, erkundigte sie sich und bemühte sich um einen besonders leichten Ton.

»Franz? Bei meinen Eltern? Wie kommst du darauf?« Paulinas Erstaunen war echt.

Helene erzählte ihr daraufhin von der Beobachtung, die sie rein zufällig gemacht hatte. »Es war sein Auto, ganz sicher. Er hat sich mit einer recht kleinen Person unterhalten – du warst es also nicht, das konnte ich sofort erkennen.«

Paulina sah Helene an, und in ihrem Blick lag so viel Schmerz und Trauer, dass es Helene selbst schwer ums Herz wurde.

»Paulina«, sagte sie und fasste sich ein Herz. »Ist alles gut bei dir? Du bist so …«

Just in dem Moment hielt ein Wagen vor dem Grundstück. Die beiden Frauen wandten sich um, Paulina schien erschrocken und ertappt.

»Franz!«, sagte sie. »Schnell, lass uns zusammenräumen, er mag es nicht, wenn ich …«

Sie sprach den Satz nicht zu Ende, aber Helene begriff auch so. Franz mochte dies nicht und jenes. Er schien nichts von dem zu mögen, was seine Frau ausmachte. Nicht ihre beste Freundin, nicht ihre Mutter und um Himmels willen nichts, was auch nur im Entferntesten unkonventionell war – wie ein Picknick im Garten.

Franz Hopp ließ sich keinerlei Unmut anmerken, als er über den Rasen auf die beiden Freundinnen zukam. Er war blond, groß und schlank, man hätte ihn für einen Bruder Paulinas halten können. Mit Sicherheit ging er allgemein als attraktiv durch, aber Helene, die bereits bei der ersten Begegnung in seine dunkle Seele hinabschauen durfte, gefiel er nicht. Zu schmal die Nase, zu verkniffen der Mund. Die Augen standen eng beieinander, und überhaupt – hatte er nicht ein Gesicht wie ein Wiesel?

»Helene! Welche Freude«, begrüßte er sie, und Helene wusste genau, dass er das Gegenteil meinte. »Was macht ihr hier draußen? Wie Stadtstreicher unter einer Brücke?«

Er fasste Paulina am Kinn und schüttelte so ihren Kopf ein wenig hin und her. Sollte diese Geste liebevoll gemeint sein, so war sie vollkommen misslungen. Paulina stand stocksteif, Helene konnte sehen, wie unangenehm ihr Franz' Verhalten war.

»Dabei haben wir eine wunderbare und repräsentable Wohnung«, fuhr er fort. »Hast du gesehen, Helene, wie modern meine Gattin und ihre Frau Mama uns eingerichtet haben?«

Er hatte Paulinas Kinn losgelassen, die sich sofort bückte, die Decke und alles, was darauf stand, zusammenraffte.

Helene griff nach den Gläsern und dem Krug mit der Limonade, aber Franz nahm ihr die Sachen ab. »Danke, bemüh dich nicht. Ich trage es nach oben«, sagte er. Und an Paulina gerichtet: »Hast du deine Freundin zum Abendessen geladen? Mir knurrt der Magen, es war ein langer Tag.«

Paulina kniff die Lippen zusammen, schüttelte den Kopf.

Helene dachte daran, wie es oben in der Wohnung aussah. Sandkuchen und Sahne, eine umgekippte Teetasse – alles stand noch so auf dem Tisch, wie sie es hinterlassen hatten. Hopp würde nicht erfreut sein.

»Danke, ich nehme die Einladung gerne an«, sagte Helene, die Paulina jetzt nicht allein lassen wollte. Dieser Mensch war jähzornig, und er würde seinen Unmut an seiner Frau auslassen, sobald Helene ihr den Rücken gekehrt hatte.

»Oh, das war keine Einladung«, grinste er breit. »Ich habe mich lediglich danach erkundigt. Ich bin froh, wenn ich meine Ruhe habe und die Füße hochlegen kann.«

Helene wollte protestieren, doch dann fing sie Paulinas stummen Blick auf. Ihre Freundin schüttelte kaum merklich den Kopf. Helene verstand. Ihre Anwesenheit würde Paulinas Situation nicht verbessern. Also fügte sich Helene, verabschiedete sich und verließ das Grundstück. Draußen vor dem Gartentor nahm sie ihr Fahrrad und blickte noch ein paar Minuten nach oben, zur Wohnung, in der ihre liebste Freundin nun den Launen ihres Mannes ausgesetzt war. Was sollte sie tun? Wie konnte sie Paulina helfen? Die Freundin war erst seit wenigen Tagen verheiratet, sie würde niemals bereits jetzt aus dem Ehegefängnis ausbrechen. Zumal es Franz Hopps gutes Recht war, seine Frau zu schlagen. Das war nicht strafbar, das Recht schützte ihn.

Aufgewühlt stieg Helene auf ihr Hammonia und trat den Heimweg an. Sollte sie ihre eigenen Hochzeitspläne besser noch einmal überdenken?

Als sie am frühen Nachmittag zu Paulina aufgebrochen war, standen Polizisten vor dem Haus der Reimers'. Helene hatte angenommen, dass sie dort waren, um Hao abzuholen, aber als sie jetzt in die Körnerstraße einbog, schien dort noch immer die Polizei zu sein. Seltsam. Was taten sie so lange bei Ida und Ferdinand? Helene versuchte, möglichst unauffällig einen neugierigen Blick auf das Grundstück zu erhaschen. Sie erkannte Berthold – der mit dem Rücken zu ihr stand und sich mit seinem Assistenten unterhielt. Sie beschloss, ihn nicht auf sich aufmerksam zu machen, sie hätte es unangemessen gefunden, ihn in einen Interessenkonflikt zu bringen, wenn er in seinen Ermittlungen steckte.

Helene brachte ihr Fahrrad in den Schuppen, überlegte kurz, ob sie dort eine Zigarette rauchen sollte, entschied sich aber doch dagegen. Das Rauchen wurde zu einem Laster. Früher hatte sie sich ab und zu eine *Salem* mit Julie, dem ehemaligen Dienstmädchen, gegönnt. Geschmeckt hatte es ihr nie, im Gegenteil, der Tabak brannte auf der Zunge, ein seltsames Gefühl fuhr ihr mit dem ersten Zug in den Körper und nach dem Genuss einer Zigarette blieb ein widerlicher Geschmack im Mund zurück. Trotzdem rauchte sie immer wieder – mittlerweile täglich und manchmal sogar mehrmals am Tag! Schluss damit, beschloss Helene, auch wenn Tabak angeblich gesund sein sollte, es fühlte sich wahrlich nicht so an.

Aus dem Salon drangen die Stimmen ihrer Eltern, erregt, wie ihr schien. Da sie keinen Bedarf nach noch mehr ehelicher Auseinandersetzung hatte – die Szene zwischen Franz und Paulina hatte ihr gereicht –, lief Helene schnurstracks die Treppe zu ihrem Zimmer empor, wurde jedoch auf der Hälfte von der Stimme ihrer Mutter aufgehalten.

»Helene? Kommst du bitte zu uns?« Das war keine Frage, hörte Helene am Tonfall, sondern vielmehr ein Befehl. Da sie so etwas von Fanny nicht gewohnt war, machte Helene auf dem Absatz kehrt und begab sich fügsam in den Salon.

»Ich habe dir etwas mitzuteilen.« Fanny saß aufrecht mit durchgedrücktem Rücken am Tisch. Ihre Wangen glänzten hochrot, während der Vater Helenes einen durch und durch unglücklichen Blick aufgesetzt hatte. Vor Fanny lag wieder der Brief von Klaus auf dem Tisch.

»Ich fahre nach Havanna«, eröffnete ihre Mutter das Gespräch und versetzte Helene damit in größtes Erstaunen.

»Deine Mutter *plant*, nach Havanna zu fahren«, korrigierte Engelbert Curtius sie. »Noch gilt es nicht als ausgemacht.«

»Ganz allein?« Helene wusste nicht, wie sie auf diese ungewöhnliche Information reagieren sollte.

»Ich möchte, dass Klaus zurückkommt.« Fanny schien zu allem entschlossen zu sein. »Ich kann nicht zulassen, dass mein Sohn – unser Sohn – in Südamerika vor die Hunde geht. Niemand kann das ernsthaft wollen.« Sie warf ihrem Gatten einen Seitenblick zu. »Dein Vater ist allerdings dagegen.«

»Klaus hat sich in die Situation gebracht, er soll selbst sehen, wie er da rauskommt.«

»Natürlich ist es deinem Vater unbenommen, mir die Reise zu verbieten.« Fanny hielt den Blick nun fest auf Helene gerichtet. »Aber ich frage mich, wie die Mitglieder seiner Gemeinde darauf reagieren, wenn sie hören, dass ihr Pastor jegliches Mitgefühl mit seinem eigenen Sohn vermissen lässt.«

Ihr Mann sog scharf die Luft ein. »Das wagst du nicht.«

»Aber natürlich. Du hast mich immer gebeten, mich mehr in der Gemeinde zu engagieren. Ich könnte einen Basar bei uns zu Hause veranstalten oder die Damen zu einem Kaffeekränzchen einladen. Ich unterstütze dich jederzeit gerne nach Kräften.«

Helene beobachtete das Tauziehen ihrer Eltern mit gemischten Gefühlen. Einerseits bewunderte sie die Chuzpe und Festigkeit ihrer Mutter – diese Kraft, dem Vater zu widersprechen, war ihr erst kürzlich zugewachsen, und Helene freute sich darüber. Andererseits war sie nicht gerne Zeuge von Streitigkeiten ihrer Eltern und fragte sich zudem, warum ihre Anwesenheit gewünscht war.

»Warum tanzt mir neuerdings jeder in diesem Haushalt auf der Nase herum!«, polterte der Pastor und erhob sich. Er wollte, wie es seine Angewohnheit war, mit der Faust auf den Tisch donnern, besann sich aber noch rechtzeitig. Er wusste selbst, dass er mit brachialer Autorität, dem Mittel seiner Wahl der letzten Jahre, nicht gegen seine Frauen ankam.

»Das kannst du nicht ernsthaft fragen, Engelbert.« Die Stimme Fannys war schneidend. »Du hast uns gezeigt, zu welcher Doppelmoral du fähig bist. Das hat dich mein Vertrauen gekostet. So ist das.«

Helene hielt den Atem an. Ihre Mutter wagte es, so mit ihrem Mann zu sprechen! Was für Töne im Hause Curtius. Jeder andere – außer Ferdinand Reimers, der gegen vier selbstbewusste Frauen in seinem Haushalt ohnehin auf verlorenem Posten kämpfte – hätte seine Gattin gemaßregelt. Aber Helenes Vater ließ die Schultern hängen. Er schwieg.

Auch Fanny sagte kein Wort, aber ihr Blick war triumphierend.

Schließlich räusperte sich der Pastor. »Ich schätze, ich werde ein Leben lang Abbitte für meine Sünden leisten müssen. In Gottes Namen, Fanny, dann fahr. Aber tu mir den Gefallen: fahr nicht allein. So eine Reise in die Fremde muss wohlüberlegt sein. Ich statte dich mit allem aus, was du benötigst.« Er seufzte. »Und bring den Jungen wohlbehalten nach Hause.«

Helenes Mama hielt es nicht auf ihrem Stuhl. Sie fuhr hoch und war kurz davor, ihrem Mann um den Hals zu fallen. Aber Gesten dieser Art waren bei ihnen nicht an der Tagesordnung, so lächelte sie ihn lediglich an und beugte demütig den Kopf.

»Danke, mein Lieber. Danke, ich weiß, welche Überwindung dich das kostet. Aber sei gewiss: Ich bin äußerst vorsichtig, in allem, was ich tue. Ich werde dort einen Detektiv einschalten, um Klaus ausfindig zu machen. Kümmere du dich um meine Passage. In Havanna steige ich am ersten Hotel am Platz ab, ich gehe bestimmt kein Risiko ein, du kennst mich.« Sie drehte den Kopf zu Helene. »Würdest du mich begleiten?«

Der Mund ihres Vaters klappte auf und zu. Helene wusste, dass er keinesfalls beide Frauen ziehen lassen wollte, aber sie konnte ihn beruhigen.

»Ich muss meine Stelle antreten, Mama.«

Eine monströse Lüge! Sie hätte ehrlicherweise antworten sollen, dass sie vorhatte zu heiraten, anstatt Lehrerin zu werden, sicher sahen ihre Eltern ihr an der Nasenspitze an, dass sie nicht die Wahrheit sagte. Havanna! Seit Klaus fortgegangen war, wünschte sie sich nichts sehnlicher, als ihm nachzufolgen, endlich war die Möglichkeit da – und nun konnte sie sie nicht wahrnehmen. Eigentlich könnte es ganz einfach sein, fiel Helene dann ein: Berthold hielt bei ihrem Vater um ihre Hand an, sie legten einen Hochzeitstermin fest, und sie begleitete Fanny nach Havanna, während Berthold den Hafenmörder schnappte. Das konnte sie jetzt und hier nicht laut sagen, aber vielleicht konnte sie mit Berthold darüber sprechen? Sie war ihm im Moment keine Hilfe, im Gegenteil, Ablenkung konnte er gewiss nicht brauchen, solange sich Joachim von Stetten frei in der Stadt bewegte.

Sophie trat ein. »Der Herr Kommissar wünscht Sie zu sprechen, Fräulein.«

Helene war perplex – konnte Berthold ihre Gedanken lesen? War er hier, um sich zu erklären? Doch als sie das Gesicht ihres Liebsten hinter dem Dienstmädchen auftauchen sah, wusste Helene, dass er nicht als Freier kam. Seine Miene war ernst und verschlossen.

»Herr Kommissar«, ergriff Helenes Vater das Wort. »Treten Sie ein.«

Berthold grüßte die Eltern. »Ich müsste mit Ihrer Tochter unter vier Augen sprechen«, bat er. »Es geht um einen heiklen Kriminalfall, in dem sie Zeugin ist.«

»Schon wieder?« Engelbert Curtius war das Erstaunen anzusehen, er war ebenso irritiert wie empört. »Hast du uns etwas verschwiegen, Helene?«

»Ich habe sie gebeten, mit niemandem darüber zu sprechen«, sprang Berthold für sie in die Bresche. »Es ist eine äußerst schwierige Angelegenheit, aber ich darf Ihnen versichern, Herr Pastor, dass Ihre Tochter nicht in Gefahr ist.«

Engelbert zögerte kurz und suchte nach Worten, entschied sich dann aber, Bertholds Bitte nachzukommen. Auch er konnte dem Gesicht des Kommissars die Besorgnis ablesen. »Wenn dem so ist, Herr Kommissar, dann ziehen meine Frau und ich uns für einen Moment zurück.«

Helene sah ihrem Vater an, dass er seinen Ärger mühsam unterdrückte. Erst die Rebellion seiner Frau, und nun stellte sich heraus, dass seine Tochter erneut in einen Fall verwickelt war – die Zeiten für Engelbert Curtius waren alles andere als einfach.

Kaum hatte sich die Tür hinter allen geschlossen, schob Berthold Helene einen Stuhl zurecht und nahm ihr gegenüber Platz. »Ich komme rein beruflich, es tut mir leid.« Er fasste nach ihrer Hand, streichelte sie kurz, führte sie an seine Lippen und küsste sie sanft, bevor Helene sie ihm entzog.

»Ich verstehe das«, beruhigte sie ihn, »du musst dich nicht erklären. Ich habe das Polizeiaufgebot gesehen – ist es wegen Hao?«

»Sie ist verschwunden.«

Helene erschrak. »Wie das denn? Warum? Aus freien Stücken? Wurde sie entführt?«

»Um ehrlich zu sein, wir wissen es nicht. Gewalt können wir wohl ausschließen, aber die genauen Umstände ihrer Flucht bleiben im Dunkeln. Deshalb wollte ich mit dir sprechen. Hast du dich mit irgendjemandem darüber unterhalten? Nicht dass ich dir etwas unterstellen will …«

Plötzlich sah sie es. Natürlich! Was für eine Idiotin sie gewesen war! Hao war es! Die zierliche Person, die sie in der Nacht mit Franz Hopp auf der Straße gesehen hatte – es gab keinen Zweifel. Sie unterbrach Berthold und schilderte ihm ihre nächtliche Beobachtung.

Der runzelte die Stirn. »Franz Hopp? Paulinas Angetrauter, den du nicht magst?«

Helene nickte. »Genau der. Er war es sicher, ich habe sein Auto, aber auch ihn erkannt.«

»Aber was hat er damit zu tun?«

Helene schilderte ihm die Begegnung mit Paulina, als sie Hao ins Haus gebracht hatte. Wie aufgebracht Paulina gewesen war, weil sie befürchtete, ihr Ehemann könnte es nicht gutheißen, dass sie einer wichtigen Polizeizeugin Unterschlupf gewährten.

»Paulina hat ihm also erzählt, wer sich bei ihren Eltern verbirgt. Dass es um Joachim von Stetten geht, kann sie doch gar nicht wissen?«

»Auf keinen Fall! Jedenfalls nicht von mir. Das hätte sie angesprochen! Dieser Hopp ist ein furchtbarer Mensch. Ihm wird es reichen, dass Hao in einen Kriminalfall verwickelt ist. Paulina wird auch nicht mehr wissen, Ferdinand ist Anwalt, er hält sich an die Schweigepflicht.«

Dann konnte Helene sich nicht zurückhalten. Sie erzählte Berthold von der seltsamen Begegnung mit Franz Hopp am Nachmittag, von Paulinas Angst und dem blauen Fleck auf der Wange.

»Sieht alles danach aus, als sollte ich ihn mir vorknöpfen.«

»Aber wenn du sagst, dass eine Zeugin ihn gesehen hat«, befürchtete Helene, »dann weiß er sofort, dass ich es war.«

»Hast du Angst vor ihm?«

Sie nickte.

»Wenn er es wagt, dir auch nur ein Härchen zu krümmen ...«

Berthold musste den Satz nicht zu Ende sprechen. Helene hatte erlebt, wozu er fähig war, um sie zu verteidigen.

»Ich liebe dich«, flüsterte sie.

»Und ich dich«, erwiderte er.

Für einen Moment verschränkten sich ihre Blicke, Helene tauchte tief hinab in Bertholds Seele. Sich zu küssen wagten sie nicht – mit den Eltern vor der Tür. Aber in seinem Blick lag alle Zärtlichkeit der Welt, mehr brauchte Helene jetzt nicht, mit diesem seinen Blick würde sie sich später zu Bett legen, die Augen schließen und in Gedanken ganz nah bei ihm sein.

18.

Berthold nahm Eduard Kalweit mit zu Franz Hopp. Sein Assistent hatte gerade die Untersuchungen und Befragungen im Hause Reimers abgeschlossen – ohne Ergebnis. Es war verflixt, konnte es sein, dass tatsächlich alle im Haus, die Familie ebenso wie die Bediensteten, so tief und fest geschlafen hatten, dass sie nichts, aber auch gar nichts gehört haben sollten?

Nach allem, was er soeben von Helene erfahren hatte, konnte Berthold das nicht glauben. Ein Auto verursachte Lärm. Und selbst wenn – er konnte sich überhaupt keinen Reim auf Helenes Beobachtung machen. Sie hatte gesehen, dass Hopp Hao etwas gegeben und sie schließlich verscheucht hatte. War es Geld? Warum? Was für einen Nutzen hatte er davon? In welchem Zusammenhang stand Hopp mit Hao? Franz Hopp war ein vollkommen unbeschriebenes Blatt, er war der Schwiegersohn der Familie, aber was sollte er mit Sun, den Triaden, mit Joachim von Stetten zu tun haben? Die Sache war wirklich rätselhaft.

Berthold lehnte sich in der Droschke zurück und schloss die Augen.

»Herzlichen Glückwunsch zur Beförderung«, hörte er seinen Assistenten sagen.

Berthold schlug die Augen auf und sah Eduard Kalweit an. Dessen Blick war aufrichtig, er meinte seine Bemerkung nicht sarkastisch – so wie Elmar Thönnes.

»Danke, Kalweit. Aber ich bin nicht befördert worden. Ich bleibe Kommissar, ich bin nur Stellvertreter.«

Sein Assistent lächelte leicht. »Wir wissen doch beide, dass Paulmann nicht mehr zurückkommt.« Das Lächeln verschwand, er schien über seine eigenen Worte erschrocken zu sein. »Nicht dass ich mir das nicht wünsche, pardon. Natürlich wünsche ich dem Inspektor alles Gute, aber mit Verlaub …« Er stockte.

»Spucken Sie es aus.«

»Ich hatte in der letzten Zeit den Eindruck, dass er müde war. Nicht mehr so eifrig bei der Sache.«

Berthold schwieg. Er dachte an die wilde Verfolgungsjagd vor einigen Wochen. Wie Christian Paulmann neben ihm im Mercedes ihres Kripochefs gesessen hatte. Mit Zigarre, einen Schal um den runden Schädel gewickelt, begeistert wie ein kleiner Junge vom Rausch der Geschwindigkeit. Wie ein Verrückter hatte er den Wagen über die Straßen gejagt, hatte Kühe und Schafe, Fahrradfahrer und Passanten aus dem Weg gehupt, hatte die Kurven genommen wie ein Rennfahrer. Nie zuvor und nie danach hatte Berthold seinen direkten Vorgesetzten, der ihm stets wie ein ruhiger Fels in der Brandung erschienen war, so leidenschaftlich erlebt. Er hatte eine Ahnung davon bekommen, wie tollkühn und besessen Christian Paulmann als junger Mann gewesen sein mochte. Heute war er nicht mehr jung, er war dick, zu dick, und er hatte gesundheitliche Probleme. Blickte zurück auf eine lange und sehr erfolgreiche Karriere als Mordermittler – aufsehenerregende Fälle hatte er gelöst, war das große Vorbild nicht nur Bertholds, auch der sehr jungen Beamten im Dienst. Das Stadthaus war für Berthold nicht vorstellbar ohne den Schneemann, aber er musste zugeben: Eduard Kalweit hatte recht. Paulmann war müde. Er brannte nicht mehr. Selbst wenn er sich vollständig vom Herzinfarkt erholte, würde er überhaupt zurückkehren wollen?

Berthold mochte nicht darüber nachdenken. Stattdessen wandte er den Blick ab und sah aus der Droschke. Die Leute strömten allmählich wieder aus ihren Häusern auf die Straßen, unter die Alleebäume, ans Wasser. Der Tag neigte sich dem Ende, die Sonne ging, die Nacht kam und mit ihr eine Ahnung von Frische, von Reinheit und Kühle. Er zwang sich, seine Gedanken auf den Fall zu lenken, auf das, was vor ihm lag, das Rätsel, das er lösen musste. Nicht an Helene denken, war sein Mantra, aber je öfter er es wiederholte, desto heftiger dachte er an die junge Frau, seine Zukünftige. Wie war das so plötzlich geschehen? Er erinnerte sich gut an jenen Moment in der eiskalten Novembernacht, als sie Joachim von Stetten auf den Fersen gewesen waren. Als Helene zu ihm ins Auto gestiegen war, ihr Kleid in die Höhe gehoben, sodass er einen Blick auf ihre Beine erhaschte. Schöne Beine. Erst ab da hatte er sie als weibliches Wesen wahrgenommen, seine Faszination für sie hatte Gestalt angenommen – eine Faszination, die weit über das Physische hinausging. Ihre Lebendigkeit, ihr Witz, ihre Klugheit hatten sich ab diesem Moment immer wieder in seinen Kopf geschlichen und in sein Herz. Vor allem aber: ihre Reinheit. Helene Curtius war unverdorben, unverstellt, sie war pur und frisch wie ein neuer Tag. Sie war die Medizin, nach der seine verletzte Seele dürstete.

Auf der *Pennsylvania* schließlich war es um ihn geschehen. Konnte man sich verlieben im gleichen Moment, in dem man einen Menschen tötete? Er hatte Doktor Tergit zur Strecke gebracht, aber seine Gedanken waren nur bei ihr gewesen. Berthold hatte ihr Leben retten wollen – um seinetwillen.

»Wir sind da.«

Die Droschke hielt, und Eduard Kalweit zeigte auf eine cremefarbene Villa. Keine Frage, Paulina und Franz Hopp gehörten zu den Wohlhabenden der Hansestadt, wer so wohnte, verfügte über ein gutes finanzielles Polster. Franz Hopp war an der Börse, hatte Helene ihm erzählt, der Vater Anteilseigner an einer Anwaltskanzlei – was hatten solche Leute mit Sun Bo, den Triaden oder der *Leuchtenden Sonne* zu tun?

»Sie durchleuchten morgen diesen Hopp«, wies Berthold Kalweit an. »Ich will alles über die Familie wissen. Alles. Wenn er tatsächlich dafür gesorgt hat, dass Hao verschwindet, gibt es Kontakte zur Unterwelt. Etwas anderes kann das nicht erklären.«

»Die Polizei?«

Franz Hopp hatte ihnen selbst die Tür geöffnet. Das Erste, was Berthold an ihm auffiel, war, dass er Filzpantoffeln trug. Bei diesen Temperaturen?

Hopp fing den verwunderten Blick des Kommissars auf. »Wir schonen das Parkett«, erklärte er. »Ich wäre den Herren verbunden, wenn Sie ebenfalls ...« Er deutete auf eine Reihe Pantoffeln, die wie Stoffsoldaten im Flur aufgereiht standen.

Berthold ignorierte die Bitte des Hausherrn und ging an Hopp vorbei in die Wohnung. »Wo können wir uns in Ruhe unterhalten?«

»Wenn Sie bitte in die Küche kommen wollen?« Dem säuerlichen Gesicht Hopps war abzulesen, dass er alles andere als erfreut über den Überfall der Beamten war. »Dort ist Fliesenboden. Der ist nicht so empfindlich.«

In der Küche empfing sie Paulina Hopp, die sich erfreut zeigte, den Kommissar wiederzusehen. »Herr Rheydt!« Sie trug eine weiße Schürze mit Rüschen über einem Hauskleid und schien damit beschäftigt, Kartoffeln zu schälen. »Unser Mädchen hat heute seinen freien Abend«, erklärte sie.

»Das interessiert die Herren wohl kaum.« Der Ton ihres Gatten war eisig. »Bitte nehmen Sie Platz.«

In der großen Küche stand ein Holztisch mit vier Stühlen, eine durchaus gemütliche Atmosphäre fand Berthold – wenn nur die schlechte Laune des Hausherrn nicht wäre.

Die Beamten setzten sich, Franz Hopp aber blieb mit verschränkten Armen vor ihnen am Tisch stehen.

»Ich muss mich sehr wundern, was die Polizei von uns will. Ich bin mir keines Verbrechens bewusst. Du etwa?«

Er wandte sich an Paulina, die sich ein gequältes Lächeln abrang. Berthold konnte den blauen Fleck, von dem Helene ihm berichtet hatte, deutlich sehen.

»Sie haben sich verletzt?«

An dem schnellen Blick, den die junge Frau ihrem Mann zuwarf, erkannte Berthold sofort, dass Helene mit ihrer Vermutung recht gehabt haben musste.

»Ich habe mich beim Einzug an der Tür gestoßen«, sagte sie und bemühte sich um ein Lächeln.

»Sind Sie etwa deshalb hier? Hat Fräulein Curtius Sie benachrichtigt? Meine Frau ist ungeschickt, nichts weiter.«

Berthold musterte den Mann. Er hätte ihn am liebsten am Genick gepackt und den Kopf auf die Tischplatte gehauen, dieser Mensch machte ihn wütend. Natürlich würde er nichts dergleichen tun, ein Mann schlug zu Hause seine Frau – dagegen hatte die Polizei keine Handhabe, auch wenn er es sich noch so wünschte. Berthold verabscheute Männer, die ihre

Wut, ihre Unzufriedenheit oder schlechte Laune am anderen Geschlecht ausließen – aber strafbar war es nicht, sosehr er das bedauerte. Die Frau sei dem Manne untertan – wie war ihm diese Haltung zuwider! Elisabeth war ihm nicht untertan gewesen, dennoch hatte sie sich dem Diktat der Frau, die zu Hause ein warmes Nest bereitete und für die Kinder sorgte, gebeugt. Letzten Endes aber, da machte Berthold sich keine Illusionen, war sie eben daran zugrunde gegangen. Mit Helene erwartete ihn etwas völlig anderes, Neues, eine freiheitsliebende Frau, die einen Beruf ergreifen wollte. *Lewer duad üs slav!* Das hatte er ihr versprochen – würde er es halten können? Er hoffte es. Mit Sicherheit aber konnte er von sich sagen, dass er niemals die Hand gegen sie erheben würde.

Franz Hopp wippte in seinen Pantoffeln ungeduldig von vorne nach hinten und zurück. Berthold genoss es, den Mann auf die Folter zu spannen, er schlug in aller Seelenruhe seinen Notizblock auf.

»Wissen Sie, wer Hao ist?«

Damit hatte Franz Hopp nicht gerechnet. Sein Mund klappte auf, dann wieder zu, und er wurde weiß um die Nasenspitze. Paulina wandte sich rasch ab und beschäftigte sich mit den Kartoffeln.

»Hao? Wer soll das sein?«

»Eine Frau, die Gast im Hause Ihrer Schwiegereltern war.« Zumindest Paulina wusste, von wem die Rede war, aber sie sagte nichts. Nun gut, dachte Berthold, die Reaktion Hopps auf seine Frage war Antwort genug.

»Was haben Sie gestern Nacht gemacht? Wo waren Sie in der Zeit von ...« Er tat, als hätte er sich die Uhrzeit auf dem Block notiert, tatsächlich wusste er noch genau, was Helene ihm gerade erzählt hatte. »Mitternacht bis ein Uhr?«

»Wo soll ich gewesen sein?« Hopp nahm die Arme vor der Brust herunter und steckte sie in die Hosentaschen, um

Lässigkeit vorzutäuschen. »Ich habe geschlafen, was denn sonst?«

»Kann das jemand bestätigen?«

»Jemand? Also hören Sie, Herr Kommissar – wie war der Name?«

»Rheydt. Berthold Rheydt.«

»Kommissar Rheydt – Ihren Namen merke ich mir, mein Vater ist Anwalt. Noch mehr solcher Unverschämtheiten, und Sie bekommen Post von seiner Sozietät! Ich werde Beschwerde gegen Sie einlegen.«

»Weil ich Sie frage, ob Sie ein Alibi für die vergangene Nacht haben?« Rheydt konnte sich jetzt ein Grinsen nicht verkneifen, und aus den Augenwinkeln sah er, dass es Kalweit ebenso ging. »Wir tun unsere Pflicht als Beamte des Deutschen Reiches. Viel Erfolg mit Ihrer Beschwerde.«

Hopp erkannte wohl, dass er unmäßig reagiert hatte, und ruderte zurück. »Ich habe die Nacht schlafend im Ehebett verbracht. Dies bezeugen kann selbstverständlich meine Ehefrau. Die neben mir zu liegen pflegt, wir sind erst seit wenigen Tagen verheiratet.«

»Herzlichen Glückwunsch«, sagte Berthold, behielt dabei aber Paulina im Blick. »Der Form halber frage ich Sie, Frau Hopp …«

»Ja«, unterbrach ihn Paulina. »Franz war hier. Die ganze Nacht.« Nervös trocknete sie sich ihre Hände ab. »Aber was Hao betrifft …« Sie wechselte einen Blick mit ihrem Mann. »Ich weiß, wer sie ist. Ich war bei meinen Eltern zu Hause, als sie dort ankam. Aber ich habe meinem Mann nichts davon erzählt. Ich wusste doch, also, man hatte mir ja gesagt, dass …«

»Die Sache geheim ist?«, half Berthold ihr aus der Bredouille. Er glaubte der jungen Frau kein Wort. Natürlich hatte sie ihrem Mann davon erzählt. Trotz alledem: Er konnte keine Verbindung herstellen. Wieso sollte Hopp Hao davonjagen?

»Sie sind an der Börse«, fuhr er fort, »haben Sie Verbindungen, geschäftliche Beziehungen zu Sun Bo?«

»Wem?« Dieses Mal war die Irritation von Hopp nicht gespielt. Er schien wirklich nicht zu wissen, von wem die Rede war.

Berthold nahm seinen Blick nicht von dem Mann, was diesen zappeliger und zappeliger werden ließ. Tatsächlich überlegte Berthold, wie er weiter vorgehen sollte. Er wollte darauf verzichten, Franz Hopp damit zu konfrontieren, dass er in der Nacht gesehen worden war. Der Mann würde es leugnen – aber Helene vielleicht das Leben schwer machen, weil sie ihn verraten hatte.

»Gut.« Berthold klappte den Block zu. »Das war's fürs Erste. Vielen Dank. Ich möchte Sie bitten, morgen im Präsidium vorbeizukommen, damit wir Ihre Aussage protokollieren können.«

»Was?« Hopps Gesicht lief rot an. »Dass ich im Bett gelegen und geschlafen habe? Das ist Schikane!«

»Nein«, gab Berthold zurück und stand auf. »Das ist Ermittlungsarbeit in einer Mordsache.«

»Manche Leute«, kommentierte Eduard Kalweit halb kopfschüttelnd, halb lachend. »Diese Pantoffeln!«

»Haben Sie den blauen Fleck der Frau gesehen?«, erkundigte sich Berthold. »Dann wissen Sie alles über den Mann.«

Kalweit nickte. »Ja. Genau das habe ich auch gedacht.«

»Apropos«, erkundigte sich der Kommissar, als ihre Droschke in Richtung Präsidium fuhr, »wie geht es Rebekka?«

Rebekka war eine Prostituierte, die sein Assistent privat regelmäßig im *Roten Diwan*, einem Bordell, aufgesucht hatte. Dann hatte Berthold ihn darauf angesetzt, die Frau auszuhorchen, aus Kalweits libidinösen Besuchen war Ermittlungsarbeit geworden. Laut eigenem Bekunden wollte und konnte er danach kein Bordell mehr besuchen – im Wissen um die Ausbeutung und Behandlung, die die Mädchen durch ihre Zuhälter erfuhren.

»Wir treffen uns regelmäßig. Rein platonisch! Ich helfe ihr«, berichtete Kalweit und lächelte. »Sie hat eine Anstellung bei einem Kolonialwarenhändler gefunden.«

»Aber das ist ja großartig!«, freute sich Berthold. »Und ihr Lude hat sie einfach so gehen lassen?«

Kalweit schüttelte stumm den Kopf.

»Sie haben sie freigekauft?«

Nicken.

»Das muss ein Vermögen gekostet haben! Haben Sie denn das Geld?«

»Ich stottere es ab.«

Sie hatten das Präsidium erreicht, die Droschke hielt, aber Berthold blieb sitzen. »Sie zahlen einem Zuhälter regelmäßig Geld für das Mädchen?« Er war fassungslos.

Kalweit starrte auf seine Hände. »Rebekka gibt auch etwas von ihrem Lohn. Irgendwann ist es vorbei, dann hat er sein Geld.«

»Mann!« Berthold brüllte fast. »Sind Sie des Wahnsinns fette Beute? Sie sind Beamter! Polizeibeamter! Und stehen bei einem Zuhälter in der Kreide? Das kann Sie Ihre Stelle kosten!«

Sein Assistent, ein langer Dünner, klappte sich fast vollständig zusammen.

Berthold stieß laut Luft aus. »Wir müssen Sie da rausholen, Kalweit. Sie haben sich tief in die Scheiße manövriert. Wenn Sie Ihr Geld in Zukunft nicht auch im Kolonialwarenladen verdienen wollen, überlassen Sie die Sache jetzt mir.«

Im Präsidium wartete gleich das nächste Problem: Napfmann, Bertholds Trainer beim 1. FC St. Pauli, saß in der Wache, umringt von Schupos und Elmar Thönnes. Als er Berthold hereinkommen sah, winkte er ihn zu sich. Aber Berthold dachte nicht daran, sich in seinem angestammten Refugium herumkommandieren zu lassen – auf dem Platz jederzeit, da war der Trainer Gott. Doch hier war Berthold der Boss.

»Was gibt's, Napfmann?«

Napfmann war ob des Tons kurz irritiert, fasste sich jedoch schnell. »Lang nicht mehr beim Training gesehen, Rheydt. Wir haben demnächst ein Spiel gegen Eimsbüttel.«

»Bei den Temperaturen? Da brauchen Sie mindestens zwanzig Mann in der Reserve, da kippen die aufm Feld um wie die Fliegen.« Die Hitze war schuld daran gewesen, dass Berthold sein Fußballtraining geschwänzt hatte. Das – und die Verabredungen mit Helene.

Napfmann erhob sich aus der Mitte der Schupos, die er anscheinend mit Fußballanekdoten gut unterhalten hatte, und kam zu Berthold.

»Ich brauche Sie. Keiner stürmt so bombensicher. Am Sonntag nächste Woche. Es geht um alles – wir steigen ab, wenn wir Eimsbüttel nicht die Fresse polieren. Brenner hab ich schon ins Boot geholt.«

Berthold sah in die erwartungsvollen Gesichter der Schupos. Er hielt Napfmann die Hand hin. »Nächstes Training bin ich dabei. Eimsbüttel jagen wir vom Platz, und der 1. FC bleibt, wo er ist.«

Hocherfreut schlug der Trainer ein. Er drehte sich um, aber anstatt die Wache zu verlassen, richtete er sich noch einmal an die versammelten Polizisten. »Und ihr kommt alle zum Spiel, Chef anfeuern, ist das klar?«

Johlen und auf den Tisch klopfen war die Antwort, Berthold schüttelte bloß den Kopf.

Elmar Thönnes folgte ihm auf dem Weg in sein Büro. »Was ist mit dem Besuch auf der Dschunke, Chef?«

»Wenn du mich noch einmal so nennst!« Berthold drohte

seinem Freund und Kollegen spielerisch mit der Faust unter der Nase.

Er warf einen Blick auf seinen Schreibtisch. Eine Kladde mit der Aufschrift »Paulmann« lag dort und wartete auf weitere Bearbeitung – der organisatorische Schreibkram des Inspektors.

»Wir gehen jetzt«, beschloss Berthold. Die Papiere konnten warten. Bevor er an der Seite von Elmar das Präsidium verließ, bat er Eduard Kalweit, sich mit Doktor van der Zwaan zu verständigen, wenn diese auf die Wache käme. Er sollte sie davon in Kenntnis setzen, dass Hao verschwunden war und sie noch einmal eindringlich dazu befragen, vielleicht konnte sie Hinweise geben.

»Du vernimmst die schöne Ärztin nicht selbst?«

Berthold stöhnte. »Du bist die Pest, Elmar.«

Sie entschieden sich, mit der Trambahn zum Hafentor zu fahren, von wo aus sie mit der Fähre bis Steinwärder übersetzen konnten. Während sie den Hof des Präsidiums überquerten, berichtete Berthold Elmar von der Klemme, in die sich Eduard Kalweit manövriert hatte.

»Das muss unter uns bleiben, der Junge verliert seine Arbeit, wenn das bekannt wird.«

»So ein Dämlack!«, ärgerte sich Elmar. »Wie belämmert ist der Junge?«

»Er ist nicht belämmert, er hat ein gutes Herz«, gab Berthold zurück, der die Motive seines Assistenten durchaus nachvollziehen konnte. »Ich fühle mich auch ein bisschen schuldig, schließlich habe ich ihn auf die verdeckte Ermittlung im *Roten Diwan* angesetzt.«

»Wenn ich mit jeder Nutte Mitleid hätte …«

»Ich wäre dir dankbar, wenn du eine Idee hast, wie wir den Jungen da rausholen können, bevor es jemand spitzkriegt«, bat Berthold.

»Wie heißt der Lude?«

»Igor. Igor Todorow.«

Elmar nickte nur. »Überlass das mir. Ich kenn die Kanaillen alle.«

Für einen kurzen Moment beschlich Berthold ein seltsames Gefühl, aber dann schob er sein Unbehagen beiseite und konzentrierte sich auf das, was vor ihnen lag.

Doch sie würden ihren Weg zu Sun Bo nicht antreten. Ein Zirkuswagen mit einem vorgespannten Pferd kam die Kaiser-Wilhelm-Straße herunter, auf dem Bock saß neben einem ihnen unbekannten Mann, einem Asiaten, sein Mitarbeiter Jens Raabe. *The Flying Dragons* war groß in geschwungener Schrift auf den farbenfroh gestalteten Wagen gemalt – ein Feuer speiender Drache durfte nicht fehlen.

»Wir verschieben den Besuch bei Sun auf morgen«, entschied Berthold und lief neben dem Zirkuswagen wieder zurück zum Stadthaus. Elmar folgte ihm.

»Wo haben Sie die Truppe aufgegabelt?«, erkundigte Berthold sich bei Raabe.

»Winsen an der Luhe«, gab dieser zurück und sprang behände vom Bock. »Das zuständige Polizeirevier hat sich bei uns gemeldet.« Er dirigierte den Kutscher zu einer Stelle, wo dieser das Pferd anbinden konnte. Dann wendete er sich zu Berthold. »Hören Sie sich an, was die zu sagen haben. Könnte uns ein ganzes Stück weiterbringen.«

»Brauchen wir Herrn Weng?«

»Nein. Der Chef, oder wie das bei den Artisten heißt, spricht ganz gut Deutsch.«

»Na dann.« Berthold war gespannt. »Gute Arbeit, Raabe.«

Der Mann, der ihm im Vernehmungsraum gegenübersaß, war weniger nervös als ungeduldig.

»Sie wollen schnell wieder raus aus Hamburg?«, erkundigte sich Berthold. Er verzichtete zunächst darauf, die anderen Mitglieder der Truppe zu vernehmen, schließlich waren die Artisten lediglich Zeugen, und er ging davon aus, dass sich ihre Beobachtungen gleichen würden. Also begann er mit Chen Dan, der die *Flying Dragons* leitete, wie er selbst von sich sagte.

»Herr Chen, wollen Sie mir bitte schildern, wer Sie sind, woher Sie kommen und in welchem Verhältnis Sie zu der vermissten Person stehen. Denn es ist doch richtig, dass Sie jemanden vermissen?«

Der Mann nickte besorgt und erzählte. Er stamme aus der Provinz Qiqihar und sei bereits seit zehn Jahren im Deutschen Reich als Artist unterwegs. Er schilderte seinen Werdegang, bis er auf das Mädchen aus seiner Truppe zu sprechen kam. »Chou Lan kam vor zwei Jahren zu uns. Wir waren auch Circus Busch. Sie stand vor Zirkuswagen und hat Arbeit gefragt. Hat gesagt, ist mit Schiff gekommen, sucht Arbeit. Keine Papiere. Ich habe gesagt, gut, war jung, war schlank, hat gelernt schnell und geübt fleißig.«

»Wie alt war sie? Ungefähr.«

»Vierzehn.« Der Mann sah zu Boden. »Ich hätte gehe müssen Polizei. Aber was wäre gewesen? Zurück nach China. Eltern haben verkauft. Keine Zukunft für Mädchen. Also gesagt, darf bleiben. Wir sind Familie. Zirkusfamilie.« Jetzt lächelte er Berthold an. »Meine Tochter gleiche Alter. Mein Frau hat gekümmert wie Tochter! Wir sehr geliebt.«

Berthold betrachtete das Mienenspiel des Mannes. Er schien aufrichtig betrübt, dennoch fragte er sich, warum die Truppe Hamburg verlassen hatte und einfach ohne das junge Mädchen weitergezogen war. Anstatt wenigstens ein paar Tage zu warten, bis die Artistin von selbst auftauchte. Warum er die Polizei nicht informiert hatte, lag unter diesen Umständen auf der Hand. Er sprach seine Gedanken laut aus.

Herr Chen seufzte und machte ein sehr unglückliches Gesicht. »Wir haben gewusst, kommt nicht mehr zurück.«

Berthold hielt es nicht auf seinem Stuhl. »Eine Sechzehnjährige verschwindet, und Sie lassen das einfach geschehen? Sie suchen nicht nach ihr? Da kann der Familienzusammenhalt aber nicht besonders stark sein.« Verärgert tigerte er durch den Vernehmungsraum.

»Bitte! Sie nicht verstehen.«

»Erklären Sie es mir, Herr Chen!«

»Lan weg. Wir haben gesucht. Und gefragt. Dann hat Frau von Zauberer gesagt, Lan ist abgeholt.«

»Abgeholt? Jemand hat sie abgeholt? Wer? Warum? Wir müssen sofort mit dieser Frau vom Zauberer sprechen, brauchen eine Beschreibung ...«

»Nein«, unterbrach ihn der Artist. »Männer, die abgeholt haben, bringen nicht zurück. Ich sicher, sind gekommen wegen Hao. Weil Lan Hao geholfen.«

Ahnungsvoll nahm Berthold wieder auf seinem Stuhl Platz.

»Die Männer, die Lan geholt haben, bringen das Mädchen nicht mehr zurück? Woher wissen Sie das? Können Sie mir mehr darüber sagen?«

Der Mann schüttelte den Kopf. »Ich weiß nichts. Gefahr.«

»Kennen Sie die Männer persönlich?«

Kopfschütteln.

»Aber Sie wissen, dass die Männer gefährlich sind?«

Zögerliches Nicken.

»Diese Männer haben Lan bedroht, weil sie Hao geholfen hat?«

Deutliches Nicken.

»Diese Männer ... machen öfter so eine Arbeit? Man kennt sie also. Die meisten Chinesen hier in Hamburg kennen diese Männer?«

Herr Chen saß stocksteif auf seinem Stuhl. Er war starr vor Angst, das erkannte Berthold sehr wohl. Die Richtung, die die Vernehmung genommen hatte, war ihm nicht nur unangenehm, er fürchtete sich.

»Aus diesem Raum dringt kein Wort von dem, was Sie sagen, nach außen«, versuchte es Berthold behutsam. »Das hören nur Kommissar Thönnes, Sie und ich. Ihre Antwort ist sehr wichtig für uns, vielleicht können wir das Leben von Lan und Hao noch retten: Für wen arbeiten die Männer, die Chou Lan abgeholt haben?«

Schweigen.

»Arbeiten sie für Sun Bo?«

Chen blickte auf. Er nickte.

Das war der Jackpot, wusste Berthold. Er warf einen Blick zu Thönnes, der ebenso elektrisiert war wie er. Sie sahen sich an: Jetzt hatten sie einen handfesten Grund, dem Geschäftsmann auf der Dschunke einen Besuch abzustatten.

19.

Max Lauritzen hatte ganze Arbeit geleistet. Zwar stand der Artikel nicht auf der ersten, dafür aber prominent auf der Seite mit der Hamburger Stadtpolitik. Auf dem körnigen Bild sah man sehr deutlich den Politiker und Bankier Wilhelm von Stetten Charlotte Lehmann, Vorsitzender des Vereins *Frauenwohl*, die Hand reichen. Hinter ihr stand Theresa, hoch aufgerichtet, ihr Gesicht drückte Stolz über das Erreichte aus. Und das durfte sie sein, stolz! Die großzügige Spende war nicht nur ein Schlag gegen Annes Vater Roger, sie war auch dringend nötig und hochverdient.

Wilhelm von Stetten übergibt großzügige Spende an Haus für gefallene Frauen, hatte Max getitelt, und dem Text war sehr schön zu entnehmen, warum der Baron, seines Zeichens erzkonservatives Senatsmitglied, mit der Anerkennung der Arbeit des Vereins vermeintlich eine politische Kehrtwende vollzogen hatte.

Zum einen konnte man in dem Artikel lesen, dass von Stetten diese Geste als späte Wiedergutmachung für die Gräueltaten seines Sohnes, die dieser in unmittelbarer Nähe des Hauses verübt hatte, betrachtete. Ein kluger Schachzug, erkannte Anne an, denn damit baute von Stetten vor, wenn bekannt würde, dass Joachim von Stetten, der gefürchtete Hafenmörder, wieder in der Stadt war. Er distanzierte sich von seinem Sohn und schlug damit zwei Fliegen mit einer Klappe. Denn gleich im nächsten Absatz wurde zitiert, wie wichtig er die Institution des Grünes Hauses gerade an diesem Platz im Hafen fand, denn so würde es am Magdeburgquai einen »Leuchtturm der Sicherheit«, Zitat von Stetten, geben. Anne war gespannt, ob ihr Vater den Artikel ansprechen würde, sie hatte ein Treffen mit ihm vereinbart.

Zunächst aber führte ihr Weg sie in die Schmuckstraße. Dass Hao aus dem Haus von Ferdinand und Ida verschwunden war, war ein Schock. Anne konnte sich nicht erklären, wie das passiert sein sollte, niemand außer ihr, Helene und der Familie Reimers hatte von dem Versteck gewusst. Oder war Hao von sich aus geflohen? War das Mädchen so verängstigt, dass es die Nerven verloren hatte? Aber wohin war sie geflüchtet, wo sollte sie sich verstecken? Im Chinesenviertel würde sie wohl kaum Zuflucht suchen, von hier hatte sie schon einmal versucht zu entkommen.

Anne hatte mit Eduard Kalweit besprochen, dass sie Madame Ju über Haos Verschwinden informieren würde, ebenfalls versuchte sie, ihren ärztlichen Dienst in der *Leuchtenden Sonne* wiederaufzunehmen. Das Klügste war es jetzt, so zu tun, als liefe alles wie gewohnt – schließlich war sie früher regelmäßig zu Ju in die kleine Garküche gekommen, würde sie plötzlich fernbleiben, fiele das auf. Wer auch immer, fragte sich Anne, beobachtete sie und jeden ihrer Schritte? Vor wem hatten die Chinesinnen, Ju, Lan und Hao so schreckliche Angst?

Jus Augen weiteten sich für einen Moment vor Überraschung, als Anne ihre kleine Küche betrat, da die Ärztin jedoch keinerlei Anstalten machte, sie in ein Gespräch zu verwickeln, gab auch die Köchin sich ganz so wie immer. Anne bestellte eine Nudelsuppe – von Ju hatte sie gelernt, dass diese Suppe eine hervorragende Speise zum Frühstück war, eine Offenbarung für Anne, die am Morgen gewöhnlich entweder gar nichts oder lediglich gebutterten Toast zu sich nahm.

Ju servierte ihr die Suppe, Anne bedankte sich und machte sich ans Essen. Von dem kleinen, im Souterrain gelegenen Geschäft hatte sie einen guten Blick in die Schmuckstraße und das morgendliche Treiben. Menschen hasteten zur Arbeit, Frauen mit kleinen Kindern standen auf der Straße und unterhielten sich, die Marktstände waren aufgebaut, Hausfrauen tätigten ihre Einkäufe oder verhandelten lautstark mit den Händlern. Ein Mann trug eine lange Stange auf dem Rücken, an beiden Enden fest verschnürte große Pakete. Ein ungewöhnlicher Anblick in Hamburg, nicht aber im Chinesenviertel, hier wurden viele Waren auf diese altmodische Art transportiert. Die Sonne schien unerbittlich auch an diesem Tag, aber zum ersten Mal seit Wochen türmten sich am Horizont dicke Kumuluswolken auf. Brachten sie den lang ersehnten Regen?

Anne hatte ihre Suppe fertig gegessen und legte unter das hübsche Porzellanschälchen, das Hao ihr mit dem dazugehörigen Porzellanlöffel auf einem Basttablett serviert hatte, ein klein gefaltetes Blatt Papier. Sie hatte es zu Hause bereits vorbereitet – abgesprochen mit der Polizei. Es war ein Brief, kurzgefasst in einfachen Worten, damit Ju ihn auch verstehen würde, in dem Anne ihr mitteilte, dass Hao verschwunden war und die Polizei Ju um eine Unterredung bat.

In ihrem Gespräch mit Bertholds Assistenten gestern Abend waren sie gemeinsam auf die Idee gekommen. Denn sobald die Polizei bei Ju in der Schmuckstraße aufkreuzte, wäre diese in

Gefahr. Die Polizisten wollten nicht riskieren, noch eine in den Fall der Toten in der *Leuchtenden Sonne* verwickelte Frau zu verlieren, also hatte Anne sich als Mittlerin angeboten.

Sie verließ mit einem kurzem Nicken den Laden und steuerte die *Leuchtende Sonne* an.

Kaiwen war ebenso erstaunt wie Ju, als sie die Ärztin in der Tür stehen sah.

»Die Gesundheitskontrollen«, sagte Anne ungerührt. Sie würde sich nicht von der Stelle rühren, bis die Bordellchefin sie einlassen würde.

Kaiwen zog lediglich die Augenbrauen nach oben. Sie zögerte einen Moment, ließ Anne dann jedoch ein. Die Besuche der Ärztin waren die Bedingung gewesen, dass die zwei Mädchen vom Verein in Kaiwens Obhut gegeben worden waren. Charlotte Lehmann hatte damals alle Hebel in Bewegung gesetzt, um die beiden Frauen davon abzuhalten, in dem Bordell zu arbeiten, aber es hatte nichts geholfen. Also hatten sie mit Kaiwen vereinbart, dass Anne regelmäßig nach den Frauen schauen durfte – nun war eine von ihnen Opfer des Hafenmörders geworden, die andere verschwunden. Und was war mit ihren Kolleginnen? Auch sie hatten den Hafenmörder gesehen, waren nun auch sie in Gefahr? Es war nur recht, dass Anne sich darum sorgte.

Anne machte sich keine Illusionen darüber, dass sie sich eventuell mit den Mädchen würde unterhalten und nach Hao erkundigen können – Kaiwen würde sie niemals mehr mit einer der jungen Frauen unbeaufsichtigt im Zimmer lassen. Und so führte Anne die Untersuchungen mit den Mädchen durch wie immer: Sie legten sich hin, zogen ihre Kleider hoch und ließen die Vorsorge wie Lämmer auf der Schlachtbank über sich ergehen. Alles unter den strengen Blicken Kaiwens. Niemand sprach, keine der Frauen sagte ein Wort, Anne untersuchte die Mädchen mit Vorsicht und der gebotenen Sorgsamkeit. Allerdings bemühte sie sich dieses Mal, einen Blick auf die Körper auch unter den Kleidern zu werfen, und sie entdeckte, was sie vermutete: Manche Mädchen hatten Verletzungen, nichts Gravierendes, leichte Ritzungen, die meisten verschorft. Lange und gerade Schnitte, die nicht tief waren, sondern lediglich die Epidermis verletzt hatten, dennoch wusste Anne sofort, was sie vor sich hatte. Joachim von Stetten hatte bei seinen Besuchen im Bordell die Mädchen mit seinem Messer verletzt. Er hatte sich offenbar zurückhalten können, erst bei der Letzten war sein Trieb zu töten mit ihm durchgegangen.

Deshalb hatten die Mädchen Angst vor ihm – Anne erinnerte sich überdeutlich, als sie mit Hao im Zimmer gewesen war und sie die ersten Schreie gehört hatten. Hao hatte sich vor die Tür gestellt und Anne daran gehindert, nach dem Rechten zu sehen. »Gefahr« hatte sie gesagt, und niemals würde Anne die Angst in ihren Augen vergessen.

Sie würde der Polizei umgehend davon Bericht erstatten, nahm Anne sich vor. Was sie beruhigte: Keines der Mädchen hatte frische Verletzungen.

Während der stummen Prozedur spürte Anne die bohrenden Blicke Kaiwens im Rücken. Der Bordellwirtin durfte nicht entgangen sein, dass Anne sich die Mädchen dieses Mal gründlicher ansah als üblich, und sie hatte mit Sicherheit auch bemerkt, dass Anne die Verletzungen sah. Aber warum gebot sie ihr nicht Einhalt? Kaiwen musste doch wissen, dass Anne eins und eins zusammenzählen konnte. Vielleicht war es ihr sogar recht, dass Anne um die Ritzungen wusste? Und dass sie die Polizei darüber verständigen würde? Anne wurde nicht schlau aus Kaiwens Verhalten, und ein Blick in deren undurchdringliches Gesicht schuf keine Abhilfe.

Was für ein Spiel spielte die Frau?

»Ich komme wieder«, sagte Anne, als sie alle Prostituierten untersucht hatte. Sie gab Kaiwen ein Rezept für eine Salbe gegen Ausschlag, unter dem einige der Mädchen litten, und verabschiedete sich. Kaiwen sagte kein Wort, blieb in der Tür ihres Bordells stehen und verfolgte die junge Ärztin mit ihrem Blick. Als Anne die lebhafte Schmuckstraße mit den bunten Marktständen zu beiden Seiten fast verlassen hatte, drehte sie sich um und sah, dass Kaiwen erst dann in ihr Etablissement zurückkehrte und die Tore der *Leuchtenden Sonne* schloss.

»Warum tut er das?« Roger van der Zwaan tobte. »Warst du das? Hast du etwas damit zu tun?« Er hielt Anne die aufgeschlagene *Hansepost* mit dem Bild von Stettens und Charlotte Lehmanns unter die Nase.

Anne lachte auf. »Hörst du dir zu? Auf welche abstrusen Ideen du kommst! Ich und von Stetten?« Sie schüttelte den Kopf. »Sein Sohn wollte mich töten, und danach hat er selbst mich auf dem Steg abgelegt, damit ich erfriere. Warum also glaubst du, dass ich gemeinsame Sache mit ihm mache? Er ist mein Todfeind!«

Ihr Vater starrte ihr in die Augen, ein wilder Blick, den sie nur selten an ihm gesehen hatte, ihr gegenüber präsentierte der Vater sich meistens von der charmanten Seite. Aber jetzt sah Anne den wahren Roger van der Zwaan, sie sah in den Abgrund seiner Seele, hörte die von Wut und Hass verzerrte Stimme. Er ließ ihre Worte sacken, sein Zorn legte sich. Er nickte.

»Du hast recht. Warum also dann?«

»Du hast es doch gelesen.« Anne deutete auf den Artikel. »Als Wiedergutmachung. Und weil das Grüne Haus ein sicherer Ort für die Frauen am Hafen ist.«

»Pah! Als würde ihn das interessieren. Die Nutten am Hafen könnten alle verrecken, es wäre ihm gleich. Und mir im Übrigen auch. Dieses Gesocks.«

Anne musste sich sehr zusammennehmen, um nicht zu zeigen, wie seine Worte sie trafen. »Du weißt, dass ich in dem Punkt anderer Meinung bin«, sagte sie lediglich. »Ich verbringe einen Großteil meiner Zeit mit dem Gesocks, wie du die Frauen nennst. Ich verstehe nicht, warum dich das so aufbringt. Der Magdeburgquai gehört dir schließlich nicht.«

»Aber die meisten Gebäude, die gehören mir. Die habe ich vor Jahren gebaut, und jetzt lasse ich sie für viel Geld wiederaufbauen. Und dieses verdammte alte Grüne Haus, diese Bruchbude, ist mir ein Dorn im Auge. Und die Frauen, die sich dort herumtreiben, ebenfalls.«

Aufgebracht durchmaß ihr Vater den Raum mit großen Schritten. Sie saßen in seinem neuen Hamburger Büro, es befand sich im obersten Stock des größten Speichers am Quai. Mit einem Paternoster fuhr man empor, und vom weiträumigen Büro van der Zwaans hatte man einen direkten Blick auf das Wahrzeichen des Hamburgers Hafens: den Kaispeicher A, auch Kaiserspeicher genannt. Wenn er auch seine Unternehmungen und Ziele in Hamburg noch unter Geheimhaltung hielt – die Lage und Größe seines Büros sagte alles über seine neuen Ansprüche in Hamburg aus. Roger van der Zwaan war zurück in der Stadt, und er wollte nichts weniger, als ganz oben mitspielen, wollte Albert Ballin und dessen *Hapag* genauso Konkurrenz machen wie dem Norddeutschen Lloyd.

Nun, dachte Anne für sich, daran sind schon andere gescheitert. Mit welchen Geschäften wollte ihr Vater sich zur alten Größe aufschwingen? Wie wollte er an Liege- und Anlegeplätze für seine Schiffe kommen? Der Kuchen war längst verteilt.

Ihr Vater blickte jetzt aus dem Fenster, dann drehte er sich zu Anne um. »Das Grüne Haus ist deine Gründung. Ich habe dir erlaubt, es zu nutzen. Nach diesem Zeitungsartikel sähe es nicht gut aus, wenn ich dich und deinen Verein aus dem Haus werfe und es abreiße. Aber ich kann dir ein neues, besseres Gebäude zur Verfügung stellen. Am Dovenfleet meinetwegen. In der neuen Speicherstadt. Dann seid ihr in Hafennähe, aber ich kann diese Bruchbude abreißen lassen.«

Das war ganz und gar nicht das, was Anne erreichen wollte. Sie wollte ihrem Vater Steine in den Weg legen – die er durch sein Vermögen scheinbar mühelos aus dem Weg räumte. Es wäre töricht, sein Angebot jetzt in Bausch und Bogen abzulehnen, sie versuchte doch im Moment, sein Vertrauen zu erlangen. Ihr blieb nichts anderes übrig, als auf Zeit zu spielen.

»Einverstanden. Ich könnte mir eventuell eine neue Arztpraxis dort einrichten und wieder praktizieren.«

»Siehst du!« Roger van der Zwaans Wut war verraucht, er sah jetzt sehr zufrieden aus. »Es findet sich für alles eine Lösung.«

»Kann ich mich in irgendeiner Weise erkenntlich zeigen?«, erkundigte sich Anne. Sie fand, es war Zeit, ihrem Vater ihre Dienste anzubieten – je näher sie an ihn heranrückte, desto eher würde sie seine Pläne enthüllen können. Die Zeit drängte. Es durfte nicht erst dazu kommen, dass er das Grüne Haus abriss.

»Wenn es so weit ist und du ein geeignetes Objekt für deinen Verein und deine Praxis gefunden hast – ich lasse dir selbstverständlich freie Hand –, dann hätte ich in der Tat eine Aufgabe für dich.«

Er setzte sich ihr gegenüber und sah sehr zufrieden aus. Ein Zustand, den Anne von ihrem Vater nur zu gut kannte. Er war mit sich und der Welt im Reinen – ein Rätsel für sie, er schien weder Schuld noch Skrupel zu kennen.

»Die Arbeit auf den Schiffen ist hart. Ich brauche Männer, die gesund sind, kräftig, die nicht dem Alkohol verfallen oder anderen Lastern frönen. Sie dürfen keine Krankheiten an Bord schleppen – all das. Leider geschieht es im Heuerbüro immer wieder, dass sie einen faulen Apfel an Bord holen. Oder gleich mehrere. Das kostet mich eine Menge Geld, jeder Seemann, der ausfällt oder andere ansteckt, kommt mich teuer zu stehen.«

Er stand auf und goss sich einen Sherry ein. »Du auch?«

Anne verneinte. Sie wollte sich jetzt nicht mit Alkohol die Sinne vernebeln.

»Du bist Ärztin«, sprach ihr Vater weiter, während er sich wieder in den Sessel fallen ließ und vom Sherry nippte. »Du kennst dich besser aus, du könntest diese Arbeit übernehmen. Dir die Männer ansehen, die anheuern wollen. Eine ordentliche Gesundheitsuntersuchung machen.«

Wie auf dem Pferdemarkt, dachte Anne bei sich, nickte jedoch. »Natürlich. Das kann ich gerne tun. Aber warum warten? Ich kann schon jetzt damit beginnen, dafür brauche ich keine Praxis.«

Roger van der Zwaan dachte nach. Schloss die Augen. Drehte das Glas mit dem Sherry in der Hand. Öffnete die Augen wieder, kippte die bronzefarbene Flüssigkeit in einem Zug hinunter, stellte das Glas ab und reichte ihr die Hand. »Abgemacht. Sobald wir anfangen mit dem Heuern, unterstützt du mich.«

Anne schlug ein. »Du nimmst also deine Arbeit in Hamburg wieder auf? Ich dachte, dass du dich ein für alle Mal von hier verabschiedet hast.«

»Ich habe es mir anders überlegt. In Hamburg haben sich Möglichkeiten eröffnet, gute geschäftliche Beziehungen.«

»Ach ja?« Anne wollte nicht zu konkret nachfragen, das hätte ihren Vater nur misstrauisch gemacht, nachdem sie lange Jahre kein Interesse für seine Arbeit gezeigt hatte.

»Mehr brauchst du nicht zu wissen.«

Roger van der Zwaan stand auf. Die Audienz war offenbar beendet. Er geleitete Anne zum Paternoster. Noch bevor sie in eine der hölzernen Kabinen stieg, erkundigte sie sich beiläufig. »Und wie reagierst du nun auf von Stetten?«

Ihr Vater nahm ihre Hand und zwang sie so sanft, in den Paternoster zu steigen, der Aufzug fuhr mit ihr abwärts, er blieb stehen und sah auf sie herab. Kurz bevor ihr Vater ganz aus ihrem Blickfeld verschwand, hörte sie ihn sagen: »Der wird einen Denkzettel bekommen. Ich lasse seine Kampfansage nicht unbeantwortet.«

»Wir sollen hier weg?« Theresa, die am Herd der kleinen Küche stand, runzelte die Stirn. Früher hatte sie die Mahlzeiten für das Grüne Haus noch in der Paulstraße zubereitet, doch je mehr Frauen aus der Hafengegend kamen und die Speisung am Magdeburgquai in Anspruch nahmen, desto komplizierter war es geworden, das Essen von der Rathausgegend in den Hafen zu transportieren. Mithilfe von Spendengeldern hatten sie nun einen Ofen mit vier Kochfeldern finanzieren können, auf dem Theresa jeden Tag frisches Essen zubereiten konnte.

»Ihr werdet nicht umziehen.«

Anne goss sich ein Glas Wasser ein. Sie schwitzte, ihre Kleider klebten am Leib. Heute war es zur Hitze auch noch fürchterlich drückend, der Himmel bewölkte sich immer stärker, die Kumuluswolken nahmen die Farbe von hellem Grafit an – alles deutete auf ein Gewitter hin. Die Schwalben, die in den benachbarten Speichern ihre Nester hatten, flogen tief über die Quais, dunkle Mückenschwärme drängten sich über der Oberfläche des schwarzen Hafenwassers, das dunkel wie Teer an den Kaimauern leckte.

»Ich sorge dafür, dass ihr nicht umziehen werdet, aber ich musste das Spiel mitspielen.«

»Was für ein Spiel?«, hakte Alina nach. »Was ist das mit deinem Vater?«

Die Leiterin des Jüdischen Frauenbundes war nun jeden Tag hier, sie war mit Theresa die Erste, wenn das Haus seine Pforten öffnete, und verließ es abends als Letzte. Theresa war froh um die Gesellschaft, Alina hatte Erfahrung im Umgang mit Frauen in Not, und sie scheute keine Arbeit.

Anne zögerte mit einer Antwort. Sie wollte niemanden in ihre Pläne, ihren Vater betreffend, einweihen, das war eine Privatangelegenheit zwischen ihr und ihm. Aber sie hatte Theresa davon erzählen müssen, dass Roger van der Zwaan plante, den Verein umzusiedeln.

»Mein Vater war früher ein bedeutender Reeder hier in Hamburg«, gab Anne zur Antwort. »Er hat seine Geschäfte vor einigen Jahren nach London verlegt. Nun will er hier aber wieder Fuß fassen. Du hast ja gesehen, dass er alle Gebäude, die die Explosion auf dem Grasbrook vergangenes Jahr zerstört hat, wiederaufbaut. Es wird noch größer, noch schöner. Unser kleines Domizil ist ihm ein Dorn im Auge, ein Schandfleck.«

Alina pfiff durch die Zähne. »Ich wusste gar nicht, dass du zu den oberen Zehntausend gehörst, liebe Anne.«

»Ich hänge es ungern an die große Glocke. Das war auch der Grund, warum ich seinen Namen nicht tragen wollte, als ich nach Hamburg kam.« Das war nicht einmal vollständig gelogen. Nur zur Hälfte. »Ich wollte es aus eigener Kraft schaffen, etwas aufzubauen.«

»Und das ist dir gelungen! Ich ziehe meinen Hut vor dir – wenn ich einen hätte.«

»Danke, Alina.«

»Aber was spricht dagegen, an den Dovenfleet zu ziehen?«

Anne kam nicht dazu, ihr zu antworten. Sie hatte durch das Küchenfenster eine Gestalt gesehen, die ihr bekannt vorkam. War das nicht …? Wenn sie recht hatte mit ihrer Vermutung, durfte die Person sie nicht sehen, sonst würde sie vielleicht die Flucht ergreifen.

»Alina«, flüsterte Anne, »da ist eines der Mädchen.«

Sie verbarg sich hinter der Küchentür, während Alina augenblicklich in Habtachtstellung ging. Anne hörte in ihrem improvisierten Versteck, dass Alina die Küche verließ, den neuen Gast begrüßte – und hinter ihr die Tür schloss.

»Herzlich willkommen«, sagte sie, erhielt aber keine Antwort.

Die junge Frau, die eingetreten war, schien Lunte gerochen zu haben und wollte sofort wieder aus der Tür fliehen.

»Mach auf!«, bat sie, ihre Stimme rau und brüchig.

»Die Tür bleibt zu!«, vernahm Anne Alinas resolute Stimme und entschied sich, aus ihrem Versteck zu treten und Alina zu Hilfe zu kommen. Der neue Gast würde nicht entkommen können.

»Anne!« Rahel Mosse hatte sich umgedreht und starrte die Ärztin an. »Lassen Sie mich gehen.«

»Rahel, niemand tut dir etwas!« Anne blieb auf dem Fleck stehen, sie wollte die junge Frau nicht bedrängen.

Sie hatte sich nicht getäuscht, es war Rahel Mosse, die sie hatte kommen sehen. Was war nur mit dem Mädchen geschehen! Sie sah zum Gotterbarmen aus. Die einst schönen schwarzen Haare stumpf und verfilzt, Pusteln und Rötungen im von Schmutz starren Gesicht, auf den ersten Blick erkannte Anne, dass die Frau einigem Ungeziefer als Wirt diente. Sie trug längst nicht mehr das schwarze Kleid, in dem Anne sie zum letzten Mal gesehen hatte, sondern einen Lumpenrock und eine Bluse, die mehr ein Fetzen als ein zusammenhängendes Kleidungsstück war. Rahel Mosse war einst mit ihrer Familie in den Auswandererhallen gewesen. Sie hatten vor, nach Montevideo zu gehen. Rahel, in der siebten Woche schwanger, war aus den Hallen geflohen, sie wollte ihre Familie nicht begleiten, hatte das Gefühl, ihrem alten Vater, der Mutter und dem Bruder nur zur Last zu fallen. Die Familie verfügte nicht über das Kapital, eine Schwangere und ihr uneheliches Kind durchzufüttern. Rahel hatte befürchtet, in Südamerika in eine Heirat gezwungen zu werden. Also hatte sie sich abgesetzt und sich der *Lilith*, der Gruppe um Jella Leistikow, Alinas Tochter, angeschlossen. Als Anne sie kurz darauf noch einmal zu Gesicht bekommen hatte, war Rahel nicht mehr schwanger – aber zu allem entschlossen gewesen.

Alina fasste das Mädchen am Arm, aber sie riss sich los.

»Lassen Sie mich! Lassen Sie mich gehen!« Sie schrie wie wild und schlug um sich, Alina und Anne traten jeweils ein paar Schritte zurück. Rahel gebärdete sich wie eine Verrückte. Dann kam Theresa aus der Küche. In der Hand hatte sie eine Schale mit Kartoffelbrei, in der anderen ein Glas Wasser.

»Setz dich, Rahel«, sagte sie ruhig. »Iss und trink, dann kannst du gehen.«

Das Wüten der jungen Frau ließ allmählich nach, bis sie schniefend und mit hängenden Schultern inmitten der drei Frauen stand. Sie streckte die Hände aus, um Theresa die Speisen abzunehmen, doch urplötzlich lief ein Schauder durch ihren Körper, der zu einem Zittern wurde. Rahel Mosse, am Rand der Erschöpfung, wurde von einem Weinkrampf geschüttelt, sie sank zu Boden, schlug die Arme um den Körper und weinte, weinte, weinte.

Anne ging in die Hocke. Sie vermied es, die aufgelöste Frau zu berühren, hoffte aber, mit ihrer Stimme zu ihr durchzudringen.

»Wir helfen dir, Rahel. Keine Polizei. Wir holen keine Polizei. Ich schwöre es dir.«

Behutsam berührte sie Rahel an der Schulter. Diesmal wehrte diese sich nicht.

Die Dunkelhaarige verharrte noch einen Moment in ihrer Position, hörte aber auf, sich vor- und zurückzuwiegen. Ihre filzigen Haare hingen wie ein dichter schmutziger Vorhang vor dem Gesicht, in diesen sprach sie hinein.

»Ich kann nicht mehr«, hörten die umstehenden Frauen sie sagen. »Ich kann nicht mehr. Ich will nach Hause.«

Nach Hause, dachte Anne und fing Alinas skeptischen Blick auf. Wenn das so einfach wäre. Deine Familie ist vor Monaten ohne dich nach Montevideo gegangen, und zu Hause in Russland wartet nur noch verbrannte Erde. Das Haus, das ihr bewohnt habt, wurde während der Judenpogrome angezündet, der Mann, der dich damals geschwängert hat, ist spurlos verschwunden.

Wo also war zu Hause?

Endlich schlief sie. Theresa war es gelungen, Rahel zu einer Dusche zu überreden. Sie hatten sie desinfiziert, Anne hatte die unzähligen kleinen Wunden, Schnitte, Abschürfungen, Prellungen und Flohbisse versorgt. Die Kleider verbrannte Theresa im Ofen und gab dem Mädchen etwas Neues aus der Spendenkammer. Rahel hatte gegessen, getrunken, bis ihr die Augen am Tisch zugefallen waren. Sie hatten sie auf das Sofa gebettet, wo sie augenblicklich in Tiefschlaf fiel. Die anderen Frauen, Prostituierte, die vor ihrem »Dienst« im Grünen Haus ein stärkendes Mittagessen einnahmen, störten sich nicht an ihr, noch fiel sie auf. Es kam immer wieder mal vor, dass eine Frau erschöpft auf dem Sofa Ruhe suchte oder ihren Rausch ausschlief.

»Was tun wir mit ihr?«, fragte Alina. »Ich habe mir den Augenblick so sehr ersehnt, endlich einen Kontakt zu bekommen, endlich zu wissen, dass sie noch am Leben sind. Aber jetzt weiß ich nicht weiter.«

Rahel war in einem vollkommen desolaten und verzweifelten Zustand, aus dem Grund hatte Alina zunächst darauf verzichtet, sie nach dem Verbleib der übrigen Bandenmitglieder, insbesondere ihrer Tochter Jella, zu fragen. Das wollte sie jedoch so bald wie möglich nachholen.

»Ihr müsstet sie der Polizei ausliefern«, gab Theresa zu bedenken und fügte hinzu: »Eigentlich.«

Sie waren sich dieses Dilemmas bewusst. Anne, Alina und auch Theresa, Verlobte eines Polizisten. Ja, sie sollten die Polizei benachrichtigen, die die Mädchengruppe seit Wochen jagte. Die Frauen waren kriminell – Anne war eine der Geschädigten. Aber sie wussten, was geschehen würde: Die Guillotine wartete oder zumindest lange Haft. Und daran anschließend ein

Leben in Elend und Schande. Anne brachte es nicht über sich, die jungen Frauen diesem Schicksal zu überlassen.

Aber sie sträubte sich auch dagegen, Rahel einfach wieder ziehen zu lassen. Die Mädchen mussten raus aus dem Elend! Gab es denn keinen Zwischenweg? In solchen Fällen hätte Anne sich eine andere Form der Bestrafung gewünscht, es sollte für Straftäterinnen wie den *Lilith* die Möglichkeit geben, zu büßen, was sie getan hatten, zu begreifen, dass sie fehlgeleitet waren, aber auch die Option zur Umkehr. Eine Eingliederung in die Gesellschaft. Warum gab es nichts zwischen Tod oder Teufel?

»Kannst du es erst einmal für dich behalten, Theresa?«, erkundigte sich Anne. »Und Willy nichts von ihr erzählen?«

Theresa nickte. »Ich gebe mir Mühe.«

»Bis wir wissen, was mit ihr geschehen soll.«

»Ich möchte zu Mama und Papa.«

Die Köpfe der drei Frauen fuhren herum, sie hatten nicht bemerkt, dass Rahel aufgewacht war. Das junge Mädchen richtete sich mühsam auf. Sie sah wieder aus wie ein Mensch und nicht wie ein verdrecktes Tier, stellte Anne erleichtert fest.

»Ich möchte zu meiner Familie«, wiederholte Rahel.

Anne und Alina warfen sich einen Blick zu.

»Das ist nicht so simpel, wie du dir das denkst«, antwortete Anne ihr. »Du kannst nicht einfach die Stadt verlassen, dir eine Schiffspassage kaufen – ihr werdet gesucht, du würdest sofort verhaftet.«

»Vom Geld ganz abgesehen«, fügte Alina hinzu. »Ich nehme nicht an, dass du über die Mittel verfügst.«

Rahel schlug die Augen nieder und schüttelte den Kopf.

»Du kannst bei Alina unterschlüpfen«, schlug Anne vor. Sie wusste über Theresa, und die hatte die Information von Willy, dass das Büro des Jüdischen Frauenbundes, das gleichzeitig eine Wohnung war, nicht beobachtet wurde. Elmar Thönnes hatte seine Männer längst abgezogen. »Dort bist du einigermaßen sicher.«

Alina nickte, sie erklärte sich einverstanden, das Mädchen vorübergehend bei sich zu verstecken – wenn sie ihr verriet, wo sich Jella, ihre Tochter, aufhielt.

»In der Zwischenzeit überlege ich mir, wie wir dich aus Hamburg herauskriegen.« Entschlossen stand Anne auf. »Ich finde einen Weg.«

Als sie aus dem Grünen Haus in den Sonnenschein trat, traf Anne beinahe der Hitzschlag. Die Mittagssonne brannte auf den Quai und hatte das Pflaster so erhitzt, dass es sich selbst durch die Ledersohlen anfühlte, wie über glühende Kohlen zu laufen.

Was habe ich da versprochen, fragte sich die Ärztin, während sie im Schatten der Fruchtschuppen in Richtung Innenstadt lief. Wie soll ich das bewerkstelligen? Außerdem muss ich mich neben meiner Arbeit noch mit den Geschäften meines Vaters beschäftigen – das Leben schlägt bereits wieder wie eine Flutwelle über mir zusammen. Sie sehnte sich nach der Einsamkeit auf den Almen des Engadins, gleichzeitig wusste sie, dass sie dieses Leben, das ihr im Moment wieder schwer auf den Schultern lastete, bewusst gewählt hatte. Und es wieder wählen würde. Was ihr jetzt fehlte, dachte Anne, ist ein Mensch wie Milena. Jemand, der an meiner Seite steht. Der mich abends in den Arm nimmt und mir zeigt, dass ich nicht allein bin.

Ob sie jemals wieder das Glück hätte, eine solche Partnerin zu finden?

20.

»Hach, ist das nicht ein herrliches Leben, Helene?«

Ida Reimers lehnte sich in ihrem Sonnenstuhl weit zurück und schloss die Augen. »Ich genieße diesen Sommer. Endlich einmal ein Sommer, der seinem Namen alle Ehre macht. Ganz und gar unhamburgisch.«

»Da bist du vermutlich die Einzige«, gab Helene zurück. »Jeder in der Stadt leidet unter dieser Hitze.«

Ida öffnete die Augen wieder. »Ich weiß schon. Aber mich erinnert es an die Sommer meiner Kindheit. Ich komme aus Jaffa, wusstest du das? Im Sommer hatten wir manchmal Temperaturen von vierzig Grad. Wenn man es nicht anders kennt, ist das nichts Außergewöhnliches. Am Mittag, wenn es besonders heiß ist, so wie heute, dann ruht man eben. Kein Mensch würde auf die Idee kommen, in der Zeit zu arbeiten.«

»Das muss man sich erst einmal leisten können«, gab Helene zurück. »Wir reden uns leicht …«

»Papperlapapp!« Ida winkte ab. »Die Armen arbeiten in meiner Heimat auch nicht am Mittag bei der größten Hitze. Man verlegt alle Aktivitäten auf den frühen Morgen oder den Abend. Aber das geht natürlich nicht in einem Land, das von Preußen regiert wird. Hier wird im Stechschritt marschiert und nach der Stechuhr gearbeitet.« Sie winkte dem Mädchen. »Lisa, bitte noch Limonade. Und etwas weniger Eis!«

Das Dienstmädchen verschwand im Haus. Wenn Ida ernst meinte, was sie da propagierte, dann müsste auch ihr Personal in der Mittagszeit ruhen und nicht seine Herrschaft im Garten bedienen.

Helene war gereizt. Eigentlich hätte sie das Treffen mit Ida genossen, das hübsche Arrangement im Schatten, die Liegestühle, das kleine Tischchen mit Limonade, einem Blumenstrauß aus dem Garten, Obstsalat und Torteletts. Aber sie war nicht gekommen, um sich verwöhnen zu lassen. Sie hatte sich die Situation von Paulina wieder und wieder durch den Kopf gehen lassen. Sollte sie sich einmischen? Würde Paulina das wollen? War es penetrant oder andernfalls das schändliche Unterlassen von Hilfe? Schließlich hatte sie sich entschieden, mit Ida darüber zu reden. Ida Reimers war ihre Ersatzmutter, Helene betete sie an, Ida war musisch, ein Freigeist, sie war liebevoll und hatte Humor. Sie liebte ihre Töchter über alles – und Helene war überzeugt, dass Ida es niemals zulassen würde, dass Franz Hopp Paulina schlug. Allerdings fragte sich Helene, wie das Elternpaar Reimers es hatte zulassen können, dass Paulina diesen grauenvollen Menschen überhaupt geheiratet hatte. Wenn man auch nur einen Funken Menschenkenntnis besaß, musste einem auffallen, dass Franz Hopp ein schlechter Mensch war.

Darüber wollte sie sprechen, und deshalb ließ sie auch Idas Gerede unkommentiert, sie wollte sich nicht jetzt schon auf Nebenschauplätze begeben und in unnötige Diskussionen verstricken.

»Fanny fährt nach Havanna? Wie aufregend!«

»Ach, hat sie dir das erzählt?« Helene wunderte sich ein wenig, denn eigentlich pflegten Fanny und Ida wenig privaten Kontakt, zu unterschiedlich waren beide Frauen, zu unterschiedlich ihre Haushalte und die Lebensführung.

»Reiner Zufall. Wir haben uns bei *Poetsch* getroffen, bei den Lederwaren. Sie hat sich Reisekoffer zeigen lassen, also war ich so frei und habe sie direkt gefragt. Deine Eltern verreisen schließlich nie.«

Helene überlegte, was sie darauf antworten sollte. Immerhin war es noch immer ein Geheimnis, wo sich ihr Bruder versteckte. Was hatte Fanny Ida wohl erzählt, was der Grund für ihre Reise nach Havanna war? Lieber lenkte Helene das Gespräch auf ein anderes Thema. Auf den wahren Grund ihres Besuches bei Familie Reimers.

»Ich habe Paulina gestern besucht.«

Das Mädchen kam und goss ihnen Limonade in ihre Gläser.

»Wie findest du die Wohnung? Ist sie nicht wunderschön? Die Essgruppe ist von den *Vereinigten Werkstätten* in München, Bruno Paul hat sie entworfen. Ich bin seine glühendste Verehrerin!« Ida lehnte sich begeistert zu Helene hinüber. »Nachdem ich Paulinas kleine Wohnung eingerichtet habe, kann ich meinen Plunder nicht mehr sehen. Zu viel Plüsch und Pomp! Verrate es Ferdinand nicht, aber ich werde peu à peu ausmisten.«

»Ja. Die Wohnung ist wirklich sehr schön«, pflichtete Helene ihr bei. Wenngleich sie Paulinas Wohnung nicht eben als klein bezeichnet hätte. »Aber Franz war nicht so begeistert, hat mir Paulina erzählt.«

»Ach ja.« Ida machte eine wegwerfende Handbewegung. »Aber das ist nicht sein Metier. Er ist an der Börse. Er arbeitet und bringt das Geld nach Hause. Der Frau obliegt es doch, das Heim schön zu gestalten.«

»Sofern sie nichts anderes zu tun hat.«

»Selbst du, meine Liebe, die du bald in das Berufsleben eintrittst, wirst die Einrichtung eines Hauses oder einer Wohnung keinem Mann überlassen, glaub mir das. So etwas können nur wir Frauen.«

Früher hätten sie darüber gelacht, dachte Helene. Sie hätten auf Paulinas Bett gesessen, sich die Haare gekämmt und geflochten, Bonbons gegessen und Ida zugehört, die, ihre Orientzigarette in der einen Hand, ein Glas Champagner in der anderen, Reden über die Weiblichkeit, die besonderen Begabungen von Frauen und die Schlichtheit der Männer geschwungen hätte. Damals hatte Helene noch gedacht, Ida wäre eine selbstbewusste moderne Frau, weil sie es wagte, so abfällig über das männliche Geschlecht zu reden – obwohl sie den wunderbarsten Ehemann von allen hatte. Heute kam Helene das Gerede abgeschmackt und dumm vor. Heute hatte sie kurze Haare und sich längst von alten Zöpfen getrennt. Heute saß auch Paulina nicht mehr in ihrem Kinderzimmer, sondern ließ sich von ihrem Ehemann schikanieren. Heute hatte die Wirklichkeit Einzug gehalten, die Idas Worte seltsam realitätsfremd klingen ließ.

»Ich wollte sagen, dass mir Franz ein wenig jähzornig vorkommt.«

»Vielleicht.« Ida lehnte sich wieder zurück und schloss die Augen, als interessierte sie das Thema nicht.

»Hast du den blauen Fleck auf Paulinas Wange gesehen?«

»Blauer Fleck? Nein, habe ich nicht. Als sie bei uns war, hatte sie keinen blauen Fleck.«

»Aber jetzt hat sie einen. Sie sagt, sie ist gegen eine Tür gelaufen.«

»Na, wenn sie das sagt.«

Helene starrte Ida an. Die saß noch immer mit genüsslich geschlossenen Augen in ihrer Sonnenliege und gab sich dem Nichtstun hin. Interessierte sie denn gar nicht, was Helene ihr zu sagen versuchte?

»Ich glaube, dass Franz sie geschlagen hat.« Anscheinend musste sie es so unverblümt aussprechen.

Jetzt öffnete Ida ihre Augen, drehte den Kopf zu Helene und lächelte. »Meine Liebe, was für ein Unsinn! Glaubst du im Ernst, dass sich Paulina von einem Mann so behandeln lässt? Du unterschätzt deinen Alsterschwan gewaltig.«

»Ida!« Helene geriet außer sich angesichts der Gleichgültigkeit, die Paulinas Mutter an den Tag legte. »Ich habe doch miterlebt, wie er sie behandelt! Er gibt sich freundlich, aber tatsächlich ist er widerwärtig, er behandelt Paulina wie seinen Fußabtreter, ich …«

»Schluss jetzt!« Augenblicklich hatte Ida sich aufgerichtet. Das Desinteresse und die Nonchalance, die sie gerade eben noch an den Tag gelegt hatte, waren verflogen. Eine Zornesfalte hatte sich zwischen ihren Augenbrauen gebildet. »Es reicht, Helene. Ich weiß nicht, was dich dazu treibt, das Leben und den Mann deiner besten Freundin auf diese Weise zu verunglimpfen! Ist es der Neid? Kannst du Paulina ihr Glück nicht gönnen, weil du deinem Leben eine falsche Richtung gegeben hast? Wenn du hierhergekommen bist, um uns zu beleidigen, muss ich dich bitten zu gehen.«

Sie starrten sich einen Moment in die Augen. Ida schien erschöpft von ihrem Wutausbruch, sie wischte sich mit der Hand über die Stirn und sagte mit weicherer Stimme: »Verzeih, ich wollte nicht ...«

Aber Helene verzieh nicht. Sie stand auf und verließ grußlos den Garten. Sie musste sich sortieren, Abstand gewinnen. Konnte nicht glauben, was sie gerade eben erlebt hatte. Niemals hätte sie mit dieser Reaktion von Ida gerechnet. Warum hatte diese sie nicht angehört? Nicht einen Moment darüber nachgedacht, ob das, was Helene ihr erzählte, der Wahrheit entsprechen könnte. Oder hatte sie sich tatsächlich so sehr im Ton vergriffen?

Im Flur erwartete sie der große Reisekoffer, von dem Ida gesprochen hatte. Daneben ihre Mutter, die wirkte, als wäre sie die etwas in die Jahre gekommene Assistentin eines Zauberers, die sich sogleich in dem großen Koffer verstecken und auf ihre Zweiteilung mittels Säge warten würde.

»Schau her, mein Schatz!« Sie deutete stolz auf weitere kleinere Koffer und Taschen, die mit dem großen Koffer ein Ensemble bildeten. »Die Ausstattung habe ich schon. Nun fehlen mir noch die Schiffspassage und das Hotelzimmer. Und eine geeignete Begleitung! Aber dein Vater wird auch das regeln.«

»Dass er dich fahren lässt«, murmelte Helene. »Das hätte ich ihm nie zugetraut.«

»Es geschehen noch Zeichen und Wunder!«, sagte Fanny fröhlich und ging in den Salon, Helene folgte ihr. In diesen Raum war die Hitze noch nicht eingedrungen, vor den hohen Fenstern zum Garten blieben die Vorhänge zugezogen, geöffnete Fenster an beiden Seiten sorgten für einen leichten Luftzug. Heute hatten sich über der Elbe dicke dunkle Wolken gebildet, die wie eine Wand nun über der Alster standen, sich aber nicht getrauten, weiter in die Stadt vorzurücken.

»Dein Vater ist kein schlechter Mann, Helene, trotz allem.«

»Hat er dich je geschlagen?«

Erschrocken fuhr Fanny herum. »Geschlagen? Kind, wie kommst du denn auf so etwas? Niemals! Er würde seine Hand nicht gegen mich erheben.«

»Uns hat er manchmal den Hintern versohlt.«

Fanny schien noch immer entsetzt über Helenes Frage. »Euch, ja. Aber selten. Ihr wart so wild, man ist dir und Klaus gar nicht anders beigekommen! Geschadet hat es euch nicht. Das Kindermädchen habt ihr mit Bauklötzen beworfen, sodass sie weinend aus dem Zimmer gelaufen ist.«

»Oh Gott, das weiß ich schon gar nicht mehr.« Helene grinste. Tatsächlich hatte sie verdrängt, dass Klaus und sie sich gebärdet hatten wie die Wilden. Gemeinsam waren sie stark gewesen. Gemeinsam. Jetzt waren sie getrennt und mussten jeder für sich stark sein – was wohl nur ihr gelang.

»Aber warum fragst du mich das?«, hakte Fanny nach, während sie sich auf die Chaiselongue fallen ließ und mit einem Fächer wedelte.

»Weil Paulinas Ehemann sie schlägt«, platzte es aus Helene heraus, und dann erzählte sie Fanny die ganze Geschichte. Ihre Mutter hörte ruhig zu. Als Helene jedoch schilderte, wie Ida reagiert hatte, zog sie ihre Augenbrauen leicht zusammen.

»Das ist ein ungeheuerlicher Verdacht«, sagte Fanny schließlich, als Helene ihre Erzählung beendete. »Und ich hoffe sehr, dass du nicht recht hast.«

»Es gibt keinen Zweifel, ich habe doch gesehen …«, wollte Helene aufbrausen. Sie war ihrer Sache so sicher, warum wollte ihr niemand glauben?

»Es gibt immer zwei Seiten einer Medaille«, setzte Fanny ungerührt fort. »Du blickst nicht hinter die Fassade der Ehe. Es kann so sein, wie du vermutest, aber vielleicht ist es ganz anders – auch wenn du das nicht glauben magst. Deshalb ist der beste Rat, den ich dir geben kann, der, dass du dir Gewissheit verschaffst.«

»Wie soll ich das machen? In ihre Wohnung einbrechen und mich unters Bett legen?«

»Sei nicht albern. Nein, du könntest Paulina einfach darauf ansprechen. Rundheraus.«

»Sie wird mir nicht die Wahrheit sagen.«

»Woher willst du das wissen? Ihr seid beste Freundinnen. Warum nimmst du an, dass sie dir auf eine ehrliche Frage keine ehrliche Antwort gibt? Sie hat es dir nicht von sich heraus erzählt, warum wohl?«

»Sie schämt sich?«

Fanny nickte. »Ganz sicher schämt sie sich. Nicht wenige Männer züchtigen ihre Frauen, und doch mag keine Frau darüber sprechen, weil sie immer annimmt, sie selbst sei schuld. Ich kenne das …« Sie stockte. »… von meiner Mutter. Mein Vater war ein Tyrann. Er war jähzornig. Er schlug nicht nur uns Kinder. Auch das Personal und seine Frau. Trotzdem hat meine Mutter ihm niemals Vorwürfe gemacht. Oder sich beklagt. Sie war der festen Überzeugung, die Schläge verdient zu haben.«

Sie schwiegen. Helene war schockiert. An ihren Großvater hatte sie keine Erinnerung, er starb, als sie ein kleines Mädchen gewesen war. Fannys Mutter lebte noch, sie war eine sehr sanftmütige und ruhige Frau, unvorstellbar, dass sie ihren Mann zur Weißglut gebracht haben sollte.

»Das hast du mir nie erzählt.«

»Warum auch? Es ist lange her, ich war ein Kind. Wenn Paulina dir gegenüber nicht die Wahrheit sagt, dann hat sie ihre

Gründe. Aber vielleicht sagt sie auch die Wahrheit und ist tatsächlich gegen eine Tür gelaufen.«

»Niemals. Aber warum hat Ida so reagiert? Was würdest du tun, wenn du wüsstest, mein Ehemann« – sie hatte eigentlich Berthold sagen wollen, beherrschte sich aber in der letzten Sekunde – »schlägt mich?«

»Ich hoffe sehr, dass sich diese Frage niemals stellt.« Fanny lächelte, legte die Hände gefaltet in den Schoß und den Kopf schief. »Aber er sieht nicht so aus, als würde er jemals die Hand gegen eine Frau erheben, dein Kommissar. Er hat sanfte Augen.«

Helene schoss die Hitze ins Gesicht. Sie wurde mit Sicherheit feuerrot. »Er ist nicht mein Kommissar. Er ist ... Berthold.«

Fanny lächelte und erhob sich. »Ich muss weitermachen. Eine Packliste aufstellen. Eine Begleitung annoncieren.« Bevor sie den Salon verließ, drehte sie sich nochmals zu ihrer Tochter um. »Hoffentlich erklärt sich Herr Rheydt nicht, während ich in Havanna bin.«

Mütter, dachte Helene und blickte ihrer hinterher, Mütter haben den sechsten Sinn. Ich kann meiner Mutter jedenfalls nichts vormachen – warum schien das Paulina bei Ida zu gelingen?

Lange musste Helene nicht warten. Sie hatte einen guten Beobachtungsposten hinter einer Litfaßsäule auf der gegenüberliegenden Straße gefunden, als sie Paulina die Straße entlangkommen sah. Ihre Freundin sah zauberhaft aus, sie war und blieb eine der schönsten jungen Frauen der Hansestadt, groß, schlank, blauäugig, glattes blondes Haar, das ihr bis zur Hüfte reichte. Heute trug Paulina es hoch aufgetürmt auf dem Kopf, kunstvoll eingedreht, das konnte sie unmöglich selbst bewerkstelligt haben, wahrscheinlich hatte sie ein begabtes Dienstmädchen, das ihr zur Hand ging. Paulina schwebte den Gehsteig entlang, gekleidet in ein weißes Kleid aus luftiger Baumwolle, das ganz und gar aus Spitze gefertigt schien, passend dazu trug sie einen Sonnenschirm, ebenfalls aus weißer Spitze, in der Hand. Ein Motiv wie gemalt, es hätte jeden Betrachter in Entzücken versetzt, aber Helene sah, was niemand außer ihr sehen konnte: die Schwermut im Blick ihrer Freundin. Die unbedarfte Fröhlichkeit, mit der Paulina Helene so manches Mal aus schweren Gedanken gerissen hatte, mit der sie ihr jegliches Grübeln austrieb – diese Leichtigkeit war verflogen.

Als Helene aus ihrem Versteck hervortrat, erschrak sich Paulina, sie sah nicht glücklich aus, ihre Freundin zu sehen.

»Helene, was machst du hier?«

»Ich habe auf dich gewartet. Was sonst sollte ich hinter dieser Säule tun?«

»Warum versteckst du dich? Und warum hast du dich nicht angekündigt?«

»Angekündigt? Früher konnte ich dich mitten in der Nacht aus dem Bett holen!«

»Früher.«

Paulina lief an Helene vorbei zum Gartentor. »Franz kommt bald von der Arbeit. Ich weiß nicht, ob es gut ist, wenn er dich sieht.«

»Er macht um vier Uhr Büroschluss. Das ist noch eine Stunde hin. Können wir zu dir hochgehen? Ich muss mit dir sprechen. Und das möchte ich nicht auf der Straße tun.«

Nur zögerlich holte Paulina den Schlüssel aus ihrem Täschchen, ebenfalls aus weißer Spitze, schloss auf und bat Helene nach oben in die Wohnung. Dort aber bot sie ihr nichts zu trinken oder einen Stuhl an, sondern blieb mit verschränkten Armen im Wohnzimmer stehen.

»Also, was gibt es?«

»Warum bist du so?« Helene tat es im Herzen weh, Paulinas Ablehnung zu spüren. »Magst du mich nicht mehr?«

Paulina ließ die Arme sinken. »Aber natürlich, Helene. Es ist nur …«

Helene wagte es, einen Schritt auf ihre Freundin zuzugehen. Sie zeigte auf den blauen Fleck. »Ist es deswegen?«

Paulina drehte den Kopf weg. Aber sie schwieg.

»Schlägt er dich?«

Jäh wandte Paulina den Kopf um. »Du bist schuld! Hättest du diese Chinesin nicht ins Haus geschleppt oder Berthold erzählt, dass du Franz gesehen hast …«

Erschrocken wich Helene zurück. »Ist das dein Ernst? Du gibst mir die Schuld, dass dein Mann dich schlägt?«

Paulina öffnete den Mund, ihr Blick wild, ihr Gesicht verzerrt, aber dann schien sie nicht mehr die Kraft zu haben, Helene anzuklagen. Sie schniefte und setzte sich auf einen Stuhl.

Helene ging wortlos in die Küche, füllte zwei Gläser mit Wasser, kehrte ins Wohnzimmer zurück, stellte Paulina eines der Gläser hin und eines vor sich. Dann fischte sie die kleine Blechschachtel mit den *Salem*-Zigaretten aus der Rocktasche, zündete zwei an, reichte eine Paulina und zog an der anderen.

Ihre Freundin nahm die Zigarette, und sie rauchten wortlos.

»Wenn er das riecht, wird er toben.« Paulina gelang ein schiefes Grinsen.

Helene musterte sie. »Wann hat es angefangen?«

Paulina schüttelte nur den Kopf. »Nicht. Bitte. Frag mich nicht.« Sie zog stark an der Zigarette. »Er hat sich nicht in der Gewalt.«

»Was willst du tun?«

Helenes Freundin lachte bitter auf. »Was soll ich schon tun? Ich versuche, ihn nicht wütend zu machen. Wenn er keinen Grund hat, ist er umgänglich.«

Umgänglich? Helene war fassungslos. Warum in aller Welt heiratete man einen Mann, der bestenfalls umgänglich war? Sollte man nicht höhere Ansprüche an den Mann des Lebens, an die Ehe, an das Leben haben? Aber sie behielt ihre Gedanken für sich, wohl wissend, dass es in genau diesem Moment nicht hilfreich war, sie zu äußern.

»Liebst du ihn denn?«

Paulina schwieg. Achselzuckend sagte sie: »Liebe. Das ist so groß. Ich war furchtbar in ihn verliebt. Er hat mir einen Antrag gemacht. Unsere Eltern waren begeistert, alles passte.«

Sie schmiss die glühende Zigarette in das Wasser der Blumenvase. »Ab dem Moment habe ich gemerkt, dass ich eigentlich gar nicht will. Dass ich ihn nicht heiraten will.«

»Aber gab es kein Zurück? Konntest du nicht mit jemandem reden?«

Paulina blickte Helene direkt ins Gesicht. Helene fiel auf, dass sie Paulina noch nie so ernst gesehen hatte. So erwachsen. Ob sie selbst auch so wirkte? Erwachsen? Ihre Jugend war gestern noch gewesen, ihre Unbedarftheit, ihr Lachen, ihre Ausflüge ins Lichtspielhaus. Sollte all das für immer der Vergangenheit angehören?

»Ich konnte mit Mama und Papa nicht darüber sprechen. Ich habe es nicht gewagt. Sie brauchen diese Heirat.«

Helene schüttelte leicht den Kopf, sie verstand nicht.

»Papa ist bankrott. Er hat zu viele Fälle übernommen, die ihm nichts einbringen. Er ist der glänzendste Strafverteidiger in der Stadt. Aber hoch verschuldet.«

»Das wusste ich nicht! Man merkt nichts davon, ihr lebt auf großem Fuß, ich dachte immer ...« Helene fand keine Worte.

»Ja«, Paulina zeichnete mit der Fußspitze Ornamente aufs Parkett. »Das dachte ich auch immer. Meine Mutter will es nicht wahrhaben, sie wirft das Geld mit beiden Händen zum Fenster heraus. Sie ist im Reichtum aufgewachsen, sie hat geerbt – aber das Geld ist weg.«

»Woher weißt du das?«

»Von Franz. Aber auch von Mina, sie hat ein Gespräch belauscht, das Papa mit einem Mann geführt hat, von dem er sich Geld geliehen hat. Franz hatte mir also nichts Neues erzählt.« Mina war Paulinas älteste Schwester.

»Aber was haben deine Eltern von deiner Heirat in die Familie Hopp? Das bezahlt nicht ihre Schulden.«

»Oh doch!« Das Lachen Paulinas war bitter. »Hopp senior braucht einen Nachfolger für seine Kanzlei. Franz ist an der Börse, er ist der einzige Sohn. Wenn Papa die Kanzlei übernimmt, bleibt sie mehr oder weniger in der Familie. Papa kann sich sanieren, und mein Schwiegervater behält die Kontrolle.«

Das erklärte Idas Reaktion. Paulina war ein Unterpfand, ihre Hochzeit kam Ida und Ferdinand gut zupass – dass ihre Tochter vom Ehemann nicht gut behandelt wurde, war ein Kollateralschaden, den man dafür hinnahm. Niemand aus der Familie würde Paulina beistehen. Sie war gefangen in einer Ehe mit einem Mann, den sie nicht liebte – und der für sie augenscheinlich nur Verachtung übrighatte.

Sie wiederholte ihre Frage. »Was wirst du tun?«

Paulina zuckte mit den Schultern. »Was kann ich tun?«

Franz Hopp kam pünktlich von der Arbeit. Er parkte seinen Wagen sorgfältig auf dem dafür vorgesehenen Platz neben dem Haus.

Helene wartete noch so lange, bis er einige Minuten im Haus verschwunden war, um sicherzugehen, dass er nicht mehr zurückkam. Dann löste sie sich aus dem Schatten der Büsche und huschte über den Rasen. Paulina hatte ihr gezeigt, von wo aus man aus den Fenstern der Wohnung keinen Einblick hatte. Helene duckte sich neben das Auto, zog das Küchenmesser hervor, das Paulina ihr gegeben hatte. Dann durchstach sie mit aller ihr zur Verfügung stehenden Kraft das dicke Gummi des ersten Reifens. Mit einem Zischen entwich die Luft.

Es hörte sich in ihren Ohren an wie Musik. Sie durchstach

auch die anderen drei Reifen des Wagens, bis dieser platt auf den Felgen stand. Helenes Arm zitterte von der Anstrengung, aber sie betrachtete ihr Werk mit Stolz. Eine kriminelle Tat, ja, das war ihr bewusst. Aber das Verbotene erfüllte ihre Seele mit größter Befriedigung.

Das war erst der Anfang meiner Rache, Franz Hopp, formulierte sie für sich. Das war erst der Anfang.

21.

Sie war auf ihrer Flucht nicht weit gekommen, dachte Berthold, während er auf den Körper Haos hinabblickte. Die Leiche der Chinesin hing in einer Schleuse des Goldbeckkanals, kopfüber, aber an ihrer Frisur, den glatten schwarzen Haaren, die im Nacken zu einem Knoten gebunden waren, und ihren Kleidern erkannte der Kommissar sofort, wen er vor sich hatte.

Der Schleusenwärter hatte die Polizei über den Fund informiert, es handelte sich unübersehbar um den Körper einer Toten, Rettungsversuche erübrigten sich. Die Schupos, die als Erste vor Ort waren, waren ausnahmsweise einmal so klug gewesen, mit der Bergung des Körpers zu warten, bis Berthold und seine Leute gekommen waren.

Physicus Bäuerlein war krank, er hatte seinen Assistenten geschickt. Berthold verfolgte nun, wie dieser zwei Polizisten genaue Anleitung gab, wie sie die Leiche aus dem Wasser fischen sollten. Sorgsam hoben die Männer den schmalen Körper der Frau heraus und betteten ihn auf den Uferstreifen, das Gesicht nach oben.

Friedlich sah Hao aus, stellte Berthold überrascht fest. Ihre Augen waren geschlossen, ihr Mund ernst, und obgleich ihre Haut von den vielen Stunden im Wasser bereits aufgeschwemmt war, bot sie keinen allzu erschreckenden Anblick.

»Herr Kommissar!«, rief einer der Polizisten, und als Berthold zu ihm sah, erkannte er, dass der Beamte einen Geldschein hochhielt.

»Der hing hier in der Schleuse!«

Offenbar hatten sich zusammen mit dem Körper Haos und anderem Unrat sowie Schlingpflanzen und Laub auch einige Scheine verfangen. Berthold vermutete, dass die Chinesin das Geld in einer Tasche ihrer Kleider hatte, beugte sich hinunter und überprüfte das Kleid. Tatsächlich befanden sich in einer Rocktasche noch zwei weitere Scheine – das deckte sich mit der Vermutung Helenes, dass Hopp Hao Geld gegeben hatte, bevor er sie zum Teufel gejagt hatte.

»Bitte nicht mehr berühren, Herr Inspektor«, bat ihn Bäuerleins Assistent.

»Kommissar«, korrigierte Berthold, »und entschuldigen Sie, wie war Ihr Name?«

»Schleicher, mit Verlaub, Romuald Schleicher, ich bin Assistenzart bei Doktor Bäuerlein.«

»Freut mich, Schleicher. Dann legen Sie mal los.«

Bislang war Berthold lediglich mit der Vorgehensweise von Bäuerlein vertraut, deshalb sah er fasziniert zu, wie dessen neuer Assistent die Untersuchung vornahm. Er ging äußerst genau vor, schrieb sich jede Feststellung in ein Notizbuch. Schleicher, ein dicklicher und schwitzender junger Mann, der im direkten Umgang unsicher wirkte, war ein selbstsicherer und genauer Beobachter. Er entnahm der Leiche alle möglichen Proben, Haare, Hautschuppen, sogar den Dreck unter den Fingernägeln entfernte er! In seiner Tasche führte er jede Menge kleiner Glasbehälter mit sich, die er sorgsam beschriftete.

Der Kommissar war geneigt, von nun an immer den Assistenten anstelle des Physicus anzufordern, ihm gefiel die Akribie des Jungen.

»Auf den ersten Blick Tod durch Ertrinken«, erstattete der

junge Mann Berthold Rapport. »Ich sehe nirgendwo Zeichen äußerer Gewalteinwirkung. Kein Kampf, nichts. Ich würde sie dennoch gerne obduzieren, um völlig sicherzugehen.«

»Tun Sie das, meine Zustimmung haben Sie. Ich bin nur einigermaßen verwundert – Ihr Vorgesetzter schlägt mir die Bitte nach Obduktion meist ab mit Verweis auf Überlastung des Leichenhauses.«

Romuald Schleicher lächelte nur fein. »Sie hören von mir, Herr Kommissar.«

Willkommen in meinem Club, dachte Berthold und erteilte letzte Anweisungen, was mit Haos Körper geschehen sollte, bevor auch er den Weg zurück ins Stadthaus antrat.

Den Platz seines Vorgesetzten einzunehmen, war Berthold Rheydt unangenehm. Gustav Roscher hatte auf der Bühne in Saal eins des Stadthauses wie immer, wenn eine Verlautbarung für die Presse vorgenommen wurde, einen Tisch und Stühle aufstellen lassen. Normalerweise saß Inspektor Paulmann neben ihm – heute war Berthold dieser Platz zuteilgeworden. Auf seiner anderen Seite fläzte sich Elmar auf seinem Stuhl. Er grinste Berthold an und feixte, froh, dass nicht er den Platz des Inspektors besetzen musste. Elmars Augen waren blutunterlaufen, auf seiner Stirn stand Schweiß, der, so nahm Berthold an, nicht nur von der übermäßigen Hitze, sondern von dem ebenso maßlosen Kokainkonsum herrührte.

Gustav Roscher sprach ein paar einleitende Worte, er begann damit, über Paulmann zu reden und dass Berthold Rheydt nun vorübergehend dessen Position innehatte. Schließlich übergab er diesem das Wort.

Berthold sprach über den Mord in der *Leuchtenden Sonne* – wohl wissend, dass sich bei den meisten anwesenden Journalisten bereits herumgesprochen hatte, dass es in dem Etablissement einen Vorfall gegeben hatte. Er gab eine Beschreibung der Tat und des Opfers sowie des flüchtigen Täters – ohne aber darauf einzugehen, dass dieser mutmaßlich der zurückgekehrte Hafenmörder war. Über die Tatsache, dass die Bordellwirtin zunächst versucht hatte, die Tat zu vertuschen, die Beteiligung Anne van der Zwaans an der Entdeckung sowie die Gegenwart Elmar Thönnes' zur Tatzeit ganz in der Nähe schwieg er ebenfalls. Dafür sprach er über Hao, deren Leiche gerade heute erst entdeckt worden war. Er stellte klar, dass es sich aller Wahrscheinlichkeit nach um einen Unfall oder Suizid handelte, die Frau auch in der *Leuchtenden Sonne* gearbeitet hatte und die Polizei die genaueren Zusammenhänge noch untersuchte. Zu guter Letzt sprach er eine dringende Warnung an die Bevölkerung aus, weil der Prostituiertenmörder noch flüchtig war.

Kaum hatte er seine Ansprache beendet und wollte das Wort an Elmar weitergeben, prasselten die Fragen auf ihn ein.

»Schon einmal haben Sie einen Mörder laufen lassen – gibt es Parallelen zum Hafenschlächter?«

»Sind Sie der neue Inspektor?«

»Wie gefährlich ist das Chinesenviertel für Hamburgs Bevölkerung?«

»Welche Konsequenzen ziehen Sie aus ...?«

»In der Schmuckstraße hat eine Razzia stattgefunden – steht der Mord im Zusammenhang mit Opiumschmuggel?«

»Ist der Täter ganz sicher nicht chinesischer Abstammung?«

»Kehrt Inspektor Paulmann in den Polizeidienst zurück?«

Bevor Berthold auch nur überlegen konnte, ob und wie er auf Fragen eingehen sollte, erklärte Gustav Roscher die Zusammenkunft für beendet und forderte Berthold und Elmar auf, mit ihm den Saal zu verlassen.

»Die Meute dürfen Sie nur spärlich füttern, Rheydt.« Der Kripochef sah auf die Uhr. »Ich habe jetzt noch Termine. Bereden Sie untereinander das weitere Vorgehen und legen mir darüber ein Protokoll vor. Wir besprechen uns morgen.«

Berthold und Elmar hatten kaum genickt, als sie aus Richtung der Wache einen lauten Wortwechsel vernahmen. Unmissverständlich erkannte Berthold die Stimme von Franz Hopp.

»Ich spreche nur und ausschließlich mit dem Kommissar!« Mit hochrotem Kopf stand der Blonde vor dem Wachhabenden, als Berthold eintrat.

»Herr Kommissar!«, wandte sich Hopp augenblicklich an ihn. »Ich erstatte Anzeige! Ich bin Opfer einer beispiellosen Vernichtungskampagne.«

Berthold war äußerst überrascht – zwar hatte er Hopp gebeten, auf die Wache zu kommen, damit er dessen Aussage zur Nacht, in der Hao verschwand, aufnehmen konnte –, dass dieser nun Anzeige erstatten wollte, war eine neue Wendung.

»Herr Hopp, bitte folgen Sie mir in mein Büro«, bat Berthold ihn und erkannte die Erleichterung im Gesicht des Wachhabenden, der sich offenbar schon länger mit dem Querulanten herumgeschlagen hatte.

»Mein Wagen!«, hub Hopp an. »Vollkommen zerstört. Zerkratzt, die Reifen aufgestochen ...«

»Herr Hopp!«, fuhr Berthold ihm in die Parade. »Sachbeschädigung ist nicht mein Zuständigkeitsbereich. Ihr Fahrzeug interessiert mich nicht, ich habe Sie gestern auf die Wache gebeten, damit Sie eine Aussage zu Protokoll geben.«

Das Wieselgesicht des Blonden wurde noch spitzer. Er kniff die Augen zusammen und musterte den Kommissar.

»Meine Anzeige interessiert Sie nicht? Na, dann werden wir mal sehen, ob es Sie interessiert, wenn ich Ihnen sage, wer der Vandale war. Vielmehr: die Vandalin.«

Ungerührt zog Berthold einen Bogen Papier in die Schreibmaschine. »Wir kommen erst einmal auf die Nacht vom 10. auf den 11. August zu sprechen.« Er warf dem Mann einen Blick zu. »Bitte schildern Sie mir, was Sie in dieser Nacht zwischen Mitternacht und ein Uhr unternommen haben.«

»Zu Hause. Im Bett. Geschlafen. Meine Frau bezeugt das.« Franz Hopp beugte sich vor. »Die Reifen meines Wagens wurden heute aufgeschlitzt. Kurz nachdem ich von der Arbeit gekommen bin.«

»Wie ich schon sagte …«

»Ich erstatte Anzeige gegen Helene Curtius.« Hopp lehnte sich wieder zurück, verschränkte die Arme vor der Brust, und ein zufriedenes Lächeln umspielte seine Lippen.

Berthold war vollkommen perplex. »Sie … was? Sie verdächtigen Fräulein Curtius? Ich habe mich wohl verhört.«

»Das haben Sie ganz und gar nicht!« Der Triumph in seiner Stimme war unüberhörbar. »Fräulein Curtius war zu Besuch bei meiner Frau. Direkt davor.«

»Ich habe Ihnen schon einmal gesagt – Sachbeschädigung ist nicht mein Metier. Und Verleumdungen erst recht nicht!« Berthold erhob sich. Ihm schwoll der Kamm, wenn er den geleckten Blonden ansah, mit seinen Frettchenaugen und dem unechten Lächeln auf den Lippen.

»Sie wollen doch bestimmt nicht, dass ich bei Ihren Kollegen zu Protokoll gebe, dass das Liebchen des Kommissars …«

Mit einem Satz war Berthold über seinen Schreibtisch gehechtet. Der Stuhl mit Franz Hopp kippte nach hinten, Berthold kam mit seinem gesamten Gewicht auf dem Mann zu liegen, aus dem die Luft hörbar entwich. Der Kommissar schob seinen rechten Unterarm unter Hopps Kinn, drückte gleichzeitig auf die Kehle. Das Gesicht des Wiesels schwoll rot an, die Augen traten aus den Höhlen.

»Noch ein Wort über Fräulein Curtius, und du kannst dein Testament machen, Freundchen.«

Statt einer Antwort kam nur Röcheln. Wie gerne hätte Berthold den Widerling mit einem gezielten Schlag gegen das Kinn außer Gefecht gesetzt. Stattdessen wartete er, bis der Mann kurz davorstand zu ersticken, erst dann nahm er seinen Arm weg, stand auf und ließ Franz Hopp wieder zu Bewusstsein kommen. Dieser hustete, spuckte auf den Boden und rappelte sich schließlich mühsam hoch.

»Sie hören von meinem Anwalt«, stammelte er heiser und griff nach der Türklinke.

Berthold jedoch riss das Blatt aus der Schreibmaschine, versperrte Hopp den Weg und ordnete an: »Unterschreiben.«

»Was? Da steht doch gar nichts?« Das Wiesel war den Tränen nah. Der Kopf noch immer rot, die Stimmbänder mitgenommen. Die ganze hochtrabende Erscheinung war zu einem zitternden Häufchen geschrumpft.

»Blanko«, knurrte Berthold.

Hopp wollte protestieren, aber er schien zu befürchten, dass er das Zimmer nicht unversehrt verlassen würde, wenn er der »Bitte« des Kommissars nicht Folge leistete. Er setzte seine Unterschrift auf das leere Blatt.

Berthold nickte zufrieden. »Ein Wort über Fräulein Curtius – und ich denke mir den Text darüber aus.«

Dann öffnete er die Tür und ließ den Mann ziehen. Wieder einmal hatte er die Kontrolle über sich verloren, aber dieses eine Mal bereute er es nicht. Franz Hopp war ein niederer Charakter, der eine Lektion verdient hatte. Es ging nicht an, dass er Helenes Name in den Dreck zog, nur weil sie ihm ein Dorn im Auge war. Der Versuch, Berthold damit zu erpressen, war eine Unverschämtheit sondergleichen. Herrschaft, was dachte der Kerl, wer er ist?, ärgerte sich Berthold. Einem wie Franz Hopp durfte man keinen Zentimeter Boden überlassen.

Sie fuhren direkt in das Auge des Zyklons. Über Steinwärder stand eine dunkle Wand, schwere Gewitterwolken küssten die Kaimauern, die dort liegenden Schiffe tänzelten unruhig auf der bewegten Elbe umher wie ein Boxer vor dem Kampf. Das Wasser trug ein Rüschenkleid aus Schaumkronen zum bevorstehenden wilden Tanz mit dem Wetter, das sich seit dem Morgen ankündigte. Schwalben und Mauersegler kreuzten tief über den Wellen, schnappten die letzten Mücken, bevor sie in ihren Nestern in den Dächern der Lagerhallen und Schuppen verschwanden und sich vor dem Sturm in Sicherheit brachten.

Berthold und Elmar standen im Bug des Bootes der Hafenpolizei, starrten stumm auf die Wolkenwand, die Hamburg seit dem frühen Morgen drohte, aber wie ein geschickter Feldherr nicht vorzeitig losschlug, ehe sich nicht all ihre Truppen hinter ihr versammelt hatten. Kein befreiender sanfter Regen würde heute über der Hansestadt niedergehen und die Bewohner von der wochenlangen Hitze befreien, nein, ein Schwert aus Blitz und Sturm, aus Flut und Sturzregen würde auf die erschöpfte Stadt einschlagen. Es war zu hoffen, dass das Unwetter sie nicht erwischte, bevor sie ihr Gespräch mit Sun Bo, dem Triadenboss, hinter sich gebracht hatten.

Eduard Kalweit hatte sich in Archiven vergraben, seit Berthold ihn wegen der Sache mit Rebekka und ihrem Zuhälter Igor Todorow zurechtgewiesen hatte, und nicht nur Franz Hopp nachgespürt, sondern sich auch die Mühe gemacht, die verzweigten Geschäftsbeziehungen Sun Bos nachzuvollziehen.

Er hatte ganze Arbeit geleistet, hatte lange Listen erstellt, welchen Geschäften der Mann nachging und mit wem er handelte. Offenbar war Sun Bo in der deutschen Kolonie Kiautschou zu seinem Geld gekommen – er hatte große Opiumplantagen besessen, die er im Zuge der Politik Chinas, das Opium nicht länger zu importieren und den Briten das Geschäft zu überlassen, sondern selbst in den Handel mit Opium einzusteigen, aufgebaut hatte. Wie seine Verbindungen in China waren und ob er tatsächlich zu den Triaden gehörte, konnte Kalweit nicht mit letzter Sicherheit belegen, aber es gab ausreichend Hinweise, die darauf deuteten. Kein Chinese wurde ohne Hilfe der Triaden so mächtig im Opiumgeschäft.

Schließlich war Sun Bo nach London gegangen – und hier verlor sich zunächst seine Spur. Außer mit dem Verkauf von Tee und Porzellan fiel der chinesische Geschäftsmann nicht weiter auf. Möglicherweise, so spekulierte Eduard Kalweit, war der Konkurrenzdruck in London bereits zu groß. Die Briten beherrschten das Geschäft mit Opium, in Chinatown residierten Chinesen seit Jahrzehnten, es schien Sun Bo nicht gelungen zu sein, einen Fuß in die Tür zu bekommen. War er deshalb nach Hamburg gekommen? Auch hier machte der Chinese lediglich durch seriöse Geschäfte von sich reden, er agierte im Hintergrund, war verschwiegen und fiel nicht weiter auf. Dennoch schien die Schmuckstraße ganz und gar unter seiner Herrschaft zu stehen, einer Herrschaft des Schreckens.

Das Verwaltungsgebäude der HAPAG kam vor ihnen in Sicht, gleich daneben das Umspannwerk. Steinwärder und Kuhwärder mit dem angrenzenden Köhlbrand waren der industrielle Teil des Hamburger Hafens. Hier lagen die Werften, die größte von ihnen Blohm und Voss. Die Vulkanwerft war dort angesiedelt und natürlich Kohle. Kohleberge, wohin das Auge blickte. Tag und Nacht drehten sich die elektrifizierten Lastkräne, hievten Güter von Schiffen auf die bereitstehenden Güterwaggons der Eisenbahn oder beluden Schiffe. Der Lärm der Eisenhämmer, das schrille Schreien, wenn Metall zerteilt wurde, und das Heulen der Sirenen drangen von den nahen Werften herüber. Dampf lag in der Luft, Ruß, der Gestank glühenden Metalls und verbrannten Gummis. Kohlenstaub verdunkelte die Sicht, legte sich bei jedem Atemzug auf die Lunge, kroch in die Poren. Warum suchte sich Sun Bo diesen unwirtlichen Ort aus, um mit seiner Dschunke zu ankern?

Die Antwort gab Berthold sich selbst, als sie den Liegeplatz des außergewöhnlichen Schiffes erreichten. Es lag am Steinwärder Ufer, noch vor der Grevenhof-Schleuse, ein winziger idyllischer Fleck inmitten der Industrie rundherum. Hier kam niemand aus Zufall vorbei, es war ein perfekter Rückzug hinter das Bollwerk der Industrie.

Es war ein Versteck.

Die Dschunke war eines der schönsten Schiffe, das Berthold Rheydt jemals gesehen hatte. Das kiellose Boot, dessen Rumpf vorne hochgezogen war, war aus dunklem Holz gefertigt, das matt schimmerte, ähnlich poliertem Mahagoni. Drei Masten hatte die Dschunke Sun Bos, ihre Segel blutrot, sie konnten sich aufspreizen wie die Schwanzflosse eines mächtigen Fisches. Der Kajütenaufbau war reichhaltig mit goldenen Ornamenten gefasst, auch der Rumpf trug an der vordersten Spitze einen fauchenden Drachen aus golden und bunt lackiertem Holz.

An Deck standen zwei Männer – keine Matrosen. Die Herren waren in gut sitzende Anzüge gekleidet, teures Tuch, perfekter Sitz. Elmar und er sahen gegen die beiden Leibwächter – denn nichts anderes konnten sie sein – wie Landstreicher aus in ihren zerknitterten Anzügen.

»Kriminalpolizei Hamburg«, stellte Berthold sie vor, »wir möchten mit Herrn Sun sprechen.«

Während einer der beiden Chinesen die Kommissare ansah, ohne auch nur eine Regung im Gesicht erkennen zu lassen, trat der andere an die Steuerbordseite. »Ich bedauere, Herr Sun ist nicht anwesend.«

»Wir müssen ihn in einer dringenden Angelegenheit sprechen«, erwiderte Berthold. »Wann kommt er wieder? Wir warten gerne auf ihn.«

»Er ist auf Geschäftsreise.« Der Mann lächelte Berthold überaus freundlich an, während er diese Auskunft gab, aber dem Kommissar entging nicht, dass sich die Muskeln unter dem Maßanzug anspannten.

»Wann kommt Herr Sun wieder? Wenn wir ihn nicht bald antreffen, muss er zu uns auf die Wache kommen.«

»Ich muss Sie bitten, einen Termin mit Herrn Sun zu vereinbaren, er ist ein viel beschäftigter Geschäftsmann.«

»Jetzt hör mal zu, Schlitzauge ...« Elmar trat mit geballten Fäusten einen Schritt vor, aber Berthold hielt ihn zurück.

»Vielen Dank für die Auskunft«, sagte er. »Wir kommen morgen wieder. Es wäre gut, wenn Herr Sun dann von seiner Geschäftsreise zurück ist, denn wie gesagt, anderenfalls muss ich ihn ins Präsidium vorladen. Guten Abend!«

Berthold machte den Ansatz eines Dieners und zog Elmar mit sich.

Sie waren kaum außer Sicht, als Elmar explodierte. »Der lügt doch, dass sich die Balken biegen! Wir hätten dem gleich mal die Fresse polieren sollen, dem Schlitzauge, ich verstehe nicht ...«

»Beruhige dich, Elmar.« Berthold sah sich um und zog seinen Kollegen noch ein Stückchen weiter aus der Schusslinie. Erst als sie aus sicherer Hör- und Sichtweite der Dschunke waren, blieb er stehen.

»Rück eine Zigarette raus.«

Elmar klappte ein Etui auf, beide Männer steckten sich eine Kippe an, und nach dem ersten Zug erklärte Berthold seine Reaktion.

»Dass Sun Bo nicht auf Geschäftsreise war, sieht ein Blinder mit 'nem Krückstock, natürlich hat der Mann gelogen. Das waren keine Matrosen, das waren Leibwächter. Und wer Leibwächter hat, der nimmt sie mit auf Geschäftsreise. Also stimme ich dir zu: Der Mann hat gelogen. Sun Bo hat wahrscheinlich aus einem der Bullaugen geguckt und uns beide beobachtet, da gehe ich jede Wette ein.«

»Aber warum gehst du einfach? Wir hätten ...«

»Wir wissen jetzt, dass Sun Bo etwas zu verbergen hat. Warum lässt er sich verleugnen? Und damit können wir umgehen. Wie treibt man das Kaninchen aus dem Bau? Jedenfalls nicht, indem man selbst reinklettert. Ich spreche mit der Hafenpolizei. Die sollen mit ihren Booten hier patrouillieren, sooft es geht. Du stellst je zwei Schupos ab, damit sie ihre Runden um die Anlegestelle drehen. Tag und Nacht. Nicht heimlich, schön auffällig. Wir zeigen Sun Bo, dass wir ihn auf dem Kieker haben. Außerdem stellen wir Beamte zur verdeckten Beschattung ab.«

Jetzt grinste Elmar breit.

»Wer unter Druck steht …« Berthold zog noch einmal tief an seiner Zigarette, bevor er sie austrat. »… macht Fehler. Auf den Fehler warten wir.«

»Berthold, du bist ein Fuchs.«

Der erste Blitz fuhr wie ein grellweißes Schwert in der Ferne zuckend nieder, später folgte grollender Donner. Eine unmissverständliche Drohung an die Hafenstadt, Berthold hatte fast bis fünfzig zählen können, das Unwetter war also noch etwas entfernt.

Erste Tropfen fielen, schwer und wasserprall, sie verdampften zischend auf dem glühenden Stein des Quais. Die beiden Kommissare beeilten sich, zur Fähre zu kommen, die sie auf die andere Elbseite bringen sollte.

Berthold behielt während der Überfahrt Steinwärder im Auge. Er sah die riesenhaften Werfthallen, die Backsteinbauten der Fabriken, er sah die Schlote und die Güterwagen. Vor allem aber das dichte Labyrinth aus Schiffskörpern. Windjammern und Klipper, deren Masten sich vor dem aufkommenden Sturm zur Seite duckten, Lastkähne, mit Bergen von schwarzer, fettiger Kohle, die sich trotzig mit breiten Mäulern dem Wellengang entgegenstemmten, und die vielen kleinen Barken, Ewer und Schuten, die nun eilig die Sicherheit der Quais suchten.

Der Hafen war Hamburgs Tor zur Welt, aber er war auch ein Schlund, ein schrecklicher Moloch, der alles schlucken und verdauen konnte, der unzählige Verstecke bot, Ratten genauso wie Mördern.

Er konnte es spüren, dachte Berthold, er fühlte es am ganzen

Körper, dass Joachim von Stetten sich hier verbarg. In diesem Moloch hatte seine Mordserie ihren Anfang genommen, in den verlassenen Kähnen am Magdeburger Hafen hatte er die ersten Opfer versteckt.

Und hier wird es enden, beschloss der Kommissar schaudernd. Hier werde ich dich kriegen, ich stöbere dich in deinem Versteck auf, und ich jage dich, bis du um Gnade winselnd vor mir auf dem Rücken liegst.

Zweiundzwanzig, dreiundzwanzig, vierundzwanzig, zählte er die Sekunden von Blitz zu Donner. Die Einschläge kamen näher, die schwarzen Wolken hatten sich über die Stadt gestülpt, es fielen nun nicht mehr nur vereinzelte Tropfen, auch verglühten sie nicht länger auf dem Pflaster, starker Regen hatte eingesetzt, und Berthold, der sich Elmar nicht mehr in eine Kneipe anschließen wollte, trat fester in die Pedale seines zu kleinen Fahrrades. Der Regen peitschte ihm vom Sturm getrieben ins Gesicht, Berthold biss auf die Krempe seines Hutes, er konnte ihn bei dem starken Wind nicht länger auf dem Kopf behalten. Sein Jackett hatte er auf den Gepäckträger geklemmt, es sollte durch den Regen nicht vollständig ruiniert werden. Sein weißes Hemd klebte am Oberkörper, aber Berthold genoss die Feuchtigkeit, das Wasser, das ihm ins Gesicht spritzte, den Geruch des Sommerregens, der den Stadtstaub aufwirbelte, den Dreck aus den Straßen spülte, er liebte diesen speziellen Geruch von Sommerregen, der Steine duften ließ und Bertholds Herz weit öffnete für die Schönheit des Sommers.

Als er vor dem Gartenzaun der Villa Petersen ankam, war es so finster, dass er das Licht im Salon seiner Vermieterin nur durch einen Regenschleier sehen konnte, er zählte nun bloß noch vier, fünf, sechs Sekunden bis zum Donner.

Das grelle Licht erhellte für einen Moment die weiße Villa, Bertholds Blick fiel auf die Veranda, und da sah er sie stehen.

Elisabeth, war sein erster Gedanke, sie hat mich doch nicht verlassen, sie verfolgt mich noch immer.

Doch die Frau mit dem feuerroten Haar, die dort auf der Veranda wartete, geschützt vor Regen, Blitz und Donner, die da stand, wo er sein improvisiertes Nachtlager aufgeschlagen hatte, diese Frau war Helene.

Berthold ließ das Rad ins Gras fallen, überquerte mit Riesenschritten den Rasen und sprang mit einem Satz über die Treppenstufen der Veranda.

Außer Atem kam er direkt neben Helene zum Stehen. Er schüttelte den Regen aus seinem Haar, strich sich die langen dunklen Strähnen zurück und sah sie an. Blickte in die grünen Seen ihrer Augen.

»Ich habe etwas Schreckliches getan«, sagte sie, und es dauerte etwas, bis die Worte in Bertholds Bewusstsein sanken. Sprich nicht, dachte er, sei einfach nur bei mir.

»Hast du gehört?« Helene streckte eine Hand aus und strich sanft über seine Wange. »Ich habe mich strafbar gemacht.«

»Muss ich dich verhaften?«

»Ja«, sagte sie, öffnete die Lippen etwas, er sah ihre Zähne, die Zungenspitze, und er neigte sein Gesicht zu ihr, bereit, in ihr zu versinken, in der Landschaft ihrer Augen, des Mundes, der Seele.

»Ja«, wiederholte Helene flüsternd, »verhafte mich.«

Ein Blitz fiel über ihnen krachend nieder, eins, zwei, zählte er, bis der Donner grollte, Berthold spürte die Weichheit ihrer Lippen, ihre Zunge, die nach Himbeeren schmeckte, aber ein wenig auch nach Zigarette, er glaubte bewusstlos zu werden, als er sie an sich zog, ihre kräftigen Hände unter seinem Hemd, an seinem Rücken spürte. Er griff nach ihr, fasste sie an, gierig, fordernd, zugleich behutsam, denn sie war ein kostbares Geschenk, sie war sein Glück, sie war Leben und Hoffnung. Und sie war wunderschön, ihre weißen Brüste, der lange Hals, der sich nun nach hinten bog, ihr weicher Bauch, der sich im Rhythmus ihrer beider Atem bewegte, ihr stummer Schrei, als sie sich vereinigten.

22.

Sie hatte es gerade noch rechtzeitig geschafft, sich in die gemütlichen Räume des Frauenclubs zu retten. Anne kuschelte sich noch etwas tiefer in den ledernen Ohrensessel, zog die karierte Decke hinauf bis zum Kinn. Vor den Fenstern zum Jungfernstieg ging die Welt unter. Faustgroße Hagelkörner donnerten auf den Boulevard, zerfetzten die Markisen, die nicht rechtzeitig eingekurbelt worden waren, der Sturm spielte Boccia mit Caféstühlen, ein Regenschirm, von dem nur Fetzen auf dem metallenen Gerippe hingen, führte einen Veitstanz in der Luft auf. Blitz und Donner vereinigten sich über der Stadt zu einer Liaison dangereuse, ihre Umarmung entlud sich in zuckenden Erschütterungen, der Himmel öffnete sein böses Maul und drohte die Stadt zu verschlingen. Der Jungfernstieg glich einem reißenden Fluss, die ausgetrockneten Böden der Stadt waren nicht in der Lage, die Wassermassen, die von oben auf sie niederstürzten, aufzunehmen, die Erde war in den Hitzewochen zu gebrannten Ziegeln geworden.

Keine Menschenseele war draußen, und diejenigen, die noch unterwegs gewesen waren, suchten Zuflucht in Hauseingängen, in Cafés oder Kneipen.

Anne ließ sich ihr Lieblingsgetränk bringen, Gin, heute trank sie ihn wie in Indien, in den Kolonien, mit bitterem Indian Tonic. Sie erinnerte sich nur schwach an den Besuch in dem märchenhaften Land, sie war noch ein kleines Mädchen gewesen. Aber daran, wie ihre Eltern mit anderen Geschäftsmännern und deren Ehefrauen aus dem Königreich auf der

Terrasse saßen, alle trugen Weiß, nur die indischen Bediensteten leuchteten in bunten, goldgewirkten Saris, vor der Veranda der Lodge war der Monsun niedergegangen wie eine Wand, ein flüssiger Vorhang, und in den Gläsern der Erwachsenen klimperten hell die Eiswürfel mit dem perlenden Lachen der Damen um die Wette. Gin Tonic hatten sie getrunken, immer Gin Tonic, und das kleine Mädchen, das sie gewesen war, würde das Getränk für immer mit der Leichtigkeit dieser Gesellschaft in Weiß auf der Veranda und dem dichten dunklen Monsun, der aus den Wäldern kam, verbinden.

Anne hatte einen arbeitsreichen Tag hinter sich, sie hatte Fieber gemessen und Verbände angelegt, Tinkturen verschrieben und Brüche versorgt, hatte Ratschläge erteilt und Tränen getrocknet. Am Abend schließlich hatte sie Rahel Mosse in ihrem sicheren Unterschlupf besucht. Ein bekanntes Gesicht öffnete ihr die Tür: Lorscha Berger. Im Frühling hatte Anne das junge Mädchen, gerade einmal sechzehn Jahre alt, vor dem sicheren Tod gerettet. Sie war Teil der *Lilith* und bei einer Aktion der Frauengruppe lebensgefährlich verletzt worden. Ihre Kameradinnen hatten sie zu Anne gebracht, damit diese eine Notoperation durchführte – mit der zufällig anwesenden Helene als Assistentin. Die Operation war gelungen, Lorscha wurde vom Kantor der jüdischen Gemeinde versteckt und gesund gepflegt. Er hatte sogar gestanden, den Mord an einem Zuhälter begangen zu haben, weil er Lorscha vor einer Anklage schützen wollte, war aber schließlich aus Mangel an Beweisen freigesprochen worden.

Auch Lorscha hatte damals entschieden, dass sie nicht mehr zu den *Lilith* zurückkehren wolle. Sie machte eine Lehre als Verkäuferin bei Kolonialwaren Bremer – vermittelt hatte diese Stelle Alina Leistikow.

Anne freute sich, die junge Frau zu sehen, die in den wenigen Monaten sichtlich aufgeblüht war.

»Alina hat mich gebeten, mich um Rahel zu kümmern«, erklärte Lorscha Anne und führte sie in die Küche, wo Rahel über ihrem Essen saß. »Wir haben schließlich einiges gemeinsam.«

Und dann redeten sie. Oder besser: Die Mädchen redeten, Anne hörte zu. Sie sprachen darüber, wie es war, in bitterer Armut aufzuwachsen, ohne Hoffnung auf Besserung. Wie sie ihre Heimat verlassen mussten – Rahel damals immerhin mit ihrer Familie, Lorscha jedoch allein und auf sich gestellt. Und wie sie schließlich nach einigen Umwegen zur *Lilith* gefunden hatten, zu einer Gemeinschaft, in der sie sich einmal nicht minderwertig und ausgestoßen fühlten, sondern willkommen und als Gleiche unter Leidensgenossinnen.

»Ich war so beeindruckt«, schilderte Rahel ihre ersten Wochen im Untergrund, »von der Kraft der anderen. Vor allem von Jella. Sie hat so eine Wut, sie will immer kämpfen. Sie kämpft für alles, und sie kennt keine Gnade. Ich wollte auch so sein.«

Lorscha nickte. »Wir haben den Spieß umgedreht. Wir waren die Starken und die Zuhälter die Schwachen.«

Beide Mädchen sprachen darüber, dass die ersten Gewaltaktionen ihnen tiefe Befriedigung verschafft hatten. Sogar der Brandanschlag auf Annes Praxis – an dem Lorscha schon nicht mehr beteiligt gewesen war.

»Es tut mir so leid«, sagte Rahel zu Anne. »Aber mir ist gar nicht in den Kopf gekommen, wie gefährlich es sein könnte. Und wie sehr ich Ihnen damit schade. Die Flammen zu sehen, zu sehen, wie alles brennt, und zu wissen: Ich war das, ich kann so etwas tun … Das hat sich … gut angefühlt.«

Anne verstand. Sie wusste als Medizinerin sehr wohl um die Macht von Gewalt und dass nicht wenige Menschen in einen Rausch darüber geraten konnten.

»Aber dann wurde es immer schwieriger«, fuhr Rahel fort. »Sich zu verstecken. An Essen zu kommen, an Trinken. Manche von uns waren verletzt, wir konnten uns keine Hilfe holen. Und als Franziska und Ella verhaftet wurden … Ich hatte nur noch Angst.« Sie sah Anne direkt an. »Ich will zu meiner Familie. Ich will nicht ins Zuchthaus.« Ihre Stimme zitterte.

»Wo sind die anderen?«, fragte Anne, nachdem sie gemeinsam mit Lorscha versucht hatte, Rahel zu beruhigen.

»Ich weiß nicht, wo sie jetzt sind. Sie sind immer woanders. Wir bleiben keine zwei Nächte am selben Ort.«

Anne nickte. Wie sollte man den jungen Frauen unter diesen Bedingungen helfen? Wenn es nicht einmal möglich war, Kontakt zu ihnen herzustellen. »Ich habe keine Idee, wie ich euch helfen kann, ganz Hamburg sucht nach euch. Natürlich werde ich weiterhin versuchen, was ich kann, ebenso wie Alina. Aber du wirst dich gedulden müssen und so lange hier in der Wohnung bleiben.«

Lorscha hatte nach Rahels Hand gegriffen. »Ich komme jeden Tag nach der Arbeit. Bremer steckt mir immer etwas zu, Bonbons oder Kaffee. Das teile ich mit dir, ja?«

Wie jung sie waren, dachte Anne. Sechzehn und siebzehn Jahre alt – sie hatten das ganze Leben noch vor sich. Und doch schon mehr erlebt, gesehen und getan, als manch einer sein ganzes Leben lang.

»Habt ihr Kontakt zu eurem Anwalt?«

Ferdinand Reimers hatte die beiden Mädchen, die Elmar Thönnes geschnappt hatte, vor Gericht verteidigt, doch er hatte sie lediglich vor der Guillotine bewahrt, eine lange Zuchtstrafe konnte er nicht verhindern.

Rahel schüttelte den Kopf. »Zu niemandem. Zu niemandem! Wir waren nur damit beschäftigt, Verstecke zu suchen. Immer auf der Flucht. Wir hatten keinen Tag Ruhe.« Sie hob den Kopf. »Ich weiß nicht, wo die anderen jetzt sind. Aber Sie müssen sie finden. Sie sterben, sie haben keine Kraft mehr. Nichts zu essen, nichts zu trinken.«

So hatte Anne die beiden jungen Frauen zurückgelassen. Die eine, Lorscha, war gerettet. Die andere, Rahel, blickte in eine ungewisse Zukunft. Aber sie hatte ein sicheres Dach über dem Kopf, Essen, Trinken und fließendes Wasser, um sich zu waschen. Mehr, als die verbliebenen drei Mädchen der *Lilith* auf der Flucht hatten. Anne mochte sich nicht ausmalen, in welchem Elend die Frauen vegetierten. Darunter Alinas Tochter – kein Wunder, dass diese verzweifelt auf der Suche war, eine Mutter musste es um den Verstand bringen, ihr Kind in dieser Situation zu wissen.

Als Anne die Wohnung des Jüdischen Frauenbundes verlassen hatte und sich auf den Weg in ihre Wohnung in der Gurlittstraße machen wollte, waren bereits die ersten Blitze niedergegangen, sie wusste, sie würde es nicht mehr trocken nach Hause schaffen, deshalb hatte sie Zuflucht im Club, der auf dem Weg lag, gesucht.

Und nun saß sie hier, in Frieden, in Freiheit, umgeben von Luxus. Sie hatte alles, dachte Anne, sie war mit einem silbernen Löffel im Mund geboren worden.

Und doch war sie zuweilen unglücklich. Wenn sie daran dachte, dass ihre Familie einem fauligen Apfel glich, von außen schön anzusehen, aber im Inneren zerfraß ein Wurm die Frucht und machte sie ungenießbar. Ihre Mutter Dorothy liebte weder ihren Mann noch ihre Tochter. Roger liebte nur sein Geld. Anne hatte ihren Vater geliebt und bewundert, doch nun bekämpfte sie ihn, um Rache im Namen der toten Kinder und Frauen zu nehmen.

Anne zog mit dem Finger Muster in das von Kälte beschlagene Glas, während draußen das Gewitter seinem Höhepunkt zustrebte.

Neben Anne nahmen zwei Damen Platz, sie nickten sich freundlich zu, dann vertieften sich die beiden in ein Gespräch. Anne hing ihren Gedanken nach, doch schnell ließ sie sich ablenken, denn ihre Nachbarinnen kamen auf das Thema Gesundheit zu sprechen und unterhielten sich über ihre diversen Zipperlein. Und die ihrer Männer, von denen der eine nach einer Operation Morphin bekommen hatte.

»Ich war dagegen«, hörte Anne die eine sagen, »aber du weißt ja, wie die Männer sind, von uns Frauenzimmern lassen sie sich nichts sagen.«

»Ist er denn nun genesen?«

»Seine Wunde ist verheilt, aber er behauptet, er hätte nach wie vor Schmerzen.«

»Aber das ist doch möglich, oder nicht?«

»Ich weiß nicht. Ich glaube, er kann nur einfach nicht ohne das Morphin leben.«

»Was sagt der Doktor?«

»Ach, dem ist das gleich. Er verschreibt Hugo, was er will. Hauptsache, er verdient daran.«

Dann wandten sie sich von dem Thema ab und unterhielten sich über andere Dinge, aber Anne blieb gedanklich bei dem Gehörten hängen. Die Morphiumsucht war ein Problem – nicht nur der oberen Schichten. Auch die Ärmeren traf es immer häufiger, das lag daran, dass die Droge immer billiger wurde. Und das wiederum lag an ihrer Verfügbarkeit. Es gab Opium und das Derivat Morphium im Überfluss, die einstmals teure und exklusive Droge verfiel im Preis, der Markt wurde überschwemmt. Man konnte beides mit Leichtigkeit bei Schwarzhändlern erstehen, war nicht mehr nur darauf angewiesen, dass ein Arzt es verschrieb. Das war eine neue Entwicklung, die Anne mit Sorge beobachtete. Einige Politiker im Senat, darunter Wilhelm von Stetten, machten die Chinesen dafür verantwortlich – schließlich hatte China ein massives und zunehmendes Problem mit Süchtigen, seit es selbst in den Opiumanbau eingestiegen war. Gleichzeitig kamen seit Kurzem mehr und mehr Chinesen nach Hamburg, da die Reeder sie als billige und duldsame Arbeitskräfte entdeckt hatten. Es gab also durchaus eine parallele Entwicklung, doch Anne beobachtete nicht, dass es in der Schmuckstraße und den angrenzenden Straßen des Quartiers unter den chinesischen Mitbürgern mehr Drogenmissbrauch und Süchtige gab als im Rest der Hamburger Bevölkerung.

Und während diese Gedanken in ihrem Hirn mäanderten, sie in die vom Himmel stürzenden Wassermassen vor dem Fenster blickte, während sie an Medizin, an Drogen und an Warenverkehr, an Indien, China und die Hansestadt dachte, kristallisierte sich ein Gedanke heraus, der so simpel und klar war, dass Anne sich fragte, warum sie nicht schon viel eher darauf gekommen war.

Sie ahnte nun, wie ihr Vater die massiven Investitionen am Magdeburger Hafen wieder ausgleichen wollte.

Der Opiumhandel der Briten blühte noch immer, es ließ sich viel Geld damit verdienen, und Anne wusste, dass ihr Vater als Reeder seine Schiffe auch zum Transport von Opium aus und nach China sowie aus Bengalen einsetzte. Er hatte viel für diverse Companys als Transportunternehmer gearbeitet. Was, wenn er nun selbst in den Handel mit dem teuren Rohstoff einstieg? Noch war der Handel mit Opium legal, und noch gab es im Deutschen Reich nicht den Absatzmarkt, wie er in anderen Ländern bereits existierte. Außerdem war schon jetzt absehbar, dass der Handel damit in Bälde eingeschränkt werden würde. Der Verkauf von Opium an Privatpersonen war mittlerweile verboten. Der Preis für Opium war danach gestiegen – wie immer, wenn eine Substanz auf dem Markt nicht mehr frei erhältlich war.

Er brauchte dazu keine Handelspartner in der Stadt, keine Fruchtschuppen, keine Frachtpapiere und keine zahlreichen Schiffe auf Reede, so wie früher, in seiner Hamburger Zeit. Alles, was er brauchte, war jemand, der ihm Opium verkaufte.

Opium, das er zu Morphium verarbeiten ließ und mit dem er die Hansestadt überschwemmte. Dazu ein paar Männer, die die Droge für ihn verkauften. Und Süchtige, das A und O seiner Geschäftsidee. Er antwortete nicht auf die Nachfrage – er schuf sie. Beschaffte den Stoff, brachte ihn unters Volk, das Geld kam zu ihm zurück, mehr, als er jemals mit seinen legalen Geschäften verdient hatte.

Roger van der Zwaan wollte sich die Stadt mit Drogenhandel untertan machen, und es war nun an seiner Tochter, dies zu verhindern.

Anne hielt es nicht länger in ihrem Sessel. Sie nahm sich einen Regenschirm und ging, sobald der Sturm etwas nachgelassen hatte, hinaus in den Regen. Ihrem ersten Impuls folgend, richtete sie ihre Schritte zum Stadthaus, sie musste mit Berthold Rheydt sprechen oder vielmehr Elmar Thönnes, am besten mit beiden. Doch je näher sie dem Polizeipräsidium kam, desto größer wurden ihre Zweifel. Sobald sie die Kommissare in ihren Verdacht eingeweiht hatte, würden diese aktiv werden müssen. Sollte ihr Vater aber auch nur wittern, dass man ihn des Drogenhandels verdächtigte, würde er seine Spuren verwischen, sich zurückziehen und erst dann wieder aus der Deckung kommen, wenn Gras über die Sache gewachsen war. Anne kannte ihren Vater zu gut. Allzu oft in seinem Leben war er mit der Polizei konfrontiert gewesen, und niemals blieb an seiner weißen Weste etwas haften. Er hatte noch jedes diesbezügliche Problem mit sehr viel Geld, guten Beziehungen und geschickter Diplomatie gelöst. Nein, dachte Anne, ich informiere die Polizei erst, wenn ich Gewissheit habe.

Aber sie musste mit jemandem darüber reden! Auf der Stelle, sie konnte es nicht für sich behalten. Max Lauritzen? Er wäre der Richtige gewesen, aber um diese späte Zeit war die Redaktion der *Hansepost* nicht zu erreichen, und sie hatte keinen Schimmer, wo der Journalist wohnte.

Helene Curtius fiel ihr ein, doch auch für einen Besuch in deren Elternhaus war es zu spät, dennoch nahm Anne sich vor, bei der nächstbesten Gelegenheit mit Helene über ihren ungeheuren Verdacht zu sprechen. Viel zu lange schon hatten sie sich nicht mehr ausgiebig unterhalten, und auch wenn ihre Beziehung in der Anfangszeit nicht als Freundschaft hätte bezeichnet werden können – Helene hatte Anne angehimmelt, die sich als Ältere und Erfahrene eher als Mentorin des Mädchens gesehen hatte –, so schweißten die gemeinsamen Erlebnisse der letzten Zeit sie eng zusammen. Sie hatten keine Geheimnisse voreinander. Helene war zudem sehr schnell reif geworden. Noch vorigen November, als sie sich kennenlernten, war sie ein ungestümer Backfisch, eine höhere Tochter, die Revolutionärin spielen wollte. Doch schnell hatte sie sich zu einer ernst zu nehmenden Person entwickelt, die kluge Entscheidungen traf und sich mit enormer Kraft in eine selbstbestimmte Zukunft bewegte. Es war Anne manchmal, als bräuchte Helene Curtius für ihre Entwicklung nur wenige Monate, während sie selbst darum einige Jahre hatte kämpfen müssen.

Theresa wollte Anne nicht mit ihrem Wissen belasten, auch Alina nicht. Ferdinand und Ida Reimers waren Freunde, aber nicht so nahe stehend, dass Anne sich ihnen über derart intime Dinge wie ihren kriminellen Vater anvertraut hätte.

Und so stand Anne van der Zwaan um halb elf Uhr in der Nacht auf der sturmumtosten Stadtbrücke, trotz des Regenschirms in vor Nässe triefenden Kleidern und mit einem monströsen Geheimnis, das sie mit niemandem teilen konnte.

Selten hatte sich die junge Medizinerin so einsam gefühlt.

Die Schmuckstraße sah aus wie ein Schlachtfeld. All die hübschen Lampions waren zerfetzt, ihre Reste lagen im Rinnstein und wurden zusammen mit den Papierdrachen und den mit chinesischen Schriftzeichen verzierten Bannern auf die Große

Freiheit gespült. Zerrissene Wäscheleinen, umgestürzte Marktstände und überall umherfliegender Müll säumten auch hier die Trottoirs, alles, was den Zauber der kleinen chinesischen Welt für Anne ausmachte, war vom Sturm zerstört worden. Doch auch im restlichen Hamburg sah es nicht anders aus. Anne hatte eine Tram zur Reeperbahn genommen, Mitreisende und Passanten auf den Straßen sahen aus, als hätten sie sich wie Überlebende eines gigantischen Schiffsunglücks in die Stadt gerettet. Es gab kein anderes Gesprächsthema als die unfassbare Wucht des Sommergewitters, das nun in einen angenehmen Regen übergegangen war. Als Anne in die Schmuckstraße einbog und die Zerstörung wahrnahm, waren die fleißigen Anwohner bereits mit Aufräumarbeiten beschäftigt. Vor der *Leuchtenden Sonne* stand Kaiwen und rauchte. Mit zusammengekniffenen Augen und stoischem Gesichtsausdruck musterte sie die durchweichte Ärztin, aber Anne konnte sie beruhigen.

»Heute nicht«, rief sie der Bordellchefin zu, »heute will ich nur eine Nudelsuppe essen.«

Wenn sie es nicht besser wüsste, dachte Anne, hätte sie geglaubt, den Anflug eines Lächelns in Kaiwens Gesicht zu sehen.

So wie Anne ging es vielen anderen auch – die kleine Garküche von Madame Ju war vollgestopft mit Kunden. Chinesen, aber auch Deutsche balgten sich fast um eine Schüssel mit den aromatischen Reisgerichten, der Nudelsuppe oder allerlei Köstlichkeiten aus dem im Wok zischenden Öl. Die Luft dampfte und war erfüllt vom Geruch von Sommerregen, nasser Baumwolle, Fischsoße, Bambus, gefüllten Teigbällchen oder mariniertem Schwein. Anne lief augenblicklich das Wasser im Mund zusammen, sie verzehrte sich nach Jus Spezialitäten, nach süß und sauer, nach scharf und mild. Irgendwann wurde eine große Schüssel Nudelsuppe zu ihr durchgereicht, darin knusprig gebratene Rippchen, die schmeckten, als hätte Ju sie in Karamell getaucht.

Nach dem Genuss der Suppe und einem kalten Tsingtao-Bier kehrte allmählich Ordnung in Annes wirre Gedanken zurück, Friede zog durch ihr Herz, und während ihre Kleider wieder trockneten, beobachtete sie bewundernd, wie Ju hinter ihren Gasflammen herumwirbelte. Schwere Töpfe und Pfannen hievte und schwenkte, mit einem riesenhaften Messer geschickt Lauchzwiebeln in feinste Ringe hackte oder wie eine Druidin Kräuter in den Wok warf, woraufhin wunderbare Gerüche durch den Raum zogen.

Nach und nach leerte sich die Garküche, und auch Anne hätte längst nach Hause gehen müssen, aber sie fühlte sich satt und schwer, sodass sie nicht die Kraft aufbrachte, aufzustehen und sich auf den Weg zu machen.

Irgendwann bemerkte sie, dass nur noch sie im Lokal war und Madame Ju seelenruhig ihre Pfannen und Woks mit Zeitungspapier auswischte.

»Oh, verzeihen Sie«, sagte Anne und erhob sich.

Aber Ju schüttelte lächelnd den Kopf, kam mit einem kleinen Tablett hinter ihrem Herd hervor und stellte eine Kanne und zwei winzige Teebecher auf den Tisch. Der Tee duftete herrlich, Jasmin, wie Anne wusste.

»Noch immer kein Lebenszeichen von Hao oder der Artistin? Chou Lan, nicht wahr?«, fragte sie in den sanften Dampf, der über ihrem Becher aufstieg.

Ju schüttelte den Kopf. Sie sah erschöpft aus, auch ein wenig traurig, aber dennoch leuchtete ihr Gesicht. Sie war eine schöne Frau, dachte Anne, wie alt mochte sie sein? Sie konnte die Chinesinnen nur schwer schätzen, sie fand, dass sie entweder alt aussahen – wie Kaiwen – oder sehr jung – wie Ju oder die anderen Mädchen.

Sie tranken schweigend ihren Tee, aber es war kein unangenehmes Schweigen, wie es oftmals zwischen Fremden entsteht, es fühlte sich für Anne vertraut an. Sie dachte daran, dass sie schon oft in der kleinen Garküche zu Gast gewesen war, aber noch nie hatte sie sich Gedanken über die Frau hinter den Töpfen gemacht. War Ju verheiratet? Hatte sie Kinder? Woher kam sie, und wie lange war sie schon hier? Wie kam es, dass eine Frau ihr eigenes Geschäft führte, war das für Chinesen nicht ebenso außergewöhnlich wie für Deutsche?

»Du allein heute Nacht?«, erkundigte sich Ju.

»Ja«, gab Anne zurück, und sie sagte es ohne Bedauern und falsche Scham, »ja, ich bin ganz allein.«

Ju schwieg, ihre schwarzen Augen tasteten Annes Gesicht ab, wie zärtliche Finger.

Sie lächelte. »Komm mit.«

Anne musste nicht darüber nachdenken. Sie war nicht einmal überrascht. Sie wartete, bis Ju die Ladentür abgeschlossen, alle Lichter gelöscht hatte, Anne sanft an der Hand nahm und durch die hintere Tür ihrer kleinen Garküche in ihre Wohnung führte.

23.

Die Beine wollten unter ihr nachgeben, als sie die Treppe emporschlich. Im Haus war alles ruhig und dunkel, anscheinend waren ihre Eltern bereits eingeschlafen – hatten sie sich keine Sorgen gemacht? Es war zwei Uhr in der Nacht, keine Uhrzeit für eine junge Frau aus anständigem Haus, nach Hause zu kommen. Allein!

Aber war sie anständig?

Gemeinsam waren sie auf ihren Rädern durch die Nacht gefahren, durch den Regen, stumm, mit übervollen Herzen. Hatten sich immer wieder die Hände gereicht – Helene souverän, Berthold etwas wackelig, er war noch ungeübt im Einhändig-Fahren. Am Mühlenkamp war Berthold stehen geblieben, sie hatten sich geküsst und einander ihrer Liebe versichert, erst dann war Helene zum Haus gefahren und durch das Gartentor gegangen. Immer unter den Blicken ihres geliebten Mannes, der sich erst auf den Weg machte, als sie die Haustür hinter sich schloss.

Nun schmiss sich Helene angezogen auf ihr Bett. Sie müsste sich waschen, ihr Nachthemd anziehen, die Zähne putzen, aber ihr fehlten Wille und Kraft. Sie roch nach ihm, sie schmeckte nach ihm, sie fühlte sich noch immer verbunden mit ihm. Helene wollte Berthold nicht gehen lassen, wollte seinen Geschmack und seinen Schweiß in sich, auf ihrer Haut und in ihrem Mund fühlen. Wollte dem Beben nachspüren, das sie erlebt hatte und das noch immer Schauer durch ihren Körper gehen ließ. Ein wenig auch dem Schmerz. Sie rollte sich in ihren Kleidern zusammen, blieb auf der Bettdecke liegen und nahm ihr Elefäntle in die Arme. Gab dem Kuscheltier einen Kuss auf den weichen runden Kopf und dachte dabei an Berthold. Wie zartfühlend er gewesen war. Dieser riesenhafte, kräftige Mann hatte sie so sanft, so zärtlich berührt, als wäre sie zerbrechlich. Erst als sie ihn spüren ließ, wie leidenschaftlich sie war und wie sehr sie es wollte, wollte, dass er mit ihr schlief, hatte er sich zur Leidenschaft hinreißen lassen.

Helene drehte sich auf den Rücken und starrte an die Decke. Die leichten Vorhänge blähten sich im Wind, der Sturm über Hamburg hatte sich vom brüllenden Tiger in ein zahmes Kätzchen verwandelt, leichter Regen fiel, die Luft war wieder frisch und ein wenig kühl.

Obwohl sie eine Frau war, ging es Helene durch den Kopf, jung, unerfahren, hatte sie ihre Kraft gespürt. Ihre Rollen hatten sich umgekehrt, während ihre Leiber und Seelen sich vereinigten: Sie hatte Berthold beschützen wollen. Er hatte sich ihr offenbart, wie er wirklich war, ein sensibler und verletzter Mann, mit Erschrecken hatte sie gespürt, wie empfindsam er tatsächlich war. Sie war es, die ihn vor Enttäuschung beschützen musste. Sie war es, die die Verantwortung dafür trug, dass sein Herz nicht ein weiteres Mal den Todesstoß erhielt. Er würde auf sie aufpassen, er würde immer dafür sorgen, dass ihr kein Leid geschah, Berthold war ein Beschützer durch und durch.

Aber die Hüterin über sein Herz – das war sie.

Nun raffte sich Helene doch noch auf, sie zog ihre Kleider aus, ging ins Bad und wusch sich sorgfältig. Berthold sagte, er habe aufgepasst, und ihr erklärt, was er damit meinte. Trotzdem, so nahm Helene sich vor, musste sie sich darum kümmern, dass ihr nichts geschah, dass sie nicht schwanger wurde. Jedenfalls noch nicht. Sie waren noch nicht verheiratet, und auch dann, das hatte sie sich geschworen, wollte sie erst beruflich reüssieren, studieren, bevor sie an Kinder dachte.

Sie legte sich ins Bett, schloss die Augen und wurde eine Sekunde später von der donnernden Stimme ihres Vaters geweckt.

»Wo bist du gewesen? Wir sind vergangen vor Sorge!«

Ihr Vater stand im Morgenmantel in ihrem Zimmer, neben ihm Fanny. Das Morgenlicht drang bereits durch die Fenster, sie musste wohl doch etwas länger als nur eine Sekunde geschlafen haben, dachte Helene, rappelte sich hoch und entschuldigte sich wortreich.

»Ich war bei Anne«, log sie, »dann brach das Gewitter los. Sie hat keinen Fernsprecher – und ihr auch nicht. Ich habe mich nicht auf die Straße getraut.«

»Ach, Kind!« Fanny eilte sofort zu ihr ans Bett. »Natürlich, das war vernünftig. Aber du kannst dir denken, dass wir vor Sorge verrückt geworden sind!«

Und trotzdem habt ihr fest geschlafen, als ich nach Hause kam, dachte Helene bei sich, verkniff sich jedoch den Kommentar. Zu sehr schämte sie sich, dass sie ihre Eltern anlog.

Ihr Vater nahm den prüfenden Blick nicht von ihr, Helene war gewiss, dass er ihre Lüge nicht glaubte, aber er sagte nichts, vielleicht auch, um ihre Mutter zu schützen, die so bereitwillig auf die Geschichte der Tochter eingegangen war.

»Ich sage Sophie, dass sie uns ein kräftiges Frühstück bereitet.« Fanny stand auf. »Heute kommen die Bewerberinnen auf meine Anzeige, und dein Vater muss sich nach Handwerkern umsehen – der Sturm hat Dachziegel herausgerissen.«

»Anzeige?« Helene war einen Moment verwirrt.

»Ich suche doch eine Begleitung für Havanna!« Fanny strahlte schon wieder. »Engelbert hat sich auch um eine Schiffspassage und ein Hotel gekümmert.«

Jetzt rappelte Helene sich auf. Sie hatte zunächst weiterschlafen wollen, doch nun war sie hellwach und wunderte sich, wie energiegeladen sie sich fühlte. »Weiß Klaus, dass du kommst?«

Fanny wechselte einen Blick mit ihrem Mann. »Nein«, gestand sie. »Wir haben darüber gesprochen und befürchten, dass er sich verstecken würde. Oder Havanna ganz verlassen. Ich will ihn suchen lassen und überraschen. Dann kann er nicht weg.«

»Er soll auch nicht die Möglichkeit haben, deiner Mutter etwas vorzugaukeln«, führte der Pastor an. »Du kennst Klaus – er war schon immer ein begnadeter Geschichtenerzähler, um nicht zu sagen, Lügner.«

Helene sah ein, dass ihre Eltern recht hatten, auch wenn sie es nicht gerne zugab. Sie liebte ihren Bruder inniglich, aber es stimmte schon – von allem, was Klaus tagein, tagaus erzählt hatte, entsprach höchstens die Hälfte der Wahrheit. Und Fanny hatte er immer besonders erfolgreich täuschen können.

Sie nahmen ihr Frühstück gemeinsam ein, der Vater warf zu Helenes Erstaunen keinen einzigen Blick in die Zeitung, stattdessen unterhielten sich ihre Eltern. Vor allem über das

Unwetter des Vorabends und die Schäden, die es angerichtet hatte. Das kleine Bootshaus und der Steg waren in Mitleidenschaft gezogen, auf der Alster waren einige Boote gekentert. Über die Dachziegel unterhielten sie sich und wie ihr Nachbar im Schlafrock versucht hatte, seine Rosenbeete zu schützen.

Das Gespräch ihrer Eltern plätscherte mühelos dahin, Helene wünschte sich, dass es immer so sein würde, entspannt und zwanglos, nicht mit einem grollenden Vater, der sich hinter der Zeitung verbarg. Fanny hatte seit Tagen Aufwind, seit sie sich die Erlaubnis, nach Havanna zu fahren und Klaus zu holen, von ihrem Mann abgepresst hatte. Doch erstaunlicherweise war auch ihr Vater in gelöster Stimmung, den Grund dafür suchte Helene vergeblich. Aber sie hatte sich längst entschieden, nichts, was zwischen ihren Eltern geschah, zu hinterfragen, sondern einfach nur hinzunehmen. Die Ehe der beiden war ihr ein Rätsel – die jahrelang zementierten Machtverhältnisse und Rollen hatten sich in den letzten Monaten immer wieder umgekehrt und pulverisiert. Außerdem schien es da noch dieses Geheimnis in der Vergangenheit zu geben, das seine gierigen Finger nach dem Heute ausstreckte.

Darüber hinaus wollte Helene heute Morgen alles andere als die Aufmerksamkeit auf sich ziehen – sie konnte nicht fassen, dass man ihr nicht an der Nasenspitze ansah, welch epochales Erlebnis sie in der Nacht zuvor gehabt hatte –, sie hatte ihre Jungfräulichkeit verloren!

Aber weder Fanny noch Engelbert Curtius schienen etwas davon zu ahnen. Nicht einmal der überbordende Appetit ihrer Tochter fiel ihnen auf – Helene nahm sich eine Portion Rührei nach der anderen, je mehr sie aß, desto gieriger wurde sie. Allein der verwunderte Blick des Dienstmädchens veranlasste sie, auf eine vierte Portion zu verzichten.

Nach dem Frühstück holte sie ihr Ruderboot aus dem Bootshaus, dessen Tür zwar aus den Angeln gerissen war, doch im Inneren war alles unversehrt geblieben, und ruderte über die Alster hinaus zum Goldbeckkanal. Helene war überrascht, dass sie trotz wenig Schlaf kraftvoll und energiegeladen war, sie fühlte sich, als könnte sie Bäume ausreißen. Das Rudern endlich besänftigte ihr Gemüt, das Gedankenkarussell stoppte seine wilde Fahrt, nur einzelne grüblerische Fetzen zogen durch ihren Kopf, ohne dass sie sie festhalten konnte, stattdessen zählte sie sich selbst den Takt ihrer Schläge vor. Zog durch, beugte sich wieder nach vorne, tauchte die Ruderblätter ein, zog durch und wieder von vorn. Bis nach Barmbek ruderte sie, und als sie dort umdrehte, war ihr Kopf nicht länger gedankenschwer, sie hatte aufgeräumt in den verwinkelten Kammern ihres Gehirns. Helene freute sich an dem sonnigen Morgen, der sich nun, nachdem der Sturm Hamburg die lähmende Hitze herausgeprügelt hatte, frisch und klar anfühlte, es roch nach Spätsommer. Und obgleich es erst August war, konnte sie die Herbstluft spüren, die sich vom weiten Norden her auf die Reise begab. Die Hitze hatte die Blätter an den Bäumen gelb werden und das Gras verdorren lassen, aber es würde nicht mehr grün werden, schon bald würde auch das verbliebene Blätterkleid Adieu sagen, es würde frisch und kühl werden. Auch wenn Helene im Vorbeirudern überall an den Ufern die Schäden bemerkte, die das Unwetter des Abends hinterlassen hatte – entwurzelte Bäume, abgedeckte Dächer und herrenlose Boote –, die Erde atmete förmlich auf, sie öffnete ihre Poren, die sich in der unnachgiebigen Sonne fest verschlossen hatten. Helene war ganz eins mit der Natur, das Blut pulsierte spürbar in ihren Adern, sie war stark und neu und wuchs in ein neues Leben hinein – an der Seite Bertholds.

Als sie die Außenalster erreichte, in den Langen Zug hineinruderte und schließlich an den hauseigenen Steg, dem seit der Gewitternacht ein paar Bohlen fehlten, gelangte, wurde sie bereits erwartet.

Paulina saß auf dem Rasen und beobachtete ihre Freundin während des Anlegemanövers. Sie erhob sich und ging Helene zur Hand. Nichts Fröhliches war an ihr, sie biss die Zähne zusammen und nickte nur stumm, als Helene sie begrüßte. Im ersten Moment hatte diese sich gefreut, ihre liebste Freundin zu sehen, schließlich war Paulina der einzige Mensch – außer vielleicht Anne –, dem sie die große Neuigkeit ihrer Entjungferung mitteilen würde, doch Helene merkte schnell, dass das nicht angezeigt war.

»Was ist mit dir?«, erkundigte sie sich behutsam, als sie das Ruderboot wieder fest vertäut und die Ruder verstaut hatten.

»Können wir uns irgendwo unterhalten?« Paulina nagte an ihrer Lippe. »Ungestört.«

»In meinem Zimmer – zur Abwechslung.«

Tatsächlich war es selten, dass sie sich bei Helene trafen, wann immer sie zusammen gewesen waren, war es drüben, bei Familie Reimers. In dem großzügigen, fröhlichen Haushalt, in dem es drunter und drüber zu gehen schien und kaum strenge Regeln gab. Doch hatten sich auf einmal die Koordinaten verschoben – weder Paulina noch Helene hatten Bedarf, Ida oder Ferdinand unter die Augen zu treten.

Bei Familie Curtius jedoch, wo Fanny aus ihrem jahrelangen Dämmerschlaf der Melancholie erwacht war und immer häufiger fröhlich durch die Zimmer fegte, schienen Paulinas Sorgen auf einmal besser aufgehoben.

»Deine Sabotage hat es noch schlimmer gemacht«, begann Paulina ihre Erzählung, nachdem sie es sich bequem gemacht und Sophie um Tee aufs Zimmer gebeten hatten. »Er war außer sich vor Wut. Natürlich hat er eins und eins zusammengezählt und dich verdächtigt.«

Helene wollte sich entschuldigen, sie hatte geahnt, dass Franz angesichts der zerstochenen Reifen aus der Haut fahren und seine Wut an ihrer Freundin auslassen würde. Trotzdem hatte sie eine diebische Freude daran gehabt – und Paulina hatte sie befeuert. Der Wagen war sein Ein und Alles, er schien ihn mehr zu lieben als seine frisch Angetraute, der Gedanke, dem Auto Schaden zuzufügen, hatte ihnen beiden sehr gefallen.

Tatsächlich rang sich Paulina ein Grinsen ab. »Es geschieht ihm trotzdem recht.« Sie pustete über den heißen Tee. »Er war gestern bei der Polizei und wollte dich anzeigen.«

Helene erschrak. »Aber er kann es doch nicht beweisen?«

»Er hat mir nicht erzählt, was passiert ist, aber ich hatte nicht den Eindruck, dass er sonderlich erfolgreich war.«

Sie stellte die Teetasse ab und begann, ihre Bluse aufzuknöpfen. Striemen wurden darunter sichtbar, rot geschwollene Haut. Helene sog scharf die Luft ein, als sie die Verletzungen sah.

»Er schlägt mich jetzt da, wo es keiner sieht. Mit dem Gürtel.«

»Du kannst nicht mehr zurück zu ihm! Zeig es deinen Eltern, Pauli, das ist schrecklich! Du musst dich auf der Stelle scheiden lassen.«

Aber ihre Freundin sah sie nur traurig an. »Ich wage es nicht. Eine Scheidung würde uns ruinieren. Und aus welchem Grund soll ich mich scheiden lassen? Franz hat nichts Verbotenes getan. Wir sind gerade einmal eine Woche verheiratet, wie sieht das aus? Nein, Helene, das bringe ich nicht fertig.«

Wie gut Helene diese Worte kannte. Von Frauen, die in der Paulstraße im Frauenhaus Hilfe suchten. Die ihre Verletzungen verarzten ließen und ein bisschen Zuwendung brauchten, Wärme und gute Worte. Und dann doch wieder zu ihren gewalttätigen Männern zurückkehrten. Aber das waren einfache Frauen, Frauen aus ungebildeten Schichten, ihre Männer einfache Arbeiter oder Tagelöhner, Ganoven, Zuhälter. Niemals hätte Helene gedacht, dass so etwas in ihren Schichten vorkam, dass in ihrem engsten Umkreis derselbe barbarische Umgang zwischen Frau und Mann herrschte. Und dass ausgerechnet

Paulina, die mutige, schlagfertige, die gebildete und liberal erzogene Paulina nun mit derselben Hilflosigkeit vor ihr stand, sich ebenso in ihre Rolle des Opfers fügte wie all die anderen misshandelten Frauen.

»Du kannst dich doch nicht dein Leben lang so behandeln lassen! Willst du dich Tag für Tag, Nacht für Nacht von ihm schlagen lassen?«

»Es wird besser, ganz gewiss. Er wird irgendwann aufhören, seine Wut an mir auszulassen.«

»Und wann soll das sein? Wenn du keinen heilen Knochen mehr im Leib hast?«

Paulina zuckte nur mit den Achseln.

»Warum hat er dich denn geheiratet, wenn er dich nicht liebt?« Helene erinnerte sich an die Erzählungen ihrer Freundin von romantischen Ausflügen, von Liebesschwüren in seinem Auto, von heimlich ausgetauschten Zärtlichkeiten. Warum sollte sich all das über Nacht ins Gegenteil verkehrt haben? Sie mochte Franz Hopp nicht und hatte ihn immer für einen Widerling gehalten – aber immerhin für einen Widerling, der in ihre Freundin verliebt war.

»Er musste unter die Haube. Und jetzt hasst er mich, weil er an mich gekettet ist. Weil sein Vater ihm die Braut bestimmt hat und ihn in die Ehe gezwungen.«

Helene verstand nicht.

»Franz ist ein Choleriker«, gestand Paulina und erzählte Helene damit nichts Neues. »Es gab irgendwelche Skandale. Er war schon zweimal verlobt, aber immer ist die Hochzeit in der letzten Sekunde geplatzt. Ich habe mir dabei nichts gedacht, Franz hat es immer so dargestellt, als hätte er das Interesse verloren. Aber tatsächlich glaube ich, dass keine andere so dumm und naiv war wie ich. Die haben wahrscheinlich schnell gemerkt, dass er ein schlechter Mensch ist, und haben einen Rückzieher gemacht.«

»Und du nicht? Hast du niemals gemerkt, dass etwas nicht stimmt?«

Paulina kaute wieder auf ihrer Unterlippe herum. »Doch«, gestand sie ein. »Doch, eigentlich schon. Aber ich dachte, es ist zu spät. Weil Papa bereits mit meinem Schwiegervater einig war. Und der hat Franz das Messer auf die Brust gesetzt. Dass er mich heiraten muss, sonst dreht er ihm den Geldhahn ab. Ach, Helene!« Jetzt begannen die Tränen zu laufen. »Ich war so verstrickt! Papa und Mama waren erleichtert, sie können sich durch die Kanzlei sanieren, ich habe mich nicht getraut, einen Rückzieher zu machen. Diese Ehe schien die beste Lösung für alle.«

»Das wage ich zu bezweifeln ...«

»Und ich habe mir eingebildet, dass es so schlimm nicht werden kann. Er sieht gut aus, wir haben die hübsche Wohnung bekommen – bis er mich das erste Mal geschlagen hat.«

»Wegen mir.«

Das zumindest hatte Paulina ihr damals so wütend in ihrem Elternhaus entgegengeschleudert, als sie Hao dort untergebracht hatte. Jetzt begriff Helene. Was sie nicht verstand, war, warum Franz so erbost darüber war, dass die Familie Reimers einer Frau in Gefahr Asyl gewährte.

»Nicht direkt wegen dir.« Paulina schnäuzte sich und wischte sich trotzig die Tränen von der Wange. »Ich hatte mit Mama telefoniert, die hat mir erzählt, dass sie eine Chinesin beschützen müssen« – Helene seufzte innerlich auf. Warum in aller Welt hatte Ida darüber geplaudert? Es sollte eine streng geheime Sache sein, schließlich war Hao in großer Gefahr. Aber wahrscheinlich hatte Ida geglaubt, mit ihrer Tochter könne sie gefahrlos darüber sprechen, schließlich bleibe das Geheimnis in der Familie –, »und ich habe es Franz erzählt. Da ist er völlig außer sich gewesen. Er hat mich nach Hause geschickt, ich solle alles über die Frau herausfinden.«

Jetzt setzte sich Helene auf. »Aber das heißt doch, dass er irgendeine Verbindung zu Hao hat? Oder zu irgendeiner Chinesin, warum sonst sollte ihn das interessieren? Im Grunde genommen geht es ihn gar nichts an.«

Paulina senkte den Kopf. »Franz ist keine Nacht zu Hause. Sobald ich ins Bett gehe, verlässt er das Haus.«

Sie musste nicht weitersprechen, Helene begriff auch so. Hao war eine Prostituierte in der *Leuchtenden Sonne* gewesen. Und Franz Hopp kannte sie aus dem Bordell. Die nächtliche Szene, deren Augenzeugin sie gewesen war, kehrte zurück. Wie Franz Hao Geld übergeben und sie anschließend davongejagt hatte. Er wollte nicht, dass sie ihn erkannte, dass sie aus irgendeinem Zufall heraus über ihn sprach. Die Polizei wollte Hao verhören, was, wenn dabei zur Sprache kam, dass er ihr Kunde war? Was, wenn er verdächtigt wurde, in der Nacht des Mordes dort gewesen zu sein, was, wenn Berthold ihn für den Mörder hielt?

24.

»Wollen Sie?«

Inspektor Paulmann zeigte auf das halbe Graubrot mit Margarine. Berthold verzog die Mundwinkel nach unten. Er hatte nicht gefrühstückt, lediglich den rabenschwarzen Teer der Witwe Petersen getrunken, den sie euphemistisch Kaffee nannte. Nach der Stippvisite im Hafenkrankenhaus wollte er sich bei Bäcker Leinemann ein Rundstück holen. Oder sogar ein Franzbrötchen. Die trockene Scheibe Brot würde er nur annehmen, wenn er kurz vor dem Verhungern stand.

»Mehr bekomme ich nicht.« Paulmann strich sich wehmütig über seinen Bauch. »Bin auf Schonkost.«

Berthold verzog nur sein Gesicht, insgeheim dachte er jedoch, dass es für den Schneemann sicher besser war, ein wenig abzuspecken.

»Keine Katzenzungen, keine Zigarillos. Keine Freude mehr.«

»Geht vorbei«, tröstete Berthold. Er hatte überlegt, was er dem Inspektor ans Krankenbett mitbringen sollte, und hätte um ein Haar Herrenpralinen gekauft. Dann hatte er sich aber doch für einen Stapel Zeitungen entschieden. So ein Glück.

»Wo drückt der Schuh?«

»Ich wollte nur sehen, wie es Ihnen geht.«

»Guter Gott, Junge! Ich seh doch, dass Sie völlig durch den Wind sind, Rheydt.«

Nicht deshalb, dachte Rheydt und hatte sofort wieder Helene vor Augen. Die wunderbare, leidenschaftliche Nacht mit ihr.

»Ich habe nur nicht geschlafen«, gab er zurück, und das immerhin entsprach der Wahrheit. Nachdem er von Uhlenhorst mit dem Rad nach Hause gefahren war, hatte es sich kaum gelohnt, sich hinzulegen. Also hatte er sich eine Pfeife gestopft, später noch eine und von seiner Veranda aus in den Regen gestarrt. Hatte versucht, an seinen Fall zu denken, an den Hafenmörder und Hao. An die verschwundene Artistin und Sun Bo. Es war ihm jedoch nicht gelungen, das Puzzle zusammenzusetzen, immer wieder hatte er daran gedacht, welches Wunder ihm widerfuhr. Noch vor wenigen Wochen hatte er geglaubt, niemals mehr eine Frau lieben zu können, er hatte überall seine verstorbene Frau gesehen oder seinen Sohn. Geisterbilder, die ihm jedoch ganz und gar real erschienen waren. Er hatte sich eingerichtet in seiner Trauer, sein Herz hatte einen Panzer, seine Gefühle lagen im Tresor. Bis Helene den Schlüssel zu allem gefunden und ihn aufgeschlossen hatte, nun war sein Herz übervoll, sein Kopf Watte, sein Körper weich wie geschmolzene Butter.

»Eigentlich liegt alles auf der Hand«, begann er Paulmann zu erzählen. Er wusste, dass sich der Inspektor gerne anhörte, welche Entwicklungen es in dem Fall gab, auch wenn es dessen Ärzten vermutlich gar nicht gefallen würde. »Wir können zu neunundneunzigprozentiger Sicherheit davon ausgehen, dass Joachim von Stetten die Frau in der *Leuchtenden Sonne* ermordet hat. Er versteckt sich, und ich glaube fest, dass er gedeckt wird – wenn nicht von seinem Vater, dann von einem anderen sehr mächtigen Mann. Sonst hätte Kaiwen nicht versucht, den Mord zu vertuschen. Von Stetten hat das Bordell schon zuvor besucht, er ist bekannt dort. Ich tippe auf Sun Bo, aber ich verstehe nicht, welchen Vorteil der Chinese davon hat, den Hafenmörder zu verstecken. Und warum weiß sein Vater nichts davon, dass er wieder hier ist?«

Er redete sich langsam in Rage, stand auf und trat ans Fenster. Von hier aus hatte man einen wunderbaren Blick über die Landungsbrücken und den Fischmarkt, der Himmel heute strahlte blank poliert, er sah hinüber bis Kuhwärder, sah die riesigen Kräne der Werften.

»Da ist er!« Berthold zeigte auf das Hafenpanorama. »Da draußen versteckt sich der Saukerl, ich weiß, dass er im Hafen ist, ich weiß es einfach. Aber wo soll ich anfangen zu suchen?« Damit drehte er sich wieder um und blickte auf Christian Paulmann, der versunken in seinem Bett lag, weniger prall und wohlgenährt, als Berthold ihn kannte. Kein Wunder, er war dem Tod gerade erst von der Schippe gehüpft. Er blickte Berthold an, in seinem Gesicht war nichts abzulesen, keine Reaktion.

»Es macht mich verrückt, Inspektor. Der Mann ist mir einmal durch die Lappen gegangen, das darf nicht noch einmal passieren, aber ich weiß nicht, wo ich anfangen soll zu suchen. Wir können nicht den ganzen Hafen absperren.«

»Sie wissen, was zu tun ist, Rheydt. Sie dürfen sich den Kopf nicht vernebeln lassen. Und sich selbst unter Druck setzen.

Aber ich habe Ihnen beigebracht, worum es geht. Immer und immer wieder gilt eine Maxime …« Inspektor Paulmann blickte den Kommissar erwartungsvoll an.

Berthold musste nicht lange nachdenken, er wusste sofort, was gemeint war. »Folge der Spur des Geldes«, sagte er.

Paulmann lächelte. Dann klopfte er auf den Berg Zeitungen, die Berthold ihm mitgebracht hatte. »Und beim nächsten Mal bringen Sie mir Schokolade mit.«

Der Weg vom Hafenkrankenhaus führte Berthold auf dem Fahrrad am Groß Neumarkt vorbei, von Weitem schon erkannte er seinen Freund und Kollegen Elmar Thönnes, der ihm aus der Richtung des Stadthauses entgegenkam. Kaum hatte dieser Berthold erblickt, winkte er ihm zu und deutete auf die Apotheke der Melwerks. Berthold streckte seine Hand nach links aus, um anzuzeigen, dass er den Platz überqueren wollte, aber er kam auf dem Katzenkopfpflaster ins Schlingern und hörte hinter sich plötzlich das wütende Klingeln einer Tram. Ruckartig verriss Berthold den Lenker nach rechts, schrappte mit dem Pedal am Bürgersteig und kam zu Fall. Die Trambahn zog an ihm vorbei, die Fahrgäste starrten aus den Fenstern auf den großen Mann im Rinnstein, und Elmar Thönnes auf der anderen Seite des Groß Neumarkt lachte. Kam dann aber doch zu Berthold geeilt und half ihm auf.

»Ganz schön tückisches Gefährt, das du dir da zugelegt hast.«

Berthold zog es vor, nicht darauf zu antworten, er ärgerte sich lediglich über einen Riss in der Hose. »Was machst du hier?«, erkundigte er sich bei seinem Kollegen, während er das Rad neben sich herschob und sie gemeinsam auf die Apotheke zusteuerten.

»Frau Melwerk hat angerufen. Der chinesische Vertreter ist noch mal aufgekreuzt.«

»Ja, gestern kurz vor Ladenschluss kam er wieder hier rein.«

Agathe Melwerk schob den beiden Kommissaren die Karte über den Tresen, die der Chinese dagelassen hatte. *Jasmin Ltd. Corp.* stand darauf sowie eine Adresse in London.

»Was soll das?« Elmar drehte das Kärtchen hin und her. »Kein Name, keine Telefonnummer, keine Hamburger Postanschrift?«

»Der Kerl ist nicht astrein«, fügte Heinrich Melwerk an. Er rollte hinter der Theke hervor. »Seine Ware allerdings ist erstklassig.« Er nahm ein kleines Glas mit der Aufschrift *Friedrich Bayer & Co. Elberfeld, Heroin* und schüttete eine kleine weiße Tablette heraus. »Ich habe es im Labor geprüft – es steht der Qualität des Originals in nichts nach.«

»Warum glauben Sie dann, dass es nicht von *Bayer* ist?«, erkundigte sich Berthold.

»Der Preis. Und die zu liefernde Menge. Er räumt großzügige Rabatte ein, wenn wir große Mengen abnehmen.«

»Wir haben ihm gesagt«, fiel Agathe ein, »dass wir nicht diese Mengen absetzen, aber er meinte, man müsse die Leute nur überzeugen, es läge an der Verkaufsstrategie. Wir könnten zum Beispiel kleine Gratisproben anbieten.«

Ihr Mann schnaubte. »Als wäre Heroin nichts weiter als ein Lutschbonbon! Soll ich vielleicht eine Zuckerdose auf den Tresen stellen, und jeder darf sich daraus einmal bedienen?«

»Was haben Sie dem Mann gesagt?«

»Dass wir es uns überlegen, aber dass wir sicher etwas kaufen. Aber nur zum Schein natürlich!«

»Sehr gut«, beschied Elmar. »Ich schicke einen Mann, der es sich bei Ihnen bequem macht. Wenn der Chinese kommt, ordern Sie bei ihm. Er soll sich in Sicherheit wiegen. Wir beschatten ihn und stellen fest, woher er kommt. Irgendwo muss er die Ware ja lagern.«

»Ich habe natürlich sofort mit *Bayer* in Elberfeld Kontakt

aufgenommen«, sagte Heinrich Melwerk. »Sie haben größtes Interesse an der Aufklärung dieser Sache, denn eines ist klar: Der Mann gehört nicht zu ihnen.«

»Irgendjemand stellt also Heroin her und verscherbelt es zu einem günstigen Preis und in großen Mengen – ich verstehe nur nicht, wieso? Ist das eine gute Geschäftsidee?«, rätselte Berthold.

Elmar Thönnes zuckte mit den Schultern. »Versteh ich auch nicht. Das ist ein Hustenmittel, das jeder kaufen kann. Warum also muss man es illegal herstellen?«

»Weil es nicht länger so bleiben wird.«

Heinrich Melwerk winkte die beiden Kommissare nach hinten in sein Labor, denn eine Kundin betrat die Apotheke. »Was ich Ihnen jetzt sage, ist nicht für alle Ohren bestimmt.« Er kramte in einer Schublade, in der er alle möglichen Zeitungsausschnitte gesammelt hatte. Es dauerte einen Moment, dann hatte er gefunden, was er suchte. »Hier! Die *New York Times* vom 14. März diesen Jahres.«

Er überreichte den Kommissaren den Artikel, aber Berthold gab ihn gleich wieder zurück – seine wenigen Brocken Englisch reichten nicht aus, um den Inhalt zur Gänze zu begreifen.

»Amerikanische Wissenschaftler warnen vor der Gefährlichkeit des Mittels«, erläuterte der Apotheker. »In einigen Bundesstaaten ist der Verkauf bereits strafbar und wird in der Gefährlichkeit mit Morphin und Rohopium gleichgesetzt. Es macht in höchstem Maße abhängig. Insbesondere unter den chinesischen Einwanderern haben sich rasant Suchtkrankheiten entwickelt.«

»Ich dachte, Heroin hilft, Morphium-Süchtige zu heilen?«, wunderte sich Elmar.

»So wird es hierzulande auch noch gesehen«, erklärte Melwerk. »Weil es in Tablettenform eingenommen wird. Aber in Amerika schnupfen oder spritzen sie es sich, genau wie Morphium. Und dann übertrifft es alle Drogen in der Wirkung. Hier steht …« Er suchte mit dem Finger die entsprechende Zeile des Artikels. »… nur ein Schuss, und der Süchtige kommt nicht mehr davon los.« Er sah die beiden Kommissare an. »Nicht lange her, und wir haben es Kindern als Hustenstiller gegeben. Massenweise!«

»Was heißt das jetzt auf unseren falschen *Bayer*-Vertreter bezogen?«

»Ich prophezeie, dass auch bei uns über kurz oder lang Heroin nicht mehr frei verkauft werden darf. Es wird mindestens apothekenpflichtig werden oder sogar nur auf Rezept zu bekommen sein.« Heinrich Melwerk sah die Männer vor sich prüfend an. »Na, klingelt es?«

»Und dann blüht der Schwarzmarkt«, schlussfolgerte Elmar Thönnes.

Melwerk nickte zufrieden. »Deshalb schüren sie jetzt billig die Nachfrage. Die Leute nehmen das Zeug, sie kommen nicht mehr davon weg – und schon kann jemand seine Ware zu Höchstpreisen losschlagen. *Bayer* wird dann den offiziellen Markt beliefern, aber der, der jetzt den gefälschten Stoff herstellt, bedient den illegalen Markt und verdient sich dumm und dusselig.«

»Was heißt das für uns?«

Elmar und Berthold liefen nebeneinanderher zum Präsidium, Berthold schob sein Fahrrad.

»Sag du's mir. Die Drogengeschäfte sind dein Metier.«

»Richtig, aber du bist jetzt mein Vorgesetzter.« Elmar grinste.

Er konnte es nicht lassen, dachte Berthold, Thönnes konnte ihm manchmal so richtig auf die Nerven gehen.

»*Jasmin Ltd. Corp.* – kommt dir das nicht verdammt bekannt vor?« Berthold schob den Namen in seinem Kopf von links nach rechts und wieder zurück, aber nirgendwo machte es klick. Er könnte Stein und Bein schwören, dass ihm der Firmenname schon einmal untergekommen war – aber in welchem Zusammenhang?

»Der Kaiserspeicher!«, rief er aus. »Das Fass mit dem toten Chinesen – das gehörte *Jasmin Ltd.*«

Elmar blieb abrupt stehen. »Verdammt! Kalweit soll sich dahinterklemmen. Wir müssen weiterbohren.«

»Lass das mal einen anderen machen, Raabe zum Beispiel«, bat Berthold. »Kalweit kommt der Archivstaub schon zu den Ohren raus.«

Elmar nickte geistesabwesend. »Überall die Chinesen. Im Fass, im Drogengeschäft, im Bordell, im Zirkus …«

»Wird allerhöchste Zeit, dass wir mit diesem Sun sprechen«, bekräftigte Berthold.

Sie mussten nicht lange darauf warten. Nachdem Berthold einen Abstecher ins Leichenhaus gemacht und Romuald Schleicher dort aufgesucht hatte, der ihm bestätigte, dass die Chinesin Hao ertrunken war, kein Fremdeinwirken vorlag und Berthold daraufhin in sein Büro zurückkehrte, wurde er bereits erwartet.

»Thönnes sitzt schon im kleinen Konferenzraum«, beschied ihm Wachtmeister Jungblut, »da ist ein piekfeines Schlitzauge, das euch sprechen wollte.«

»Ein chinesischer Herr«, verbesserte Berthold.

»Meinetwegen auch das. Der ist mit einem ganzen Gefolge hier angetanzt.«

Tatsächlich richteten sich gleich mehrere Augenpaare auf Berthold, als er die Tür zum kleinen Konferenzraum öffnete, und nur eines davon war ihm bekannt – das Elmars.

Es war auf den ersten Blick klar, wer im Raum der Geschäftsmann Sun Bo war. Obgleich er mit dem Rücken zur Tür und somit zu dem eintretenden Berthold saß, beherrschte er den Raum. Sun Bo war ein schmaler, feingliedriger, aber hochgewachsener Mann, der seine Begleiter um einen Kopf überragte. Er hatte nichts Grobschlächtiges an sich, nichts von dem, was man sich gemeinhin unter dem Aussehen eines Unterweltkönigs vorstellte. Er trug einen maßgeschneiderten Anzug, teure Lederschuhe, die Haare kurz, perfekt geschnitten, die Pomade ließ die schwarze Haarhaube wie Lack glänzen. Auch seine Manieren waren tadellos, man merkte ihm sofort an, dass er ein kultivierter und gebildeter Mann von Welt war. Alle anderen – ein Anwalt sowie die zwei Leibwächter, die Elmar und er am Vorabend angetroffen hatten –, waren auf ihn ausgerichtet. Elmar dagegen saß lässig auf der Fensterbank und kaute an einem Streichholz.

Berthold durchmaß den Raum, stellte sich auf die andere Seite des Tisches, frontal zu Sun Bo und nickte diesem kurz zu.

»Inspektor Berthold Rheydt. Danke, dass Sie den Weg zu uns gefunden haben.« Dann erst nahm er Platz, rückte sich den Stuhl zurecht und warf einen Blick rundherum.

»Inspektor?« Sun Bo lächelte sanft.

»Solange Herr Paulmann im Krankenhaus weilt, rücke ich auf seinen Platz.«

»Ich sehe, Sie sind ein Mann, der gerne gleich zur Sache kommt«, hub der Geschäftsmann in akzentfreiem Deutsch an.

»Da haben Sie den Nagel auf den Kopf getroffen.« Elmar erhob sich von seinem Platz am Fenster und schlenderte betont lässig zum Tisch. Er setzte sich mit etwas Abstand neben Berthold verkehrt herum auf einen Stuhl.

Sie brauchten sich nicht abzusprechen. Elmar und Berthold waren ein eingespieltes Ermittlerteam, in welchem Thönnes den Rüpel und Rheydt den Zugeknöpften gab. Doch dieses Mal perlte jede ihrer Finten an der aalglatten Freundlichkeit Sun Bos ab.

Er beantwortete alle Fragen – nach seinen Geschäften in Tsingtau, möglichen Verbindungen zur Familie von Stetten, einem Zusammenhang mit der *Leuchtenden Sonne*, Kenntnis der Firma *Jasmin Ltd.* und seinen Geschäftspartnern in Hamburg – zuvorkommend, aber auch inhaltslos.

Nein, er kannte Joachim von Stetten nicht, war Wilhelm von Stetten jedoch mehrmals in geschäftlichen Zusammenhängen begegnet. Von der Existenz der *Leuchtenden Sonne* hatte er selbstverständlich Kenntnis – wer kannte sie nicht? –, doch er frequentierte keineswegs ein solches Etablissement. Von *Jasmin Ltd. Corp.* hatte er noch nie gehört. Er versprach den Polizisten bereitwillig eine genaue Liste all seiner Geschäftspartner in Hamburg, er habe schließlich nichts zu verbergen, handele mit Tee und Porzellan. Nichts sonst. Im Circus Busch war er noch nie, dementsprechend hatte er von den *Flying Dragons* noch nie etwas gehört.

»Ich leiste mir ein kleines Laster«, gestand er zum Ende ihrer Unterhaltung ein. »Das teile ich mit Kommissar Thönnes, nicht wahr?«

Elmar sah ihn nur an.

»Und damit meine ich nicht etwa die Vorliebe für das weiße Pulver.« An der Stelle zwinkerte der ansonsten zurückhaltende Chinese Elmar verschwörerisch zu, was diesen so ärgerte, dass er für Berthold hörbar mit den Zähnen knirschte, »sondern den Spieltisch. Gelegentlich suche ich den Salon in der Schmuckstraße auf und vergnüge mich beim Mah-Jongg. Und bevor Sie fragen«, erneut lächelte er maliziös, »ja, ich spiele um Geld.«

Nach einer ergebnislosen Stunde entließen sie Sun Bo und sein Gefolge.

»Harte Nuss«, kommentierte Elmar.

»Und bei Weitem nicht so harmlos, wie er sich gibt. Wenn er ein einfacher Händler ist, wieso ist er dann so außergewöhnlich gut informiert? Er weiß, dass du eine Vorliebe für Kokain hast und ich keineswegs Inspektor bin.«

»Was tun wir?«

»Mit dem Druck nicht nachlassen«, antwortete Berthold. »Den Hafen beobachten, die Posten an der Dschunke belassen. Willy Brenner leitet die Observation, er wird mir heute den ersten Bericht vorlegen. Ich fresse einen Besen, wenn ich mich täusche – aber von Stetten versteckt sich drüben auf Steinwärder. Wie eine Hafenratte. Und Sun Bo weiß, wo.«

»Wie kannst du so sicher sein?«

»Folge der Spur des Geldes«, gab Berthold zurück. »Paulmann hat recht. Und Sun Bo stinkt nach Geld. Er finanziert die halbe Schmuckstraße – das kommt nicht nur vom Teegeschäft. Er hat Einnahmequellen, die er nicht offenlegt.«

»Gefälschte Herointabletten von *Bayer*?«

»Möglich.«

Als Elmar sein Büro verlassen hatte, warf Berthold einen Blick auf seinen Schreibtisch. Urlaubsanträge, Beschwerden, kleinere Meldungen, die Bitte Roschers nach einem Rapport – der Schriftkram wurde immer mehr, je weniger Berthold sich aufraffen konnte, sich damit zu befassen. Dann fiel ihm ein kleiner Zettel auf, den Jungblut ihm während der Vernehmung von Sun Bo auf den Tisch gelegt hatte. »Fräulein Curtius bittet um einen Anruf in der Paulstraße, Verein *Frauenwohl.* Fernruf 1017, Amt V.«

Berthold wollte gerade zum Hörer greifen, als Max Lauritzen, ohne anzuklopfen, in sein Büro trat.

»Wir beide müssen uns unterhalten.«

Max machte eine für ihn ungewohnt ernste Miene, sodass Berthold sich jede Bemerkung über seine knappe Zeit verkniff.

»Worum geht's?«

»Ich habe einen Anruf bekommen.« Der Journalist nahm Platz, senkte die Stimme, beugte sich über Bertholds Schreibtisch weit nach vorne und sah dem Kommissar direkt in die Augen. »Der Hafenmörder ist wieder da?«

Für ein paar Sekunden blieb der Kommissar sprachlos. Max Lauritzen setzte nach. »Vor einer halben Stunde, der Anrufer hat seinen Namen nicht genannt. Das Fräulein sagte, der Anruf kam aus dem Hauptpostamt – es ist also unmöglich herauszufinden, wer es war.«

»Was genau hat er gesagt? Mann oder Frau? Akzent?«

»Ein Mann. Kein Akzent. Aber eine komische Stimme, er hat sie verstellt oder durch ein Tuch gesprochen, war ganz komisch gedämpft.« Max lehnte sich wieder zurück. »Er hat mich gefragt, ob ich an Informationen über den Hafenschlächter interessiert bin. Natürlich bin ich! Aber ich habe mich zögerlich gegeben. Hab gesagt, nur wenn ich sie exklusiv haben kann. Und ich bezahle nicht dafür.«

»Sehr gut.« Berthold spürte, dass ihm abwechselnd heiß und kalt wurde. Bislang hatten sie mit der Information über Joachim von Stetten sehr gut hinter dem Berg halten können, wenn jetzt aber anonym die Presse informiert wurde, würde die Hölle über ihm ausbrechen.

»Und dann hat er mir gesagt, dass der Hafenmörder zurück in der Stadt ist. Wenn ich was darüber bringen will, hat er Informationen für mich.«

»Wann und wo?«

»Morgen Mittag, gegen vierzehn Uhr. Dann bekomme ich alle Details per Post. Die Bombe platzt in der Abendausgabe.«

Das war wenig Zeit. Verdammt wenig, Berthold hörte die Uhr ticken. Ab jetzt lief die Zeit – vierundzwanzig Stunden hatte er, wenn er nicht sein Gesicht und seinen Job verlieren wollte.

25.

Die Räume waren fantastisch. Anne fragte sich, wie ihr Vater es geschafft hatte, ihr von einem Tag auf den anderen eine Praxis einzurichten, doch schnell wurde ihr klar, dass sie ihn nicht unterschätzen durfte. Er hatte die Praxis nicht erst installiert, nachdem sie zugesagt hatte. Die anheuernden Seeleute in der Kürze der Zeit zu untersuchen, war gar nicht möglich. Er hatte die Praxis schon viel länger, so wie er auch das Büro im obersten Stock des Gebäudes seit Langem eingerichtet haben musste. Anne schoss der Gedanke in den Kopf, dass ihr Vater sie damals für zwei Monate ins Engadin geschickt hatte, nicht weil er sie um ihrer selbst willen schützen wollte, sondern weil er sie nicht in Hamburg haben wollte, damit er von ihr unbemerkt seinen neuen Handelsstandort aufbauen konnte.

Roger van der Zwaan hatte all diese Schritte seit Langem geplant. Die Bauarbeiten am Magdeburgquai, die Renovierung der alten Lagerhäuser – all das hatte er wahrscheinlich bereits im vergangenen Winter in Angriff genommen! Bestanden seine Expansionspläne damals schon? Die Tatsache, dass er mithilfe des mörderischen Doktor Tergit der HAPAG und Albert Ballin schaden wollte, war nur der Anfang. Anne fiel ein, dass in Max Lauritzens großer Artikelserie über die Morde des Doktors auch stand, dass sein Schwiegervater eine bedeutende pharmazeutische Fabrik in Kattowitz besessen hatte. Es konnte nie geklärt werden, was mit den Medikamenten und Drogen, die dort hergestellt wurden, was mit all den Tinkturen, Tabletten und Salben geschehen war.

Anne glaubte es zu wissen. Ihr Vater hatte sich – auf welchem Weg auch immer – derer bemächtigt. Sie würde mit Dorothy, ihrer Mutter, sprechen. Ob sie wusste, welchen Geschäften Roger in London nachging. London war immer eines der Drehkreuze für den Opiumhandel gewesen. In Dover landete das Rohopium an, in London wurde es zu Morphium verarbeitet, in den unzähligen legalen und illegalen Drogenküchen. Tatsächlich hatte Anne sich nicht im Geringsten um die Geschäfte ihres Vaters gekümmert, sondern sich mit ihrer eigenen beruflichen Laufbahn beschäftigt.

»Gefällt es dir?«

Anne fuhr herum. Der Stolz über das Geschaffene, die Praxis, aber auch das imposante Geschäftshaus direkt am Magdeburgquai, war Roger van der Zwaan anzusehen. »Es ist alles da, wenn du noch etwas brauchst, dann melde dich bei mir, ich komme deinen Wünschen gerne entgegen.«

»Warum? Warum dieser Aufwand? Nur um die Zähne von ein paar Matrosen zu überprüfen? Dafür hätte es nicht dieser voll ausgestatteten Praxis bedurft.«

»Du kannst hier wieder praktizieren.« Ihr Vater schlenderte durch die lichtdurchfluteten zwei Räume. Die großen Fenster gaben den Blick auf den Hafen frei, die Räume lagen im Erdgeschoss des Gebäudes. »Hast du dir das nicht gewünscht? Nachdem deine kleine Praxis abgebrannt ist – was vermutlich besser war, die Gegend war nicht gerade gut beleumundet.«

»Aber im Hafen ist es besser?« Anne gelang es nicht, den Sarkasmus zu verbergen. »Du sagst doch selbst, dass sich hier nur Gesindel herumtreibt.«

»Das wird bald Vergangenheit sein.« Roger van der Zwaan wandte ihr den Rücken zu und blickte auf den Quai hinaus. »Wenn das Grüne Haus abgerissen ist, werde ich dort bauen. Um eine Genehmigung bemühe ich mich gerade. Der ganze Magdeburgquai wird irgendwann in neuem Glanz erstrahlen. Mir schwebt ein modernes Handelszentrum vor. Alles elektrifiziert. Parkplätze für Automobile. Geschäfte könnten hier eröffnen, Restaurants.«

»Am Hafen?« Anne lachte. »Das ist doch nicht dein Ernst!

Hier kommt niemand her, um irgendetwas zu kaufen oder zu essen. Du träumst!«

»Mitnichten.« Ihr Vater wandte sich um, sie bemerkte einen eigentümlichen Glanz in seinen Augen. »Ich habe Visionen. Warum sollte sich das nicht vereinen lassen? Sieh dir die Landungsbrücken an, den neuen Elbtunnel. Ein Wunderwerk der Technik! Autos können in Fahrstühlen unter die Wasserlinie transportiert werden, Tausende von Menschen werden täglich durch den Tunnel auf die andere Elbseite und zurück gelangen.«

»Aber das ist einige Kilometer weit weg. Nicht hier.«

»Und was ist mit dem Wandrahm, mit Kehrwieder? Alle alten Häuser wurden abgerissen und stattdessen neue, wunderbare Speicherhäuser errichtet. Der Sandtorquai erstrahlte in neuem Glanz. Das wird hier ebenfalls passieren. Wenn ich es will.«

»Und die Stadt macht da mit?« Anne verschränkte die Arme vor der Brust. Sie hatte sich geschworen, sich mit Kritik zurückzuhalten, um das Vertrauen ihres Vaters zu erlangen, aber unversehens war sie wieder in eine Diskussion mit ihm geraten.

»Sie wird. Lass das meine Sorge sein.«

»Wie willst du das alles finanzieren?«

»Mit meinen Geschäften natürlich! Womit sonst?«

Und was sind deine Geschäfte, formulierte Anne stumm ihre Frage, laut hingegen sagte sie: »Aber du bist als Reeder nicht mehr in Hamburg etabliert, du fängst ganz von vorne an.«

»Das soll nicht deine Sorge sein.«

Grußlos verließ ihr Vater die Räumlichkeiten. Die Audienz war also beendet.

Anne streifte noch ein wenig durch die zwei Räume und begutachtete die Ausstattung. Es war – außer einem Vorrat an Medikamenten, den ihr Vater erst liefern lassen wollte, wenn sie ihm eine Liste der benötigten Grundausstattung gemacht hatte – alles vorhanden, was sie für eine funktionierende Praxis brauchte. Und nicht nur das, es waren darüber hinaus teure Gerätschaften angeschafft worden, über die sie in ihrer kleinen Praxis in der Lembkentwiete nicht verfügt hatte. Ein Röntgenapparat – schier unerschwinglich! Und wozu? Es war gar nicht ihre Aufgabe im Rahmen der Tätigkeit für ihren Vater. Die Männer, die er anheuern würde, hatte sie pro Nase in weniger als zwanzig Minuten auf ihre Tauglichkeit untersucht. Wozu sollte diese Praxis dienen?

Nachdenklich hatte Anne das Haus verlassen und war einige Meter am Quai entlang auf das Grüne Haus zugelaufen. Das Angebot ihres Vater passte nicht zu der Praxis, die er ihr zur Verfügung stellte. Was hatte er im Sinn? Für welche Zwecke wollte er sie einspannen? Augenblicklich kam ihr Doktor Tergit in den Sinn, der sich ebenfalls für Roger van der Zwaan vor den Karren hatte spannen lassen. Gegen das Versprechen von viel Geld und Anerkennung, war sich Anne sicher. Aber was wollte er von ihr? Er konnte wohl kaum davon ausgehen, dass sie für ihn Kinder vergiftete, dachte sie bitter. Nur im Moment blieb ihr nichts anderes übrig, als mitzumachen. Noch war nichts geschehen, vor dem sie zurückschrecken musste. Noch konnte sie sein Spiel mitspielen, doch Anne war sich vollkommen im Klaren darüber, dass sie schnell herausfinden musste, ob an ihrem Verdacht, ihr Vater handele mit Opium, etwas dran sein könnte.

Theresa war nicht anwesend, als sie ins Grüne Haus kam, eine andere Frau des Vereins hatte Dienst, so setzte Anne sich auf eine der Bänke vor dem Haus, mit einer Tasse Tee und blickte auf das rege Treiben im Hafen.

Dort, wo der Gasometer vor eineinhalb Jahren explodiert war und bis vor wenigen Monaten noch die Trümmer diesen Teil des Hafens unbenutzbar gemacht hatten, herrschte rege Bautätigkeit. Der Grasbrook würde bald wieder in neuem

Glanz erstrahlen, die Wiederaufbauarbeiten waren weit gediehen. Würde Roger recht behalten? Würde in dieser Hafengegend etwas Neues entstehen, ein modernes Zentrum, in dem es nicht nur harte und schmutzige, aber ehrliche Arbeit gab? Sondern auch Weltläufigkeit, Luxus, Vergnügen? Was schwebte ihm vor? Was sah ihr Vater, wenn er diesen Teil des Hafens betrachtete?

Anne versank in ihren Gedanken, und während sie noch an ihren Vater und seine Pläne dachte, verlor sich ihr Blick im Labyrinth der Masten und Segel. Ferne Länder kamen ihr in den Sinn und wie gerne sie reisen würde, so, wie sie als Kind mit ihren Eltern in fremde Länder gereist war. Indien, Polynesien, China.

China. Ja, auch dort war sie mit ihren Eltern gewesen, es war vor dem Untergang der *Lotus.* Sie war elf oder zwölf Jahre alt gewesen. In der Nacht hatte sie Ju von dem Besuch dort erzählt und wie verzaubert sie damals gewesen war. Sie hatten die Chinesische Mauer besucht, von außen die Verbotene Stadt bewundert, hatten Tempel und Pagoden besichtigt. Ju hatte zu ihrer Erzählung gelächelt und genickt, wenn sie Anne überhaupt verstanden hatte. Es war nicht einfach für sie beide, sich mit Worten zu verständigen, simple deutsche Sätze oder einzelne Worte verstand Ju sehr wohl, aber komplexere Zusammenhänge und Schilderungen waren nicht möglich.

Aber das hatte keine Rolle gespielt; für das, was sie miteinander erlebt hatten, was sie verbunden hatte, bedurfte es nur weniger Worte. Sie hatten sich ihre Lebensgeschichten erzählt, Anne war verblüfft, wie wenig Worte dafür nötig waren. Blicke, Gesten, Berührungen – es hatte so viel mehr zwischen ihnen gegeben als bloß Worte. Sie hatten in der winzigen Wohnung von Ju gesessen, am Boden zunächst, auf Sitzkissen, Ju hatte auch hier Räucherstäbchen entzündet und in einer aufwendigen Zeremonie Tee für sie beide zubereitet. Anne bewunderte die abgezirkelten Gesten der jungen Frau, nichts Zufälliges war daran, jede kleinste Bewegung der Finger gehörte zu dem eingeübten Ritual. Ein kleines Wunder waren auch die süßen Früchte, die Ju ihr anbot. Kleine, stachelige Kugeln, die, kaum hatte man ihren Panzer zerbrochen, weißes, leicht durchscheinendes Fruchtfleisch darboten, das intensiv roch, ganz so, als wäre es parfümiert. Es war köstlich zart, im Inneren ein länglich glatter Kern.

Und dann spielte Ju Musik für Anne, entlockte einer Art Laute fremde Klänge. Sie sang dazu, wundervoll mit heller, schöner Stimme. Ju erzählte, dass sie davon geträumt hatte, ebenso wie ihre Mutter als Schauspielerin an die Oper zu gehen, doch das Schicksal hatte es nicht zugelassen. Anne fragte nicht weiter, es war offenbar, dass für Ju diese Erinnerung schmerzhaft war. Anne war so fasziniert von dem Einblick, den Ju ihr in ihre Kultur gewährte, dass sie sich richtiggehend plump vorkam – sie dachte daran, wie die Chinesen sie Deutsche empfinden mochten, mit ihrer recht simplen Esskultur, den Militärparaden und Uniformen, den farblosen Gewändern und dunklen Wohnungen mit schweren Holzmöbeln. Natürlich war das zu kurz gedacht, auch im Deutschen Reich gab es faszinierende Kultur, schließlich waren sie das Volk der Dichter und Denker, gerade im neuen Jahrhundert entstanden großartige Meisterwerke auf der Bühne, zwischen Buchdeckeln oder in den zahlreichen Ateliers. Aber die Alltagskultur der Deutschen, ihr Benehmen, ihre Esskultur und all das, schien doch um so vieles einfältiger und dumpfer als alles, was Anne in der Schmuckstraße bei den chinesischen Mitbürgern gesehen, gehört oder – eben wie bei Ju – gegessen hatte.

Sie saß in dem winzigen Zimmer, eingehüllt in fremdartige Musik, in den wunderlichen Duft der Bambusstäbchen und ließ sich verzaubern. Irgendwann hatten ihre Hände sich gefunden, sie hatten sich berührt, sanft und liebevoll, Ju hatte

Annes Gesicht erforscht, hatte ihre Hände langsam wandern lassen, und Anne tat es ihr gleich. Sie fühlte sich geborgen, ließ sich ein auf den zarten Tanz, den ihre Hände miteinander, aber auch auf ihren Körpern aufführten. Ließ sich tragen, entführen und schwebte davon.

Am Morgen waren sie eng umschlungen erwacht, Anne fühlte sich, als wäre sie immer schon so aufgewacht, dicht an Jus schmalen Körper gekuschelt. Nichts an der Situation war unangenehm oder fremd, sie waren einander auf überraschende Weise vertraut.

Vielleicht war es das, was Anne seit Wochen in die Schmuckstraße gezogen und in die Garküche von Ju geführt hatte. Das tiefe Wissen um ihrer beider Verbundenheit.

Doch die Harmonie hatte nicht lange angehalten. Kaum hatten sie gemeinsam das Haus verlassen, sprang ihnen die Schlagzeile der Morgenzeitungen, die ein Zeitungsjunge feilbot, ins Auge: *Tote Chinesinnen eröffnen neue Mordserie!*

Anne hatte die Zeitung sofort gekauft, und entsetzt hatten sie von Haos Tod erfahren. Ju war kreidebleich geworden – sie konnte nicht verstehen, was geschehen war, nun war auch diese Gefährtin tot, die sie in Sicherheit geglaubt hatte. Anne bedauerte es, dass sie zu ihren Terminen eilen musste, sie hatte am Vormittag wieder Sprechstunde in der Paulstraße, aber auch Ju hatte alle Hände voll zu tun, musste auf dem Markt einkaufen und Vorbereitungen in ihrer Küche treffen. Sie gingen auseinander in dem Wissen darum, dass sie sich so bald wie möglich wiedersehen würden.

»Na, Frau Doktor, genießen Se die Aussicht?«

Anne schreckte aus ihren Gedanken. Neben ihr hatte auf der Bank eine Frau Platz genommen, die Anne mittlerweile recht gut kannte. Es war Isa, eine junge Prostituierte, die ihren Standort am Dovenfleet hatte, unweit der Lembkentwiete.

Sie hatten sich im November kennengelernt. Isa war die erste Frau gewesen, die Annes Angebot im Grünen Haus – Essen, Tee, Wärme – angenommen hatte. Sie war wieder und wieder gekommen, hatte ihre Kolleginnen mitgebracht und gehörte mittlerweile zum Stammklientel des Grünen Hauses.

»Gut siehst du aus, Isa.«

Die Ärztin musterte die junge Frau neben sich. Es war unverkennbar, welchem Gewerbe Isa nachging, sie trug ein Mieder offen zur Schau, die dünne Bluse darunter enthüllte mehr, als sie verbarg, aber Isa wirkte gepflegter und recht wohlgenährt.

»Geschäfte laufen.« Die Frau rieb Zeigefinger und Daumen aneinander. »Verdien 'ne Menge Zaster und hab mir 'nen neuen Luden gesucht.«

»Ohne wäre noch besser«, bemerkte Anne und grinste. Sie hatte es seit Jahren, schon in London, aufgegeben, Frauen wie Isa zu einem anständigen Beruf zu überreden. Nicht alle wollten oder konnten aussteigen, und diejenigen, die im Milieu blieben, wollten sich nicht dauernd vorhalten lassen, dass sie einen verkehrten Weg eingeschlagen hatten. Es war immer besser, keine moralinsauren Reden zu schwingen, sondern den Frauen tatkräftige Unterstützung zukommen zu lassen.

Isa lachte. »Auf eigene Rechnung arbeiten, das würde mir gefallen!«

»Das kommt noch. Irgendwann gründet ihr eine Gewerkschaft.«

Anne klopfte Isa kameradschaftlich auf den Oberschenkel.

»Von mir aus könn' Se ewig hier weiterbauen.« Isa zeigte mit dem Kinn auf die Lagerhäuser und Fruchtschuppen.

Natürlich!, ging Anne ein Licht auf. Die dort beschäftigten Arbeiter waren gute Kunden. Früher war dieser Teil des Hafens nach der Gasometer-Explosion tot gewesen, die Geschäfte der Bordsteinschwalben liefen alles andere als rosig. Jetzt dagegen florierte das horizontale Gewerbe – ihr Vater sorgte also dafür, dass das »Gesindel«, wie er es nannte, dank ihm einen wirtschaftlichen Aufschwung erlebte. Darüber amüsierte Anne sich.

»Soll mal alles schnieke werden.« Isa beugte sich zu Anne und flüsterte. »Ham Se gewusst, dass der Mörderdoktor hier 'ne Praxis aufmachen wollte?«

Anne starrte Isa entsetzt an. »Der … Tergit?«

»Hm.« Isa nickte. »Dahinten!« Sie zeigte auf die Ecke des großen Gebäudes, in dem sich der Sitz Roger van der Zwaans befand. »Hat mir einer von den Freiern erzählt. War ganz geheim. Tja, is' wohl nüscht draus geworden. Nu isser 'n paar Fuß unter der Erde.«

Anne hatte den Atem anhalten müssen. Wenn sie noch einen weiteren Beweis ihrer These gebraucht hätte, dass ihr Vater mit Tergit unter einer Decke gesteckt hatte – hier war er. Ein weiteres Mosaiksteinchen vervollkommnete das Puzzle. Anne fröstelte plötzlich. Sie fürchtete sich davor, den Weg, den sie eingeschlagen hatte, bis zum Ende zu gehen.

26.

Sie war gerade dabei, ihr Fahrrad startklar zu machen und sich auf den Sattel zu schwingen, als Charlotte Lehmann aus dem Fenster ihres Büros nach ihr rief.

»Helene! Telefon! Der Kommissar!«

Endlich! Wie viele Stunden hatte sie auf diesen Anruf gewartet! Helene ließ ihr Rad fallen und rannte in das Haus zurück. Obgleich sie wusste, wie sehr Berthold beschäftigt war und dass ihn sowohl die Jagd nach Joachim von Stetten als auch die kommissarische Vertretung von Inspektor Paulmann auf Trab hielt, hatte sie sich nichts sehnlicher gewünscht als seinen baldigen Anruf. Vordergründig wegen des falschen Alibis von

Franz Hopp, tatsächlich aber musste sie seine Stimme hören. Seit dem Aufwachen hatte sie an wenig anderes gedacht als an ihn. Weiß der Teufel, wie sie es geschafft hatte, den Tag hinter sich zu bringen, immer die Minuten, ach was, die Sekunden zählend, bis sie endlich mit ihm sprechen konnte. Und auch das war viel zu wenig! Wieder in seinen Armen liegen, seinen Atem an ihrer Halsbeuge spüren, Haut an Haut – das war es, wonach sie sich verzehrte.

»Berthold?« Sie schrie fast in den Hörer.

»Helene. Es tut mir leid, dass es so lange gedauert hat, aber ich …«

»Schon gut«, unterbrach sie ihn. Auf keinen Fall wollte sie ihn unter Druck setzen. »Ich weiß, wie viel du arbeiten musst. Aber es ist etwas Berufliches.«

Er schwieg, und sie konnte seine Irritation förmlich greifen. »Natürlich wollte ich in erster Linie deine Stimme hören«, schob sie hinterher, »aber deswegen hätte ich dich nicht dringend um Rückruf gebeten.«

»Ich wäre lieber bei dir als … Worum geht es, Fräulein Curtius?« Berthold wechselte den Tonfall, Helene ahnte, dass er nun nicht mehr allein im Raum war. Um ihm das Gespräch nicht unnötig zu erschweren, kam sie direkt auf den Punkt.

»Das Alibi von Franz Hopp ist falsch«, sagte sie. »Paulina war bei mir und hat es mir erzählt. Er ist jede Nacht unterwegs. Er geht ins Bordell. Vielleicht kennt er Hao aus der *Leuchtenden Sonne*!« Und vielleicht ist er der Mörder und nicht Joachim von Stetten, hätte sie nur zu gern hinterhergeschoben, aber diesen Schluss zu ziehen, wollte sie Berthold überlassen. Es war seine Arbeit, nicht ihre.

»Tatsächlich? Nun, das ist in der Tat eine interessante Information, die Sie mir da geben.« Wie unangenehm es für ihn war, sich zu verstellen, dachte Helene und war einen Moment amüsiert.

»Vielleicht kannst du ihn festnehmen. Er schlägt Paulina ganz furchtbar. Das muss ein Ende haben …«

»Ich bedauere«, unterbrach Berthold sie. »Aber der Tod der Frau ist nicht durch Fremdeinwirkung hervorgerufen worden. Deshalb sind mir in der Sache die Hände gebunden.«

Es dauerte einige Sekunden, bis Helene diese Information verarbeitet hatte. Hao war tot. Franz hatte sie aus dem Haus gejagt und ihr Geld gegeben – und trotzdem konnte die Polizei ihn deswegen nicht belangen? Hao würde noch leben, wenn sich der Widerling nicht eingemischt hätte!

»Aber … ich sage gegen ihn aus! Ich bin bereit, es überall unter Eid zu erzählen, dass ich ihn beobachtet habe. Und bestimmt kann ich Paulina dazu bewegen, das Alibi zurückzunehmen. Das war ohnehin gelogen. Berthold, das kann doch nicht sein!«

»Es tut mir sehr leid.« Das Bedauern in seiner Stimme war aufrichtig.

»Könnt ihr gar nichts machen? Hao wäre nicht tot! Berthold!«

»Das ist mir durchaus bewusst. Aber ich bedaure. Es liegt kein Tötungsdelikt vor. Die Information mit der *Leuchtenden Sonne* ist dennoch wertvoll.« Berthold räusperte sich. »Wir sollten uns so bald als möglich treffen, damit Sie mir … also damit ich das protokolliere.«

»Ja, das sollten wir.« Helene presste den Hörer an ihr Ohr, als könnte sie ihm dadurch näher sein. Es war seltsam, ihn so zu hören, distanziert und fremd. Und dabei waren sie sich noch vor wenigen Stunden so nah gewesen, wie sich Mann und Frau nur sein konnten. »Ich muss dich sehen.«

»Ja. Das … ist ganz meinerseits.«

Helene musste lächeln, obwohl die Situation alles andere als befriedigend war, vor allem, was Franz Hopp betraf. Sie hatte sich erhofft, dass Berthold ihn mit dieser Neuigkeit, dass sein

Alibi zusammengekracht war, aus dem Verkehr hätte ziehen können.

»Ich liebe dich«, flüsterte sie in den Hörer.

»Ja. So ist es. Ich melde mich morgen bei Ihnen, Fräulein Curtius.«

Helene legte auf. Sie sehnte den Tag herbei, an dem sie einander das Jawort gaben. Um nicht mehr Versteck spielen zu müssen. Vor ihren Eltern, vor der Witwe Petersen und vor Bertholds Kollegen. Sie freute sich darauf, wenn er durch den Fernsprecher vor aller Ohren sagen konnte: »Ich liebe dich und komme gleich zum Abendbrot.«

Bei dem Gedanken musste sie auflachen. Abendbrot? Mit Berthold? Würden sie jemals gemeinsam an ihrem Küchentisch sitzen und belegte Brote essen?

»Möchtest du noch ein Gürkchen, Berthold?«, flüsterte Helene zu ihrer Belustigung, doch dann blieb ihr das Lachen im Halse stecken.

Berthold konnte Franz Hopp nicht wegen Haos Tod belangen. Dass Franz der Mörder der Prostituierten in der *Leuchtenden Sonne* war, war so gut wie ausgeschlossen, das wusste Helene. Aber sie hatte nun mal gehofft, es könnte sich herausstellen, dass Franz ein noch größerer Schurke war als der, für den sie ihn ohnehin hielt.

All das hieß aber auch, dass Paulina noch länger unter der Brutalität ihres Ehemannes zu leiden hatte. Aber Helene mochte nicht aufgeben – sie würde ihren liebsten Alsterschwan von diesem Joch befreien! Es musste ihr einfach gelingen.

Zu Hause hatte sie noch eine knappe halbe Stunde, um sich umzukleiden. Dann würde Meinhard Tannenberg sie abholen, er hatte ihr einen ungewöhnlichen Abend versprochen, aber nicht verraten, worin dieser bestand. Meinhard kam ihr gerade recht. Er war der Mensch, der Helene am ehesten von ihren

Alltagssorgen ablenken konnte. Der junge Dichter kannte die verrücktesten Leute, er hatte Zugang zu Künstlerkreisen – ein versprengtes Häuflein in Hamburg, in Berlin oder München wären sie unter der Bohème gar nicht aufgefallen. Aber in der Stadt der Pfeffersäcke waren die Atelierfeste, Séancen, Vernissagen oder spontanen Fahrten aufs Land eine Seltenheit – und für Helene jedes Mal höchst willkommen. Niemand betrachtete mit scheelem Blick ihre kurzen Haare oder verurteilte Männer, die Händchen mit Männern hielten, Frauen, die mit Frauen tanzten, barfüßige Lebensreformer oder studierte Frauen, die sich gegen das eheliche Treuegelöbnis aussprachen wie Helene Lange. Es waren Tänzer und Schauspielerinnen, Maler und Ärztinnen, Rennfahrer und Anthropologinnen unter ihnen. Jedes Mal, wenn Meinhard Helene bat, ihn zu begleiten, wusste sie, dass sie ein Abenteuer erwartete.

Sie entschied sich für das Hosenkleid, es war hochmodern, gewagt, aber auch bequem, und sie würde darin jede abenteuerliche Künstlerfete überstehen.

»Helene?« Fanny steckte ihren Kopf durch die Tür. »Du gehst weg?«

»Mit Meinhard Tannenberg. Er führt mich auf ein Künstlerfest aus.« Als Helene die besorgte Miene ihrer Mutter sah, beschwichtigte sie. »Ich komme nicht so spät nach Hause wie gestern. Ich verspreche es. Außerdem bringt mich Meinhard nach Hause. Er ist sehr gewissenhaft.«

»Ist das der junge Dichter?« Fanny musste ihm mehrmals über den Weg gelaufen sein, mindestens bei der Hochzeit.

Helene nickte.

»Ein zweiter Verehrer? Übernimmst du dich da nicht ein bisschen?«

Helene lachte auf. »Keine Bange, Mama. Meinhard ist der perfekte Begleiter – er ist klug, eloquent, charmant, aber er hat mit Frauen nichts am Hut. Er liebt Männer.«

»Oh! Aha.« Fanny ließ sich etwas ratlos auf Helenes Bett nieder. »Ist er der richtige Umgang?«

»Ich bitte dich!«

Fanny seufzte. »Das sind die modernen Zeiten. Ich komme da nicht mehr mit.«

Helene hörte auf, sich um ihre Toilette zu kümmern, und setzte sich zu ihrer Mutter. »Aber darüber wolltest du nicht mit mir sprechen, nicht wahr?«

»Nein. Es geht um ...« Fanny war sichtlich verlegen. »Um deinen Vater.«

Instinktiv erschrak Helene. Ihr Vater? War er etwa krank?

»Was ist mit Papa?«

»Er wird alt. Und sentimental. Ich weiß, dass du deinem Vater keine Gefühlsregung zutraust, und überdies ...« Fanny machte eine vage Bewegung in die Luft, und Helene begriff sofort, dass sie auf die Affäre Engelberts mit dem Dienstmädchen anspielte, »... aber lassen wir dieses unappetitliche Thema. Kurz und gut: Ich mache mir Sorgen, dass er schwermütig wird, wenn ich weg bin.«

Das konnte sich Helene beim besten Willen nicht vorstellen. Ihr Vater und schwermütig? »Ich glaube, du musst dir keine Sorgen machen. Solange Papa seine Zeitung hat, regelmäßige Mahlzeiten und seine Ruhe, wird er sich wohl in die Arbeit vergraben. Er überlebt es.«

Fanny ergriff Helenes Hand. »Kümmere dich um ihn. Bitte.«

»Ich tu, was ich kann.«

»Versprich es mir!«

»Ich verspreche dir, ich werde mich um Papa kümmern. Ganz bestimmt.«

Fanny nickte dankbar und verschwand wieder aus dem Zimmer. Helene blieb ein paar Sekunden auf dem Bett sitzen. Ob ihre Mutter recht hatte, und ihr Vater wurde im Alter zunehmend sentimental? Sei's drum, sie hatte ihr Versprechen gegeben, glaubte aber nicht, dass ihr Vater die Zuwendung benötigen würde.

Angetan mit ihrem grünseidenen Hosenkleid stieg Helene gut gelaunt zu Meinhard in den offenen Wagen.

»Wir fahren nicht zu einer Hochzeit!«, kommentierte dieser eingedenk der Tatsache, dass sie das Hosenkleid auch bei Paulinas Hochzeit getragen hatte. Paulinas Hochzeit … Mit Schaudern dachte Helene an die Nacht, in der sich das Schicksal ihrer besten Freundin besiegelt hatte. Wie schön und fröhlich war das Fest gewesen. Und nun zeigte Paulina ihr die roten Striemen auf ihrem Körper … Aber Helene entschied sich zu schweigen. Zwar vertraute sie Meinhard, er würde nichts davon ausplaudern, wenn sie ihn darum bat, doch sie wollte Paulina schützen. Es musste wahrlich nicht an die große Glocke gehängt werden, was ihrer Freundin gerade widerfuhr.

»Willst du mir nicht sagen, wohin du mich entführst?«

»In den Untergrund«, raunte Meinhard geheimnisvoll.

Sie fuhren ins Herz von Sankt Pauli, eine Gegend, in der weder ihre Eltern noch Berthold sie gerne des Nachts gesehen hätten. Aber wie spannend fand es Helene und hakte sich bei Meinhard unter. Den Wagen hatte er an der Reeperbahn abgestellt, sie liefen in die Talstraße in nördlicher Richtung. Diese Ecke von Sankt Pauli kannte Helene weniger gut, sie war allenfalls auf der Reeperbahn unterwegs, wenn sie mit Paulina die Lichtspielhäuser besuchte. Besucht hatte, wie lang war all das her? Nur wenige Wochen, und doch schien es ihr eine Ewigkeit zu sein.

Sie passierten die Schmuckstraße, Helene war kurz versucht, Meinhard zu bitten, einmal durch die kleine Straße zu laufen, zu gerne hätte sie die *Leuchtende Sonne* mit eigenen Augen gesehen, schreckte dann aber doch davor zurück. Zu viel Neugier schadete, so war Helene erzogen, überdies wollte sie nicht in die Situation kommen, Berthold dort zu begegnen. Trotzdem faszinierte sie das Fremdländische, viele Chinesen waren hier unterwegs, freundlich leuchteten Straßenlaternen den Weg in ihr Quartier. Sie waren umgeben von der unbekannten Sprache, Helene saugte alle Eindrücke gierig auf. Noch niemals hatte sie sich außerhalb Hamburgs befunden – außer natürlich im Sommerurlaub in Sankt-Peter-Ording –, und hier, inmitten der chinesischen Kultur, bekam sie eine Ahnung davon, wie bereichernd es sein mochte, über den eigenen Tellerrand hinauszublicken. Aber Meinhard zog sie weiter. Helene fröstelte, sie hatte nicht daran gedacht, eine Stola mitzunehmen – über viele Wochen war es heiß und heißer gewesen, nach dem Gewitter am Vorabend jedoch waren die Temperaturen gesunken, und der Abend brachte wieder Abkühlung, so wie es sein sollte.

Dort, wo die Kieler- auf die Annenstraße traf, blieb Meinhard stehen. Über dem Eckhaus erkannte Helene die Schrift *Schlachterei Koopmann*, doch die großen Fensterflächen des Ladengeschäftes waren mit Brettern verrammelt, hier gab es keine Schlachterei mehr.

Jetzt bemerkte Helene, dass sich vor dem ehemaligen Eingang zur Schlachterei einige elegant gekleidete Menschen aufhielten. Sie sahen sich möglichst unauffällig um, bis einer nach dem anderen in dem Eingang neben dem Laden verschwand.

»Da geht's rein«, flüsterte Meinhard und fasste Helenes Arm fester. Auch sie stellten sich zunächst vor das Wohnhaus und taten, als würden sie auf etwas warten, huschten schließlich in einem unbeobachteten Moment durch die Tür. Dahinter befand sich ein Flur, nur von Kerzen, die jemand auf den Boden gestellt hatte, erhellt. Doch nicht in die Räume der ehemaligen Schlachterei führte Meinhard sie, stattdessen folgten sie den flackernden Lichtern bis zum Ende des Ganges, wo hinter einer offen stehenden Holztür eine Steintreppe hinabführte. Von unten drang Stimmengewirr an Helenes Ohren, Gelächter, aber auch verzerrte Klänge eines Klaviers. Ein Klavier? Wer war so verrückt gewesen und hatte das sperrige Instrument über die rutschigen Stufen in das unterste Geschoss transportiert? Vorsichtig tasteten sie sich abwärts, der modrig dumpfe Geruch wurde immer stärker.

Im Kellergeschoss erwartete sie mitnichten ein düsterer Keller, so wie Helene erwartet hatte, sondern ein riesiges Gewölbe. Einer gotischen Kirche gleich spannten sich sorgfältig gemauerte Backsteinbögen über mehrere große und hohe Räume.

»Ein Eiskeller«, erklärte Meinhard ihr. »Man nennt ihn auch Pesthofkeller, aber hier gab es keine menschlichen Leichen, nur tote Tiere.«

Was Anlass genug war, sich zu gruseln, dachte Helene. Sie schauderte, ihr Frösteln wurde stärker, und das lag beileibe nicht nur an der Temperatur. Auch die Atmosphäre war düster und machte sie zittern. Es mochten sich vielleicht an die fünfzig Menschen in den Räumen befinden, die in kleinen Grüppchen zusammenstanden oder auf dem Boden hockten. Tatsächlich stand an einer Wand ein Klavier, ein Mensch mit zerzaustem Schopf entlockte dem Instrument wilde Töne. Debussy, erkannte Helene, sie hatte das Stück bereits einmal bei einem Konzert in Idas Haus gehört. Doch dieser Pianist intonierte es weitaus wilder, die Töne hallten schrill in dem Gewölbe. Erleuchtet wurde die unheimliche Szenerie durch einige Fackeln, auch klebten vereinzelt Kerzen am Boden. Die Luft war schlecht, obgleich die Räume hoch waren, aber es gab keine Fenster, frische Luft konnte nur von der Treppe, die sie soeben hinabgestiegen waren, kommen. Helene bildete sich zudem ein, das Fleisch und Blut der geschlachteten Tiere riechen zu können, obwohl Meinhard ihr versicherte, dass die Schlachterei schon vor vielen Jahren ihren Betrieb eingestellt hatte.

Die Gäste auf der Fete tranken Absinth, unschwer an dem grünen Leuchten in ihren Gläsern zu erkennen, außerdem beobachtete Helene drei Menschen in einer Ecke, über einen Schemel gebeugt, die weißes Pulver konsumierten. Mit Drogen kannte sie sich nicht aus und hatte kein gesteigertes Interesse daran. Helene war auch nicht neugierig, sie hatte nie die Absicht gehabt, irgendetwas wie Morphium oder Opium auszuprobieren. Im Gegenteil, ihr machte es Angst. Sie hatte mehrmals auf den Künstlerfesten erlebt, wie Menschen in eine Art Ohnmacht oder auch Ekstase gefallen waren, sich seltsam entrückt benahmen oder gar nicht mehr ansprechbar waren. Jedes Mal hatte Meinhard ihr erklärt, dass Substanzen im Spiel waren – offenbar kursierten solche auch heute Abend.

Ihre heitere Laune versiegte, je länger sie sich in dem modrigen Eiskeller aufhielten, die Atmosphäre war anders als sonst, nicht heiter und ausgelassen, vielmehr dumpf und morbid.

Meinhard schien es ebenso zu gehen, und obwohl er viele bekannte Gesichter sah, hier ein Schwätzchen hielt und dort jemanden herzlich begrüßte, raunte er ihr doch nach einer guten halben Stunde zu, ob sie die Lokalität nicht verlassen und stattdessen auf der Reeperbahn den Abend heiter beschließen sollten.

»Von mir aus sehr gerne«, gab Helene zurück und schlang frierend die Arme um den Körper.

Sie standen in einem der hintersten Räume und betrachteten von hier aus die etwas unheimliche Szenerie, die lang gezogenen Schatten, die die Menschen im Schein der Fackeln auf die Backsteinmauern warfen. Es wirkte wie ein Scherenschnitttheater, fand Helene, die sich erinnerte, als Kind so etwas gesehen zu haben. Schon damals hatte sie sich vor den ausgeschnittenen schwarzen Figuren, deren Konturen nichts Liebliches hatten, gefürchtet. Hier im Pesthofkeller begleitete sie ein ähnliches Gefühl.

»Wo geht es hier hin?«, fragte ein Mann und versuchte, die kleine Lattentür in der Wand neben Helene zu öffnen. Diese war offensichtlich verschlossen, aber der Mann, angestachelt von seiner kichernden Begleiterin, wollte nicht nachgeben. Noch während Helene dachte, dass diese Tür sicherlich aus guten Gründen verschlossen war, brach diese plötzlich auf, schwang dem direkt davorstehenden Pärchen vor die Brust, beide taumelten erschrocken zur Seite. Der Raum hinter der Tür spuckte drei schwarze Gestalten aus, Frauen, abgerissene Wesen, starr vor Schmutz mit filzigen Haaren. Sie stolperten aus dem Verschlag wie blinde Maulwürfe, einige der Gäste schrien erschrocken, und in dem Moment, als Helene begriff, wen sie direkt vor sich hatte, rief auch schon jemand: »Die *Lilith*!«

Nun kam Bewegung in die drei, die vorderste – Helene glaubte, Jella zu erkennen – riss eine der Fackeln aus ihrer Verankerung und schwang sie wie eine Waffe um sich her, während sie versuchte, sich einen Weg durch die sich zusammendrängenden Menschen zu bahnen. Die Frauen wollten fliehen, aber die Gäste der unheimlichen Party rotteten sich neugierig zusammen und versperrten den Mädchen so den Weg zum Ausgang. Helene sah, dass die hinterste der drei strauchelte und zu Boden fiel, aber niemand half ihr auf, wie magisch angezogen folgten die Anwesenden Jella, die brüllte und ihre Fackel schwang.

Meinhard und Helene mussten sich nicht absprechen, sie machten ein paar Schritte auf das am Boden liegende Mädchen zu, zogen sie aus der Menge und nahmen sie mit sich in eine stille Ecke des Raumes.

Das Mädchen konnte sich kaum auf den Beinen halten. Es versuchte schwach, sich gegen die Griffe zu wehren, wollte hinterher, zu seiner Anführerin, raus aus dem Keller.

»Wir helfen dir«, flüsterte Helene und hielt das Mädchen

fester. Ekelerregender Gestank ging von ihr aus. Sie konnte seit Wochen nicht mit Wasser in Berührung gekommen sein, Helene nahm der Geruch von ungewaschenem Körper, Urin, Schweiß und muffigen Kleidern beinahe den Atem.

»Wir rufen nicht die Polizei«, sagte sie, »wir verraten dich nicht.«

Tatsächlich hatte sich die Gesellschaft fast zur Gänze aus dem Eiskeller zurückgezogen, sie hörten von draußen Gejohle – wahrscheinlich wurden Jella und ihre Gefährtin von den sensationslüsternen Menschen verfolgt. Meinhard wagte einen Blick in die vorderen Räume, dann winkte er Helene. Zu zweit halfen sie dem erschöpften Wesen auf dem Weg zur Treppe, nur der wilde Pianist war geblieben, er spielte ungerührt eine schrille Sonate, sowie die drei Drogenkonsumenten, die weggetreten um den Holzschemel herum kauerten.

Sie schafften es unbehelligt die Treppe hinauf, zwängten sich an anderen vorbei durch den Gang. Niemand beachtete sie, das Interesse hatte sich ganz auf die Straße verlagert. Offenbar jagte die Menge den beiden Frauen nach, Helene hörte schrille Schreie, die ihr schier das Herz zerrissen. Kaum standen sie auf der Kieler Straße, zog Meinhard sie in einen Hauseingang. Es wäre gefährlich gewesen, jetzt mit dem Mädchen zum Wagen zu laufen, sicher hatte irgendjemand wegen des Tumults die Polizei benachrichtigt, die gleich kommen würde. Die drei hetzten in stummem Einverständnis in den Innenhof, Helene und Meinhard zerrten das Mädchen, das halb bewusstlos in ihren Armen hing, mit sich zu einer gegenüberliegenden Hofeinfahrt. Der Hinterhof war groß und quadratisch, hier standen Aschetonnen, aber auch Bäume. Jemand hatte Gemüsebeete angelegt und hielt Hühner. Der Hof gehörte zu jeweils vier großen Mietshäusern auf jeder Seite und war entsprechend weitläufig. Wenn sie Glück hatten, könnten sie auf der Jägerstraße herauskommen.

Und sie hatten Glück! Obwohl sie entfernt das Bimmeln der Schupos hörten, die anscheinend mit einer oder mehreren Mannschaften anrückten, blieb die Jägerstraße von dem Tumult unberührt. Hier liefen die Passanten in aller Ruhe durch die Straße, ahnten nichts von dem Großeinsatz in der Nachbarschaft.

»Ich hole das Auto«, sagte Meinhard. »Warte hier.« Er half Helene, sich mit dem Mädchen auf die Treppe zum Vorderhaus zu setzen, dann rannte er los.

Helene blieb zurück, und obwohl sie das Würgen ob des Gestanks unterdrücken musste, beugte sie sich über das Mädchen. Hielt sie fest und verbarg sie vor möglichen Blicken mit ihrem Oberkörper. Streichelte ihr den Rücken und wiegte sie sanft hin und her wie eine Mutter ihr Kind.

Die zweite Straftat innerhalb von drei Tagen, kam ihr in den Sinn. Erst Sachbeschädigung, und nun verhalf sie einer gesuchten Verbrecherin zur Flucht vor der Polizei.

Diese Tat aber würde sie vor Berthold geheim halten müssen, ahnte Helene. Zumindest vorerst.

Was nun aus dem Mädchen werden sollte, davon hatte sie jedoch nicht die mindeste Vorstellung.

27.

Der Mann ihm gegenüber war nicht der Mann, als den Berthold ihn kannte. Wilhelm von Stetten war in den letzten beiden Wochen zu einem gebrochenen Mann geworden, hatte all seine Größe, seinen Stolz und, ja, auch seine Arroganz verloren. Grau und eingefallen sah er aus, war tief in dem wuchtigen Ledersessel versackt.

Der Kommissar und der Bankier saßen einander gegenüber in der großen und, wie Berthold neidvoll anerkennen musste, wunderbaren Bibliothek des Barons. Ein halbrunder Raum, an dessen Wänden sich die Regale nahtlos aneinanderreihten, vom Boden bis zur Decke jeder Zentimeter mit Büchern gefüllt. Folianten, Gesamtausgaben, Zeitschriften, Lexika – von Stetten musste über Jahrzehnte Bücher angesammelt haben. Ob er sie alle gelesen hatte?

Das Objekt allerdings, das den Blick des Besuchers sofort anzog, war kein Buch, sondern ein großer Globus inmitten des Raumes. Ein Holzgestell hielt die imposante blaue Kugel, Berthold musste sich zurückhalten, um nicht wie ein Kind die Welt zu drehen und mit dem Finger all die Länder, Flüsse und Berge nachzuzeichnen.

Seinen heutigen Besuch hatte er nicht angekündigt, außerdem war er allein gekommen, denn Elmar war zu einem Einsatz nach Sankt Pauli gerufen worden – angeblich hatte man die Mädchen der *Lilith* aufgespürt. Berthold war es nicht unlieb. Er konnte unter vier Augen mit dem Bankier sprechen, der seinerseits beim Empfang auf jegliche Zurschaustellung seiner Macht und Bedeutung verzichtet hatte. Stattdessen hatte er den Kommissar stumm hereingebeten, ihm ungefragt Whisky eingeschenkt – ein hervorragender Tropfen, Berthold konnte sich nicht erinnern, jemals einen so guten Brand gekostet zu haben – und hatte sich in seinem Ledersessel vergraben.

»Dieser Whisky stammt aus Schottland«, erklärte von Stetten. »Von einer sehr kleinen Destillerie aus den Highlands. Das Wasser kommt direkt aus dem Fluss, der durch das Dorf fließt. Loch Turrent.« Der Baron nahm einen Schluck, schloss die Augen und genoss. »Ein guter Whisky erzählt die Geschichte seiner Region, finden Sie nicht, Herr Kommissar?«

»Ich fürchte, ich bin ein Banause«, gab Berthold zurück. »Das ist einer der besten Tropfen, den ich je getrunken habe, aber ich kenne mich nicht aus.«

»Was trinken Sie?«

»Genever und Bier. Am liebsten bayerisches.«

Wilhelm von Stetten verdrehte nur die Augen. »Was kann ich für Sie tun? Wenn Sie mich ohne Ankündigung um diese späte Stunde aufsuchen, muss es dringend sein.«

Berthold beschloss, mit nichts hinter dem Berg zu halten und erzählte davon, dass Max Lauritzen Informationen in Aussicht gestellt wurden. Informationen, die den Sohn des Barons betrafen.

»Wir konnten es bislang unter dem Deckel halten, dass Ihr Sohn wieder hier ist …«

»Er ist nicht mehr mein Sohn.«

Berthold stockte.

»Er ist nicht mehr mein Sohn«, wiederholte von Stetten. »Ich habe meine ganze Familie verloren, Herr Kommissar. Haben Sie Kinder?«

»Einen Sohn. Er ist gestorben.«

Der Blick, mit dem der Baron ihn bedachte, war überraschend mitfühlend. »Das tut mir leid. Aber vielleicht verstehen Sie dann umso besser, wie es um mich steht. Ich habe eine wundervolle Familie gehabt. Eine Frau, zwei Söhne. Prächtige Burschen. Stammhalter. Sie würden meine Geschäfte übernehmen, so dachte ich. Die Bank, alles, was ich aufgebaut habe.« Er machte eine müde Armbewegung in den Raum. »Und dann ist sie gestorben, meine Augusta. Auf der *Lotus*, wie Sie wissen. Das Licht meines Lebens – und das der Buben.« Er schenkte sich nach, hielt Berthold die Flasche fragend hin, aber dieser winkte ab. Er hatte nicht vor, sich zu betäuben. »Ich habe alles versucht, sie anständig großzuziehen. Ihnen alles angedeihen zu lassen, was gute Männer aus ihnen macht. Bildung, Anstand, Disziplin.« Er schwieg und nahm dann einen weiteren tiefen Schluck. »Aber die Mutter konnte ich ihnen nicht ersetzen. Sie sind missraten, alle beide. Johannes – er hat ein gutes Herz, immerhin, aber er ist verweichlicht. Ein Taugenichts. Und Joachim. Joachim ist krank. Er ist eine verdorbene Frucht, er ist nichts wert. Kennen Sie die Stelle in der Bibel?«

»Reiße dein Auge aus, wenn es dich ärgert?«

»So ungefähr.« Der Baron schwieg und schien abwesend. »Solange er in der Welt draußen war und ich nicht allzu genau wusste, was er trieb, konnte ich noch akzeptieren, dass er lebte. Aber jetzt, wo er hier ist und seinen schauerlichen Taten nachgeht, wird mir bewusst, dass er ein krankes Tier ist.« Wilhelm von Stetten warf Berthold einen Blick zu und war plötzlich wieder sehr klar und präsent. »Fassen Sie ihn, Kommissar. Fassen Sie ihn schnell, und wenn Sie müssen, dann töten Sie ihn.«

Berthold bekam eine Gänsehaut. Obwohl er keinerlei Sympathie oder gar Mitleid für Joachim von Stetten hegte, schauderte ihn doch bei der Art, in der sein Vater über ihn redete.

»Mein Sohn muss aus dem Verkehr gezogen werden. Er ist eine Bedrohung für unsere Gesellschaft und für diese Stadt.«

Was dich vor einem halben Jahr nicht gestört hat, als du ihm die Flucht ermöglicht hast, dachte Berthold bei sich. Und war deshalb nicht überrascht, als von Stetten fortfuhr.

»Außerdem schadet mir seine Anwesenheit. Man erpresst mich.«

Berthold beugte sich vor. »Man erpresst Sie? Warum sind Sie damit nicht zu mir gekommen?«

Der Bankier schnaubte. »Aus Feigheit. Ich weiß, wie das aussieht, Herr Rheydt. Aber ich bin nur noch ein Schatten meiner selbst. Ich bin gefangen in mir und kann meinem Niedergang nur noch tatenlos zusehen.«

Berthold zog seinen Notizblock hervor. »Bitte machen Sie genaue Angaben. Wer hat Sie erpresst? Und wann?«

»Heute Morgen kam ein Anruf. Eine unbekannte Stimme. Männlich. Kein Akzent. Er hat dumpf gesprochen, es hörte sich an, als hätte er ein Tuch über die Sprechmuschel gelegt.«

Das Gleiche hatte Max ihm geschildert. Mit Sicherheit handelte es sich um denselben Anrufer.

»Er sagte, ich bekäme Instruktionen, die ich zu befolgen hätte, andernfalls würde die ganze Stadt erfahren, dass sich mein Sohn wieder hier befinde. Und wieder gemordet hat.«

»Instruktionen welcher Art?«

»Morgen Vormittag findet eine Sitzung statt. Die Bürgerschaft entscheidet über verschiedenste Anträge. Unter anderem geht es um die Verteilung der freien Liegeplätze im Hafen.«

Bertholds Hirn arbeitete auf Hochtouren. »Ich nehme an, man verlangt, dass Sie zugunsten eines bestimmten Bewerbers entscheiden.«

Wilhelm von Stetten nickte.

»Eines Bewerbers, der ohne Ihre Fürsprache keine Aussicht auf einen begehrten und zentralen Platz hätte?«

»Das nehme ich an. Aber ich weiß nicht, um wen oder welche Gesellschaft es sich handelt. Das soll ich erst morgen kurz vor der Sitzung erfahren.«

Sie blickten sich an, und beide Männer dachten das Gleiche. Von Stetten sollte es deshalb erst kurz vorher erfahren, damit er der Polizei nicht den Namen des Erpressers verraten konnte. Er sollte damit zur Abstimmung gehen – und danach war es zu spät. Zumal er nicht beweisen konnte, dass er zu seiner Stimmabgabe erpresst worden war. Ein unbekannter Anrufer, wie sollte man den finden?

»Was hat das Fräulein vom Amt gesagt, woher der Anruf kam?«

»Aus einer Telefonzelle im Hauptpostamt.«

Das überraschte Berthold keinesfalls. Wer auch immer hinter der Sache steckte, hatte längst bewiesen, wie klug jeder einzelne Schachzug geplant war.

Von Stetten würde in seinem Namen abstimmen, und wenn er damit zur Polizei ging, würde diese nichts nachweisen können. Stattdessen würde der Presse die Information zugespielt werden, dass sich der Hafenmörder in der Stadt befand, dass er erneut gemordet hatte und dass die Polizei versagt hatte. Wilhelm von Stettens mühsam wiederhergestellter Ruf wäre ein für alle Mal zerstört.

Allerdings: Sobald die Polizei den Namen der entsprechenden Gesellschaft oder des Geschäftsmannes, der sich einen vorteilhaften Platz im Hamburger Hafen sichern wollte, hatte, würden sie auch wissen, wer Joachim von Stetten versteckt hielt – und dann hatten sie eine Chance, ihn zu finden. Sie mussten schnell sein. Schneller als die Erpresser.

Was für eine ausgeklügelte und von langer Hand geplante Sache. Denn Berthold war gewiss: Wer auch immer dahintersteckte, hatte sich bereits vor Monaten darum gekümmert, den Hafenmörder nach Hamburg zurückzuholen, um mit ihm ein Pfund gegen den Vater in der Hand zu haben.

Er teilte seine Vermutung mit dem Baron.

»Ich habe den gleichen Verdacht«, pflichtete dieser ihm bei. »Von sich aus wäre Joachim nicht zurückgekommen. Warum auch? Er war mit genügend Geld ausgestattet, er konnte sich treiben lassen, tun und lassen, was ihm gefiel …«

»Frauen ermorden zum Beispiel«, konnte Berthold sich die Bemerkung nicht verkneifen. Sein Gegenüber zog es vor, das unkommentiert stehen zu lassen.

Berthold beugte sich vor. Er feuerte aufs Geratewohl einen Schuss ab: »*Jasmin Ltd. Corp.* – sagt Ihnen das was?«

Der Baron kniff die Augen zusammen. Er überlegte intensiv, aber dann schüttelte er den Kopf. »Es tut mir leid, ich befürchte …«

»Bitte tun Sie mir einen großen Gefallen. Gehen Sie noch einmal die Aufzeichnungen durch, die die Detektive Ihnen über die Beschattung Ihres Sohnes geschickt haben. Sie haben doch so etwas?«

Von Stetten nickte.

»Schauen Sie genau hin: Mit welchen Firmen oder Geschäftsleuten ist Ihr Sohn in Tsingtau in Verbindung getreten? Notieren Sie jeden, mit dem er gesehen worden ist. Ich weiß es bestimmt: Da liegt der Schlüssel. Er muss dort in Berührung mit jemandem gekommen sein, der sofort erkannt hat, welches Druckmittel er mit Joachim in der Hand hatte. Jemand, der sich einen Platz in Hamburg erpressen wollte.«

Der Baron stand auf und holte aus einer Schublade seines Sekretärs einen Packen Papiere. »Hier ist das Konvolut«, sagte er. »Ist es nicht vernünftiger, Sie lassen es von einem Ihrer Leute durchgehen?«

Berthold stand auf. »Lassen Sie es ans Präsidium schicken. Zu Händen von Kommissaranwärter Eduard Kalweit. Jetzt gleich.«

»Ich weiß, dass die Zeit drängt, Herr Kommissar.«

»Gibt es Listen, wer sich um die Liegeplätze im Hafen bewirbt?«, erkundigte sich Berthold weiter. Er war vollkommen elektrisiert – endlich wusste er, welche Spur er verfolgen musste. Die Spur von *Jasmin Ltd. Corp.* Und dem, der dahintersteckte.

»Die gibt es, aber sie liegen im Rathaus. Da kommen wir vor morgen Vormittag nicht heran. Nicht einmal die Polizei. Sie müssten zu viele Leute aus dem Bett holen.«

Berthold war schon an der Tür, der Diener des Barons wollte ihm gerade öffnen, als ihm noch ein Gedanke kam.

»Roger van der Zwaan«, sagte er an den Baron gewandt, »Ihr Erzfeind. Wissen Sie, ob er sich nach London zurückgezogen hat?«

»Nein, das hat er nicht getan. Natürlich verfolge ich, was er treibt. Er steckt viel Geld in den Wiederaufbau des Magdeburgquais.«

»Warum tut er das? Was hat er davon? Versucht er, als Reeder hier wieder Fuß zu fassen?«

Der Baron starrte den Kommissar an, er hielt noch immer das Whiskyglas in der Hand, aber jetzt richtete er sich etwas auf, in seine Augen kehrte Leben zurück, er wirkte wacher und aufmerksamer. »Jetzt, wo Sie es sagen … Nein, das ist seltsam. Er hat im vergangenen Herbst mit den Reparaturarbeiten an seinen Gebäuden angefangen, weil ihm der Senat mit Enteignung gedroht hat, wenn er sich nicht um die maroden Häuser kümmert. Seitdem baut er. Allerdings macht er keinerlei Anstalten, wieder als Reeder ins Geschäft einzusteigen.«

Berthold nickte. Er würde van der Zwaan unter die Lupe nehmen müssen. Folge der Spur des Geldes.

Nach Hause zu fahren, kam für ihn nicht infrage. Er würde heute keinen Schlaf finden. Die Uhr tickte, er konnte keinesfalls die Hände in den Schoß legen. Deshalb beschloss Berthold, Willy Brenner bei der Beschattung Sun Bos einen Besuch abzustatten. Er lenkte sein Fahrrad an der Außenalster entlang in Richtung Innenstadt, passierte gerade die Stadthausbrücke, das Polizeipräsidium ließ er jedoch buchstäblich links liegen, als aus der Richtung Alter Wall ein dunkelroter Zweisitzer mit hoher Geschwindigkeit ankam und ihm die Vorfahrt nahm. Um ein Haar wäre Berthold in den Schienen der Trambahn stecken geblieben, er schlingerte und bremste sein Fahrrad ab. Noch mehr als die kriminelle Fahrweise oder die Tatsache, dass statt der erlaubten zwei Insassen drei Menschen in dem Auto gesessen hatten, verwunderte ihn, dass einer der Menschen in dem Auto einen kurzen feuerroten Lockenkopf gehabt hatte. Helene? Konnte es sein, dass Helene hier am späten Abend mit einem Fahrer, der einen verbrecherischen Fahrstil pflegte, durch die Stadt kurvte?

Verwirrt blickte Berthold dem Wagen auch dann noch hinterher, als dessen Rücklichter längst in der Nacht verschwunden waren.

Willy Brenner sah überrascht auf, als Berthold vorsichtig zu ihm in den Ewer stieg. Es war ein alter, stillgelegter Kahn, ein Einmaster mit kleinem Aufbau. Die Hafenpolizei hatte ihnen den Hinweis gegeben, dass sie von dem Schiff aus einen guten Blick auf die Dschunke des chinesischen Geschäftsmannes hatten, ohne zu sehr aufzufallen. Brenner saß gemütlich auf dem Vordeck, in Räuberzivil, sogar barfuß und hatte neben sich eine Angelrute befestigt, die müde im Hafenwasser trieb.

»Schon was gefangen?«, erkundigte sich Berthold, während er sich neben seinen Mitarbeiter setzte.

»Alles ruhig.« Willy Brenner zeigte mit dem Kinn hinüber. »Ab und zu verlässt einer der Leibwächter das Boot. Aber ich sehe von hier nicht, was er macht, da müsste ich meinen Posten verlassen.«

»Wär vielleicht nicht schlecht«, sagte Berthold und warf einen Blick auf die scheinbar schlafende Dschunke. »Beim nächsten Mal gehst du hinterher.«

»In Ordnung Chef.« Brenner gähnte. »Napfmann war vorhin bei uns zu Hause. Hat mir die Hölle heißgemacht wegen des Trainings. Wir können den nicht hängen lassen.«

»Verdammt!« Seine Zusage, zum Training zu kommen, hatte Berthold vollkommen vergessen. »Wir müssen ihn hängen lassen, Willy. Jedenfalls, bis wir den Mörder geschnappt haben.« Er holte den Tabaksbeutel hervor und stopfte sich eine Pfeife. »Und das müssen wir bis morgen Mittag erledigt haben, sonst bricht uns die Sache das Genick.«

Brenner warf ihm einen skeptischen Blick zu.

»Er ist hier«, gab Berthold zurück, während er sich bemühte, die Pfeife zum Glühen zu bringen. »Er ist hier, und wir finden ihn.«

28.

Sie saßen auf dem Dach und blickten über das nächtliche Hamburg. Anne hatte Ju besucht, kurz bevor diese ihre Küche schloss, und ihr geholfen abzuwaschen, Lebensmittel zu verstauen und sauber zu machen. Ju hatte einige Köstlichkeiten in einen runden Bambuskorb mit Deckel gepackt und Anne aufgefordert, ihr durch das Treppenhaus bis zum Dachboden zu folgen. Von hier gelangte man über eine kleine Tür auf ein flaches Dach, welches das Wohnhaus mit dem Nachbarhaus verband. Jemand hielt sich hier oben Tauben, die Tiere gurrten leise in dem Verschlag, ab und an schlugen sie mit den Flügeln, aber die meisten schliefen, den Kopf unter das Gefieder gesteckt.

Ju hatte eine Papierlampe entzündet, und dann hatten sie auf einer Art Matte Platz genommen, die Ju entrollte, und sich aus dem Bambuskorb bedient. Rundliche Teigtaschen, die Ju Bauzi nannte – oder so ähnlich, Anne gab sich größte Mühe, den Klang der chinesischen Sprache für sich im Kopf in geschriebene Wörter zu übersetzen – gefüllt mit verschiedensten Köstlichkeiten. Hackfleisch, Krabben, Gemüse, himmlisch gewürzt. Süßsauer oder scharf, dazu gab es verschiedene Soßen, auch sie entfalteten eine unglaubliche Palette an verschiedensten Geschmäckern. Kalte Nudeln mit Gurke, Huhn und Morcheln. Mariniertes Schweinefleisch zwischen zwei Brotscheiben, mit Zwiebeln und sage und schreibe zwanzig verschiedenen Gewürzen, wie Ju steif und fest behauptete. Mit Ju zusammen entfaltete Anne einen schier unstillbaren Appetit, ihr schmeckte alles, was ihre Freundin in der kleinen Garküche zauberte, und Anne war dankbar, dass sie sich vor geraumer Zeit vom Miedertragen verabschiedet hatte. Dazu tranken sie Tee – wieder eine neue Sorte, Ju hatte in ihrer Küche bestimmt an die dreißig verschiedene Gläser und Dosen mit unterschiedlichen Tees.

»Schön hier oben.«

Anne ließ den Blick schweifen. Obwohl es Nacht über Sankt Pauli war, konnte sie doch erstaunlich viel erkennen. Vor allem in Richtung der Elbe strahlten einige Lichter. Im Hafen wurde immer gearbeitet, und seit der Elektrifizierung stand in den Werften oder in den Fabriken die Arbeit nachts nicht still. In unmittelbarer Nähe lag die Reeperbahn mit ihren Varietés und Theatern, ihren Tanzpalästen und Boxkellern. Hier oben auf dem Dach waren sie weit entfernt von den Geräuschen der Straße, dem Bimmeln der Straßenbahnen, dem gelegentlichen Hupen von Kraftdroschken und dem Hufgeklapper der Kutschen. All das drang wie ein zart gewebter Teppich aus Klängen zu ihnen herauf, ein leises Hintergrundrauschen. Sie hörten hier und da ein Kleinkind weinen, Zank zwischen Paaren, aber auch Fetzen von Grammofonmusik, jemand sang auf der Straße, ein fröhliches Lachen drang zu ihnen empor oder Hundegebell.

Vor allem aber sahen sie den Sternenhimmel. Schulter an Schulter saßen sie an die sonnenwarme Backsteinmauer des Schornsteins gelehnt und blickten hinauf. Anne kannte eine Handvoll Sternbilder – Schwan, Leier, Adler, der große Wagen –, die sie Ju zeigte, die ihr daraufhin mühsam erklärte, wie Chinesen in den Himmel blickten – sie teilten den Himmel auf in den Blauen Drachen des Ostens, den Roten Vogel des Südens, den Weißen Tiger des Westens und die Schwarze Schildkröte des Nordens. In diesen Gebieten erkannten sie wiederum einzelne Sternenkonstellationen, die sie Füße, Magen oder Flügel nannten. Anne amüsierte sich, fand die chinesische Astronomie jedoch sehr faszinierend. Sie hoffte überdies, dass sie das Glück haben würden, Sternschnuppen zu entdecken. Es war die Zeit, in der die Perseiden goldenen Sternenregen auf die Erde schickten, wie schön wäre es, wenn ihnen das Glück, diesen zu sehen, vergönnt wäre.

Ju zeigte nach unten, in den Innenhof. Anne erkannte, dass dort zwei Frauen die Köpfe zusammensteckten, der helle Schein aus dem Inneren des Hauses fiel auf sie. Anne konnte nicht ausmachen, ob die Frauen vor der *Leuchtenden Sonne* standen, und fragte Ju.

»Wäscherei«, sagte diese und zeigte auf die Mädchen. »Freundin.«

»Verstehe.«

Aber Ju schüttelte den Kopf. »Freundin von Hao! Sind gekommen mit Schiff. Sind sehr traurig.«

Anne musste kurz überlegen, dann wiederholte sie. »Die beiden Frauen sind mit Hao mit dem Schiff hierhergekommen?«

Ju nickte und freute sich, dass Anne sie verstanden hatte. »Zusammen mit Hao und Shenmi. Beide tot.«

»Shenmi, das andere Mädchen aus der *Leuchtenden Sonne*?«

Ju nickte. Schweigend blickten sie hinunter. Anne wurde es schwer ums Herz. Sie fühlte mit den chinesischen Mädchen, die so einsam in dem fremden Land waren, dessen Sprache sie nicht verstanden und in dem sie in den meisten Fällen auch nicht freiwillig waren. Sie hatten nur einander, die Freundschaft mit den anderen Frauen war lebensnotwendig für sie, niemand sonst war für sie da, keine Familie, keine Freunde von zu Hause. Sie hatten buchstäblich niemanden, mit dem sie ihre Trauer und ihre Freude, ihre Nöte und ihre Einsamkeit teilen konnten. Und nun waren zwei von ihnen aus ihrer Mitte gerissen worden. Gewaltsam. Wie furchtbar mochte dies für die Verbliebenen sein?

Doch dann kam Anne ein Gedanke. »Wenn Hao und Shenmi den Mörder kannten, dann kennen die beiden da unten ihn vielleicht auch? Vielleicht ist er ihnen früher begegnet? Oder sie haben sich darüber unterhalten?«

Ju sah Anne an. In ihrem Blick lagen viele widerstreitende Gefühle – da war einerseits die Angst. Angst, zu viel gesagt zu haben, Angst davor, dass Anne etwas tun könnte, was den Frauen dort unten, die nicht wussten, dass sie sie beobachteten und über sie sprachen, gefährlich werden könnte. Aber gleichzeitig war da auch das Wissen darum, dass Anne den Nagel auf den Kopf getroffen hatte.

»Sie müssen mit der Polizei reden«, wagte Anne einen Vorstoß, aber ihre Freundin schüttelte vehement den Kopf.

»Nicht Polizei! Zu gefährlich!«

Anne fasste ihre Hand. »Ju, bitte. Die Polizei sucht den Mörder. Ihr müsst ihnen helfen! Der Mörder ist eine Gefahr – für die beiden da unten, aber auch für alle anderen. Für deine Freundin, die Artistin, die verschwunden ist. Für die Mädchen, die neu hier ankommen. Für die, die in der *Leuchtenden Sonne* arbeiten.« Jetzt strich sie Ju über die Wange. »Aber auch für dich. Bitte.«

Ju kämpfte mit sich. Anne erkannte, wie sie mit sich rang.

»Ich kenne den Polizisten, der die Ermittlungen leitet.«

»Verstehe nicht.« Ju runzelte die Stirn.

»Ich kenne den Chef der Polizei. Ich helfe euch. Die beiden«, Anne zeigte nach unten, »müssen mit ihm reden.«

Ju kaute auf ihrer Lippe, guckte nach unten, aber die Frauen waren wieder in der Wäscherei verschwunden, ihre Pause war offenbar beendet.

Anne verstand, dass sie den Druck erhöhen, aber auch Hilfe anbieten musste. »Du bringst morgen die beiden zu mir. Ich warte im Café um die Ecke, in der Roosenstraße. Sagen wir um fünf. Das fällt niemandem auf, du musst deinen Laden nur zehn Minuten schließen. Und ich bringe die Mädchen zu Berthold. Berthold Rheydt.«

Ju sah Anne an, der bewusst wurde, dass sie zu schnell und zu viel geredet hatte.

»Noch mal. Ganz langsam. Ich schreibe dir alles auch auf. In Ordnung?«

Jetzt endlich wich der Zweifel aus Jus wunderschönem Gesicht. Sie lächelte Anne vertrauensvoll an und gab sich einen Ruck.

»Gut, Anne. In Ordnung.«

Anne atmete auf. Und in dem Moment, in diesem Moment der Hoffnung und Erleichterung, entdeckte sie am Firmament über Sankt Michaelis eine einsame Sternschnuppe.

29.

Sie hatten größtmöglichen Lärm veranstaltet. Nicht absichtlich, doch war es Helene und Meinhard nicht möglich gewesen, das geschwächte Mädchen leise in den Hausflur hinein und die Treppe hinauf zu bugsieren. Niemals hätte Helene gedacht, dass ein schmaler Körper so schwer sein konnte, wenn er willenlos und ungesteuert war. Die junge Frau in ihrer Mitte besaß kaum noch die Kraft, einen Fuß vor den anderen zu stellen, sie ließ sich von ihren beiden Helfern tragen, war in ihren Armen zusammengesackt. Die Füße schleiften über die Stufen, während Helene und Meinhard sie nach oben zogen.

Während der Autofahrt hatte sie ihren Kopf auf Helenes Schulter gebettet und war eingeschlafen – oder bewusstlos geworden. Mit Tränen in den Augen. Meinhard war in einem Affenzahn durch die nächtliche Stadt gefahren, bloß fort aus Sankt Pauli. Als sie die Innenstadt verlassen und die ruhigeren Vororte erreicht hatten, war er vom Gaspedal gegangen und hatte schließlich angehalten.

»Wohin mit ihr?«, fragte er Helene.

Stumm blickten sie beide auf das Mädchen, das zwischen ihnen hing wie der sprichwörtliche Schluck Wasser in der Kurve. Helene war heilfroh, dass der Zweisitzer offen war – der Gestank, der der jungen Frau anhaftete, verursachte ihr fortwährende Übelkeit.

Sie hatten sich beraten – bei Meinhard wäre die junge Frau in Sicherheit, doch er wohnte in einem Mehrparteienhaus, die Gefahr, dass jemand auf sie aufmerksam wurde, war zu groß. Gleiches galt für das Haus von Anne van der Zwaan. Als sie Hao und später Rahel verstecken mussten, war die Sache einfach gewesen – die beiden konnten selbst laufen und gelangten unauffällig durch das jeweilige Treppenhaus. Ganz anders verhielt es sich mit dieser jungen Frau, man würde sie tragen müssen.

Bei Ida und Ferdinand Reimers wollte Helene nicht anfragen – schließlich war Hao dort von Franz Hopp aus der Sicherheit gelockt worden. Zumal Helene den Kontakt zu Ida seit ihrer unerfreulichen Unterhaltung ohnehin scheute.

Und so hatte Helene sich entschieden, die Flüchtige bei ihrer Familie unterzubringen – in der Hoffnung, dass sie ihre Eltern überreden konnte, nicht die Polizei zu benachrichtigen. Sie hatten das Mädchen also mit Müh und Not über die Treppe in das obere Stockwerk gebracht und auf Helenes Bett verfrachtet. Dort machten sie sich gerade daran, ihr die Schuhe auszuziehen, deren Sohlen mehr aus Löchern denn aus Leder bestanden, als die Zimmertüre aufflog. Also doch, dachte Helene und wunderte sich, dass ihre Eltern nicht schon früher reagiert hatten.

»Himmel!« Fanny presste die Hände auf den Mund, während Engelbert verwirrt zwischen Meinhard, Helene und dem Mädchen auf dem Bett hin- und herblickte.

»Kannst du uns erklären, was hier los ist?«, fasste er sich schließlich und trat einen Schritt ins Zimmer, wich jedoch wieder zurück, als er den Gestank wahrnahm.

»Sie braucht Hilfe«, gab Helene zurück. »Mama, kannst du

Sophie sagen, sie soll heißes Wasser bringen. Handtücher und Verbandszeug. Am besten auch Riechsalz.«

Fanny starrte ihre Tochter an und blieb wie angewurzelt stehen.

»Gar nichts passiert hier, solange du uns nicht aufgeklärt hast, was das soll!«, donnerte Engelbert Curtius, und davon wurde das Mädchen wach. Sie schlug die Augen auf und fing instinktiv an, sich gegen Helene und Meinhard zur Wehr zu setzen, die sich an ihren schmutzstarrenden Klamotten zu schaffen machten. Sie schlug um sich und versuchte, vom Bett zu entkommen, aber sie war matt, und es gelang Helene mit wenig Mühe, sie festzuhalten.

»Es geschieht dir nichts! Keine Polizei, versprochen. Aber du brauchst Hilfe.«

Die Gegenwehr wurde weniger, aber die junge Frau kroch ans hintere Ende des Bettes und kauerte sich dort zusammen. Ängstlich beäugte sie die Menschen im Raum.

»Keine Polizei? Was soll das bedeuten?« Engelbert baute sich nun Ehrfurcht gebietend im Raum auf. Groß und breit, mit verärgerter Miene wirkte er auf alle Anwesenden einschüchternd.

Meinhard erhob sich und machte Anstalten, sich vorzustellen, aber Helene trat vor ihn hin, stellte sich zwischen ihn, das Bett mit dem Mädchen und ihren Vater.

»Sie wird gesucht. Sie ist eine von den *Lilith*.«

»Sofort raus mit ihr«, gab ihr Vater unbeeindruckt zurück, aber Fanny trat hinter ihm hervor und nahm das Mädchen in Augenschein.

»Du meine Güte, sie ist ein Kind!« Sie ging noch einen Schritt näher.

»Fanny!«, donnerte der Pastor, aber seine Frau schien ihn gar nicht zu hören, sie setzte sich auf das Bett.

»Du siehst schrecklich aus«, sprach sie das Mädchen an.

»Wann hast du das letzte Mal etwas gegessen? Oder geschlafen? Dich gewaschen?«

Das Mädchen biss sich auf die Lippe, es war für alle ersichtlich, dass sie mit den Tränen kämpfte.

»Wie heißt du?«, erkundigte sich Fanny behutsam.

Helene und Meinhard warfen sich einen Blick zu. Vielleicht würde es Fanny dank ihrer Mütterlichkeit gelingen, zu der verschreckten jungen Frau durchzudringen.

»Fanny, so geht das nicht«, machte Engelbert einen weiteren Vorstoß, seine Autorität zu wahren, aber sein Einspruch fiel schon matter aus.

»Gottverdammich!«

Das Dienstmädchen Sophie war von allen unbemerkt ins Zimmer getreten, auch sie im Schlafgewand. Mit großen Augen starrte sie das Mädchen an, und als Helene die beiden miteinander verglich, wusste sie, dass sie ungefähr gleichaltrig sein mussten. Sophie war fünfzehn, das *Lilith*-Mädchen höchstens sechzehn, vielleicht siebzehn, aber vom Leben auf der Flucht schwer gezeichnet.

»Du sollst unter meinem Dach nicht fluchen, Sophie«, bat der Pastor.

Fanny dreht sich um. »Sophie, mach heißes Wasser. Handtücher, Seife, Alkohol zum Desinfizieren. Ein frisches Nachthemd – du weißt schon.«

»Jawohl, gnädige Frau.«

»Olga«, sagte das Mädchen.

»Eine Verbrecherin! Ganz Hamburg sucht nach dieser Bande.« Helenes Vater starrte das Mädchen namens Olga an. »Sie kann unter keinen Umständen hierbleiben, Helene. Was hast du dir dabei gedacht, ein kriminelles Subjekt ins Haus zu schleppen?«

»Die Männer verlassen jetzt das Zimmer«, entschied Fanny nun. »Diese Diskussion kann später geführt werden. Jetzt geht es darum, Hilfe zu leisten. Engelbert, du siehst doch, in welch beklagenswertem Zustand Olga ist.«

»Das darf nicht unsere Sorge sein, Fanny. Die Polizei muss benachrichtigt werden. Wir sind kein Krankenhaus.«

»Nein«, konterte Helene, »aber ein christlicher Haushalt. Und Christentum ist barmherzig, oder nicht? Was hätte Jesus getan?«

»Sie wird gesucht! Du hast dich strafbar gemacht!«

»Ich habe durch Zufall eine beklagenswerte junge Frau auf der Straße gefunden, das ist alles.«

»Engelbert, ich bitte dich!«, mischte Fanny sich ein. »Wir sprechen später darüber.«

Helene beobachtete, wie sich ihre Eltern ein kurzes Blickduell lieferten. Ihr Vater war der Erste, der wegsah.

»Ich biete Ihnen einen Sherry an«, wandte sich der Pastor widerstrebend an Meinhard und streckte die Waffen. »Und wir reden von Mann zu Mann über das, was vorgefallen ist.«

Meinhard sah kurz zu Helene, die nickte, und die beiden Männer verließen das Zimmer.

Sophie kam mit der ersten Ladung der angeforderten Sachen an. »Wasser ist gleich heiß«, sagte sie und äugte neugierig zu Olga. »Musst keine Angst haben«, flüsterte sie ihr zu, »sind gute Leute.«

»Wir danken dir für diese Bürgschaft, Sophie.« Fanny lächelte. »Sag, hast du Hunger, Olga?«

»Das sieht doch 'n Blinder mit'm Krückstock, dasse nüscht gegessen hat, Eier mit Speck kommen gleich.« Sophie verschwand wieder aus dem Zimmer.

Helene und ihre Mutter begannen, Olga aus den verkrusteten Fetzen zu helfen, oder vielmehr: Sie schälten sie Schicht um Schicht aus dem Panzer aus Schmutz heraus. Was darunter hervorkam, ließ Helene die Luft anhalten: Die fahle Haut des Kindes war übersät mit Blutergüssen, schrundigen Stellen,

Ekzemen, Flohbissen. Wie hatte Olga es in ihrer Haut bloß ausgehalten?

Auch Fanny kämpfte mit den Tränen, Olga dagegen schien erleichtert, je mehr die beiden Frauen von ihr freilegten. Als Sophie schließlich eine große Schüssel mit heißem Wasser brachte, die Frauen Olga in Helenes Badezimmer halfen und sie dort behutsam wuschen, entspannte sie sich zusehends. Sie richtete ihren Körper auf und streckte sich der wohltuenden Behandlung entgegen. Helene hatte den Eindruck, dass das nicht nur an der neuen Sauberkeit liegen mochte, sondern auch an den sanften Berührungen mit dem weichen Schwamm. Fanny ging äußerst sensibel vor, sie schrubbte nicht und rubbelte, sondern liebkoste das Mädchen förmlich mit Wasser und Seife.

Währenddessen machte Helene sich mit Kamm und Schere über Olgas filzige Haare her, die in ihrer Länge nicht mehr zu retten waren. Helene verpasste ihr kinnlange Haare und schaffte es, die gröbsten Verunreinigungen daraus zu entfernen und auch noch mit dem Läusekamm durchzugehen. Zu guter Letzt verarzteten sie die Wunden des Mädchens, halfen ihr in das frische Nachthemd und setzten sie in Helenes Bett, das Sophie in Windeseile frisch bezogen hatte. Olgas Lumpen wurden im Kamin verfeuert. Sophie setzte sich zu ihr ans Bett und sah zu, wie die Gleichaltrige Eier mit Speck und Brot, heißen Tee und zum Nachtisch Grießbrei gierig in sich hineinschaufelte.

Helene hatte während der gesamten Prozedur erzählt, was sie über die *Lilith* wusste. Wie sie durch Zufall Anne bei der Notoperation von Lorscha Berger helfen musste und wie Anne die Mädchen später aufgestöbert und wider besseres Wissen an Berthold Rheydt verraten hatte. Wie sich die Frauen dafür mit dem Niederbrennen der Praxis gerächt hatten – jüngst jedoch Rahel Mosse im Grünen Haus aufgetaucht war. Ähnlich verwahrlost und erschöpft wie Olga.

Und sie erzählte Fanny von den Erlebnissen des heutigen

Tages. Ihre Mutter hörte aufmerksam zu, während sie sich mit Olga beschäftigte, streute nur dann und wann eine Bemerkung des Mitleids ein oder gab einen Entsetzenslaut von sich.

»Ich habe Angst, dass Jella und die andere verhaftet wurden. Ich habe es nicht sehen können, weil wir geflohen sind, aber sie hetzen sie wie Tiere, Mama. Das ist doch nicht recht.«

»Es ist auch nicht recht, Menschen zu verprügeln und etwas anzuzünden, Helene, das weißt du so gut wie ich.« Und an Olga gewandt: »Was treibt euch denn zu so etwas? Ihr seid allesamt junge Mädchen.«

Olga schluckte einen Bissen herunter, und ihr Blick wurde geringschätzig. »Was wissen Sie schon von dem Leben auf der Straße. Wir haben keine Unschuldigen verkloppt. Das waren Luden. Wir haben nur zurückgeschlagen.«

»Wir wollen das jetzt nicht verhandeln.« Fanny ging zur Tür. »Du bist heute Nacht bei uns in Sicherheit. Wir beratschlagen, was wir tun werden, aber ich garantiere dafür, dass du dich in Ruhe ausschlafen kannst.«

Olga nickte, ihr Gesicht drückte gleichzeitig Erleichterung und Skepsis aus. Helene bemerkte sehr wohl, wie die junge Frau sich im Zimmer nach Fluchtmöglichkeiten umgesehen hatte.

»Sophie, du leistest Olga Gesellschaft, bis ich wiederkomme«, sagte sie und verließ mit ihrer Mutter das Zimmer.

Meinhard hatte die Villa Curtius bereits verlassen, Engelbert saß allein im Salon, als Fanny und Helene eintraten.

»Setzt euch.«

Eine unnötige Aufforderung, dachte Helene bei sich, und überhaupt, was für eine wunderliche Versammlung mitten in der Nacht. Sie hub an, um sich und die Situation, in die sie ihre Familie gebracht hatte, zu erklären, aber ihr Vater gebot ihr Einhalt.

»Ich rede.« Engelbert Curtius gab sich große Mühe, ruhig und beherrscht zu bleiben. »Mir ist das Zepter in diesem Haushalt entglitten«, begann er, »und Fanny, es ist nicht nötig, mich darauf hinzuweisen, dass dies an meinem Fehltritt liegt. Ich bin aber dessen ungeachtet das Familienoberhaupt und sorge für das Wohlergehen und vor allem für das Bestehen dieser Familie.«

Fanny seufzte und nahm ihrem Mann das Glas mit Sherry weg, trank etwas daraus und schob es ihm wieder hin.

»Meine Tochter macht seit geraumer Zeit, was sie will, kommt und geht, ohne es für nötig zu befinden, uns darüber in Kenntnis zu setzen. Die Nachbarn tuscheln bereits. Du Fanny, setzt dich ebenfalls über mich hinweg, fährst nach Havanna, obwohl ich mein Veto eingelegt habe.«

Helene wechselte einen betretenen Blick mit ihrer Mutter. Sie empfand ein wenig Mitleid für ihren Vater, dem es offensichtlich nicht gelingen wollte, mit den Veränderungen in seinem Haushalt mitzuhalten. Das sind die neuen Zeiten, Papa, gewöhn dich daran, hätte sie ihm am liebsten zugerufen, doch sie wusste, dass dies in diesem Moment nicht hilfreich war.

»Engelbert.« Fanny legte eine Hand auf die ihres Mannes. Er entzog sie ihr nicht – immerhin, dachte Helene, ein gutes Zeichen. Normalerweise pflegte ihr Vater in solchen Momenten schroff zu werden und jegliche Versöhnungsversuche zurückzuweisen.

»Engelbert, lass uns schlafen gehen und morgen weiterreden.«

»Nein, Fanny, ich spreche jetzt. Ich habe die Verantwortung für unsere Familie, und ich gebe zu: Ich habe es offensichtlich nicht verstanden, diese Aufgabe so zu erfüllen, dass wir harmonisch miteinander leben.« Der Pastor erhob sich, trat ans Fenster und blickte in den nachtschwarzen Garten. »Ich begreife, dass sich die Welt im Umbruch befindet. Es fällt mir schwer, diese Veränderungen mitzutragen, auch und gerade was die Frauenbewegung betrifft.« Er wandte sich um. »So leid es mir tut, Helene, aber ich bin altmodisch. Für mich ist die Frau die Hüterin des Herdes, sie herrscht über den Haushalt und die Kinder. Ich wüsste nicht, was so schlecht daran sein soll.«

»Papa …«

»Ich kann dir also versichern, dass ich den Tag, an dem Kommissar Rheydt um deine Hand anhält, sehnsüchtig erwarte. Ja, schau nicht so, es geht nicht alles ungesehen an mir vorbei.«

Fanny lächelte ihn an und warf Helene einen entschuldigenden Blick zu.

»Bestimmt macht er bald einen Antrag, Papa, mach dir keine Sorgen«, versicherte Helene. »Berthold ist ein Ehrenmann. Aber er hat gerade einen großen Fall, der ihn ganz und gar in Beschlag nimmt.« Was sie nicht sagte, war, dass sie auch nach einer Heirat mit Berthold keinesfalls daran dachte, die Hüterin von Heim und Herd zu werden.

»Wie rechtfertigst du ihm gegenüber, dass du einer flüchtigen Kriminellen Obdach gewährst? Oder willst du deine zukünftige Ehe mit einer Lüge beginnen?«

Damit hatte ihr Vater den Finger in die Wunde gelegt, denn Helene wollte tatsächlich beides nicht. »Ich denke darüber nach. Ich werde mir etwas überlegen.«

»Nein.« Die Stimme ihres Vaters gewann wieder an Kraft. »Ich habe mir etwas überlegt. Dein Freund, Herr Tannenberg, hat mich über alles, was geschehen ist, informiert, und mir ist nun vollkommen klar, wie wir in dieser Angelegenheit verfahren.«

Helene biss die Zähne zusammen. Sie wusste, dass sie den Vorschlag ihres Vaters zu akzeptieren hatte. Er hatte sich vorgenommen, seine Position als Herr im Haus zu verteidigen – sie würde kaum Chancen haben, daran zu rütteln. Nicht im Moment.

»Sie kann hierbleiben, einen Tag und falls nötig noch eine weitere Nacht. Ich bin kein Unmensch. Auch ich sehe, dass sie noch ein Kind und in welchem Zustand sie ist.«

Helene atmete auf. Ein Erfolg!

»Darüber hinaus werde ich morgen Kontakt mit Rabbi Gershom aufnehmen. Wir haben seit der Hochzeit von Paulina gelegentlichen Austausch. Herr Tannenberg erzählte mir, dass die *Lilith* allesamt jüdisch sind. Ich bitte ihn, das Mädchen abzuholen. Er soll entscheiden, was zu tun ist. Und wir werden seine Entscheidung akzeptieren – ganz gleich, wie sie ausfällt.«

Er warf Frau und Tochter einen strengen Blick zu, Widerspruch war zwecklos. Aber Helene wollte gar nicht widersprechen. Sie war erleichtert – ein derart salomonisches Urteil hatte sie ihrem Vater nicht zugetraut.

»Danke, Papa!«

Ihr Vater erhob sich. »Danke mir erst, wenn sie aus dem Haus ist. Und behalte sie im Auge, notfalls sperrst du sie ein. Sie sieht mir so aus, als wollte sie gleich wieder entwischen.«

Damit verließ er den Salon.

»Eine gute Entscheidung«, sagte Fanny.

Sie und Helene löschten das Licht und gingen ebenfalls nach oben. Vorsichtig öffneten sie die Zimmertür. Sophie hatte aufgeräumt, das Licht ausgemacht – und lag neben Olga in Helenes Bett. Die Mädchen schliefen friedlich. Helene lächelte und zog die Tür leise ins Schloss.

»Sie sieht nicht aus, als wollte sie allzu schnell fliehen.«

»Wo schläfst du nun?«

»Im Salon«, gab Helene zurück. Sie würde sich dort auf das Sofa legen, der Raum war von der vorangegangenen Sommerhitze ohnehin noch aufgeheizt, mehr als einen leichten Überwurf benötigte sie nicht.

Doch bevor sie sich zur Ruhe legte, zog sie die kleine Blechschachtel mit Zigaretten aus ihrer Tasche, öffnete die Fenster weit, steckte sich eine *Salem* an und stieß Rauchkringel in die Nacht. Sie sehnte sich nach Erleichterung, schließlich standen die Chancen nicht allzu schlecht, dass die Sache für Olga glimpflich ausgehen würde. Lorscha Berger hatte den Absprung in ein bürgerliches Leben geschafft, allerdings war sie an dem Brandanschlag auf Annes Praxis nicht beteiligt gewesen, und auch sonst konnte ihr keine Mittäterschaft an den Aktionen der *Lilith* nachgewiesen werden. Zwei der Mädchen dagegen waren gefasst und zu vielen Jahren Zuchthaus verurteilt worden – ihr junges Leben war verwirkt. Vor Helenes Augen zogen die Bilder des Abends vorbei. Der dumpfe Keller, die rußigen Kerzen, der modrige Geruch. Die aufgeputschte Meute der Gäste, die den flüchtenden Mädchen hinterhergelaufen war. Die Angst in Jellas Augen, ihre wütenden Bewegungen mit der Fackel, als sie versucht hatte, sich die Menschen vom Leib zu halten. Was war aus ihr und dem anderen Mädchen geworden? Hatte man sie gefasst?

Blieb noch Rahel, die vorübergehend in Sicherheit war. Welche Lösung würden Anne und Alina Leistikow für sie finden?

Aufgewühlt drückte Helene die Zigarette aus, schnipste sie in den Garten, schloss die Fenster und legte sich hin. Kurz bevor die Müdigkeit sie übermannte, kam ihr ein Gedanke. Eine Möglichkeit, Rahel zu retten. Die Idee war so gut, so schlüssig, dass Helene mit einem Lächeln ihre Augenlider schloss.

30.

Auch Berthold hatte sich mittlerweile seiner Schuhe und Strümpfe entledigt. Wie angenehm war die frische Nachtluft an der nackten Haut, seine weißen Füße leuchteten in der Dunkelheit.

Seit Stunden saßen sie nebeneinander auf dem Deck des

Ewers, auf den warmen Holzplanken, das sanfte Plätschern des Wassers im Ohr. Nichts tat sich, der schmale Kanal war eine Oase der Ruhe inmitten des nächtlichen Hafentreibens. Ab und an patrouillierte die Hafenpolizei, Schiffe zogen in einiger Entfernung an ihnen vorbei, liefen in den Hafen ein oder in Richtung Nordsee aus. Zweimal war einer von ihnen aufgestanden und hatte vorsichtig einen der Leibwächter von Sun Bo beobachtet, wenn dieser sich von der Dschunke entfernte, aber beide Male hatten sich die Männer lediglich in einem Gebüsch erleichtert und waren wieder zu ihrem Wachposten zurückgekehrt. Berthold wollte sich nicht recht losreißen, seine Gedanken waren hier, vor Ort, in unmittelbarer Nähe zu Joachim von Stetten – wie er hoffte – vollkommen klar und weniger ungeordnet. Die Nacht war Bertholds Freundin, wann immer es galt, Ruhe in das Chaos in seinem Kopf zu bekommen, half sie ihm. Ob im Garten der Witwe Petersen oder hier – des Nachts war der Kommissar ganz bei sich. Ohne Ablenkung konzentrierte er sich auf das Wesentliche, ging den Fall immer und immer wieder von vorne durch. Willy war angenehme Gesellschaft, er quatschte nicht zu viel, stand Berthold aber jederzeit als Partner für Erörterungen zur Seite. Ansonsten war er mit seiner Angel beschäftigt – tatsächlich hatte er schon ein paar Fische herausgeholt.

Im Zentrum von Bertholds Überlegungen stand *Jasmin Ltd. Corp.* Der Firma hatte das Fass mit dem toten Chinesen gehört. Allerdings hatte man den Sitz der Gesellschaft damals nicht herausfinden können, im Handelsregister stand eine Adresse in London, die sich jedoch als falsch herausgestellt hatte. Unter der angegebenen Adresse war eine Herrenschneiderei ansässig, von einer Firma mit dem Namen *Jasmin Ltd. Corp.* hatte man dort noch nie gehört.

London – der Sitz von Roger van der Zwaan. Berthold legte seine Hand ins Feuer, dass der Vater der Ärztin der Drahtzieher hinter allem war – doch in welchem Verhältnis stand er zu Sun Bo und der *Leuchtenden Sonne*? Es musste eine direkte Verbindung zwischen dem chinesischen Geschäftsmann, Joachim von Stetten und Roger van der Zwaan geben. Dazu die Drogen – dafür machte Berthold hauptsächlich Sun Bo verantwortlich, dem er unterstellte, mit Heroin den Markt fluten zu wollen. Die Vermutung Heinrich Melwerks schien ihm schlüssig. Elmar hatte einen Mann abgestellt, der sich am Morgen in die Apotheke setzen und dem chinesischen Arzneimittelvertreter folgen würde, sobald dieser auftauchte. Aber auch das war zu spät! Es war bereits einiges nach Mitternacht, in weniger als zwölf Stunden, um vierzehn Uhr, würde Max Lauritzen von dem großen Unbekannten, der auch Wilhelm von Stetten erpresste, Informationen über den Aufenthaltsort des Hafenmörders erhalten, und er würde sie in der Abendzeitung veröffentlichen – bis dahin musste Berthold Ergebnisse geliefert, im besten Fall Joachim von Stetten verhaftet haben.

»Da geht wieder einer pinkeln«, flüsterte Willy.

Berthold nickte stumm zum Zeichen, dass er an der Reihe war, dem Mann ins Dunkel zu folgen. Er machte sich nicht die Mühe, seine Schuhe anzuziehen, schlich leise wie eine Katze vom Boot und behielt den Leibwächter im Blick. Dieses Mal allerdings blieb dieser nicht am Gebüsch stehen, sondern lief auf dem Quai weiter in Richtung der kleinen Schleuse. Er trug außerdem etwas in der Hand, von Weitem sah es aus wie ein Korb.

Berthold fluchte leise. Ihm blieb weder die Zeit, seine Schuhe anzuziehen, noch konnte er Willy warnen – jeder Laut war einer zu viel.

Gebückt schlich er hinter dem Leibwächter her, der immer weiterlief, offenbar hatte er ein konkretes Ziel. Nicht ein einziges Mal blickte er sich um – kein Wunder, um diese Uhrzeit musste er nicht damit rechnen, beobachtet zu werden. Berthold versuchte, die spitzen Kieselsteine unter seinen Sohlen möglichst zu ignorieren, er tat alles, um unentdeckt zu bleiben. Verbarg sich mal hier hinter einem Stapel Holz, mal dort neben einem Berg Kohle oder hinter den Pollern, die in regelmäßigen Abständen auf dem Quai standen.

Der Chinese bog am Ellerholzdamm links ein, Berthold erkannte nun sehr gut im Schein der dort stehenden Laternen, dass er tatsächlich einen Korb am Arm trug. Da Berthold nicht annahm, dass er in der Nacht um zwei Uhr zum Einkaufen wollte, konnte dies nur bedeuten, dass der Mann etwas auslieferte. Drogen? Würde man dazu einen Korb benutzen? Wohl kaum.

Essen, dachte der Kommissar. Er bringt jemandem etwas zu essen. Und ich muss kein Hellseher sein, um zu wissen, wer der Empfänger ist.

Der Mann vor ihm lief ohne Eile an den Gleisen des Damms entlang, während Berthold sich fluchend über das Pflaster quälte. Warum hatte er auch seine Schuhe ausgezogen! Anstatt durchgehend wachsam zu bleiben und davon auszugehen, dass er seine Füße benutzen musste. Was für ein Hornochse er war! Andererseits – nur barfuß konnte er sich lautlos fortbewegen, mit den genagelten Sohlen wäre er auch für einen Tauben zu hören gewesen. Nun versuchte er, dem Schmerz an seinen Fußsohlen keine Beachtung zu schenken, es half nichts, außer Zähne zusammenbeißen.

Berthold hoffte inständig, dass Willy Brenner in der Zwischenzeit bemerkt hatte, dass weder sein Chef noch der Leibwächter zurückkehrten und die Hafenpolizei informierte. Hauptsache, er schlug jetzt keinen Großalarm – sollte der Chinese gewarnt werden, würde er Berthold niemals zum Versteck des Hafenmörders führen.

Der Mann vor ihm überquerte nun das Norder Loch, Berthold hielt sich im Verborgenen – er konnte ihm nicht auf die

Brücke folgen, das wäre zu auffällig. Für einen kurzen Moment verlor er sein Objekt aus den Augen, dann spurtete er los – immer tief gebückt, dicht an die Brückenmauer gedrückt. Er entdeckte den Mann gottlob sofort wieder, er lief am kleinen Gaswerk vorbei und steuerte den Guano Fleet an. Dort hielt er an – ein alter Krabbenkutter lag im Fleet vertäut, Berthold kniff die Augen zusammen und glaubte, im Aufbau mattes Licht zu erkennen. Er hielt sich nun an einer Seite des Gaswerks versteckt und beobachtete, was an dem Kutter vor sich ging.

Der Mann mit dem Korb ging in die Hocke. Er formte mit seinen Händen einen Trichter vor dem Mund und ahmte das Rufen eines Käuzchens nach. Es dauerte nur wenige Sekunden, dann öffnete sich die Kajütentür, eine schmale Gestalt trat heraus, nahm über die Reling den Korb entgegen und verschwand wieder in der Kajüte.

Der Chinese am Quai stand auf und trat den Rückweg an.

Berthold zog sich zurück und wartete, bis der Mann über die Brücke verschwunden war, behielt den Kutter genau im Auge. Alles blieb still. Er überlegte – sollte er zurückgehen, Willy zur Verstärkung dazuholen und seine Schuhe anziehen? Das wäre auf alle Fälle vernünftig gewesen – aber seit wann folgte er nur der Vernunft? Die Gefahr, dass Joachim in der Zwischenzeit den Kutter verließ, war gering, und doch, sie war da. Berthold wollte jetzt, wo er endlich so nah an seinem Ziel war, nicht das kleinste Risiko eingehen. Nicht noch einmal! Er spürte das Gewicht seines schweren Revolvers im Holster. Was konnte ihm schon geschehen, solange er nur seine Waffe bei sich trug? Dafür musste er eben auf Schuhe verzichten.

Berthold lief ein paar Schritte geduckt in Richtung Kutter, für die letzten Meter jedoch presste er sich flach auf den Boden und robbte vorwärts. Die Gefahr, dass Joachim von Stetten – und für Berthold gab es keinen Zweifel daran, dass er es war, der sich auf dem Kutter verbarg – aus dem Kajütfenster blickte und ihn entdeckte, war zu groß, er musste vollständig auf der Hut sein.

Lange lag Berthold auf dem Bauch und beobachtete das kleine Schiff. Er musste sich einen Plan machen, wie er auf den Kutter kam, ohne dass die Insassen es bemerkten. War von Stetten allein? Oder hatte er jemanden bei sich? Möglicherweise hielt Sun Bo von Stetten unter Beobachtung. Denn wenn Joachim das Faustpfand in der Erpressung Wilhelm von Stettens war, würde der chinesische Geschäftsmann kein Risiko eingehen. Und Joachim war ein Risiko. Er war unberechenbar, war es für seinen Vater gewesen und war es auch jetzt. Mit Sicherheit war die Ermordung des Mädchens in der *Leuchtenden Sonne* wenig hilfreich für die Pläne Sun Bos gewesen. Und der Grund dafür, dass Kaiwen versuchen sollte, die Tat zu vertuschen.

Jetzt, wo Berthold die Teile des Puzzles nach und nach zusammenfügte, erkannte er, dass die Polizei mit ihrer Entscheidung, die Rückkehr des Hafenmörders geheim zu halten, den Plänen des Chinesen in die Hände gespielt hatte. Sun Bo hatte Joachim von Stetten heimlich von China nach Hamburg gebracht – hätte die Polizei dessen Anwesenheit in der Hansestadt nach dem Mord publik gemacht, wäre der Erpressungsplan Sun Bos hinfällig gewesen. Vielleicht würde Hao dann noch leben, und Chou Lan, die Artistin, wäre nicht spurlos verschwunden, dachte Berthold bitter. Aber wer hätte das wissen können? Was wäre der Preis gewesen – eine Stadt in Angst und Schrecken?

Berthold entschied, dass er lange genug gewartet hatte. Er robbte weiter vor, bis an die Hafenkante. Vorsichtig, Millimeter für Millimeter ließ er seine Beine Richtung Wasser und Kutter sinken, bis er mit den Zehen das hölzerne Deck erspüren konnte. Nun ließ er sich zur Gänze auf das Boot herab, trotz seiner Größe geschmeidig wie ein Raubtier, die Fingerkuppen noch immer an der Kaimauer. Er hatte es geschafft, dass der kleine Kutter ruhig dagelegen und sich während seines Manövers nicht bewegt hatte. Schließlich löste er auch die Hände und stand nun auf dem Schiff.

Alles blieb ruhig.

Lautlos tastete sich der große Mann in der Dunkelheit vor, setzte einen vorsichtigen Schritt vor den anderen. Bis er an den Fenstern der Kajüte angekommen war. Hineinsehen konnte er nicht – alle Fenster waren mit Stoff verkleidet, sodass niemand sehen konnte, was im Inneren vor sich ging.

Er musste auf den Überraschungseffekt setzen, dachte Berthold und hoffte, dass die kleine Kajütentür nicht abgesperrt war.

Er stellte sich rücklings daneben, hielt in der rechten Hand den entsicherten Revolver, mit der linken tastete er vorsichtig nach der Klinke. Drückte sie langsam und lautlos herunter – es kam ihm vor, als vergingen lange Minuten.

Die Tür schwang auf, Berthold drehte sich seitlich in den Raum, die Waffe vor sich ausgestreckt, bereit, diese zu benutzen. Doch schnell ließ er den Revolver sinken, denn eine Frau fiel ihm entgegen, eine Asiatin, erkannte er noch, bevor er sich bereit machte, die beinahe Bewusstlose aufzufangen. Im selben Moment splitterte Glas, und kaum eine Sekunde später stand die Kajüte in Flammen, jemand drängte sich an ihm vorbei und entkam nach draußen.

Berthold zog die Frau aus der Gefahrenzone, Joachim von Stetten hatte ihm das Mädchen in die Arme geschubst und danach die Petroleumlampe, die an der Decke gehangen haben musste, zerschlagen. Das Öl war im Raum verteilt worden und hatte sich augenblicklich entzündet. Die gefräßigen Flammen fanden Nahrung in den Stoffbahnen, mit denen die Fenster verkleidet waren, und in dem trockenen Holz des alten Kutters.

Berthold versuchte, Joachim mit den Augen zu folgen, aber er konnte unmöglich die Frau auf dem brennenden Schiff zurücklassen, er musste sie zuerst auf den Quai schaffen, bevor er dem Flüchtigen folgen konnte.

Als er von Weitem die Stimme Willy Brenners, der seinen Namen rief, vernahm, fiel ihm ein Stein vom Herzen.

»Hier! Am Gaswerk!«, brüllte Berthold so laut er konnte, und keine Minute später erschien Willys Gestalt an der Hafenmauer. Berthold schob die junge Frau empor, die völlig entkräftet war, aber dennoch so gut es ging versuchte, sich an der Kaimauer hochzuziehen. Sobald der Schupo sie an den Armen gepackt hatte, sprang Berthold selbst auf den Quai und setzte hinter Joachim her. Willy Brenner wusste, was zu tun war, er würde Verstärkung holen und Alarm schlagen, die Flammen, die den alten Kutter verschlangen, waren jetzt hoch und würden nicht lange unbemerkt bleiben.

Berthold konnte nicht darauf warten, bis die Jungs der Hafenpolizei anrückten. Bis dahin würde Joachim, dessen spindeldürre Gestalt er in der Ferne sehen konnte, über alle Berge sein.

Also gab er Gas, ungeachtet seiner nackten Fußsohlen sprintete er, so schnell er konnte, dem Mörder hinterher. Joachim hielt auf die Staatswerft zu, am anderen Ende der Norderelbstraße. Der Flüchtige vor ihm überquerte den Steinwärder Kanal, Berthold holte ein Stück auf, obwohl seine Füße brannten wie Feuer, sein Herz im Hals schlug, und die Lunge zwickte. Aber Joachim von Stetten, so viel hatte Berthold durchaus bemerkt, war nicht gerade in bester Verfassung. Er lief ebenfalls nur unter Mühen, taumelte manchmal und knickte ein, das war Bertholds Glück. Doch als er noch auf die Brücke zulief, war Joachim bereits auf der anderen Seite verschwunden – und von der Norderelbstraße abgebogen, denn geradeaus war er nicht mehr zu sehen. Für einen kurzen Moment blieb Berthold stehen und versuchte, in der Dunkelheit einen Laut oder eine Bewegung wahrzunehmen, doch die Geräusche aus der Staatswerft, in der auch des Nachts die Arbeiten nicht unterbrochen wurden, wo Metall auf Metall gehämmert wurde, wo riesige Stahlkessel kochten und Holz bearbeitet wurde, ließen nicht zu, dass er das Geräusch sich entfernender Schritte ausmachen konnte. Als er aber glaubte, im rechten Augenwinkel eine Bewegung wahrgenommen zu haben, richtete sich Berthold danach aus. Hier reihten sich niedrige Backsteinbauten aneinander, die kleinere Reedereien beherbergten, Verwaltungsgebäude der Zollbehörde und Zulieferer von Schiffszubehör. Am Ende der Reihe kam bereits die Elbe in Sicht, und obwohl Berthold seinen Mann aus den Augen verloren hatte, war er gewiss, auf der richtigen Spur zu sein. Er verlor etwas an Tempo, was nicht allein daran lag, dass er außer Atem war, schließlich war er Sankt Paulis bester Stürmer und im Gegensatz zu dem Mann, dem er auf den Fersen war, hatte er noch Reserven, sondern weil er nicht kopflos in eine Richtung rennen wollte. Möglicherweise war sein Mann irgendwo in Deckung gegangen, und er lief an ihm vorbei.

Doch als er den Fluss erreicht hatte, vernahm er die schnellen Schritte des Flüchtigen und sah diesen vor sich laufen. Joachim von Stetten rannte planlos, dachte Berthold, sonst hätte er sich längst irgendwo versteckt. Ob er eine Chance hätte, auf den Mann zu schießen? Die Entfernung allerdings war noch immer zu groß, im Lauf und in der Dunkelheit würde er ihn verfehlen, und wer weiß, was ein Querschläger anrichten konnte, zumal er keine Munition vergeuden wollte.

Also weiterrennen.

Plötzlich vernahm er ein Geräusch, als ob jemand ins Wasser spränge. Und tatsächlich, als er den Fährkanal erreicht hatte, sah er von Stetten in der tiefschwarzen Elbe schwimmen. Berthold musste nicht lange überlegen – er würde Joachim nicht hinterherspringen. Er war ein guter Schwimmer, aber mit schweren, von Wasser triefenden Klamotten, wäre er nachher an Land weniger schnell, als er es sein könnte, wenn er trocken blieb. Schwimmend konnte er ohnehin nicht vernünftig zielen, ging die Kugel durchs Wasser, würde sie gebremst und abgelenkt werden. Und Joachim musste wieder an Land gehen – er würde es niemals ans andere Elbufer schaffen. Das Schwimmdock? Wohl kaum, dort würde er nur schwerlich hinaufkommen. Berthold ließ den Blick schweifen und wusste auf einmal, welches Ziel der Schwimmer ansteuerte – natürlich, die Badeanstalt!

Dort würde er ihn empfangen.

Während er die Brücke über den Fährkanal überquerte und auf den Grevendamm zusteuerte, behielt er den Hafenmörder im Wasser im Visier. Die Haut seiner Füße fühlte sich an, als falle sie ihm in Fetzen von den Knochen, Berthold glaubte, auf seinem rohen Fleisch zu laufen, aber er gab jetzt nicht auf. Nicht jetzt, so kurz vor dem Ziel.

Er hatte den Querriegel der Badeanstalt erreicht, kam jedoch nicht hinein, natürlich war nachts abgeschlossen. Joachim dagegen schwamm auf die lange Reihe Badehäuser zu, die auf einem hölzernen Steg parallel zum Ufer standen. Berthold musste das Brettertor, das ihm den Zugang zu dem Steg versperrte, aufbrechen, während Joachim bequem darunter durchschwimmen konnte.

Für einen Moment verlor Berthold den Mann aus den Augen, er blieb, kaum war er in der Badeanstalt, auf dem Steg stehen und hielt die Luft an. Offenbar tat dies auch der Hafenmörder unter ihm im Wasser. Dann ein leises Platschen, einige Meter weiter – von Stetten tauchte! Behände folgte der Kommissar dem Geräusch, er lauschte auf Bewegungen im Wasser unter seinen Füßen. Da! Wieder etwas! Oder war es nur ein großer Fisch? Nein, es musste von Stetten sein, der ihn narrte. Der hierhin und dorthin tauchte, um ihn zu verwirren. Der Dreckskerl!

Wütend zog Berthold seinen Revolver, den er zwischenzeitlich wieder ins Holster gesteckt hatte, bereit, auf jedes Geräusch im Wasser zu feuern, das er vernahm. Der Hafenmörder war jetzt im Vorteil. Er konnte von seiner Position aus durch die Ritzen im hölzernen Steg schauen und genau verfolgen, wo Berthold stand. Berthold jedoch konnte ihn nicht ohne Weiteres entdecken – er musste sich über den Steg beugen, um ins Wasser zu gucken, genau dann tauchte von Stetten unter.

Berthold presste sich jetzt eng an eine der Badekabinen, er machte sich flach wie eine Flunder, schlich leise ein paar Kabinen vorwärts und hoffte, dass der Taucher ihn nicht sehen konnte. Den Revolver hielt er bereit.

Da! Ein Platschen, blitzschnell wirbelte Berthold herum und schoss dahin, wo er hoffte, den Schwimmenden zu erwischen.

Aber Joachim von Stetten narrte ihn – er tauchte weiter, mindestens zehn, fünfzehn Meter. Doch musste er immer wieder auftauchen, um Luft zu holen – Bertholds Schüsse zerfetzten die Nacht. Mittlerweile waren überall Sirenen zu hören, Feueralarm, aber auch die Hafenpolizei im Einsatz. Berthold hoffte, dass seine Schüsse ihnen den Weg zu ihm wiesen, er konnte jegliche Unterstützung dringend brauchen.

Ein letztes Mal tauchte von Stetten aus dem Wasser, dieses Mal nah am Ufer. Berthold schoss, seine vorletzte Kugel, verfehlte, und während er nun den Weg auf dem Steg zurücklief, in Richtung Strand, kam auch Joachim von Stetten aus dem Wasser, rappelte sich mühsam hoch und rannte zu den Kabinen am Ufer. Dort verschluckte ihn die Dunkelheit.

Berthold fluchte – es konnte doch nicht sein, dass der Mistkerl ihm jetzt entwischte! Er war so nah dran gewesen! Er hörte das Geräusch von splitterndem Holz, dann glaubte er, eine Bewegung wahrgenommen zu haben – am Zaun, der die Badeanstalt von dem riesigen Kuppelbau am Ufer trennte. Es war der Eingang zum neuen Elbtunnel! In einem Monat fand die feierliche Eröffnung statt, die ganze Stadt, ach was, die Welt brannte darauf, das Wunder der Ingenieurskunst zu bestaunen, aber Berthold hätte gerne darauf verzichtet, dem Tunnel einen unfreiwilligen Besuch vorab abzustatten. Ebenso wie von Stetten hievte er sich über den gusseisernen Zaun, eine der Spitzen riss sein rechtes Hosenbein auf und hinterließ an der Innenseite seines Schenkels eine lang gezogene Wunde. Berthold beachtete sie nicht. Verbissen kämpfte er sich weiter und weiter, nur ein Ziel vor Augen: den Mörder zu fassen!

Er verstand nicht, woher von Stetten die Kraft nahm und die Zähigkeit – warum war er noch nicht zusammengebrochen? Berthold war schwer, aber er war trainiert. Und dennoch brachte ihn die Jagd an den Rand seiner Kräfte.

Der Tunnel war für die Öffentlichkeit gesperrt, der Eingang verrammelt. Aber von Stetten hatte ein längliches Fenster eingeschlagen und sich durch den Rahmen gezwängt, Berthold hörte sein Stöhnen, er musste sich dabei erheblich verletzt haben. Als Berthold die fragliche Stelle erreichte, musste er mit dem Kolben seines Revolvers zunächst die im Rahmen steckenden Scherben herausschlagen, bevor er auch nur daran denken konnte, dem Flüchtigen zu folgen. Dabei warf er einen Blick ins Innere. Es war finster, alles, was Berthold wahrnahm, waren dicke gusseiserne Streben, Stahlseile – und endlose Tiefe. Die Fahrstühle, erkannte er, der Wahnsinnige klettert den Fahrstuhlschacht hinunter!

Berthold zögerte. Sollte er von Stetten in die ungewisse Tiefe folgen? Was erwartete ihn dort? Der Mann unter ihm war im Vorteil – er würde Berthold sehen und hören, konnte ihm unten auflauern. Nein, wenn er sich jetzt ebenso wie der Mörder durch den Fahrstuhlschacht in die Tiefe hangelte, liefe er geradewegs in eine Falle.

Es musste außer den Fahrstühlen einen anderen Weg nach unten zum Tunnel geben, dachte Berthold. Und wenn es nur eine Nottreppe, eine Feuerleiter oder Ähnliches war. Er stieg vorsichtig durch das zerborstene Fenster und kam auf einem Sims zu stehen. Auf diesem tastete er sich nach rechts, einen blutigen Fuß neben den anderen setzend. Gelangte so an ein Scherengitter – vage nahm er auf der anderen Seite eine Treppe wahr – sein Instinkt war richtig gewesen! Noch während sich die Stahlseile bewegten, weil von Stetten sich mit ihrer Hilfe nach unten hangelte, fand Berthold einen Weg, um das Scherengitter herumzuklettern – für einen kurzen Moment gähnte unter ihm ein finsterer Abgrund, wenn ihn hier die Kräfte verließen, würde er viele Meter in die Tiefe stürzen und sich sämtliche Knochen brechen. Aber Berthold ging aufs Ganze, er sah keinen anderen Ausweg. Klemmte sich an das Scherengitter, hing daran wie ein Affe und schwang sich von dort in Richtung Treppe. Bekam das Geländer zu fassen, rollte sich darüber und fiel auf einen Absatz der stählernen Treppe. Stöhnend rappelte er sich hoch und lief so schnell er konnte hinunter.

Unten angekommen, lauschte er in die matte Finsternis. Rechts und links von der weiträumigen Halle zweigten zwei Röhren ab – die hinüber auf die Landungsbrücken Sankt Paulis führten. Gottlob war es hier nicht vollkommen nachtschwarz – eine Handvoll Notbeleuchtungslämpchen ließen Berthold wenigstens ungefähr erkennen, wo er sich befand.

Er blieb stehen, versuchte, sich zu orientieren, und spitzte die Ohren, ob er den Flüchtenden hörte. Aber alles, was er vernahm, war das Rasseln seines eigenen Atems, sein schweres Keuchen. Er stand leicht gebeugt auf dem kühlen Boden des Elbtunnels, seine Füße klebten, das musste vom Blut sein. Schlagartig wurde ihm bewusst, wo er sich befand: unter der Wasseroberfläche. In einem Tunnel, der noch nicht zur Durchquerung freigegeben worden war. Über ihm strömten die Wassermassen der Elbe. Der Druck musste immens sein. Sollte es auch nur die winzigste Bruchstelle in diesem Wunderwerk der Technik geben – die Mauern des Tunnels würden binnen Sekunden bersten, die Röhren geflutet und von ihm, Berthold Rheydt, würde nichts, gar nichts mehr übrig bleiben. Ihn schauderte. Obgleich er wusste, dass dies nicht passieren würde – in Kürze würden täglich Tausende Menschen und Fahrzeuge die Tunnelröhren passieren, von Sankt Pauli nach Steinwärder und zurück – so unheimlich fand er nun die Szenerie. Nur er und Joachim von Stetten. Die einzigen beiden Lebewesen, die sich unterhalb des mächtigen Stromes hindurchbewegten.

Doch Berthold gelang es, diese Gedanken abzustreifen, als er glaubte, in einer der Tunnelröhren ein Geräusch zu hören.

Links. Von Stetten musste die linke gewählt haben.

Berthold setzte sich in Bewegung, hielt den Revolver vor sich, einen Finger am Abzug. Langsam, Schritt für Schritt tastete er sich vorwärts, sein Atem ging wie eine Maschine, aber er wusste: Das war die letzte Etappe der Verfolgung. Joachim von Stetten musste völlig am Ende sein. Nie und nimmer würde er es schaffen, vor ihm durch diese Tunnelröhre ans andere Ufer zu gelangen. Das wusste er, und das wusste von Stetten selbst. Hier gab es kein Entkommen. Der Mörder war mit ihm in der gleichen Falle.

Bertholds Arme zitterten, seine Beine ebenfalls, sein Brustkorb hob und senkte sich wie ein Dampfhammer, sein Herz schlug bis zum Hals in rasendem Takt, die Füße spürte er nicht mehr. Aber er war hochkonzentriert, schwenkte den Waffenarm mal nach rechts, mal nach links, mal drehte er sich rasch zurück, falls er sich doch verhört haben sollte und von Stetten war noch in der Ankunftshalle der Fahrstühle. Berthold sicherte sich zu allen Seiten ab, als plötzlich, wie aus dem Nichts, der Mörder aus einer der Nischen im Tunnel hechtete, nach Berthold griff, aber nur dessen Fesseln zu fassen bekam, und ihm die Beine wegzuziehen versuchte. Berthold aber war schwer, er fiel, konnte sich jedoch noch im Fall abrollen, schmiss sich über den Mann unter ihm, hörte es knacken, vermutlich die

Rippen seines Gegners, von Stetten stöhnte, löste den Klammergriff um Bertholds Füße, bekam stattdessen seine Haare zu fassen, kratzte ihn ins Gesicht, aber dies war nur die verzweifelte Gegenwehr eines Mannes, der erledigt war. Berthold holte mit der Rechten aus und zog seinem Angreifer den Revolver mit voller Kraft über den Kopf.

Augenblicklich erschlaffte der Mann unter ihm. Stöhnend rollte Berthold sich herunter. Er lag auf dem kühlen Asphalt, keuchte und wäre am liebsten auf der Stelle eingeschlafen. Er tastete nach von Stetten, aber dieser lebte noch, war lediglich bewusstlos. Nun, dieser Zustand würde nicht ewig währen, Berthold durfte sich jetzt keine Pause gönnen. Mühsam hievte er sich auf die Beine, packte die mageren Handgelenke von Stettens und schleifte ihn hinter sich her in die Richtung, aus der sie gekommen waren.

Jetzt erst vernahm er Rufen und Sirenen, es konnte nicht lange dauern, dann würden die Einsatzkräfte dort draußen das eingeschlagene Fenster entdecken. Er musste es nur schaffen, mit von Stetten in die Halle zurückzukehren.

Als er schließlich außer Atem und mit vor Erschöpfung zitternden Muskeln vor den Aufzügen ankam, nahm er noch einmal all seine Kraft zusammen und brüllte nach oben, dass er Hilfe brauche.

Willy Brenner würde später immer und immer wieder davon erzählen, welcher Anblick sich ihm geboten hatte, als er als einer der Ersten vor Ort gewesen und im Schein der starken Lampe die beiden Männer entdeckt hatte. Der leblose Körper von Stettens, triefnass, in einer Lache aus Wasser und Blut sowie Berthold Rheydt, der über ihm stand, breitbeinig, mit zerfetzter Hose und aufgerissenem Hemd, die Haare in die Stirn hängend, hohlwangig, das Gesicht kalkweiß vor Erschöpfung. Und seine Füße blutverschmiert.

So war der neue Elbtunnel inoffiziell eröffnet worden: mit der lang ersehnten Ergreifung des Hafenmörders Joachim von Stetten.

31.

Im Licht des erwachenden Tages wirkte Hamburg fast lieblich, ein rosafarbener Pinsel hatte seine Spuren auf den Dächern hinterlassen, das Kopfsteinpflaster der Straßen schimmerte sanft. Noch war die Stadt nicht erwacht, weder Gestank noch Lärm fluteten durch die Gassen. Einige wenige Menschen waren unterwegs, Arbeiter, die müde von der nächtlichen Schicht zu ihren Schlafstätten wankten, Milchmänner mit ihren Karren, Dienstmädchen, die noch vor dem Erwachen ihrer Herrschaft erste Botengänge erledigten. Katzen streiften an Hausmauern, Vögel sangen in den Alleebäumen. Anne hatte sich eine Kutsche erlaubt, denn noch fuhren die Trambahnen nicht, und zu Fuß war ihr der Weg quer durch die Stadt zu weit.

Sie hatte nicht viel Schlaf bekommen, sie und Ju hatten lange auf dem Dach gesessen, geschwiegen und sich an den Händen gehalten. Gerne hätte Anne sie gefragt, ob die Liebe zwischen Frauen auch in Jus Kultur geächtet war, aber sie schreckte davor zurück, noch konnte sie nicht einschätzen, ob es ihrer Freundin unangenehm war, darüber zu sprechen. Sie hatte den Eindruck, dass Ju einer Kultur entstammte, wo Rituale wichtiger waren als offene Worte oder sie gar ersetzten. Keinesfalls wollte Anne sie in Verlegenheit bringen.

In Annes Kreisen und mehr noch in den Zirkeln der Suffragetten in London, wo sie und Milena verkehrt hatten, versteckten sich die Frauen nicht. Offen lebten sie miteinander, auch wenn konservative Kreise, Männer selbstverständlich, voller Abscheu über dieses in ihren Augen »widernatürliche Verhalten« sprachen. Bei den Hamburger Galionsfiguren der Frauenbewegung war es ein offenes Geheimnis, dass sie Frauen liebten, so wie Lida Heymann, die nun mit ihrer Lebensgefährtin Anita Augspurg nach München gegangen war. Aber auch Helene Lange, immerhin Vorsitzende des Lehrerinnenverbandes, propagierte offen gleichgeschlechtliche und außereheliche Sexualität.

In den progressiven Kreisen der Hansestadt musste man sich nicht schämen, in den Zirkeln der gehobenen Bürgerschaft jedoch war das Thema tabu. Und dennoch traf Anne, wenn sie die Villa in Winterhude besuchte, in der man sich versteckt unter Gesichtsmasken zum Stelldichein traf, auf angesehene Bürger. Männer, die im Senat etwas darstellten, die Frau und Kinder hatten und doch ihre Neigung zum gleichen Geschlecht dort auslebten.

Aber wie war das in der kleinen chinesischen Enklave in der Schmuckstraße? Ju achtete peinlich darauf, dass Anne nicht dabei gesehen wurde, wie sie ihre Wohnung betrat oder verließ. Vielleicht lag es auch daran, dass sie nicht Gegenstand des Geredes sein wollte, entweder weil sie mit einer Deutschen liiert war oder weil sie überhaupt eine weibliche Freundin hatte. Und möglicherweise wollte sie keinen Anlass zur Spekulation geben, da Anne in den Mord in der *Leuchtenden Sonne* verwickelt war.

Wie auch immer – solange Anne nur ein wenig Versteckspielen musste, störte es sie nicht weiter. Es lag ihr fern, Ju in irgendeiner Weise in Schwierigkeiten zu bringen. Denn tatsächlich hatte sie sich in diesen zwei Tagen, die sie miteinander verbracht hatten, bis über beide Ohren in die schöne Köchin verliebt.

Die Droschke hielt vor dem Wohnhaus in der Gurlittstraße, Anne bezahlte den Kutscher, betrat das Haus und lief fünf Etagen bis zu ihrer kleinen Dachgeschosswohnung. Die vergangenen Wochen hatte sie sich unter dem Dach gefühlt, als lebte sie auf einer heißen Herdplatte, selbst mit durchgehend geöffneten Fenstern hatte sie nachts keinen Schlaf gefunden. Trotzdem wünschte sie sich, Ju einmal mit zu sich nehmen zu können, sie wollte ihr gerne zeigen, wie sie lebte.

Auf dem letzten Treppenabsatz hielt Anne erstaunt inne. Helene Curtius saß dort, den Kopf ans Geländer gelehnt, und schlief.

Anne betrachtete die junge Frau. Wie sehr hatte Helene sich verändert! Sie kannten sich nun seit einigen Monaten, innerhalb der kurzen Zeitspanne hatte sich die Pastorentochter von der jungen Naiven zur mutigen und entschlossenen Kämpferin für Frauenrechte gemausert. Und war in ihrer äußeren Metamorphose weiter gegangen, als Anne es gewagt hätte. Die Kurzhaarfrisur, ihre maskulin-sportliche Figur und das gewagte Hosenkleid – auf der Straße sahen sich die Menschen nach der jungen Frau um, während Helene diese offensichtlichen Zeichen weiblicher Emanzipation mit Stolz trug. Um ihren Mund zeigte sich ein entschlossener Zug, Helene war erwachsener, aber auch schöner geworden. Den stürmenden und drängenden Backfisch hatte sie hinter sich gelassen.

Sanft rüttelte Anne sie an der Schulter. »Helene!«

Es brauchte einige Sekunden, bis diese die Augen öffnete und sich orientierungslos umsah. Dann rieb sie sich das Gesicht. »Ich bin eingeschlafen.«

»Ganz offensichtlich.« Anne lachte. »Komm, ich mache uns einen starken Tee.«

»Kommst du gerade erst nach Hause?« Helene erhob sich. »Pardon! Ich will nicht indiskret sein. Das ist mir so rausgerutscht.«

Anne antwortete nicht, stattdessen öffnete sie die Fenster weit und ließ die morgendlich kühle Luft in ihre kleine Wohnung ziehen.

»Was führt dich mitten in der Nacht zu mir? Und du schläfst auf der Treppe … Hoffentlich ist es kein Notfall?«

Sie setzte heißes Wasser auf und ließ Teeblätter in die Kanne rieseln. Stellte Tassen auf den Tisch, Kandiszucker und ein wenig Milch im Kännchen.

»Nein …« Helene blieb am Fenster stehen und blickte auf die gegenüberliegende Häuserzeile. »Ich konnte einfach nur nicht schlafen. Gestern Nacht … Es ist so viel geschehen.«

»Sorgen?«

»Ich glaube, Jella ist gestern verhaftet worden.«

Nun musste Anne sich setzen. Ihr wurde auf der Stelle schwindelig, ihre Handinnenflächen schwitzten. »Jella … Wie das, woher weißt du das?«

Helene goss an ihrer Stelle den Tee auf, dann kehrte sie an den Tisch zurück. »Ich war gestern mit Meinhard Tannenberg auf einer Künstlerfete. Im Pesthofkeller …«

Sie erzählte Anne, wie der Abend verlaufen war, und als Anne hörte, wie verzweifelt Jella sich und das andere Mädchen gegen die neugierige und sensationslüsterne Menge verteidigt hatte, kamen ihr fast die Tränen.

»Aber du hast nicht gesehen, dass sie geschnappt wurden?«, gab sie ihrer Hoffnung Ausdruck.

Helene verzog das Gesicht. »Anne … Ich habe es nicht gesehen, aber sie hatten kaum eine Chance zu entkommen. Wir haben die Polizei schon gehört.«

»Ich muss zur Polizei, ich … Jemand muss Alina Bescheid geben.«

Anne spürte, wie sie Panik bekam. Nicht schon wieder, dachte sie! Nicht schon wieder diese Anfälle. In den vergangenen Monaten hatte sie ein paarmal diese plötzlichen Zustände bekommen – Herzrasen, unnatürlichen Schweißausbruch, Schwäche, beklemmende Angst. Meist jedoch hatten die Anfälle im Zusammenhang mit der Erinnerung an die Nacht gestanden, in der Joachim von Stetten sie hatte töten wollen. Doch anscheinend war sie zurzeit labiler, als sie es sich eingestehen wollte. Das Schicksal der *Lilith* nahm sie sehr mit. Sie hatte Berthold Rheydt damals von den Mädchen erzählt – nicht wissend, dass die Gruppe von der Polizei gesucht wurde. Aber seit Berthold und durch ihn Elmar Thönnes davon erfahren hatte, hatte dieser gnadenlos Jagd auf die Minderjährigen gemacht. Zwei von ihnen mussten bereits ihre langen Haftstrafen im Frauenzuchthaus antreten.

Anne fühlte sich schuldig. Sie hatte Alina versprochen, ihr bei der Suche nach Jella zu helfen. Sie hatte versagt. Und nun schien Alina ihre Tochter an die Ordnungsmacht verloren zu haben.

»Im Moment können wir nichts tun«, versuchte Helene, sie zu beruhigen. »Immerhin sind Rahel und Olga in Sicherheit.«

Anne erschrak. »Rahel! Wenn Thönnes die beiden Mädchen gestern verhaftet hat, wird er die Wohnung des Jüdischen Frauenbunds noch einmal durchsuchen. Oder wird dort auftauchen, weil er Alina sprechen möchte. Oder …«

»Und wenn es so ist oder so war, sind dir die Hände gebunden. Alina wird es als Erste erfahren, falls ihre Tochter verhaftet wurde. Und sie wird wissen, was zu tun ist.«

Anne nickte. »Trotzdem. Mir ist wohler, wenn ich weiß, dass Rahel in Sicherheit ist.«

»Du kannst dich dort jetzt aber nicht blicken lassen.«

Anne überlegte. »Aber du. Du kannst unauffällig hingehen und nachsehen, ob Rahel noch dort ist. Und wenn ja – bring sie sofort weg.«

Anne wusste, dass sie viel verlangte. Aber sie fühlte sich für Rahels Schicksal verantwortlich, von Beginn an, von dem Moment an, als die junge Frau ihr in den Auswandererhallen begegnet war und ihr Herz ausgeschüttet hatte. Zu Annes Überraschung wehrte sich Helene nicht gegen ihr Ansinnen, sondern weihte sie in ihren Plan zu Rahels Rettung ein. Es war ein guter Plan, Anne geriet regelrecht in Euphorie – es war nun immens wichtig, Rahel aus der Wohnung zu bekommen.

»Wir gehen jetzt in die Paulstraße«, schlug Anne vor. »Ich habe den Büroschlüssel. Von dort können wir telefonieren, ich weiß, dass Alina in der Wohnung des Frauenbundes ebenfalls einen Anschluss hat. Und hoffen, dass jemand dort ist – Rahel wird wohl kaum an den Apparat gehen.«

»Meinst du, wir haben wenigstens die Zeit, unseren Tee zu trinken?« Helene grinste schief.

Obwohl alles in Anne danach schrie, sofort aufzubrechen, obwohl sie glaubte, dass die Zeit drängte, setzte sie sich noch einmal hin.

»Es ist nur …«, begann Helene und drehte verlegen ihre Tasse in ihren Händen. »Ich wollte dir etwas sagen.«

»Noch etwas?«

»Berthold Rheydt hat um meine Hand angehalten.«

Anne starrte Helene an. Sie wusste nicht, wie sie mit dieser überraschenden Eröffnung umgehen sollte. Berthold Rheydt, der Kommissar? Was hatte sie nicht mitbekommen?

»Das kommt sehr überraschend«, brachte sie hervor. Du meine Güte, das musste sich anhören, als wäre sie entsetzt. »Ich freue mich, Helene, herzlichen Glückwunsch!«

»Ich weiß, das erscheint dir überstürzt, aber wir beide haben uns lange nicht gesehen. Und in der Zwischenzeit, ja, in der Zwischenzeit hat sich das so entwickelt zwischen Berthold und mir.«

Obwohl sie es nicht wollte, spürte Anne einen winzig kleinen Stachel der Eifersucht. Berthold Rheydt, der schöne und melancholische Kommissar mit dem Geheimnis, hatte sie von Beginn an angezogen. Ja, obwohl sie sich meist in Frauen verliebte, war sie Männern nicht generell abgeneigt. Aber diese mussten etwas Besonderes sein, das gewisse Etwas haben. Und

Berthold Rheydt hatte genau das, zweifellos. Er war ein Mann, bei dem auch sie schwach geworden wäre. Trotzdem: Sie gönnte Helene ihr Glück von Herzen.

Und sie war frisch verliebt in Ju. Sollte sie Helene davon erzählen? Anne überlegte einen Moment, entschied sich aber doch dagegen. Sie hatte das Gefühl, dass sie das Kostbare, das sich gerade erst zwischen ihr und Ju entspann, durch voreiliges Reden gefährde.

»Es tut mir leid, wenn ich wirke, als würde ich mich nicht freuen«, beeilte sie sich zu sagen, »aber ich bin einfach perplex. Du und der Kommissar.«

Während Helene erzählte, wie alles begonnen hatte, zwischen ihr und Berthold, machten sich die Frauen auf den Weg zum Frauenhaus in der Paulstraße. Mittlerweile war mehr Leben in der Stadt, die Trambahnen fuhren, Menschen liefen zur Arbeit, Droschken, Kraftfahrzeuge und Fahrradfahrer kreuzten.

Das Haus in der Paulstraße befand sich in unmittelbarer Nähe zu Annes Wohnung. Helene erzählte und wurde immer lebhafter, der Schock des vorangegangenen Abends machte Stück für Stück euphorischer Verliebtheit Platz. Anne versuchte, konzentriert zuzuhören, doch merkte sie bald, dass ihre Gedanken immer mehr abschweiften. Zu Rahel und zu Jella, die womöglich in Haft saß. Von ihr zu Chou Lan, der verschwundenen Artistin. Und zu den Geschäften ihres Vaters. Sie hatte so viele Themen, die sie belasteten und beschäftigten, dass sie daneben kaum noch Konzentration für ihre eigentliche Arbeit fand. In zwei Stunden würde sie genau hier in der Paulstraße ihre Sprechstunde haben, und dann durfte sie sich nicht mit Themen, die dort nicht hingehörten, belasten. Sie musste mit Herz und Verstand bei ihren Patientinnen sein, nur dann würde sie ihre Arbeit wirklich gut machen können. Helene war verliebt, sie würde heiraten, einen, wie Anne fand, überaus spannenden und begehrenswerten Mann – dazu gab es nichts weiter zu sagen, als dass sie sich für die beiden freute.

Helene spürte wohl selbst, dass Anne irgendwann in eigene Gedanken versunken war und beendete ihre Erzählung.

»Ich werde also meine Arbeit als Lehrerin gar nicht erst antreten.«

Anne blieb abrupt stehen. »Bitte sag mir jetzt nicht, dass du mit dem Antrag von Berthold Rheydt alle deine Bestrebungen um Unabhängigkeit über Bord geworfen hast?«

»Auf keinen Fall!« Helene lachte. »Das gelobe ich feierlich – ich werde eine selbstständige und berufstätige Frau sein. Auch wenn ich verheiratet bin. Das hat Berthold mir übrigens auch zugesichert – sonst hätte ich nicht eingewilligt.«

»Ich wünschte, jede Frau hätte dein Durchsetzungsvermögen.«

Helenes Miene wurde finster. »Ja, das würde man sich wünschen. Leider geraten auch kluge Frauen in die Ehefalle …«

»Was meinst du?«

»Meine Freundin Paulina.« Helene überlegte, gab sich dann aber einen Ruck und offenbarte Anne, was Paulina Reimers geschehen war und in welch verzwickter Situation sie sich befand. Anne fiel zum zweiten Mal an diesem Morgen aus allen Wolken. Paulina? Die Tochter von Ferdinand und Ida, eine kluge junge Frau aus einem progressiven Haushalt! Allerdings auch kein Einzelfall. Auch Frauen aus gutem Haus litten unter gewalttätigen Ehemännern, das war kein Geheimnis.

»Ich würde ihr gerne heraushelfen, aber ich weiß nicht, was ich machen soll.«

»Ferdinand vertritt die *Lilith*, die sich gegen männliche Gewalt wehren, lässt jedoch zu, dass seine Tochter vom eigenen Ehemann misshandelt wird?«, rätselte Anne. »Tut mir leid, das passt für mich nicht zusammen.«

»Ich bin mir nicht sicher, ob Ferdinand davon weiß. Doch

Ida. Und sie leugnet es – wahrscheinlich, weil sie weiß, was auf dem Spiel steht.« Helene stockte. »Wenn ich sehe, was dieser Franz mit Paulina anstellt. Wenn ich mir vorstelle, wie er sie mit dem Gürtel schlägt, dann … Dann verstehe ich die Mädchen wie Jella. Und Olga und Rahel. Ich könnte ihm den Hals umdrehen.«

Anne nickte, während sie zum Hörer griff und beim Fräulein vom Amt um die Verbindung bat. Obgleich sie wusste, dass Gewalt nicht die Lösung war, ging es ihr genauso. Sie hatte Sympathien für das, was die *Lilith* getan hatten – außer natürlich die Brandstiftung in ihrer Praxis –, und deshalb wollte sie alles dafür tun, dass die Frauen der Strafverfolgung entgingen. Auch wenn sie sich strafbar machte, auch wenn es aus moralischen Gründen nicht richtig war.

»Hallo?«

Anne atmete auf. Sie erkannte sofort Lorschas Stimme! Da sie jedoch nicht wusste, ob Lorscha allein mit Rahel in der Wohnung war oder sich vielleicht Elmar Thönnes dort befand, sagte sie unverfänglich: »Ich möchte ein Paket abholen.«

Das junge Mädchen zögerte einen Moment, doch dann verstand sie. »Das Paket ist im Hauseingang und wartet dort auf Abholung.« Dann beendete sie das Gespräch.

Anne sah Helene an. »Ich denke, wir sollten uns beeilen.«

Keine zehn Minuten später erreichten die Frauen das Haus, in dem sich der Jüdische Frauenbund befand. Sie blieben auf der gegenüberliegenden Straßenseite stehen und sahen hinüber. Ein Schupo stand in der Toreinfahrt – ein sicheres Zeichen dafür, dass die Polizei die sichere Wohnung des Jüdischen Frauenbundes ein weiteres Mal nach Beweisen durchsuchte. Ein Zeitungsjunge kreuzte, Anne winkte ihm und kaufte ihm eine Tageszeitung ab – tatsächlich lautete die Schlagzeile: *Verbrecherische Frauen endlich gefasst!* Darunter zwei Bilder. Fotos, die nach ihrer Ergreifung im Präsidium gemacht worden waren, es waren die typischen Aufnahmen des Polizeifotografen, auf denen jeder sofort wirkte wie ein Verbrecher.

Anne und Helene überflogen den Artikel. Es war so, wie Helene vermutet hatte. Die Frauen waren nach der Entdeckung ihres Verstecks im Eiskeller auf die Kielerstraße entkommen, wo sie von einer neugierigen Menschenmenge an der Flucht gehindert worden waren. Die Polizei war minutenschnell vor Ort, und es gelang den Beamten, die geschwächten Mädchen zu überwältigen. Elmar Thönnes wurde zitiert, der die Verhaftung als großen Erfolg für die Hamburger Polizei bezeichnete und der Hoffnung Ausdruck gab, dass nun auch die beiden letzten flüchtigen Frauen festgesetzt werden konnten – damit meinte er Olga und Rahel, nicht ahnend, dass diese bereits in Sicherheit waren.

»Er wird alles daransetzen, die beiden zu finden«, kommentierte Anne. Sie war unendlich traurig, dass es für Jella dieses Ende nehmen musste – Alina würde am Boden zerstört sein.

Wieder blickten sie zur anderen Straßenseite.

»Ich kann mir nicht vorstellen, dass Rahel in ihrem eigenen Hauseingang steht.«

»Nein«, gab Helene ihr recht. »Aber ich finde sie. Verlass dich auf mich.«

Und dann ging sie los. Überquerte die Straße, steuerte zielstrebig auf eine Hofeinfahrt zu, zwei Häuser weiter als dort, wo der Schupo stand, und verschwand darin. Nervös beobachtete Anne die Hauseingänge und Toreinfahrten, stets darauf bedacht, selbst in der Deckung zu bleiben.

Es dauerte beinahe eine Viertelstunde, als Helene endlich aus einer Toreinfahrt trat – nicht die, in die sie hineingegangen war, Schulter an Schulter mit einer Frau, die einen so großen Hut trug, dass man ihr Gesicht darunter nicht erkennen konnte. Das musste Rahel sein! Die beiden hatten ihre Köpfe leicht gesenkt, sie gingen zügig die Straße hinunter und verschwanden aus Annes Blickfeld.

Sie wartete noch eine weitere Minute, doch als alles ruhig blieb, musste sie davon ausgehen, dass Rahel vorerst außer Gefahr war.

Nun musste Anne ganz und gar auf Helene und ihren Plan vertrauen – sie selbst konnte nichts mehr für Rahel tun. Stattdessen würde sie am Nachmittag in der Praxis, die ihr Vater ursprünglich für Doktor Tergit eingerichtet hatte, Seeleute auf ihre Tauglichkeit überprüfen – und nach Möglichkeit ihren Vater ausspionieren.

Ein weiterer ereignisreicher Tag in ihrem Leben lag vor ihr, und Anne war hundemüde und wünschte sich in dem Moment nichts sehnlicher, als in die Einsamkeit der Engadiner Berge zurückkehren zu können, über blühende Bergwiesen zu wandern und am Ende des Tages auf einer Alm ein Glas Milch zu trinken. Sie war davon weiter entfernt denn je.

32.

Bis zum Hauptbahnhof liefen sie schnellen Schrittes, die Augen auf das Pflaster vor ihnen gerichtet, schweigend. Obwohl Helene nicht davon ausging, dass irgendjemand Rahel Mosse erkennen würde, schon gar nicht unter dem breitkrempigen Hut, war Vorsicht geboten. Es hatte Steckbriefe der *Lilith*-Frauen gegeben, sie hingen überall. Die Zeichnungen, die die Polizei nach Angaben diverser Zeugen hatte anfertigen lassen, waren schlecht – aber Helene wollte kein Risiko eingehen.

Sie stiegen in die Tram, Helene löste Fahrkarten. Ihr Fahrrad stand noch vor Annes Haus in der Gurlittstraße, sie würde es beizeiten abholen. Sie bemerkte, wie an Rahels Hand, mit der sie sich in der Straßenbahn festhielt, die Knöchel weiß schimmerten – die junge Frau krampfte sich fest. Sie musste schreckliche Angst haben, dachte Helene. Allerdings – hatte sie denn keine Furcht empfunden, als sie monatelang im Untergrund lebte? Als sie Zuhälter und Bordelle überfallen hatte? Aber vermutlich hatte die Gruppe den Mädchen Rückhalt gegeben. Jetzt, wo sie in alle Winde verstreut waren, hatten sie den Rückhalt ihrer Gemeinschaft verloren, sie waren ganz und gar auf sich gestellt.

Zu Hause angelangt, führte Helene das Mädchen nicht durch die Vordertür ins Haus – sie wollte vermeiden, auf ihren Vater zu treffen –, sondern betrat mit ihr durch den Garten den Dienstbotentrakt im Souterrain. Sophie bekam nichts mit, sie war im Haus beschäftigt. Helene brachte Rahel zunächst in die Vorratskammer.

»Ich muss erst sehen, ob mein Vater noch im Haus ist«, sagte sie ihr. »Ich bin gleich wieder da.«

Engelbert Curtius war jedoch kurze Zeit zuvor zu seiner Arbeit aufgebrochen, Fanny saß am Frühstückstisch.

»Du hast dich nicht umgezogen!« Sie musterte das zerknitterte Hosenkleid Helenes.

»Weil ich gar nicht geschlafen habe«, gab Helene zurück. Sie setzte Fanny in Kenntnis darüber, dass sie Rahel nun nach oben zu Olga bringen würde. Danach konnten sie gemeinsam beratschlagen, was zu tun sei. Rahel musste einige Tage versteckt werden – so lange, bis Fanny mit ihr nach Havanna abreiste. Denn das war der Plan, den Helene mit ihrer Mutter ausgeheckt hatte. Fanny würde die junge Frau als Begleitung und Gouvernante mit nach Südamerika nehmen. Dort wäre Rahel auf sich gestellt und könnte zu ihrer Familie nach Montevideo reisen. Fanny jedoch musste nicht befürchten, die Heimreise allein anzutreten – sie hoffte darauf, dass sie Klaus finden und ihn zur Heimkehr bewegen konnte.

»Olga wird übrigens später abgeholt.«

»Tatsächlich? Hat Papa etwas beim Rabbi erreicht?«

»Eine wunderbare Lösung.« Fanny war die Erleichterung anzusehen. »Berta Pappenheim führt ein Mädchenheim bei Frankfurt – für genau diese Fälle. Mädchen, die verschleppt wurden, bekommen dort ein neues Zuhause. Olga ist in Sicherheit – und sie bekommt eine Chance auf ein besseres Leben.«

»Wunderbar!«, freute sich Helene. »Allerdings müssen wir jetzt sehen, was wir mit Rahel bis zu eurer Abfahrt machen. Sie ist in der Wohnung des Jüdischen Frauenbundes nicht mehr sicher. Und hier kann sie wegen Papa nicht bleiben.«

Fanny sah sie mit großen Augen an, und Helene berichtete ihr von der Festnahme Jellas – aus ihrer Befürchtung war Gewissheit geworden. Gemeinsam gingen sie in den Keller, holten Rahel aus der Vorratskammer. Fanny nahm das Mädchen mit nach oben, um sich mit ihr bekannt zu machen, während Helene darum bat, sich frisch machen zu dürfen. Sie benutzte das große Badezimmer, duschte ausgiebig, schrubbte ihren Körper ab, sodass sie rot wie ein Krebs war. Olga schlief noch immer in ihrem Bett, Helene schlich leise hinein, holte sich etwas Frisches zum Anziehen und ging danach hinunter an den Steg. Sie ließ die Beine im Wasser baumeln und blickte hinaus auf die Alster.

Ihr wuchs alles über den Kopf. Sie war noch immer aufgewühlt von den Erlebnissen der letzten Tage. Die Wochen im Sommer, in denen sie so unendlich glücklich gewesen war, einfach in den Tag hineingelebt und sich mit Berthold getroffen hatte, verliebt bis über beide Ohren, diese ungetrübten Tage waren ein verblichener Traum im Nebel der Erinnerung. Nun saß sie hier, ohne Plan für ihre Zukunft und ohne auch nur die geringste Vorstellung, was auf sie zukam. Ja, Berthold hatte ihr seine Liebe erklärt, er hatte um ihre Hand angehalten, sie hatten sogar miteinander geschlafen – aber nun hörte sie nichts mehr von ihm. Würde er bei ihrem Vater vorsprechen? Und wenn ja, wann? Außerdem machte sie sich nichts vor: Wenn er jetzt keine Zeit fand, sich zu erklären, weil er den Hafenmörder jagte, wie würde es weitergehen? Wie viele Abende würde sie allein verbringen, weil ihr Mann auf Verbrecherjagd ging? Schließlich war das sein Beruf! Aber natürlich, sie hatte sich Freiheit ausbedungen, also musste sie ihm auch zugestehen, dass er seinem Beruf nachging.

Aber stellte sie sich so ihr Zusammenleben vor? Wollte sie die Frau eines Mannes sein, der im Grunde mit seinem Beruf verheiratet war? Oder zweifelte sie plötzlich daran, weil sie nun keinen Plan mehr für ihre berufliche Zukunft hatte?

Ach, Berthold, dachte Helene und ließ sich nach hintenüber auf den Steg sinken. Wieso habe ich jetzt diese düsteren Gedanken? Ich will doch nicht zweifeln, will nicht grübeln, ob es richtig ist, dich zu heiraten! Ich liebe dich, mein Herz ist dir zugeflogen, und nun lebt es neben deinem in deiner Brust. All meine Zweifel wären verflogen, wenn du jetzt bei mir wärst. Wenn ich in deine Augen sehen könnte, dann wüsste ich, dass ich all dies will. Dass ich dich will und keinen anderen.

Plötzlich beugte sich jemand über sie. »Na, wie sieht die Welt von unten aus?«

Helene schrak hoch. »Meinhard! Du lieber Himmel!« Sie drehte sich zu ihm um. »Was machst du hier?«

Er hielt eine Pralinenschachtel in die Höhe. »Ich wollte mich bei der Dame des Hauses entschuldigen. Es ist nicht gerade guter Stil, sich einzuführen, indem man mitten in der Nacht eine halb tote Kriminelle ins Haus schleppt.«

»Meine Mutter wird dich lieben.« Helene stand auf und ging mit Meinhard zum Haus zurück.

»Außerdem habe ich die Morgenzeitungen gelesen«, sagte er, nun ernsthaft. »Es ist so, wie wir befürchtet haben. Jella und ihre Gefährtin sind verhaftet worden.«

»Ja, ich habe es auch gelesen. Furchtbar.«

»Was wird nun mit Olga?« Meinhard legte tröstend einen Arm um Helenes Schulter.

»Für Olga ist gesorgt«, gab Helene zurück. »Erstaunlicherweise hat sich mein Herr Vater darum gekümmert. Aber wir haben ein neues Problem.«

Es war, wie Helene prophezeit hatte: Fanny war entzückt. Von den Pralinen, aber mehr noch von den Manieren Meinhards. Sie hatte Olga und Rahel alleine in Helenes Zimmer gelassen, die beiden würden schließlich für immer Abschied nehmen, wenn die eine nach Neu-Isenburg gebracht wurde und die andere nach Havanna abreiste. Sicher hatten sie sich jetzt viel zu erzählen.

Meinhard zeigte sich beeindruckt von der Bereitschaft Fannys, Rahel als ihre Begleitung aus dem Land zu bringen.

»Sie ist ein Mädchen mit Manieren«, sagte Fanny geschmeichelt. »Was man nicht glauben sollte, wenn man gelesen hat, was die *Lilith* verbrochen haben. Aber sie kommt aus einer anständigen Familie, ich muss also nicht befürchten, dass sie mich bestiehlt oder sonst wie zu einer Belastung während der Überfahrt wird.«

»Also, Mama!« Helene spielte Entrüstung. »Glaubst du, ich hätte dir sonst den Vorschlag gemacht?«

»Und in der Zwischenzeit?«, erkundigte sich Meinhard. »Wohin mit ihr?«

Fanny und Helene blickten sich an.

»Keine Ahnung«, gestand Helene. »Hier kann sie nicht bleiben. Mein Vater hat sich zähneknirschend damit arrangiert, dass Olga über Nacht bleibt. Er wird niemals einverstanden sein, Rahel mehrere Tage bei uns zu verstecken.«

»Meine Eltern haben ein kleines Landhaus bei Wedel. Solange sie nicht dort sind, könnte Fräulein Mosse dort unterkommen«, schlug Meinhard vor. »Nicht für ewig, aber wenn es nur ein paar Tage sind …?«

»Sie schickt der Himmel!« Fanny strahlte den jungen Dichter an.

Helene stellte belustigt fest, dass ihre Mutter, sobald sie sich für ein männliches Wesen begeisterte, wie ein verliebter Backfisch wirkte. Ihre Augen leuchteten, sie schlug die Hände zusammen und die Augen nieder, konnte kichern und seufzen und weckte augenblicklich Beschützerinstinkte in jedem männlichen Wesen. Das würde ihr selbst niemals gelingen, dachte Helene amüsiert, zumal ihr dieses weibliche Spiel mit Schwäche fremd war. Meinhard jedoch spielte mit, er gab ihrer Mutter das Gefühl, dass er alles für sie tun würde, dass er sie charmant und begehrenswert fand. Er war ein begnadeter Schmeichler! Auch Helene war in den Genuss dieser Wesensart Meinhards gekommen, und sie genoss dies ebenso wie Fanny.

»Kannst du sie gleich mitnehmen?«, erkundigte sie sich.

»Sagen wir in einer Stunde?« Meinhard klappte seine Taschenuhr auf. »Ich müsste noch den Schlüssel organisieren und mir eine gute Ausrede für meine Eltern einfallen lassen.«

»Einverstanden!«

Helene brachte ihren Freund zu seinem Wagen, den er vor dem Grundstück abgestellt hatte. Unabgesprochen richteten sie beide ihren Blick auf die gegenüberliegende Villa der Familie Reimers.

»Ida hat schon länger keine Soiree gegeben.« Meinhard kurbelte seinen Wagen an.

»Sie haben gerade erst die Hochzeit ausgerichtet, ich denke, damit haben sie sich ausreichend verausgabt.«

Meinhard zuckte mit den Achseln. »Ich weiß nicht. Früher hat Ida keine Gelegenheit ausgelassen, Gäste zu laden. Und wenn es nur ein kleines Konzert im engsten Kreis war. Ich kann mich gar nicht erinnern, wann ich das letzte Mal ihren Salon besucht habe.« Er schwang sich in den offenen Zweisitzer.

Helene schwieg. Sie hatte Meinhard nichts von den Problemen der Familie erzählt. Sie wollte nicht darüber sprechen – aus vielerlei Gründen. Finanziell am Ende zu sein, das war etwas, von dem niemand – und schon gar nicht Menschen wie die Reimers, die so fest in der Gesellschaft der Hansestadt verankert waren – wollte, dass es publik wurde. Außerdem schmerzte es sie furchtbar, mitzuerleben, wie diese Menschen, die sie jahrelang mehr bewundert und geliebt hatte als ihre eigene Familie, in diese Schräglage gerieten. Dass Ida, ihre Mutter im Geiste, die von ihr über alle Maßen bewunderte, strahlende und geistreiche Ida, bereit war, ihre Tochter an einen gewalttätigen Mann zu verheiraten, um ihre eigene Existenz zu sichern, war eine tiefe und schmerzende Wunde in Helenes Herz. Über die sie im Moment lieber nicht nachdachte, geschweige denn reden wollte.

»Wir sehen uns in einer Stunde«, sagte sie, ohne auf das Thema Ida Reimers und ihre Soireen weiter einzugehen. »Bis dahin haben wir ein paar Sachen für Fräulein Mosse zusammengepackt.«

Meinhard winkte, gab Gas, und Helene sah dem davonfahrenden Wagen hinterher.

Kurz überlegte sie, was sie mit dem weiteren Tag anfangen sollte. Die Müdigkeit saß ihr in den Knochen, überfiel sie jetzt schlagartig, sie hätte sich hinlegen wollen, aber in ihrem Bett lag Olga. Unschlüssig blieb sie am Gartentor stehen, als ein Postbote auf dem Fahrrad auf sie zusteuerte. Er klingelte und winkte ihr.

»Fräulein Curtius!«, rief er. »Telegramm für Sie!«

Helene quittierte die Sendung und riss das Kuvert auf. *Hafenmörder gefasst stopp Halte unverzüglich um Deine Hand an stopp In Liebe Berthold*

Unwillkürlich lachte Helene auf. Die Ergreifung eines Mörders in einem Atemzug mit der Ankündigung eines Heiratsantrages zu nennen, das brachte wohl nur Berthold fertig. Das war der Gipfel an Romantik! Willkommen in meinem zukünftigen Leben als Kommissarsgattin, dachte Helene. Wahrscheinlich erscheint er nach der Geburt unseres ersten Kindes mit einem Verbrecher in Handschellen am Wochenbett.

Dann allerdings sickerte die andere Information in ihr Bewusstsein: Berthold hatte Joachim von Stetten gefasst! Zumindest ging sie davon aus, dass er es gewesen war. Endlich – welche Erleichterung für alle Betroffenen. Und welche Genugtuung für Berthold, der die Schmach, dass der Mörder ihm damals entwischt war, nie verwunden hatte. Tagelang war in den Zeitungen der Stadt sein Bild zu sehen gewesen, als der Polizist, der den falschen Mann verhaftet hatte und den richtigen laufen ließ. Natürlich war das Gedächtnis flüchtig, und als Berthold schließlich Doktor Tergit das Handwerk gelegt hatte, wurde er frenetisch gefeiert, und kaum jemand hatte seine Niederlage vom letzten Herbst noch erwähnt.

Nun aber würde er ein doppelter Held sein!

Helene war so unfassbar stolz auf Berthold, sie war froh, dass Joachim von Stetten ein für alle Mal erledigt sein würde, und freute sich für all jene, für die dieser Mann eine leibliche Bedrohung gewesen war. Zu gerne hätte sie gewusst, wie die Ergreifung vonstattengegangen war, doch sie würde sich gedulden müssen. In den Abendzeitungen würde sie gewiss eher darüber lesen können, als dass sie etwas aus Bertholds Mund erfahren würde.

Bevor sie durch die Eingangstür in den Flur ihres Elternhauses trat, sah sie aus den Augenwinkeln, dass jemand aus der Haustür der Reimers' trat. Sie drehte sich um und erkannte Ferdinand in Begleitung einer kleinen Person mit schwarzer Lockenmähne. Der Anwalt hatte schützend seinen Arm um ihre Schulter gelegt, die Frau senkte den Kopf und schien kaum die Kraft zu haben, einen Fuß vor den anderen zu setzen.

Das musste Jellas Mutter sein, dachte Helene, die Alina Leistikow nie begegnet war und sie nur vom Hörensagen kannte.

Vermutlich würden die beiden sich jetzt in das Präsidium begeben, um Jella dort aufzusuchen. Welch eine schwere Stunde, Helene wollte sich kaum ausmalen, wie sich eine Mutter fühlen musste, deren Kind eine lange Zuchthausstrafe erwartete.

Dann kam ihr in den Sinn, dass auch Joachim von Stetten das Kind eines Elternteils war. Mit ihm und dessen Vater konnte sie jedoch kaum Mitleid empfinden. Im Gegenteil, sie hoffte, dass er für seine grausamen Frauenmorde unter der Guillotine landen würde.

Helene erinnerte sich an eine Begegnung im *Alsterpavillon* im vergangenen Herbst. Sie war mit ihren Eltern dort gewesen, als Baron von Stetten in Begleitung seiner beiden Söhne auch da aufgetaucht war. Joachim, von dem damals noch niemand wusste, dass er der Hafenmörder war, kühl, abweisend, mit seinem Schmiss im Gesicht ein unsympathischer Mensch, und Johannes, sein Zwillingsbruder. In den Helene sich sofort verliebt hatte – nicht ahnend, dass dieser mit Meinhard Tannenberg liiert war. Der Baron selbst mit seinem großspurigen und arroganten Auftreten war ihr sofort unangenehm gewesen und hatte sie zum Widerspruch gereizt.

Nun war auch diese Familie zerstört. Joachim sah seiner verdienten Strafe entgegen, Johannes kehrte nach einem Sanatoriumsaufenthalt in Ascona nicht nach Hamburg zurück, und der Baron – was würde aus ihm werden? Würde er an Ansehen und Bedeutung in der Hansestadt verlieren? Nach wie vor ein angesehenes Mitglied des Senats bleiben?

Nachdenklich betrat Helene endlich den Flur, schloss die Tür hinter sich und steuerte auf den Salon zu, wo Fanny damit beschäftigt war, dem Dienstmädchen eine Liste zu diktieren, welche Sachen sie für Rahel Mosse zusammenpacken sollte. Außerdem verlangte sie absolutes Stillschweigen von Sophie über alles, was diese im Haushalt sah und hörte. Das Mädchen versicherte hoch und heilig, dass ihr niemals ein Wort darüber

über die Lippen kommen würde, dann verschwand sie aus dem Zimmer.

»Wer hätte das gedacht?«, fragte Fanny. »Diese Turbulenzen in unserem Haus!« Dabei sah sie glücklich und entspannt aus. Diese Turbulenzen, wie Fanny sich ausdrückte, schienen ein Jungbrunnen für sie zu sein.

Helene setzte sich zu ihr an den Tisch. »Ich bin sehr froh darüber«, sagte sie. »Auch wenn es mit Papas Fehltritt seinen Anfang genommen hat, aber du bist aus einem schrecklichen Dämmerschlaf erwacht. Es ist schön zu sehen, wie lebendig du bist. Von deinem Wagemut ganz abgesehen!«

Fanny freute sich sichtlich über Helenes Worte. »Wenn ich mit Klaus zurück bin«, sagte sie, »dann werden wir wieder eine fröhliche Familie. So wie es früher war.«

Helene nickte. Kurz überlegte sie, was geschehen war, dass diese Fröhlichkeit ihnen irgendwann abhandengekommen und der Schwere und Melancholie Platz gemacht hatte. Aber dann entschied sie sich dagegen nachzufragen, sie wollte den Moment nicht zerstören.

»Eine fröhliche Familie«, wiederholte sie die Worte ihrer Mutter, »und vielleicht auch eine größere Familie.« Damit schob sie Fanny Bertholds Telegramm über den Tisch.

Diese überflog die Zeilen, strahlte über das ganze Gesicht. »Eine Hochzeit!«

Behände sprang Fanny auf, öffnete die Tür des Salons und rief nach Sophie. »Champagner, Sophie! Und auch für dich ein Glas.«

Glücklich drehte sie sich wieder zu Helene um und umarmte sie.

Vielleicht, dachte Helene in diesem Moment, vielleicht bin ich doch in die richtige Familie hineingeboren worden. Auch wenn ich mich jahrelang auf die andere Straßenseite gewünscht habe.

33.

Alle Blicke im Raum waren auf ihn gerichtet. Es war sein großer Auftritt. Doch Berthold Rheydt sah nur auf seine Füße. Zwei dick bandagierte Klumpen in offenen Sandalen. Würdelos, wie er fand, er sah einfach nur lächerlich aus. Zwar hatte Gustav Roscher in der Eröffnungsrede an die Journalisten eine Erklärung für seinen Aufzug gegeben, trotzdem war Berthold schmerzlich bewusst, dass er sich der Lächerlichkeit preisgab. Er konnte nur hoffen, dass die Füße auf keinem der Zeitungsfotos zu sehen waren. Ganz Hamburg würde über ihn lachen. Das Grinsen einiger Journalisten bei seinem Anblick war ihm nicht entgangen.

Als Gustav Roscher ihm aber das Wort erteilte, vergaß Berthold sein Handicap. Detailliert erklärte er, wie es zu der Verhaftung Joachim von Stettens gekommen war und was es mit den drei Männern, die hinter ihnen auf der Bühne standen, auf sich hatte.

Sun Bo und seine beiden Leibwächter waren noch in derselben Nacht auf der Dschunke festgesetzt worden, und man führte sie in Handschellen der Presse vor – sicher flankiert von einer Handvoll Schupos mit grimmigen Gesichtern, die den Chinesen demonstrierten, wie ernst sie ihre Aufgabe nahmen.

Berthold spürte den stechenden Blick des Triadenbosses in seinem Rücken, während er vorne am Pult stand und seinen Erfolg referierte. Der chinesische Geschäftsmann würde alles versuchen, sich aus der Affäre zu ziehen, war ihm das doch schon mehrfach gelungen, aber in diesem Fall würde es ihm und seinem Anwalt nicht ganz leichtfallen, die Vorwürfe gegen ihn zu entkräften.

Mit Berthold Rheydt und Willy Brenner waren zwei glaubhafte Augenzeugen vorhanden, die gesehen hatten, wie der eine

Leibwächter einen Korb mit Lebensmitteln von der Dschunke auf den Kutter gebracht hatte. Dafür gab es schwerlich eine andere Erklärung, als dass die drei verhafteten Männer genau wussten, wer sich auf dem Kutter verschanzt hatte. Zwar war von dem alten Kahn kaum mehr etwas übrig geblieben, die Flammen hatten das Boot restlos aufgefressen, bevor die Hafenfeuerwehr zur Löschung ausrücken konnte, aber dem Augenzeugenbericht nahm das nichts an Wahrhaftigkeit. Die Staatsanwaltschaft ging davon aus, dass Sun Bo dem Mehrfachmörder Joachim von Stetten Unterschlupf gewährte und ihn versorgte. Außerdem führte die Polizei den Drogenfund auf der Dschunke sowie die Entführung und Freiheitsberaubung im Fall der Artistin Chou Lan gegen Sun Bo ins Feld.

Kaum hatten die Polizeikräfte Berthold und Joachim von Stetten aus dem Elbtunnel herausgeholt, mussten beide ärztlich versorgt werden. Man hatte versucht, den Kommissar mit den aufgerissenen Füßen, in deren rohem Fleisch Dreck und Kiesel steckten, auf der Stelle ins Hafenkrankenhaus zu bringen, aber er hatte sich standhaft widersetzt. Berthold wollte ambulant versorgt werden und danach sofort mit der Vernehmung beginnen. Die Sanitäter hatten irgendwann klein beigegeben, aber mit der Befragung des Hafenmörders konnte der Kommissar trotzdem nicht loslegen. Joachim von Stetten hatte von dem Schlag mit dem Revolverkolben eine Platzwunde an der Schläfe. Er war zunächst nicht bei Bewusstsein und wurde im Polizeipräsidium in ein Krankenzimmer gebracht, unter schärfster Bewachung. Als er schließlich wieder zu sich kam und der Arzt festgestellt hatte, dass keine Beeinträchtigung durch die Wunde vorlag, hatte man den Mann in eine Zelle gebracht.

Berthold war schockiert, in welchem Zustand sich der junge von Stetten befand. Schon damals im Herbst war er schmal gewesen, ein anämischer Typ. Doch das Häuflein Haut und Knochen, das er nun durch die Gitterstäbe in der Zellentür betrachtete, hätte er kaum wiedererkannt, hätte der Mann nicht den charakteristischen Schmiss. Die Augen tief in den Höhlen, die Wangen eingefallen. Die Gesichtsfarbe des Mannes konnte nicht mehr blass genannt werden, sie war ungesund fahlgelb. Die Lippen rissig und aufgesprungen, insgesamt machte der junge Baron den Eindruck, mehr tot als lebendig zu sein.

Kein Wunder, wenn man sich seine Arme ansah. Die Venen waren beidseitig völlig perforiert, dunkelblaue Blutergüsse zierten seine Ellenbogenbeugen.

»Hochgradig abhängig«, hatte der Arzt Berthold erklärt. Er hatte ihm Morphin gespritzt, nicht nur wegen der Schmerzen durch die Kopfwunde, sondern auch gegen die Entzugserscheinungen, denn sonst wäre der Hafenmörder kaum in der Lage gewesen, einer Befragung zu folgen. Wie hatte es der Mann überhaupt geschafft, die kräftezehrende Verfolgungsjagd durchzustehen?, fragte sich Berthold. Er selbst war durch das Fußballtraining muskulös und ausdauernd, aber am Ende, im Elbtunnel, hatte auch er geglaubt, aufgeben zu müssen.

Das Morphin, erklärte der Arzt. Joachim von Stetten hatte unter Drogen gestanden, deshalb keinerlei körperliche Schmerzen gespürt und sich darum verausgaben können. Wahrscheinlich wäre sein Herz einfach stehen geblieben, hätte Berthold ihn noch weiter durch den Elbtunnel gejagt.

In Begleitung von Kripochef Roscher und eines Protokollanten hatte Berthold sich in eines der Vernehmungszimmer begeben. Joachim von Stetten war von zwei Schupos an Händen und Füßen gefesselt hereingebracht und ihm gegenübergesetzt worden. Sein Kopf hing herab, die Haare lang und strähnig. Von Stetten hatte nicht vermocht, dem Kommissar direkt ins Gesicht zu sehen. Kraftlos hing er in seinem Stuhl, die Fragen nach seinem Namen und Geburtsdatum beantwortete er nicht. Stattdessen verlangte er, einen Anwalt zu sprechen. Nach einer halben Stunde hatte Berthold ihn einfach sitzen lassen und das Vernehmungszimmer gewechselt – zu Sun Bo.

Letzterer hatte sehr schnell seinen Anwalt an der Seite, der dem Kommissar gewandt mitteilte, dass sein Mandant keine Kenntnis darüber habe, wer Joachim von Stetten sei. Von dem Kutter hatte Herr Sun selbstverständlich ebenfalls keine Ahnung. Und dass einer seiner Leibwächter Kontakt mit dem Mann auf dem Kutter pflegte – woher sollte Herr Sun davon wissen?

Schwieriger zu erklären waren allerdings die Mengen verschiedenster Opiate, die auf der Dschunke gefunden worden waren. Opium, dazu Pfeifen, in denen die Droge geraucht worden war. Heroin, aber nicht in Tablettenform, sondern als Pulver und jede Menge Morphin mit dazugehörenden Spritzbestecken. Der Polizeiarzt attestierte dem Chinesen, keinerlei Einstichstellen zu haben, und weder Berthold noch Elmar Thönnes, der zu ihm gestoßen war, glaubten, dass Sun Bo Drogen konsumierte. Aber möglicherweise hatte er Gäste auf der Dschunke gehabt, denen er mehr als nur Essen oder Getränke angeboten hatte. Von ihm erfuhren sie nichts und auch nicht von seinen Leibwächtern, die ebenso beharrlich schwiegen.

Bertholds große Hoffnung lag auf Chou Lan. Die Artistin war mit Joachim von Stetten auf dem Kutter gewesen. Willy Brenner hatte die junge Frau umgehend ins Hafenkrankenhaus bringen lassen, ihr Leben hing an einem seidenen Faden. Sie war völlig geschwächt, hatte multiple Verletzungen am ganzen Körper. Auch sie stand unter Drogeneinfluss, allerdings konnte sich Berthold eher vorstellen, dass sie gegen ihren Willen unter Drogen gesetzt worden war, um sie gefügig zu machen.

Er ließ sie im Krankenhaus unter massiven Polizeischutz stellen – denn sollte sie jemals wieder zu Bewusstsein kommen, dann wäre sie die so dringend benötigte Kronzeugin. Nur Chou Lan konnte mit einer Zeugenaussage die Beteiligung Sun

Bos an ihrer Entführung bezeugen, mit ihr stand und fiel die Beweisführung.

Jens Raabe sollte die *Flying Dragons* benachrichtigen, zum einen, damit diese wussten, wie es um ihre Kollegin stand, zum anderen hoffte der Kommissar, dass Mitglieder der Truppe die Leibwächter als die Männer identifizieren würden, die Chou Lan aus dem Zirkus geholt hatten. Die Tatsache, dass Sun Bo sich in Polizeigewahrsam befand, würde vielleicht dazu beitragen, dass sich die Zeugen eine Aussage zu machen trauten.

»Zum gegenwärtigen Zeitpunkt muss davon ausgegangen werden, dass die Frau aus dem Circus Busch von den beiden Männern hinter mir …« Berthold drehte sich jetzt vom Pult und den Pressevertretern weg und zeigte auf die beiden Leibwächter Sun Bos. »… entführt wurde. Der Grund liegt vermutlich darin, dass man versuchte, aus ihr den Aufenthaltsort von Hao herauszupressen.«

Max Lauritzen hob die Hand für eine Zwischenfrage, die Berthold ihm gewährte.

»Hao war die Chinesin, die im Bordell *Leuchtende Sonne* gearbeitet hat und ertrunken im Kanal aufgefunden wurde?«, erkundigte er sich.

Berthold nickte. »Ebendie. Sie hatte mir gegenüber in einer inoffiziellen Befragung bestätigt, dass sie in dem Bordell-Mörder den Hafenmörder Joachim von Stetten erkannt hatte.«

»Das heißt aber doch, dass Sie bereits wussten, dass es sich bei dem Mörder der Prostituierten um den zurückgekehrten Hafenmörder handelte?«, fragte ein anderer Journalist dazwischen.

Diese Frage und Schlussfolgerung hatten Berthold und Roscher befürchtet und sich entsprechend vorbereitet, weswegen Gustav Roscher als Vorgesetzter anstelle des Kommissars das Wort ergriff. Im Saal machte sich jetzt Unruhe breit. Die

Tatsache, dass sich der gefährliche Mörder in der Hansestadt befunden, die Polizei dies aber verschwiegen hatte, taugte zum Skandal.

»Das ist richtig, in der Tat.« Der Kripochef baute sich breitbeinig an der Rampe auf, seine Stimme fest. »Wir haben das so beschlossen, um Panik zu vermeiden. Wir hatten außerdem von Beginn an eine heiße Spur und entsprechende Orte im Visier, sodass zu keinem Zeitpunkt eine Gefahr für die Bevölkerung bestand.«

Eine handfeste Lüge und sicherlich nicht für jeden im Saal glaubwürdig – Max schaute Berthold bereits sehr skeptisch an –, doch notwendig.

Berthold bemühte sich sofort wieder um das Wort, damit die Pressevertreter nicht die Möglichkeit haben sollten, weiter auf dem Punkt herumzureiten.

»Wir können ausschließen, dass die Augenzeugin Hao durch Fremdeinwirken gestorben ist, an ihrem Tod ist weder Joachim von Stetten noch Sun Bo schuld, sondern er war ein bedauernswerter Unfall.«

»Wie ist von Stetten nach Hamburg gekommen? Wo hat er sich vorher aufgehalten? Hatte die Polizei Kenntnis davon, wo er war?« Max Lauritzen, natürlich, der Junge war gewitzt.

»Das untersuchen wir gegenwärtig«, antwortete Berthold ausweichend, doch Max hatte mit seinem Vorstoß den anderen Journalisten Vorschub geleistet, die die Polizei nun mit Fragen bestürmten.

»Wusste sein Vater davon?«

»Hat Wilhelm von Stetten seinen Sohn versteckt?«

»Welchen Zusammenhang gibt es zwischen Baron von Stetten und Sun Bo? Sind sie Geschäftspartner?«

Es gelang Roscher und Berthold nicht, die Zwischenrufe einzudämmen. Berthold beantwortete die Fragen kurz und knapp und hoffte, wieder zu seinem Bericht zurückkehren zu können, doch im Saal herrschte Aufregung, Spekulationen schossen ins Kraut. Nach einigen Minuten Tumult klopfte der Kripochef jedoch resolut auf das Pult und bat die Anwesenden darum, ihre Aufmerksamkeit wieder Berthold Rheydt zu schenken – der spektakulärste Teil der Verhaftung würde erst noch folgen.

Und tatsächlich, als Berthold schilderte, wie Joachim von Stetten sich zunächst im Wasser versteckt hatte und danach in den noch nicht freigegebenen Elbtunnel eingedrungen war, ging ein Raunen durch den Saal.

Noch eine Viertelstunde lang schilderte Berthold die näheren Umstände der Verhaftung, Gustav Roscher skizzierte die weitere Vorgehensweise – der Verhaftete würde dem Haftrichter vorgestellt werden, die Beweisaufnahme auf der Dschunke von Sun Bo war noch nicht abgeschlossen, eine Gegenüberstellung der Zeuginnen in der *Leuchtenden Sonne* war für den Nachmittag geplant, man hoffe darauf, dass die Artistin Chou Lan in Bälde das Bewusstsein erlangte und über die näheren Umstände ihrer Entführung und Gefangenschaft Zeugnis ablegen konnte.

Weitere Nachfragen schloss der Kripochef mit dem Verweis auf eine spätere Pressekonferenz mit neuen Informationen aus.

Als sie die Bühne verlassen hatten, die Schupos Sun Bo und seine Leibwächter in eine Zelle brachten und Berthold in sein Büro zurückkehren wollte, hielt Roscher ihn auf.

»Sie haben hervorragende Arbeit geleistet, Rheydt.«

»Danke, Chef. Hatte mehr Glück als Verstand.«

»Das sehe ich anders. Der Polizeipräsident übrigens auch.«

Bitte nicht, war Bertholds erster Gedanke. Er wusste, was kam. Und er hatte richtig geraten.

»Inspektor Paulmann wird vielleicht nicht mehr zurückkehren.« Roscher sah Berthold abwartend an. »Sie sind der richtige Mann für seine Nachfolge. Ich habe Sie vorgeschlagen.«

Berthold nickte nur. Was sollte er auch tun. Nein sagen? Der Kripochef würde das nicht nur ignorieren, er würde es auch nicht verstehen. Wozu war man Kommissar? Der Wille, voranzukommen, Karriere zu machen, war in jedem Mann tief verwurzelt, oder etwa nicht? Berthold würde es ihm nicht erklären können. Ihm lag nichts daran aufzusteigen. Mehr Geld, mehr Verantwortung zu bekommen. Ihm lag noch nicht einmal wirklich an den Meriten, die er sich nun durch die Verhaftung des Hafenmörders erworben hatte. Wenn die Abendzeitungen erschienen, würde Hamburg ihn feiern. Aber er hatte nur seine Pflicht getan. Letzten Herbst hatte er versagt, Joachim von Stetten war entkommen. Und nun hatte er das getan, was er von sich selbst erwartete: Er hatte seinen Fehler ausgebügelt.

Das war es, was Berthold Rheydt bei der Polizei suchte: ausgleichende Gerechtigkeit. Er wusste natürlich, dass es einen direkten Zusammenhang zum Tod seiner Frau und seines Sohnes gab, ein Tod, der nie aufgeklärt wurde. Er aber zog Befriedigung aus seiner Arbeit, wenn er Verbrechen aufklärte und diejenigen, die dafür verantwortlich zeichneten, dingfest machte. Außerdem wollte er sich nicht mit dem Papierkram herumschlagen, der sich unbearbeitet auf seinem Schreibtisch stapelte. Nein, er war alles andere als froh, in die Fußstapfen von Inspektor Paulmann zu treten.

»Ich weiß das sehr zu schätzen, Herr Direktor, aber Elmar Thönnes wäre auch ein Anwärter ...«

»Nein«, unterbrach Roscher ihn. »Nein, das ist er nicht. Ich möchte die Gründe dafür nicht aufführen, das gehört nicht hierher, aber abgesehen davon, dass Sie ein hervorragender Spürhund sind, sind Sie auch ein sehr guter Chef für Ihre Leute. Sie haben eine tolle Truppe, um die Sie sich kümmern, Sie erkennen die Vorzüge Ihrer Männer und wissen genau, wo diese noch Förderbedarf haben. Das prädestiniert Sie für weitere Führungsaufgaben. Thönnes ist ein Einzelkämpfer.«

Roscher wollte weiterreden, doch dann schien er etwas am anderen Ende des Ganges zu entdecken, sodass er den Mund nur einmal auf- und wieder zuklappte. Berthold drehte sich um.

Der Polizeipräsident kam auf sie zu, aber er war nicht allein. Hinter ihm erkannte Berthold Wilhelm von Stetten. War dieser ihm letztens schon als gebrochener Mann erschienen, so war er nun in noch desolaterem Zustand. Roscher und er warteten, bis die beiden Männer bei ihnen waren.

»Die Herren!« Der Polizeipräsident nickte ihnen zu. »Der Baron möchte seinen Sohn sehen. Sind Sie bitte so gut und führen uns hin?«

Berthold nickte und lief voran. Sie wechselten vom Erdgeschoss in den Keller, wo sich die Zellen befanden. Joachim von Stetten war nicht wie die beiden Mädchen von den *Lilith*, die Elmar am Abend festgenommen hatte, in einer Gemeinschaftszelle untergebracht, sondern in einer Einzelzelle. Eine massive Stahltür mit einer kleinen Klappe, durch die man in das Innere der Zelle gucken konnte. Vor der Zelle stand ein Schupo Wache. Dieser sperrte sofort auf, als er das Defilee von Vorgesetzten auf sich zukommen sah. Bevor er die Tür öffnete, warf Berthold kurz einen Blick durch das winzige Sichtfenster. Joachim von Stetten saß zusammengesunken auf seiner Pritsche und reagierte nicht. Berthold wollte mit Wilhelm von Stetten hineingehen, doch der Polizeipräsident hielt ihn zurück.

»Geben Sie dem Baron eine Minute allein mit seinem Sohn.«

»Aber«, Berthold warf einen verunsicherten Blick auf Gustav Roscher, »das ist gegen die Vorschriften.«

Roscher sagte nichts, der Kommissar sah ihm jedoch an, wie unangenehm ihm die Situation war.

»Ich bitte Sie, Rheydt. Was soll denn schon passieren?«,

wandte der Polizeipräsident ein. »Hier draußen stehen drei hochrangige Vertreter der Polizei. Und der Baron ist ein angesehenes Senatsmitglied.«

Berthold nickte dem Wachmann zu, sodass dieser die schwere Tür öffnete und hinter dem Baron wieder schloss. Wohl war Berthold bei alldem nicht. Am Schweigen der anderen Männer erkannte er, dass es ihnen ebenso ging. Aber Wilhelm von Stetten war einer der bedeutendsten Männer der Hansestadt. Sein Geldhaus war wichtiger Geld- und Kreditgeber, als Bankier, aber auch als Senatsmitglied bestimmte der Baron maßgeblich über die Geschicke der Stadt und ihrer Bewohner. Zu gern hätte Berthold wenigstens das Geschehen in der Zelle durch den Spion überwacht, aber der Polizeipräsident, der seine Unruhe wohl spürte, beschied ihm, dass es nur recht und billig war, wenn ein Vater von seinem Sohn Abschied nehmen konnte, ohne dabei beobachtet zu werden. Denn sie wussten es alle: Ganz gleich, welchen Advokaten Wilhelm von Stetten für die Verteidigung Joachims anheuern würde, der junge Mann würde unter dem Fallbeil landen.

Lange musste Berthold nicht ausharren, es dauerte kaum mehr als eine Minute, als Wilhelm von Stetten darum bat, aus der Zelle entlassen zu werden. Der Wachmann öffnete die Tür, und Berthold warf einen Blick auf den Delinquenten, der ebenso zusammengesunken auf der Pritsche saß wie zuvor.

Berthold atmete erleichtert auf.

Der Baron wandte sich direkt an den Kommissar. »Sie haben gute Arbeit geleistet, Kommissar Rheydt. Zu meiner großen Erleichterung erfolgte die Festnahme meines Sohnes noch vor der Sitzung der Bürgerschaft. Die Erpressung ist also hinfällig.«

Berthold nickte nur. »Danke, Herr Baron.«

Er fühlte sich trotz des Lobes unwohl. Ja, er war stolz darauf, dass er den Hafenmörder ausfindig gemacht und verhaftet hatte. Es war gottlob nicht noch ein weiterer Mord geschehen, Schlimmeres konnte verhindert, Chou Lan aus den Fängen von Stettens befreit werden.

Und doch. Er war Vater. Gewesen. Und als Vater konnte er ermessen, wie von Stetten sich fühlen musste. Der Sohn ein Mörder. Der eigene Sohn würde sein junges Leben unter der Guillotine beenden. Was für eine Tragödie! Musste das Leben selbst dem Vater nicht sinnlos erscheinen? Kinder sollten nicht vor ihren Eltern die Welt verlassen, das hatte er schmerzlich am eigenen Leib erfahren müssen. Vor allem aber sollten sie niemals einen so fatalen Weg einschlagen wie Joachim von Stetten.

Eduard Kalweit und Jens Raabe warteten bereits in Bertholds Büro, als er es betrat.

»Jungs«, sagte Berthold, streifte die unwürdigen Sandalen ab und legte die verbundenen Füße auf einen Besucherstuhl, während er sich ächzend hinter seinem Schreibtisch niederließ. Er war seit bald dreißig Stunden auf den Beinen, und hatte das Adrenalin der Verfolgung und Ergreifung ihn in den letzten Stunden noch wach gehalten, so merkte er jetzt, dass die Müdigkeit über ihm zusammenschlug wie Nordseebrecher über einem einsamen Schwimmer.

»Ich danke euch für die exzellente Arbeit. Ich würde euch heute Abend gern ein Bier in *Eberles Wirtschaft* ausgeben, aber erst einmal muss ich mich aufs Ohr legen.«

Roscher hatte ihm bereits freigegeben. Zwar war der Fall noch nicht abgeschlossen, die Detailarbeit wie Zeugenbefragungen, Auswertung der Spuren, den Bericht schreiben, kam erst noch, aber dafür musste er ausgeruht sein. Außerdem merkte er, dass sein Körper unter den Strapazen ächzte, nicht zuletzt brauchten seine schmerzenden Füße eine Pause.

»Alles klar, Chef.« Jens Raabe strahlte Berthold an. »Willy hat sich aus'm Krankenhaus gemeldet – die Chinesin aus'm

Zirkus ist über den Berg. Noch nicht vernehmungsfähig, aber sie wird überleben, sagen die Ärzte.«

Berthold fiel ein Stein vom Herzen.

»Außerdem habe ich noch was Interessantes über Sun Bo ausgegraben.« Raabe legte Berthold ein Papier vor die Nase. »Er hat seine Opiumplantagen verkauft. Letztes Jahr. Schauen Sie mal, an wen.«

Berthold überflog das Schreiben. Es war ein auf Deutsch verfasstes Telegramm, von Polizeikräften aus der Kolonie Tsingtau, die Jens Raabe anscheinend Ermittlungshilfe geleistet hatten. Käufer der Plantagen war eine Gesellschaft mit Sitz in London. *Jasmin Ltd. Corp.* Keine Überraschung für Berthold, doch die interessantere Information war der Name, mit dem die Kaufurkunde unterzeichnet und die Gesellschaft rechtlich vertreten wurde. Dorothy van der Zwaan.

»Van der Zwaan!« Berthold donnerte mit der Hand auf den Schreibtisch. »Jetzt kriegen wir ihn dran.«

»Ich muss noch rausfinden, wer diese Dorothy ist«, fügte Jens Raabe hinzu. »Ob es die Schwester oder Ehefrau von Roger van der Zwaan ist oder vielleicht eine Tochter.«

»Fragen Sie Frau Doktor«, riet Berthold. »Die wird es wissen.«

»Wird gemacht.« Raabe verließ das Büro.

»Das Fass mit dem chinesischen Seemann«, sagte Eduard Kalweit, der die ganze Zeit stumm dabeigestanden hatte. »Wir haben damals doch herausgefunden, dass es *Jasmin Ltd. Corp.* gehört, aber meines Wissens haben wir nicht geklärt, mit welchem Schiff es nach Hamburg gekommen ist.«

»Warum eigentlich?«

Sein Assistent zuckte mit den Schultern. »Wir haben den Fall ganz an Thönnes abgegeben. Wir müssten ihn fragen. Ich glaube mich zu erinnern, dass das Fass nirgendwo auf den Frachtpapieren aufgetaucht ist.«

»Klären Sie das.«

»Ich habe mir nur gedacht …« Jetzt setzte sich Kalweit hin. »Wo wir doch einen Zusammenhang haben zwischen dieser ominösen Gesellschaft und van der Zwaan und Sun Bo – vielleicht ist der tote Chinese auf demselben Schiff gefahren wie Joachim von Stetten. Vielleicht hat er etwas gesehen, was er nicht sehen sollte.«

»Guter Gedanke, Kalweit. Allerdings – der Mann ist nicht eines gewaltsamen Todes gestorben. Er ist verdurstet, hat Bäuerlein gesagt.«

»Vielleicht hat man ihn verdursten lassen?«

Sie sahen sich an. Und beide spürten den kalten Hauch, der durch das Büro wehte. Berthold dachte an die junge Artistin, die man zur Strafe dem Hafenmörder zum Fraß vorgeworfen hatte. Er dachte an die Prostituierten in der *Leuchtenden Sonne*, denen man Joachim von Stetten als Kunden zugemutet hatte. Er dachte daran, dass sie es hier mit Leuten zu tun hatten, denen ein Menschenleben nichts wert war.

Doch bevor er etwas sagen oder tun konnte, hörten sie draußen Schreie und Tumult. Eduard Kalweit war schneller aufgesprungen als Berthold, er riss die Tür auf. Polizisten liefen den Gang hinunter, einer von ihnen stoppte kurz und schrie Berthold zu: »Von Stetten! Schnell!«

Er konnte nicht rennen. Er musste humpeln und erreichte deshalb als einer der Letzten die Zelle, in der Joachim von Stetten eingesperrt worden war. Als Berthold in den Kellergang einbog, vorbei an den vielen Schupos, die ihn betreten anblickten, als er die geöffnete Zellentür sah, ahnte Berthold, was ihn erwartete.

Joachim von Stetten lag in seinem Blut auf dem Boden. Der Schutzpolizist, der die Zelle bewachen sollte, kniete neben ihm, bleich wie die Wände. Er sah Berthold an und schüttelte langsam den Kopf.

Bertholds Blick fiel auf das Messer, das der Tote in seiner Hand hielt. Und er brauchte nicht zu fragen, wie dieses in die Zelle gelangt war. Er wusste es.

34.

Anne beendete ihre Sprechstunde in der Paulstraße. In diesem Sommer musste sie zunehmend ältere Frauen behandeln, denen die Hitze in der Stadt zusetzte. Und immer wieder Durchfallerkrankungen bei Kindern, die verschmutztes Wasser tranken, noch gab es nicht in allen Quartieren gefiltertes Wasser aus der Leitung und nicht jede Mutter hatte die Möglichkeit oder das Wissen darum, dass sie Wasser erst abkochen musste, bevor sie es ihren Kindern gab. Ruhr verbreitete sich in Windeseile, weil Kinder in den stinkenden Fleeten Abkühlung suchten. Obwohl die Stadt nach der Cholera-Epidemie einige Maßnahmen ergriffen hatte, die mehr Licht, Luft und sauberes Wasser in die Arbeiterquartiere bringen sollten, stand es mit der Hygiene noch lange nicht in allen Schichten zum Besten.

Eigentlich dachte Anne, während sie die Liege und den gynäkologischen Stuhl mit reinem Alkohol desinfizierte, sollte sie ihr Augenmerk darauf legen, um bessere hygienische Versorgung für die Ärmsten zu kämpfen, anstatt sich darum zu kümmern, welchen Geschäften ihr Vater nachging.

Warum bist du nicht in London geblieben, richtete sie gedanklich ihr Wort an ihn. Warum musstest du aus Gier und Rache nach Hamburg zurückkehren und meine Kreise stören.

Ihre Mutter kam ihr in den Sinn, mit der sie gleich am Morgen telefoniert und sich danach erkundigt hatte, ob diese wusste, welchen Geschäften genau ihr Ehemann nachging.

»Du weißt doch, Sweetheart«, hatte Dorothy gesagt, »aus

den Geschäften deines Vaters halte ich mich heraus. Ich habe keine Ahnung.«

»Aber, Mama, du wirst doch bestimmt wissen, ob er nur als Reeder aktiv ist oder ob er sich jetzt auch in sonstigen Geschäften betätigt. Ich habe das Gefühl, dass er hier in Hamburg …«

»Steck deine Nase nicht in seine Angelegenheiten!« Der Ton ihrer Mutter war plötzlich scharf geworden. »Du weißt, dass er keine Einmischung duldet.«

»Ich habe nicht vor, mich einzumischen, ich will nur wissen …«

»Du willst immer mehr wissen, als gut für dich ist!«

Und dann war das Gespräch beendet. Anne hatte auf die Sprechmuschel gestarrt. Obwohl Dorothy auf ihre Frage keine Antwort gegeben hatte, hätte das Gespräch nicht aufschlussreicher sein können. Ihr Vater machte Geschäfte. Offensichtlich keine, über die man ungestraft sprechen konnte. Und ihre Mutter wusste natürlich davon. Die Warnung, ihre Nase nicht in die Angelegenheiten ihres Vaters zu stecken, war nicht ohne Grund erfolgt, und sie war unmissverständlich gewesen.

Jetzt erst recht!, hatte Anne gedacht. Jetzt will ich ganz genau wissen, was er treibt.

Sie sah auf ihre Uhr. Mittagszeit. Sie würde eine Kleinigkeit essen und dann in der von ihrem Vater eingerichteten Praxis die ersten Seeleute auf ihre Tauglichkeit überprüfen. Im Anschluss daran würde sie im Café in der Roosenstraße auf Ju und die beiden Mädchen aus der Wäscherei warten, um sie zu Berthold Rheydt zu bringen, in der Hoffnung, dass diese hilfreiche Aussagen über Joachim von Stetten und seine Besuche in der Schmuckstraße machen konnten. Sie überquerte die Steinstraße, als sie eines Zeitungsjungen gewahr wurde, der aufgeregt ein Extrablatt ausrief.

»Hafenschlächter gefasst! Brutaler Mörder in Haft!«

Anne winkte ihm, drückte ihm ein paar Groschen in die

Hand und bekam dafür zwei Seiten der Sonderausgabe. Hastig überflog sie die Zeilen. Er hatte es geschafft! Berthold Rheydt hatte endlich vollbracht, was ihm im Herbst nicht gelungen war – Joachim von Stetten war hinter Gittern!

Die Beine mochten unter ihr nachgeben, Anne griff nach einem Laternenmast, um daran Halt zu finden.

Die Erleichterung, die sie bei dieser Nachricht empfand, trieb ihr die Tränen in die Augen. Und erst als sie merkte, wie groß die Last war, die von ihr abfiel, wurde sie gewahr, wie immens ihre Angst gewesen war. Joachim von Stetten hatte es geschafft und sie ängstlich werden lassen. Nie hatte Anne sich den Schneid abkaufen lassen, sie hatte sich in Londons und auch in Hamburgs dunkelsten Ecken bewegt, ohne sich ins Bockshorn jagen zu lassen. Sie hatte Angst nicht zulassen wollen, doch sie war allgegenwärtig. Anders konnte sie sich ihre Anfälle nicht erklären, schließlich war sie körperlich gesund.

Nun aber, mit dem Extrablatt in der Hand, war ihr, als zöge ihr plötzlich jemand den dichten Schleier, unter dem sie seit von Stettens Anschlag gelebt hatte, vom Kopf. Sie würde wieder befreit atmen können, sich ungehemmt durch die Stadt bewegen, ohne die stete Furcht im Nacken.

Sie musste Ju mitteilen, dass es nun nicht mehr nötig war, dass ihre beiden Freundinnen aus der Wäscherei zur Polizei gingen, aber sie schaffte es zeitlich nicht in die Schmuckstraße. Egal, beschloss Anne, dann trafen sie sich eben in dem Café zu viert, und sie würde die drei Chinesinnen auf ein Stück Kuchen einladen, anstatt sie ins Polizeipräsidium zu schleifen. Trotzdem wollte Anne später den Kommissar aufsuchen, um ihm persönlich ihren Dank auszusprechen.

Sie atmete einmal tief durch, knüllte das dünne Extrablatt zusammen, warf es in einen Papierkorb und lief weiter in Richtung Hafen. Fühlte sich beschwingt. Frei. Heute Nacht würde sie mit Ju ein bisschen feiern, vielleicht besorgte sie eine

Flasche Champagner, und sie stießen auf die Verhaftung des Mörders an.

Der Gedanke an den Abend mit Ju zauberte Anne ein Lächeln aufs Gesicht. Der Sommer neigte sich schon bald dem Ende zu, aber sie freute sich auf den Herbst, der sie erwartete.

»Auf welchem Schiff heuern Sie an?« Anne notierte das Gewicht, das die Waage anzeigte, und gab dem Mann darauf mit einem Kopfnicken zu verstehen, dass er wieder davon herabsteigen konnte.

»Auf der *Beatrice*«, gab der Seemann zurück.

Ein Meter fünfundsechzig war ziemlich klein, dachte Anne, dafür war der Mann doppelt und dreifach mit Muskeln gesegnet, die ihn satte siebenundachtzig Kilo auf die Waage bringen ließen.

»Nicht Ihre erste Seefahrt, nehme ich an? Bitte Mund weit aufmachen.«

»Äh, äh«, krächzte der Mann und schüttelte den Kopf.

Anne schaute sich das Gebiss an, einige Ruinen, vollständig war es auch nicht, aber kein Hinweis auf weitere Erkrankungen.

»Bin seit zehn Jahren Seemann«, bekannte der Mann stolz, als er den Mund wieder schließen durfte.

»Bemerkenswert. Das ist eine harte Arbeit, die hält man nicht leicht so lange durch.«

»Ich sag Ihnen was, Fräulein. Auf See isses hart, aber im Hafen Kohle schippen oder inner Werft Eisenplatten vernieten – nee danke. Ich komm rum, ich bin auf See – das ist allemal besser.«

»Und in jedem Hafen eine Braut?«

»Nee, wir laufen ja nich jeden Hafen an!«, lachte der Mann.

Anne machte sich weitere Notizen, übergab ihm die Untersuchungspapiere. Er war der letzte Seemann für heute, hinter ihm schloss sie die Tür. Was für eine seltsame Arbeit, dachte sie. Und welch Gegensatz zu ihrem Vormittag, zu der medizinischen Sprechstunde im Frauenhaus in der Paulstraße! Dort die Frauen und Kinder, krank, arm, zum Teil misshandelt, und hier die vor Kraft strotzenden Seeleute. Die jedoch auch auf ihre Art Opfer waren, Opfer der furchtbaren Arbeitsbedingungen, die Spuren an Seele und Körper hinterließen. Die meisten der Männer, die sie in den vergangenen zwei Stunden untersucht hatte, waren ungebunden. Sie waren kaum in ihrer Heimatstadt, immer unterwegs, wozu sollten sie sich zu Hause binden? Sie kamen in den Hafenbordells der Welt auf ihre Kosten, stillten dort ihre Bedürfnisse und behielten die Heuer, mit der man keine Familie ernähren konnte, für sich, um sie zu vertrinken. Geschlechtskrankheiten, Missbrauch von Tabak und Alkohol, kaputte Knochen – das waren die Krankheiten, die die Männer zeichneten. Darin wiederum unterschieden sie sich kaum von den Frauen. Der einzige Unterschied war, dass Frauen und Kinder meist Opfer der Männer waren, während diese Opfer der gesellschaftlichen Schicht waren. Konnte dieser grauenvolle Kreislauf jemals durchbrochen werden?

Anne räumte in der Praxis ein wenig auf, wusch sich die Hände und warf einen Blick auf die Uhr. Sie hatte noch etwas Zeit bis zum Treffen mit Ju und den Mädchen, deshalb legte sie sich auf die Untersuchungsliege, um sich ein wenig auszuruhen und nachzudenken.

Sie hatte von den Männern heute einiges Interessante erfahren. Viele waren schon mehrfach unter der Flagge van der Zwaans gefahren. Die Vermutung Annes, dass ihr Vater nicht nur seine Schiffe als Reeder zur Verfügung stellte, sondern selbst in den Warenhandel eingestiegen war, hatte sich bestätigt. Er schien regen Handel mit China zu treiben, und zwar schon von London aus. Sein Geschäft verlegte er jedoch so langsam in die Hansestadt. Es waren vor allem zwei Schiffe, die zwischen Tsingtau und Hamburg pendelten: die *Monsun* und die *Beatrice.* Um welche Waren es sich genau handelte, hatte Anne nicht herausbekommen, die Männer waren entweder nicht im Bilde, oder sie wussten sehr wohl, dass sie darüber nicht sprechen durften. Anscheinend hatte Roger sich um einen Liegeplatz im Magdeburger Hafen bemüht, dort, wo er seine Lagerhäuser restaurierte. Im Moment mussten die Schiffe auf der Elbe be- und entladen werden, die Ware lagerte, wie die vieler anderer Kaufleute auch, im Kaiserspeicher.

Wie also sollte Anne herausfinden, ob es sich bei der Ware um Opium handelte, wie sie vermutete? Und selbst wenn sich das bestätigte, musste Anne erst einmal beweisen, dass ihr Vater mit der Droge illegalen Handel trieb.

Roger hatte ihr einen Schlüssel für die Praxis gegeben und ihr freigestellt, diese zu benutzen, wann immer sie wollte. Allerdings hatte er sie gleich darauf hingewiesen, dass der Schlüssel ausschließlich zur Praxistür passte, zu keinem anderen Schloss. Wo sollte sie also mit ihrer Suche anfangen? Am besten wäre es, das Büro ihres Vaters in dessen Abwesenheit nach Papieren zu durchforsten, seine Korrespondenz durchzusehen. Dafür jedoch müsste sie erst einmal dort hineinkommen, und Anne wusste nicht, wie sie das bewerkstelligen sollte.

Im Kaiserspeicher nach den Waren ihres Vaters zu suchen, sowohl seine Importe als auch die Waren, die er nach China ausführte, war ebenfalls unmöglich.

Sie erhob sich und ging langsam durch die Praxisräume. Der Gedanke, dass diese dafür gedacht waren, dass Doktor Tergit hier praktizierte, jagte ihr immer wieder Schauer über den Rücken. Sie wunderte sich darüber, denn die zwei Räume waren hübsch, sie waren sauber, und alles, was sich darin befand, war neu angeschafft worden. Dennoch konnte dies keinesfalls als einzige Praxis des Doktors gedacht sein, dafür waren die Räume nicht repräsentabel genug. Doktor Tergit war vermögend gewesen, in der *Hansepost* war ein Bild der Villa des mörderischen Arztes abgedruckt gewesen – warum also sollte jemand, der aufgrund seiner Kontakte und seiner Reputation eine große Praxis für vermögende Patienten führen konnte, sich mit diesen zwei Räumen am Hafen begnügen? Je näher sie sich damit befasste, umso mehr erschienen Anne die sie umgebenden Räume wie eine Kulisse. Alles war da, bis auf Medikamente. Alles war neu und ungebraucht, aber es wirkte auf sie wie ein Bühnenbild.

Langsam lief sie an den Regalen entlang, betrachtete die Utensilien, das Verbandszeug, Spritzen, Tupfer, Fläschchen mit Jod, Alkohol.

Sie fand keinen Fehler. Und doch: Irgendetwas stimmte nicht. Welche Bestimmung hatte die Praxis ursprünglich gehabt, bevor ihr Vater sie ihr zur Verfügung stellte?

An einer Wand war ein Schrank eingebaut, Anne öffnete die Türen. Der Schrank war leer. Hinter der mittleren Tür befand sich ein Speiseaufzug.

Anne wandte sich ab, nahm ihren Arztkoffer und wollte gehen, doch dann hielt sie inne. Ein Speiseaufzug? Wofür? Was sollte darüber entsorgt werden beziehungsweise wurde darüber geliefert?

Stirnrunzelnd stellte sie ihren Koffer ab, ging erneut zu dem Schränkchen, öffnete es und sah hinein. Sie rief sich das Büro ihres Vaters in Erinnerung. Es musste ziemlich genau zwei Stockwerke über der Praxis liegen. In der Villa in London war ein ebensolcher Aufzug eingebaut, Anne wusste deshalb um seine Funktion. Doch in der Villa hatte der Aufzug seinen Sinn – die Köchin stellte unten in der Küche das Frühstück oder ein Souper oder dergleichen hinein, ein Bediensteter zog das Tablett nach oben. Auf diese Weise mussten die Speisen nicht durch das Treppenhaus transportiert werden. Aber welchen Sinn hatte diese Einrichtung hier, in einem Bürohaus, wo es keine Küche gab?

Anne sah, dass der Aufzug über zwei gegeneinander laufende Seile rauf- und runterbewegt werden konnte, ganz so wie in London. Sie steckte ihren Kopf durch die Tür und horchte in den Schacht hinein. Dumpf vernahm sie Geräusche, die aus anderen Stockwerken kamen. Von oben, aus dem Büro ihres Vaters? Sie lauschte intensiver und bildete sich ein, seine Stimme zu erkennen. Natürlich!, fiel ihr ein, das war der Weg, um in sein Büro zu gelangen! Sie musste sich einfach nur auf die kleine Plattform zwängen und sich nach oben ziehen, dann konnte sie in seiner Abwesenheit in aller Seelenruhe sein Büro nach Indizien durchsuchen. Voraussetzung war allerdings, dass die Tür zum Schacht auf seiner Etage nicht abgesperrt war. Anne überlegte. Sie konnte es eigentlich gleich einmal ausprobieren, natürlich nicht nach oben, zum Büro des Vaters fahren, aber nach unten. Auch von dort vernahm sie leise Geräusche durch den Schacht. Was befand sich im Tiefgeschoss? Keller? Lagerräume? Sie würde es herausfinden.

Kurzerhand stieg sie in den Lift. Sie war schmal und passte gerade so auf die kleine Plattform. Die Tür hinter sich ließ sie offen, damit sie jederzeit wieder dort aussteigen konnte.

Was sollte schon passieren? Beherzt griff Anne nach einem Seil und zog daran. Sie wusste, dass der Speiseaufzug in London über Seilwinden geleitet wurde – zog man an einem Seil, fuhr der Lift nach oben, zog man an dem anderen, fuhr der Aufzug nach unten.

Es ging ganz einfach, die Plattform bewegte sich langsam, Stück für Stück nach unten. Obwohl sie in dem finsteren engen Schacht gefangen war, fühlte Anne keine Furcht – sie hatte es selbst in der Hand, konnte sich jederzeit wieder nach oben ziehen, wenn ihr unbehaglich wurde.

Dann stoppte der Aufzug, sie war am Boden angekommen. Die Geräusche, die sie von ihrer Praxis aus vernommen hatte, waren nun deutlicher, es waren Stimmen. Wenige, leise auch, aber es waren Stimmen. Anne ließ das Seil los und tastete nach der Tür, die in den unbekannten Raum führte. Sie hatte nicht vor, diese einfach aufzudrücken, schließlich wusste sie nicht, was sie erwartete. Anne legte beide Hände an die Tür und presste diese sehr behutsam gegen das Holz. Mit einem leisen Geräusch öffnete sich die Tür einen Zentimeter. Anne hielt inne. Sie hörte die Stimmen nun deutlicher – es waren zwei Menschen, die sich unterhielten. In einer ihr fremden Sprache; wenn sie sich nicht täuschte, war es Chinesisch. Vermutlich Mandarin oder Kantonesisch oder ein anderer der zahllosen Dialekte aus dem Reich der Mitte, wie Anne jetzt gelernt hatte. Es hörte sich jedenfalls so ähnlich an wie die Gespräche, die die Chinesen in Jus Garküche miteinander führten.

Da die Stimmen klangen, als befänden sich die Menschen etwas weiter weg und nicht in unmittelbarer Nähe des Speiseaufzuges, wagte Anne, die Tür noch einen weiteren Zentimeter zu öffnen. Und noch einen. So weit, bis sie durch den Schlitz hindurchgucken konnte.

Sie sah ein Labor.

Ein großer, größtenteils weiß gekachelter Raum mit langen Tischen, darauf verschiedene Apparaturen, wie Anne sie aus den Laboren ihres Studiums kannte. Im Rahmen des Medizinstudiums hatten sie auch Unterricht in Pharmakologie gehabt, gerade so viel, dass sie Grundkenntnisse erworben hatte. Mithilfe derer sie auch den Nachweis von Arsen führen konnte, das Doktor Tergit in den Zuckerstangen an die Kinder in den Auswandererhallen hatte verteilen lassen.

Wozu betrieb ihr Vater im Keller seines Bürohauses ein Labor? Was genau wurde hier hergestellt oder untersucht?

Weil sie in dem Raum keine Menschen sah, diese befanden sich den Stimmen nach zu urteilen nebenan, wagte sie es, die Tür noch etwas weiter aufzudrücken, damit sie den gesamten Raum erfassen konnte.

Sie traute sich nicht, ganz auszusteigen, jederzeit konnte einer der Menschen aus dem Nachbarraum hier herüberkommen, sie musste auf der Hut bleiben. Doch ihre Neugier war übergroß, Anne beugte sich weit aus dem kleinen Lastenaufzug heraus. Aus den Glaskolben stiegen Dampf und damit verbunden unangenehme Gerüche empor, die ihre Schleimhäute reizten. Die Apparaturen auf den Labortischen waren miteinander verbunden, Glaskolben, Bunsenbrenner, brodelnde Flüssigkeiten, durch bloßen Augenschein würde Anne nicht herausfinden können, was hier untersucht oder hergestellt wurde. Dann allerdings entdeckte sie auf einem der Labortische etwas, das ihre Aufmerksamkeit erregte. Ein Päckchen, das nicht hierher zu gehören schien. Ein großer Klumpen, eingewickelt in dunklen, speckigen Stoff. Weil sie Gewissheit darüber erlangen wollte, ob es sich bei dem Klumpen um das handelte, von dem sie glaubte, was es sein könnte, wagte Anne es und sprang aus dem Speiseaufzug. Ihr Herz schlug bis zum Hals, als sie eilig zu dem Labortisch lief, den dunklen Stoff des Klumpens zur Seite schlug und darunter eine zähe braunschwarze Masse zum Vorschein kam. Etwas, das die Konsistenz von Kautschuk hatte. Anne horchte auf die Stimmen im Nachbarraum, und als sie glaubte, dass einer der Sprechenden sich in ihre Richtung bewegte, grub sie ihre Fingernägel in eine Ecke des Klumpens, riss ein kleines Stück der Masse ab und huschte so schnell sie konnte zurück in den Lastenaufzug. Es gelang ihr nicht, die Tür hinter sich ganz zu schließen, da diese innen keinen Griff hatte, aber zumindest konnte sie sie so weit von innen zuziehen, dass sie selbst im Verborgenen blieb. Anne hielt den Atem an, das Blut in ihren Ohren rauschte, sie lauschte angestrengt, um herauszufinden, was in dem Labor geschah. Würde der Mensch dort ihre Anwesenheit bemerken? Sie hörte leises Klirren, Schritte – und dann wieder Gesprächsfetzen, die sich entfernten. Mühsam zog Anne die kleine Tür des Aufzugs vollständig zu, atmete durch und zog an einem der Seile. Keine halbe Minute später hatte sie das Erdgeschoss und damit ihre Praxis erreicht. Sie stieß die Tür auf und fiel fast in den Raum, so erleichtert war sie, dass man sie nicht entdeckt hatte. Ihr Herz raste, dann besah sie sich ihre Beute. Ja, sie wusste, was sie zwischen ihren Fingern hielt. Sie roch daran. Rohopium, kein Zweifel. In dem Labor, das sie entdeckt hatte, wurde Opium verarbeitet. Zu Morphium, zu Heroin – und das war auf alle Fälle illegal. Opium durfte nur an registrierte pharmazeutische Betriebe zu medizinischen Zwecken verkauft werden. Dieses Labor im Keller seines Hauses war die illegale Drogenküche ihres Vaters, darauf verwettete sie ihren Kopf.

»Warum, Anne?«

Sie schrak auf. Ihr Vater kam aus dem anderen Praxiszimmer herübergeschlendert und sah sie betrübt an.

»Warum musst du deine Nase überall hineinstecken? Dorothy hat mir berichtet, dass du sie angerufen und dich nach meinen Geschäften erkundigt hast. Und nun schnüffelst du hier herum?«

Anne schwieg. Sie wusste nicht, wie sie reagieren, was sie sagen sollte. Nein, sie konnte und wollte sich nicht aus der Situation herauslügen, ihr Vater hätte ihr ohnehin nicht geglaubt.

»Jeden anderen hätte ich sofort, nun, sagen wir – verschwinden lassen.«

Roger van der Zwaan, elegant gekleidet in einem maßgeschneiderten Dreiteiler, den Gehstock mit dem silbernen Knauf in einer Hand, bückte sich zu ihr herunter. »Aber du bist meine Tochter. Was mache ich mit dir?«

Anne sah ihrem Vater in die Augen. Und erkannte, dass sie dieses Zimmer nicht als freie Frau verlassen würde.

35.

Helene stand vor dem Polizeipräsidium und zögerte. Natürlich hatte in der Sekunde, als sie das Extrablatt in die Hände bekommen und den Artikel über die Ergreifung Joachim von Stettens gelesen hatte, alles in ihr danach geschrien, Berthold in die Arme zu schließen. Was musste er durchgemacht haben! Die Flucht des Hafenmörders schien abenteuerlich, Schüsse in der Badeanstalt und die vergebliche Flucht durch den Elbtunnel – alles mitten in der Nacht und, wenn man dem, was Max Lauritzen da mitreißend schilderte, Glauben schenken mochte, auf nackten Sohlen! Sie musste ihn sehen, sie musste Gewissheit darüber haben, dass es ihm gut ging.

Und sie musste ihm sagen, wie glücklich, erleichtert und stolz sie war.

Aber nun stand sie hier und traute sich nicht in das Gebäude. Sie hatte dort nichts zu suchen. Gewiss waren alle Polizisten in Aufruhr, dass der spektakulärste Mehrfachmörder Hamburgs seit Menschengedenken endlich hinter Schloss und Riegel saß. Berthold würde alle Hände voll damit zu tun haben, Berichte zu schreiben und Vernehmungen durchzuführen. War sie da nicht fehl am Platz? Schließlich war sie nicht seine Ehefrau. Noch nicht. Bertholds Kollegen würden sich wundern, warum sie käme, vielleicht brachte sie ihn damit in Verlegenheit? Das wollte sie keinesfalls.

»Fräulein Curtius!«

Sie drehte sich um. Willy Brenner kam auf sie zugelaufen.

»Was machen Sie hier?«

Helene wurde verlegen. »Ich habe das Extrablatt gelesen. Daran kommt niemand in der Stadt vorbei. Endlich hinter Schloss und Riegel, was für eine Erleichterung! Herzlichen Glückwunsch!«

»Danke. Aber das hat Berthold, Kommissar Rheydt, fast im Alleingang erledigt.«

Er musterte sie. Offiziell wusste niemand von dem, was sich zwischen ihr und Berthold entwickelt hatte, aber Willy war damals bei dem Fußballspiel Zeuge gewesen, als Berthold sie um ein erstes Rendezvous gebeten hatte. Er konnte sich vielleicht zusammenreimen, was sich in den Wochen danach ergeben hatte. »Wollen Sie mit reinkommen?«, fragte er sie.

Helene nickte erleichtert. »Ich möchte niemandem zur Last fallen. Nur einmal meinen Glückwunsch aussprechen. Das ist alles.«

Der Schupo lächelte sie an. »Ich kann mir denken, dass er sich freut, Sie zu sehen.«

»Ich mach's ganz kurz.«

Tatsächlich nahm kaum jemand von ihr Notiz, stellte Helene erleichtert fest, als sie an der Seite von Willy Brenner das Präsidium betrat. Es herrschte ein ziemliches Durcheinander, alle schienen beschäftigt und in höchster Eile. Willy lotste sie durch die Wache, vermutlich dachten die Kollegen, Brenner führe sie zu einer Vernehmung oder noch besser: hätte sie gerade festgenommen. Hinter der Wache befand sich ein schmaler Gang, von dem verschiedene Büros abgingen. Er blieb vor einer Tür stehen und klopfte.

Bertholds Assistent Kalweit öffnete. Er sah völlig übermüdet aus und starrte Helene überrascht an. »Fräulein Curtius!«

Willy Brenner erklärte ihm, dass er Helene vor dem Präsidium aufgepickt habe, sie wollte nur kurz zum Kommissar, aber Kalweit unterbrach ihn.

»Kommst du aus dem Krankenhaus?«

»Ja«, gab Brenner zurück. »Die Artistin ist bei Bewusstsein. Der Arzt hat grünes Licht für die Befragung gegeben.«

»Du hast also noch gar nicht mitbekommen, was passiert

ist?« Kalweit warf Helene einen nervösen Blick zu. »Entschuldigen Sie, Fräulein Curtius, aber das ist nicht für Ihre Ohren bestimmt …«

Willy Brenner war irritiert, sie standen nun alle drei unschlüssig im Flur, bis sich Eduard Kalweit ein Herz fasste.

»Der Kommissar raucht eine Pfeife«, sagte er zu Helene. »Im Hinterhof. Einmal um das Gebäude herum.«

Helene verstand. Sie war dem Assistenten dankbar, denn sie fühlte sich ohnehin überflüssig und fehl am Platz, würde aber dafür die Möglichkeit haben, Berthold ohne seine Kollegen zu begegnen.

Sie kehrte um und verließ das Präsidium auf dem gleichen Weg, auf dem sie mit Willy Brenner hineingekommen war. Draußen wandte sie sich nach rechts und lief, wie Kalweit es beschrieben hatte, einmal um das Gebäude herum.

Der Hof war an zwei Seiten von den hohen Wänden des Stadthauses eingeschlossen, an einer Seite befanden sich Stallungen für die Polizeipferde, und zur vierten Seite hin öffnete er sich in ein dichtes Gebüsch und hohe Bäume. Auf den ersten Blick konnte Helene niemanden entdecken, der Hof war bis auf den Fuhrpark der Polizei leer gefegt. Dann aber sah Helene ihn. Berthold saß auf einem Strohballen in der offenen Ecke der Stallungen, zog an seiner Pfeife und blickte sinnierend auf das Pflaster. Beide Füße waren dick bandagiert und steckten in seltsamen Sandalen. Helene eilte hinüber. Er sah sie erst, als sie ihn fast erreicht hatte, in seinem Blick mischte sich Erstaunen mit Sehnsucht. Er erhob sich.

Helene blieb vor ihm stehen, sie getraute sich nicht, ihn zu umarmen, schließlich befanden sie sich im Hof des Polizeipräsidiums, aber er hatte diese Scheu nicht. Berthold machte seine Arme weit auf, sie presste sich gegen ihn und spürte voll Vertrauen und Liebe, wie sich seine Arme fest um sie schlossen. Er drückte seine Lippen auf ihre Haare. »Helene«, murmelte er.

»Ich habe dich vermisst«, flüsterte sie. Dann löste er die Umarmung und klopfte auf den Strohballen. »Ich habe leider wenig Zeit.«

Jetzt erst bemerkte Helene, wie elend er aussah. Tiefdunkle Augenringe, das Weiß seiner Augäpfel war rot von geplatzten Äderchen, die Hautfarbe eher grau als rosig. Der dunkle Bartschatten verriet, dass er seit Längerem nicht zu Hause gewesen sein konnte, seine verknitterten Kleider sprachen dieselbe Sprache. Er trug eine Uniformhose, die Helene noch nie an ihm gesehen hatte.

Er bemerkte ihren Blick. »Ich bin ein Bild des Schreckens, ich weiß«, merkte er an. »Aber ich bin seit fast zwei Tagen auf den Beinen. Ohne Schlaf.«

»Wen schert es, wie du aussiehst! Du hast ihn! Du bist ein Held!«

Sein Blick verdunkelte sich. »Ich habe ihn gehabt«, antwortete er düster.

Helene erschrak. »Er ist doch nicht schon wieder entkommen?«

»Auf eine gewisse Weise doch.« Ein tiefer Seufzer entrang sich seiner Brust. »Er hat sich selbst gerichtet. In seiner Zelle.«

Helene starrte ihn an. In ihrem Kopf formulierten sich viele Fragen, doch bevor sie etwas sagen konnte, erzählte Berthold ihr von dem Messer und was Joachim von Stetten damit getan hatte.

»Habt ihr es übersehen? Wie kann das sein?«

Er sah sie an und schüttelte den Kopf. »Ich denke eher, es wurde ihm zugespielt.«

»Von einem Polizisten? Oder hatte er Besuch? Wie furchtbar!«

»Ich darf nicht darüber sprechen, Helene, ich habe dir schon zu viel gesagt.«

»Mein Mund bleibt verschlossen.«

»Das weiß ich.« Er starrte wieder auf den Boden. »Im Moment wird die Sache untersucht. Ich bin erst einmal freigestellt. Wir alle, die wir mit dem Fall zu tun hatten.«

»Warum bist du dann noch hier? Warum gehst du nicht nach Hause, legst dich ins Bett und schläfst dich aus?«

»Ich soll mich zur Verfügung halten. Die Obersten besprechen sich. Wird wohl nicht lange dauern.«

Sie schwiegen, hielten einander an den Händen, und Helene dachte daran, wie sie an ihm gezweifelt hatte. Sie schämte sich jetzt ihrer Gedanken. Sobald sie in seiner Nähe war, wusste sie, dass sie seine Frau werden wollte – koste es, was es wolle. Und wenn sie die Nächte einsam zu Hause verbrachte, weil er auf Verbrecherjagd war, es war ihr gleich.

Sie liebte ihn, und bei niemandem sonst hatte sie sich je so sicher und geborgen gefühlt. Außer vielleicht als Kind bei ihrem Bruder Klaus, fiel ihr ein. Ach, Klaus …

»Willy hat deinem Assistenten übrigens erzählt, dass die Artistin aufgewacht ist. Im Krankenhaus. Sie kann befragt werden. Vielleicht ist das wichtig für dich?«

Berthold hob sofort den Kopf. »Aber ja!«

Er hatte den Impuls aufzustehen, verzog dabei jedoch schmerzhaft das Gesicht.

»Was ist mit deinen Füßen?«

»Welche Füße?«

Sie lachten.

»O Gott, wirst du jemals wieder Fußball spielen können?«

Hand in Hand liefen sie über den Hof, Berthold humpelte und kam nur langsam vorwärts.

»Am Wochenende ist das Turnier gegen Eimsbüttel. Ich habe Napfmann versprochen, dass ich dabei bin, es geht um die Wurst.«

»Das wird wohl nichts.«

»Nein. Willy muss im Tor alles geben, sonst steigt Sankt Pauli ab.«

»Gehen wir hin und feuern sie an?«

Sie standen jetzt wieder vor dem Eingang des Präsidiums. Berthold drehte Helene zu sich. »Du hast Feuer gefangen, was?«

Sie lächelte ihn an. »Auf alle Fälle! Am liebsten würde ich selbst spielen.«

»Bei aller Sympathie für die Frauenbewegung – aber Fußball für Frauen? Ich glaube, davon kannst du lange träumen. Eher versinkt der Michel in der Nordsee.«

Sie strahlte ihn an. Sah er nicht schon wieder ein wenig besser aus? Sein Gesicht wirkte nun nicht mehr ganz so fahl, die blauen Augen strahlten sie an.

»Du tust mir gut«, flüsterte Berthold, und dann nahm er ihren Kopf sanft zwischen seine Hände, zog sie an sich und küsste sie. Helene fühlte augenblicklich, wie heiße Lava durch sie hindurchströmte, es war ihr, als hätte Berthold sie angezündet, bis in die Fingerspitzen fühlte sie den Strom heißen Blutes.

Als sich ihre Lippen voneinander lösten, sagte er: »Glaub mir, ich wünschte, es wäre bald vorbei. Damit wir endlich zusammen sein können, so wie es sein soll. Als Mann und Frau.«

»Ich liebe dich«, formulierte Helene kaum hörbar, bevor sie sich losriss, zu ihrem Hammonia-Rad ging, sich darauf schwang und nach Hause radelte. Sie drehte sich noch einmal nach ihm um, der noch auf den Stufen zum Präsidium stand und ihr nachsah. Er winkte.

»Der Held des Tages!« Engelbert Curtius hatte die *Hansepost* aufgeschlagen neben seinem Teller liegen. Hier war nun der vollständige Artikel von Max Lauritzen abgedruckt, so wie auch alle anderen Blätter darüber berichteten – auf der ersten Seite. Dass Joachim von Stetten jedoch nicht nur verhaftet, sondern bereits tot war, schien noch nicht an die Presse gelangt zu sein, und Helene schwieg selbstverständlich darüber.

»Was für ein Mann!«, fügte Fanny hinzu. »Jetzt, wo er den Hafenmörder geschnappt hat, wird er uns doch gewiss bald seine Aufwartung machen.«

Helene musste sich sehr zusammennehmen, nicht patzig zu reagieren. Dieser Druck vonseiten ihrer Eltern brachte sie zur Weißglut.

»Er kommt, wenn er kommen kann. Ihr müsst euch keine Sorgen machen, ich mache mir auch keine.«

Ihr Vater klopfte auf die Zeitung. »Es heißt, er wird vielleicht Inspektor. Sein Vorgesetzter scheint noch im Krankenhaus zu liegen. Und dein Kommissar kann eine ordentliche Bilanz vorweisen. Erst Doktor Tergit …« Er warf einen schnellen Blick zu seiner Frau, die leise stöhnte und den Kopf schüttelte. Tergit war ihr Jugendfreund gewesen, sie hatte den Doktor zusammen mit seiner Frau zum Diner geladen – nicht ahnend, dass dieser hochgradig kriminell war. Ja, Fanny hatte Tergit sogar schöne Augen gemacht, was ihr im Nachhinein schrecklich unangenehm war.

»… und jetzt der Hafenmörder«, fuhr Helenes Vater fort. »Damit hat er sich für führende Aufgaben bewiesen.«

Fanny ergriff Helenes Hand. »Du wirst Frau Inspektor!«

»Ich hoffe, ich werde einmal Frau Doktor«, konterte Helene. »Ich möchte schon gerne selbst etwas darstellen.«

»Du willst doch nicht etwa Medizin studieren wie deine Freundin?« Engelbert Curtius sah regelrecht empört aus.

»Nein, aber vielleicht Psychologie.«

»Das ist ja noch schlimmer! Hoffentlich nicht bei diesem Doktor Freud. Das ist ein Quacksalber!«

Das war vielleicht nicht der beste Moment, um ihrem Vater von ihrer Einladung nach Berlin zu erzählen, aber Helene konnte nicht an sich halten und berichtete von ihren Plänen.

»Psychoanalytische Gesellschaft?« Engelbert fiel fast die Gabel aus der Hand. »Was soll das sein, bitte schön?«

»Genau wie der Name sagt: Es geht darum, Vorgänge der Psyche zu analysieren und zu untersuchen. Und zu heilen, natürlich.«

»Was für ein Unsinn, die Psyche! Das ist doch eine neumodische Erfindung. Für körperliche Beschwerden haben wir die Medizin, für seelische die Kirche.«

»Hast du noch nie etwas vom Unterbewusstsein gehört?«

»Papperlapapp. Das ist alles Geschwätz. Du fährst selbstverständlich nicht nach Berlin. Das ist doch eine Sekte.«

»Papa!«

»Hört auf zu streiten!« Fanny fuhr lautstark dazwischen. »Der Abend hat so schön angefangen. Ihr verderbt alles.« Sie fasste nach ihrem Weinglas und hielt es hoch. »Ich erhebe mein Glas auf Helenes Zukünftigen, auf Berthold Rheydt und seine große Tat!«

Missmutig tat der Pastor es ihr gleich, Helene dagegen stieß nur zu gerne auf Berthold, ihren Zukünftigen – wie seltsam sich das anhörte! – an.

»Wir reden jetzt nicht darüber, Papa«, sagte sie versöhnlich, nachdem sie alle einen Schluck getrunken hatten. »Das ist sowieso noch ein Weilchen hin.«

»Ich werde meine Meinung nicht ändern, aber ich gebe deiner Mutter recht – wir wollen diesen Abend nicht verderben.«

Sein Ton war versöhnlicher, Helene machte sich Hoffnungen, dass sie ihn doch noch um den Finger wickeln würde. Die Begeisterung ihrer Eltern über den zukünftigen Schwiegersohn würde ihr gewiss helfen, ihre Pläne durchzusetzen. Denn schließlich würde sich Berthold mit ihren beruflichen Plänen herumschlagen müssen und nicht ihr Vater. Aber um des lieben Friedens willen sagte sie nichts mehr zu dem Thema, sondern genoss den weiteren Verlauf des Abendessens, das mit belangloser Plauderei friedlich verlief.

»Ich habe heute Ida besucht«, erzählte Fanny schließlich, als Sophie den Kaffee und für den Herrn des Hauses einen Aquavit servierte. »Sie war nicht so fröhlich wie sonst. Ich habe ihr deutlich angemerkt, dass sie von Sorgen geplagt ist, aber sie hat nichts darüber verlauten lassen.«

»Worüber sollte sie besorgt sein?«, erkundigte sich der Pastor. »Und überhaupt, die Sorgen anderer Leute sind nicht unsere Angelegenheit. Neugier ist keine Tugend.«

»Paulinas Ehe verläuft nicht ganz glücklich«, erzählte Fanny zögerlich.

»Wie kann das sein? Sie ist doch erst ein paar Tage verheiratet?«

»Sie hat den Falschen geheiratet, Papa. Aber das hat sie erst in der Hochzeitsnacht erkannt.«

»Das arme Mädchen. Nun, kommt Zeit, kommt Rat. Die meisten Paare finden erst über die Zeit zusammen. Nicht wahr, Fanny?«

Helenes Mutter schwieg. Engelbert Curtius stand auf, küsste seine Frau auf den Scheitel und zog sich in sein Arbeitszimmer zurück.

»War es so?«, fragte Helene. Nie zuvor hatte sie mit ihrer Mutter darüber geredet, wie sie und Engelbert sich kennengelernt hatten. Es schickte sich nicht, so etwas zu fragen, auch hatte es sie niemals gekümmert. Aber nun, da sie selbst verliebt war und kurz vor einer Heirat stand, interessierte es sie brennend, wie ihre Eltern zueinandergefunden hatten.

»Ich erzähle es dir beizeiten«, gab Fanny zurück. »Aber es war keine Liebesheirat. So viel kann ich dir verraten.«

Damit stand auch sie auf und verabschiedete sich von Helene, sie wollte sich mit ihren Reisevorbereitungen beschäftigen.

Helene blieb allein im Salon zurück. Sie trank ihren Kaffee und ging hinaus in den Garten. Die Sonne verabschiedete sich auf den Weg zur anderen Erdhalbkugel, das Wasser der Alster kräuselte sich unter dem leichten Abendhauch, Helene ließ sich auf dem Steg nieder und beobachtete eine Gruppe junger Gänsesäger. Die Vögel waren geschickte Taucher, immer wieder stießen die Jungvögel kopfüber in das klare Wasser auf der Suche nach Beute. Manchmal flitzten sie pfeilschnell über die Wasseroberfläche, den Schnabel weit geöffnet, schlugen mit ihren Flügeln und gingen auf Insektenfang, die braunen Federn am Hinterkopf erregt aufgestellt. Helene beobachtete für ihr Leben gern Wasservögel, sie war, bedingt durch die Lage ihres Elternhauses, damit aufgewachsen und liebte es, beim Rudern, wenn sie auf der Alster und ihren unzähligen Kanälen unterwegs war, eine Pause zur Vogelbeobachtung einzulegen.

Sie fühlte Frieden in ihr Herz einkehren. Joachim von Stetten war Geschichte. Auch wenn Helene niemals von ihm bedroht worden war, so hing die Gefahr, die von ihm ausging, doch über allem. Auch hatte sie die Anspannung Bertholds gespürt, solange der Hafenmörder auf freiem Fuß war.

Alles würde gut werden, dachte Helene, Klaus kommt nach Hause, er wird bei meiner Hochzeit an meiner Seite sein. Sie war gewiss, dass er Berthold mögen würde, und sie freute sich darauf, dass ihre Familie wieder vereint war.

Aber wie stand es um Bertholds Familie? Er hatte niemals darüber gesprochen. Lebten seine Eltern noch? Hatte er Geschwister? Sie würde ihn löchern, sobald er alles, was den Hafenmörder betraf, hinter sich gelassen hatte.

Dann fiel ihr Jella ein und ihre Gefährtin. Es würde wohl doch nicht alles gut werden, das Leben war ein Spielverderber. Und sie selbst war in eine Welt der Erwachsenen eingetreten, wo sie Schicksalsschläge wie diese hinzunehmen hatte. Sie musste begreifen und akzeptieren, dass es auch in ihrem Leben immer wieder Dinge geben würde, die schrecklich waren – und die sie nicht ändern konnte.

Wie die Tatsache, dass Paulina von ihrem Mann verprügelt wurde. Niemals würde sie ihre liebste Freundin dazu überreden können, sich scheiden zu lassen. Und dass Paulina mit ihrem Schicksal von ihrer Familie alleingelassen wurde – auch daran konnte Helene nichts ändern.

Aber dies hinnehmen? Einfach zusehen? Durfte Franz Hopp ungestraft damit durchkommen?

Helene dachte an all die geschlagenen Frauen in der Paulstraße, die immer und immer wieder zu ihren Peinigern zurückkehrten. An ihre Hilflosigkeit, das Schulterzucken, den leeren Blick. Frauen, die resigniert hatten.

So weit durfte es mit Paulina niemals kommen, beschloss Helene. Sie durfte nicht zusehen, wie Paulinas helle Flamme immer kleiner und mickriger wurde, bis sie eines Tages erlosch. Jemand musste für sie einstehen.

Und wer anders sollte das sein als sie?

Helene sprang auf, lief zum Schuppen, holte ihr Hammonia daraus hervor und schob es auf die Körnerstraße.

Sie würde es versuchen. Sie würde versuchen, auch diese Geschichte wenn schon nicht zu einem guten Ende zu führen, das vermochte sie nicht, dann doch wenigstens in erträglichere Bahnen zu lenken. Und dazu brauchte sie wieder einmal die Hilfe ihres Freundes Meinhard Tannenberg.

Entschlossen trat Helene in die Pedale.

36.

Sie warteten schon lange. Einige Stunden. Stunden, die verrannen, ohne dass Berthold etwas anderes tun konnte als warten. Die Kunst, die er am schlechtesten beherrschte: Nichtstun, geduldig sein. Auf seinem Stuhl im dunklen Obstgarten oder auf dem Ewer neben Willy sitzen, schweigen und die Gedanken ziehen lassen – ja, auf diese Weise still sitzen, ausharren, abwarten, das vermochte er durchaus. Aber eingesperrt im Präsidium, zum Warten verdammt, obwohl sich die Arbeit stapelte, das bereitete ihm schlechte Laune und Kopfschmerzen.

Eduard Kalweit war bei Berthold im Büro, er hatte sich der Akten auf dem Schreibtisch angenommen, aus Langeweile.

Oben in der Chefetage tagten der Polizeipräsident und Gustav Roscher, jemand von der Staatsanwaltschaft und andere hohe Herren, von denen Berthold weder wusste, wie sie hießen, noch welche Funktion sie bekleideten. Aber er hatte sie vorfahren sehen in ihren Droschken und Kutschen, hatte ihre ernsten Gesichter betrachtet und wusste, dass sie über sein Schicksal verhandelten.

Er war verantwortlich für den Gefangenen Joachim von Stetten gewesen. Es war sein Fall. Also war Berthold auch verantwortlich dafür, dass Joachim von Stetten entweder nicht gründlich genug durchsucht worden war, als man ihn in die Einzelzelle sperrte, oder man übersehen hatte, dass jemand dem Hafenmörder das Messer, mit dem er sich dann die Pulsadern aufschnitt, gegeben hatte. Berthold Rheydt würde dafür geradestehen müssen, weil ein fataler Fehler den gesamten Fall zur Farce machte. Schon einmal war Joachim von Stetten ihm durch die Lappen gegangen, nun war es ein weiteres Mal geschehen.

Dabei kannten alle die Wahrheit.

Verantwortlich war der Polizeipräsident, der sich über die Vorgaben hinweggesetzt und Wilhelm von Stetten allein und ohne Leibesvisitation in die Zelle seines Sohnes gelassen hatte. Aber niemand würde mit dem Finger auf den Polizeipräsidenten zeigen, also würde sein eigener Kopf rollen, das ahnte Berthold ebenso gut wie jeder andere Polizist im Stadthaus.

Wenn er durch die Gänge lief, nein, humpelte, erkannte er es an den Blicken. Mitleidig sahen ihm die Kollegen nach. Keiner traute sich, etwas zu sagen, außer natürlich Elmar, der unter vier Augen deutliche Worte gefunden hatte.

»Kaffee!« Jens Raabe platzte ins Büro, höchst willkommen mit einer großen Blechkanne, aus der es verführerisch duftete.

Berthold holte eine weitere saubere Tasse für den Jungen aus seiner Schreibtischschublade, seine und Kalweits Tasse standen schon bereit, es war nicht der erste Kaffee am heutigen Tag. Und dringend nötig, er kippte fast aus den Latschen.

»Die haben wohl bald zu Ende getagt da oben«, verriet Raabe, während er einschenkte.

»Hast du deinen guten Draht zur Liesl bemüht?«, fragte ihn Kalweit.

Liesl war die Sekretärin des Polizeipräsidenten, und alle außer diesem wussten, dass sie das größte Klatschmaul im Präsidium war.

»Sie sagt, die Herren haben Kaffee und Zigarren hereinbringen lassen, das heißt Endrunde.« Bertholds jüngstes Teammitglied hatte reihum eingeschenkt und setzte sich. »Wo ist Willy?«

»Besorgt uns was zu essen«, gab Berthold zurück. »Eigentlich wollte ich mit euch zu *Eberle*, aber daraus wird wohl nichts mehr. Heute Abend. Wir holen es nach. Willy holt Erbsensuppe drüben im Gasthaus.«

Die Tür sprang auf, und Elmar platzte herein, wie immer ohne anzuklopfen, mit derlei Förmlichkeiten hielt er sich nicht auf.

»Die sind bald fertig da oben«, verkündete er, »behauptet die Liesl.«

»Kaffee?«

»Nur mit Kokain.« Elmar holte ein kleines Fläschchen aus

der Hosentasche, gab ein wenig weißes Pulver auf den Kaffeelöffel und kippte es in sein Getränk. »Noch jemand?«

Kalweit und Raabe lehnten dankend ab, aber Berthold nahm ausnahmsweise an. Ihm war jetzt alles willkommen, was ihn wach hielt. »Aber nur eine kleine Prise.«

Elmar zündete sich zu seinem Kaffee noch eine Zigarette an, klopfte Kalweit kollegial auf die Schulter. »Schon gehört? Dein Problem hat sich erledigt.«

»Welches Problem?« Eduard Kalweit brauchte ein wenig, bis der Groschen fiel. »Todorow?«

Elmar nickte. »Genau der. Liegt im Krankenhaus. Ist verkloppt worden.«

Kalweit sagte nichts. Er klappte den Mund einmal auf und zu. »Das ist ja ein Zufall«, sagte er. »Wann denn? Und weiß man, wer es war?«

»Leider kann der gute Igor keine Aussage machen.« Elmar lächelte sein Haifischlächeln. »Kiefer ist gebrochen.«

Berthold wechselte einen Blick mit seinem Assistenten. Ihnen beiden war nicht wohl bei der Nachricht – auch wenn Igor Todorow, der Zuhälter, bei dem Eduard Kalweit das Mädchen Rebekka freigekauft hatte und dem er viel Geld schuldete, mit Sicherheit kein netter Mensch war. Aber dass der Angriff auf ihn zu diesem Zeitpunkt kein Zufall war, konnten sie sich beide an einer Hand ausrechnen.

»Es könnten die *Lilith* gewesen sein.« Elmar zwinkerte Kalweit zu.

»Aber ... die waren doch auf der Flucht. Oder in ihrem Versteck im Eiskeller.«

»Woher will man es wissen? Ihr Konto ist sowieso schon belastet, da fällt die eine Körperverletzung mehr oder weniger nicht ins Gewicht.« Elmar stand auf und grinste. »Na denn, ich wollte nur die frohe Botschaft überbringen.« Er kippte sich den heißen Kokain-Kaffee hinter die Binde und verließ das Büro.

»Wer ist denn Todorow?«, fragte Jens Raabe.

Weder Berthold noch Kalweit antworteten.

»Chef«, fasste sich Kalweit ein Herz, »Verzeihung, aber das kommt mir spanisch vor.«

Berthold überlegte. Ohne Elmar gleich etwas unterstellen zu wollen – aber sein Kollege war berüchtigt für seine manchmal unkonventionellen Methoden. Er war auch nicht zimperlich, wenn er jemanden zum Reden bringen wollte. Andererseits: Sollte er ihm an den Karren fahren? Faktisch war er Elmars Vorgesetzter, solange Inspektor Paulmann nicht in den Dienst zurückgekehrt war. Sollte er seinem Freund und Kollegen misstrauen?

»Ich behalte das im Auge«, beschwichtigte er Kalweit. »Wenn sich die Wogen hier geglättet haben.«

Sie hatten ihre Erbsensuppe gerade verspeist, als Gustav Rorscher das kleine Büro betrat. Berthold sprang sofort auf, Kalweit bot dem Kripochef seinen Stuhl an.

»Nicht nötig, danke«, sagte dieser und bat darum, mit dem Kommissar unter vier Augen sprechen zu dürfen. Kaum hatten Bertholds Mitarbeiter das Büro verlassen, sagte er: »Sie müssen sich keine Sorgen machen, Rheydt. Der Polizeipräsident hat in Absprache mit dem Staatsanwalt und dem Baron von Stetten beschlossen, dass es keine Untersuchung der Todesumstände von Joachim von Stetten geben wird.«

»Baron von Stetten war bei der Sitzung dabei?«

Die beiden Männer sahen sich in die Augen.

»Sie wissen es, und ich weiß es, Rheydt. Der Polizeipräsident hat zu keinem Zeitpunkt versucht, die Schuld auf Sie abzuwälzen. Und von Stetten will aus nachvollziehbaren Gründen keine Untersuchungskommission. Die Herren haben sich dahingehend geeinigt, Sie tun Ihren Dienst wie gehabt.«

»Was ist die offizielle Version?«, erkundigte sich Berthold, bevor Roscher sein Büro verließ.

»Dass er aus dem Krankenzimmer ein Skalpell entwendet hat, als er verarztet wurde. Es wurde bei der Leibesvisitation übersehen.«

»Und der Baron …?«

»Wird selbstverständlich nicht belangt. Und wenn Sie meine persönliche Meinung hören wollen: Ich billige das nicht. Aber als Mensch kann ich es akzeptieren. Er ist mit all dem, was seiner Familie widerfahren ist, ausreichend gestraft.«

Berthold nickte nur. Er war anderer Meinung. Baron von Stetten hatte seinem Sohn ein Messer in die Zelle gebracht und diesen mit Sicherheit auch aufgefordert, seinem unwürdigen Leben ein Ende zu setzen. Das war an Grausamkeit kaum zu überbieten. Aber es war auch eine Straftat, zumal er es erneut geschafft hatte, seinen Sohn vor der Strafverfolgung der Behörden zu schützen – wenngleich zu einem hohen Preis. Außerdem: Was hatte Wilhelm von Stetten so sicher gemacht, dass sein Sohn sich selbst richtete – er hätte mit dem Messer genauso gut einen der Beamten angreifen können! Berthold hatte eine Stinkwut, er dachte an all die armen Würstchen in ihren Zellentrakten, die wegen geringfügiger Vergehen, wie Brotdiebstahl oder Eierklau, vor den Kadi gezerrt wurden. Sie hatten keinen prominenten Fürsprecher im Senat, sie mussten ihre zum Teil drakonischen Strafen absitzen. Wilhelm von Stetten verübte Selbstjustiz, und sein Sohn, der immerhin mehrere Menschenleben – in Deutschland, aber auch in Deutsch-Südwestafrika – auf dem Gewissen hatte, musste niemals die Härte des Gesetzes spüren. Das war keine Gerechtigkeit, nicht die Gerechtigkeit, für die Berthold sich als preußischer Polizeibeamter einsetzen wollte.

Dennoch blieb ihm nichts anderes übrig, als die Entscheidung von oben zu akzeptieren.

»Schließen Sie den Fall sorgfältig ab, Rheydt. Untersuchen Sie, wie von Stetten von China nach Hamburg kam, belegen Sie, dass dieser Sun Bo ihn versteckt hat, und weisen Sie die Schuld von Stettens am Mord der Prostituierten nach. Dann legen wir das Ganze ad acta.« Roscher öffnete die Tür. Kurz hielt er inne, drehte sich zu seinem Kommissar um. »Es tut mir leid, dass es so ausgegangen ist, Rheydt. Sie haben großartige Arbeit geleistet – jetzt müssen wir nach vorne schauen.«

»In Ordnung, Herr Direktor.«

Roscher betrat den Gang vor Rheydts Büro und blieb erneut stehen. Er winkte den Kommissar zu sich. »Kommen Sie. Er will bestimmt ein Wort zu Ihnen sagen.«

Berthold verstand nicht, aber er folgte Roscher, dann begriff er, was dieser meinte. Wilhelm von Stetten stand mit dem Polizeipräsidenten im großen Foyer des Stadthauses. Sechs schwarz gekleidete Männer trugen einen Sarg hinein – der Baron holte also die Leiche seines Sohnes ab. Berthold wusste, dass der begabte Assistent vom Physicus den Toten untersucht und den Freitod sorgfältig dokumentiert hatte. Offenbar sollte alles, was mit dem Tod Joachim von Stettens zu tun hatte, schnell über die Bühne gehen. Dessen Selbstmord war kein Ruhmesblatt für die Polizei, diese Episode wollten alle Beteiligten so schnell wie möglich beendet wissen.

Als Roscher und Rheydt zu den beiden Männern traten, wandte Wilhelm von Stetten sich um. Er nahm Berthold am Arm und führte ihn zur Seite.

»Kommissar Rheydt.« Seine Stimme war leise, Berthold beugte sich nach vorne, um den Mann zu verstehen. »Ich bin Ihnen zu Dank verpflichtet. Sie haben alles riskiert, nicht zuletzt Ihre Gesundheit, um meinen Sohn zu fassen.« Er deutete auf Bertholds Verbände an den Füßen. »Sie haben der Stadt, aber nicht zuletzt auch mir persönlich einen großen Dienst erwiesen. Ich stehe in Ihrer Schuld.«

Wie gerne hätte Berthold ihm scharf erwidert, was er von der Tat des Barons hielt, aber er konnte sich am Riemen reißen.

»Danke. Ich weiß das zu schätzen«, sagte er knapp. »Aber ich denke nicht, dass ich Ihre Hilfe in Anspruch zu nehmen gedenke.«

Der Baron musterte ihn, nickte, dann wandten sie sich beide wieder zum Polizeipräsidenten und zum Kripochef. Jetzt kamen auch die Männer mit dem Sarg wieder aus dem Keller mit den Arrestzellen. Stumm beobachtete Berthold, wie der Sarg mit dem toten Hafenmörder aus dem Präsidium getragen und auf die Ladefläche eines Pferdefuhrwerks gesetzt wurde. Langsam rumpelte das Gefährt über den Hof auf den Neuen Wall.

Die Sonne über Hamburg war untergegangen, kein freundlicher Sonnenstrahl gab dem einfachen Holzsarg letztes Geleit. Joachim von Stetten verließ die irdische Welt in derselben Dunkelheit, in der seine Seele lange Jahre gelebt hatte.

Es wird wohl kein feierliches Begräbnis geben, dachte Berthold. Er bezweifelte sogar, dass der Vater seinem Sohn das letzte Geleit geben würde.

Er wollte sich bereits abwenden, zurück ins Büro zu seinen Leuten gehen, als sein Blick auf drei Frauen fiel, die mit raschen Schritten über den Hof auf das Präsidium zusteuerten. Drei Chinesinnen, wenn er sich nicht irrte. Er blieb stehen und wartete ab, bis die drei nah genug waren, um sie anzusprechen.

»Kann ich Ihnen behilflich sein?«

Die jungen Frauen hielten ihre Köpfe gesenkt, der Kommissar blickte auf akkurat gezogene Scheitel. Schließlich hob eine den Kopf, Berthold erkannte in ihr Madame Ju, die die Garküche in der Schmuckstraße betrieb.

»Kommissar Rheydt?«

»Der bin ich.«

Die Frau seufzte erleichtert und sagte etwas zu ihren Begleiterinnen.

»Sprechen, bitte?«, wandte sie sich wieder an ihn.

»Natürlich. Folgen Sie mir in mein Büro.« Berthold ging vor, die jungen Frauen zögerten, tuschelten, folgten ihm aber dann ins Stadthaus.

Berthold wandte sich im Gehen um. »Brauchen wir einen Übersetzer?«

Die Frau, die er für Madame Ju hielt, schien zu überlegen. »Deutsch nicht gut, aber kein Zeit.«

Berthold bat die Damen in ein größeres Büro, er holte rasch Eduard Kalweit dazu. Brenner und Raabe, die in der Wache saßen, entließ er nach Hause. Es hatte sich ohnehin schon herumgesprochen, dass der Selbstmord des Hafenmörders nicht eingehender untersucht wurde und er selbst mit keinerlei disziplinarischen Konsequenzen zu rechnen hatte. Wie gerne hätte er nun ebenfalls Feierabend gemacht.

»Worum geht es?«

Madame Ju überlegte. »Anne nicht da. Doktor.«

»Doktor Anne van der Zwaan?«

Ju nickte.

»Wo hätte sie denn sein sollen?«

»Treffen Café. Gestern. Nicht kommen.«

»Sie waren gestern im Café verabredet, und Frau Doktor ist nicht gekommen?«

Erneut nickte die Chinesin und suchte nach Worten. Berthold dagegen hatte schon jetzt die Geduld verloren. Keine der drei Frauen, die ihm gegenübersaßen, war der deutschen Sprache mächtig. Er verschwendete seine Zeit – insbesondere, weil es nicht Aufgabe der Polizei war, volljährige Personen aufzuspüren, nur weil die nicht zu einem Treffen erschienen waren. Er überlegte, wie er Madame Ju das in möglichst einfachen Worten klarmachen konnte.

»Wollte zu Ihnen bringen …« Ju deutete auf die beiden anderen Frauen. »… Zeugin Hafenmörder.«

Das verwirrte Berthold vollends. »Der Hafenmörder ist geschnappt. Und wenn sie Zeuginnen sind, warum haben Sie sich dann nicht eher gemeldet? Die Polizei hat doch mit Ihnen gesprochen? Und was hat Frau Doktor van der Zwaan damit zu tun?«

Ju sah ihn an. »Verstehe nicht. Entschuldigung!«

»Chef«, mischte Kalweit sich ein, »ich schlage vor, dass ich Herrn Weng hole. Das wird sonst eine zähe Kiste.«

Aber Berthold war erschöpft. »Wir können morgen darüber sprechen. Das eilt doch nicht.« Er richtete sich an Ju. »Morgen wiederkommen, ja? Nicht wichtig.«

»Doch! Anne Gefahr! Bitte!«

Berthold stöhnte.

»Gehen Sie nach Hause, Chef, ich übernehme das hier«, bot Kalweit an.

»Anne nicht gekommen«, Ju flehte den Kommissar an, »nicht Café, nicht mein Küche. Immer sehen. Bitte!«

»Also gut.« Berthold streckte die Waffen. Madame Jus Verzweiflung rührte ihn an, er brachte es nicht übers Herz, die Frau wegzuschicken. »Holen Sie den Übersetzer, Kalweit.«

Keine halbe Stunde später war sein Assistent mit Herrn Weng im Schlepptau zurück. Dieser versicherte, dass die späte Störung kein Problem für ihn darstelle, natürlich stand er der Hamburgischen Polizei jederzeit zur Verfügung. Er hatte das Zimmer kaum betreten und die drei wartenden Frauen begrüßt, da fing Ju an, auf ihn einzureden. Die beiden Polizisten standen verständnislos daneben und wurden Zeugen, wie sich die vier Chinesen in ein aufgeregtes Gespräch vertieften, beschlossen aber, der Sache ihren Lauf zu lassen.

Schließlich wandte Herr Weng sich zu ihnen, holte tief Luft und versuchte sich an einer Zusammenfassung dessen, was seine Landsfrauen ihm erklärt hatten. Es gelang ihm sehr gut, die Lage mit wenigen Worten darzulegen. Offenbar war Frau Doktor mit Madame Ju näher bekannt und kam jeden Abend in die Garküche, um dort zu essen. Als sie erfuhr, dass die beiden Frauen den Hafenmörder kannten, hatte sie verlangt, dass die Zeuginnen mit ihm, mit Berthold, sprechen sollten, da die Hauptzeugin, Hao, tot war. Zu dem Zeitpunkt hatte Anne freilich noch nicht gewusst, dass die Polizei den Hafenmörder in der Zwischenzeit gefunden hatte. Berthold sagte den beiden Mädchen, dass sie durchaus eine Aussage machen sollten, die sie zu den Akten nehmen würden, aber relevant war dies nicht mehr. Herr Weng übersetzte.

»Außerdem kann ich Ihnen die Mitteilung machen, dass wir Ihre Freundin, die Artistin von den *Flying Dragons*, gefunden haben, sie lebt«, fügte Berthold hinzu.

Diese Nachricht führte zu großer Freude bei den Chinesinnen, sie umarmten sich und waren in Tränen aufgelöst.

Ungern wollte Berthold diese Freude zerstören, aber er musste eine dringliche Frage stellen: »Warum haben Sie beide der Polizei nicht gleich gesagt, dass Sie den Mörder kennen?«, fragte er die Frauen aus der Wäscherei. »Sie sind befragt worden und haben gesagt, dass Sie von nichts wissen.«

Betreten schauten sich die Frauen an und redeten auf Herrn Weng ein.

»Sie hatten Angst«, übersetzte dieser. »Man hat sie unter Druck gesetzt. Außerdem haben sie gesehen, was geschehen kann, wenn man zu viel redet.«

»Ach ja? Wer hat denn zu viel geredet?« Jetzt war Berthold doch neugierig auf die Geschichte der Frauen. Vielleicht konnte er mit ihrer Hilfe handfeste Beweise gegen Sun Bo beschaffen und belegen, wie dieser systematisch seine Landsleute zum Schweigen über seine Geschäfte zwang.

»Der Mann war auf dem gleichen Schiff wie sie …«, hub Herr Weng an, die Erklärung der Frauen zu übersetzen.

»Welcher Mann? Der Mörder?«

Die beiden nickten eifrig.

»Kalweit, Protokoll.«

Urplötzlich stiegen in Berthold Wut und Ungeduld hoch wie eine Welle – diese Gefühlsumschwünge, daran war das Kokain schuld. Aber diese Information war auch zu ungeheuerlich! Die Mädchen waren mit dem gleichen Schiff von China gekommen wie Joachim von Stetten! Warum hatten sie das nicht bei der ersten Befragung direkt nach dem Mord erzählt? Verflixt und zugenäht! Sie hätten mit dieser Information den Hafenmörder vielleicht schneller geschnappt – Himmel noch mal!

Nach nicht einmal fünfzehn Minuten hatten sie das fehlende Puzzleteil von Joachim von Stettens Reise von Tsingtau nach Hamburg gefunden und an die richtige Stelle gesetzt. Das Bild war nun fast vollständig.

Der junge Baron war auf der *Monsun* von China gekommen. Einem Schiff, das unter der Flagge des Reeders van der Zwaan fuhr. Sie waren zu siebt gewesen. Sieben Mädchen, eingesperrt in den Frachtraum des Schiffes, zusammengepfercht wie Tiere. Ab und an waren Seeleute zu ihnen gekommen und hatten sie zu Dingen gezwungen, über die die Frauen nicht sprechen mochten. Einmal war ein Mann gekommen, der kein Seemann war – der Beschreibung nach war es Joachim von Stetten. Er hatte eine von ihnen zu sich geholt – sie war nie mehr zurückgekehrt. Einer der Seeleute, ein Chinese auch er, der sich um die Mädchen kümmerte, ihnen Essen und Wasser brachte, hatte ihnen erzählt, dass ihrer Freundin etwas zugestoßen war. Er hatte entsetzliche Angst gehabt und sie beschworen, dass sie niemals darüber sprechen durften. Dann sei aber auch er nicht mehr aufgetaucht. Den jungen Mann hatten sie während der Überfahrt nicht mehr gesehen – erst später wieder, als zwei von ihnen in der *Leuchtenden Sonne* arbeiteten. Ihre Angst sei so groß gewesen, Kaiwen habe ihnen mit dem Tode gedroht, wenn sie jemals darüber sprechen sollten. Deshalb hatten sie geschwiegen.

Berthold war perplex. Der Tote im Fass! Er konnte schwören, dass dies der Mann war, der die Mädchen auf der *Monsun* versorgt hatte – und dann verschwunden war. Er hatte zu viel gewusst. Wahrscheinlich war er einfach eingesperrt worden, man hatte ihn verdursten lassen und später in dem leeren Fass entsorgt.

Er ließ die Mädchen das Protokoll unterschreiben. Dann wandte er sich an Ju. »Haben Sie mit Doktor van der Zwaan über all das gesprochen?«

»Nein«, gab sie zurück. »Nicht über Schiff.«

Berthold musterte sie. Er sah ihr an, dass sie besorgt war. Jetzt, nachdem er wusste, dass Roger van der Zwaan die Überfahrt des Hafenmörders organisiert haben musste, fragte er sich auch, ob Annes Verschwinden nicht doch mit alldem zu tun haben konnte. Inwieweit wusste sie über die Aktivitäten des Vaters Bescheid? Hätte sie Berthold nicht davon erzählt? War sie wirklich verschwunden, oder war sie einfach nicht zu dem Treffen gekommen, weil sie wusste, dass der Hafenmörder bereits gefasst worden war?

Anne war eine erwachsene Frau, die ihre eigenen Wege ging, wie er sehr wohl wusste. Vielleicht hatte sie anderes zu tun gehabt, musste Patienten dringend versorgen – und war jetzt schon längst zu Hause.

»Wir sehen, ob sie morgen wieder auftaucht«, versuchte er Ju zu beruhigen. »Ich schicke einen Polizisten zu ihr nach Hause. Gleich morgen früh.«

Madame Ju nickte ergeben, rang sich zu einem Lächeln durch, dann begleitete Herr Weng die drei Frauen nach draußen.

»Wir nehmen morgen diesen van der Zwaan unter die Lupe«,

sagte Berthold zu Kalweit. »Er hat ein Büro am Magdeburgquai, das weiß ich von Brenner. Außerdem filzen wir alles, was *Jasmin Ltd.* gehört. Ich will, dass wir in jede Kiste, jedes Fass schauen. Alles, was er irgendwo lagert. Wir müssen das mit der Hafenmeisterei und dem Zoll abklären.«

Kalweit nickte und machte sich Notizen.

»Aber jetzt versuche ich, eine Mütze voll Schlaf zu bekommen. Auf die paar Stunden kommt es nicht mehr an.«

37.

Ihr Gefängnis war komfortabel, aber es blieb ein Gefängnis. In seiner ihm eigenen wölfischen Freundlichkeit hatte ihr Vater sie aufgefordert, ihn nach oben in sein Büro zu begleiten, wo er sie in einen Nebenraum schob. Ein karges, fensterloses Gelass, leere Regale an den Wänden. Ihr Vater ließ sie dort zurück, er bedauere die Unannehmlichkeiten, aber vorübergehend müsse sie hiermit vorliebnehmen, bis er entschieden habe, wie mit ihr zu verfahren sei. Sie bekam Wasser und die Versicherung, es würde ihr kein Leid geschehen, er liebe sie über alles und sei selbstverständlich an ihrem Wohlergehen interessiert.

Damit hatte er die Tür geschlossen, verriegelt, seitdem hatte Anne nichts mehr gehört. Weder Laute von ihrem Vater noch andere drangen aus der Umgebung an ihr Ohr, sie fühlte sich wie in einer Zelle.

Protestiert hatte Anne nicht. Sie versuchte weder, sich herauszureden oder zu entschuldigen, noch, ihm zu versichern, dass sie niemandem etwas verraten würde, wenn er sie nur gehen ließe.

Es wäre ohnehin zwecklos gewesen, sie kannte ihren Vater zu gut. Setzte er sich etwas in den Kopf, konnte niemand ihn davon abbringen – weder seine Ehefrau noch sein Anwalt

Chaimbers und erst recht nicht seine Tochter, deren Wünsche und Ziele in seinem Leben noch nie eine Rolle gespielt hatten.

Auch wollte Anne sich um keinen Preis vor ihm erniedrigen. Ihn anbetteln? Um ihr Leben flehen? So klein wollte sie sich nicht machen. Nein, sie ging erhobenen Hauptes in das Gefängnis, das er ihr zugedacht hatte, wollte sich stark fühlen und bereit für den Moment der Flucht. So viel war sicher: Es würde den einen Moment geben, in dem ihr Vater unaufmerksam war. Es konnte nicht sein, dass er sie, eine erwachsene Frau im Vollbesitz ihrer geistigen und körperlichen Kräfte, ohne Zeugen, ohne Mühen, einfach so beiseiteschaffen konnte. Aus Hamburg entführen.

Anne glaubte fest, dass ihr Vater sie nach England zurückbringen wollte. Wohin sonst? Aber dann? Er konnte sie unmöglich ein Leben lang in Gefangenschaft halten, das hatte er bestimmt nicht vor, er musste sie lediglich aus dem Weg räumen, solange er seinen schmutzigen Geschäften in Hamburg nachging.

Je länger sie jedoch in dem Raum saß – zumindest nicht im Dunkeln, an der Decke hing eine nackte Glühbirne und verströmte ihr ungesundes gelbes Licht –, desto schneller schlug ihr Herz. Die Luft war verbraucht, es war warm und wurde wärmer. Wie lange würde er sie hier drin gefangen halten, ohne frische Luft, ohne die Möglichkeit, ihre Notdurft zu verrichten? Annes Herz klopfte bis zum Hals, sie begann zu schwitzen, erst wenig, dann immer stärker, sie atmete hastig. Um einen weiteren ihrer Angstanfälle zu verhindern, legte sie sich bäuchlings auf den Boden. Der nackte Stein fühlte sich kühl an, sie presste ihre Wange fest darauf, legte die Handflächen flach auf den Boden, schloss die Augen, konzentrierte sich auf ihren Atem und dachte an Ju. Sie würde träumen, nahm sich Anne vor. Sich auf das Dach träumen, Hand in Hand mit Ju, deren zarte Haut fühlen, das seidige Haar an ihrer Wange spüren.

Gemeinsam blickten sie ins Firmament, behütet vom samtenen Tuch der Nacht, die Sternschnuppe zeigte ihnen den Weg ins Paradies.

So fiel sie in den Schlaf.

38.

Man konnte tatsächlich die Uhr nach ihm stellen, dachte Helene spöttisch, als sie Franz Hopp um Punkt halb zehn aus der Tür des Hauses treten sah. Drei Tage die Woche, so hatte Paulina es ihr erzählt, Montag, Mittwoch und Freitag, das waren die festen Bordelltage ihres Ehemannes. Er verließ um halb zehn das Haus und kehrte um Mitternacht zurück. Ein erbärmlicher Spießbürger, dachte Helene. Der Pantoffeln trug, um den Holzboden nicht zu zerkratzen. Der seine Frau schlug und zu festen Zeiten ins Bordell ging wie ins Büro. Warum um alles in der Welt hatte Paulina Reimers diesen Wicht geheiratet?

Meinhard Tannenberg legte den ersten Gang ein. Gemeinsam saßen sie mit laufendem Motor in seinem Wagen und beobachteten das Haus von Paulina, als Franz Hopp rückwärts aus der Garage fuhr. Die Reifen hatte er ausgetauscht, die Kratzer im Lack allerdings, die Helene in ihrer Wut hinterlassen hatte, konnte man im Schein der Straßenlaterne noch sehen.

Sie folgten Hopp in einigem Abstand durch den Verkehr in Richtung Innenstadt. Es war nicht viel los auf den Straßen, sodass es Meinhard leichtfiel, Hopps Wagen im Auge zu behalten.

»Danke, dass du das machst«, sagte Helene.

»Ich danke dir für das Abenteuer. Heute bin ich für jede Ablenkung dankbar.« Meinhard lächelte verhalten. »Ich habe lange mit Johannes telefoniert. Es ist schwer für ihn.«

»Ich verstehe.«

»Ich hatte das Gefühl, er erholt sich langsam von dem Trauma, dass sein Bruder ein mehrfacher Mörder ist, aber die Nachricht, dass er sich in der Zelle umgebracht hat, hat ihn völlig zurückgeworfen. Er war am Boden zerstört.«

»Woher wusste er es? Die Zeitungen haben noch nichts darüber gebracht.«

Meinhard fuhr nun direkt hinter Franz Hopp, der seinen Wagen in Richtung Altona steuerte.

»Sein Vater hat ihn gleich benachrichtigt. Danach hat Johannes mich sofort angerufen.«

»Diese Fernsprecher sind ein Segen.« Helene beobachtete, dass Paulinas Gatte die großen Straßen verließ und in eine ruhige Wohngegend lenkte. »Ich wünschte, wir hätten auch einen Apparat zu Hause. Vater sträubt sich noch gegen die moderne Technik. Er meint, das ist eine unnötige Modeerscheinung, in Privathaushalten wird sich das nicht durchsetzen.«

»Da kann er meinem Vater die Hand reichen – aber das ist die ältere Generation. Die tun sich schwer, mit dem Fortschritt mitzuhalten. Mein Vater wird auch niemals in einen motorisierten Wagen steigen.«

Helene wollte etwas darauf erwidern, aber Franz Hopp stellte vor ihnen seinen Wagen ab. Meinhard schaffte es gerade noch rechtzeitig, auf die Bremse zu treten, bremste dabei einen hinter ihnen fahrenden Radler gefährlich aus, der mit wütendem Gebimmel an ihnen vorbeizog.

Helene griff zur Beifahrertür. »Du musst nicht auf mich warten«, beschied sie ihrem Freund. »Ich kann auch mit der Tram nach Hause fahren.«

»Einen Teufel werde ich tun! Du begibst dich in Gefahr – wenn du um Mitternacht nicht wieder hier bist, verständige ich deinen Kommissar.«

Hopp lief bereits zu Fuß die Straße hinunter, Helene beeilte sich, aus dem Auto zu kommen, und folgte ihm. Sie hatte wohlweislich einen Hut aufgesetzt, der mit Tüllbändern unter dem Kinn zu befestigen war, sodass ihr leuchtender Schopf sie nicht verriet. Mit gesenktem Kopf und schnellen Schritten nahm sie die Verfolgung auf.

Nachdem er an drei Häusern vorbeigelaufen war, bog Franz Hopp in eine Toreinfahrt. Nichts verriet, dass er sich beobachtet fühlte, mit lockerem Schritt ging er seinem Ziel entgegen.

Dieses lag im ersten Hinterhof, Seitengebäude. Helene folgte ihm nicht ins Treppenhaus, stattdessen beobachtete sie von den Aschentonnen aus, in welchem Stockwerk Hopps Ziel lag. Das Treppenhaus war elektrifiziert, wenn auch schwach, aber so konnte sie durch die Fenster wunderbar sehen, wie Franz Etage um Etage nach oben stieg. Im dritten Stock war er plötzlich verschwunden. Helene wartete einen Augenblick, dann lief sie wieder in die Toreinfahrt. Hier hing ein großer Anschlag, auf dem alle Mieter verzeichnet waren. Erster Hof, Seitengebäude, dritter Stock: links Sawatzki, rechts Rosa Rot.

Keine Frage, bei welchem Mieter es sich um das Bordell handelte, der Name war Programm, dachte Helene und stellte sich nun auf eine Stunde Wartezeit ein. Sie machte es sich auf einem Mäuerchen bei den Aschetonnen bequem, zog ihre Blechschachtel mit den *Salem* hervor, steckte diese aber nach kurzer Überlegung wieder zurück. Weniger rauchen, war ihre Devise.

Nach einer guten Viertelstunde kam eine Mieterin aus dem Seitengebäude und leerte ihren Müll in eine der Aschetonnen. Skeptisch beäugte sie die junge Frau auf der Mauer.

»Mach'n Sie denn da?«, sprach sie Helene an. »Hier tun Se nich wohnen jedenfalls.«

»Nein. Ich warte auf meinen Mann.« Helene zeigte auf den Seitenflügel. »Der ist bei Rosa Rot zu Gast.«

Die Frau riss die Augen auf. »Und da sitzen Se hier ganz ruhig?«

»Er weiß nichts davon.« Helene machte die Scharade Freude. »Ich will ihn auf frischer Tat ertappen. Und dann bekommt er was zu hören.«

»Na, Sie sind mir eine! Nicht zimperlich, was?« Die Frau lachte und blickte Helene sehr viel wohlwollender an.

»Das ist doch das Bordell, oder?«

»Jaja.« Die Frau senkte die Stimme. »Ich könnte Ihnen was erzählen ... Is' nich schön für die andern Mieter. Wohnen ja auch Familien mit kleinen Kindern hier!«

Helene nickte. Die Kinder, die hier wohnten, durften fast von Glück sagen, dass sie nur ein Bordell in der Nachbarschaft hatten. Das war unschön genug, aber viele Kinder lebten damit, dass ihre Mutter Freier in der eigenen Wohnung bedienen musste, die Erzählungen, die sie manchmal im Frauenhaus hörte, verursachten ihr Übelkeit.

»Na, dann will ich nicht länger stören. Viel Glück und sagen Se ihm ordentlich Bescheid, Ihrem Gatten.«

»Keine Bange, der macht hier so schnell keinen Besuch mehr«, gab Helene zurück.

Weil sie nun sicher war, dass Franz Hopp im Bordell seine Bedürfnisse auslebte und ihr nicht durch die Lappen ging, setzte Helene sich wieder zu Meinhard ins Auto und brach erst eine Viertelstunde vor elf wieder auf, um Franz Hopp in Empfang zu nehmen. Und tatsächlich: Er war auf die Minute pünktlich. Fröhlich pfeifend betrat er den dunklen Hof. Er bemerkte Helene erst, als sie ihn ansprach.

»Guten Abend, Franz!«

Sein Kopf fuhr herum; als er Helene erkannte, entgleisten seine Züge. Aber er fing sich rasch. »Spionierst du mir nach?«

»Aber ja.« Helene hüpfte vom Mäuerchen. »Komm, lass uns ein paar Schritte gehen.«

»Den Teufel werde ich tun. Hau ab!«

»Du wärst mich so gerne los, was? Das Liebchen des Kommissars. Aber leider, Franz, bin ich lästiger als eine Schmeißfliege.«

Helene war langsam in Richtung Toreinfahrt geschlendert, sie legte keinen Wert darauf, das unerfreuliche Gespräch mit Franz Hopp in dem dunklen Hof zu führen, sie fühlte sich auf der belebten Straße deutlich wohler.

»Was willst du?«

»Es ist nicht viel, aber es ist bedeutend. Ich verlange, dass du nie wieder die Hand gegen Paulina erhebst. Hast du gehört? Nie. Wieder.«

Er lachte freudlos auf. »Du willst dich in meine Ehe einmischen? Das geht dich verdammt noch mal nichts an, was ich mit meiner Frau in meinen eigenen vier Wänden mache.«

»Leider hast du recht. Es geht mich nichts an. Ich verlange trotzdem, dass du aufhörst. Denn ich bin sicher, dass deine regelmäßigen Bordellbesuche von deinen Eltern nicht gebilligt werden. Korrigiere mich, wenn ich etwas Falsches sage, aber sie hatten es eilig, dich unter die Haube zu bringen. Wegen deiner unerfreulichen Eskapaden.«

Franz kniff die Augen zusammen. »Du willst mich erpressen? Und wie willst du beweisen, was du hier behauptest?«

»Das muss ich nicht.« Helene hatte das Ende der Toreinfahrt erreicht. Sie konnten nun von jedermann beobachtet werden; sollte Franz handgreiflich werden, war sie ihm wenigstens nicht schutzlos ausgeliefert. Ihr Herz klopfte bis zum Hals, aber sie war fest entschlossen, das, was sie begonnen hatte, mit aller Härte zu Ende zu führen. »Berthold, pardon, Kommissar Rheydt, wird sich sehr dafür interessieren, dass du kein Alibi für die Nacht hast, als du Hao aus dem Haus gelockt hast. Weil du Angst hattest, sie identifiziert dich als ihren Kunden aus der *Leuchtenden Sonne.* Und ich sage jederzeit unter Eid aus, dass ich dich beobachtet habe, wie du ihr Geld geboten und sie fortgejagt hast.«

»Du Flittchen!«, zischte Franz und trat einen Schritt näher. Seine Hand zuckte, als wollte er Helene ins Gesicht schlagen, doch er beherrschte sich im gleichen Moment.

»Es ist also ein Leichtes, dir Schuld am Tod der Frau zu geben. Damit ist alles, was du hast, zunichtegemacht.« Helene verschwieg, dass Hao vermutlich selbst den Tod im Wasser gewählt hatte oder aber einem Unfall zum Opfer gefallen war. In den Zeitungen hatte es immer nur geheißen, dass sie unter »ungeklärter Ursache« zu Tode gekommen war.

Franz Hopp ballte seine Hände zu Fäusten, er zitterte vor Wut, aus seinen Augen sprach blanker Hass.

»Ich will nichts weiter, als dass du aufhörst, Paulina zu schlagen. Noch einmal – und ich schwöre dir, ich erfahre davon! –, und du bekommst Besuch von der Polizei.« Sie zeigte in die Toreinfahrt. »Welche Vorlieben du privat hast, interessiert mich nicht. Tu, was du nicht lassen kannst.«

»Ich habe von Beginn an gewusst, dass du Gift für meine Ehe bist«, sagte Franz. »Ich hätte dir, wie ich es dir angekündigt habe, den Hals umdrehen sollen …«

»So, wie du es bei Hao getan hast?«

»Das ist eine Lüge! Ich habe niemals …«

»Das musst du erst einmal beweisen. Sie ist tot, du hast kein Alibi, Paulina würde es jederzeit zurücknehmen, und du bist gesehen worden. Dein Vater ist Anwalt, du weißt also nur zu gut, was das für dich bedeutet.«

Franz Hopp starrte Helene einige Sekunden an. »Nimm dich in Acht, Helene Curtius«, sagte er schließlich. »Nimm dich in Acht, wenn du allein bist. Nimm dich in Acht, wenn du dunkle Wege gehst – eines Tages werde ich hinter dir sein.«

Damit drehte er sich um und lief zu seinem Auto. Helene wartete ab, bis er eingestiegen und weggefahren war, erst dann rannte sie zu Meinhard. Sie zitterte am ganzen Körper, der Schweiß lief ihr den Rücken hinunter.

»Jetzt brauche ich einen Schnaps«, sagte sie zu Tannenberg, als sie in den Zweisitzer stieg.

»Ein Absinth im *Alsterpavillon*«, sagte Meinhard vergnügt. »Geht auf meine Rechnung.«

Helene war übel. Sie war gewiss, dass sie diese eine Schlacht gewonnen hatte. Aber sie wusste auch: Der Krieg mit Franz Hopp war nicht beendet.

38.

Als sie ihr die Augenbinde anlegten, hatte Anne keine Vorstellung von Zeit – wie lange hatte sie geschlafen? Welche Tageszeit war es? Die wichtigste Frage aber war: Wohin wollten sie sie bringen?

Es waren drei Männer, die in ihre Zelle gekommen waren. Ihr Vater mit zwei Begleitern. Diese sprachen kein Wort, aber Anne lauschte auf die Schritte und spürte die Bewegungen der Männer um sich herum.

Einzig ihr Vater sprach. Sie war davon aufgewacht, dass Männer in den Raum kamen und versuchten, ihr eine Augenbinde anzulegen. Instinktiv wehrte sie sich, schlug um sich, ein Mann packte mit eisernem Griff ihre Handgelenke und hielt sie fest. Dann hörte sie ihren Vater, der die Männer bat, behutsam mit ihr umzugehen, schließlich sei sie seine Tochter.

Gehorsam halfen die stummen Fremden ihr hoch und geleiteten sie, je auf einer Seite ein Mann, aus dem Raum, der ihr Gefängnis gewesen war.

»Du musst nichts befürchten«, hörte sie die Stimme ihres Vaters im Rücken. »Dir geschieht nichts, meine Liebe. Ich werde dich lediglich auf große Fahrt schicken. Du wirst eine schöne Reise antreten, ein fremdes Land besuchen, und wenn sich die Lage einigermaßen beruhigt hat, kannst du zurückkehren. Es wird ein bisschen dauern, zugegeben.«

»Wohin schickst du mich?« Anne musste sich konzentrieren – auf die Worte des Vaters, aber auch auf ihre Schritte, sie liefen nun treppab. Außerdem versuchte sie, so viel von ihrer Umgebung wie möglich aufzunehmen, damit sie sich einigermaßen orientieren konnte. Im Moment waren sie zweifellos noch in dem großen Gebäude am Magdeburgquai, in dem sich die Praxis, das Labor im Souterrain und das Büro ihres Vaters befanden. Anne machte sich keine Hoffnung, dass man sie einfach so aus der Tür hinaus auf den Quai führen würde, wo jeder sie sehen konnte. Sie mussten unbeobachtet hinausgelangen. Gab es einen geheimen Zugang? Die Luft um sie herum wurde kühler, feuchter, modriger Geruch drang in ihre Nase. Ein Keller, vermutete Anne. Dazu passte, dass sich die Geräusche um sie herum veränderten. Ihre Schritte hallten ein wenig, Anne glaubte zu spüren, dass sie sich in einem kleineren Raum bewegten, es mochte ein schmaler Gang sein, ein Tunnel vielleicht. Sie liefen stumm, die Männer immer noch neben ihr, der Vater dahinter. Nach einigen Minuten hörte Anne, wie eine schwere Tür geöffnet wurde, ein Mann ging voran, dann wurde sie durchgeschoben, der zweite Mann und ihr Vater folgten. Der Weg danach verwirrte Anne. Es ging mal treppauf, mal treppab. Sie hörte Wasser, fühlte frische Luft. Sie waren draußen, am Hafen. Sie hörte das Wasser im Hafenbecken, roch die unverwechselbare Mischung aus Teer, schmutzigem Hafenwasser, Möwenschiss. Ihre Bewacher gingen vor und hinter ihr, nebeneinander war es anscheinend zu schmal, also fassten die Männer je eines ihrer Handgelenke, bis man sie schließlich in ein Boot hob. Es musste ein Ruderboot sein, sie saß auf einer schmalen Bank, neben sich ihre Bewacher, und hörte die Einschläge der Ruderblätter im Wasser.

Die Männer ruderten stumm, niemand sagte ein Wort. Auch Annes Vater nicht – war er überhaupt mit von der Partie?

Nach einer Weile – Anne war es unmöglich zu sagen, wie viel Zeit vergangen war, es konnte eine Viertel-, aber auch eine halbe Stunde gewesen sein, verstummten die Rudergeräusche. Anne hörte, wie etwas an dem Boot festgemacht wurde, man zog sie hoch und lief mit ihr über ein wackeliges Fallreep auf ein anderes Boot, ein Schiff, wahrscheinlich war es ein Segler. Das Plätschern der Wellen gegen den Rumpf verriet es ihr, der Boden unter ihren Füßen bewegte sich sanft. Sie roch den großen Fluss, die Elbe, vernahm das Knarren und Schlagen von Tauen, leises Klappern der Taljen.

Sofort kam die Erinnerung zurück – an den eiskalten Neujahrsmorgen, an dem sie auf einem Schiff ihres Vaters in den Hamburger Hafen eingelaufen war. Mit nichts als einem falschen Namen, einem gebrochenen Herzen und ein wenig Gepäck. Und nun sollte sie die Hansestadt wieder verlassen? Was hatte sie sich in der Zeit alles aufgebaut – sie praktizierte, war aktiv in der Wohlfahrt, hatte Freunde und vor allem: Sie hatte sich verliebt. Anne war nicht bereit, darauf zu verzichten. Ja, sie befand sich in diesem Moment in einer scheinbar ausweglosen Situation, alles sprach dafür, dass es ihrem Vater gelingen würde, sie außer Landes zu schaffen. Aber Anne war fest entschlossen, ihm selbst jetzt, als seine Gefangene, die Stirn zu bieten.

Man brachte sie in eine Kabine, jemand folgte ihr und nahm ihr die Augenbinde ab. Es war ihr Vater. Anne sah sich um. Die Kabine war komfortabel, klein, aber sie hatte sie für sich allein. Zu ihrer Überraschung erkannte sie Gepäckstücke, die ihr gehörten – ein Koffer und eine große Reisetasche.

Roger van der Zwaan bemerkte ihre Verwunderung. »Wir haben uns erlaubt, dir ein wenig Gepäck zusammenzustellen. Ich möchte, dass du deine Reise genießt.«

»Ich vermute, es gibt für mich ohnehin keine Alternative?«

Der Blick, mit dem ihr Vater sie bedachte, war liebevoll. Für einen Moment erkannte sie in ihm den Menschen, den sie als Kind vergöttert hatte. Sie war immer eine Vatertochter gewesen, hatte zu ihm aufgeschaut, ihn bewundert. In seinen Augen erkannte sie, dass auch ihn die Situation schmerzte, in die sie geraten waren.

Anne setzte sich auf das schmale Bett in einer Nische der Kabine. »Warum tust du all das?«, fragte sie ihn. »Warum bist du nicht zufrieden mit dem, was du in London erreicht hast? Ich verstehe nicht …«

»Was ich in London erreicht habe?« Der sanfte Ausdruck verschwand wieder, die Züge ihres Vaters wurden hart. »Ich musste bei null anfangen. Mit Schimpf und Schande haben sie mich aus Hamburg vertrieben, diese Pfeffersäcke. Ich hatte nichts mehr, nichts. Keine Schiffe, kein Vertrauen, kein Geld.«

»Aber es ging doch in London rasch wieder aufwärts? Ich verstehe nicht …«

»Glaubst du im Ernst, Anne, dass ich all das, was ich mir in London aufgebaut habe, mit einer neuen Reederei verdient habe?« Roger van der Zwaan schüttelte den Kopf. »Das hätte viele Jahre gedauert, der Kuchen ist längst verteilt. Sun Bo ist damals an mich herangetreten. Ich wollte in das Opiumgeschäft einsteigen. Einige meiner Schiffe transportierten Opium. Ein legales Geschäft, mit dem sich viel mehr verdienen ließ als mit der Reederei. Warum also sollte ich nicht davon profitieren?«

»Du hast dein Vermögen also weniger mit Reederei als mit dem Opium gemacht? Warum weiß ich nichts davon?«

»Weil du es nicht wissen wolltest. Weil du mit deinem eigenen Lebensweg beschäftigt warst. Anne, du hast dich doch gar nicht für meine Geschäfte interessiert – warum auch? Solange ich dir und Dorothy all das finanziert habe, was ihr euch gewünscht habt, wart ihr zufrieden. Dorothys Liebhaber und ihr ausschweifender Lebensstil, dein Studium, deine Ausbildung und schließlich die monatlichen Zuwendungen in nicht unbeträchtlicher Höhe – du weigerst dich ja, als anständige Ärztin zu praktizieren –, das waren immense Kosten.«

Anne zwang sich, die »anständige Ärztin« zu überhören. Diesen Vorwurf hörte sie sich an, seit sie ihr Studium abgeschlossen hatte und sich tatsächlich dagegen verwahrte, als Ärztin eine Praxis für Wohlhabende im Regent's Park oder zur Not in Harvestehude zu eröffnen.

»Du gibst allen Ernstes Mutter und mir die Schuld daran, dass du schmutzige Geschäfte machst?«

»Nichts am Handel mit Opium ist schmutzig«, entgegnete ihr Vater. »Es ist vollkommen legal. Ich besitze eigene Plantagen in China, ich importiere das Opium legal und verkaufe es im Königreich und im Deutschen Reich.«

»Und wozu das Labor? Erzähl mir nicht, dass das legal ist«, ereiferte sich Anne.

Ihr Vater erhob sich. »Das Gespräch ist an dieser Stelle beendet. Ich muss von Bord, das Schiff läuft gleich aus.« Er trat einen Schritt auf Anne zu. »Bitte, Anne. Lass uns nicht so auseinandergehen.«

Was sollte sie sagen? Wie reagieren? Alles in ihr schrie danach, sich in seine Arme zu werfen, wieder die kleine Tochter zu sein, die zu ihrem großen, erfolgreichen und früher einmal auch liebevollen Vater aufblickte. Warum mussten sich seine bösen Taten immer wieder vor dieses Bild schieben? Warum konnte sie nicht ausblenden, was er getan hatte?

»Und Tergit?«, fragte sie. »Wie passt der ins Bild?«

Roger van der Zwaan lächelte. »Er war ein Kompagnon. Er hatte Ideen und Beziehungen, die mir nutzten. Die pharmazeutische Fabrik seines Schwiegervaters, potente Kunden aus den besten Kreisen Hamburgs … Schade, dass es so ein Ende mit ihm nehmen musste.«

»Du willst Rache«, sagte Anne kühl. »Du willst dich an Hamburg rächen, dass es dich ausgespuckt hat. Und dafür gehst du über Leichen.«

»Es ist Zeit.« Ihr Vater wandte sich ab, öffnete die Tür, drehte sich aber noch einmal zu ihr um. »Meine Leute haben die Anweisung, dich aus der Kabine zu lassen, sobald das Schiff die Stadtgrenze hinter sich gelassen hat. Du bist keine Gefangene – aber ich rate dir, keinen Fluchtversuch zu wagen. Du wirst nach China reisen, da ist für dich gesorgt. Sehr gut sogar, mein Partner dort veranlasst alles so, dass es dir an nichts fehlen wird. Wenn das Schiff einen Hafen anläuft, musst du leider in der Kabine bleiben. Sicher ist sicher.«

Dann schloss er die Tür hinter sich.

China! Sofort dachte Anne an Ju. Und sie hoffte inständig, dass diese aktiv geworden war, nachdem Anne nicht zum verabredeten Zeitpunkt im Café an der Roosenstraße gewesen war. Hatte Ju sich an Berthold gewandt? Suchte die Polizei nach ihr?

Selbst wenn, dachte Anne schließlich resigniert, selbst wenn Berthold Rheydt sie suchen ließe – niemals käme irgendjemand auf die Idee, auf einem Schiff ihres Vaters nach ihr zu fahnden. Warum auch? Wenn eine erwachsene Frau nicht zu einer Verabredung erschien, war das noch lange kein Grund für die Polizei, besorgt zu sein. Erst wenn sie auch am nächsten Tag ihre Verpflichtungen nicht wahrnehmen würde, wenn sie auch nachts nicht zu Hause in ihrer Wohnung auftauchte – erst dann würde sich die Polizei ihres Verschwindens annehmen. Und bis dahin war das Schiff, auf dem sie sich befand, sehr weit weg.

Im Moment blieb ihr nichts, als die Hände in den Schoß zu legen. Sie musste sich in Geduld üben, einen kühlen Kopf bewahren und bereit sein. Bereit sein für den richtigen Moment.

Einige Stunden mochten vergangen sein. Anne lag ausgestreckt auf dem Bett und starrte an die Decke, als sie hörte, wie ihre Kabine aufgeschlossen wurde. Doch niemand kam herein. Das Schiff hatte sich längst in Bewegung gesetzt, das spürte Anne an den leichten Schwankungen. Vermutlich wurde es aus der Elbe geschleppt, bis es die Mündung der Nordsee erreichte.

Anne erhob sich, drückte die Klinke herunter – in der Tat, die Tür war nicht mehr versperrt. Ein Seemann kam ihr auf dem Gang entgegen, musterte sie, ohne zu grüßen, und ging an ihr vorbei. Nicht sehr viel anders war es damals gewesen, erinnerte sie sich, als sie London verlassen musste. Mitten in der Nacht, mit gefälschten Papieren. Auch damals hatte ihr Vater sie auf einem seiner Segler untergebracht – zum Missfallen des Kapitäns, der keinen Hehl daraus machte, dass er die Frau an Bord nur widerwillig beherbergte. Auch damals hatte kaum jemand mit ihr ein Wort gewechselt, allerdings waren eine Handvoll anderer Reisender dabei gewesen, deshalb hatte Anne sich nicht vollkommen isoliert gefühlt. Gespräche hatte sie dennoch gemieden, schließlich war sie auf der Flucht gewesen.

Anne hatte das Ende des Ganges erreicht und lief die Treppe empor. Sie kannte sich auf den Seglern ihres Vaters aus; wenn er ein Schiff erwarb, hatte er es seiner Familie stets stolz gezeigt. Er war ein Mann der See, und Anne teilte seine Faszination für Schiffe. Das half ihr nun, um sich zu orientieren.

Als sie an Deck gelangte, sah sie, dass es noch immer Nacht war, es konnten nicht allzu viele Stunden seit ihrer Festsetzung vergangen sein.

Sie erkannte, dass es sich bei dem Schiff um die *Beatrice* handelte, einen Dreimastsegler, der nun von Schleppern aus der Elbe gezogen wurde. Der Wind reichte nicht aus, um mit eigener Kraft aus dem Fluss zu segeln, Anne warf einen Blick hinunter in das schwarze Wasser. Sie kamen nur langsam voran, vielleicht fünf oder sechs Knoten. Sie atmete die frische Luft tief in ihre Lungen ein, war gierig nach der kühlen Brise. China also, dachte sie, wie viele Wochen werden wir unterwegs sein? Fast bedauerte Anne, dass sie die Reise in das Reich der Mitte unter diesen schlechten Vorzeichen antrat; gerade nachdem sie sich mit Ju angefreundet hatte, empfand sie eine starke Faszination für die asiatische Kultur und wäre zu gern in die Heimat ihrer Freundin gereist. Am liebsten in deren Begleitung. Wie gerne hätte sie von Ju alles über ihr Land erfahren, über die Geschichte und die Tradition. Wäre mit Ju durch die Reisterrassen und über die Chinesische Mauer gelaufen. Würde sie jemals die Gelegenheit dazu bekommen? Würde Ju auf sie warten? Ja, fiel Anne ein, was dachte Ju überhaupt, warum sie nicht zu ihrem Treffen gekommen war? Am Ende glaubte ihre chinesische Freundin gar nicht, dass Anne etwas zugestoßen war, sondern nahm an, dass sie kein Interesse mehr an ihr hatte. Fühlte sie sich versetzt, zurückgewiesen? Anne spürte, wie sehr sie dieser Gedanke verletzte; wenn sie ihrer Freundin nur zurufen könnte, dass sie sie niemals versetzen würde, dass sie sich verliebt hatte und sich entsetzlich nach ihr sehnte!

Anne stand an der Reling, die Matrosen um sie herum waren mit ihrer Arbeit beschäftigt, kaum jemand nahm Notiz von ihr. Die Ufer lagen fern und dunkel in der Nacht, Anne konnte nur schwer an ihren Umrissen einschätzen, wo sie sich befanden. Hamburg aber war noch entfernt in Sicht, sie passierten nun eine der Elbinseln, es könnte Pagensand sein, dachte Anne.

Sie sah hinunter. Schäumende Gischt, schwarze Tiefe. Wie weit war die Wasseroberfläche entfernt, fragte sie sich. Könnte sie es schaffen?

Sie musste schnell sein.

Nicht überlegen.

Anne stemmte sich hoch, schwang ein Bein über die Reling, jemand rief etwas, sie stieß sich ab – und sprang.

39.

Sie standen nebeneinander vor dem Grünen Haus und tranken Kaffee. Eduard Kalweit, Jens Raabe und Berthold. Willy Brenner war nicht dabei, ihn hatte Berthold von der Aktion abgezogen, damit er sich auf die Suche nach Anne van der Zwaan machen sollte.

Es war noch früh, Theresa hatte das Haus gerade erst geöffnet, aber noch lagen ihre Schäfchen, um die sie sich gemeinhin kümmerte, im Tiefschlaf. Die Bordsteinschwalben, die das Haus mittlerweile als zweite Heimat akzeptiert hatten, kamen meistens erst gegen Mittag, das Mittagessen war ihr Frühstück. Nur die Alte Suse schlummerte, wie so oft, auf der Bank vor dem Haus, reglos, trotz der Sommerhitze in Decken gewickelt, sodass man nicht auf den ersten Blick erkennen konnte, wo ihr Kopf und wo ihre Füße waren. War sie früher nur sporadisch vorbeigekommen, so schien sie sich in der letzten Zeit an die freundliche Rundumversorgung zu gewöhnen. Sie schlief vor dem Haus oder in der unmittelbaren Umgebung, nahm den Kaffee von Theresa dankbar an und ließ sich von ihr einmal die Woche unter die Dusche stellen. Ein Erfolg, hatte Theresa Berthold erklärt, als er mit seinen Leuten angerückt war.

Der Magdeburgquai war blau von den Uniformen der vielen Schutzpolizisten.

Berthold und seine Leute waren schon am Morgen fleißig gewesen. Nachdem die beiden Frauen ihnen gestern Einzelheiten ihrer Reise anvertraut hatten, fiel auch der Name Charlotte Lehmann. Berthold hatte erfahren, dass diese die Mädchen freigekauft hatte. Seine erste Tat am Morgen war es deshalb gewesen, in der Paulstraße aufzuschlagen und sich mit ihr zu unterhalten. Zwar wusste sie nicht, mit welchem Schiff die Mädchen in Hamburg angekommen waren, aber sie kannte das

Datum ihrer Ankunft – sie hatte es sich sogar in ihrem Notizbuch vermerkt.

Daraufhin hatte Kalweit bei der Hafenmeisterei nachgeforscht, welche Schiffe an dem Tag im Hamburger Hafen angelandet waren. Fünf waren infrage gekommen, die Ware aus China deklarierten – darunter die *Monsun.* Ein Schiff Roger van der Zwaans. Das hatte dem Richter genügt, um einen umfassenden Durchsuchungsbeschluss durchzuwinken. Der Polizeipräsident höchstselbst hatte den Antrag beim Staatsanwalt unterstützt. Seit der Sache mit Wilhelm von Stetten gab sich der oberste Chef der Behörde als eifriger Förderer Bertholds, unterstützte ihn nach Kräften und machte keinen Hehl daraus, dass er in seiner Schuld stand.

Sun Bo saß nach wie vor in Untersuchungshaft, und es sah nicht so aus, als würde er gegen Kaution freikommen. Zumal Chou Lan, die Artistin, vernehmungsfähig war, Berthold erhoffte sich von ihr eine Bestätigung, dass Sun Bo sie kidnappen ließ, sie Joachim von Stetten überlassen hatte und dass dieser unter seiner Protektion gestanden hatte. Obwohl mit dem Freitod des Hafenmörders die Ermittlungen erloschen waren, hatten sich seit gestern Abend, seit Madame Ju mit den Mädchen aus der Wäscherei im Präsidium aufgetaucht war, die Ereignisse überschlagen. Die Ermittlungsgruppen für Gewaltdelikte und Bandenkriminalität arbeiteten auf Hochtouren.

Die Schlinge zog sich zu.

In wenigen Minuten würden sie das Geschäftshaus van der Zwaans auf den Kopf stellen. Elmar Thönnes war mit seinen Leuten am Kaiserspeicher, um dort alle Waren, die der Firma *Jasmin Ltd. Corp.* zugeordnet werden konnten, aufzuspüren. Die Hafenmeisterei unterstützte sie, auch die Zollbehörde war beteiligt. Gegenwärtig lag kein Schiff van der Zwaans im Hafen. Die *Monsun* segelte im Roten Meer, und die *Beatrice* war in der Nacht ausgelaufen, wie Eduard Kalweit in Erfahrung gebracht hatte.

Bertholds Blick fiel auf seine Männer, die nur auf ein Zeichen von ihm warteten, um loszuschlagen. Er fühlte sich gut, er hatte geschlafen wie ein Stein, war ausgeruht aufgewacht, hatte die ereignisreichen zwei Tage hinter sich lassen können und blickte zuversichtlich nach vorne. Sogar seine Füße schmerzten ein kleines bisschen weniger als am Vortag – in normale Schuhe passte er mit den dicken Verbänden dennoch nicht. Berthold war guter Dinge, er würde das dichte Netz, das Roger van der Zwaan mit Sun Bo gesponnen und über der Stadt ausgeworfen hatte, heute zerschneiden.

Wenn er schon nicht Joachim von Stetten wegen mehrfachen Mordes vor Gericht bringen konnte, so würde es ihm doch gewiss gelingen, Sun Bo und Roger van der Zwaan wegen verschiedener Gesetzesverstöße wie Freiheitsberaubung und Menschenhandel sowie möglicherweise doch noch Totschlag an dem Mann im Fass an den Karren zu fahren.

Und dann, sobald ihm das gelungen war, wenn er den Fall abgeschlossen hatte, dann, ja dann konnte er offiziell bei Pastor Curtius vorsprechen und um Helenes Hand anhalten.

Berthold stellte die Kaffeetasse ab und warf einen Blick in den Himmel. Der Wind hatte aufgefrischt und trieb eine Horde Schäfchenwolken vor sich her, die Temperaturen sanken langsam. Berthold sehnte sich nach dem Herbst. Nach Kühle, nach goldenen Bäumen und nach anständigem Regenwetter.

»Es geht los.«

Der Kommissar lief, immer noch leicht humpelnd, zu dem großen Backsteingebäude, das seine Männer bereits umstellt hatten. Die Bauarbeiter, die an den umliegenden Gebäuden zu tun hatten, warfen neugierige Blicke auf die Hundertschaft Schutzpolizisten. Ein Mann der Hafenmeisterei war ebenfalls anwesend und überwachte die Aktion der Polizei.

Es gab weder eine Klingel noch einen Türklopfer, Berthold ließ das Schloss des unteren Eingangs einfach aufbrechen, dann schwärmte ein Teil seiner Männer aus, während die anderen dafür sorgten, dass niemand unkontrolliert das Haus betrat oder verließ.

Alles, was verdächtig war, sollte gemeldet werden. Akten aus dem Büro van der Zwaans wurden beschlagnahmt. Was auch immer auf die Firma *Jasmin Ltd. Corp.* hinwies, die auf dem Papier der Frau des Reeders gehörte, ebenfalls.

Die Schupos nahmen ihre Arbeit auf, erst dann folgte Berthold seinen Männern. Die ersten Räume, die er betrat, waren die einer Praxis. Zu seinem Erstaunen wies ein Schild an der Tür *Doktor van der Zwaan* aus – seit wann praktizierte Anne hier?, wunderte sich Berthold. Erneut regte sich sein Misstrauen – inwieweit war Anne in die Geschäfte ihres Vaters verwickelt? Was wusste sie? Was verschwieg sie ihm? War sie tatsächlich verschwunden, und wenn ja – stand dies im Zusammenhang mit ihrem Vater?

»Kein Mensch hier, Chef.«

Berthold drehte sich zu Eduard Kalweit um. »Nichts? Niemand?«

Sein Assistent schüttelte den Kopf. »Es wirkt überhaupt, als wäre hier noch kein Betrieb.«

»Das Büro von van der Zwaan?«

Kalweit zuckte mit den Achseln. »Ein bisschen Schriftkram, aber nichts von Bedeutung. Frachtpapiere, Korrespondenz. Nichts von Belang, wir nehmen es natürlich mit.«

»Was sagen Sie zu der Praxis? Wussten Sie, dass Frau Doktor van der Zwaan hier praktiziert?«

In dem Moment, in dem Berthold die Frage stellte, fiel sein Blick auf eine Arzttasche. Sie stand unter dem Schreibtisch – er erkannte eindeutig die Tasche der Ärztin. Sie hatte sie fast immer dabei – er konnte sich nicht vorstellen, dass sie ohne anzutreffen war. Hatte sie sie vergessen? Soviel er wusste, war sie seit dem Brand in ihrer Praxis ständig unterwegs. Sie machte überall Hausbesuche und arbeitete im Frauenhaus in der Paulstraße. Jetzt erinnerte er sich, dass Charlotte Lehmann ihm bei ihrem Gespräch sagte, dass Anne am Vormittag kommen würde. Er hatte sich nach ihr erkundigt, aber es war noch früh am Morgen gewesen, sodass die Ärztin dort erst noch erwartet wurde. Berthold wies Kalweit auf die Tasche hin.

»Chef! Kommen Sie mal runter!«

Das war die Stimme von Jens Raabe, und Berthold entschied sich, zuerst der Stimme ins Kellergeschoss zu folgen. Die Sache mit der Arzttasche beschäftigte ihn. Er konnte nun nur hoffen, dass Willy Brenner die Ärztin auftrieb, denn wenn er erfolglos war, dann bedeutete dies, dass Madame Ju mit ihrer Befürchtung, Anne sei etwas zugestoßen, recht gehabt hätte. Hätte er sofort reagieren müssen?

»Schauen Sie mal hier. Was ist das?«

Raabe erwartete seinen Chef an der Tür eines Kellerraumes. Die Keller waren hier sehr niedrig, schließlich befanden sie sich unterhalb eines Quais in der Elbe. Der Keller bestand aus einem langen Gang, der nicht nur unter dem Haus, das sie durchsuchten, entlanglief, sondern den gesamten Quai unterkellerte, bis zum Brooktorhafen. Von dem Gang führte eine Tür zu dem Raum, den Jens Raabe ihm zeigen wollte – ein blitzblanker Raum, hochmodern, mit langen Stahltischen und einigen Apothekerschränken an der Wand.

Und vollkommen leer.

Berthold trat ein – ein seltsamer Geruch hing in der Luft. Beißend, säuerlich. Ein leerer, sauberer Raum, der so seltsam roch? Das passte nicht. Nichts passte hier, Berthold hatte den Eindruck, als wäre van der Zwaan gewarnt worden und hätte alles, was ihn belasten könnte, zur Seite geschafft. Aber selbst ein Maulwurf im Präsidium konnte dafür keine Erklärung sein.

Der Durchsuchungsbeschluss war gerade einmal vor einer Stunde gekommen, so schnell konnte niemand Beweise vernichten.

»Laufen Sie bitte zur Apotheke am Groß Neumarkt, und fragen Sie Agathe Melwerk, ob sie sich das ansehen kann. Und verschließen Sie die Tür. Damit sich der Geruch hält.«

Ohne etwas anzufassen, zogen sich die beiden Polizisten aus dem Keller zurück. Berthold warf einen Blick in den langen Gang. »Schicken Sie zwei Männer da rein, mit Karbidlampen. Vielleicht finden die etwas. Sie sollen nachsehen, wo Ausgänge sind und wo der Gang endet.«

Raabe nickte gehorsam und verschwand, um die ihm erteilten Aufträge auszuführen, während Berthold sich anschickte, durch alle drei Stockwerke des Hauses zu laufen, um sich anzusehen, was seine Leute zutage förderten – oder auch nicht.

Tatsächlich gab es nicht viel zu sehen und noch weniger zu beschlagnahmen. Das dreistöckige Gebäude war, außer der Praxis, zwar möbliert, aber nicht mit Leben gefüllt worden. Lagerräume, Büros – alles war mehr oder weniger leer.

In einem schmalen Raum, fensterlos, der von einer einzigen Glühbirne, die von der Decke baumelte, erhellt wurde, stand ein Glas am Boden. Ein Glas? Berthold prüfte den Raum mit Argusaugen. Je länger er sich in van der Zwaans Haus umsah, desto größer wurde sein Misstrauen. Sicher, die Bauarbeiten am Quai waren in vollem Gange. Roger van der Zwaan lief mit seinen Schiffen Hamburg an, hatte in der Stadt aber noch kein Gewerbe angemeldet. Er war also weder als Reeder in der Stadt noch als Geschäftsmann tätig. Warum also sollte er bereits ein funktionstüchtiges Büro mit Lagern betreiben?

Und dennoch schien er überall in der Stadt zu sein, zog die Strippen, sein Name tauchte immer wieder auf. Und in diesen Räumen hatten sich Menschen aufgehalten, hier waren Spuren von Leben. Aber eben nur Spuren.

»Fingerabrücke nehmen.« Berthold zeigte einem Schupo das Glas. Er wollte sich abwenden, da fiel sein Blick auf eine Haarklammer auf dem Boden, nah an der Wand.

Ein Glas, eine Haarklammer? Die Arzttasche, Anne van der Zwaan, die nicht auftauchte … Berthold spürte sein Unbehagen größer werden. Hätte er nur am Vorabend jemanden losgeschickt, der sich auf die Suche nach der Ärztin machte! Immer wieder war Anne in Gefahr gewesen, die Frau hatte ein Talent, sich in brenzlige Situationen zu manövrieren – wenn doch bloß Willy Brenner endlich auftauchte!

Berthold machte den Schupo, der Fingerabdrücke von dem Glas nehmen sollte, auf die Haarklammer aufmerksam und bat darum, dass diese zuerst fotografiert und anschließend sichergestellt wurde, dann eilte er treppab und verließ das Gebäude. Schon von Weitem sah er Willy. Kaum hatte sein Mitarbeiter auch ihn erblickt, winkte er.

»Sie ist weg!« Brenner keuchte. Er schien sich mächtig beeilt zu haben. »Das Schloss zu ihrer Wohnung ist aufgebrochen, innen herrscht blankes Chaos. Alles durchwühlt.«

»Verdammte Hacke!«

»Und in der Paulstraße ist sie heute auch nicht zu ihrer Sprechstunde erschienen«, schob Brenner hinterher.

Berthold atmete geräuschvoll aus. »Die Männer sind hier gleich fertig. Spurensicherung in der Praxis. Keiner trampelt da rein! Ich spreche mit Roscher, wir müssen sofort eine Suche starten. Wer hat sie zuletzt gesehen und so weiter. Ich lasse van der Zwaan zur Vernehmung einbestellen.«

Brenner nickte eifrig, Berthold sah ihm an, dass er bemüht war, alle Informationen zu speichern. »Gleich kommt hoffentlich Agathe Melwerk. Die soll sich den Kellerraum ansehen und eine Einschätzung geben, sieht für mich aus wie ein Labor. Vielleicht weiß sie, was da so riecht.«

Damit ließ er den jungen Mann stehen und lief zum Grünen Haus. Möglich, dass dort jemand die Ärztin gesehen hatte.

Der Fall wurde immer verworrener. Wie passte Anne van der Zwaans Verschwinden ins Bild? Ihm wurde heiß, er war nervös – was zum Teufel hatte er übersehen? Worum ging es hier eigentlich? Mit dem Mord an der jungen Frau in der *Leuchtenden Sonne* hatte es angefangen, und er hatte geglaubt, dass mit der Ergreifung ihres Mörders der Fall erledigt war. Aber plötzlich verschwand erst Hao, dann die Artistin. Mädchen wurden von China aus nach Hamburg gebracht und hier versklavt, ein undurchsichtiger chinesischer Arzneimittelvertreter bot gefälschtes Heroin an im Namen einer Firma, die Roger van der Zwaans Frau gehörte – Berthold stand vor mehr Rätseln, als er bis jetzt gelöst hatte.

40.

»Ich bedauere es außerordentlich, Fräulein Curtius«, der Direktor der Mädchenschule reichte ihr die Hand, »wenngleich ich Sie natürlich eigentlich zur bevorstehenden Eheschließung beglückwünschen sollte.«

»Vielen Dank. Und vielen Dank für Ihr Verständnis.« Helene warf einen Blick auf das Schulgebäude, vor dem sie beide standen. Ein großer Klinkerbau mit hohen Fenstern, der Schulhof umstanden von Kastanien, die helle Sonne fiel durch das Blätterdach und malte Ornamente auf den Boden. Sie hätte hier gerne gearbeitet, dachte Helene. Laut sagte sie: »Ich bedauere es auch. Nur zu gerne hätte ich die Stelle angetreten. Ich bin der Auffassung, dass eine Frau eine gute Ehefrau sein kann und dennoch eine gute Lehrerin.«

»Ich teile Ihre Meinung. Aber das ist für das kaiserliche Schulwesen ein ganz und gar ungehöriger Gedanke.« Der Direktor geleitete sie zum Tor. »Wir verlieren Jahr für Jahr gut ausgebildete Frauen an die Ehe.«

»Vielleicht ändert sich einmal das Gesetz – und dann stehe ich wieder hier vor dem Tor und klopfe an.«

Er lächelte. »Sie sind mir herzlich willkommen.«

Mit einem letzten Ausdruck des Bedauerns verabschiedete sich Helene und fuhr mit gemischten Gefühlen nach Hause. Sie hatte lange darum gekämpft, arbeiten zu dürfen. Ihr Vater war nicht überzeugt von ihrer Idee. Lehrerin zu werden, war der Kompromiss, auf den sie sich geeinigt hatten. Obwohl Helene wusste, dass ihr der Beruf auf Dauer ein Gefängnis geworden wäre und weder Neugier noch Lebenshunger stillen konnte, verzichtete sie äußerst ungern auf diese erste Berufserfahrung. Sie stand wieder vor dem Nichts. Wartete auf Bertholds Antrag. Und dann? Berlin! Helene trat engagiert in die Pedale. Erst einmal nach Berlin! Dann würde sie weitersehen.

Zu Hause erwartete sie eine Überraschung. Fanny saß mit einem Gast im Garten. Langes Blondhaar, schlanke, aufrechte Gestalt – Helene sah auf den ersten Blick, dass die Person, die ihr den Rücken zukehrte, ihre Freundin Paulina war. Rasch lief sie über den Rasen auf die beiden Frauen unter dem Sonnenschirm zu.

»Pauli!«

Paulina sprang nun auf und strahlte Helene an. Sie sah gut aus, in ihre Augen war das Strahlen zurückgekehrt. Helene hatte nach ihrer Szene mit Franz Hopp gegrübelt, ob dieser seine Wut über sie erneut an Paulina auslassen würde, so wie es gewesen war, nachdem sie sein Automobil demoliert hatte. Aber dem schien nicht so zu sein.

»Deine Mutter fährt nach Havanna? Warum hast du nichts davon erzählt?«

Sie setzten sich, Helene schnappte sich ein Petit Four von der Etagere, auf der sich süße Köstlichkeiten stapelten.

»Ich möchte nicht viel Aufhebens darum machen«, antwortete Fanny an Helenes statt, die noch mit vollem Mund kaute. »Wir wollen es nicht an die große Glocke hängen, dass es Klaus nicht gut geht und ich versuche, ihn zurückzuholen.«

»Was hat er denn?«, erkundigte sich Paulina. Sie und Klaus hatten sich immer gut verstanden, Helenes Bruder hatte sich in Kinder- und Jugendzeiten hingebungsvoll mit den beiden jüngeren Mädchen beschäftigt, er hatte ihnen gezeigt, wie man ein Taschenmesser zum Schnitzen benutzte oder mit einer Glasscherbe Feuer entfachen konnte. Sie hatten im Garten von Paulinas Eltern Indianer gespielt und ein Tipi aus Stöcken gebaut. Paulina hatte keinen Bruder, sondern drei ältere Schwestern – all die wilden Spiele, die sie und Helene mit Klaus spielten, hatten von jeher große Begeisterung bei ihr ausgelöst. Allerdings hatte ihre rothaarige Freundin sie stets an Wagemut und Wildheit übertroffen. Helene wusste also sehr wohl, dass Paulina großen Anteil an Klaus' Zustand nahm. Es war auch der Alsterschwan gewesen, an den Klaus seine Briefe zur Weiterleitung an Helene adressiert hatte – bevor Fanny eingeweiht wurde.

»Wir wissen es nicht. Aber ich werde es herausfinden und ihn dazu bringen, mir nach Hamburg zu folgen.« Fanny stand auf. »Ich lasse euch allein. Ihr habt bestimmt einiges zu besprechen, das nicht für meine Ohren bestimmt ist.«

Damit verließ sie die jungen Frauen. Paulina blickte ihr hinterher. »So kenne ich deine Mama gar nicht. So aufgeräumt.«

»Ich auch nicht.« Helene lachte. »Wie geht es dir?«

»Was hast du mit ihm gemacht?«

»Mit Franz?«

Paulina nickte. »Er war völlig außer sich, hat geschäumt vor Wut! Aber er hat es einmal nicht an mir ausgelassen.«

»Hat er etwas erzählt?« Irgendwoher musste Paulina ja wissen, dass Franz' Wut mit Helene zusammenhing – sie selbst hatte ihrer Freundin nichts von der Erpressung erzählt.

»Nein, aber er hat mir den Umgang mit dir untersagt. Für immer.«

»Herzlich willkommen in meinem Garten!«

Jetzt mussten sie beide lachen.

»Ich habe von ihm verlangt, dass er aufhört, dich zu schlagen«, erklärte Helene, als sie wieder zur Ruhe kamen. »Sonst wird Berthold ihn wegen Hao drankriegen.«

Paulina riss die Augen auf. »Wie hast du …?«

»Ich habe gepokert.« Helene grinste. »Hoch gepokert. Aber das muss er nicht wissen. Solange er glaubt, dass ich etwas gegen ihn in der Hand habe und er dich in Ruhe lässt, habe ich mein Ziel erreicht.«

»Franz hat mir sehr deutlich zu verstehen gegeben, dass wir mehr oder weniger getrennte Wege gehen. Innerhalb unserer Wohnung. Nach außen hin mimen wir ein glückliches Ehepaar.« Paulina war jetzt sehr ernst. »Er hat zugegeben, dass er die Ehe mit mir eingegangen ist, weil seine Eltern es von ihm verlangt haben. Und weil ich repräsentativ bin.« Sie grinste schief. »Und ich Schaf dachte, er sei in mich verliebt.«

Helene wusste nicht, was sie sagen sollte. Sie empfand tiefes Mitleid mit ihrer Freundin, wusste sie doch, dass diese sich immer schon nach der Ehe und einem Heim mit Mann und Kindern gesehnt hatte. Sie nahm Paulinas Hand.

Paulina hatte Tränen in den Augen, blinzelte diese aber tapfer weg, ihr Blick richtete sich jetzt auf die Alster und die entfernte Stadtsilhouette des anderen Alsterufers. »Ich habe gedacht, verheiratet zu sein, das ist so, wie es bei meinen Eltern ist. Tiefes Einverständnis, Geborgenheit. Miteinander lachen, alles teilen. Ich habe mir im Leben nicht vorstellen können, dass es auch anders sein kann.« Sie wandte ihren Kopf zu Helene. »Du hast mich immer gewarnt.«

Liebevoll strich Helene mit der freien Hand Paulina über die Wange und wischte die Tränenspur weg. »Weil ich meine Eltern gesehen habe. Oder zumindest das, was aus einer Ehe werden kann«, sagte sie. »Andererseits ... bei meinen Eltern wird es plötzlich wieder viel besser. Es ist ganz seltsam. Als würden sie nach den Jahren der Entfremdung einander wieder wahrnehmen.«

Paulina schüttelte leicht den Kopf. »Kann es sein, dass wir einfach keine Ahnung haben? Ich für meinen Teil war jedenfalls völlig blauäugig.«

Verunsichert dachte Helene an ihr Jawort, das sie Berthold gegeben hatte. Auch sie war verliebt in ihn, hielt ihn für den besten Mann, der ihr jemals begegnen würde, glaubte fest an das gemeinsame Glück – aber was wusste sie schon? War sie ebenso blauäugig wie Paulina?

»Du hast eine bessere Wahl getroffen«, sagte ihre Freundin jetzt, als könnte sie Helenes Gedanken lesen. »Dein Berthold ist ein ganz anderes Kaliber. Ich glaube nicht, dass du in die gleiche Falle tappst wie ich.«

Helene zuckte mit den Schultern. »Eine Garantie gibt es aber nicht, oder?« Sie seufzte. »Aber wenn wir uns niemals etwas trauen – wo führt uns das hin?«

Sie hingen einige Minuten stumm ihren Gedanken nach, dann erhob sich Paulina. »Ich muss los. Ich bin mit meinen Eltern zum Essen verabredet.«

»Wissen Sie ...?«

»Nein! Ich möchte sie nicht damit belasten. Jedenfalls nicht im Moment. Wenn Papa die Anwaltspraxis von Hopp senior übernommen hat und sie ihre Schulden los sind – dann vielleicht.« Paulina straffte die Schultern und drückte den Rücken durch. »Bis dahin beiße ich die Zähne zusammen. Schlimmer kann es nicht werden.«

»Sobald er die Hand gegen dich erhebt ...«

»Hole ich die Helene-Polizei. Versprochen.«

Paulina lächelte verhalten und verließ das Grundstück der Familie Curtius. Helene blickte ihr nach, wie sie aufrechten Ganges die Straße überquerte. Wie tapfer sie ist, dachte sie. Sie hat viel mehr Kraft, als sie denkt.

Sie stand noch am Gartentor, als eine Droschke vor ihr hielt und ihr Vater ausstieg.

Helene öffnete ihm das Gartentor. »Gibst du uns die Ehre zum Mittag?« Es kam manchmal vor, dass ihr Vater sein Pastorenbüro, wo er eine eigene Haushälterin hatte, verließ und zu Hause das Mittagsmahl einnahm.

»Solange deine Mutter noch hier ist, nutze ich jede Gelegenheit, im Kreise der Familie zu sein«, gab Engelbert Curtius zurück.

Helene folgte ihm ins Haus. Wieder einmal wunderte sie sich über seine neuerliche Leutseligkeit, und einem spontanen Impuls folgend, traf sie zwei Entscheidungen. Sie würde noch heute nach Berlin schreiben und darum bitten, dass sie zu einem späteren Zeitpunkt dort hospitieren konnte. Fanny hatte sie vor Kurzem gebeten, in ihrer Abwesenheit auf den Vater aufzupassen – dem wollte Helene nun nachkommen. Wenn ihm gerade so sehr an der Familienzusammengehörigkeit lag, mochte sie ihn nicht enttäuschen. Die Psychoanalytische Gesellschaft traf sich regelmäßig – ob sie jetzt daran teilnahm oder erst, wenn Fanny mit Klaus zurückgekehrt war, würde wohl kaum eine Rolle spielen.

Und noch etwas hatte sie entschieden.

»Wenn wir Mama am Samstag zum Schiff gebracht haben – kommst du danach mit mir zum Fußballspiel?«

Der Pastor wandte sich zu seiner Tochter um und sah sie erstaunt an. »Fußball?«

»Ja«, erklärte Helene fröhlich. »Sankt Pauli spielt auf dem Heiliggeistfeld gegen Eimsbüttel. Es geht um die Wurst – Abstieg oder nicht. Wir müssen Bertholds Mannschaft unterstützen.«

Ihr Vater schien noch immer nicht zu verstehen. »Sankt Pauli? Abstieg? Also ich weiß nicht ...«

»Papa! Bitte.« Helene gab sich Mühe, einen treuherzigen Blick aufzusetzen, »Bitte, bitte.«

»Also gut.« Ihr Vater räusperte sich. Er war verlegen, erkannte Helene amüsiert. Allzu überschwängliche Gefühlsäußerungen vertrug er ebenso wenig wie Überraschungen. »Ich überlege es mir.« Damit betrat er den Salon.

Helene blieb im Eingangsbereich stehen. Sie hörte, wie ihre Eltern sich begrüßten. Es war noch nicht aller Tage Abend, dachte sie. Vielleicht zieht auch in unser Haus wieder Glück und Leichtigkeit ein. Es würde mir dann sehr viel leichter fallen, auszuziehen und mit Berthold einen eigenen Hausstand zu gründen. Wenn erst Klaus wieder hier ist, so hoffte sie, können wir unsere Familie reparieren.

41.

»Also, was haben wir?«

Gustav Roscher beugte sich gespannt über den Tisch. Seine grauen Augen funkelten durch seinen Zwicker, der mächtige Schnurrbart bebte.

Berthold wusste, wenn sie jetzt keinen Fehler machten, konnte die Polizei der Kriminalität in der Hansestadt einen herben Schlag versetzen – der Kripochef war also aus gutem Grund äußerst angespannt. Elmar hatte zwei Frauen der *Lilith* verhaftet, der Hafenmörder war gefasst worden, und nun warteten Sun Bo und Roger van der Zwaan in unterschiedlichen Räumen auf ihre Vernehmung. Den Chinesen würde Elmar übernehmen, er war seit Monaten auf dessen Fährte.

Und ergriff auch als Erster das Wort.

»Sun Bo kann einpacken«, hub er an. »Ich habe heute Morgen die Artistin vernommen, Chou Lan. Tapferes Mädchen!«

Die Sechzehnjährige hatte die Hölle durchmachen müssen, drei Tage war sie in der Gewalt Joachim von Stettens gewesen. Dass sie überlebt hatte, war ein Wunder. »Sie hat ausgesagt, dass die zwei Muskelmänner, die unseren guten Sun ständig begleiten, sie aus dem Circus Busch geholt haben. Sie wollten aus ihr herauspressen, wo Hao ist, damit die der Polizei nicht verraten kann, dass der Hafenmörder sich in der Stadt herumtreibt. Die Kleine wusste aber nichts – sie hat ihnen lediglich von Doktor van der Zwaan erzählt. Wahrscheinlich wären sie bei der auch aufgetaucht – aber dann hast du Hao aus dem Kanal gefischt, Berthold.«

Berthold spürte, wie sich ihm die Härchen an den Unterarmen aufstellten. Die junge Ärztin war demnach in höchster Gefahr gewesen – aber keiner hatte es geahnt. Der Tod der Chinesin hatte ihr höchstwahrscheinlich das Leben gerettet – welch bittere Ironie.

»Statt die Kleine wieder laufen zu lassen«, fuhr Elmar mit seinem Bericht fort, »haben sie sie aber auf den Kutter gesperrt, zusammen mit dem wahnsinnigen Drogenwrack. Was ihr dort widerfahren ist – darüber möchte sie nicht sprechen.«

Die drei Männer schwiegen betroffen. Keiner von ihnen wollte sich das Martyrium der jungen Frau ausmalen.

»Das muss sie auch nicht«, kommentierte Roscher. »Aber hat sie etwas über Sun Bo gesagt?«

»Natürlich. Er hat sie höchstselbst in die Zange genommen, um zu erfahren, wo Hao ist. Also kriegen wir ihn auf alle Fälle wegen Freiheitsberaubung dran. Keine Frage. Ob er in den schmutzigen Geschäften von van der Zwaan drinhängt, müssen wir erst beweisen. Wir haben eine Handvoll Leute abgestellt, die seine Geschäftsunterlagen durchgehen, das wird dauern.«

»Vielleicht können wir ihm Erpressung vorwerfen?«, sinnierte der Kripochef.

»Kann sein, kann nicht sein.« Elmar grinste. »Kaiwen ist aber umgekippt. Die Chefin von der *Leuchtenden Sonne.* Ich vernehme sie später – sie will über Sun Bo auspacken.«

Berthold wunderte sich. »Wie kommt das denn?«

»Ich vermute, sie ist scharf darauf, ihr Geschäft in Eigenregie zu betreiben«, mutmaßte Elmar. »Wer drückt schon gerne was ab? Sie musste ordentlich Geld an Sun Bo bezahlen, damit er ihr nicht droht, das ist ihr wohl gehörig gegen den Strich gegangen.«

»Behandeln Sie sie pfleglich, Thönnes«, mahnte Roscher. »Ich kenne Ihre Verhörmethoden, aber Frau Kaiwen kann eine sehr wichtige Zeugin sein, also bitte nicht allzu viel Druck, wenn's geht.«

»Wird gemacht, Chef.« Elmar setzte sein unschuldigstes Gesicht auf. »Wenn ich mir noch eine Bemerkung erlauben darf?«

»Nur zu.«

»Die kleine Artistin – die *Flying Dragons* nehmen sie mit, sobald sie aus dem Krankenhaus entlassen werden kann. Gab ein ganz schönes Bohei mit Tränen und allem Drum und Dran, als die ins Krankenhaus kamen.«

»Danke für die Information, das freut uns natürlich.« Roscher nickte Elmar zu und wandte sich an Berthold. »Kommissar Rheydt?«

»Tja, ich bin leider weniger erfolgreich als der Kollege.« Berthold seufzte. »Was die Geschäfte von van der Zwaan angeht – wir haben bis jetzt wenig Beweise, dass er irgendwelche schmutzigen Geschäfte macht. Er ist als Reeder in London registriert. Leumund in Ordnung. Er transportiert alles Mögliche, vor allem aber Opium für diverse Companies. Ob wir im Königreich die Befugnis zur Durchsuchung bekommen, ist alles andere als fraglich – es liegt dort nichts gegen ihn vor. Die Firma seiner Frau, *Jasmin Ltd. Corp.*, hat keinen Sitz, das ist zwar nicht in Ordnung, dafür kassieren sie aber höchstens eine Geldstrafe. *Jasmin Ltd. Corp.* ist im Chinageschäft tätig – Dorothy van der Zwaan gehören die Opiumplantagen, die sie Sun Bo abgekauft hat, strafbar ist das nicht. Wie genau die Geschäftsbeziehungen mit dem Chinesen sind, müssen wir herausfinden, das kann dauern, wie der Kollege schon gesagt hat, unsere Leute sitzen dran.«

Er nahm einen Schluck Wasser. »Kalweit hat herausfinden können, dass das Fass, in dem wir den Chinesen im Kaiserspeicher gefunden haben, auf der *Monsun* von Tsingtau nach Hamburg transportiert wurde – aber wir können bis jetzt keinen Nachweis erbringen, dass die Leiche des Mannes auf dem Schiff in das Fass kam. Der Chinese liegt längst auf dem Ohlsdorfer Friedhof, die beiden Frauen aus der Wäscherei können ihn also nicht mehr als den Mann identifizieren, der sich auf dem Schiff um sie gekümmert hat.«

Der Kripochef atmete geräuschvoll aus und lehnte sich zurück. »Haben wir überhaupt irgendetwas Handfestes? Oder nur Geraune?«

»Chef, ich befürchte ...« Berthold musste nicht weitersprechen, sein sorgenvolles Gesicht sprach Bände. Er hatte Roger van der Zwaan aufgrund seiner engen Verbindungen zu Doktor Tergit und nach Kattowitz, seiner tief sitzenden Feindschaft mit Wilhelm von Stetten und seiner Geschäfte mit Sun Bo im Verdacht, in alle möglichen illegalen Aktionen verwickelt zu sein – vom Handel mit den Auswanderern über den Giftanschlag bei der HAPAG und die Erpressung von Stettens bis hin zum Handel mit gefälschtem Heroin, das den Melwerks angeboten wurde. Aber er konnte nichts beweisen, der Reeder glitt ihm durch die Hände wie ein Aal.

»Ich konzentriere mich jetzt einmal darauf, dass Joachim von Stetten von Roger van der Zwaan in Tsingtau aufgegabelt und auf der *Monsun* nach Hamburg gebracht wurde. Wilhelm von Stetten hat uns Unterstützung zugesagt. Er hat seinen Sohn durch Detektive beobachten lassen, wir warten hier noch auf einen Bericht. Ich bin großer Hoffnung, dass der positiv ausfällt.«

»Detektive«, schnaubte Roscher.

»Agathe Melwerk war so freundlich, uns erneut zu unterstützen«, fuhr Berthold ungerührt fort. »Sie hat sich das Labor im Keller von van der Zwaans Haus am Magdeburgquai angesehen. Der scharfe Geruch könnte von Essigsäure und Aceton herrühren, sagt sie. Beides wird verwendet, um Heroin aus Rohopium zu gewinnen.«

»Ein Geruch ist leider kein Beweis.«

»Das nicht«, gab Berthold zu, »aber Sie kennen Frau Melwerk. Sie hat alle Oberflächen, auch den Boden, mit sterilen Tüchern abgewischt. Und während wir hier sitzen und reden, ist sie mit ihrem Mann damit beschäftigt, die Rückstände, die sie vielleicht aufnehmen konnte, zu extrahieren. Ganz ehrlich, Chef – ich fresse einen Besen, wenn die Melwerks uns nichts liefern können.« Agathe Melwerk hatte sich nur einmal im Laborraum umgesehen und Berthold sofort versichert, dass sie glaube, eine Drogenküche vor sich zu haben. »Den Beweis liefere ich Ihnen, Herr Kommissar, da können Sie Gift darauf nehmen – buchstäblich«, hatte sie ihm zugerufen, und Berthold hatte keinen Grund, ihr nicht zu vertrauen.

»Das klingt zwar vielversprechend, Rheydt, aber wenn Sie den Mann beim Verhör festnageln wollen, brauchen Sie mehr.«

»Weiß ich, Herr Direktor. Meine Strategie ist eine andere.« Berthold hatte sich lange überlegt, was er mit van der Zwaan anfangen sollte. Er war nicht naiv – im Moment hatte er nichts gegen den Mann in der Hand. »Ich werde ihn ausschließlich zum Verbleib seiner Tochter befragen. Wir suchen Anne van der Zwaan, und allen Zeugenaussagen zufolge – Willy Brenner und

Jens Raabe haben viele Leute am Magdeburgquai befragt – wurde sie zuletzt in der Praxis gesehen. Dort, wo ihre Arzttasche ist. Das Glas, das wir in dem Raum neben van der Zwaans Büro gefunden haben, trägt ihre Fingerabdrücke. Ich spreche also mit einem Vater, der sich Sorgen um den Verbleib seiner Tochter machen müsste. Ich habe nicht vor, ihn mit allem anderen zu konfrontieren. Erst wenn ich etwas Belastbares in der Hand habe, nehme ich ihn in die Zange.«

»Sie wiegen ihn also in Sicherheit?«

Berthold nickte.

»Und was, wenn er einfach nach London abreist? Dann gucken wir in die Röhre.«

»Wäre es nicht herzlos von einem Vater, die Stadt, in der seine Tochter vermisst wird, zu verlassen?«

Gustav Roscher lächelte. »Viel Glück, Rheydt, viel Glück!«

Das Glück war ungefähr einen Meter fünfundsechzig groß, hatte grau melierte Haare, trug einen Dutt und grinste über das ganze Gesicht. Agathe Melwerk hatte Berthold bereits erwartet.

»Wir waren schnell, wir waren genau, und wir waren gut.«

Sie stand vor seinem Büro und kramte in ihrer Tasche herum. Berthold, der auf dem Weg von Roscher zur Vernehmung von van der Zwaan noch einmal in sein Büro wollte, um nach Neuigkeiten zu sehen, öffnete ihr hocherfreut die Tür und bat sie hinein.

»Hier habe ich es.« Agathe Melwerk hatte mehrere Phiolen mitgebracht. In jeder befanden sich winzige Mengen weißes Pulver.

»Heroin, Kokain, Morphin.« Sie legte mit jedem Begriff eine Phiole vor Berthold auf den Tisch. »Und Opium.« In der Glasröhre mit dem Opium war kein Pulver, sondern ein winziger Klecks dunkelbraune Masse.

»Das Labor war eine Drogenküche, ich habe es gleich vermutet«, die Chemikerin hatte gerötete Wangen – vor Stolz oder Aufregung. »Ganz offensichtlich hat man versucht, dort sauber zu machen, war aber nicht gründlich genug. Ich habe nicht nur die Oberflächen abgewischt, ich habe mir auch die beiden Glaskolben, die Ihre Leute sichergestellt haben, vorgenommen. Zusammen mit Heinrich natürlich. Und wie Sie sehen, wir sind fündig geworden.«

»Ich kann Ihnen gar nicht sagen, wie sehr ich Ihre Arbeit und Akribie schätze«, bedankte sich Berthold.

Frau Melwerk stand auf. »Aber ich kann es Ihnen sagen. Denn ich stelle schließlich dafür eine Rechnung.« Sie lachte. »Ach, im Ernst, Herr Kommissar, wir sind dankbar für diese Sonderaufgaben. Das ist das Salz in unserer Suppe. Die reine Apothekerarbeit ist viel weniger aufregend als Kriminaltechnik.« Sie wandte sich zum Gehen. »Ich prophezeie, dass das eine Arbeit ist, die für die Beweisführung immer wichtiger werden wird. Sie werden sehen: Bald können Sie jemanden allein aufgrund der Spuren überführen, die er am Tatort hinterlässt.«

»Ich gehe noch weiter, Frau Melwerk«, sagte Berthold. »Das wird irgendwann ein eigener Berufszweig.« Er deutete einen Diener an. »Bis dahin wird es mir eine Ehre sein, mit Ihnen zusammenzuarbeiten.«

»Heroin, Morphin, Kokain.« Er machte es exakt wie Agathe Melwerk und stellte die Phiolen vor Roger van der Zwaan auf den Tisch, der sich zwischen ihnen befand. Sie saßen einander im Vernehmungsraum drei gegenüber, das war der Raum, der sich im Erdgeschoss des Präsidiums und nicht wie alle anderen im Keller befand. Und besonderer Prominenz vorbehalten war. Berthold und van der Zwaan saßen sich am Tisch gegenüber, der Anwalt des Reeders hatte an der Wand neben der Tür Platz genommen – neben Gustav Roscher. Berthold hatte den

Kripochef sofort informiert, woraufhin dieser darauf bestanden hatte, mit von der Partie zu sein.

»Was wollen Sie mir damit sagen, Kommissar?« Der Reeder blickte auf die Glasröhrchen. Er zeigte nicht das geringste Anzeichen von Nervosität, sein Blick blieb gelassen und desinteressiert. Blasiert, war das Wort, das Berthold in den Kopf kam. Nun, wenn Roger van der Zwaan sein Pokergesicht aufsetzte – pokern konnte auch er.

»Ich möchte Sie fragen, ob Sie eine Vermutung haben, woher diese Substanzen stammen?«

Van der Zwaan verzog nur verächtlich das Gesicht und zuckte mit den Achseln.

»Ihre Frau besitzt Opiumplantagen in China. Verarbeitet sie das Opium selbst weiter, oder verkauft sie es?«

»Das müssen Sie meine Frau fragen.«

»Sie haben also nichts mit der Firma Ihrer Frau zu tun?«

Roger van der Zwaan warf einen Blick zu seinem Anwalt. »Muss ich das beantworten?«

»Könnten Sie Ihre Frage bitte konkretisieren, Herr Kommissar«, gab der Anwalt zurück. »Wie lauten die Vorwürfe gegen meinen Mandanten? Hier geht es kunterbunt durcheinander.«

Berthold lächelte und lehnte sich zurück. »Sie haben völlig recht. Also fangen wir andersherum an. Wann haben Sie Ihre Tochter das letzte Mal gesehen?«

»Erst meine Frau, dann meine Tochter.« Der Reeder lächelte nun ebenfalls. »Sind Sie sicher, dass Sie mit mir sprechen wollen und nicht doch mit dem weiblichen Teil der Familie?«

»Beantworten Sie bitte meine Frage.«

»Ich habe Anne gestern am frühen Nachmittag gesehen. Sie untersucht für mich Seeleute, die bei mir anheuern wollen.«

»Sie heuern im Moment?«

»Ich habe. Für die Fahrt der *Beatrice* nach China. Das Schiff ist heute Nacht ausgelaufen.«

»Ich weiß. Die Frachtpapiere haben wir uns bereits besorgt.« Berthold warf einen Blick in seine Unterlagen. »Unter anderem verschiffen Sie Morphin und Heroin der Firma *Bayer* aus Wuppertal.«

Der Mann ihm gegenüber behielt seinen blasierten Gesichtsausdruck, aber Berthold entging nicht, dass er sich mit einer fahrigen Bewegung an den steifen Hemdkragen fasste. Wurde ihm die Luft knapp?

»Das ist richtig. Ja.«

»Hm. Und Ihre Tochter. Wohin wollte sie gehen, nachdem sie bei Ihnen war?«

»Da fragen Sie mich zu viel. Sie ist erwachsen. Ich beschäftige sie in ihrer Funktion als Ärztin, aber ich spioniere ihr nicht hinterher.«

Ein Schupo steckte seinen Kopf in das Vernehmungszimmer und winkte den Kripochef zu sich hinaus. Berthold war kurz abgelenkt, bemühte sich aber gleich wieder um Konzentration.

»Dann wissen Sie vermutlich auch nicht, ob sie ihre Arzttasche mit sich führte, als sie die Praxis verlassen hat?«

Roger van der Zwaan kniff misstrauisch die Augen zusammen. »Natürlich nicht. Ich habe Geschäfte. Ich habe nicht gesehen, wann und wie Anne ihre Praxis verlassen hat und wohin sie ging.«

»Sie sind also nicht besorgt über ihren Verbleib?«

»Besorgt? Wieso sollte ich besorgt sein?«

»Ihre Tochter wird vermisst.«

Unruhig ruckelte Roger van der Zwaan auf seinem Stuhl hin und her. »Vermisst? Aber ich habe sie gestern noch gesehen. Das ist jetzt etwas mehr als vierundzwanzig Stunden her – ist das bei einem erwachsenen Menschen ein Grund zur Besorgnis?«

Berthold räusperte sich und ließ sich Zeit mit der Antwort. »Sie haben recht. Es ist nur … ihre Arzttasche steht in der Praxis. Und wo die ist, ist meistens auch Ihre Tochter.«

»Du meine Güte! Geben Sie auf jeden Bewohner Hamburgs so acht? Dann hat sie vielleicht einfach frei und macht sich einen Lenz. Das soll vorkommen.«

»Heroin, Kokain, Morphin, kommen wir doch darauf zurück.« Berthold spielte mit den Phiolen. »Wir haben diese Rückstände in dem Labor im Souterrain Ihres Hauses gefunden. Können Sie mir darüber etwas sagen?«

Nun schien der Anwalt nervös zu werden. Roger van der Zwaan kniff die Augenbrauen zusammen und gab sich ahnungslos. Dennoch zögerte er etwas zu lange mit seiner Antwort. Just in dem Moment, als er etwas sagen wollte, öffnete sich die Tür des Zimmers. Berthold fuhr wütend herum. »Keine Störung! Herrgott noch mal, muss das sein?«

Gustav Roscher trat ein.

»Ich denke schon«, sagte er und bat eine weitere Person in den Raum. Berthold traute seinen Augen nicht. Es war Anne van der Zwaan! Allerdings in einer seltsamen Aufmachung. Die junge Frau trug einen viel zu großen Seemannspullover und eine abgewetzte Arbeitshose. Dazu Holzpantinen. Ihr Haar ähnelte einem Vogelnest.

»Vater«, sagte sie und nickte van der Zwaan zu. Sie sah dabei alles andere als erfreut aus.

Beeindruckender als ihr seltsamer Aufzug jedoch war die Veränderung, die mit ihrem Vater vorging. Er wurde kreidebleich, seine Lippen zitterten, die Finger verkrampften, und er starrte Anne an, als hätte er einen Geist gesehen. Alle Selbstsicherheit war von ihm abgefallen.

»Ich glaube«, sagte der Kripochef zu Berthold, »Herr van der Zwaan wird heute noch in eine unserer Zellen umziehen.«

Bertholds Blick wanderte zwischen seinem Vorgesetzten, dem Reeder und der Ärztin hin und her. Er konnte die Situation nicht einschätzen.

»Mein Vater hat mich gegen meinen Willen festgehalten, und

er hat versucht, mich zu entführen.« Annes Blick fiel auf die Glasröhrchen auf dem Tisch. »Ich bin bereit, gegen ihn auszusagen. Alles, was ich weiß.« Sie wandte sich an ihren Vater. »Und ich weiß einiges.«

Berthold schaute Roscher an. »Also dann«, sagte er. »Legen wir los.«

Als Berthold Rheydt am Abend aus dem Präsidium kam und in den Nachthimmel über der Stadt blickte, wusste er, dass Roger van der Zwaan ebenso wie Sun Bo für viele Jahre hinter Gittern landen würde.

Er wusste, dass er der Stadt, gemeinsam mit Brenner, Raabe, Kalweit und natürlich Elmar Thönnes, einen weiteren unschätzbaren Dienst erwiesen hatte.

Er wusste außerdem, dass er sich der Beförderung durch den Polizeipräsidenten nicht mehr entziehen konnte.

Vor allem aber wusste er eines: dass er am morgigen Tag nach einer ordentlichen Mütze voll Schlaf, einer Dusche und Rasur, den Weg in die Körnerstraße antreten würde.

Und um die Hand von Helene Curtius anhalten.

Im Licht der Wahrheit

Tage später, August 1911,
Glückstadt

43.

Es hatte Anne sehr viel Überredung gekostet, Ju dazu zu bringen, für einen Tag ihre Garküche zu schließen. Ju gestand ihr, dass sie seit zwei Jahren, so lange lag die Eröffnung des kleinen Geschäftes zurück, nur ein einziges Mal den Laden geschlossen hatte – sie war krank geworden. Ansonsten hatte sie sieben Tage in der Woche gearbeitet. Von morgens in aller Frühe, wenn sie ihre Besorgungen machte, bis spät in der Nacht, wenn der letzte Gast gegangen war. So etwas wie heute, ein Ausflug, war ihr vollkommen fremd.

Anne spürte, dass Ju den Tag nicht so genießen konnte, wie sie es tat. Aber wenn ihre Liebe eine Chance haben wollte, dann musste sie Ju ab und an zu ihrem Glück zwingen.

Sie waren mit der Bahn nach Glückstadt gefahren und saßen nun hier im Ausflugscafé mit Blick auf den kleinen Hafen und die Elbe.

Und die Insel Rhinplate.

Anne hatte diesen Ort nicht ohne Grund herausgesucht. Sie wollte noch einmal zurückkehren zum Ort ihrer Rettung. Zu dem Ort, an dem sie eine Art zweiter Geburt erlebt hatte. Mit Händen und Füßen hatte sie Ju erzählt, was ihr widerfahren war, aber sie wollte und musste ihr den Ort des Geschehens selbst zeigen, abgesehen davon, dass sie selbst ihn bei Tag in Augenschein nehmen wollte.

Ju starrte hinüber auf die Elbinsel und schüttelte immer wieder leicht den Kopf. Sie hatte Anne erzählt, dass sie nicht schwimmen konnte.

»Ich bringe es dir bei«, versicherte Anne ihr. »Badeanstalt Steinwärder.« Sie machte Schwimmbewegungen. »Du lernst.«

Ju lachte. Von den anderen Tischen trafen sie Blicke. Neugierige, missbilligende, verwunderte. Dass zwei Frauen gemeinsam einen Ausflug machten – daran war nichts ungewöhnlich. Aber eine Chinesin? Mit einer Weißen? Allein Jus Nationalität war hier auf dem Land eine kleine Sensation. Aber wie diese Frauen sich benahmen! Sie lachten laut, gestikulierten und scherten sich wenig darum, dass andere sie anstarrten.

Ju drückte jetzt die Hände aufs Gesicht und kicherte. »Schwimmen, nein, Anne, nicht schwimmen.«

»Doch«, beharrte Anne. »Du lernst schwimmen.« Sie dachte an ihren Sprung von der *Beatrice.* »Ich wäre tot. Ohne schwimmen.«

Ju nahm die Hände vom Gesicht und fasste nach Annes Hand. Ihr Gesicht wurde ernst. »Du … so stark, Anne.«

Ja, dachte Anne. Sie hat recht. Ich bin stark. Ich bin es immer schon gewesen, aber dieses Erlebnis ist wie eine Wiedergeburt, ich habe mich gehäutet und bin stärker daraus hervorgegangen.

Auch sie ließ nun den Blick hinüber zur Elbinsel schweifen. Nachdem sie über Bord gegangen war, glaubte sie, sterben zu müssen. Sie war tief eingetaucht in das schwarze Elbwasser, tief und tiefer war ihr Körper gesunken, schwer wie ein Stein. Sie war unfähig gewesen, etwas dagegen zu unternehmen, sie fiel schwerelos, wurde von der Strömung um ein Haar unter den Segler gezogen. Erst als ihre Lungen zu platzen drohten, hatte sie sich einen Ruck gegeben, hatte begonnen, mit den Armen zu rudern, und war mit aller Kraft nach oben geschwommen. Rasch hatte sie die Wasseroberfläche erreicht – das Eintauchen war ihr wie eine Ewigkeit vorgekommen, aber das Auftauchen war weitaus schneller gegangen. Mit kräftigen Zügen war sie aus dem Kielwasser des Segelschiffs geschwommen. Es war nicht so kalt gewesen wie befürchtet, aber sie war umgeben von einer Schwärze, die ihr Angst gemacht hatte. Anne hatte die Angst nicht zugelassen. Sie wusste, dass sie sich davon nicht lähmen lassen durfte – sie hatte vom Segler aus Land gesehen, und sie hatte sich nicht getäuscht. Sie schwamm aus der Schifffahrtsrinne auf den gräulich schimmernden Uferstreifen zu und hatte ihn wenig später erreicht. Als sie Sand unter ihren Füßen spürte, war sie die letzten Meter durch das Wasser gewatet und hatte sich erschöpft auf den Uferstreifen fallen lassen. Sand und Gras, vereinzelte Schilfbüschel, kein Licht weit und breit, Stille – sie wusste mit Sicherheit, dass sie sich auf einer der Elbinseln befand. Sie kannte die Inseln, weil sie als Kind mit ihrem Vater hier gesegelt war. Schwarztonnensand, Pagensand, Bishorster Sand und eben Rhinplate – sie kannte alle Elbinseln, sie wusste um die Strömungen und die Winde.

Dort lag sie, erschöpft, außer Atem, die Wange an den noch warmen Sand gepresst, horchte auf ihren Herzschlag. Sie hatte überlebt. Sie war beinahe noch in Hamburg, nicht in China. Die *Beatrice* würde nicht umkehren können, um sie zu suchen – es war ein großer Windjammer, der von Schleppern zur Nordseemündung gezogen wurde. Bis ihr Vater davon erfuhr, dass sie über Bord gegangen war, würde sie längst gerettet sein. Alles, was sie tun musste, war, auf das erste Tageslicht zu warten. Dann würde sie sich dem erstbesten Schiff bemerkbar machen.

So hatte sie dort gelegen in ihren nassen Sachen, aber dank der heißen Sommertage kühlte sie nicht vollständig aus.

Nachdem der erste rosafarbene Lichtstreif am Horizont erschienen war, hatte Anne sich aufgesetzt und sich schließlich erhoben, als ein kleiner Kutter langsam in Richtung des Hafens segelte. Sie winkte mit beiden Armen und rief, die Besatzung entdeckte sie rasch und hielt auf sie zu. Noch einmal glitt Anne ins Wasser, schwamm zum Boot, wo zwei Männer sie aus dem Wasser hievten. Nachdem sie in kurzen Worten ihre Lage beschrieb, bekam sie ein paar alte Klamotten und einen starken Tee mit ordentlich Rum. Frisch abgekochte Krabben aus dem Sud und eine Scheibe Graubrot. Niemals hatte sie ein besseres Frühstück genossen, hatte Anne gedacht. Sie saß auf dem Fischerboot, warm, geborgen, erlebte den Sonnenaufgang über Hamburg – und empfand tiefes Glück. Glück darüber, dass sie am Leben war, Glück über die Wärme, die durch ihren Körper strömte, und Glück darüber, dass sie zu ihren Freunden, zu ihrer Arbeit und vor allem zu Ju zurückkehren konnte.

Die Sonne hatte schließlich gelb und prall am Himmel gestanden, es war fast Mittag, als sie in den Hafen einliefen und die Fischer sie ohne Umwege zur Hafenpolizei brachten, wo sie zum ersten Mal ihre Geschichte erzählte. Der Zoll würde versuchen, die *Beatrice* am Verlassen der Hoheitsgewässer zu hindern, Anne jedoch wollte nach einem kurzen Abstecher in die Schmuckstraße, wo sie Ju erleichtert in die Arme schloss, ins Polizeipräsidium. Keinesfalls durfte sie Gefahr laufen, ihrem Vater zu begegnen – und erfuhr erst von Gustav Roscher, dass Roger van der Zwaan bereits im Präsidium war.

Berthold Rheydt hatte in Anwesenheit des Kripochefs ein erstes Gespräch mit ihr geführt, und sie hatte mit keiner Information hinter dem Berg gehalten. Es war alles nur so aus ihr herausgesprudelt, alles, was sie wusste, was sie selbst erlebt hatte, aber auch alles, dessen sie ihren Vater verdächtigte.

Nun saß sie hier mit Ju und schlug ein weiteres Kapitel ihres Lebens auf. Ju hatte sie mit einer Schlange verglichen, die sich mehrmals häutete – in der chinesischen Sternenkunde stand das Tier für Weisheit und Gelassenheit, ein positives und bewundernswertes Sternzeichen, wie Ju ihr versicherte.

Anne schob ihren Teller mit dem halb gegessenen Windbeutel von sich, nahm einen Schluck Tee und beobachtete eine Gruppe von Reihern, die im seichten Wasser auf Beutezug ging. Der Anblick der grazilen Tiere, die ihre langen, dürren Beine mit Anmut fortbewegten, das sanfte Plätschern des Wassers, der stille Zug der Schiffe auf der Elbe, ein leichter Wind, der die Halme des Schilfrohrs beugte, die Gegenwart von Ju, deren schwarz gelacktes Haar in der Sonne leuchtete, all das ließ Frieden in ihr Herz einziehen. Obwohl Anne um das trauerte, was mit ihrer Familie geschah, hatte sie das Gefühl, endlich befreit zu sein.

Der Untergang der *Lotus* vor vielen Jahren, ein Unglück, bei dem viele Frauen und Kinder ihr Leben lassen mussten, hatte Zwist und Streit, Feindseligkeit, Tod und Verderben in ihre Familie gebracht, aber sie hatte es, ein Kind damals, nicht begriffen. Was sie aber sehr wohl instinktiv gespürt hatte, über all die Jahre, war, dass das Gift, das in ihre Familie eingesickert war, sie krank machte. Sie hatte immer wieder versucht auszubrechen – mit dem Medizinstudium in Edinburgh; mit ihrer Arbeit bei Scotland Yard; mit ihrem Engagement in der Wohlfahrt; mit ihrer Liebe zu Milena, dem wilden Leben, das sie geführt hatte, und schließlich ihrer Flucht nach Hamburg.

Jetzt hatte sie die Chance zu gesunden. Ihr Vater würde für seine Taten büßen müssen. Sie aber war frei. Frei, ihr eigenes Leben zu führen ohne die Hypothek, die ihre Eltern ihr aufgebürdet hatten.

»Komm«, sagte Anne zu Ju und winkte der Kellnerin, weil sie zahlen wollte, »wir laufen ein Stück.«

»Wohin?«, fragte Ju.

»Ich weiß es nicht.« Anne lächelte. »Wir lassen uns treiben.«

Nachbemerkung

Jedes Buch, das ich schreibe, trägt den Keim des nächsten in sich. Insbesondere bei Büchern, für die ich intensiv recherchieren muss, so wie bei der »Hafenärztin«-Reihe. Ich vergrabe mich manchmal in Bücher, Artikel und Websites, komme vom Hundertsten zum Tausendsten und stoße auf Informationen, die ich für den Roman, an dem ich aktuell arbeite, zwar nicht verwenden kann, die ich mir jedoch aufhebe – für weitere Geschichten.

So bin ich bei der Recherche für den ersten Band der »Hafenärztin. Ein Leben für die Freiheit der Frauen« auf die Geschichte der Schmuckstraße gestoßen.

Die Beziehungen zwischen China und Hamburg haben eine lange und wechselvolle Geschichte, bereits im 19. Jahrhundert ließen sich Hamburger Kaufleute im Reich der Mitte nieder und betrieben dort ihre Geschäfte. Umgekehrt kamen viele chinesische Seeleute in die Hansestadt, insbesondere im 20. Jahrhundert, weil sie von den Hamburger Reedern als billige Arbeitskräfte auf den Dampfschiffen beschäftigt wurden. Nach und nach entstand auf Sankt Pauli um die kleine Schmuckstraße herum ein schillerndes Chinatown. Es erlebte seine Blüte in den Zwanzigerjahren und endete jäh und brutal mit einer Säuberungsaktion der Nazis am 13. Mai 1944. Hundertdreißig Männer und Frauen wurden verhaftet, auf der Davidwache und im Gestapo-Gefängnis Fuhlsbüttel verhört und gefoltert. Ein Großteil von ihnen, deren einziges Vergehen es war, nicht arischer Abstammung zu sein, kam später in das Arbeitserziehungslager Langer Morgen oder ins KZ Neuengamme. Viele von ihnen überlebten die Lagerbedingungen und die Misshandlungen nicht. Die deutschen Partnerinnen der chinesischen Männer wurden als Prostituierte gebrandmarkt.

Die kulturelle Vielfalt war den Nazis überall ein Dorn im Auge, sie rotteten auch hier auf Sankt Pauli aus, was das Leben in der vielschichtigen Metropole Hamburg ausmachte: das Nebeneinander von Menschen vieler Nationen, die mit ihren Traditionen und ihrer Kultur die Hafenstadt bereicherten.

Ein kleines Denkmal weist heute auf das Massaker hin. Wenn man davorsteht, kann man sich vorstellen, wie es wäre, wenn dort heute noch immer – wie in New York oder London – ein florierendes, lebhaftes und buntes chinesisches Viertel sein könnte.

Immerhin: Die Nachfolger*innen von Madame Ju haben heute ihre Restaurants über die gesamte Stadt verteilt, und man kann überall hervorragend kantonesisch, uigurisch oder west- und ostchinesisch essen gehen.

Mein Dank geht an die begeisterten Menschen im Verlag, die mir das Gefühl geben, dass wir gemeinsam auch durch schwere Buchzeiten gehen können. Danke, Claudia Winkler, Wiebke Bolliger und Karsten Kredel, stellvertretend für alle anderen im Ullstein Verlag, dass Sie Ihre Arme für meine Geschichten so weit öffnen.

Liebe Claudia, Ihnen sei gleich doppelt gedankt, dass Sie wirklich jede Welle mit mir surfen.

Rebekka, mein Alter Ego, unsere Zusammenarbeit ist mir immer wieder ein Fest.

Gregor. Einen besseren Erstleser als Dich kann ich mir nicht wünschen, unermüdlich verbesserst Du meine immer gleichen Nachlässigkeiten und Recherchefehler. Mein Partner in Crime, Du bist unverzichtbar.